Im Knaur Taschenbuch Verlag sind bereits folgende Bücher der Autorin erschienen:

Die Wanderhure
Die Kastellanin
Das Vermächtnis der
  Wanderhure
Die Tochter der Wanderhure
Töchter der Sünde
Die List der Wanderhure

Die Rache der Wanderhure

Die Goldhändlerin
Die Kastratin
Die Tatarin
Die Löwin
Die Pilgerin
Die Feuerbraut
Die Rose von Asturien
Die Ketzerbraut

Feuertochter
Die Fürstin
Die Rebellinnen
Die Flammen des Himmels

Dezembersturm
Aprilgewitter
Juliregen

Das goldene Ufer
Der weiße Stern
Das wilde Land
Der rote Himmel

Im Knaur HC sind erschienen:
Die Steinerne Schlange
Das Mädchen aus Apulien

Über die Autorin:
Hinter dem Namen Iny Lorentz verbirgt sich ein Münchner Autorenpaar, dessen erster historischer Roman »Die Kastratin« die Leser auf Anhieb begeisterte. Mit »Die Wanderhure« gelang ihnen der Durchbruch; der Roman erreichte ein Millionenpublikum. Seither folgt Bestseller auf Bestseller. Die Romane von Iny Lorentz wurden in zahlreiche Länder verkauft. Die Verfilmungen ihrer »Wanderhuren«-Romane und zuletzt der »Pilgerin« haben Millionen Fernsehzuschauer begeistert. Im Frühjahr 2014 bekam Iny Lorentz für ihre besonderen Verdienste im Bereich des historischen Romans den »Ehrenhomerpreis« verliehen. Die Bühnenfassungen der »Wanderhure« in Bad Hersfeld sowie in Südtirol haben im Sommer 2014 und 2015 Tausende von Besuchern begeistert und waren ein Riesenerfolg. Besuchen Sie auch die Homepage der Autoren:
www.inys-und-elmars-romane.de

INY LORENTZ

Die Steinerne Schlange

Roman

Besuchen Sie uns im Internet:
www.knaur.de

Besuchen Sie die Autoren auf:
www.inys-und-elmars-romane.de

Vollständige Taschenbuchausgabe Dezember 2016
Knaur Taschenbuch
© 2015 Knaur Verlag
Ein Imprint der Verlagsgruppe
Droemer Knaur GmbH & Co. KG, München
Alle Rechte vorbehalten. Das Werk darf – auch teilweise –
nur mit Genehmigung des Verlags wiedergegeben werden.
Redaktion: Regine Weisbrod
Covergestaltung: ZERO Werbeagentur, München
Coverabbildung: © Stephen Mulcahey / Arcangel Images;
FinePic®, München / shutterstock
Karten: Computerkartographie Carrle
Satz: Wilhelm Vornehm, München
Druck und Bindung: CPI books GmbH, Leck
ISBN 978-3-426-51565-5

2 4 5 3 1

Erster Teil

Der Wettkampf

1.

Quintus Severus Silvanus zügelte sein Pferd, als die Steinmauer des rätischen Limes vor ihm und seiner Reitertruppe auftauchte. Mit einem süffisanten Lächeln dachte er daran, dass die Barbaren, die jenseits dieser Grenze lebten, der Mauer magische Kräfte zuschrieben und sie die Steinerne Schlange nannten. Für diese kulturlosen Wilden war sie ein Dämon, welcher das Römische Reich umgab und vor allen Feinden schützte. Tatsächlich aber handelte es sich um die Leistung ausgezeichneter Architekten und Bauleute. Dies den Barbaren zu erklären, war jedoch nicht in seinem Sinn. Das abergläubische Gesindel sollte ruhig weiter an Götterwerk und Zauberei glauben.

Mit einem Zungenschnalzen trieb Quintus sein Pferd wieder an und passierte das Limestor. Die Wachen standen stramm, als sie ihn erkannten, galt er doch als enger Freund und Berater des Imperators und war in dessen Auftrag unterwegs, um die am Limes lebenden Stämme daran zu erinnern, dass sie dem Imperium Friedens- und Gefolgschaftseide geleistet hatten.

Bei diesem Gedanken drehte Quintus sich kurz im Sattel um und musterte seine Begleitung. Neben den beiden Decurionen Hariwinius und Julius hatte er diesmal nur zwanzig Reiter bei sich. Er hätte diesen Ritt auch mit allen zweihundert unternehmen können, die Caracalla ihm zur Verfügung gestellt hatte. Aber diesmal sollte kein Krieg gegen die Barbaren geführt werden, sondern er wollte diese dazu bewegen, Hilfstruppen für den geplanten Feldzug zu stellen. Damit würden sie gegen ihre Stammesvettern im Osten und Norden kämpfen, sich deren Hass zuziehen und daher gezwungen sein, sich dem Imperium zu unterwerfen, um sich dann eingliedern zu lassen.

Langsam blieb der Limes und damit die Zivilisation hinter Quintus zurück. Sein Blick schweifte weit nach Osten, und er rieb sich voller Vorfreude die Hände. Wenn sein Plan aufging – woran er nicht zweifelte –, würde er den Limes mehr als einhundert Meilen tief in die Germania Magna verschieben und etliche Stämme, die sich jetzt noch unabhängig dünkten, zu Untertanen Roms machen. Sollten sie nicht freiwillig dazu bereit sein, würden Pilum und Gladius sie dazu zwingen.

2.

Für Gerhild war es, als tauche sie in einen tiefen, grünen See ein. Das Moos auf dem Boden und die ausladenden Blätterkronen der Bäume färbten das Licht der Sonne, und sogar die knorrigen Stämme waren grün angehaucht.

Gerhild liebte den dichten Wald, der sich in weitem Kreis um ihr Dorf und die Weiden und Felder erstreckte, doch noch nie hatte sie den Zauber und die Kraft, die ihm innewohnten, so intensiv gespürt wie an diesem Morgen. An die riesigen Eichen und Buchen hatte kein Mann je die Axt gelegt. Viele jener, die wie sie auf der Suche nach den Früchten des Waldes waren, wagten nicht einmal, die Stämme zu berühren. Einige Augenblicke blieb Gerhild stehen, um den Zauber, der sie umfangen hielt, zu genießen. Dann mahnte sie sich selbst, wachsam zu sein, denn es war nicht klug, unter diesem Blätterdach verträumt umherzulaufen.

Sie dachte jedoch weniger an die Gefahren, die hier lauerten, als an die praktischen Dinge, die ihr Stamm dem Wald zu verdanken hatte. Er schenkte ihnen Wild für die Jäger, Eicheln und Bucheckern für das Vieh, Pilze und Beeren für die Sammlerinnen und etliche Pflanzen, die gegen Krankheiten schützten und bei der Wundpflege von Nutzen waren.

Diesmal suchte Gerhild nach Brombeeren. Sie vernahm die Stimmen und Schritte ihrer Freundinnen, die gleich ihr den Wald durchstreiften. Jede von ihnen wollte die meisten Beeren nach Hause bringen, doch Gerhild war sicher, dass ihr Korb am höchsten gefüllt sein würde. Immerhin kannte sie den Wald besser als die anderen und wagte sich tiefer hinein. Auch wusste sie, an welchen Stellen die üppigsten Brombeerbüsche zu finden waren.

Leise, damit die anderen sie nicht hören und ihr folgen konnten, ging sie weiter. Nicht weit von ihr floh ein Reh, das ihr Kommen aufgescheucht hatte, und sie bedauerte, ihren Bogen nicht mitgenommen zu haben. Zu gerne wäre sie außer mit vielen Beeren auch noch mit einem erlegten Stück Wild auf dem Rücken ins Dorf zurückgekehrt. Doch lange hing sie diesem Gedanken nicht nach, denn dafür war der Tag zu schön.

Kurz darauf hatte sie eine kleine Lichtung erreicht, an deren Rand Brombeersträucher dicht an dicht wuchsen. Gerhild lächelte zufrieden, als sie sah, wie sich die Zweige unter der Last der Früchte bogen. Da Beeren im Übermaß vorhanden waren, wanderten etliche nicht in ihren Korb, sondern gleich in ihren Mund.

»Ich dachte doch, dass ich dich hier finde!«, klang eine fröhliche Stimme hinter ihr auf.

Gerhild drehte sich um und sah ihre Freundin Odila herankommen. Deren Korb war im Gegensatz zu dem ihren noch leer. Doch als sie zu pflücken begann, füllte er sich rasch, denn Odila aß kaum eine Beere.

»Eigentlich müsste ich dir böse sein«, sagte Odila.

»Weshalb?«, fragte Gerhild.

»Weil du dich heimlich in die Büsche geschlagen hast. Dabei gibt es hier so viele Beeren, dass du sie alleine niemals ernten kannst.«

Odila klang gekränkt, denn sie hielt sich für Gerhilds beste Freundin. Das brachte Vorteile mit sich, denn diese war die Schwester des Stammesfürsten und galt, da Raganhar noch unverheiratet war, trotz ihrer Jugend als Anführerin der Frauen im Dorf.

»Du kennst diese Stelle genauso gut wie ich«, antwortete Gerhild lachend. »Warum also hätte ich dich an der Hand nehmen und hierherführen sollen?«

Das stimmte, dennoch zog Odila eine Schnute. Es war manchmal nicht leicht, mit Gerhild auszukommen, nicht nur wegen ihres hohen Ranges, sondern weil die Freundin einen ganz eigenen Kopf hatte. Dazu galt sie auch noch als das hübscheste Mädchen des Stammes. Unwillkürlich ließ Odila ihre Hände ruhen und betrachtete Gerhild mit einem Anflug von Neid. Ihr Freundin hatte ein ebenmäßiges Gesicht, große, blaue Augen und bis zu den Hüften fallendes, blondes Haar. Da konnte sie selbst nicht mithalten. Mit ihrer, krausen, braunen Mähne und einer Haut, die selbst im Winter so aussah, als wäre sie von der Sonne gebräunt, galt sie nicht einmal als hübsch. Ihre Mutter war noch dunkler als sie, während die Großmutter helle Haut und helles Haar besaß, das jedoch nicht mehr blond war, sondern schlohweiß. Ihren Großvater hatte Odila nie kennengelernt. Es hieß, es wäre ein römischer Legionär gewesen, der aus einem fernen Land namens Afrika stammte.

Gerhild bemerkte verblüfft, dass ihre Freundin auf einmal tief in Gedanken versunken vor den Büschen stand. Zuerst nützte sie dies aus, um ihren Korb zu füllen. Dann aber überwog ihre Sorge, und sie legte Odila den Arm um die Schulter. »Was ist denn mit dir, Liebes?«

»Ach, nichts!« Odilas Gesicht färbte sich noch dunkler, und sie schämte sich ihres Neides. Immerhin hatte Gerhild sie als Freundin angenommen, und das trotz der Sticheleien, mit denen andere Mädchen sie wegen ihrer Hautfarbe bedachten.

»Dein Korb ist fast voll!«, sagte sie, weil ihr nichts anderes einfiel.

»Der deine aber auch, obwohl du später gekommen bist!« Gerhilds Worte klangen wie ein Lob, und das tat Odila gut.

»Ich habe nur deshalb so viele Brombeeren, weil du mir diesen Ort gezeigt hast. Die anderen haben gewiss nicht so viel geerntet wie wir!« Odila konnte schon wieder lächeln und sah nun allerliebst aus.

»Wir sollten die Körbe ganz füllen, noch ein paar Beeren essen und nach Hause zurückkehren«, schlug Gerhild vor.

Odila lächelte und machte sich wieder ans Pflücken. Auch Gerhild sammelte eifrig, doch ihre Freundin war flinker als sie.

»Fertig!«, rief Odila, sah dann, dass in Gerhilds Korb noch etwa ein Fingerbreit Platz war, und half ihr.

»Du solltest auch welche essen«, meinte Gerhild und schob ihrer Freundin lächelnd eine Brombeere zwischen die Lippen.

»Das mache ich, wenn dein Korb voll ist!« Odila legte eine Handvoll Früchte nach der anderen in Gerhilds Korb. Erst als darin mehr Beeren lagen als bei ihr, war sie zufrieden.

»So, jetzt können wir Brombeeren essen!«

»Dann sollten wir das auch tun!« Gerhild ging zu einem Busch, der noch voller Früchte hing, blieb dann aber stehen, denn dahinter hatte sie einen riesigen Ameisenhaufen entdeckt. Neugierig beugte sie sich hinunter und beobachtete, wie die unzähligen, gut fingernagellangen Tiere scheinbar wirr umherliefen, anhielten, einander mit ihren Fühlern betasteten und weitereilten.

»Seltsame Tiere!«, entfuhr es Gerhild.

»Was meinst du?«, fragte Odila und gesellte sich zu ihr.

»Die Ameisen hier! Siehst du, wie sie beschäftigt sind? Dabei glaube ich nicht, dass eine von ihnen weiß, was sie tun soll.«

»Ach, Ameisen! Die interessieren mich nicht«, sagte Odila und kehrte zu dem Busch zurück, bei dem ihr Korb stand.

Anders als ihre Freundin starrte Gerhild fasziniert auf den Haufen und merkte rasch, dass die Tiere bei weitem nicht so kopflos umherirrten, wie sie zunächst angenommen hatte. Die Ameisen wählten stattdessen Wege, auf denen sie sich am wenigsten ins Gehege kamen. Einige übernahmen sogar Rindenstücke von anderen und trugen sie weiter. An einer Stelle griff eine Gruppe Ameisen eine Hornisse an, die dem Bau zu nahe gekommen war. Obwohl das Tier weitaus größer war, wurde es von den braunroten Ameisen förmlich überschwemmt.

Einige Augenblicke wehrte es sich noch, dann erschlaffte es unter den Bissen seiner Gegner. Sofort packten mehrere Dutzend Ameisen die tote Hornisse und schleppten sie zu ihrem Bau.

Gerhild sah interessiert zu, wie die anderen Ameisen dieser Gruppe Platz machten und sie mit ihrer Beute in dem halb mannshohen Hügel verschwanden.

»Es sind bewundernswerte Geschöpfe«, sagte sie zu Odila. »Wenn unser Stamm und unsere Nachbarn sich an den Ameisen ein Beispiel nähmen, würden wir die Räuber, die immer wieder einzelne Dörfer überfallen, rasch zur Strecke bringen.«

»Was du schon wieder denkst! Unser Stamm ist zu mächtig, als dass jemand es wagen würde, eines unserer Dörfer anzugreifen«, erwiderte ihre Freundin lachend. »Das wagen sie nur bei schwachen Stämmen. Außerdem mag ich keine Ameisen! Es brennt, wenn sie einen beißen.«

Wie recht Odila damit hatte, erfuhr Gerhild nun am eigenen Leib. Mehrere Ameisen sahen sie als Bedrohung ihres Baus an, kletterten an ihren Beinen hoch und bissen zu.

»Ihr elenden Biester!«, entfuhr es ihr.

Sie wich zurück, schüttelte sich und versuchte, die lästigen Angreifer hastig abzustreifen.

Es sah so komisch aus, dass Odila lachen musste. »Tut es weh?«, fragte sie scheinheilig.

Gerhild drohte ihr mit der Faust, schüttelte dann aber den Kopf. »Nicht besonders! Und jetzt komm! Wir müssen zurück ins Dorf.«

»Ich bin längst so weit!« Odila grinste noch immer über den seltsamen Tanz, den ihre Freundin wegen der Ameisen aufgeführt hatte.

»Dann lass uns zurückkehren!« Gerhild ergriff ihren Korb und ging voraus.

Mit einem Mal blieb sie stehen und winkte ihrer Freundin, ruhig zu sein. »Ich höre etwas.«

Odila kniff die Augen zusammen und lauschte ebenfalls. »Das sind Pferdehufe! Jetzt prustet auch noch ein Gaul. Hoffentlich sind es keine Feinde.«

Nach kurzem Nachdenken schüttelte Gerhild den Kopf. »Feinde würden sich nicht so offen nähern. Auch reiten sie zu langsam für einen Angriff – und sie kommen aus dem Süden.«

»Vielleicht sogar aus dem Land hinter der Steinernen Schlange? Dann könnten es römische Händler sein. Komm rasch, ich muss nach Hause, um zu sehen, was ich als Tauschware anbieten kann!« Odila wollte loslaufen, doch Gerhild hielt sie zurück.

»Das sind keine Händler! Dafür klirrt zu viel Eisen. Wahrscheinlich sind es römische Krieger.«

»Könnte es Hariwin sein?«

»Das wissen wir erst, wenn wir die Römer sehen.«

Ihren zweifelnden Worten zum Trotz hoffte Gerhild, dass tatsächlich ihr ältester Bruder zu Besuch kam. Hariwin war von den Römern als Geisel für das Wohlverhalten ihres Stammes mitgenommen worden, als sie noch ein Kleinkind an der Mutterbrust gewesen war. Mittlerweile hatte er den Rang eines Offiziers der römischen Armee inne und nach dem Tod des Vaters das Recht auf die Nachfolge als Stammesfürst seinem jüngeren Bruder Raganhar überlassen.

Gerhild war enttäuscht, weil die Stammessitte ihrem älteren Bruder so wenig galt. Andererseits mochte es von Vorteil sein, denn Hariwins Rang verschaffte ihrem Stamm gute Verbindungen zu den Römern. Sie konnten mit diesen Handel treiben, und die jungen Burschen erhielten die Möglichkeit, sich den römischen Hilfstruppen anzuschließen. Besuchten diese Jungmänner ihr Dorf, brachten sie begehrte Gegenstände wie Flaschen aus Glas oder Schmuckstücke mit.

Der Gedanke an Hariwin ließ Gerhild schneller werden. Als sie das Dorf erreichte, stellte sie fest, dass tatsächlich Reiter aus dem Reich hinter der Steinernen Schlange erschienen waren. Sie zählte etwas mehr als zwanzig Krieger, die auf herausgeputzten Pferden saßen. Alle waren mit eisernen Kettenhemden gewappnet, die unter Mänteln aus roter Wolle hervorschauten, und trugen prunkvolle, federgeschmückte Helme. Ihre Gesichter wurden von silbernen Masken verdeckt, die entweder den Zügen von Ungeheuern glichen oder ein stolzes Jünglingsantlitz zeigten.

Gerade zügelte der Reiter an der Spitze sein Pferd und nahm seine Maske ab. Zu Gerhilds Enttäuschung handelte es sich nicht um ihren älteren Bruder, sondern um einen unbekannten Römer. Obwohl sie sich normalerweise hütete, vorschnell ein Urteil zu fällen, missfiel ihr der Mann. Er hatte eine untersetzte Gestalt und ein kantiges Gesicht, aus dem zwei hellbraune Augen hochmütig auf ihren jüngeren Bruder hinabschauten, der von einigen Stammesleuten begleitet den Römern entgegengekommen war, um sie als Gäste zu begrüßen.

Da nun auch die anderen Reiter ihre Masken abnahmen, entdeckte Gerhild ihren älteren Bruder. Hariwin hielt sich dicht hinter dem unsympathischen Anführer der Truppe, und das tat auch ein etwas jüngerer Mann, der ebenso wie ihr Bruder die Tracht eines römischen Reiteroffiziers trug. Gerade warf dieser Offizier ihr einen durchdringenden Blick zu. Als sie diesen mit einem hochmütigen Kopfheben erwiderte, machte der Reiter eine verächtliche Handbewegung. Gerhild ärgerte sich über den Kerl und beschloss, auch ihn nicht zu mögen. Trotzdem fiel es ihr schwer, ihren Blick von ihm zu lösen und sich wieder auf den Anführer zu konzentrieren. Der Mann, davon war sie überzeugt, führte nichts Gutes im Schilde.

3.

Quintus Severus Silvanus musterte die Dorfbewohner und wandte sich dann zu Gerhilds älterem Bruder um. »Beim Jupiter, Hariwinius, du kannst von Glück sagen, dass du als Knabe nach Rom gekommen und dort aufgewachsen bist, bevor man dich als Reiteroffizier in dieses öde Land zurückgeschickt hat. Was wärst du sonst geworden? Der Häuptling wirrbärtiger, halbnackter Wilder, deren Frauen so hässlich sind, dass man ihnen eine Stute vorziehen würde!«

Er lachte bei seiner Rede, verstummte aber, als er Gerhild entdeckte.

»Es gibt aber auch Ausnahmen!«, rief er verblüfft. »Das Weib dort ist wahrlich eine Schönheit, wie man sie selten findet. Alle Frauen Roms würden sie um ihr wallendes, blondes Haar und ihre Figur beneiden.«

Noch während er es sagte, keimte in Quintus der Wunsch, dieses Mädchen zu besitzen, und er nahm sich vor, es noch am gleichen Tag mitzunehmen. Probleme würde man ihm gewiss keine bereiten, denn schließlich hatte der Fürst dieses Stammes sich dem Imperium unterworfen, und er stand hier anstelle des Imperators.

»Das ist meine Schwester, edler Quintus. Man nennt sie Gerhild«, antwortete Hariwinius stolz, weil ein Mitglied seiner Familie für den Präfekten aus der Gruppe der anderen Stammesangehörigen herausragte.

»Gerhild ist ein kriegerischer Name«, warf der junge Mann neben ihm ein.

Auch er fand die junge Frau interessant, doch anders als Quin-

16

tus, der Gerhild nach ihrem Aussehen taxierte, drang sein Blick tiefer. Er spürte die Kraft, die in dieser jungen Frau steckte, und ihren festen Willen. In eine Sippe von Fürsten hineingeboren, legte sie ein Selbstbewusstsein an den Tag, das ihrer braunhäutigen Begleiterin zu fehlen schien.

Unterdessen blieb Raganhar vor Quintus' Pferd stehen und hob die Hand zum Gruß. »Sei mir willkommen, Herr!«

Sein Blick blieb jedoch nicht auf Quintus haften, sondern wanderte weiter zu seinem Bruder. Nach dem Tod des Vaters vor einem Jahr hatte Hariwin darauf verzichtet, dessen Nachfolge anzutreten, und war als Reiteroffizier in römischen Diensten geblieben. Nun aber bekam Raganhar es mit der Angst zu tun, sein Bruder wäre gekommen, um sein Recht auf die Nachfolge einzufordern.

Quintus spürte die Unsicherheit des jungen Stammesführers und lächelte. Von ihm würde er all das erhalten, was er von diesem, auf der falschen Seite des Limes lebenden Barbarenstamm verlangen wollte.

»Ich komme im Namen des Imperators!«, sagte er anstelle eines Grußes zu Raganhar. »Der göttliche Marcus Aurelius Severus Antoninus, Caesar und Imperator des Reiches, hat mich beauftragt, die mit dem Imperium verbündeten Barbarenstämme aufzusuchen und sie an ihre Treue Rom gegenüber zu erinnern. Außerdem soll ich den fälligen Tribut einziehen.«

Quintus sprach Latein und ließ seine Worte von Hariwinius übersetzen. Dabei beobachtete er zufrieden die Dorfbewohner. Die Macht, mit der ihn der Imperator, den alle nur Caracalla nannten, ausgestattet hatte, erhob ihn weit über diese im Dreck wühlenden Würmer. Die Barbaren würden kuschen, wussten sie doch, dass auf der römischen Seite des Limes genug Legionen bereitstanden, um jeden Aufstand blutig niederzuschlagen.

Quintus' Blick wanderte erneut zu Gerhild hinüber. Ein schöneres Mädchen hatte er selten gesehen. Außerdem war sie so wild wie ein junges Pferd, das noch keinen Reiter kannte. Es würde Spaß machen, sie zu zähmen, dachte er. Da er sich noch etliche Monate in diesen finsteren Wäldern mit ihren halbtierischen Bewohnern aufhalten musste, würde ihm die Beschäftigung mit ihr die Zeit versüßen. Bei dem Gedanken musterte er das aus langgestreckten Hütten bestehende Dorf voller Verachtung. Die Strohdächer waren besser frisiert als die Schöpfe der Bewohner, lagen aber auf unbearbeiteten, hölzernen Stützbalken, und die Wände dazwischen bestanden aus kunstlos mit Lehm bestrichenem Flechtwerk.

Seiner Erfahrung nach sahen diese Hütten innen um keinen Deut besser aus. Eine offene Feuerstelle in der Mitte diente als Lichtquelle, Heizung und Kochherd. Die Betten bestanden aus Stroh und Fellen, und zu allem Überfluss mussten die Bewohner diese Behausungen noch mit dem Vieh teilen. Quintus stellte sich vor, wie es ein musste, zwischen Schweinen und Kühen zu leben, und war froh um sein stattliches Zelt.

Er wies auf eine ebene Grasfläche abseits des Dorfes. »Wir werden dort drüben unser Lager aufschlagen. Kümmere dich darum, Julius«, wies er den zweiten Reiteroffizier an.

»Du«, sein Finger stach auf Raganhar zu, »wirst dafür sorgen, dass wir zu essen und Hafer für unsere Pferde bekommen!«

»Sehr wohl, Herr!« Erleichtert, dass Quintus nicht gleich seine Absetzung als Stammesfürst gefordert hatte, war Raganhar bereit, alles zu tun, um die Gunst des Römers zu erringen. Gleichwohl wollte er sich nicht in eigener Person um das Notwendige kümmern und winkte seine Schwester zu sich.

»Gerhild, sorge dafür, dass unsere Gäste gut bewirtet werden. Lass auch Met in meiner Halle bereitstellen, denn ich will mit dem hohen Herrn Quintus auf das Wohl des Imperators trinken!«

»Habt ihr keinen Wein?«, fragte Quintus, dem Met wenig zusagte.

»Zu meinem größten Bedauern gibt es keinen. Der Händler

18

wollte einige Fässer bringen, doch bis jetzt ist er noch nicht damit erschienen«, antwortete Raganhar in entschuldigendem Tonfall.

Gerhild ärgerte sich über ihren Bruder, der sich dem Römer gegenüber wie ein Knecht benahm, anstatt so selbstbewusst aufzutreten, wie es dem Fürsten eines freien Stammes geziemte. Ihr Vater war ein stolzer und redegewandter Mann gewesen, der sich bei jedermann Respekt verschafft hatte. Wenn Hariwin unser neuer Fürst geworden wäre, würde er sich gewiss ähnlich verhalten, dachte sie und musterte ihren älteren Bruder. Das lange Schwert an seiner Seite und der ovale Schild, den er auf dem Rücken trug, verliehen ihm ein kriegerisches Aussehen. Auch waren seine Rüstung und die Kleidung prachtvoller als die des zweiten Offiziers. Dennoch wirkte der Mann, den sein Anführer Julius genannt hatte, imponierender. Dumme Kuh!, sagte Gerhild zu sich selbst. Kein Fremder konnte einem ihrer Brüder das Wasser reichen. Dieser Julius mochte ein guter Krieger sein, doch bei Quintus schien Hariwin mehr zu gelten als er.

Da Julius die Soldaten der Eskorte zu der von Quintus genannten Wiese führte, eilte sie ihm nach. »Weshalb wollt ihr Zelte aufschlagen?«, fragte sie ihn. »Ihr könnt doch weit bequemer in unseren Häusern übernachten.«

»Quintus Severus Silvanus hat eine empfindliche Nase, die den Geruch germanischer Kühe, Schweine und Frauen nicht erträgt«, antwortete Julius spöttisch.

»Und deine Nase?«, fragte Gerhild bissig.

»Meine Nase ist einiges gewohnt. Aber ich bin ja auch kein Römer.«

Gerhild betrachtete sein hellblondes Haar und seine blauen Augen und schüttelte den Kopf. »Du siehst auch nicht wie ein Römer aus. Von welchem Stamm kommst du, von den Chatten, den Hermunduren, den …«

»Ich bin Gote«, unterbrach Julius sie mit seltsamem Ernst.

»Dann ist Julius gewiss nicht dein richtiger Name!«, erwiderte Gerhild.

»Es ist der Name, den ich bei den Römern trage. Also mag er genügen. Dein Bruder nennt sich auf der römischen Seite des Limes auch Hariwinius, obwohl ihr Hariwin zu ihm sagt.«

»Du heißt aber gewiss nicht Jul«, spottete Gerhild.

»Nein, das tue ich nicht. Verdammte Narren, seht ihr nicht, dass die Stelle dort viel zu feucht ist? Wenn es regnet, und das wird es heute Nacht gewiss, steht Quintus' Zelt im Schlamm!« Julius Ausbruch galt mehreren Reitern, die das Zelt des Anführers im Zentrum der Wiese aufstellen wollten. Allerdings war es die am tiefsten gelegene Stelle und wirkte sumpfig.

»Alles Narren!«, knurrte Julius, als die Soldaten das Zelt zu einer trockenen Stelle schafften.

»Da dein Herr keine Schweine, Kühe und Frauen riechen mag, muss er sich die Gesellschaft der Stechmücken gefallen lassen. Die gibt es hier nämlich zuhauf!« Gerhild zeigte grinsend auf Julius' Unterarm, auf dem gerade eines dieser Biester zum Angriff überging.

Mit einer eher beiläufigen Bewegung erschlug der Gote das Tier und zuckte mit den Achseln. »Ich habe gelernt, dass man im Leben nicht alles haben kann. Irgendwo ist immer der Wurm drin, auch wenn er wie hier zwei Flügel, einen Stachel und einen unstillbaren Durst auf Blut hat.«

Einen gewissen Humor konnte Gerhild dem Mann nicht absprechen. Allerdings wusste sie noch immer nicht, ob sie ihn mögen sollte oder nicht. Er sah gut aus und stand sichtlich hoch in der Achtung seiner Untergebenen. Trotzdem war es ihr, als würde er sein wahres Ich hinter einer Maske verbergen, und das hatte ihr Interesse geweckt.

»Die restlichen Zelte schlagt ihr am besten hier auf. Da sind die Stechmücken nicht ganz so hartnäckig«, erklärte sie Julius. Dieser nickte und befahl den Soldaten, das Zelt ihres Anführers an diesem Platz zu errichten.

Die Männer hatten bereits einige Zeltpflöcke in den Boden gerammt und stöhnten. »Muss das wirklich sein, Julius?«

»Was ist dir lieber? Ein von Mücken zerstochener Quintus mit schlechter Laune oder einer, der sich darüber freut, dass ihn weniger Mücken gestochen haben als uns?«, fragte Julius mit kalter Stimme.

Andere Männer hätten bei diesen Worten gegrinst, dachte Gerhild und fand, dass Julius keines weiteren Gedankens wert war. Außerdem hatte sie anderes zu tun als zuzusehen, wie er seine Untergebenen schurigelte. Mit einem Schnauben wandte sie ihm den Rücken zu und kehrte ins Dorf zurück.

4.

Auf dem Weg zu der Halle ihres Bruders fiel ihr der römische Anführer auf, der mit einer besitzergreifenden Pose auf einem Klappstuhl saß. Dafür hatte er einen kleinen Hügel am Rand des Dorfes ausgewählt, von dem aus er alles überblicken konnte. Vier Soldaten umgaben ihn als Leibwächter. Der Blick des Mannes folgte ihr, und unwillkürlich beschleunigte sie ihren Schritt. Vor dem großen, aus festen Holzbalken und Lehmfachwerk errichteten Gebäude mit dem fast bis auf den Boden reichenden Strohdach wollte sie Odila und einige andere Frauen zu sich rufen, damit sie ihr bei den Vorbereitungen des Festmahls helfen konnten. Da vernahm sie aus dem Innern der Halle Stimmen und lauschte unwillkürlich. Es waren Raganhar und Hariwin, und sie schienen nicht gerade von brüderlicher Liebe erfüllt zu sein.

»Du bist ein Narr, Raganhar!«, rief Hariwin eben. »Was willst du mit unserem Stamm hier auf der barbarischen Seite des Limes? Hier gibt es nur Wildnis, und ihr seid ständig den Angriffen fremder Stämme ausgeliefert. Nimm mein Angebot an und verlasse mit unseren Leuten diese Gegend. Werdet ein Teil der römischen Welt! Dafür bekommt ihr auf der zivilisierten Seite des Limes genug Land, gutes Saatgut, weitaus besseres Vieh, als ihr bislang halten könnt – und ihr seid vor allen Feinden sicher.«

Ist Hariwin verrückt geworden?, durchfuhr es Gerhild. Dies hier war seit ungezählten Generationen das Land ihres Stammes, das ihr Vater und dessen Vorväter erfolgreich gegen alle Feinde verteidigt hatten. Nur vor den Römern hatten die

Oberhäupter des Stammes das Haupt beugen müssen. Dennoch lebten sie frei und weitgehend unabhängig auf dieser Seite der großen Steinschlange, die die Römer erschaffen hatten und die sie Limes nannten. Am liebsten wäre sie in das Gespräch geplatzt, um Hariwin die Meinung zu sagen. Doch da klang bereits die Stimme ihres jüngeren Bruders auf.

»Keiner meiner Krieger ist bereit, sich von der Steinernen Schlange einschließen zu lassen! Wir haben immer nach unseren eigenen Sitten gelebt, und das werden wir auch weiterhin tun. Warum auch nicht? Das Imperium hat uns zu seinen Freunden ernannt, aber deswegen müssen wir nicht seine Knechte werden.«

»Knechte!« Hariwin lachte kurz auf. »Wenn ich mich hier so umsehe, hat es ein römischer Knecht weitaus besser als du, mein Bruder. Was besitzt du denn? Eine raucherfüllte Halle, in der es nach Kuhscheiße stinkt! Drüben würdest du im Schutz des Limes so leben können, wie es einem Fürsten angemessen ist. Seit ich als Knabe die Steinerne Schlange – wie ihr den Limes in eurem Aberglauben nennt – durchschritten habe, ist es mein Wunsch, dass mein Volk mir folgt.«

»Dann hättest du nach dem Tod unseres Vaters selbst seine Nachfolge antreten müssen«, antwortete Raganhar aufgebracht. »Doch das wolltest du nicht, und zwar aus gutem Grund. Du hast genau gewusst, dass dir keiner unserer Krieger ins Land der Römer folgen würde.«

»Herrschen denn hier nur Unwissenheit und Dummheit?«, fuhr Hariwinius auf. »Ich will doch das Beste für unseren Stamm! Unter dem Schutz des Imperiums könntet ihr ein besseres Leben unter gerechten Gesetzen genießen. Unsere jungen Krieger könnten in die Auxiliartruppen des Imperiums eintreten und ihre Söhne später sogar Legionäre werden! Sie würden guten Sold erhalten und nicht in schlecht ausgerüstete Hilfsscharen gesteckt und mit einem lumpigen Beuteanteil abgespeist.«

Gerhild fasste sich an den Kopf. So angenehm, wie Hariwin tat, war das Leben auf der anderen Seite der Steinernen Schlange ganz bestimmt nicht. Hunkberts Schwester Linza war vor mehr als fünfzehn Jahren einem römischen Legionär in seine Heimat gefolgt, weil sie sich in ihn verliebt hatte. Vor kurzem aber, so hatte Hunkbert ihr berichtet, war Linza von Gaius verstoßen worden, weil dieser nach seiner Entlassung aus der Legion eine andere Frau heiraten wollte.

Auch sonst stieß etliches am Römischen Reich Gerhild ab. Es gab viele Sklaven, und es wurden täglich mehr, weil die römischen Steuereintreiber alle, die ihre Abgaben nicht zahlten, ebenfalls zu Sklaven machten. Freie Menschen wie Linza lebten daher nicht nur in ständiger Sorge um das tägliche Brot, sondern auch mit der quälenden Angst vor der Sklaverei.

Gerhild hatte bereits überlegt, die Frau durch deren Bruder auffordern zu lassen, wieder auf diese Seite der Steinernen Schlange zu kommen. Hier konnte sie unter ihresgleichen leben und würde nicht hungern müssen, weil sie zu wenige dieser kleinen Metallscheiben besaß, denen die Römer so hohen Wert beimaßen.

In ihre Überlegungen verstrickt, hätte Gerhild beinahe das weitere Gespräch verpasst. Eben fluchte Raganhar und hieb dem Geräusch nach auf den Tisch.

»Ich will kein Römling werden, wie du einer geworden bist! Ich werde so leben wie unser Vater und dessen Vorväter. Soll ich etwa das Schwert mit einer Forke vertauschen und statt zu den Göttern meiner Ahnen zu denen der Römer beten?«

Hariwin lachte verächtlich auf. »Was sind schon dein Teiwaz oder der Wuodan eurer Nachbarn gegen den mächtigen Jupiter oder gegen Mars, Mithras und Juno? Doch selbst im Schutze des Limes könntest du deine barbarischen Götter anrufen, solange du die nötigen Opfer für den göttlichen Caesar darbringst. Denke noch einmal gut darüber nach! Was bist du jetzt? Im Grunde nur der Häuptling dieses einen Dorfes.

Die Anführer der anderen Dörfer unseres Stammes erkennen dich doch nicht als ihr Oberhaupt an!«

»Das tun sie wohl!«, rief Raganhar aufgebracht. »Nur einer weigert sich noch, aber er wird bald nachgeben.«

»Du meinst Wulfherich, den Sohn unserer Tante Hailwig?«, fragte Hariwinius spöttisch. »Täusche dich nicht, Bruder! Wulfherich hat bis nach Rom geschrieben, um sein Recht auf die Herrschaft im Stamm einzufordern. Zwar zählt er im Mannesstamm nicht zu uns Harlungen, doch sein Vater und seine Vorväter haben oft genug Frauen aus unserer Sippe gefreit, um sich auf die gleiche hohe Abstammung zu berufen.«

»In unserem Stamm zählt nur die Abkunft vom Vater her, und die Wulfinger waren uns Harlungen immer unterstellt«, erklärte Raganhar mit knirschender Stimme.

»Lass es dir noch mal in aller Deutlichkeit sagen: Wenn du meinen Vorschlag annimmst und mit unserer ganzen Sippe auf die zivilisierte Seite des Limes ziehst, wirst du dort ein wahrer Fürst sein, und Wulfherich wird den Kopf vor dir beugen müssen. Weigerst du dich, mag es sein, dass Wulfherich auf dieses Angebot eingeht und von Rom zum Fürsten der Sueben ernannt wird.«

Gerhild schüttelte empört den Kopf. So einfach war Wulfherich nicht zu gewinnen. Auch ihrem Vetter war klar, dass die meisten Männer des Stammes es ablehnen würden, ihre Heimat aufzugeben und auf die andere Seite der Steinernen Schlange zu ziehen. Dieses monströse Ding umgab Berichten der Händler nach das gesamte Reich der Römer und machte alle, die sich darin befanden, zu Gefangenen ihres Caesars.

Einen Augenblick später hörte Gerhild Schritte und trat rasch in den Schatten, um nicht gesehen zu werden. Ihr älterer Bruder lief an ihr vorbei, das Gesicht weiß vor Zorn.

Gerhild wartete, bis er zwischen den anderen Hütten untergetaucht war, und trat dann ein. Ihr jüngerer Bruder hatte sich an den Tisch gesetzt und rief eben nach einer Magd, die ihm

Met einschenken sollte. Gerhild nahm ein Trinkhorn, trat zum Metfass und füllte das Gefäß bis zum Rand.

»Hier!«, sagte sie zu Raganhar und reichte ihm das Horn.

»Hariwin ist ein Narr!«, stieß er hervor. »Er will, dass wir hinter die Steinerne Schlange ziehen und dort so werden wie er. Falls ich nicht nachgebe, droht er mir sogar, Wulfherich zum Fürsten zu machen – falls unser Vetter genau das tut, was der Herr Hariwinius will!«

»Aber das kann er doch nicht ernst meinen! Er ist ein Harlunge wie du und darf keinen Wulfinger über einen Mann der eigenen Sippe stellen!«

»Wahrscheinlich will er selbst Fürst der Sueben werden.« In Raganhars Augen schien dies die einzig schlüssige Erklärung, weshalb sein Bruder den gesamten Stamm auf römisches Gebiet umsiedeln wollte.

Gerhild wusste darauf nicht zu antworten. Da Raganhar immer wieder schlechte Entscheidungen traf, hatte sie gehofft, Hariwin würde sein Recht als Stammesfürst einfordern. Aber dafür unter die direkte Herrschaft Roms zu geraten – dieser Preis war wahrlich zu hoch!

Die Gedanken ihres Bruders schlugen andere Wege ein. »Ich muss Quintus für mich gewinnen! Er steht hoch über Hariwin, und unser Bruder kann nichts gegen den Willen dieses Mannes tun. Los, Gerhild, spute dich, damit das Gastmahl bald beginnen kann und wir uns nicht vor unseren Besuchern schämen müssen.«

»Ich bin schon unterwegs!«, versprach Gerhild und eilte davon, um Odila und einige andere Frauen zu holen.

5.

Gerhild hatte alles getan, damit das Festmahl bei den Gästen Anklang fand. Es gab Hirschbraten von einem Tier, das Raganhar mit dem Ger erlegt hatte. Dazu türmten sich fettes Schweinefleisch und geräucherte und gebratene Würste auf der Tafel, und zum Trinken wurde Met aus einem großen Fass ausgeschenkt.

Quintus trank einen Becher davon und wehrte ab, als eine Magd ihm nachschenken wollte. »Bring mir Wasser!«, befahl er ihr und setzte in Gedanken »Das schmeckt weitaus besser als euer Gesöff« hinzu.

Während er aß, ließ er Gerhild nicht aus den Augen. Sie war nicht nur schön, sondern beaufsichtigte auch geschickt die Mägde. Einen Augenblick lang stellte Quintus sich vor, wie sie sich bei einem Festmahl im römischen Stil bewähren würde. Bis dorthin musste sie aber noch einiges lernen, vor allem natürlich Latein, die einzig zivilisierte Sprache. Von dem barbarischen Idiom, das hier gesprochen wurde, verstand er nur wenige Worte und benötigte zumeist Hariwinius oder Julius als Übersetzer.

Er stellte sich vor, wie sie in römischer Festtracht aussehen würde – oder ganz ohne Kleidung. Letzteres erschien ihm das Wichtigste. Frauen, die die Gastgeberin spielen konnten, gab es genug, doch im Bett genügten nur wenige seinen Ansprüchen. Nicht zuletzt deshalb reizte ihn die junge Germanin. Sie war unerfahren und würde unter seiner Anleitung schnell lernen, wie sie ihm zu Diensten sein konnte.

»Wie steht es in Rom, edler Quintus?«, fragte Raganhar, um ein Gespräch zu beginnen.

Quintus sah zuerst Hariwinius an und dann, als dieser beharrlich schwieg, Julius. Dieser übersetzte lächelnd die Frage.

»In Rom steht alles bestens«, antwortete Quintus herablassend. »Die Heere des Imperiums erringen Siege an allen Grenzen, die Tribute fließen, und der Kaiser herrscht mit fester Hand. Wer sich gegen ihn auflehnt, ist verloren!«

Im letzten Satz schwang eine Warnung mit. Der alte Stammesfürst hatte den Vertretern Roms oft Widerworte gegeben und sich so gebärdet, als wäre er wirklich ein gleichberechtigter Verbündeter des Imperiums und kein kleiner Stammesanführer, der den Kaiser als Herrn ansehen musste. Dem Sohn wollte Quintus von Anfang an klarmachen, dass Raganhar nur nach dem Willen Roms handeln durfte – und das war im Augenblick sein eigener.

Erneut äugte er zu Gerhild hinüber. Als Vertreter des Imperiums stand es ihm zu, an sein eigenes Wohl zu denken, und sein Wunsch, diese Frau zu besitzen, wurde immer stärker. Sie würde ihm endlich wieder die Freude bereiten, die er sich schon so lange Zeit nicht mehr gegönnt hatte.

»Wenn Rom so viele Kriege führt, braucht es eine Menge Offiziere und Soldaten«, sagte Raganhar mit einem giftigen Seitenblick auf seinen Bruder.

In gleicher Tracht hätten sie einander ähnlich gesehen, doch mit dem glattrasierten Kinn, dem vorschriftsmäßig gestutzten Haar und seiner römischen Kleidung unterschied Hariwin sich so stark von ihm, dass sie zwei vollkommen Fremde hätten sein können.

»Offiziere und Soldaten hat Rom mehr als genug!«

Quintus war Raganhars Blick aufgefallen, und er amüsierte sich über ihn. Den Germanenfürsten hielt die Angst in den Klauen, der ältere Bruder könnte die Herrschaft über den Stamm von ihm fordern. Doch Hariwinius sah nicht den geringsten Anlass, in seine alte Heimat zurückzukehren. Auch wenn ihnen derzeit nur zwanzig Reiter folgten, kommandierte der Offizier normalerweise mehr Krieger, als seine gesamte Sippe aufbringen konnte. Dazu besaß er im Kastell eine große Wohnung mit allen Vorteilen, die die römische Kultur zu bieten hatte, angefangen von einer Fußbodenheizung bis hin zu fließend warmem und kaltem Wasser, Fenstern mit Glas und weichen Daunenbetten.

Quintus' knappe Antwort steigerte Raganhars Ängste, und zum ersten Mal in dieser Runde wandte er sich direkt an seinen Bruder. »Und wie steht es mit dir, Hariwinius?«

Es störte Gerhild, dass er den Älteren mit dem Namenszusatz ansprach, den die Römer ihm gegeben hatten. Hier, in der Heimat, hätte Hariwin gereicht. Dennoch wartete sie gespannt auf dessen Antwort.

Hariwinius drehte das Trinkhorn, das ihm eine der Mägde gereicht hatte, in den Händen. Ebenso wie Quintus war er zu sehr an Wein gewöhnt, um Gefallen an Met zu finden. Er trank trotzdem, um Zeit für die Antwort zu finden, und sah dann den Bruder von oben herab an.

»Der Imperator hat mir das Kommando über zwei Turmae anvertraut. Das sind etwa hundert Reiter. In ein paar Jahren werde ich eine Ala mit fünfhundert Reitern anführen, und – so Jupiter Dolichenus will – auch noch Befehlshaber eines Reiterkastells werden.«

»Du willst also in römischen Diensten bleiben?«, fragte Raganhar misstrauisch.

»Welchen Grund hätte Hariwinius, seinen guten Posten als Offizier der Reitertruppen aufzugeben?«, fragte Quintus spöttisch.

»Ich wüsste keinen«, erklärte Hariwinius mit Nachdruck. »Ich erhalte guten Sold, führe ein angenehmes Leben und werde, wenn ich meinen Dienst in der Armee beende, als Dank des Imperiums ein großes Landgut mit mehreren hundert Sklaven zugewiesen bekommen. Kann mir einer von euch sagen, was besser wäre?«

»Einige hundert freie Männer anführen!«, rief Gerhild.

Sie fing sich dafür einen bösen Blick ihres jüngeren Bruders und einen verächtlichen des älteren ein.

»Freie Männer anführen!« Ein wenig der Barbarensprache hatte Quintus mittlerweile verstehen gelernt, und so schüttelte er lachend den Kopf. »Wo siehst du hier freie Männer? Dieser Stamm hier hat sich ebenso wie seine Nachbarn wohlweislich der Herrschaft Roms unterworfen. Wenn es Rom gefällt, kann es die Männer dieser Stämme als Hilfstruppen anfordern sowie Sklaven verlangen, wenn die Tribute nicht vollständig aufgebracht werden können.«

Antworten musste er in seiner Sprache, und so blieb es Hariwinius überlassen, seine Bemerkung zu übersetzen. Auch wenn dieser versuchte, sie ein wenig zu entschärfen, stieß Quintus' Rede den Stammesmitgliedern auf, die das Recht besaßen, an der Tafel ihres Fürsten zu sitzen. Einige Krieger warfen Raganhar böse Blicke zu, weil dieser sich ihrer Ansicht nach zu sehr Quintus' Willen beugte.

»Vater hat von den Römern wenigstens noch Geschenke erhalten«, sagte Gerhild zornerfüllt zu Odila, die den Met aus dem Fass schöpfte und die Trinkhörner füllte, welche die Mägde ihr reichten. »Der Becher, aus dem Quintus trinkt, ist ein solches Geschenk. Doch seit mein Bruder Fürst ist, geben die Römer wenig und fordern umso mehr!«

»Raganhar ist noch sehr jung. Bestimmt wird er bald schon an Erfahrung gewinnen«, antwortete Odila, um ihre Freundin zu beruhigen.

Gerhild schnaubte erregt. »Er ist nur zwei Jahre jünger als Hariwin, sieht gegen diesen aber wie ein Knabe aus!«

»Sagt das Hühnchen, das als letztes aus dem Ei geschlüpft ist«, erwiderte Odila fröhlich.

Mit neunzehn Jahren war Gerhild ein halbes Dutzend Jahre jünger als Raganhar, und anders als dieser hatte sie Hariwin nie bewusst als Bruder erlebt. Im Grunde kannte sie ihren

30

erstgeborenen Bruder nur aus den Erzählungen ihrer Mutter, die ihn Raganhar stets als Vorbild hingestellt und erklärt hatte, Hariwin würde es gewiss besser machen als er.

Obwohl dieser nicht dem Bild entsprach, das die Mutter von ihm gewoben hatte, fiel es Gerhild schwer, umzudenken. Vor allem ärgerte sie, dass Raganhar alles tat, um Quintus zu gefallen. Auch wenn er Angst hatte, der ältere Bruder könne ihm den Fürstenrang streitig machen, hätte er sich würdiger benehmen müssen. Ihr Vater Haribert hatte allen gezeigt, dass man den Römern mit einem selbstbewussten Auftreten imponieren konnte. Ihm hätte Quintus gewiss Geschenke mitgebracht. Raganhar hingegen hatte nicht das Geringste erhalten.

»Friss bitte nicht mich, weil du die, die du fressen willst, nicht bekommen kannst!« Odila hatte das Mienenspiel ihrer Freundin verfolgt und wollte sie auf andere Gedanken bringen.

Gerhild blickte sie sinnend an und schüttelte dann den Kopf.

»Du hast recht! Trotzdem werde ich, wenn die Römer wieder fort sind, ein ernstes Wort mit Raganhar sprechen. Er muss sich Vater zum Vorbild nehmen und darf nicht vor diesen Leuten einknicken. Wir sind ein freier Stamm und nicht die Sklaven Roms.«

»Dein Großvater und dein Vater haben den Römern aber Treue geschworen – und das hat auch Raganhar getan«, wandte Odila ein.

»Sie haben dem Imperator Treue geschworen! Und bisher war es ein Geben und Nehmen! Unsere jungen Krieger haben für Rom gekämpft, und dafür erhielt der Stamm Geschenke, die den Wert des Tributs zumeist überstiegen. Dieser Quintus sieht mir hingegen so aus, als würde er das Wort ›geben‹ nicht kennen. Ich bin gespannt, was er von Raganhar als Tribut verlangt.«

6.

Quintus Severus Silvanus wartete ab und ließ die Germanen trinken. Wenn man sich auf eines verlassen konnte, so war es deren Durst. In seiner Nervosität reichte Raganhar seinen Becher in rascher Folge der Magd, die ihn füllen musste, und seine Männer legten sich ebenfalls keine Zügel an. Quintus stellte fest, dass einige der Älteren Ehrenabzeichen trugen, die sie als Hilfstruppenkrieger in römischen Diensten verliehen bekommen hatten. Sie kannten die Macht Roms und wussten, dass seine Legionäre ihren Stamm auslöschen konnten, ohne dass auch nur ein einziger Soldat aus Gallien oder den Donauprovinzen hinzugezogen werden musste.

Obwohl Raganhar ein paar Worte Latein sprechen konnte, war die Verständigung schwierig. Daher bediente Quintus sich ungeniert seiner beiden Reiteroffiziere als Übersetzer. Zunächst pries er die Macht Roms und beschrieb sehr deutlich, in welch hohem Ansehen er beim Imperator stand.

»Marcus Aurelius Severus Antoninus, der Sohn des vergöttlichten Septimus Severus, hat mich zu seinem persönlichen Beauftragten an der Germanengrenze ernannt und in diese Gegend geschickt. In seinem Namen kann ich sowohl dem Präfekten in Augusta Vindelicorum wie auch dem Legaten in Moguntiacum Befehle erteilen.«

Damit, so sagte sich Quintus, hatte er Raganhar und den anderen Barbaren hinreichend klargemacht, über welche Macht und welchen Einfluss er verfügte. Ein Wort von ihm, und von diesem Dorf würde nicht mehr bleiben als ein wenig Asche und in der Sklaverei jammernde Weiber.

»Wer ist dieser Marcus Au…, äh, Antoninus?«, fragte Raganhar mit bereits schwerer Zunge.

»Caracalla!«, raunte Hariwinius seinem Bruder ins Ohr.

»Ah, der Imperator!« Erst jetzt begriff Raganhar, wen Quintus gemeint hatte.

»Genau dieser«, erklärte Quintus herablassend. »In seinem Auftrag soll ich einen Feldzug gegen die Barbaren an der Elbe vorbereiten. Vielleicht gliedern wir dieses Gebiet auch gleich als neue Provinz dem Imperium ein. Wir werden zwar nicht viel an Tributen herausholen können, aber, wie ich vorhin schon sagte, geben wir uns auch mit Sklaven zufrieden.«

Gerhild empfand das Verhalten des Römers als unverschämt. Kein Krieger ihres Stammes würde sich freiwillig zum Sklaven machen lassen oder dulden, dass dies mit seinem Weib oder seinen Kindern geschah. Ebenso wenig würden sie sich der direkten Herrschaft der Römer unterwerfen und sich anstelle ihres Stammesrechts römischen Gesetzen beugen.

»Ich hoffe, der Kerl verschwindet bald wieder«, flüsterte sie Odila zu.

»Er will schon morgen weiterreiten, um den nächsten Stamm aufzusuchen. Das hat einer seiner Begleiter gesagt«, erklärte ihre Freundin.

»Seit wann sprichst du Latein?«, spottete Gerhild.

»Die Soldaten sind keine Römer, sondern sprechen unter sich wie unsereins. Es sind Heruler dabei, Chatten, Goten …«

Als Gerhild diesen Stammesnamen hörte, dachte sie unwillkürlich an Julius und sah zu diesem hinüber. Eben winkte er ab, als eine Magd ihm nachschenken wollte, und eine weitere Geste zeigte dem Mädchen deutlich, dass er genug hatte. Ein wenig von dieser Selbstdisziplin hätte sie Raganhar gewünscht. Doch der war mittlerweile nicht weniger betrunken als die meisten seiner Männer, und das zu einer Stunde, in der die Sonne noch recht hoch am Himmel stand.

Gerade erklärte Quintus erneut, dass er das Gebiet des Stam-

mes zu einer römischen Provinz machen würde, und Hariwinius übersetzte seine Worte mit großer Begeisterung. »Wir
werden den Limes um ein ganzes Stück vorverlegen, wie es in
der Vergangenheit schon mehrfach geschehen ist. Hier wird
die Zivilisation einkehren und die Barbarei um mehrere hundert Meilen weiter nach Osten zurückgedrängt. Dann hausen
die wilden Stämme des Ostens am Limes und haben die Macht
und den Ruhm Roms vor Augen. Ihr werdet auch noch einsehen, dass es erstrebenswert ist, nach römischem Gesetz und
römischer Ordnung zu leben! Roms Legionen werden die
Barbaren, die aus der Wildnis im Osten kommen und euch
bedrohen, das Fürchten lehren, so dass sie niemals mehr eure
Dörfer überfallen.«

In Gerhilds Ohren klang Quintus' Rede fast genauso wie das,
was Hariwin ihrem Bruder gepredigt hatte. Beide wollten
Raganhar und den übrigen Stammeskriegern die Unterwerfung unter das Imperium schmackhaft machen. Anders als ihr
ältester Bruder hatte Quintus jedoch nicht im Sinn, Raganhar
aufzufordern, mit seinen Leuten in das Land hinter der Steinernen Schlange zu ziehen, sondern wollte, dass dieses Gebilde
auch das Gebiet umfasste, in dem ihr Stamm siedelte.

Während Raganhar verzweifelt versuchte, seinem umnebelten
Gehirn einen klaren Gedanken abzuringen, murrten einige
seiner Männer.

»Wir lassen uns nicht hinter Roms Steinerner Schlange einsperren!«, rief Bernulf, ein älterer Krieger, der bereits Gerhilds
Vater treu gedient hatte.

»So ist es!«, stimmte Raganhars engster Gefolgsmann Sigiward ihm zu.

Einer der reicheren Dörfler, der im Ranggefüge der Krieger
nicht sehr hoch stand, aber durch den Handel mit anderen
Stämmen und den Römern zu Ansehen gekommen war, wiegte
unschlüssig den Kopf. »Ich weiß nicht, ob es tatsächlich so
schlimm wäre, im Reich der Steinernen Schlange zu leben. Ich

zahle jedes Mal, wenn ich Rinder und Schafe ins Imperium bringe, am Limestor etliche Sesterzen Zoll. Das würde ich mir sparen, wenn wir innerhalb des Reiches der Römer leben würden.«

»Dafür müsstest du Rom laufend Steuern und Abgaben zahlen«, entgegnete Bernulf aufgebracht.

»Gut, dass du mich daran erinnerst«, warf Quintus süffisant ein und nickte Hariwinius zu, der gehorsam übersetzte. »Zu meinen Aufgaben gehört es auch, genügend Vorräte für den geplanten Feldzug des Imperators zu beschaffen. Dafür hat dieser Stamm einhundert Rinder und zehn Wagenladungen Gerste als Tribut zu entrichten.«

So betrunken Raganhar auch war, begriff er doch, dass seine Sippe diese Forderung niemals würden erfüllen können. »Das ist viel zu viel!«, rief er entsetzt. »Der halbe Stamm würde verhungern!«

»Dann hätten wir weniger von diesem rebellischen Gesindel in unseren Vorlanden am Hals und könnten den Rest leichter unter unsere Herrschaft bringen!«, erklärte Quintus seinen Unteranführern. Er sprach leise, denn sollte einer der Germanen Latein verstehen, gingen seine geheimsten Gedanken diesen nichts an.

Dafür schüttelte Julius unwillig den Kopf. »Ich weiß nicht, ob das so gut wäre! Dieser Stamm ist mit Rom verbündet und hält die weiter ostwärts siedelnden Barbaren aus dem Vorland des Limes fern. Wird er geschwächt, strömen wilde Scharen von der Elbe her nach Westen, und die sind nicht seit Generationen daran gewöhnt, in Frieden an der Seite des Imperiums zu leben.«

Quintus lachte schallend. »Du tust ja direkt so, als müsste das Imperium diese Barbaren fürchten! Es braucht nur einen entschlossenen Feldzug, und sie sind alle unterworfen.«

»Das ist auch meine Meinung!«, rief Hariwinius im Brustton der Überzeugung. »Rom ist unüberwindlich! Allein meine Reitereinheit nimmt es mit der fünffachen Zahl an Barbaren auf.«

»Auch wenn diese Barbaren aus dem Hinterhalt angreifen?«, fragte Julius bissig.

»Auch dann!«, gab Hariwinius selbstbewusst zurück.

»Seid still, ihr beiden! Und du, Hariwinius, übersetzt gefälligst weiter«, befahl Quintus verärgert.

»Ja, Herr!« Seine Stimme klang so unterwürfig, dass Gerhild sich für ihren älteren Bruder geschämt hätte. Zu dessen Glück bekam sie es nicht mit, weil sie mit der Versorgung der Gäste beschäftigt war. Sie nahm jedoch das ergebene Neigen seines Kopfes wahr und empfand Ärger.

Unterdessen hatte Raganhar sich so weit gefangen, dass er Quintus antworten konnte. »Du verlangst zu viel!«, rief er sichtlich erschrocken. »Zwar zahlen wir Abgaben an das Imperium für das Recht, auf der römischen Seite der Steinernen Schlange Handel zu treiben. Doch nie war die Rede von einer so großen Menge Vieh und Korn!«

»Richtig!«, bekräftigte Colobert, ein enger Vertrauter Raganhars, der ebenfalls schon tief in das Methorn geschaut hatte.

»Der göttliche Marcus Aurelius Severus Antoninus will ein großes Heer aufstellen, um die Barbaren im Osten niederzuwerfen und die Grenzen des Imperiums zu erweitern. Dazu benötigen seine Truppen Vorräte für viele Wochen. Die werden euer Dorf und die anderen Sueben ringsum liefern! Im Gegenzug dafür könnt ihr euch mit euren Kriegern den Legionen anschließen und eure Verluste an Vieh und Getreide durch Beute ausgleichen.«

Während Hariwinius seine Worte übersetzte, sah Quintus erneut zu Gerhild hinüber. Ihr schönes Gesicht wirkte unbewegt, doch ihre Augen blitzten vor unterdrücktem Zorn. Sie mag uns Römer nicht, dachte er amüsiert. Gerade das aber erhöhte den Reiz für ihn, sie so zu zähmen, dass sie ihm aus der Hand fraß.

»So viel Beute können wir niemals machen«, raunte Bernulf Raganhar zu.

Sigiward und Colobert zogen lange Gesichter. Falls es zum Krieg kam und sie mit den Römern ziehen mussten, brauchten sie ebenfalls Vorräte, und dann würde für die Frauen, die Kinder und die Alten nichts mehr übrig bleiben.

»Wir lassen unsere Familien nicht hungern!«, brüllte Bernulf und schlug so erregt auf die Tischplatte, die auf zurechtgeschnittenen Baumstämmen aufgebockt lag, dass sie von einigen Männern festgehalten werden musste. Der alte Krieger hatte schon oft römische Gesandte in dieser Halle empfangen, aber noch nie war einer so anmaßend aufgetreten wie Quintus Severus Silvanus.

Raganhar war noch nicht lange der Fürst des Stammes und hatte bisher kaum Erfahrung im Umgang mit den Römern sammeln können. Nun spürte er die Empörung seiner Krieger wie einen scharfen Stich, und seine Angst wuchs, Hariwin könnte die Anwesenheit eines römischen Heeres ausnützen, um ihn abzusetzen und selbst die Herrschaft über den Stamm zu übernehmen.

»Versteh doch, Quintus!«, rief er mit schwerer Zunge. »So viel kann unser Stamm nicht hergeben. Selbst wenn alle Dörfer zusammenlegen, kommt nicht die Menge zusammen, die du von uns verlangst.«

»Wulfherich würde niemals etwas abgeben, und beim Teiwaz, ich könnte ihn verstehen!« Für diese Worte fing Bernulf sich einen drohenden Blick seines Fürsten ein, denn an seinen rebellischen Vetter erinnert zu werden war das Letzte, was Raganhar dulden wollte.

Quintus lehnte sich zurück und musterte Raganhar verächtlich. »Ich könnte natürlich meinen Einfluss auf den Imperator zu deinen Gunsten nutzen!«

»Nutzen? Wie denn?«, fragte Raganhar hoffnungsvoll.

»Deine Schwester gefällt mir, und ich will sie haben! Im Gegenzug könnte ich deinen Tribut auf fünfundzwanzig Rinder und drei Wagenladungen Gerste verringern!«

Nachdem Hariwinius diese Worte übersetzt hatte, wurde es erst einmal ganz still. Gerhild empfand diesen Vorschlag als unverschämt und erwartete, dass Raganhar ihn umgehend zurückweisen würde. Ihr Bruder saß jedoch mit gesenktem Kopf auf seinem Hochsitz, ohne etwas zu sagen.

Statt seiner fuhr der alte Bernulf empört auf. »Gerhild ist keine Sklavin, die du für ein paar Kühe und eine Handvoll Getreide kaufen kannst! Sie ist die Tochter des Fürsten Haribert und über viele Generationen eine Nachkommin des Gottes Teiwaz. Sie wird nur einen Mann von edlem Blut nehmen, einen Fürsten, wie ihr Vater einer war.«

Da Bernulf Gerhild die Tochter des verstorbenen Fürsten nannte und nicht die Schwester des jetzigen, bewies er deutlich, wie wenig er von Raganhar hielt. Andere Stammeskrieger schlugen auf den Tisch und stimmten dem alten Mann zu.

Schließlich stand Hariwinius auf und hob die Hand, um die anderen zum Schweigen zu bringen. »Was soll das Geschrei?«, fragte er scharf. »Es beleidigt euren Gast! Der hochedle Quintus steht weit oben in der Gunst des Imperators. Daher wäre eine Ehe mit ihm ...«

»Ich will sie doch gar nicht heiraten«, stieß Quintus leise hervor. Aber nur Julius vernahm es, während Hariwinius unverdrossen seine Worte wiederholte, um sie zu unterstreichen.

»... daher wäre eine Ehe mit ihm für Gerhild eine hohe Ehre! Sie könnte es nicht besser treffen, denn sie würde eine angesehene Dame sein und ein Leben führen, wie sie es sich jetzt nicht einmal erträumen kann. Überdies wäre diese Verbindung für unseren Stamm von Nutzen, denn es ist immer von Vorteil, einen Mund zu wissen, der das Ohr des Imperators besitzt. Wenn das Land ringsum, wie der hochedle Quintus erklärt hat, zu einer weiteren Provinz Roms gemacht und der Limes um viele Meilen nach Osten verlegt wird, so steht auch ihr unter dem Schutz der Pax Romana mit dem Recht, römische Bürger zu werden. Ihr würdet ein Teil der römischen Welt und der Zivilisation! Niemand dürfte euch mehr Barbaren nennen.«

Der Händler nickte zustimmend, aber einige Krieger in Raganhars Alter pfiffen empört.

Gerhild starrte ihren älteren Bruder entsetzt an. Das kann er doch nicht ernst meinen, fuhr es ihr durch den Kopf. Welche Gesetze in Rom herrschten, wusste sie von Linzas Bruder Hunkbert. Wer seine Steuern nicht zahlen konnte, wurde als Sklave verkauft, und mit ihm sein Weib und seine Kinder, und wer dagegen aufbegehrte, wurde gefoltert und an ein Kreuz genagelt.

»Nun, wie lautet deine Antwort?«, fragte Quintus, dem Raganhars Schweigen zu lange dauerte.

Er brachte den jungen Fürsten damit in große Bedrängnis, zumal dessen Bruder bereits erklärt hatte, dass er das Angebot des Römers annehmen würde. Auch wenn einige Hitzköpfe plärrten, so würde der verminderte Tribut die meisten Angehörigen seines Stammes mit der Tatsache aussöhnen, dass Gerhild einem Römer folgen musste. Raganhar dachte an Linza, die das vor fünfzehn Jahren getan hatte. Deren Mann war jedoch nur ein einfacher Legionär gewesen, und für diese Verbindung hatte sich niemand wirklich interessiert. Quintus hingegen war ein enger Freund des Imperators Caracalla und damit in der Lage, jederzeit etwas für den Stamm zu tun.

»Ich bin damit einverstanden«, erklärte Raganhar. »Du wirst Gerhild jedoch nach unserem Brauch zum Weib nehmen!«

»Endlich bist du vernünftig geworden, Bruder«, rief Hariwinius erleichtert.

»Vernünftig? Närrisch ist er geworden, und du mit ihm!« Gerhild trat wuterfüllt auf ihre Brüder zu. »Ich werde diesen Römer niemals zum Mann nehmen.«

»Auch nicht, wenn es zum Besten des Stammes ist?«, fragte

Raganhar, der nicht erwartet hatte, dass sie sich gegen seine Entscheidung auflehnen würde.

Julius versetzte Hariwinius einen Rippenstoß. »Du bist wirklich ein Narr!«, flüsterte er ihm zu. »Quintus kann deine Schwester nicht heiraten, denn er hat bereits eine Frau in Rom.«

»Warum sollte ihn das daran hindern, Gerhild zu heiraten? Mein Großvater besaß sogar drei Frauen – und andere Fürsten begnügen sich ebenfalls nicht mit einem einzigen Weib«, antwortete Hariwinius verärgert.

»Wie du selbst wissen müsstest, haben die Römer stets nur eine einzige, rechtsgültige Ehefrau. Alle anderen Weiber sind Konkubinen oder Sklavinnen, deren sie sich bedienen können, wie es ihnen beliebt. Auch deine Schwester würde im Imperium als nichts anderes gelten. Sobald Quintus ihrer überdrüssig wird, kann er sie an einen seiner Männer verschenken oder gleich verkaufen.«

Zwar hatte Julius mit seinem Einwand recht, doch Hariwinius hoffte, dass alles gut ausgehen würde. Wenn Quintus Gerhild nach Stammessitte heiratete, würde dies allen Sueben zeigen, dass eine engere Anlehnung an Rom nur Vorteile brachte. Er brauchte sich doch nur umzusehen, um zu erkennen, wie elend seine Sippe lebte. Ein Fürst, der in einer aus rohem Holz errichteten, strohgedeckten Hütte wohnte, konnte in Rom nur Spott und Verachtung ernten. In seiner Jugend hatten ihn die anderen Knaben oft einen schmutzigen Barbaren genannt. Dies brannte noch immer in ihm, doch sobald sein Stamm innerhalb des Limes lebte, würde auch dieser Schandfleck getilgt sein.

Daher fuhr er seine Schwester an. »Du wirst den Mann nehmen, den Raganhar und ich für dich ausgewählt haben!«

Gerhild zischte aufgebracht. »Nicht ihr habt diesen Römer ausgesucht! Er verlangt mich von euch, als wäre ich ein Schwein oder eine Kuh. Und ihr knickt vor ihm ein!«

»Sei still! Bedenke den Vorteil, den wir damit erlangen. Wir müssten Rom nur ein Fünftel des verlangten Tributs zahlen. Also gehorche!«, brüllte Raganhar.

Quintus verfolgte das Geschehen mit einem feinen Lächeln, denn er hatte seine überhöhte Forderung mit Bedacht gestellt, um den Häuptling in die Enge zu treiben. Der Tribut, den der Stamm nun zahlen musste, entsprach genau dem, den er ursprünglich hatte fordern sollen. Die schöne Barbarin erhielt er sozusagen als Zugabe.

Raganhar rief nach einer Magd, die ihm den Becher neu füllen sollte, schickte sie dann aber weg und drehte sich zu Gerhild um. »Komm, Schwester! Schenke uns ein. Ich will mit dem edlen Herrn Quintus anstoßen. Es gibt einen Grund zum Feiern!«

Voller Wut trat Gerhild näher. Bevor sie jedoch etwas sagen konnte, wies Raganhar auf Quintus. »Schenke auch ihm ein, denn diese Verbindung können wir nur mit Met begießen!«

»Ich werde sie gleich morgen mitnehmen!« Quintus hatte zwar nicht ganz verstanden, was eben gesprochen worden war, wollte aber keinen Zweifel aufkommen lassen, dass alles nach seinem Willen zu geschehen hatte.

Als Hariwinius die Worte übersetzte, schüttelte Gerhild so wild den Kopf, dass ihre blonden Haare aufstoben und im Schein des Feuers wie Gold leuchteten. »Ich lasse mich nicht in das Land jenseits der Steinernen Schlange verschleppen, und ich werde diesen Mann nicht heiraten. Dazu kann mich niemand zwingen!«

»Doch, ich! Ich bin dein Fürst und dein Bruder. Du hast mir zu gehorchen!« Raganhar kochte vor Wut, denn mit ihrer Weigerung stellte seine Schwester seine Autorität vor dem ganzen Stamm in Frage.

Gerhild überlegte verzweifelt, was sie tun konnte, um sich diesem Schicksal zu entziehen. Wäre Quintus ihr nicht vom ersten Augenblick an zuwider gewesen, hätte sie vielleicht eingelenkt. Aber die Gier in seinen Augen stieß sie ab, und ihr wurde schon bei dem Gedanken übel, dieser Mann könnte sie besitzen und Gehorsam von ihr fordern. Niemals!, schwor sie sich, und wenn sie dafür aus dem Dorf fliehen und sich in den Wäldern verbergen musste. Doch da kam ihr eine Idee.

»Ich bin die Tochter und Enkelin von Fürsten und Kriegern und entstamme Teiwaz' Blut. Daher werde ich auch nur einen Fürsten und Krieger heiraten«, erklärte sie mit mühsam beherrschter Stimme.

»Was sagt sie?«, fragte Quintus, der sich über ihren Widerstand ärgerte.

Bevor Hariwinius dazu kam, übersetzte Julius ihre Worte.

Quintus brüllte vor Lachen. »Was bildet sich dieses Barbarenmädchen ein? Ihre Vorfahren waren dumpfe Schlagetots, die froh sein konnten, wenn sie ihre Nachbarn überfallen und ihnen ein paar Kühe rauben konnten.«

Da Julius dies ohne Befehl übersetzte, hörten es Raganhar und dessen Gefolgsleute ebenso wie Gerhild. Einige Krieger murrten, und Bernulf schlug zum zweiten Mal mit der blanken Faust so hart auf den Tisch, dass die Platte verrutschte.

»Wenn du dir diese Schmähung deiner und unserer Ahnen gefallen lässt, bist du nicht der Sohn deines Vaters!«, brüllte er und sah Raganhar herausfordernd an.

Raganhar saß wie zu Stein erstarrt da. In seinem Innern aber tobte es. Er hätte seine Schwester, die nicht bereit war, sich seinem Willen zu beugen, am liebsten grün und blau geprügelt. Sein Zorn richtete sich auch gegen Quintus, der ihn mit seiner überheblichen Rede in ein Dilemma gestürzt hatte. Wie auch immer die Entscheidung ausfallen mochte, sie würde sich gegen ihn richten.

Da sein Bruder schwieg, griff Hariwinius ein. »Der hochedle Quintus Severus Silvanus ist ein mächtiger Mann in Rom, und er steht dem Imperator sehr nahe. Damit ist er ein Fürst unter den Römern!«

42

»Ist er auch ein Krieger?«, fragte Gerhild provozierend.

»Was sagt sie?«, fragte Quintus, den die Szene allmählich langweilte.

»Sie fragt nach deinen Qualitäten als Krieger, hochedler Quintus!« Erneut übersetzte Julius, bevor Hariwinius dazu kam, und im Gegensatz zu diesem beschönigte er nichts.

»Sie glaubt, ich wäre kein Krieger?« Quintus stand mit verbissener Miene auf. »Ich bin bereit, deiner Schwester zu zeigen, wie ein Römer zu kämpfen versteht. Bestimme einen deiner besten Männer, damit ich mich mit ihm messen kann.«

Der letzte Satz galt Raganhar, der in seinem Rausch zunehmend Mühe hatte, dem Geschehen zu folgen.

Julius verzog das Gesicht, denn Raganhars Gefolgsleute waren noch betrunkener als ihr Fürst. Ein Sieg über einen von ihnen würde Quintus wenig Achtung einbringen, dafür aber Gerhilds entschiedenen Hass und die Rachegelüste der Verwandten des Besiegten.

»Ich finde, es sollte kein Blut fließen«, wandte er daher ein.

»Lasst es auf einen Wettstreit ankommen, sei es im …« Das »Laufen«, das Julius bereits auf der Zunge lag, verschluckte er wieder, denn für einen solchen Wettstreit war Quintus zu schwer gebaut. »Nun, ich schlage Speerschleudern vor, sei es auf Weite oder im Werfen auf ein Ziel!«

»Ich bin für das Zielwerfen«, erklärte Quintus mit zufriedener Miene. Da es in seiner Position wichtig war, gut mit Waffen umgehen zu können, hatte er häufig mit dem Pilum geübt und ging davon aus, es mit jedem der hier versammelten Stammeskrieger aufnehmen zu können.

Für Raganhar bedeutete Julius' Vorschlag einen unerwarteten Ausweg aus seinem Dilemma. »So machen wir es!«, rief er erleichtert. »Der edle Quintus soll sich mit Colobert messen. Gewinnt er, wird meine Schwester ihn ohne weiteres Sträuben heiraten!«

Das denkst auch nur du, dachte Gerhild erbittert. Colobert

mochte ein guter Freund ihres Bruders sein, war aber einer der schlechtesten Krieger im Dorf. Selbst nüchtern traf er, wie sie boshaft zu sich selbst sagte, mit seinem Ger nicht einmal ein Ziel von der Größe eines Wisents, und so betrunken, wie der Mann war, konnte sie wohl noch weniger erwarten. Als Colobert aufstand, um Raganhar und Quintus nach draußen zu folgen, schwankte er so heftig, dass zwei Männer ihn stützen mussten.

7.

Der Platz, an dem Raganhars Krieger ihre Waffenübungen abhielten, lag außerhalb des Dorfes. Nüchtern hätte Gerhilds Bruder die Gäste nicht an diesen Ort geführt, denn die Strohpuppen, die als Ziele dienten, trugen römische Helme, und einer hatte man sogar einen alten römischen Brustpanzer umgeschnallt.

Quintus nahm es mit eisiger Miene zur Kenntnis und befahl Hariwinius, ihm ein Pilum zu bringen.

Der junge Offizier neigte entschuldigend den Kopf. »Es tut mir leid, edler Quintus, aber wir haben nur die leichten Wurfspeere der Reiterei bei uns.«

»Dann hole mir einen solchen. Ein paar Übungswürfe wird man mir wohl zugestehen.«

»Selbstverständlich, Herr!« Da Hariwinius viel daran lag, dass sein Anführer seine Schwester erhielt, gab er einem der Reiter den Befehl, mehrere Wurfspeere zu bringen, damit Quintus sich den besten aussuchen konnte.

Dann wandte er sich an seinen Bruder. »Da der hochedle Quintus mit einem fremden Speer werfen muss, sind ihm wohl ein halbes Dutzend Probewürfe zuzugestehen!«

»Natürlich!« Raganhar nickte eifrig und nahm einer der Zielfiguren den römischen Helm ab.

»Lass ihn ruhig drauf, damit dieses Ding wie ein richtiger Krieger aussieht«, rief Quintus ihm zu.

Kaum hatte Hariwinius dies übersetzt, nahm Raganhar einem seiner Männer den Helm ab und steckte ihn anstelle des Römerhelms auf die Zielpuppe. Quintus nickte zufrieden. Wie er vorausgesehen hatte, machte die Angst vor der Macht Roms diese Wilden zu willigen Knechten des Imperiums.

Als der Soldat mit einigen Wurfspeeren zurückkam, suchte Quintus sorgfältig den aus, der ihm am besten in der Hand lag, und machte einige Probewürfe. Beim ersten Mal verfehlte er noch die Figur mit dem Barbarenhelm. Er achtete jedoch nicht auf das Lachen der Zuschauer, sondern hieß Hariwinius, ihm den Speer zurückzubringen, und traf beim nächsten Mal besser.

Nach dem sechsten Wurf begriff auch der Letzte, dass Quintus gegen Colobert selbst dann gewinnen würde, wenn dieser nüchtern gewesen wäre. Mitleidige, aber auch ein paar neidische Blicke trafen Gerhild. Die Töchter des Händlers hätten gerne das Interesse eines so einflussreichen und reichen Mannes wie Quintus erregt, doch die meisten Mädchen bedauerten, dass Gerhilds Brüder sie als Gegenwert für ein paar Rinder und etwas Gerste dem Römer übergeben wollten.

»Was willst du tun?«, fragte Odila, die neben Gerhild stand und zusah, wie Quintus' Würfe von Mal zu Mal besser wurden.

»Bevor ich mich diesem aufgeblasenen Wicht unterwerfe, gehe ich in die Wälder!« Gerhild war so aufgebracht, dass sie ihre Brüder am liebsten mit einem Stock verprügelt hätte.

»Aber dann wird Quintus die hundert Rinder und die zehn Wagenladungen Gerste von uns verlangen!«, rief Odila entsetzt.

Gerhild nickte grimmig. Diese Forderung machte es tatsächlich unmöglich, sich einfach in die Büsche zu schlagen. Ihr blieb nicht einmal der ehrenvolle Ausweg, Selbstmord zu begehen, weil sie damit rechnen musste, dass Quintus ihre Sippe auch dafür leiden lassen würde.

»Die Unheimlichen sollen ihn holen«, murmelte sie und wusste selbst, dass die Wesen der Nacht ihr diesen Gefallen nicht tun würden. Auf ihre Brüder konnte und auf Coloberts Geschick mit dem Ger durfte sie nicht bauen. Wenn es noch einen Ausweg gab, musste sie ihn selbst finden, und zwar so, dass weder ihr eigenes Ansehen noch der Stamm selbst Schaden nahmen.

Während Colobert ebenfalls einen Probewurf versuchte, kam ihr eine Idee. Kurz entschlossen trat sie nach vorne, nahm dem überraschten Mann die Waffe aus der Hand und wandte sich an ihre Brüder.

»Schämt ihr euch nicht, den braven Colobert so demütigen zu wollen? Er ist ein wackerer Krieger und zu schade dafür, Fremden als betrunkener Narr vorgeführt zu werden.«

»Das ist wahr!«, rief Odila von hinten, um Gerhild zu helfen. Auch einige andere Frauen und jene Männer, die dem Met nicht so stark zugesprochen hatten, unterstützten sie wortreich.

Gerhild winkte ihnen kurz zu und sah dann ihren jüngeren Bruder an. »Soll es von den Fürsten unseres Stammes heißen, sie hätten die eigene Schwester in betrunkenem Zustand an einen Römer verspielt?«

»So würde man es sich gewiss erzählen!«, warf Odila ein.

Raganhar schwirrte der Kopf. Eben noch hatte es so ausgesehen, als würde seine Schwester nachgeben. Nun aber griff sie seine Autorität erneut an, und nach diesen Worten würde man tatsächlich überall erzählen, er habe sie für ein paar Kühe verkauft. Er sah seinen Bruder hilfesuchend an, doch Hariwinius war von dieser Wendung der Dinge ebenso überrascht wie er.

Im ersten Augenblick hatte Quintus sich über Gerhilds Einmischung geärgert. Mittlerweile aber amüsierte er sich über sie. Je widerspenstiger sie war, umso größer wurde für ihn der Reiz, sie zu beherrschen. Er wandte sich zu ihr um und musterte sie mit einem überheblichen Lächeln.

»Wenn dir dieser Mann zu betrunken ist, dann wähle einen anderen aus. Ich werde jeden besiegen!« Schon deshalb, weil es keiner wagen wird, gegen mich zu gewinnen, dachte er.

Jeder wird fürchten, der Stamm müsse in dem Fall seine überhöhten Forderungen erfüllen.

»Wähle einen Krieger!«, forderte Raganhar seine Schwester auf.

Gerhild ließ ihre Blicke über die versammelten Männer schweifen. Einigen von ihnen traute sie es zu, gegen den Römer zu gewinnen. Doch als sie Bernulf fragend anschaute, senkte er den Kopf und zog sich hinter die anderen zurück. Auch Teudo, ein Krieger, der mit ihrem Bruder nicht gerade gut stand, schüttelte den Kopf. Nur Ingulf, der zu den Jungmannen des heurigen Jahrgangs zählte, wollte vortreten, wurde aber von mehreren älteren Kriegern nach hinten gestoßen und hielt still.

Es wagt keiner, für mich zu siegen, dachte sie erbittert. Doch sie brauchte auch niemanden. Mit entschlossener Miene drehte sie sich zu Quintus um. »Du sagst, ich kann wählen, wen ich will?«

»Das kannst du!«, gab Quintus amüsiert zurück. Er hatte die Reaktion der Männer beobachtet und war entsprechend siegessicher.

»Du versprichst auch, dass du den Tribut unseres Stammes nicht erhöhst, wenn du unterliegen solltest?«, fragte Gerhild weiter.

Quintus verzog das Gesicht zu einem überheblichen Grinsen. »Das verspreche ich.«

»Auch dass es unserem Stamm keinen weiteren Schaden bringt, wenn du nicht siegst?«

»Was soll das Gerede, Schwester? Bestimme den, der für dich wirft«, fuhr Raganhar sie verärgert an.

»Er soll schwören!« Gerhild starrte Quintus so zwingend an, dass der Römer unwillkürlich den Blick abwandte.

»Von mir aus schwöre ich auch das!« Langsam begann er sich über dieses Weib zu ärgern und nahm sich vor, ihr kräftig den Hintern zu versohlen, bevor er sich ihrer bediente.

48

»Dann ist es beschlossen!« Mit dem Ger in der Hand trat Gerhild an die Stelle, von der aus Quintus seine Probewürfe gemacht hatte.

Zunächst begriff der Römer nicht, was sie vorhatte, brach dann aber in schallendes Gelächter aus. »Willst du etwa selbst den Speer werfen?«

»Da die Männer entweder zu betrunken oder zu feige sind, werde ich für mich kämpfen!«

»Aber das ist doch ein Unding!«, rief Julius aus. »Du bist eine Frau und diese Waffe nicht gewohnt. Wenn du willst, werfe ich für dich!«

Erschrocken packte Hariwinius seinen Freund am Arm. »Nein, Julius, du bist zu gut darin! Womöglich gewinnst du noch.«

»Wenn ich einen Wettkampf beginne, will ich ihn gewinnen!«, antwortete Julius heftig.

Quintus kochte vor Wut und hätte Julius am liebsten befohlen, auf der Stelle sämtliche Pferde ihrer Truppe zu striegeln. Wenn das kleine Biest, wie er Gerhild insgeheim nannte, tatsächlich auf dieses Angebot einging, würde er den Kürzeren ziehen. Julius war ein ausgezeichneter Krieger und beharrte anders als Hariwinius auf seinem Willen, selbst wenn er damit in Konflikt mit dem Präfekten geriet.

Auch Gerhild überlegte, was sie tun sollte. Zwar traute sie Julius zu, den Speer ins Ziel zu setzen. Er war jedoch Quintus' Untergebener, und das konnte den Ausschlag geben.

Daher schüttelte sie den Kopf. »Wer bin ich, dass ich mein Schicksal in die Hand eines Stammesfremden legen würde? Ich werfe selbst!«

»Dann beschwere dich nicht über das, was folgen wird!«, rief Julius aufgebracht. Ebenso wie Quintus und Hariwinius traute er Gerhild nicht zu, überhaupt die Zielfigur zu treffen, geschweige denn jene Körperteile, bei denen ein Speer tödlich wirkte.

Raganhar hingegen zog den Kopf ein, denn er hatte seine Schwester oft genug auf der Jagd erlebt und kannte ihr Geschick mit Bogen und Wurfspeer. Wenn sie gut traf, würde Quintus sich anstrengen müssen, besser zu sein als sie. Verzweifelt überlegte er, ob er Gerhild nicht verbieten sollte, gegen den Römer anzutreten. Doch als er seine Krieger musterte, las er in ihren Gesichtern Erleichterung. Keinem von ihnen hätte es gepasst, vorsätzlich verlieren zu müssen. Teudo klopfte gerade mit der Faust auf seinen Schild und rief: »Gerhild!«

Andere taten es ihm nach, und zuletzt hallte das rhythmische Schlagen weithin.

»Gerhild! Gerhild! Gerhild!«, riefen die Männer, und die Frauen und Kinder fielen darin ein.

Für Raganhar war es wie eine Ohrfeige, und er betete im Stillen zu Teiwaz, dass Quintus seiner rebellischen Schwester beweisen würde, wer der Herr war. Wütend trat er zwischen die beiden und wies auf die mittlere Figur, deren Helm er ausgetauscht hatte.

»Das ist das Ziel! Ihr werft dreimal hintereinander. Der edle Quintus soll beginnen!« Wenn der Römer gut traf, setzte er Gerhild unter Druck, und sie würde vielleicht die Nerven verlieren, sagte Raganhar sich.

»Werft ihr mit einem Speer oder mit dreien?«, fragte Julius.

Quintus überlegte kurz. »Mit dreien!«, antwortete er. »Wie soll man mit einem messen, welcher Wurf der beste ist. Nur dieser zählt!«

»Ich bin einverstanden!« Gerhild kam dieser Vorschlag gelegen, denn sie wusste nicht, ob sie dreimal gleich gut treffen würde. Einmal aber, so hoffte sie, würde es ihr gelingen.

Auf Raganhars Zeichen hin hob Quintus seinen Wurfspeer, fasste das Ziel fest ins Auge und schleuderte die Waffe nach vorne.

Ein Aufschrei erscholl, als sein Speer die Strohpuppe in den Unterleib traf.

Raganhar klatschte Beifall. »Ein ausgezeichneter Wurf, edler Quintus. Der Feind wäre tot!«

»Höchstens schwer verletzt«, tat Gerhild seinen Ausspruch ab, zielte und warf.

»Nur der Oberschenkel«, klang Raganhars Stimme auf.

»Eher die Hüfte und damit eine ebenso schwere Verletzung wie bei Quintus' Leibtreffer«, erklärte Julius zuerst in seiner Stammessprache und dann auf Latein. Er fing sich dafür einen erbosten Blick seines Anführers ein.

Quintus wusste, dass Raganhar und die meisten Stammeskrieger seinem Treffer den Vorzug geben würden. Allerdings hatte das kleine Biest noch zwei Versuche, um ihn zu übertreffen. Er ließ sich mehrere Speere reichen, wählte einen aus und schleuderte ihn kraftvoll.

»Brust!«, rief Raganhar begeistert.

»Zu hoch dafür! Eher die Schulter. Wäre im Grunde eine geringere Verwundung als vorhin«, schränkte Julius ein.

Hariwinius zupfte seinen Freund am Ärmel. »Was soll das Gerede? Wir wollen doch alle, dass Quintus gewinnt!«

»Nicht alle«, sagte Julius und wies auf Gerhild, die eben zu ihrem zweiten Versuch antrat. Die Lippen zusammengepresst und mit äußerster Konzentration schleuderte sie die Waffe.

»Brustbein! Bis jetzt der beste Treffer«, erklärte Julius mit einem seltsam zufriedenen Lächeln.

»Auch nicht besser als Quintus' zweiter Wurf. Dieser hat bis jetzt immer noch den besten Treffer gesetzt!« Raganhar funkelte Julius warnend an. »Halte dich hier heraus! Immerhin bist du Quintus' Untergebener.«

»Ich bin aber auch ein Mann von Ehre«, antwortete Julius in einem Ton, als sähe er Gerhilds Bruder nicht als solchen an.

Das Blut rauschte in Raganhars Kopf, und er war kurz davor, den anderen zum Zweikampf zu fordern. Da flog Quintus' dritter Speer durch die Luft, traf mit der Spitze gegen den Helm der Strohfigur und prallte ab.

»Der Wurf gilt als voller Kopftreffer und ist bisher der beste«, erklärte Raganhar rasch.

»Das ist ungerecht«, rief Odila von hinten.

Gerhild war der gleichen Meinung, wusste aber, dass ein Streit ihr nicht weiterhelfen würde. Entweder traf sie jetzt gut oder … Sie wagte es nicht, sich auszumalen, was sein würde, wenn sie Quintus wie eine Sklavin in das Land hinter der Steinernen Schlange folgen musste. Auf jeden Fall würde sie niemals mehr Herrin ihres eigenen Willens sein.

»Das darf nicht geschehen«, stieß sie hervor, holte aus und warf den Speer.

Als dieser einschlug, wurde es still im Rund. Nur die besten Krieger konnten sich rühmen, jemals den handtellergroßen Fleck getroffen zu haben, der das Herz der Figur anzeigte. Gerhilds Speer saß genau in der Mitte. Mit einem triumphierenden Blick drehte sie sich zu Raganhar um.

»Diesen Wurf kannst auch du nicht mehr kleinreden, Bruder. Ich habe gesiegt! Nun muss Quintus zu seinem Wort stehen.«

Erleichtert kehrte Gerhild diesem und ihrem Bruder den Rücken und ging zum Dorf zurück.

Quintus sah ihr mit einem Blick nach, in dem Hass und Verlangen sich mischten. Bislang hatte er Gerhild begehrt, weil sie schön und exotisch war wie eine Blume aus einem fernen Land. Nun aber würde er erst wieder Ruhe finden, wenn sie ihm mit Leib und Seele gehörte.

»Sie wird mir noch die Füße lecken wie ein Hund!«, schwor er sich und bedauerte, nur mit zwanzig Reitern gekommen zu sein. »Ich hätte alle vier Turmae mitnehmen sollen, die unter Hariwinius' und Julius' Kommando stehen. Dann könnten wir diesem Gesindel zeigen, dass man einen Gesandten des Imperators nicht auf diese Weise demütigt.«

Noch während er es sagte, erinnerte er sich daran, dass Julius mehr zu diesem kleinen Biest gehalten hatte als zu ihm. Dafür wird der Kerl mir noch büßen, sagte er sich. Als er Julius ansah, war dessen Miene so unbewegt wie meistens. Es war, als hätte der Gote für einige Augenblicke sein wahres Gesicht gezeigt und nun wieder eine Maske aufgesetzt.

Dagegen war Hariwinius der Ärger deutlich anzumerken. Er trat neben seinen Bruder, packte diesen und zog ihn dicht vor sich. »Das hättest du verhindern müssen! Wozu habe ich dir den Rang eines Stammesfürsten überlassen? Wenn Quintus sich nun von unserer Sippe abwendet und Wulfherich bevorzugt, bist du schuld!«

»Ich habe getan, was ich konnte! Aber Gerhild hat ihr Schicksal in die Hand der Götter gelegt, und so musste ich ihr den Willen lassen. Warum hat Quintus nicht besser geworfen? So mächtig, wie du behauptet hast, sind Roms Götter wohl doch nicht. Gerhild hingegen entstammt ebenso wie ich und du Teiwaz' Blut, und der Gott hat sie beschützt.«

»Elender Narr!«, schnaubte Hariwinius, stieß ihn von sich und trat zu seinem Anführer, um ihm zu erklären, dass er an diesem Debakel keine Schuld trug.

8.

Gerhild war so erleichtert, Quintus entgangen zu sein, dass sie weinte, als sie ins Dorf zurückkehrte. Ihre Freundin Odila schlang einen Arm um sie.

»Was hast du denn? Du hast es diesem überheblichen Römer doch gezeigt!«

»Aber Raganhar, Hariwinius und die übrigen Krieger hätten mich einfach an den Mann verkauft!«, brach es aus Gerhild heraus.

»Nicht alle!«, erwiderte Odila. »Dieser Gote – Julius heißt er, glaube ich – war bereit, Quintus in die Schranken zu weisen.«

»Pah! Er hätte genauso gekuscht wie die anderen und verloren«, gab Gerhild bissig zurück.

»Das glaube ich nicht. Schade, dass Julius zu den Römern gehört. Wäre er einer unserer Krieger, könnte er mir gefallen!« Odila seufzte so seelenvoll, dass Gerhild erregt die Luft aus den Lungen stieß.

»Er ist auch nur so ein dummer Kerl wie alle anderen! Wer weiß, aus welchem Loch er gekrochen ist. Was hat er überhaupt bei den Römern zu suchen? Das zeigt doch nur, dass er ein heimatloser Wicht ist, von dem die eigenen Leute nichts wissen wollen.«

»So wie Hariwin?«, wandte Odila ein.

Gerhild zuckte zusammen, schüttelte dann aber vehement den Kopf. »Bei Hariwin ist es etwas anderes. Er wurde den Römern als Geisel übergeben.«

»Wer sagt dir, dass es bei Julius nicht ebenso war?«, fragte die Freundin.

54

Bevor Gerhild antworten konnte, erscholl der Ruf eines Horns. »Jemand nähert sich dem Dorf! Es sind Leute, die unsere Wächter nicht kennen«, rief Gerhild.

»Vielleicht wollen sie um Gastfreundschaft bitten. Die Sonne steht schon tief, und im Lager der römischen Reiter werden bereits die Kochfeuer entzündet«, sagte Odila.

Gerhild lauschte den Hornsignalen. »Es sind mehr als ein Dutzend Männer und alle bewaffnet. Lauf rasch zu Raganhar und teile es ihm mit.«

»Er wird die Hornsignale selbst gehört haben«, wehrte Odila ab.

»Und selbst wenn es so ist, sollten wir besser vorsichtig als vertrauensselig sein«, erklärte Gerhild und versetzte der Freundin einen Schubs.

Sie selbst eilte in das Langhaus ihres Bruders, steckte dort einen Dolch unter das Kleid und nahm ihren Bogen zur Hand.

Als sie wieder ins Freie trat, hatten sich bereits etliche Krieger auf dem freien Platz vor dem Gehöft versammelt. Allerdings handelte es sich um Jungmannen, die noch kein Anrecht darauf besaßen, an der Tafel des Fürsten zu sitzen. Aus diesem Grund waren die meisten von ihnen noch nüchtern.

»Wo ist Raganhar?«, fragte Gerhild einen von ihnen.

»Der spricht noch mit dem Römer, um dessen Unmut zu besänftigen«, antwortete Ingulf, der als Einziger den Mut gezeigt hatte, für sie zu werfen.

»Dann muss es ohne ihn gehen. Macht euch bereit! Kommen die Fremden als Freunde, sind sie uns willkommen, wenn nicht, werden Schwert und Pfeil sie empfangen!«

Die Krieger kannten Gerhilds Geschick mit Waffen und lachten. Einer rief: »Hätten die Fremden dich vorhin werfen sehen, würde es keiner wagen, eine Waffe gegen uns zu ziehen. Einen Stamm, bei dem bereits die Weiber bessere Krieger als die Römer sind, den fürchtet jeder.«

»Quintus wird lange daran zu knabbern haben, dass ein Mädchen ihn übertroffen hat«, rief Teudo fröhlich.

Bei dieser Bemerkung erstarrte Gerhild innerlich. Sollte diese Nachricht die Runde machen, würde Quintus in allen Dörfern diesseits der großen Steinschlange mit Gelächter empfangen werden. Für einen Mann wie ihn musste dies verheerend sein. Mit einem Mal überkam sie das Gefühl, ein Feuer entfacht zu haben, das sie nicht mehr einzudämmen vermochte. Schnell schob sie diesen Gedanken beiseite und richtete ihr Augenmerk auf die Fremden, die von den Wachen angekündigt worden waren.

Als Erster erschien jedoch der Gote. »Ich habe Hornsignale gehört! Was gibt es?«

»Es sind Fremde aufgetaucht. Bei Freunden hätten die Wächter uns nicht gewarnt«, erklärte Gerhild kühl.

Julius nickte verstehend und befahl seinem Stellvertreter Vigilius, seine Reiter zu alarmieren. »Wir wollen nicht hoffen, dass es Feinde sind. Sonst werden unsere Männer tapfer mitmischen.«

Trotz seiner Worte war er besorgt, denn Quintus war immerhin ein Vertrauter von Kaiser Caracalla. Wenn ihm etwas zustieß, wäre es eine Schande für ihre gesamte Einheit.

»Sorgt dafür, dass der Gesandte des Imperators in Sicherheit gebracht wird«, rief er Vigilius nach.

»Was sollte mir geschehen?« Quintus war nun auch ins Dorf gekommen und hatte Julius' letzte Bemerkung gehört.

»Es treiben sich Fremde in der Gegend herum, und wir wissen nicht, ob sie in friedlicher Absicht kommen«, erklärte Julius.

»Wir hätten mehr Reiter mitnehmen sollen!« Der Blick, mit dem Quintus Gerhild und das Dorf maß, verriet jedoch, dass es ihm weniger um die Fremden als um Vergeltung für seine Niederlage ging.

Erneut erklangen Hornsignale, und Gerhild atmete auf. »Die

Fremden reiten offen auf das Dorf zu. Entzündet Fackeln, damit wir sie begrüßen können.«

Mittlerweile war es dämmrig geworden, und im Osten überzog bereits die Schwärze der Nacht den Himmel. Weitere Stammeskrieger erschienen, immer noch sichtlich betrunken, aber von den Hornsignalen schon etwas ernüchtert. Zuletzt gesellten sich auch Raganhar und Hariwinius zu den Versammelten vor der Halle.

»Was soll der Aufruhr, Schwester?«, fragte der junge Fürst mit verkniffener Stimme.

»Du hast es doch auch gehört! Es nähern sich Fremde. Ich frage mich, was sie ausgerechnet um diese Zeit bei uns wollen.« Misstrauen schwang in Gerhilds Stimme mit, denn nur selten erschienen Gäste nach Einbruch der Nacht. Daher war es möglich, dass die Fremden sich heimlich hatten anschleichen wollen, aber von den Wächtern rechtzeitig entdeckt worden waren. Ein Blick auf Julius zeigte ihr, dass dieser genauso dachte, während Raganhar immer noch zu betrunken war, um einen geraden Gedanken fassen zu können.

»Sie kommen!« Ingulf war den Fremden entgegengelaufen und hatte einen Blick auf sie geworfen. Nun kündigte er sie an.

»Wie viele sind es?«, fragte Gerhild, da Raganhar nur schweigend vor sich hinstarrte.

»Ein gutes Dutzend, soweit ich erkennen konnte. Von welchem Stamm sie sind, konnte ich in der Dämmerung nicht erkennen.« Ingulf lächelte unsicher, da er gerne eine ausführlichere Nachricht gebracht hätte.

»Gut gemacht!«, lobte Julius ihn und wies seine Reiter an, auf die Pferde zu steigen.

»Haltet die Speere bereit!«, befahl er und trat selbst neben Gerhild, um diese beschützen zu können, falls es hart auf hart kam.

9.

Der fremde Trupp erreichte das von den Lagerfeuern und Fackeln erleuchtete Dorf und hielt am Rand des Lichtkreises an. Ein einziger Reiter lenkte sein Pferd auf die Dörfler zu und hob die Rechte zum Friedensgruß.

»Baldarich!«

Gerhild zuckte zusammen, als sie den Namen ganz in ihrer Nähe vernahm. Als sie sich umdrehte, sah sie, wie Julius sich hinter seine Männer zurückzog. Dabei hielt er sein Schwert in der Hand und wirkte ganz so, als wolle er es benutzen.

Verwundert richtete Gerhild ihre Blicke auf den Mann, der dem Reiteroffizier eine solche Reaktion entlockt hatte.

Eben senkte der Fremde den Arm und rief: »Wir kommen in friedlicher Absicht und bitten um Obdach für diese Nacht.«

»Gewährt!«, antwortete Raganhar, da er sich von seiner Schwester das Heft nicht aus der Hand nehmen lassen wollte.

»Wer seid ihr?«, fragte Gerhild mit lauter Stimme.

»Wer ist der Knabe, der von Fürst Baldarich Antwort heischt?«, klang es spöttisch zurück.

»Es fragt kein Knabe, sondern Gerhild, Fürst Hariberts Tochter«, antwortete Gerhild und verärgerte ihren Bruder noch mehr, weil sie den Namen ihres Vaters genannt hatte, nicht aber den seinen.

»Ich bin Raganhar, Fürst der Sueben und Herr dieses Dorfes«, erklärte ihr Bruder mit überraschend klarer Stimme. »Meine Schwester stellt die Frage, die auch ich beantwortet wissen will. Wer bist du und zu welchem Stamm gehört ihr?«

»Wir sind Semnonen«, klang es selbstbewusst zurück. »Unser

Dorf liegt etliche Tagesreisen von hier an der Saale. Wir wollen uns umsehen, ob es hier im Westen Siedlungsland für uns gibt.«

»Frag sie, ob sie treu zu Rom stehen!«, befahl Quintus Hariwinius.

Dieser trat ein paar Schritte vor und stand voll im Schein einer Fackel. Baldarich zuckte zusammen, als er den jungen Offizier in römischer Reitertracht sah. Für Augenblicke sah es so aus, als wolle er sein Pferd wenden und in der Dunkelheit verschwinden. Dann aber hatte er sich gefasst und musterte Hariwinius genauer.

»Wir wissen, dass Rom ein mächtiges Reich ist, kannten aber bisher nur die Händler, die den Weg zu uns finden«, antwortete er nach kurzem Zögern.

Als Hariwinius Quintus diese Worte übersetzte, verzog dieser unwillig das Gesicht. »Diese Hunde gehören zu dem Gesindel an der Elbe. Unseren Spähern zufolge soll es dort Anführer geben, die Krieger sammeln, um mit ihnen bis an den Limes vorzustoßen. Der göttliche Imperator plant, diese Stämme in einem Feldzug zu unterwerfen, um sie ein für alle Mal von den Grenzen des Imperiums fernzuhalten. Zudem werden wir den Limes mehr als einhundert Meilen weiter nach Osten verlegen und dieses Land hier zu einer römischen Provinz machen.«

Da Julius die Worte seines Anführers in seiner Muttersprache wiederholte, verstand Gerhild sie und fragte sich, wer die größere Gefahr für ihren Stamm darstellte, fremde Raubscharen wie die von Baldarich, gegen die sie sich zur Wehr setzen konnten, oder die Römer, die ihren Stamm mit ihrer gesamten Militärmacht unterwerfen wollten.

Unterdessen kam Baldarich näher und schwang sich vor Raganhar und Quintus aus dem Sattel. Dann strich er mit einer auffälligen Geste über seinen Schwertgurt und rückte die Waffe so betont zurecht, dass alle darauf aufmerksam wurden. Gerhild empfand die mit Silberblech beschlagene und mit

Halbedelsteinen besetzte Scheide als übertrieben protzig. Dieses Gefühl verlor sich jedoch, als sie einen Blick auf den Griff des Schwerts warf. Zwar endete dieser in einem mehr als taubeneigroßen blauen Halbedelstein, doch das abgewetzte Ledergeflecht deutete darauf hin, dass dieses Schwert einem erfolgreichen Krieger gehörte.

Baldarich baute sich im Schein der Fackeln einschüchternd auf, und so konnte Gerhild ihn etliche Augenblicke lang mustern. Er war größer als ihre beiden Brüder, auffallend breitschultrig, und um das kantige Gesicht ringelten sich hellblonde Locken. Irgendwie erinnerte der Mann sie an jemanden, ohne dass sie darauf kam, wer es sein konnte. Seine blauen Augen wirkten wie Eis, und sein Blick schien jeden einschätzen zu wollen. Ihr gefiel dieser Gast nicht, auch wenn er mit seinen Hosen aus Leder, einem Schuppenpanzer mit aufgenieteten Eisenplättchen und dem schmucklosen Helm eine Achtung gebietende Erscheinung darstellte.

Er ist mehr Krieger, als Raganhar es je sein wird, fuhr es Gerhild durch den Kopf. Das ärgerte sie, denn sie war stolz auf ihre Sippe und darauf, dass diese ihre Abkunft auf Teiwaz zurückführen konnte.

Nun trieben auch Baldarichs Begleiter ihre Pferde auf den von flackerndem Licht erhellten Platz, und man konnte sehen, dass es sich ausschließlich um junge Männer handelte, von denen kaum einer älter als zwanzig war. Jeder war mit einem Kettenhemd oder Schuppenpanzer gewappnet und besaß ein Schwert, was für normale Stammeskrieger ungewöhnlich war. Bei den meisten steckten zudem mehrere Wurfspieße in einem Köcher hinter dem Sattel.

Auf Gerhild wirkten Baldarich und sein Gefolge wie Wölfe, die auf Beute aus waren, und nicht wie eine Schar, die einen Freundschaftsbesuch im Sinn hatte. Da Raganhar den Männern jedoch Obdach angeboten hatte, musste sie die Gebote der Gastfreundschaft erfüllen.

Rasch drehte sie sich zu Teudo und Bernulf um. »Wir sollten vor diesen Fremden auf der Hut sein!«

Teudo nickte verbissen. »Allerdings! Mir gefallen die Kerle nicht. Ein Händler hat mir kürzlich erzählt, dass es weiter im Norden Überfälle auf mehrere Dörfer gegeben hätte.«

Da Raganhar die unerwarteten Gäste gerade in seine Halle einlud, gab Gerhild keine Antwort, sondern eilte vor ihnen her und stand bereits bei den Fässern, als die Männer eintraten.

»Rasch, tischt Met auf!«, rief sie den Mägden zu.

»Du willst die Fremden betrunken machen?«, fragte Odila, der Gerhilds verbissene Miene aufgefallen war. »Recht hast du! Mir macht der Anführer nämlich Angst! Dabei sieht er Julius sehr ähnlich, und vor dem fürchte ich mich nicht.«

»Julius?« Gerhild blickte sich um, entdeckte den Reiteroffizier aber nirgends.

Als sie zu Baldarich hinüberschaute, gab sie Odilia im Stillen recht. Baldarich und Julius hätten tatsächlich Brüder sein können. Für einen Augenblick überlegte sie, wem von beiden sie den Vorzug geben würde. Julius erschien ihr düsterer, aber vertrauenswürdiger als Baldarich, der sich eben überschwenglich bei Raganhar bedankte. Dabei aber ließ er seine Blicke abschätzend durch die Halle schweifen.

»Du besitzt ein stattliches Heim, Fürst Raganhar!«

»Es ist die Halle unseres Vaters, die mein Bruder übernommen hat!« Gerhild ärgerte sich über ihren Ausspruch, kaum dass er ihr über die Lippen gekommen war. Wie kam sie dazu, ihren Bruder vor einem Fremden kleinzureden?

»Nun ist es die Halle Raganhars, des Fürsten der Sueben, der mit seinen Taten die seines Vaters und seines Großvaters noch übertreffen wird«, setzte sie rasch hinzu.

»Das werde ich gewiss!« Ihr Bruder grinste und klopfte auf den Griff seines Schwerts.

»Gegen wen willst du kämpfen, Raganhar?«, fragte Baldarich

spöttisch. »Mit deinen Nachbarn lebst du in Frieden, und den Römern bist du untertan. Da bleibt kein Feind mehr, gegen den du Ehre und Ruhm erringen könntest.«

»Den einen oder anderen mag es durchaus geben«, erwiderte Gerhild, weil ihr Bruder auf seinen Lippen herumkaute, anstatt eine selbstbewusste Antwort zu geben.

Quintus hatte sich erneut Hariwinius' als Übersetzer bedient und griff nun in das Gespräch ein. »Selbstverständlich kann Raganhar große Taten vollbringen, und zwar als Anführer jener Männer, die schon bald als Hilfstruppen Roms in den Krieg ziehen werden.«

Kaum hatte Hariwinius diese Worte in die Sprache des Stammes übersetzt, lachte Baldarich höhnisch auf. »Als Knecht der Römer wird er gewiss nicht so viel Ruhm erringen wie der Kriegerfürst eines freien Stammes!«

Durch die notwendige Übersetzung wurde die Unterhaltung schwerfällig, doch Quintus war daran gelegen, die Gäste einzuschüchtern. »Auch du wirst dich der Macht Roms beugen müssen, wenn du mit deiner Sippe in diesen Landen bleiben willst. Das Imperium duldet keine Feinde an seinen Grenzen.«

»Wir leben mehrere Tagesreisen von hier entfernt, und kein Römer wird es je wagen, so weit in unsere Wälder vorzustoßen«, gab Baldarich selbstbewusst zurück.

»Das wird sich bald als Irrtum erweisen! Die Ala Secunda Flavia Pia Fidelis Milliaria besteht aus tausend der besten Reiter Roms und wartet nur einen Tagesritt von hier entfernt darauf, jeden Feind im Umkreis von mehreren hundert Meilen niederzuwerfen. Dazu kommen die Reitereinheiten der kleineren Kastelle sowie die vier Turmae der mir persönlich unterstellten Reiteroffiziere Hariwinius und Julius.«

Quintus wies auf Gerhilds ältesten Bruder und wunderte sich für einen Moment, dass Julius fehlte. Dann sprach er in überheblichem Tonfall weiter. »Der Imperator Marcus Aurelius Severus Antoninus plant einen Feldzug, um die Barbarenstämme bis zur Elbe zu unterwerfen. Danach wird es keinen Varus mehr geben, den ein neuer Arminius in die Falle locken kann.«

»Du hast ein schönes Schwert, Baldarich«, sagte Raganhar, der das Gespräch Quintus nicht alleine überlassen wollte.

»Es ist nicht nur ein schönes, sondern auch ein mächtiges Schwert. Darf ich es dir zeigen, Raganhar?«

Als Gerhilds jüngerer Bruder nickte, zog Baldarich die Waffe vorsichtig aus der Scheide und hielt sie so, dass es nicht als Bedrohung aufgefasst werden konnte.

Die Klinge glänzte wie frisch poliert, und es war keine einzige Scharte daran zu erkennen. Ihre Form, vor allem aber der Griff unterschied sich stark von den Schwertern, die bei den Stammeskriegern üblich waren.

»Diese Klinge«, fuhr Baldarich fort, »hat ein zauberkundiger Alben-Schmied an den Ufern jenes großen Sees geschmiedet, der sich im Schatten der Berge erstreckt. Die Schneide ist so scharf, dass sie ein Frauenhaar zu spalten vermag.«

»Mit einem Schwert sollte man eher die Schädel der Feinde spalten als Frauenhaare«, warf Gerhild spöttisch ein.

Einige der Männer lachten, während Baldarich sich zu Gerhild umdrehte. »Du bist Raganhars Schwester, nicht wahr?«

»Bis eben war ich es noch«, antwortete Gerhild mit hoch erhobenem Kopf.

»Du bist eine schöne Maid. Ich sollte mir überlegen, dich zu freien. Dein Bruder fände in mir einen starken Verbündeten.«

Während Gerhild noch überlegte, was sie darauf antworten sollte, übersetzte ihr ältester Bruder Baldarichs Worte für Quintus. Dieser hieb zornig mit der Faust auf den Tisch. »Wenn der Barbar es wagt, Gerhild für sich zu fordern, wird er kein Verbündeter Roms werden, sondern sehr schnell ein toter Mann!«

»Ihr wollt Gerhild also immer noch haben, Herr?«, fragte Hariwinius hoffnungsvoll.

»Was heißt hier immer noch? Ich will sie haben und werde sie auch bekommen.«

Quintus verschlang Gerhild mit gierigen Blicken. Diese Frau war schön, mutig und begehrenswert, und es gab nur einen Mann, dem sie gehören durfte – und das war er! Allein der Gedanke, das Dorf ohne sie verlassen zu müssen, schmerzte ihn wie eine Wunde. Als er daran dachte, dass Raganhar sie während seiner Abwesenheit mit einem dieser ungewaschenen Barbaren verheiraten könnte, hätte er die junge Frau ungeachtet seiner Niederlage am liebsten auf der Stelle für sich gefordert.

Unterdessen fasste Baldarich mit seiner Linken nach Gerhilds Locken und strich mit dem Daumen darüber. »Deine Haare sind so weich wie das Vlies eines neugeborenen Lammes!«

Gerhild deutete auf sein Schwert, das er noch immer in der rechten Hand hielt. »Willst du vorführen, wie du Frauenhaare spalten kannst?«

Mit einem ärgerlichen Ausruf stieß Baldarich die Waffe in die Scheide zurück. »Du hast eine scharfe Zunge, mein Kind!«

»Nicht nur das!«, rief Bernulf lachend. »Sie hat auch ein scharfes Auge und einen guten Wurfarm, wie der arme Quintus zu seinem Leidwesen erfahren musste.«

Gerhild hätte dem alten Krieger am liebsten den Mund zugehalten. Doch die Worte waren nun einmal gefallen und hatten eine Lawine losgetreten. Noch während Baldarich zu begreifen suchte, was Bernulf gemeint hatte, berichtete Teudo lang und breit von dem Wettkampf im Speerwerfen, in dem Gerhild über Quintus gesiegt hatte. Dabei kam der Römer nicht gerade gut weg, und Gerhild ärgerte sich, dass Hariwinius seinem Anführer alles übersetzte. Quintus' Miene drückte daraufhin so viel Hass, Wut und Gier aus, dass es sie schauderte.

»Eine Suebin hat den Vertrauten des römischen Herrschers besiegt! Und da will dieser Imperator die freien Stämme unterwerfen!«, rief Baldarich lachend und fasste nach Gerhilds

Kinn. »Mich, mein Kind, hättest du nicht besiegt. Wäre ich an Quintus' Stelle gewesen, würde ich dich morgen auf mein Pferd setzen und mich am Abend mit dir vergnügen.«

»Ich treffe mit dem Dolch nicht schlechter als mit dem Speer«, zischte Gerhild ihn an und streifte seine Hand ab. »Und nun setz dich! Trink deinen Met, iss etwas und reite morgen in Frieden weiter.«

Baldarich musterte sie unverhohlen. »Das werde ich tun! Aber ich komme wieder! Vielleicht werfen wir beide dann um die Wette.« Er lachte, und seine Männer fielen darin ein.

Zu Gerhilds Ärger gehörten Raganhar und dessen Freunde ebenfalls zu denen, die das Ganze lustig fanden. Quintus hingegen saß wie eine Gewitterwolke auf seinem Platz und presste seinen Becher so fest zusammen, dass er sich verbog. Schließlich stellte er das Gefäß ab und deutete mit dem Finger auf Raganhar, als wolle er ihn erstechen.

»Wir zwei werden noch einiges miteinander zu reden haben! Jetzt aber sage ich dir eines: Du und deine Krieger, ihr werdet euch spätestens in sieben Tagen am Sammelplatz einfinden und euch den Truppen des Imperators anschließen. Dein Vetter Wulfherich ist schon mit einer stattlichen Anzahl an Kriegern dorthin aufgebrochen.«

Es war eine Warnung, nicht mit weniger Männern am Sammelpunkt einzutreffen. Raganhar ärgerte sich darüber, denn Wulfherich war neben Hariwinius und Gerhild sein nächster Verwandter und tat alles, um ihm die Führerschaft im Stamm streitig zu machen.

»Ich werde die Zahl der Krieger, die Wulfherich anführt, weit übertreffen!«, behauptete er mit klirrender Stimme.

Baldarich trank einen Schluck Met und wandte sich Raganhar zu. »Da ich in dieser Gegend fremd bin, würde ich mich freuen, wenn du mir etwas über die Dörfer in eurer Nachbarschaft berichten könntest. Ich wüsste gern, mit wem ich es zu tun habe, und müsste nicht wie an diesem Tag nachfragen, wem das Dorf gehört, das vor mir liegt. Auch würde ich gerne wissen, wo dieser steinerne Wurm verläuft, hinter dem die Männer Roms sich vor den Kriegern des freien Germaniens verbergen.«

Seine Worte hörten sich harmlos an, und doch spürte Gerhild, dass sich ihr die Nackenhaare aufstellten.

10.

Es wurde spät in dieser Nacht. Obwohl Baldarich und seine Männer dem Met kräftig zusprachen, waren sie bei weitem nicht so betrunken wie Raganhar, den vier Mägde auf sein Lager schleppen mussten, und dessen Getreue.

Gerhild wies den Gästen ihre Schlafplätze zu und trat ins Freie, um frische Luft zu schöpfen. Mittlerweile war der Mond aufgegangen und schien so hell, dass sie den Mann erkennen konnte, der unweit der Fürstenhalle an einem Baum lehnte. Es war Julius.

Neugierig trat sie auf ihn zu. »Man hat dich in der Halle vermisst.«

Julius drehte sich langsam zu ihr um. »Mir war nicht zum Trinken zumute.«

»Auch nicht zum Reden? Es wurde über so einiges gesprochen.«

»Einen Teil habe ich auch hier draußen mitbekommen«, antwortete er. »Es war nicht zu überhören, dass Quintus und Baldarich sich mit Prahlereien gemessen haben wie Hirsche in der Brunft mit ihren Geweihen.«

»Baldarich war sehr neugierig«, fuhr Gerhild fort.

»Nimm dich vor ihm in Acht!«, warnte Julius sie leise. »Er ist ein Wolf, der auf Blut aus ist.«

»Ich dachte mir schon, dass du ihn kennst.«

Julius schüttelte den Kopf. »Wie kommst du darauf? Ich weiß, was ich von ihm zu halten habe. Männer wie er sind begierig auf Ruhm und Beute. Bei Baldarich kommt hinzu, dass er dieses besondere Schwert trägt. Wenn er seinem Ruf gerecht werden will, muss er es gegen andere Krieger führen.«

»Du kennst ihn also doch!«, erwiderte Gerhild bestimmt.

Ohne eine Antwort zu geben, drehte Julius sich um und verschwand wie ein Schatten in der Nacht. Sie starrte ihm nach und versuchte ihre Gedanken zu ordnen. An diesem Tag war einfach zu viel geschehen. Sie hatte mit Quintus einen mächtigen Römer gedemütigt, den Krieger Baldarich kennengelernt, dem sie ebenfalls nicht über den Weg traute, und ihren ältesten Bruder nach etlichen Jahren wiedergesehen. Hariwins Rückkehr schien ihr am wenigsten interessant zu sein. Genau genommen war sie von ihm enttäuscht. Dabei hatte sie lange Zeit gehofft, er würde anders als Raganhar ihrem Vater ebenbürtig sein. Doch im Grunde glichen ihre Brüder, obwohl sie in verschiedenen Welten aufgewachsen waren, sich charakterlich mehr, als sie es sich hatte vorstellen können.

Mit dieser Erkenntnis kehrte sie in die Halle zurück. Im Schein des niederbrennenden Feuers sah sie, dass die Männer bereits schliefen, und suchte ihr eigenes Lager auf. Als sie sich hinlegte, bemerkte sie, dass sie noch immer ihren Dolch unter dem Gewand trug, als fürchtete sie einen nächtlichen Angriff. Einen Augenblick lang wollte sie über sich selbst lachen, gestand sich dann aber eine Sorge ein, die einfach nicht weichen wollte.

Sie fragte sich, ob sie nicht doch dem Schicksal seinen Lauf hätte lassen sollen. Quintus hätte Colobert mit Leichtigkeit besiegt und sie als Weib gewonnen. Das hätte ihm eine Verpflichtung gegenüber ihrem Stamm auferlegt und ihn dazu gezwungen, Raganhar gegen alle Feinde beizustehen. Wenn tatsächlich fremde Stämme von der Elbe her gegen die Grenzen ihres Stammesgebiets drängen sollten, wäre Quintus ein unschätzbarer Verbündeter. Dann aber erinnerte sie sich daran, dass Kaiser Caracalla seinen Feldzug eben gegen diese fremden Stämme führen wollte.

Sie werden ihre Steinerne Schlange hundert oder noch mehr Meilen weiter im Osten errichten und uns darin einschließen.

Dann sind wir kein freier Stamm mehr, sondern einem römischen Präfekten untertan, genauso wie Linza und die anderen Frauen unseres Volkes, die sich mit römischen Soldaten zusammengetan haben und diesen nach Rätien gefolgt sind.

Einen Augenblick lang befürchtete Gerhild, sie hätte laut gesprochen. Doch das Schnarchkonzert der Männer hielt an, und sie blieb mit ihren Gedanken allein.

11.

Obwohl Gerhild in der Nacht als Letzte ins Bett gekommen war, wachte sie vor allen anderen auf. Sie starrte in die Halle, in der mehr Männer als gewöhnlich schliefen, und wunderte sich zunächst über den Dolch, den sie im Schlaf umklammert hatte. Langsam kam die Erinnerung zurück, und sie bleckte die Zähne. Es hätten ruhig angenehmere Gäste kommen können als Quintus und Baldarich. Das entband sie jedoch nicht der Verpflichtung, für deren Wohlergehen zu sorgen. Sie stand auf, wusch sich am Brunnen Gesicht und Hände und weckte Odila und die anderen Frauen, die das Frühstück für die Gäste zubereiten sollten.

Als sie in die Halle ihres Bruders zurückkehrte, sah sie Julius im Schatten des Hauses stehen. Er hatte sein Schwert halb gezogen und schien zu überlegen. Vorsichtig schlich sie näher und hörte, wie er halblaut mit sich selbst sprach.

»Ich darf ihn nicht einfach niederstoßen! Es muss ein Kampf sein, bei dem alle sehen, dass er von meiner Seite aus ehrlich geführt wird.«

Es geht um Baldarich, sagte sich Gerhild. Was mochte es mit den beiden auf sich haben? Dann schob sie den Gedanken weg, denn das ging sie nichts an.

»Du bist schon wach?«, fragte sie.

Julius fuhr herum und zog sein Schwert ganz aus der Scheide. Als er Gerhild erkannte, schob er es mit einem brummenden Laut zurück.

»Quintus will früh aufbrechen! Also sieh zu, dass unsere Männer etwas zu essen bekommen«, sagte er und ließ sie stehen.

Gerhild sah ihm kopfschüttelnd nach. Was für ein seltsamer Mensch, dachte sie, schickte aber sofort einige Mägde mit einem großen Kessel voll Gerstenbrei und einem Tablett mit etlichen Stücken Schweinebraten zu den römischen Reitern. Da die Soldaten im Gegensatz zu Quintus und Hariwinius nichts gegen einen Schluck Met einzuwenden hatten, wies sie Odila an, dafür zu sorgen, dass die Männer etwas anderes zu trinken bekamen als Wasser.

Danach wollte sie in die Halle zurückkehren, aber ein Gefühl des Unbehagens trieb sie zu der Stelle, an der Baldarich und seine Männer ihre Pferde angebunden hatten. Neben den Tieren lagen die Sättel und einige mit Riemen verbundene Säcke. Gerhild wagte zwar nicht, einen davon zu öffnen, doch als sie ein paar abtastete, verrieten ihr ihre Finger und ihre Nase, dass sich hartes Brot sowie getrocknetes und geräuchertes Fleisch darin befanden. Weshalb, fragte sie sich, hatte eine so gut mit Mundvorrat ausgestattete Gruppe ihr Dorf aufgesucht, um sich hier bewirten zu lassen?

Aus den Augenwinkeln sah sie zwei von Baldarichs Männern aus dem Haus ihres Bruders treten und zog sich hinter einen Busch zurück. Die beiden warfen einen kurzen Blick auf ihr Gepäck und grinsten. »Die Leute hier achten ihre Gäste. Es hat sich niemand an unserem Gepäck vergriffen!«, meinte der eine.

»Das will ich auch keinem geraten haben. Es sind nämlich einige Dinge darunter, die niemanden etwas angehen«, antwortete sein Gefährte lachend.

»Was hältst du von diesem Dorf?«

»Es ist verdammt groß und verfügt über viele Männer. Selbst wenn der Fürst sich mit dem größten Teil davon den Römern anschließt, ist es ein zu harter Brocken für uns. Also reiten wir gemütlich weiter und sehen uns woanders um.«

Gerhild meinte ihren Ohren nicht trauen zu können. Ihre schlimmsten Befürchtungen schienen sich bewahrheitet zu haben. Baldarich und seine Männer waren keine friedlichen Reisenden, sondern hatten erkunden wollen, ob ihr Dorf einen Überfall lohnte. Hier war für diese Räuber nichts zu ernten. Doch was war mit anderen Dörfern?, fragte sie sich und beschloss, Raganhar zu bitten, die Nachbarn zu warnen.

Als sie in die Halle zurückkehrte, waren Baldarich und der Rest seiner Männer bereits beim Frühstück. Ihr Bruder schlief noch, und es erboste sie, dass er sich sowohl vor den Römern wie auch vor diesen Fremden wie ein Trunkenbold aufgeführt hatte. Ihr Vater hatte zwar auch gerne Met getrunken, doch es wäre ihm nie eingefallen, in den Tag hinein zu schlafen, während Gäste anwesend waren.

»Du sorgst gut für die Halle deines Bruders! Der Mann, der dich einmal zum Weib bekommt, kann zufrieden sein!« Baldarich trat neben Gerhild und legte ihr einen Arm um die Schulter. Mit der anderen Hand streichelte er seinen Schwertgriff, so als sei die Waffe ein lebendes Wesen.

Mit einer Drehung entzog Gerhild sich seinem Griff und zuckte mit den Achseln. »In dieser Halle bin ich aufgewachsen! Die Hallen anderer Männer kümmern mich nicht.«

Baldarich lachte fast tonlos. »Du wirst anders sprechen, wenn ich dich in meine Halle gebracht habe.«

»Ist sie so groß und so prächtig, dass du um die Tochter eines Suebenfürsten freien kannst?« Gerhild wurde der Mann zu unverschämt, und sie kehrte ihm den Rücken zu.

»Du wirst mir gehören!«, rief Baldarich ihr nach.

Unbewusst griff Gerhild an die Stelle ihres Kleides, unter der ihr Dolch steckte. In Zukunft würde sie stets eine Waffe bei sich tragen, schwor sie sich. Sollte Baldarich ihr wirklich zu nahe treten, würde er es bereuen. Sie hatte ihre Freiheit nicht gegen einen mächtigen Römer verteidigt, um sie an einen dahergelaufenen Fremden mit zweifelhaften Absichten zu verlieren.

Diesen Gedanken wurde sie auch dann nicht los, als sie kontrollierte, ob die Mägde alles zu ihrer Zufriedenheit erledigt hatten. Da Odila die Frauen beaufsichtigte, war alles in Ordnung.

»Gut gemacht!«, lobte sie die Freundin.

»Es ist ja auch nicht schwer, denn deine Mägde spuren. Ich bin nur gespannt, ob sie ebenso fleißig arbeiten werden, wenn du sie nicht mehr beaufsichtigst, sondern die Frau, die Raganhar einmal heiraten wird.«

Odila seufzte, denn sie wäre gerne selbst Raganhars Frau geworden, doch für Gerhilds Bruder kam sie nicht in Frage. Dieser würde die Tochter eines anderen Stammesfürsten heiraten, um eine neue Allianz zu schmieden oder eine alte zu festigen.

Auch Gerhild dachte für einige Augenblicke daran, dass ihre Herrschaft in der Halle nicht von Dauer sein würde. Zwar hatte Raganhar noch nicht erkennen lassen, welches Mädchen er zum Weib nehmen wollte, doch lange durfte er nicht mehr warten. Wenn es so weit war, würde sie zurücktreten und sich dem Willen der Schwägerin beugen müssen. Anders würde es sein, wenn sie selbst heiratete. Da sie Quintus entkommen war, traute sie es Raganhar zu, sie Baldarich zu überlassen. Doch dazu war sie nicht bereit.

»Ich will zu den Römern gehen, um zu schauen, ob sie gut versorgt sind«, sagte sie zu Odila und verließ die Halle wieder. Baldarichs Blick folgte ihr, und er streichelte dabei sein Schwert, als sei es seine Geliebte. Als Odila es bemerkte, schüttelte sie sich innerlich und sagte sich, dass sie sich glücklich schätzen konnte, die Tochter eines einfachen Kriegers zu sein. Gerhild hingegen musste den Mann heiraten, den ihr Bruder bestimmte, und würde sich als Fremde ihren Platz in der neuen Heimat erst erkämpfen müssen.

»Gerhild schafft des schon«, murmelte sie und bedauerte gleichzeitig, dass sie ihre Freundin wohl bald verlieren würde.

12.

Die Römer hatten ihre Zelte bereits abgeschlagen und die Pferde gesattelt. Während Julius wie gelangweilt da stand, seine Männer aber nicht aus den Augen ließ, redete Quintus eifrig auf Hariwinius ein. Da Gerhild dem Römer nicht begegnen wollte, trat sie auf Julius zu und sprach ihn an.

»Ich hoffe, ihr habt alles erhalten, was ihr braucht?«

Julius drehte sich gemächlich zu ihr um und nickte. »Wir haben nichts vermisst, Schwester des Fürsten.«

»Dann ist es gut!« Gerhild überlegte, ob sie wieder gehen sollte, blieb dann aber doch bei Julius stehen. »Wohin reitet ihr?«

»Zuerst suchen wir ein paar benachbarte Dörfer auf und kehren dann nach Guntia zurück, um auf die Ankunft des Imperators zu warten«, antwortete Julius.

»Reitet ihr auch zu Wulfherichs Dorf?«, fragte Gerhild.

Julius schüttelte den Kopf. »Da er mit seinen Männern bereits zum Sammelpunkt aufgebrochen ist, hält Quintus das nicht für nötig.«

»Schade!« Gerhild fasste kurzentschlossen nach Julius Hand. »Warne bitte die Dörfer, durch die ihr kommt!«

»Du meinst vor Baldarich?«, sagte Julius mit einem Lachen, dem jeder Humor fehlte. »Das werde ich tun! He! Marcellus, du verdammter Narr, binde die Traglast fester, sonst verlieren wir unterwegs Quintus' Zelt. Er würde dir wenig Dank dafür wissen!«

»Schon gut, Julius! Es kommt uns gewiss nicht abhanden«, antwortete der gescholtene Reiter grinsend und zog die Riemen fester.

»Deine Leute mögen dich, obwohl du manchmal recht harsch zu ihnen bist«, stellte Gerhild verwundert fest.

»So ist nun einmal der Umgangston unter Soldaten, freundschaftlich rauh!« Julius lachte und ging auf Quintus zu, der ihn mit einer heftigen Handbewegung zu sich winkte.

»Hariwinius und ich reden noch einmal mit Raganhar. Sorge dafür, dass wir aufbrechen können, sowie wir zurückkommen!«

Da Gerhild wissen wollte, was der Römer von ihrem Bruder wollte, schloss sie sich ihm und Hariwinius an.

Als sie in die Halle traten, bemerkte sie erleichtert, dass Raganhar mittlerweile auf den Beinen war. Er sprach gerade mit Baldarich, wandte sich aber sofort Quintus zu, als er ihn kommen sah. »Ich hoffe, du hast gut geschlafen«, sagte er zur Begrüßung.

»Das habe ich! Ich breche gleich mit meinen Männern auf. Sieh zu, dass du mit dem Tribut und so vielen Kriegern wie möglich zum Sammelpunkt kommst!«

Quintus klang noch immer verärgert, und Gerhild gab sich die Schuld dafür. Daher wollte sie dem Römer als Geste der Besänftigung einen Abschiedstrunk reichen. Er nahm ihn jedoch nicht, sondern blickte sie nur einige Augenblicke lang durchdringend an. Schließlich griff Hariwinius nach dem Becher, trank einen Schluck und sah seinen Anführer an, als erwartete er Anweisungen. Quintus packte Raganhar an der Schulter und zog ihn so herum, dass der junge Fürst ihm in die Augen sehen musste.

»Wage es nicht, deine Schwester einem anderen Mann zu geben. Du würdest es bereuen!«

Obwohl er so leise sprach, dass Gerhild es nicht hören konnte, spürte Raganhar die Warnung, die in seinen Worten mitschwang, und nickte verschreckt.

»Du willst Gerhild immer noch? Aber sie hat doch gewonnen!«

»Das gilt nicht!«, antwortete Quintus und wandte sich zum Gehen. An der Tür blieb er stehen. »Was ist, Hariwinius? Wir brechen auf!«

»Ja, Herr!« Gerhilds ältestem Bruder blieb nicht die Zeit, sich von seinen Geschwistern zu verabschieden. Daher winkte er nur Raganhar zu, ignorierte Gerhild und eilte hinter seinem Anführer her.

»Er ist wie ein Hund, der rennen muss, wenn sein Herr pfeift«, stieß Raganhar leise hervor.

»Das Leben bei den Römern hat ihn so werden lassen. Wäre er bei uns geblieben, würde er anders handeln.«

Gerhild schämte sich für ihren ältesten Bruder, der in ihrer Vorstellung immer ein Held gewesen war und sich nun als Kreatur dieses Römers entpuppt hatte. Unwillkürlich musste sie an Julius denken. Auch er war Quintus' Untergebener, doch er kroch nicht so vor ihm wie Hariwin. In dieser Hinsicht hatte sie mit ihren beiden Brüdern keinen guten Fang gemacht.

»Wir brechen ebenfalls auf!« Baldarich trat auf Raganhar zu und klopfte ihm auf die Schulter. »Hab Dank für deine Gastfreundschaft. Ich hoffe, ich kann sie irgendwann einmal erwidern. Vielleicht gibt es dann sogar einen besonderen Grund, den es zu feiern gilt.« Sein Blick streifte Gerhild, die in unbewusster Abwehr die Schultern straffte.

»Reitet mit dem Segen der Götter!«, antwortete Raganhar und erwartete, dass sein Gast die Halle verlassen würde.

Doch Baldarich war allzu wissbegierig. »Wann wirst du mit deinen Kriegern aufbrechen, um zu den Römern zu stoßen?«

»Noch heute! Einige meiner Männer haben gestern den Kopf zu tief ins Trinkhorn getaucht. Ein forscher Ritt wird ihnen guttun.«

»Und wie werdet ihr reiten?«, fragte Baldarich weiter.

Gerhild warf ihrem Bruder einen warnenden Blick zu, doch er achtete nicht darauf, sondern erläuterte vertrauensselig die Strecke, die er mit seinen Kriegern zu nehmen gedachte.

»Dann werden wir uns so rasch nicht mehr begegnen. Eigentlich schade«, meinte Baldarich mit einem weiteren Seitenblick auf Gerhild.

Dann aber klopfte er auf sein Schwert. »Ich wünsche dir und deinen Männern Glück, Raganhar. Doch nun leb wohl, und du auch, schönste Blume im Suebenland! Bis zu unserem Wiedersehen!«

Mit einem leisen Lachen trat Baldarich ins Freie. Seine Männer folgten ihm, und Gerhild überkam das Gefühl, dass es besser wäre, die Trinkhörner und Becher nachzuzählen. Doch vorher wollte sie mit ihrem Bruder sprechen.

»Was hältst du von Baldarich?«

»Er ist ein wackerer Recke, der weit herumgekommen ist und gut zu erzählen weiß.«

»Ich traue ihm nicht!«, sagte Gerhild leise. »Er stammt aus der Gegend, von der aus immer wieder Raubscharen aufgetaucht sind und suebische Dörfer geplündert haben.«

»Gelegentlich werden die jungen Burschen ein wenig übermütig und müssen sich die Hörner abstoßen«, antwortete Raganhar und tat ihren Einwand mit einer verächtlichen Geste ab.

»Ich konnte zwei seiner Männer belauschen. Sie sprachen offen davon, dass sie Überfälle begangen haben und noch weitere planen.«

»Auf unseren Stamm?« Jetzt klang Raganhar doch besorgt.

»Ja, aber nicht auf unser Dorf. Das wird zu gut bewacht. Sie haben es auf andere abgesehen, und nun mache ich mir Sorgen um Wulfherichs Sippe. Er ist bereits mit seinen Kriegern aufgebrochen und hat Quintus' Berichten zufolge nur wenige Männer in seinem Dorf zurückgelassen. Du solltest einen Boten hinschicken und sie warnen.«

Raganhar verzog das Gesicht, als er den Namen des Verwandten hörte. »Wulfherich ist ein missgünstiger Schurke, der mir den Fürstenrang unseres Stammes streitig macht! Deshalb will er auch mit so vielen Kriegern wie möglich zu den Römern stoßen, um deren Gunst zu gewinnen. Hättest du gestern nicht dieses alberne Spiel mit Quintus getrieben, müsste ich mir wegen unseres Vetters keine Sorgen mehr machen. Nun aber ist es möglich, dass Quintus ihn in seinem Zorn mir vorzieht.« Gerhild lauschte ihm mit wachsendem Ärger, denn sie hielt es für ungerecht, dass er alle Schuld auf sie abwälzen wollte. Zudem waren Wulfherich selbst und der Streit um die Herrschaft im Stamm für sie nebensächlich, denn den Menschen in seinem Dorf drohte durch Baldarich Gefahr. Daher wollte sie versuchen, das Schlimmste zu verhindern.

»Du musst sie warnen! Es geht doch um unsere Tante Hailwig. Willst du, dass sie von den Kerlen umgebracht wird?«

Ihr Bruder schüttelte unwillig den Kopf. »Es steht nicht einmal fest, dass Baldarich und seine Männer tatsächlich Überfälle planen, und sie werden gewiss nicht gegen Dörfer unseres Stammes vorgehen. Sie wissen nun, dass wir Freunde der Römer sind und diese uns helfen würden. Daher ist auch Tante Hailwig sicher. Und nun hör auf, mich zu belästigen, sondern kümmere dich darum, dass meine Gefolgsleute etwas in den Magen bekommen, damit wir endlich aufbrechen können.«

»Ich werde einige Eimer kalten Wassers brauchen, um die betrunkenen Schweine wach zu bekommen«, rief Gerhild zornig und lief aus der Halle.

13.

Obwohl Quintus' Schar nur zwanzig Mann stark war, bot sie in ihren Kettenhemden, den blitzenden Helmen und mit den großen, kräftigen Pferden ein prachtvoll kriegerisches Bild. Auch jetzt trugen die Männer wieder ihre Parademasken. Zwar waren fast alle mit Silberblech überzogen, doch die der Unteroffiziere hatte man kunstvoller gestaltet als die der einfachen Soldaten. Ähnlich wie Quintus trug Hariwinius eine mit Gold überzogene Maske, die mit angedeuteten Locken dem kühnen Gesichtsschnitt Alexanders des Großen nachempfunden war. Julius trug wie die einfachen Reiter nur eine silberne Maske, die die Miene eines zürnenden Gottes zeigte. Nachdem die beiden Offiziere sich hinter ihrem Anführer eingereiht hatten, neigte Hariwinius sich zu Julius hinüber und sprach ihn leise an. »Du solltest dich in Zukunft von meiner Schwester fernhalten.«

Julius wandte kurz den Kopf. »So schnell werden wir Gerhild nicht wiedersehen. Vielleicht ist sie bei unserem nächsten Wiedersehen schon verheiratet und hat ein halbes Dutzend Kinder am Schürzenzipfel hängen.«

»Du solltest nicht so spotten, Julius! Quintus gefällt das nicht, und du wirst dir noch seinen Zorn zuziehen. Außerdem kann es durchaus sein, dass wir Gerhild bald wiedersehen werden, denn Quintus hat Raganhar erklärt, dass er sie trotz allem noch haben will.«

»Quintus soll sich an die Huren in den Militärlagern halten. Für ein paar Asse macht jede von ihnen die Beine für ihn breit«, antwortete Julius bissig. »Deine Schwester wird ihm höchstens mit den Fingernägeln durchs Gesicht fahren. Du hast doch selbst gesehen, dass sie ihn nicht mag.«

Hariwinius schnaubte verärgert. »Sie wird sich an ihn gewöhnen! Außerdem ist es zum Besten des Stammes, wenn sie ihr Schicksal akzeptiert. Schließlich werden meine Leute bald ganz zu Rom gehören und nicht mehr als Barbaren gelten. Ich bin sicher, dass der Imperator meinen Bruder als Fürst meines Volkes bestätigen wird, so dass Wulfherich sich vor ihm beugen muss. Auch mir wird es nützen, wenn mein Stamm unter römischem Recht steht. Quintus ist ein Freund des Imperators und hat großen Einfluss. Daher kann er bei Caracalla einiges für mich erreichen. Was wären wir denn ohne Quintus? Einfache Decurionen einer Turma! Stattdessen befehligt jeder von uns bereits zwei Turmae, und es werden bald noch mehr werden.«

»Derzeit kommandiert jeder von uns genau zehn Mann«, wandte Julius ein.

»Weil der Rest unserer Reiter in Guntia auf uns wartet! Wenn Quintus sich für mich verwendet, bin ich in wenigen Wochen Kommandant einer Ala von fünfhundert Reitern. Was hältst du davon, wenn ich dich zu meinem Stellvertreter ernenne?«

»Du willst auf Kosten deiner Schwester aufsteigen?«, fragte Julius spöttisch.

»Was heißt hier auf Gerhilds Kosten? Es wird ihr gefallen, Quintus' Weib zu sein und über Sklavinnen zu verfügen.«

»Du scheinst deine Schwester ja gut zu kennen«, spottete Julius erneut.

»Dein Tonfall missfällt mir!«, rief Hariwinius verärgert. »Ich dachte, wir wären Freunde.«

»Das dachte ich auch, doch ich fürchte, ich lerne dich jetzt erst richtig kennen!« Julius trieb sein Pferd an, um zu Quintus aufzuschließen, und so blieb Hariwinius nichts anderes übrig, als es ihm gleichzutun. Da ihr Anführer nun mithören konnte, was sie sprachen, wechselten sie kein Wort mehr.

14.

Nachdem Raganhar mit seiner Schar aufgebrochen war, wurde es im Dorf ungewohnt still. Gerhild war der Ansicht, ihr Bruder hätte auch bis zum nächsten Tag warten können. Aber da er sich von Wulfherich nicht übertreffen lassen wollte, kam es Raganhar auf jede Stunde an. Gerhild schüttelte den Kopf über so viel Ungeduld, aber sie war gleichzeitig froh, ihn los zu sein und sich keine Vorwürfe mehr anhören zu müssen.

»Wenigstens hat dein Bruder genug Männer im Dorf zurückgelassen, um es gegen Baldarich verteidigen zu können«, erklärte Odila zufrieden.

Zunächst nickte Gerhild, musterte dann aber den Mann, den Raganhar zu seinem Stellvertreter ernannt hatte, und zog die Mundwinkel herab. »Ich würde mich sicherer fühlen, wenn ein anderer als Colobert die Männer anführen würde.«

Noch während sie es sagte, starrte der Mann zu ihr herüber, und sie las in seiner Miene Abneigung und Hass.

»Was ist denn mit dem los?«, fragte sie verblüfft.

»Du hast gestern durchgesetzt, dass er nicht gegen Quintus werfen durfte, und das nimmt er dir übel«, erklärte Ingulf, der ebenfalls im Dorf hatte zurückbleiben müssen. »Jetzt erntet er deswegen nicht weniger Spott als Quintus selbst. Das ist auch der Grund, warum dein Bruder ihm den Schutz des Dorfes anvertraut hat. Jeder andere Krieger würde sich nach dem richten, was du ihm sagst, Colobert aber wird das Gegenteil tun.«

Nun begriff Gerhild die Absicht ihres Bruders. Raganhar wollte verhindern, dass sie einen Boten zum Dorf ihrer Tante schickte. Aber sie war nicht bereit, ihre Verwandte und deren Sippe ihrem Schicksal zu überlassen. Daher sah sie Ingulf auffordernd an.

»Kannst du zu Wulfherichs Dorf reiten und seine Leute vor Baldarichs Schar warnen?«

Der Jungmann senkte bedrückt den Kopf. »Ich würde es ja gerne tun. Aber Colobert hat uns verboten, ohne seine Erlaubnis das Dorf zu verlassen. Wir wären zu wenig Männer, sagte er, und müssten unsere Leute hier schützen.«

»Das hat Raganhar ihm befohlen!« In Gedanken verfluchte Gerhild ihren Bruder, der wegen des Streits mit ihrem Vetter bereit war, dessen Dorf ungeschützt und ungewarnt Räubern und Mordbrennern zu überlassen.

»Raganhar hätte anders handeln müssen. Wulfherichs Leute gehören zu unserem Stamm! Wenn er sie im Stich lässt, wird er jegliches Vertrauen verlieren«, sagte Odila leise.

Gerhild fauchte wie eine gereizte Wildkatze. »Nicht nur bei Wulfherichs Leuten! Auch die Bewohner der anderen Dörfer werden ihm nicht mehr folgen. Und damit macht er es den Römern leicht, uns zu ihren Knechten zu machen. Zuerst werden ihre Legionäre kommen, danach ihre Steuereintreiber, und zuletzt sind wir nur noch Sklaven auf unserem eigenen Land, so wie es unseren Stammesverwandten am Neckar ergangen ist.«

Sie gab sich einige Augenblicke der Verzweiflung hin, dann aber schob sie kämpferisch das Kinn vor. »Ich weiß nicht, wie viel ich erreiche, doch ich werde alles tun, was ich vermag.«

»Was hast du vor?«, fragte ihre Freundin verwundert.

»Ich sattle mein Pferd und reite zu Tante Hailwig. Auch wenn ihr Sohn sich gegen Raganhar stellt, bin ich ihr durch Blutsbande verpflichtet.«

Ingulf starrte sie entgeistert an. »Du willst allein reiten? Obwohl du weißt, dass Baldarich und seine Leute dort draußen sind?«

»Da ich keinen Boten schicken kann, muss ich das wohl selbst übernehmen. Außerdem kenne ich die Gegend weitaus besser als Baldarich.« Mit diesen Worten betrat Gerhild die Halle, nahm ihren Bogen und den Köcher an sich und ging zu den Pferden.

»Wenn Colobert euch nach mir fragen sollte, so sagt ihm, ich sei auf der Jagd«, wies sie Odila und Ingulf an.

In gewisser Weise stimmte das auch, sagte sie sich. Sie war auf der Jagd nach Baldarich, um zu verhindern, dass er in einem der Stammesdörfer Unheil anrichten konnte.

Zweiter Teil

Das Fürstenschwert

1.

Als Gerhild sich auf ihre Stute schwang und das Dorf ohne Abschied verließ, wandte Colobert sich grinsend an seinen besten Freund. »Raganhars Schwester schmollt, weil ihr Bruder ihr Zügel angelegt hat. Dabei war es wirklich an der Zeit!«

»Siehst du dich etwa als Gerhilds Zügel, Colobert? Dann gib acht, dass sie ihn dir nicht aus der Hand nimmt, so wie gestern den Ger«, antwortete der Krieger nach kurzem Auflachen.

Ihm gefiel es nicht, dass Raganhar ausgerechnet diesen Mann zu seinem Stellvertreter ernannt hatte. Colobert taugte als Krieger nicht viel und stand nur deshalb in der Gunst des jungen Fürsten, weil er ihm stets nach dem Mund redete.

»Das mit dem Ger hat sie nicht umsonst getan!«, sagte Colobert und schüttelte die Faust. Doch seiner Drohung fehlte jeglicher Nachdruck, denn er wusste selbst, dass er Gerhild weder verprügeln noch anbinden konnte.

Sein Gegenüber sah es genauso und grinste breit. »Sei froh, dass sie dich vor einer Blamage bewahrt hat. So besoffen, wie du gestern warst, hättest du nur Löcher in die Luft geworfen. Sie aber hat es diesem aufgeblasenen Römer gezeigt. So gute Würfe traue ich sogar mir nicht zu – und dir erst recht nicht.«

»Willst du mich beleidigen?«, fuhr Colobert auf.

»Was heißt hier beleidigen? Ich sage nur die Wahrheit, und die lautet: Mit dem Ger kannst du am schlechtesten von uns allen werfen. Es war eine Gemeinheit von Raganhar, dich Quintus als Gegner vorzuschlagen. Wenn Wulfherich das erfährt, wird

87

er es ihm zum Vorwurf machen und erklären, er sei es nicht wert, Fürst des gesamten Stammes zu sein.«

»Das wäre dir wohl sehr recht!«, rief Colobert zornerfüllt aus.

»Ich gebe offen zu, dass ich mit Raganhar nicht zufrieden bin«, erklärte sein Stammesgefährte. »Unter seinem Vater gehörte ich immer zur Kernschar, die mit in den Kampf zog. Raganhar aber hat mir befohlen, im Dorf zu bleiben, als wäre ich ein lahmer Hund.«

»Also hältst du auch mich für einen lahmen Hund!« Colobert schäumte und ballte die Fäuste. Für einige Augenblicke sah es so aus, als wolle er zuschlagen. Da traten Ingulf und andere Krieger hinzu und warfen ihm drohende Blicke zu. Er wich daher zurück und beließ es bei Flüchen und Beschimpfungen.

Ohne etwas von dem aufflammenden Streit im Dorf zu ahnen, ritt Gerhild durch den nahezu undurchdringlichen Wald. Sie hatte lange Hosen aus Leder über ihre Beinlinge aus Leinen angezogen und ihr langes Haar unter eine Kappe gesteckt, damit es sich nicht im Geäst der Bäume verfangen konnte. Dennoch war es ein mühsamer Weg abseits der gebahnten Pfade. Sie musste öfter absteigen, als ihr lieb war, und ihre Stute über schwierige Hindernisse führen. Ihre Wut war mittlerweile verraucht und hatte kühler Überlegung Platz gemacht. Daher beschloss sie, nicht auf kürzestem Weg zum Dorf ihrer Tante zu reiten, sondern zunächst eines der näher liegenden Dörfer aufzusuchen und dort zu fragen, ob man Baldarichs Schar bemerkt habe.

Es war ein einsamer Ritt, aber die Ruhe, die sie umgab, tat ihr gut. Auch wenn sie aufpassen musste, wohin sie ihre Stute lenkte, konnte sie über all das nachdenken, was geschehen war. Eines stand für sie fest: Sie würde weder Quintus noch Baldarich als Mann akzeptieren, selbst wenn es darüber zu einem offenen Zerwürfnis mit Raganhar kam.

Auf ihrem Weg hielt Gerhild nach Spuren Ausschau. Meist entdeckte sie Fährten von Rotwild und einmal die eines

Wisents. Schließlich fand sie auf einer kleinen Lichtung Abdrücke von mehreren Pferden. Sie zügelte ihre Stute und sah sich die Spuren genauer an. Es waren nicht die von Römer-Pferden, denen ihre Reiter eiserne Schuhe unter die Hufe banden. Ob sie aber von Baldarichs Schar stammten oder von Kriegern, die sich ihrem Bruder anschließen wollten, konnte sie nicht herausfinden. Zur Vorsicht nahm sie ihren Bogen zur Hand und lenkte ihre Stute nur mit den Schenkeln.

Bis zu dem ersten Dorf, welches sie aufsuchen wollte, traf sie auf niemanden. Als sie auf die Häuser zuritt, steckte sie ihren Pfeil wieder in den Köcher und hob die Hand zum Gruß.

Der Dorfhäuptling war zu alt, um noch mit den Kriegern reiten zu können, aber er kam ihr fröhlich lachend entgegen.

»Willkommen, Gerhild! Treibt dich die Unruhe wieder auf die Jagd?«

»So kann man es nennen, Aisthulf!« Gerhild schwang sich aus dem Sattel und umarmte den Mann. »Ist bei euch alles in Ordnung?«

»Du fragst so, als müssten wir uns Sorgen machen«, antwortete der Mann verwundert.

»Es waren Fremde bei uns. Ich halte sie für Krieger, die erkunden wollten, ob sich ein Überfall auf unser Dorf lohnt.«

»Fremde?« Aisthulf rieb sich die Nase. »Mein Enkel hat im Wald Spuren von Reitern entdeckt, die unser Dorf umgangen haben.«

»Das ist nicht gut«, erwiderte Gerhild. »Wären diese Leute in friedlicher Absicht unterwegs, hätten sie offen auf euer Dorf zureiten können.«

»Das habe ich mir auch gedacht und deshalb die alten Krieger und die Jungmannen, die im Dorf geblieben sind, zu den Waffen gerufen. Wir mögen nur wenig mehr als drei Dutzend sein, aber mit einer Raubschar werden wir fertig.« Aisthulf lachte freudlos, denn seit etlichen Jahren war keines der Stammes-

89

dörfer mehr von Fremden angegriffen worden. Bei dem Gedanken, dies könnte in einer Zeit, in der sich die Krieger den Römern angeschlossen hatten, der Fall sein, gruben sich Sorgenfalten in seine Stirn.

»Drei Dutzend Männer? Das könnte reichen, solange ihr auf der Hut seid!«, erklärte Gerhild nach kurzem Nachdenken.

»Und ob wir das sind! Ich habe etliche junge Burschen als Wachtposten in den Wald geschickt. Denen entgeht niemand, der sich in unrechter Absicht unserem Dorf nähert.«

»Aber ich bin ihnen entgangen«, wandte Gerhild ein.

»Bist du nicht!«, erklärte Aisthulf. »Sie haben dich gesehen und angekündigt, ohne dass du es bemerkt hast.«

»Dann ist es gut!« Gerhild war erleichtert, dass Aisthulfs Leute auf einen möglichen Angriff vorbereitet waren. Doch das Dorf ihrer Tante lag ihr mehr am Herzen.

»Habt ihr etwas von Wulfherichs Sippe gehört?«, fragte sie.

Aisthulf spie angewidert aus. »Der Kerl hat es gewagt, mich aufzufordern, meine Krieger seiner Schar einzugliedern. Aber dem habe ich heimgeleuchtet! Meine Sippe hat immer einem Fürsten aus der Sippe der Harlungen gedient, und das ist er trotz seiner Mutter nicht. Als heute Vormittag der Bote deines Bruders kam, dass er aufbrechen würde, habe ich meine Krieger losgeschickt, damit sie sich mit seinen Leuten vereinen.«

»Das war richtig gehandelt!«, lobte Gerhild.

Ihre Gedanken wirbelten jedoch. Eben noch hatte sie überlegt, Aisthulf zu bitten, einen Boten mit einer Warnung zu ihrer Tante zu schicken. Sein Verhältnis zu Wulfherich war jedoch denkbar schlecht, und so war es gut möglich, dass er ihr diesen Wunsch abschlug. Daher würde sie, wie sie es ursprünglich geplant hatte, selbst zu Hailwig reiten.

Als sie sich wieder in den Sattel schwang, sah Aisthulf sie verwundert an. »Ich nahm an, du würdest über Mittag bleiben und mit uns essen!«

»Ein andermal gerne! Doch ich muss weiter. Teiwaz sei mit euch!«

»Mit dir aber auch, Mädchen«, sagte Aisthulf und sah kopfschüttelnd zu, wie Gerhild antrabte und bald vom Unterholz des Waldes verschluckt wurde.

2.

Gerhild fühlte sich nicht wohl in ihrer Haut, denn Baldarich und seine Männer mussten sich irgendwo in ihrer
Umgebung herumtreiben, und es mochte sein, dass die Kerle
sie wahrnahmen, bevor sie sie bemerkte. Daher ritt sie nicht
blindlings dahin, sondern hielt immer wieder an, um zu lau-
schen und nach Spuren Ausschau zu halten. Eine Weile sah es
so aus, als gäbe es um sie herum nur die tierischen Bewohner
des Waldes. Aber als sie einem Wildwechsel folgte, entdeckte
sie Hufspuren von Pferden. Da dies kein Weg war, den ein
Aufgebot ihres Stammes nehmen würde, mussten es Fremde
sein, die sich von den Menschen in dieser Gegend nicht sehen
lassen wollten.

»Baldarich«, murmelte Gerhild und schlug, als ein anderer
Wildwechsel kreuzte, jene Richtung ein, in die keine Hufabdrucke führten.

Gerhild hoffte bereits, das Dorf der Tante unbemerkt zu er-
reichen, als sie in ihrer Nähe ein Pferd wiehern hörte. Das
Geräusch brach so schnell ab, als hätte jemand dem Gaul ans
Maul gegriffen.

Sofort stieg sie aus dem Sattel und führte ihre Stute in ein
Gebüsch. »Sei ja ruhig!«, mahnte sie das Tier, während sie die
Zügel um einen Zweig wand.

Mit dem Bogen in der Hand schlich sie in die Richtung, aus
der sie das Wiehern vernommen hatte. Dankbar dachte sie
daran, wie ihr Vater sie gelehrt hatte, sich unauffällig im Wald
zu bewegen, um nahe an einen Hirsch oder ein Wildschwein
heranzukommen. Sie war weitaus leiser als die Männer ihres

Dorfes und hatte sich zum Scherz öfter schon an Raganhar herangeschlichen, ohne dass dieser sie auch nur ein einziges Mal bemerkt hätte. Auch diesmal gelangte sie unbemerkt bis an den Rand einer Lichtung und versteckte sich, als sie zwei Männer erblickte, hinter dem Stamm einer mächtigen Eiche.

Die beiden gehörten zu Baldarichs Gefolge und schienen auf etwas zu warten. Zunächst befürchtete Gerhild, die Kerle würden sich die ganze Zeit anschweigen, doch da rieb sich einer mit einer heftigen Geste über das Kinn.

»Wir sollten zum Wildwechsel zurückkehren und nachsehen, ob jemand vorbeigekommen ist, der Wulfherichs Leute warnen könnte!«

Sein Kamerad winkte lachend ab. »Warum? Von hier aus hören wir es genauso gut, wenn ein Reiter den Wildwechsel benutzt. Wir können kurz vor der Dämmerung nachschauen, ob wir Hufspuren entdecken. Gibt es keine, ist auch niemand vorbeigekommen.«

Danke für den Rat!, dachte Gerhild und glaubte im ersten Schrecken, die Worte laut ausgesprochen zu haben. Die beiden Männer sahen sich jedoch nicht um, und so verharrte sie weiter hinter ihrem Baum.

»Dieser Raganhar ist ein Narr! Verrät uns ganz locker, dass weniger als ein Dutzend alter Männer und halber Knaben in Wulfherichs Dorf zurückgeblieben sein könnten«, meinte einer der Krieger nach einer Weile.

»Einen Narren würde ich ihn nicht nennen – eher ein ausgefuchstes Bürschchen! Es heißt doch, Wulfherich würde ihm die Herrschaft über diesen Suebenstamm streitig machen. Daher wird es ihm recht sein, wenn sein Konkurrent blutet.«

»Uns wird es auf jeden Fall gefallen, gute Beute zu machen«, gab der andere feixend zurück.

»Nach diesem Überfall sollten wir aus der Gegend verschwinden! Ich fürchte, der geplante Kriegszug der Römer wird uns noch viel Ärger eintragen. Die brennen auf ihrem Vormarsch jedes Dorf und jedes Feld nieder und verschleppen alle, die ihnen nicht entkommen können, in die Sklaverei.«

»Hast du Angst vor den Römlingen?«, fragte der andere Krieger. »Unser Dorf liegt so viele Tagesritte nach Osten, dass sie den Weg dorthin bestimmt nicht finden werden. Und sollte es doch geschehen, verschwinden wir im Wald und holen uns das, was wir verlieren, aus anderen Dörfern. Bisher ist es uns noch immer gelungen, die Leute mit unsern Schwertern zu überreden, uns ihre Vorräte zu überlassen.«

»Was für Großmäuler«, murmelte Gerhild und wartete angespannt auf die Fortsetzung des Gesprächs.

Zu ihrem Leidwesen teilten sich die Männer jetzt ein Stück Trockenfleisch und kauten darauf herum. Das Einzige, was Gerhild noch erfuhr, war, dass Baldarich das Dorf ihrer Tante bereits in dieser Nacht angreifen wollte.

Es wurde daher höchste Zeit für sie, zu verschwinden. Lautlos schlich sie zu ihrer Stute. Um zu verhindern, dass das Tier Hufabdrucke auf dem Wildwechsel hinterließ, führte sie es durch dichtes Unterholz und unter tief herabreichenden Baumkronen hindurch. Dies kostete sie zwar Zeit, doch sie war guten Mutes, ihre Verwandten noch vor den Räubern erreichen zu können.

Als Gerhild das letzte Stück zurücklegte, lauschte sie noch einmal intensiv, um sicherzugehen, dass ihr niemand folgte. Erst dann trat sie auf die Rodungsinsel hinaus und schwang sich wieder in den Sattel. Vor ihr lag das Dorf der Wulfingersippe inmitten ausgedehnter Felder und Weiden. Es war das zweitgrößte Dorf nach ihrem eigenen und wurde von selbstbewussten Anführern geleitet. Ihrem Vater war es mit seiner Redegewandtheit und kraft seiner Autorität gelungen, sich gegen diese Verwandten durchzusetzen. Aber ihr Bruder glaubte, sich Fremder bedienen zu müssen, um Wulfherich zum Gehorsam zu zwingen. Da es sich um Leute des eigenen Stammes handelte, die überdies über Mutterseite verwandt waren, hielt Gerhild sein Verhalten für schäbig. Selbst die Tatsache, dass er am Abend zuvor betrunken gewesen war, konnte das nicht entschuldigen.

Vor Raganhars unsäglichem Streit mit Wulfherich war Gerhild oft hierhergeritten und stets willkommen gewesen. Nun aber empfingen Frauen und Kinder und die wenigen Krieger sie mit abweisenden Mienen.

»Wenn du uns im Namen deines Bruders auffordern willst, sich ihm zu unterstellen, dann sage ihm, er soll erst einmal beweisen, dass er des Fürstentitels würdig ist«, rief ihr eine Frau entgegen.

Gerhild achtete nicht auf sie, sondern suchte nach ihrer Tante. Diese trat eben aus der Halle ihres Sohnes, um nachzuschauen, wer gekommen war. Als sie ihre Nichte erkannte, lächelte sie.

»Sei mir willkommen, Kind! Und ihr zieht keine so bösen Gesichter. Gerhild ist nicht Raganhar, und selbst ihn solltet ihr mit Achtung empfangen.«

»Ich freue mich, dich zu sehen, Tante Hailwig, auch wenn ich mit schlechten Nachrichten komme.« Gerhild stieg vom Pferd und umarmte die Schwester ihres Vaters.

Diese sah sie verwundert an. »Was gibt es denn Schlimmes?«

»Fremde Krieger wollen euer Dorf überfallen, weil sie erfahren haben, dass nur wenige Männer darin zurückgeblieben sind«, antwortete Gerhild offen.

Ihre Tante presste für einen Augenblick die Lippen zusammen. »Ich habe Wulfherich gebeten, mehr Krieger zurückzulassen. Doch er wollte sich den Römern mit einer Schar anschließen, die der deines Bruders gleichkommt.«

»Das wird ihm nicht gelingen. Die anderen Anführer unseres Stammes halten zu Raganhar«, antwortete Gerhild. »Aber das ist jetzt nicht wichtig! Wir müssen überlegen, wie wir das Dorf gegen Baldarichs Schar verteidigen können.«

»Sagtest du Baldarich?«, rief ein älterer Mann entsetzt. »Von dem habe ich schon einiges gehört! Er soll der Sohn eines

Fürsten aus dem Osten und selbst ein gewaltiger Kriegerfürst sein. Es heißt, er würde ein Zauberschwert besitzen, das ihm stets den Sieg verleiht. Wir müssen in die Wälder fliehen, sonst machen seine Leute uns alle nieder!«

»Fliehen?« Hailwig sah den Mann empört an. »Willst du diesen Räubern das ganze Dorf überlassen? Sie würden mitnehmen, was sie brauchen können, und den Rest niederbrennen.«

»Aber gegen Baldarich können wir nicht bestehen! Er und seine Krieger würden uns alle erschlagen.« Der Mann sah so aus, als wolle er sich im nächsten Augenblick in die Büsche schlagen.

»Er hat recht! Wir sind zu wenige, um uns mit Baldarichs Schar messen zu können. Jetzt haben wir noch die Zeit, alles, was uns wertvoll ist, mitzunehmen. Was die Häuser angeht, können wir sie neu errichten«, stieß Alfher aus, dem Wulfherich den Schutz des Dorfes übertragen hatte.

»Was willst du mitnehmen? Ein wenig Silber, dein Trinkhorn und vielleicht einen Pelz für den Winter? Solches Zeug kannst du nicht essen! Wenn unsere Vorräte vernichtet werden, müssten wir in den anderen Stammesdörfern um Nahrung betteln!«, schalt Hailwig den Mann.

Alfher sah betroffen zu Boden, denn in dem Fall würde sein Anführer sich Raganhar unterwerfen müssen und nur noch den letzten Rang unter den Dorfhäuptlingen einnehmen. Doch war es das wert, sein eigenes Leben und das seiner Familie aufs Spiel zu setzen?

»Ich rate zur Flucht!«, wiederholte er lautstark.

»Ich bin dafür, das Dorf zu verteidigen!«, fuhr Gerhild ihn an. »Baldarich hat nur ein gutes Dutzend Krieger bei sich. Wenn wir alle zusammenhalten, müssten wir mit ihm fertigwerden!«

»Ihr Weiber?«, fragte Alfher in ohnmächtiger Wut.

»Ja, wir Weiber!« Gerhild sah ihre Tante auffordernd an und sah diese nicken.

»Wir können doch unsere Vorräte, das Vieh und alles andere, was wir zum Überleben im Winter brauchen, nicht einfach im Stich lassen, nur weil uns ein Dutzend Strolche bedrohen! Im Dorf gibt es fast einhundert erwachsene Frauen und Mädchen. Wenn Alfher uns anführt, können wir Baldarichs Männer vertreiben.«

»Das ist doch Unsinn!«, rief Alfher aus. »Gegen Schwerter und Gere kommt ihr mit euren Spinnrocken nicht an!«

»Wer sagt dir, dass wir mit Spinnrocken kämpfen wollen?«, fragte Gerhild in verächtlichem Tonfall.

Alfher wollte sich das Heft nicht aus der Hand nehmen lassen und baute sich drohend vor Gerhild auf. »Ich traue dir nicht! Du bist Raganhars Schwester und von ihm geschickt worden, uns in Angst und Unruhe zu versetzen!«, erklärte er.

»Ginge es nur um dich, Alfher, würde ich mich nach diesen Worten auf meine Stute schwingen und dich deinem Schicksal überlassen. Doch Hailwig ist meine Tante, ihre Töchter meine Basen – und mit vielen anderen von euch bin ich ebenfalls verwandt. Wir sind ein Stamm, auch wenn zwei junge Hirschbullen glauben, ihre Geweihe gegeneinanderschlagen zu müssen.«

Gerhilds Stimme klang so zornig, dass Alfher den Kopf einzog. »Wenn uns wirklich Räuber bedrohen, brauchen wir Hilfe. Allein schaffen wir es niemals, Baldarich zurückzuschlagen. Ich werde daher Boten zu den anderen Dörfern senden und deren Krieger auffordern, uns zu Hilfe zu eilen!«

»Es wird Nacht sein, bis deine Boten das erste Dorf erreichen!«, erklärte Gerhild nach einem kurzen Blick zum Stand der Sonne. »Außerdem lässt Baldarich die Wege, die aus dem Dorf hinausführen, überwachen. Deine Boten kämen nicht durch!«

»Du hast es doch auch geschafft«, antwortete Alfher schnaubend und kehrte ihr den Rücken zu.

Gerhild hörte, wie er vier Jungmannen befahl, loszureiten,

und hätte am liebsten die Zügel der Pferde gepackt, um sie daran zu hindern.

»So ein Narr!«, schimpfte sie. »Damit schwächt er uns noch mehr! Selbst wenn Baldarich nicht alle Boten abfängt, erfährt er, dass ihr gewarnt worden seid.«

»Mein Sohn hat Alfher zum Anführer der Krieger im Dorf ernannt. Daher können wir ihn nicht daran hindern, das zu tun, was er für richtig hält«, wandte ihre Tante ein.

»Er wird uns aber auch nicht daran hindern, das zu tun, was wir für richtig halten!« Gerhild starrte auf die grüne Mauer des Waldes, in dem Baldarich und seine Männer steckten, und überlegte, wie sich die Frauen am besten gegen die Räuber verteidigen konnten.

3.

Kurz vor der Dämmerung rief Baldarich seine Männer zusammen. Sie waren fünfzehn, und das war für einen großen Plünderzug zu wenig. Für einen Angriff auf eine schwach verteidigte Siedlung aber reichte es aus. Von den Kriegern, die er ausgeschickt hatte, um die Wege zum Dorf zu bewachen, erfuhr er, dass sie drei Reiter abgefangen und getötet hätten. Zwei andere schleppten einen verletzten Gefangenen mit sich.

»Der Bursche wollte sich an uns vorbeischleichen, und da haben wir uns gedacht, den holen wir uns«, meinte einer der Krieger lachend.

»Gut gemacht, Egino«, lobte Baldarich und musterte den Verletzten mit einem strengen Blick.

»Wer bist du, und was hattest du vor?«

Der Gefangene presste die Lippen zusammen und schwieg.

»Auch gut«, meinte Baldarich und zog seinen Dolch. »Erst hacke ich dir jeden Finger einzeln ab, dann steche ich dir erst das rechte und dann das linke Auge aus. Anschließend kastriere ich dich, und als Letztes schneide ich dir den Bauch auf und wickle deine Gedärme um diesen Baum. Die Zunge lassen wir dir, denn irgendwann wirst du schon reden.«

Während der Gefangene bleich wurde, aber sichtlich die Zähne zusammenbiss, befahl Baldarich zwei seiner Männer, den Arm des Gefangenen festzuhalten, nahm Maß und trennte ihm den kleinen Finger der linken Hand ab.

Im Gesicht des Mannes zuckte es, doch er schwieg.

Der linke Ringfinger folgte, dann der Mittelfinger. Mittlerweile zog die Dämmerung auf, und seine Männer entzündeten Fackeln.

»Den Zeigefinger und den Daumen lasse ich dir erst einmal und mache mit der anderen Hand weiter«, erklärte Baldarich und hieb dem Gefangenen die beiden äußeren Finger der rechten Hand ab.

Der Gefangene hielt die Schmerzen nicht mehr aus und schrie auf. »Ich sage euch alles, was ihr wissen wollt!«

»Wenn du das gleich getan hättest, wären deine Finger noch dran«, spottete Baldarich und richtete die Spitze des Dolches auf das Gesicht des Gefangenen. »Versuche nicht, uns zu täuschen, sonst bist du das erste Auge los!«

Diese Drohung brach den Widerstand des jungen Sueben. Er stöhnte verzweifelt, dann brach es wie ein Wasserfall aus ihm heraus. »Alfher hat mich losgeschickt. Ich sollte Hilfe aus Regimers Dorf holen, damit wir euren Überfall abwehren können. Wir …«

»Woher wusstet ihr, dass ich zu euch kommen will?«, unterbrach ihn Baldarich.

»Gerhild hat uns gewarnt«, gab der Bote zu.

»Gerhild? Die Schwester eures Fürsten?«

Der Gefangene nickte. »Sie kam heute Nachmittag in unser Dorf und warnte uns. Daher hat Alfher, unser Anführer, mich losgeschickt, um Unterstützung zu holen.«

»Hat er mehr Boten ausgesandt oder nur dich?«, fragte Baldarich weiter.

»Nur mich!«, antwortete der Gefangene und schrie keine drei Herzschläge später auf, weil Baldarichs Dolchspitze sich in sein linkes Auge bohrte.

»Ich sagte doch, du sollst uns nicht belügen! Es waren mehr Boten, gestehe!«

»Wir waren vier.«

»Vier also!« Baldarich nickte zufrieden, denn das entsprach der Zahl, die sie abgefangen hatten.

Nachdenklich betrachtete er den Gefangenen, sagte sich dann, dass dieser keinen Wert mehr für ihn besaß, und stieß ihm den Dolch ins Herz. Er sah zu, wie der Suebe zusammenbrach, wischte die Klinge an dessen Gewand ab und schob sie zurück in die Scheide. Als er sich seinen Männern zuwandte, grinste er.

»Es sieht so aus, als würde unsere Beute größer werden als erhofft. Raganhars Schwester muss noch im Dorf sein, sonst hätten wir sie ebenfalls abgefangen. Ich werde sie mitnehmen und zu meinem Weib machen. Später werde ich dafür sorgen, dass ihr Bruder zu einem von allen betrauerten Fürsten wird, und dessen Nachfolge antreten.«

»Aber wie ist Gerhild an unseren Wachen vorbei ins Dorf gekommen?«, wandte einer seiner Männer ein.

»Sie wird Wulfherichs Dorf erreicht haben, bevor wir alle Wege überwachen konnten. Auf jeden Fall ist sie noch dort und wird mich auf der Heimreise begleiten. Doch nun kommt! Es ist bereits dunkel, und mein Bräutchen soll nicht auf mich warten müssen.«

Baldarich schwang sich lachend aufs Pferd, ließ sich eine Fackel reichen und übernahm die Spitze. Sie waren kühne Burschen und hatten schon mehrmals Kriegertrupps besiegt, die ihnen an Zahl überlegen gewesen waren. In Wulfherichs Dorf sollten sich hingegen weniger als ein Dutzend Wachen aufhalten, und von diesen hatten sie bereits vier ausgeschaltet.

4.

Alfher ist ein blutiger Narr!«, rief Gerhild aufgebracht. »Anstatt sich mit uns zusammenzutun, will er mit fünf alten Männern das Dorf beschützen. Baldarichs Schar wird sie zusammenhauen, bevor sie auch nur ihre Schwerter heben können.«

»Er ist Wulfherichs Vertrauter und sieht in dir die Schwester Raganhars. Selbst mir begegnet er mit Misstrauen, weil ich eure Tante bin!« Hailwig war nicht weniger zornig als ihre Nichte, wies dann aber auf die Frauen, Mädchen und Knaben, die sich um sie beide geschart hatten. »Wenigstens sie folgen uns!«

»Die Frauen wissen, dass Baldarich ihr Leben und das ihrer Kinder bedroht. Daher werden sie alles tun, um den Wolf zu verjagen. Ist alles bereit?« Gerhild sah die Tante nicken und blickte dann in den Wald.

»Baldarich wird nicht mehr lange auf sich warten lassen. Er braucht einen Vorsprung für den Fall, dass er verfolgt wird. Würde er uns erst im Morgengrauen überfallen, könnten sich die Krieger der anderen Dörfer zu schnell auf seine Fährte setzen.«

»Du sprichst, als hättest du dein Leben lang Krieger angeführt«, antwortete Hailwig mit gelindem Spott.

»Das sagt mir der Verstand! Aber nun seid still! Ich höre ein Pferd wiehern.«

»Das könnte eins von uns sein«, wandte eine junge Frau ein.

»Seit wann hütet ihr eure Rosse des Nachts im Wald?«, fragte Gerhild bissig, nahm ihren Bogen zur Hand und legte den ersten Pfeil auf die Sehne. Zudem hatte sie einen kräftigen Stab als Waffe gewählt, der ihr gegen Reiter wirkungsvoller erschien als Schwert oder Dolch.

»Entzündet die Leuchtschnüre erst in dem Augenblick, in dem ich es sage«, erklärte sie mehreren Frauen, die kleine, gut abgedeckte Tongefäße mit Glutnestern in den Händen hielten.

»Machen wir!«, versicherte eine von ihnen.

»Es tut sich was!«, stieß Hailwig hervor. »Alfher! Er …« Sie verstummte, als mehrere Reiter auf das Dorf zugaloppierten und sechs alte Männer versuchten, diese aufzuhalten. Es war ein ungleicher Kampf, in dem Alfher und seine Veteranen rasch niedergemacht wurden.

Im Licht der Fackeln, die einige Angreifer trugen, erkannte Gerhild Baldarich. Er ritt einen großen, fahlen Hengst und schwang sein Schwert siegesgewiss durch die Luft.

»Vorwärts, Männer!«, brüllte er. »Sorgt dafür, dass uns die Fürstentochter nicht entkommt!«

»Woher weiß er, dass ich hier bin?«, murmelte Gerhild und begriff, dass Baldarich mindestens einen der Boten, die Alfher losgeschickt hatte, abgefangen und verhört haben musste.

»Die Leuchtschnüre anzünden!«, rief sie und sah zu, wie die Frauen die Enden ölgetränkter Schnüre in die kleinen Tongefäße hielten. Diese fingen sofort Feuer und setzten ein paar Schritte weiter die in den Boden gerammten Fackeln in Brand. Nach wenigen Augenblicken war der freie Platz vor Wulfherichs Halle beinahe taghell erleuchtet.

Baldarichs Krieger hielten überrascht ihre Pferde an. Im gleichen Augenblick flog Gerhilds erster Pfeil von der Sehne und traf einen der Feinde in der Schulter. Bislang hatte Gerhild noch nie auf einen Menschen geschossen, und es kostete sie Überwindung, es zu tun. Doch Baldarichs Krieger hatten dieses Dorf wie Wölfe überfallen und bereits die männlichen Verteidiger getötet. Mit diesem Gedanken schoss Gerhild erneut einen Pfeil ab – und traf.

Voller Wut sah Baldarich einen Mann vom Pferd stürzen, während der, den Gerhild als Ersten getroffen hatte, sich mühsam im Sattel hielt. Kämpfen konnte der Verwundete jedoch nicht mehr.

»Vorwärts! Macht jeden nieder, der eine Waffe trägt«, schrie er. Da fiel ihm ein, dass der Schütze die Fürstentochter sein konnte.

»Gebt aber acht, dass ihr Gerhild lebend fangt! Ich bringe jeden um, der sie auch nur verletzt.« Als er auf die Verteidiger zuritt, die sich im Halbdunkel der Häuser gehalten hatten, traf ihn ein Pfeil, der jedoch an seinem Schuppenpanzer abprallte. Verblüfft stellte er fest, dass er es nur mit Frauen und größeren Kindern zu tun hatte, und lachte schallend auf.

Gerhild verschoss ihre Pfeile in rascher Folge, verletzte aber nur noch zwei von Baldarichs Reitern. Dieser kam nun mit siegessicherer Miene auf sie zu. Sie ließ den Bogen fallen und griff nach dem Stab.

»Jetzt gilt es!«, schrie sie und stürmte auf den Reiter zu. Die Frauen und Kinder, welche Rechen, Forken, Besen oder einfach nur Knüppel in den Händen hielten, folgten ihr mit wildem Geschrei.

Baldarichs Männer wurden innerhalb weniger Augenblicke von den zahlenmäßig weit überlegenen Verteidigerinnen und kreischenden Halbwüchsigen eingekeilt. Diese schlugen wut- und angsterfüllt auf Reiter und Pferde ein, holten mehrere Angreifer aus dem Sattel und töteten sie.

Baldarich wurde vollkommen überrascht. Als zwei weitere Männer trotz aller Gegenwehr von den Pferden gerissen und niedergemacht wurden, sah er Gerhild auf sich zukommen. Längst hatte er begriffen, dass sie die Seele des Widerstands war. Wenn er sie in die Hand bekam, würden die anderen Weiber ihren Mut verlieren und fliehen. Mit verzerrter Miene spornte er sein Pferd an und hob sein Schwert zum Schlag.

Für einen Augenblick sahen Gerhild und er einander in die

Augen, und er las in den ihren glühenden Zorn. Sie ist die Erbin eines Fürstengeschlechts und ihrer Ahnen würdig, dachte er noch, dann schlug er zu, um sie mit der flachen Schwertklinge zu betäuben.

Gerhild wich seiner Waffe mit einer geschickten Drehung aus, schwang ihren Stab mit aller Kraft und traf den Schwertarm ihres Gegners. Trotz des Lärms um ihn herum vernahm Baldarich das Knirschen, mit dem die Knochen brachen. Er versuchte noch, seine Waffe festzuhalten, doch die Finger versagten ihm den Dienst. Das geheimnisvolle Schwert fiel Gerhild vor die Füße, und sie bückte sich unwillkürlich, um es aufzuheben.

Eine Frau schlug mit einem Rechen auf Baldarich ein, und eine zweite traf mit ihrem Knüppel seinen Oberschenkel. Zum ersten Mal in seinem Leben überkam ihn Todesangst. Wenn es den Weibern gelang, ihn aus dem Sattel zu zerren, wäre dies sein Ende. Um die Furien abzuwehren, brachte er sein Pferd dazu, sich zu drehen und dabei auszukeilen. Als er sich nach seinen Männern umsah, saßen von vierzehn nur noch acht im Sattel, und von denen hatten sich zwei bereits zur Flucht gewandt.

»Helft mir!«, brüllte er.

Drei Reiter drängten die tobenden Weiber mit ihren Pferden ab. Trotzdem musste Baldarich noch einige harte Hiebe einstecken und war nicht mehr in der Lage, die Zügel zu halten. Sein Gefolgsmann Egino packte sie und zog den Hengst hinter dem eigenen Gaul her.

Die beiden verbliebenen Krieger versuchten, ihren Anführer zu decken, und mussten weitere Schläge hinnehmen. Daher waren sie heilfroh, als sie sich aus dem Pulk der tobenden Weiber lösen und die Pferde antreiben konnten.

Erst am Waldrand wagte Baldarich, sich umzusehen. Ihn begleiteten nur noch sechs Reiter. Von vierzehn Mann hatte er acht verloren, und die anderen waren mehr oder weniger schwer verletzt. Bei ihm würde es Wochen dauern, bis er seinen Arm wieder gebrauchen konnte, aber am meisten schmerzte es ihn, dass er sein aus uralter Zeit überkommenes Schwert hatte zurücklassen müssen.

Ihm ging es nicht nur um den Zauber der Unbesiegbarkeit, der der Sage nach auf dieser Waffe lag, sondern um weitaus handfestere Vorteile. Die Waffe war das Symbol der Herrschaft über jenen Teilstamm der Semnonen, dem er angehörte. Nur mit diesem Schwert an der Seite konnte er hoffen, die Krieger seines Stammes um sich zu scharen und nach Westen zu führen, wo es fruchtbares Land und Stämme gab, die er unterwerfen konnte. Auch existierten jenseits der Steinernen Schlange Städte, deren Reichtum nur darauf wartete, von ihm und seinen Männern erbeutet zu werden.

5.

Hailwig umarmte ihre Nichte stürmisch. »Wir haben es geschafft! Wir haben es wirklich geschafft!«

»Hast du daran gezweifelt?«, fragte Gerhild. »Ich nicht! Männer kämpfen um Ehre, Beute und Ruhm. Doch kein Mann wird jemals so verbissen kämpfen wie eine Frau, die ihre Kinder beschützen muss.«

»Wir haben nicht nur unsere Kinder, sondern auch unser Dorf beschützt. Alfher und seinen Mannen ist dies nicht gelungen«, rief eine Frau Gerhild zu.

»Nein, das ist ihnen nicht gelungen.« Hailwig klang trotz ihrer Freude über den abgewiesenen Angriff traurig. Um mit so vielen Kriegern wie möglich zu den Römern zu stoßen, hatte ihr Sohn einen Fehler begangen, der ohne Gerhild für die im Dorf zurückgebliebenen Frauen, Kinder und zu wenigen Männer beinahe zum Verhängnis geworden wäre. Einige hatten Wulfherichs Ehrgeiz sogar mit dem Leben bezahlt.

»Es ist nicht gut, dass Raganhar der Nachfolger deines Vaters geworden ist, und nicht dein älterer Bruder. Hariwin hätte meinen Sohn gezwungen, ihm zu gehorchen. Aber bei Raganhar war das etwas anderes. Da Wulfherich ihn bereits als Knabe in den meisten Wettkämpfen übertroffen hat, wollte er sich ihm nicht unterordnen. Deswegen sind nun gute Männer gestorben und mehrere Frauen und Kinder verletzt worden«, sagte Hailwig leise.

»Jetzt wird Wulfherich Raganhars Herrschaft anerkennen müssen, denn nach dem, was hier geschehen ist, werden eure Leute seine Eignung bezweifeln, das eigene Dorf anzuführen.«

Gerhild ärgerte sich über die Streitigkeiten im Stamm, weil diese ihn auf Dauer schwächen würden. Obwohl es den Frauen unter ihrer Führung gelungen war, Baldarichs Raubschar zurückzuschlagen, fühlte sie eine tiefe Leere in sich. Ihr Erfolg war nicht ohne Verluste errungen worden. Zwar war keine Frau und kein Kind so schwer verletzt worden, dass sie sterben würden, doch Alfhers Weib und mehrere andere hatten den Tod ihrer Männer zu beklagen und Kinder den ihrer Väter. Zudem musste mindestens einer der Boten in Baldarichs Hände gefallen sein.

»Tragt die Feinde zusammen und fangt ihre Rosse ein!«, befahl Gerhild.

Sofort machten sich die größeren Knaben auf die Jagd nach den Pferden, während die Frauen acht Männer heranschleppten. Zwei lebten noch und starrten Gerhild, die das erbeutete Schwert in der Hand hielt, ängstlich an.

»Wer seid ihr wirklich und woher kommt ihr?«, fragte sie und hob das Schwert.

»Wir gehören zu Baldarichs Schar. Er kann weiter im Osten mehrere hundert Krieger zusammenrufen«, antwortete einer der Gefangenen in der Hoffnung, damit den Frauen Angst zu machen.

»Derzeit wird er gar nichts zusammenrufen können, denn Gerhild hat ihm den Schwertarm gebrochen!«, warf eine Frau giftig ein.

Gerhild bat sie zu schweigen. »Wo liegt euer Dorf?«, fragte sie die Gefangenen.

»Unser Stamm lebt an einem Nebenfluss der Elbe. Baldarich will ihn hierherführen, um die römischen Weichlinge zu überfallen, die sich hinter der Steinernen Schlange verstecken«, erwiderte der Krieger mit wachsendem Selbstbewusstsein.

»Die Römer verfügen über mehr als nur ein paar hundert Männer in diesen Landen«, antwortete Gerhild kopfschüttelnd. »Allein die Ala Secunda Flavia Pia Fidelis Milliaria im

108

nächstgelegenen Kastell besteht aus tausend Reitern – und von denen kann jeder es mit dreien von euch aufnehmen!«

»Du redest wie ein Römerweib und nicht wie die Frau eines freien Stammes«, höhnte der Gefangene.

»Ich rede so, wie es mein Verstand gebietet. Die Römer ohne Not herauszufordern würde den Untergang eures Stammes bedeuten. Vielleicht ist er auch bereits beschlossen, denn der Imperator zieht Truppen für einen Feldzug nach Osten zusammen. Mein Bruder, mein Vetter Wulfherich und alle anderen Anführer unseres Stammes leisten ihnen mit mehr als tausend Kriegern Waffenhilfe. Das Land, das ihr euch nehmen wollt, gehört uns, und wir lassen uns weder von Römern noch von euch vertreiben!«

Gerhild war zuletzt immer lauter geworden, damit alle ringsum sie verstehen sollten. Wenn Baldarich seine Kriegerschar wirklich nach Westen führte, musste der Stamm zusammenhalten, um sich behaupten zu können. Kleinlicher Streit würde ihren Untergang bedeuten.

In Hailwigs Miene und den Gesichtern der anderen Frauen zeichnete sich ab, dass sie Gerhilds Ansicht teilten. Für die Gefangenen bedeutete diese Erkenntnis nichts Gutes, denn sie galten nun als Bedrohung für die Existenz dieses Stammes. Gerhild musste einige Frauen davon abhalten, auf die Gefangenen einzuschlagen. Während sie darüber nachsann, was sie mit den Kerlen anstellen sollte, dachte sie an Alfhers Boten und packte einen der Männer am Halsausschnitt seines Hemdes.

»Was habt ihr mit unseren jungen Burschen gemacht, die wir zu anderen Dörfern geschickt haben?«

Der Krieger wandte den Kopf ab, um ihr nicht in die Augen sehen zu müssen.

»Rede!«, fuhr Gerhild ihn an.

»Wir haben vier von ihnen abgefangen und getötet«, bekannte der Mann mit leiser Stimme.

»Also alle! Alfher war ein blutiger Narr, sie gegen meinen Willen loszuschicken«, rief Gerhild mit Tränen in den Augen aus. Eine ältere Frau drängte sich nach vorne. »Mein Sohn war dabei, und diese Kerle haben ihn umgebracht. Ich werde …«

Mitten im Satz brach sie ab, hob eine Axt und spaltete dem Mann den Schädel.

Gerhild wollte sie daran hindern, auch den zweiten Gefangenen zu töten, doch ihre Tante fasste sie am Arm. »Lass sie! Es ist zu viel Bitterkeit in uns allen, als dass wir diese Männer am Leben lassen könnten.«

»Ich würde gerne mehr über sie und ihren Stamm erfahren«, wandte Gerhild ein. »Dieses Wissen wäre für uns von hohem Wert, denn Baldarich wird wiederkommen. Nicht heute und nicht morgen, aber irgendwann wird er es tun. Auch geht es um dieses Schwert. Er hat gestern Abend damit geprahlt, es wäre ein Geschenk seines Gottes Wuodan. Wenn er die Wahrheit gesagt hat, benötigt er es, um die Krieger seines Stammes um sich zu sammeln. Zwar gehört er zur Fürstensippe, doch genau wie bei uns gibt es auch bei den Semnonen mehrere Anführer, die den Rang des Fürsten anstreben. Dieses Schwert hat ihm bislang einen Vorteil gegenüber seinen Konkurrenten verschafft. Daher wird er alles tun, um es wieder an sich zu bringen.«

»Was hast du mit der Waffe vor?«, fragte ihre Tante.

»Das Schwert ist meine Beute, und ich werde es so lange behalten, bis ich weiß, an wen ich es weiterreichen kann.«

»Du willst die Klinge also nicht Raganhar überlassen?«

Gerhild hob abwehrend die Hand. »Nein! Bevor ich das tue, muss ich sicher sein, dass er dieser Waffe würdig ist.«

Noch während sie es sagte, erklang der Todesschrei des letzten Gefangenen.

»Baldarich hat acht Mann seiner Leibschar verloren. Das wird ihn bei seinem Stamm viel Achtung kosten, ihn aber auch zu unserem erbitterten Feind machen – und er kämpft nicht ehrenhaft! Also müssen wir ständig auf der Hut vor ihm sein«, erklärte Gerhild bedrückt.

»Das sind wir! Aber was sollen wir jetzt tun? Unsere Männer sind entweder bei Wulfherich oder tot. Wer noch im Lager ist, hat seit längerem schon das sechzigste Jahr überschritten oder das vierzehnte noch nicht erreicht.« Hailwig sah ihre Nichte fragend an, denn sie wusste sich keinen Rat.

Nach kurzem Überlegen nickte Gerhild, als müsse sie ihren eigenen Entschluss bestätigen. »Ich werde morgen losreiten und den Kriegern zum Sammelplatz folgen, um deinem Sohn und meinem Bruder Nachricht von dem Überfall zu bringen. Sie müssen endlich ihren kleinlichen Streit beenden! Auch sollten sie versuchen, die Römer davon zu überzeugen, auf ihrem Feldzug gegen Baldarichs Stamm zu ziehen.«

Dieser Gedanke war Gerhild eben erst gekommen, und sie hoffte nun, dass er sich verwirklichen ließ. Da Baldarich Raubzüge über die Schlange aus Stein hinweg führen wollte, betraf diese Angelegenheit auch die Römer. Kurz dachte sie daran, dass sie am Sammelplatz auf Quintus treffen würde, zuckte aber nur mit den Achseln. Sie hatte ihn in offenem Wettstreit besiegt, und die Ehre gebot, dass er sein damals gegebenes Wort hielt.

6.

So schnell, wie sie gehofft hatte, konnte Gerhild das Dorf nicht verlassen, denn es gab viel zu tun. Die vermissten Boten mussten gesucht und ihre Leichen ins Dorf gebracht und dann Alfher und die eigenen Toten begraben werden. Angesichts der Folterspuren an den jungen Burschen brachen ihre Mütter und Schwestern in Tränen aus und verfluchten Baldarich und dessen Kumpane aus ganzem Herzen. Zuletzt verscharrten die Frauen auch die erschlagenen Feinde. Die Gold- und Silbermünzen, die diese bei sich trugen, verteilte Gerhild an die Familien der getöteten Krieger. Ihr Mitleid mit Baldarichs Kriegern schwand restlos, als sie die Satteltaschen und Packsättel der Pferde durchsuchten, die von den Knaben eingefangen worden waren. Neben Vorräten für mehrere Tage fanden sie Schmuckstücke, Münzen, silberne Becher und anderes Raubgut, das Baldarichs Männer erbeutet hatten. An mehreren Schmuckstücken haftete Blut und bewies, dass man sie Erschlagenen abgenommen hatte.

Bedrückt wandte Gerhild sich an ihre Tante. »Bewahre diese Sachen auf! Vielleicht können wir sie einmal ihren Besitzern oder deren Verwandten zurückgeben. Damit könnten wir uns diese zu Freunden machen.«

»Sie werden eher glauben, wir hätten es ihren Leuten geraubt«, wandte Hailwig ein.

Gerhild schüttelte den Kopf. »Sie dürften wissen, dass es Baldarich und dessen Leute waren! Zudem werden sie bald erfahren, dass die Räuber an uns gescheitert sind.«

»Wollen wir hoffen, dass du dich nicht irrst!« Hailwig war

nicht überzeugt, nahm aber das Raubgut und trug es in die Halle. Insgeheim beschloss sie, den Hort an einem sicheren Ort zu vergraben, damit er Besuchern nicht ins Auge fiel.

Als sie zurückkam, deutete sie auf das Schwert, das ihre Nichte in der Hand trug. »Es passt weder in die Schwertscheiden der toten Räuber noch in eine, die Alfher oder seinen Männern gehört hat. Miri ist sehr geschickt in Lederarbeiten und wird dir eine neue Scheide herstellen.«

»Das ist ein guter Gedanke, Tante. Sie soll aber bis morgen früh fertig werden, denn ich will zu Wulfherich und Raganhar reiten. Unsere Leute müssen erfahren, was hier geschehen ist!«

Im Licht des hellen Tages prüfte Gerhild die Waffe und bewunderte die blau schimmernde Klinge. Das Metall wies nur geringe Kampfspuren auf, dabei verriet der Griff mit dem blauen Halbedelstein, dass dieses Schwert schon oft benutzt worden war.

»Kein Wunder, dass Baldarichs Sippe diesem Schwert Zauberkräfte zuschreibt!«, erklärte sie Hailwig. »Aber unbesiegbar, wie Baldarich meinte, macht es seinen Träger nicht. Das hat er gestern am eigenen Leib erfahren.«

Ihre Tante warf einen Blick auf die Waffe und schüttelte sich. »Mich ängstigt dieses Schwert. Wirf es in den nächsten Teich – als Opfer für Teiwaz. Dann bist du es los!«

Einen Augenblick überlegte Gerhild, dem Rat der Tante zu folgen, dann aber schüttelte sie den Kopf. »Nein! Ich behalte die Waffe. Sie ist das Symbol des Sieges, den ich über Baldarich errungen habe.«

… das Symbol meiner Freiheit, setzte sie für sich hinzu. Sowohl Quintus wie Baldarich hatten sie begehrt – und sich geschlagen geben müssen.

»Morgen reite ich, Tante«, bekräftigte sie ihren Vorsatz und reichte das Schwert der jüngeren Frau, die Hailwig ihr als geschickte Lederbearbeiterin genannt hatte.

7.

Am nächsten Morgen war Gerhild schon früh unterwegs. Sie hätte sich das beste Beutepferd aussuchen können, hatte sich aber für ihre eigene Stute entschieden, die sich schon oft als zuverlässig erwiesen hatte. Da sie länger unterwegs sein würde, hatte sie einen Mantel aus dem Besitz der Tante hinter den Sattel geschnallt, dazu eine Decke und einen kleinen Beutel mit Vorräten. Ihr erbeutetes Schwert steckte in einer schlichten Scheide, die mit einem bequemen Schulterriemen versehen war. Für jemand, der sie nicht kannte, sah sie mit ihren Hosen, dem weiten Hemd und der Mütze wie ein junger Krieger aus.

Das nahmen auch die Römer an, denen sie am dritten Tag begegnete. Gerhild zügelte ihre Stute, als sie auf eine schier endlose Reihe von Soldaten traf, die auf einem gebahnten Weg nordwärts zogen. Es waren so viele, dass sie sie nicht hätte zählen können, und sahen auf den ersten Blick fast gleich aus. Jeder von ihnen war mit Kettenpanzer, Helm, Schwert, Dolch, Speer sowie einem großen, viereckigen Schild ausgerüstet, auf den Blitze und Adlerflügel gemalt waren. Zudem schleppten die Legionäre große Packen auf dem Rücken und auf beiden Seiten angespitzte Holzpflöcke, die fast so lang waren wie sie selbst. Nur diejenigen, die Feldzeichen trugen, und einige wenige Männer, die statt Speeren Stöcke in den Händen hielten, waren nicht so schwer beladen. Letztere unterschieden sich auch durch seltsame rote Bürsten auf ihren Helmen.

Einer dieser Bürstenträger blieb stehen und richtete das Wort an Gerhild. Da er Latein sprach, schüttelte sie verständnislos den Kopf. Da mischte sich ein anderer Soldat ein.

»Das ist ein Germane, Zenturio! Der kann kein Latein. Den musst du schon in seinem eigenen barbarischen Idiom befragen.«

»Frag ihn, wer er ist!«, wies der Zenturio seinen Untergebenen an.

Dieser wandte sich grinsend Gerhild zu. »Der Offizier will wissen, wer du bist und wohin du willst«, fragte er in ihrer Sprache.

»Ich ... ich will zu meinem Bruder, dem Fürsten Raganhar. Er hat sich euch Römern für diesen Feldzug angeschlossen.«

»Was sagt er?«, fragte der Zenturio.

»Der Bursche will zu einem der Häuptlinge der unterworfenen Stämme, die uns Hilfsdienste leisten.«

»Wenn er uns belogen hat und ein Spion ist, hängen wir ihn auf! Sag ihm das!« Damit gab der Zenturio seinen Männern das Zeichen zum Weitermarschieren. Sein Untergebener richtete Gerhild seine Warnung aus und gliederte sich dann wieder bei seinen Kameraden ein.

Gerhild ritt langsam weiter und erreichte eine große, mit Äxten erweiterte Lichtung, auf der es von Römern nur so wimmelte. Auf Anhieb konnte sie drei abgesteckte Lagerplätze erkennen, in denen sich mehr Krieger aufzuhalten schienen, als es Sterne am Himmel gab. Zum ersten Mal begriff sie in aller Deutlichkeit, welche Macht hinter dem Imperium der Römer stand, und ihr wurde klar, weshalb Raganhar Angst hatte, dieses Reich herauszufordern. Vor einer so gewaltigen, den Göttern gleichenden Kraft gab es keine Rettung. Vielleicht hätte sie doch auf Quintus' Angebot eingehen und mit ihm gehen sollen, dachte sie bedrückt. Sie schob diesen Gedanken jedoch rasch von sich und musterte weiter das Lager, an dem sie vorbeiritt.

Obwohl die Römer sich an dieser Stelle nur sammeln und

dann weiterziehen wollten, waren sie dabei, einen mannshohen, viereckigen Wall um das Lager aufzuhäufen, auf den
sie die Pflöcke, die ihre Soldaten mit sich trugen, wie eine Palisade setzten. Innerhalb des Lagers standen, soweit Gerhild es
erkennen konnte, in Reih und Glied die Zelte. Fast genau in
der Mitte befand sich ein größeres Zelt, vor dem Wachen auf-
gezogen waren. Anscheinend hatte sich der Anführer dieser
Truppe dort einquartiert.

Alles war wohlgeordnet und sauber, ebenso im nächsten Lager.
Als Gerhild hier jedoch zu neugierig durch das Lagertor
schaute, wurden die Wachen auf sie aufmerksam und richteten
ihre Speere auf sie.

»He, Bursche, hier hast du nichts verloren!«, blaffte ein Soldat
sie an.

»Ich suche Raganhar, den Fürsten aus dem Harlungen-Ge-
schlecht«, antwortete Gerhild.

»Die Barbaren sind dort hinten!« Der Soldat wies in eine
unbestimmte Richtung und wandte sich dann grinsend seinem
Kameraden zu. »Das ist anscheinend auch so ein Milch-
bübchen, das auf diesem Feldzug seine ersten Meriten erwerben will. Hübsch ist er ja.«

»Auch wenn er dir gefallen sollte, lass die Finger davon! Diese
Barbaren sind, was das betrifft, recht störrisch. Warten wir
besser, bis wir die ersten ihrer Dörfer einnehmen. In denen
gibt es genug Weiber, mit denen wir uns vergnügen können,
und auch Knaben, die ein scharfes Schwert davon überzeugen
kann, dass es gesünder ist, dir den Hintern hinzustrecken, als
den Hals durchgeschnitten zu bekommen.«

Gerhild verstand die auf Latein geführte Unterhaltung nicht,
doch der verächtliche Ton, der darin mitschwang, ärgerte sie,
zumal sie das Gespräch auf sich bezog. Sie ritt weiter, musste
dann aber einem anderen Trupp den Weg freigeben und lenkte
ihre Stute zu Seite. Auch jetzt fiel ihr auf, dass die marschierenden Soldaten einander glichen wie ein Ei dem anderen. Bei

den Rüstungen, Waffen, Mänteln und sogar den Schuhen war kein Unterschied auszumachen. Anders als bei den Soldaten in den Lagern hatten diese hier jedoch rote Helmbüsche, und der Legionär mit dem Feldzeichen trug auf seinem Helm den Kopf eines Wolfes. Das Fell hing noch daran und fiel ihm wie ein Umhang über den Rücken.

Dieser Gruppe, die Gerhild auf etwa fünfhundert Mann schätzte, folgte ein einzelner Reiter. Er war genauso ausgerüstet wie seine Männer, doch die Art, wie er zu Pferd saß und den Blick schweifen ließ, verriet ihr, dass dieser Krieger kein einfacher Soldat sein konnte. Er wirkte selbst im Sattel noch groß, sein breitflächiges Gesicht wurde von einem kurz gehaltenen Kinn- und Backenbart umrahmt.

Als die Soldaten im ersten Lager auf ihn aufmerksam wurden, liefen sie zusammen und begannen zu jubeln. Laut schrien sie: »Caesar! Caesar!«

Dann wechselte der Ruf, und Gerhild vernahm, wie die Männer voller Begeisterung »Caracalla! Caracalla!« brüllten.

Das war also der Imperator von Rom, dachte sie und musterte Marcus Aurelius Severus Antoninus, der in den Grenzgebieten unter seinem Spitznamen Caracalla bekannter war als unter seinem richtigen.

Die gerunzelte Stirn, der verkniffene Mund – die ganze Miene dieses Mannes strotzte vor Misstrauen und kaum verhohlenem Zorn, und das machte Gerhild Angst. Einem solchen Menschen sollte ihr Stamm sich ausliefern? Da blieb nur zu hoffen, dass die römischen Legionen bei ihrem Kriegszug scheiterten und ihr Limes dort blieb, wo er jetzt war.

Caracalla ritt an ihr vorbei, entdeckte sie im selben Moment, und seine Hand wanderte wie im Reflex zum Schwert. Erschrocken ließ Gerhild ihre Stute mehrere Schritte rückwärtsgehen und sah erleichtert, dass sich die Miene des Imperators etwas entspannte. Er genießt es, wenn andere Furcht vor ihm zeigen, fuhr es ihr durch den Kopf.

117

Während Gerhild ihren Gedanken nachhing, ritt Caracalla in das nächstgelegene Legionslager ein, und eine weitere Truppe marschierte an ihr vorbei. Hinter ihr kamen erneut Berittene. Gerhild kniff die Lippen zusammen, als sie an deren Spitze Quintus erkannte. Sein Gesicht wirkte grimmig, und er bewegte seine Kiefer, als führe er ein lautloses Selbstgespräch. Auf einmal wandte er ihr den Kopf zu, und sie sah, wie seine Miene förmlich erstarrte. Dann streckte er den Arm nach ihr aus, so als wolle er sie packen. Sie erschrak und ließ ihre Stute wieder rückwärtsgehen. Gleichzeitig ärgerte sie sich darüber, ihre Furcht verraten zu haben. Da senkte Quintus den Arm wieder und ritt weiter. Seine Miene wirkte nun weitaus zufriedener, und Gerhild beschloss, auf der Hut zu sein. Immerhin hieß es, dass Römer ihr Ehrenwort nur so lange hielten, wie sie sich Vorteile davon versprachen.

Da sie nur noch auf Quintus geachtet hatte, wäre ihr beinahe entgangen, dass ihr älterer Bruder kurz nach ihm auftauchte. Aber Hariwinius warf ihr nur einen kurzen Blick zu, ohne sie zu erkennen. Hinter ihm kamen seine Stellvertreter, die Unteroffiziere und die etwa hundert Reiter, die er kommandierte. Zu Hause in ihrem Dorf war er ihr als großer Mann erschienen, doch in diesem Feldlager befanden sich so viele Römer, dass Hariwinius' Schar wie ein Tropfen Wasser im Teich verschwand.

Eben ritt eine letzte Gruppe an ihr vorbei, und an ihrer Spitze erkannte Gerhild Julius. Er sah grimmig drein – oder war es eher nachdenklich? Eben schaute er zu ihr hinüber, und sie erwartete schon, dass er seinen Blick ebenso rasch von ihr wenden würde wie ihr Bruder. Da zuckte es über sein Gesicht, und er streckte ebenso wie Quintus den Arm in ihre Richtung. Diesmal blieb sie stehen und musterte ihn mit unbewegtem Gesicht.

Mit einem leisen Schnauben trieb er sein Pferd weiter, drehte sich aber noch ein paarmal nach ihr um. Sie wunderte sich über die Verblüffung auf seinem Gesicht. Da fiel ihr Blick auf ihr Beuteschwert. Auch wenn es nicht mehr in der protzigen Silberscheide steckte, so war sein Griff mit dem blauen Stein unverkennbar.

»Er hat nicht mich, sondern das Schwert erkannt«, murmelte Gerhild und empfand eine gewisse Enttäuschung. Da Julius' Reiter die Straße passiert hatten, war der Weg für sie frei, und sie erreichte nach kurzer Zeit die unbefestigten Lager der Hilfsscharen.

8.

Die Anzahl der am Sammelplatz erschienenen Stammeskrieger betrug Gerhilds Schätzung nach weniger als ein
Viertel der Soldaten, die die Römer hergeschafft hatten. Da das
Heer des Imperators so übermächtig erschien, fragte Gerhild
sich, weshalb er die Aufgebote der Stämme überhaupt zusam-
mengerufen hatte. Es gab für sie nur eine Erklärung: Caracalla
wollte den Stammesfürsten und ihren Kriegern ihre Ohn-
macht gegenüber dem Imperium vor Augen führen. Seht, wir
sind unbesiegbar!, schrie die Situation förmlich. Wenn Rom
will, kann es alle Stämme unterwerfen und zu Sklaven machen.
»Warum haben sie das noch nicht getan?«, fragte sie sich rebel-
lisch. »So einfach scheint es wohl doch nicht zu sein.«
Als sie das Lager erreichte, in dem sie Männer aus ihrem Dorf
erkannte, nahm sie den Unterschied zu den Römern fast
schmerzhaft wahr. Hatten deren Soldaten Wälle, Palisaden
und Zelte errichtet, hausten die meisten von Raganhars Leuten
unter freiem Himmel. Er selbst verfügte zwar über ein Zelt
nach römischer Art, doch auch das wirkte weitaus schäbiger
als die Unterkünfte der Römer, und einige Stammeskrieger
hatten sich Hütten aus Zweigen geflochten. Anstelle gerader
Wege führten Trampelpfade durchs Lager, und statt einer Palisade wurde es ringsum von dem sich im Wind wiegenden Gras
begrenzt, das noch nicht niedergetreten worden war. Wachen
waren keine zu sehen, und so hielt niemand Gerhild auf, bis sie
das Zelt ihres Bruders erreichte. Erst dort wurde Sigiward, der
Anführer von Raganhars Leibschar, auf sie aufmerksam.
»He, Kleiner, wenn du nicht auf Fürst Raganhars ausdrück-

lichen Wunsch gekommen bist, kannst du wieder heimreiten. Bei diesem Feldzug sind Männer gefragt, keine Knaben, die noch an der Mutterbrust nuckeln!«, spottete er.

Statt einer Antwort zog Gerhild ihre Kappe vom Kopf und schüttelte ihr Haar aus, das fast bis auf den Rücken ihrer Stute fiel.

Sigiward schnappte verdutzt nach Luft. »Gerhild? Was willst du denn hier?«

»Mit meinem Bruder reden – und mit Wulfherich! Übrigens werden auf diesem Kriegszug auch Männer gebraucht, die Augen haben, die sehen können, und nicht nur Mäuler zum dummen Daherreden!«

Sigiward grinste verlegen. »Du kannst mir nicht zum Vorwurf machen, dass ich dich nicht erkannt habe.«

»Du hast ja auch noch nie gesehen, wie ich von der Jagd zurückgekommen bin!«, spottete Gerhild. »Oder sehe ich jetzt so viel anders aus?«

»Das nicht!«, gab er zu. »Aber ich habe nicht erwartet, dass du hier auftauchen würdest. Außerdem hast du einen Mantel umhängen, den ich noch nie an dir gesehen habe.«

»Der Mantel gehört zu der Geschichte, die ich berichten muss. Hol Raganhar und Wulfherich her! Es betrifft beide.«

»Ich glaube nicht, dass Wulfherich in unser Lager kommt. Er und Raganhar haben sich gestern fürchterlich gestritten. Wir dachten schon, sie würden mit Schwertern aufeinander losgehen.«

»Dann sollen sie einen Platz aussuchen, an dem ich mit ihnen reden kann. Ach ja, und sorge dafür, dass meine Rana gut versorgt wird!«

Mit diesen Worten schwang sich Gerhild aus dem Sattel und drückte Sigiward die Zügel ihrer Stute in die Hand. Sie hätte das Tier auch selbst absatteln und füttern können, doch es war ihr wichtiger, ihrem Bruder und ihrem Vetter so rasch wie möglich von Baldarichs Überfall zu berichten.

Gerhild musste nicht lange warten, denn kaum hatte Raganhar von ihrem Kommen erfahren, schoss er auch schon um die Ecke und herrschte sie an.

»Was hast du hier verloren?«

Das war ihr nun doch zu grob. Sie klopfte demonstrativ auf ihr erbeutetes Schwert, doch es fiel ihm nicht auf. Also verfügte auch er nur über Augen, die nicht wahrnahmen, was sie sehen sollten.

»Ich habe eine Nachricht für dich und Wulfherich, und ich denke nicht daran, sie jedem von euch einzeln auszurichten. Also lass ihn rufen!«, forderte sie Raganhar auf.

»Niemals!«

»Nun gut, dann gehe ich zu Wulfherich und fordere ihn auf, dass er dich rufen soll!« Gerhild wandte sich zum Gehen, da packte ihr Bruder sie am Oberarm und hielt sie fest.

»Das wirst du nicht tun! Ich bin der Fürst der Sueben, und ich werde das Lager eines geringeren Anführers nicht betreten.«

»Da Wulfherich anscheinend dasselbe von dir denkt und nicht hierherkommen dürfte, warte ich dort vorne bei der Eiche mit den zwei Stämmen auf euch. Kommt aber rasch, sonst muss ich meine Botschaft Hariwin ausrichten, mag euch das gefallen oder nicht!«

Nach diesen Worten streifte Gerhild Raganhars Hand ab und ging zu der etwa einhundert Schritt entfernten Eiche, die in der Mitte zwischen dem Lager ihres Bruders und dem von Wulfherich eine doppelte Krone von ungewöhnlicher Größe gen Himmel reckte. Dort lehnte sie sich mit dem Rücken gegen einen der beiden Stämme und wartete.

Diesmal dauerte es länger, bis jemand erschien. Die Ersten waren ein paar Jungkrieger aus Raganhars Aufgebot und aus mehreren Dörfern, die sich ihm angeschlossen hatten, sowie einige Männer aus Wulfherichs Schar. Beide Gruppen nahmen im gehörigen Abstand voneinander Platz und musterten einander mit grimmigen Blicken. Als die ersten Spott- und Schimpfworte hin- und herflogen, griff Gerhild ein.

»Seid still, sonst werde ich böse!«

Einer von Wulfherichs Männern lachte. »Ich glaube nicht, dass ich mich vor dir fürchte!«

»Unterschätze Gerhild nicht! Sie hat den Römer Quintus im Wettstreit mit Wurfspeeren besiegt und trifft auf der Jagd mit dem Bogen besser als Raganhar«, erklärte ihm Teudo.

In diesem Augenblick erschien Raganhar und warf Teudo einen bitterbösen Blick zu. Noch mehr ärgerte er sich über seine Schwester, die seine Autorität als Stammesfürst einfach nicht anerkennen wollte.

Nun tauchte auch Wulfherich auf. Da seine Mutter die Schwester von Gerhilds und Raganhars Vater war, kannte er die beiden gut. Als Kinder hatten sie oft miteinander gespielt, doch nun stand er mit Raganhar im Wettstreit um die Stammesherrschaft, und da galten alte Freundschaften nichts mehr.

»Du willst mit mir sprechen, Raganhar?«, begann er trotzig.

»Nicht mein Bruder will mit dir sprechen, sondern ich«, berichtigte Gerhild ihn. Sie zog ihren Mantel aus und hielt ihn so, dass Wulfherich ihn deutlich sehen konnte.

»Weißt du, wem der gehört?«, fragte sie.

Wulfherich kniff die Augen zusammen. »Ich glaube, meiner Mutter.«

»Tante Hailwig gab ihn mir, damit ich zu euch reiten konnte. Es hat einen Überfall auf dein Dorf gegeben!« Erbittert bemerkte Gerhild, wie die Augen ihres Bruders aufleuchteten.

»Wer hat es gewagt, mein Dorf anzugreifen?«, fragte Wulfherich scharf.

»Ein Mann namens Baldarich. Ich weiß nicht, ob du schon von ihm gehört hast. Er war einen Tag vorher in unserem Dorf zu Gast. Da ich ihm misstraut habe, bin ich zu Tante Hailwig geritten, um sie und ihre Leute zu warnen!«, erklärte Gerhild, ohne auf ihren Bruder zu achten, dessen Gesicht bei jedem ihrer Worte dunkler rot anlief.

»Das war eine Tat, wie es sich für eine enge Verwandte geziemt«, sagte Wulfherich in dem Bestreben, Gerhild nicht zu sehr zu loben. »Alfher und seine Männer werden diesem Gesindel gewiss gehörig heimgeleuchtet haben!«

»Alfher und seine Männer sind tot!«, antwortete Gerhild schonungslos. »Vier starben, weil dein Stellvertreter sie als Boten ausgeschickt hat, um Hilfe zu holen. Sie wurden von Baldarichs Männern abgefangen und niedergemacht. Alfher und der Rest seiner Schar wurden getötet, als sie sich den Angreifern in den Weg stellten. Sie waren den anderen dreifach unterlegen und hatten bessere Krieger gegen sich, als sie selbst es waren.«

Nun erschrak Wulfherich. »Aber was ist dann geschehen?«

Gerhild ahnte, dass er sein ganzes oder wenigstens das halbe Dorf niedergebrannt und alle Frauen und Kinder, die nicht rechtzeitig in den Wald hatten fliehen können, als Sklaven verschleppt glaubte.

»Deine Mutter und ich haben die Frauen angeführt und die Angreifer mit Besen und Mistforken und allem bekämpft, was uns sonst noch in die Hände gefallen ist. Es ist uns gelungen, die Räuber zu vertreiben.«

»Willst du behaupten, dass ihr Weiber mit mehr als einem Dutzend harter Krieger fertiggeworden seid?«, fragte Raganhar zweifelnd.

Gerhild spürte, dass ihr Bruder ihr nicht glaubte, während Wulfherich ein wenig aufatmete.

»Meine Mutter kann manchmal ganz schön rabiat sein«, sagte er mit einem verkniffenen Grinsen.

»Ich aber auch! Schließlich bin ich Hailwigs Nichte.« Gerhild lächelte so sanft, als wolle sie ihrer eigenen Aussage widersprechen.

»Wie viele der Frauen sind zu Schaden gekommen?«, fragte Wulfherich besorgt.

»Es gab ein paar gebrochene Knochen und leichte Fleisch-
wunden«, antwortete Gerhild.

»Ihr Weiber wollt Baldarich und seine Männer ohne Hilfe vertrieben haben?«, warf Raganhar ungläubig ein.

»Alle nicht!«, antwortete Gerhild bissig. »Acht von ihnen
haben wir am nächsten Morgen verscharrt.«

Die Männer starrten sie ungläubig an. »Ihr habt acht von ihnen
getötet?«, rief Wulfherich.

»So ist es! Ihr Anführer Baldarich wurde verwundet und ent-
kam dem Schicksal seiner gefallenen Spießgesellen nur, weil
einer seiner Krieger sein Pferd am Zügel nahm und mit ihm
floh. Sein Schwert musste er allerdings zurücklassen!« Noch
während sie es sagte, zog Gerhild das Fürstenschwert und hob
es hoch.

»Du willst Baldarichs Schwert erbeutet haben? Das sah doch
ganz anders aus«, wandte ihr Bruder ein.

Sigiward hob aufgeregt die Hand. »Nein, es ist das Schwert!
Ich habe mir den Griff genau angesehen und erkenne den Stein
im Knauf.«

»Das kann nicht sein!«, entfuhr es Raganhar.

Seine Schwester wollte auffahren, begriff aber, dass Neid und
Angst ihrem Bruder diese Worte in den Mund gelegt hatten.
Ihr war etwas gelungen, was er selbst als unmöglich erachtet
hatte.

Dennoch dachte Raganhar nicht daran zurückzustecken. Er
musterte Wulfherich verächtlich und winkte lachend ab. »Da
sieht man, was deine Männer wert sind! Weniger als eure Weiber! Und du willst mir die Herrschaft im Stamm streitig
machen?«

Die Krieger aus seinem Dorf lachten mit ihm, doch die meisten anderen blieben stumm.

Wulfherich achtete nicht weiter auf ihn, sondern trat auf Gerhild zu.

»Ich danke dir«, sagte er, »und zwar doppelt! Einmal dafür,

dass du meine Leute vor Baldarich gewarnt hast, und zum anderen dafür, dass du mit meiner Mutter zusammen die Frauen angeführt hast. Ich war ein Narr, so wenige Männer im Dorf zu lassen. Doch ich nahm an, wir würden in Frieden leben.«

»So spricht ein Mann, der sich den Römern für einen Kriegszug angeschlossen hat!«, antwortete Gerhild tadelnd. »Hättest du ein Drittel deiner Krieger zu Hause gelassen, wie es üblich ist, hätte Baldarich es nicht gewagt, dein Dorf anzugreifen.«

»Aber von wem wusste Baldarich, dass mein Dorf nur von wenigen Männern verteidigt wird? Gewiss von Raganhar!«

Wulfherich sandte dem jungen Fürsten einen bitterbösen Blick zu, der Gerhild deutlich verriet, dass zwischen den beiden so rasch kein Frieden geschlossen würde. Das war nicht gut, denn Baldarich blieb eine Gefahr für beide. Diesmal war er nur mit einer kleinen Schar in diese Gegend gekommen, doch wenn es ihm gelang, alle Krieger seines Stammes um sich zu scharen, musste ihre Sippe sich einig sein, um seinen Angriff abwehren zu können. Doch als sie Raganhar aufforderte, den Römern Baldarich als Feind zu nennen, den es zu bekämpfen galt, wenn die Lande vor dem Limes weiterhin sicher und friedlich bleiben sollten, winkte er ab.

»Baldarichs Stamm lebt viel zu weit von hier entfernt, um eine Gefahr für uns oder gar für Rom darzustellen.« Nach diesen Worten winkte er seinen Männern, ihm zu folgen, und ging.

Enttäuscht ließ Gerhild die Schultern sinken. Sie hatte gehofft, ihre Nachricht könnte Raganhar und Wulfherich dazu bewegen, ihren Streit zu begraben und sich zum Wohle des Stammes zu verbünden. Stattdessen hatte sie den Graben zwischen den beiden weiter vertieft.

»Du solltest einige Männer zu deinem Dorf zurückschicken«, riet sie Wulfherich.

Ihr Vetter nickte. »Das werde ich tun.«

Ein anderes Dorfoberhaupt kam auf sie und Wulfherich zu.

»Ich werde dir vier meiner Männer überlassen, damit du nicht auf zu viele Getreue verzichten musst.«

»Das mache ich ebenfalls«, meldete sich ein weiterer Anführer, und zuletzt war jede Dorfschar bereit, einen oder zwei Krieger abzustellen, um Wulfherichs Dorf zu schützen. Nur aus Gerhilds Dorf wagte es niemand, sich zu melden, denn sie hatten Angst, Raganhar würde sie dafür zur Rechenschaft ziehen. Während die Männer wieder in ihre Lager zurückkehrten, blieb Gerhild als Opfer widerstrebender Gedanken und Gefühle zurück. Wie es aussah, hatte ihr Kommen nur Wulfherich geholfen, während man ihrem Bruder die Schuld für Baldarichs Überfall gab. Sie ärgerte sich darüber, denn eigentlich hatte sie das Ansehen der eigenen Sippe stärken wollen. Doch den anderen Anführern bedeutete es wenig, dass sie Raganhars Schwester und damit eine Harlungin war.

»Ich hoffe, dass nicht ich es bin, den du eben im Geiste erwürgst«, riss eine Männerstimme sie aus ihrer Versunkenheit.

Gerhild drehte sich um und erkannte Julius. Er wirkte verkniffen und wies auf das Fürstenschwert, das sie noch immer in der Hand hielt.

»Darf ich es sehen?«

Mit einem Achselzucken reichte Gerhild ihm die Waffe. Julius nahm sie und schwang sie wie zur Probe durch die Luft. Gerhild konnte sehen, dass er sie ausgezeichnet führte, und empfand ein wenig Neid. Da es für sie so aussah, als wolle er die Waffe am liebsten behalten, streckte sie fordernd die Hand aus.

»Es ist meine Beute!«

Julius zuckte zusammen und hielt inne. Mit brennenden Augen starrte er das Schwert an und reichte es ihr widerstrebend zurück. »Es ist eine ausgezeichnete Waffe – sogar besser als die Schwerter der Römer. Wer diese Klinge geschmiedet hat, legte seine gesamte Kunst hinein. Hüte sie gut!«

»Das werde ich!«, antwortete Gerhild knapp und schob die Waffe wieder in die Lederscheide.

»Baldarich wird dieses Schwert schmerzlich vermissen«, fuhr Julius fort. »Er benötigt es dringend, wenn er die Mannen seines Stammes um sich scharen will, so wie er es plant!«

»Du weißt erstaunlich viel über ihn«, antwortete Gerhild kühl.

»Es ist doch offensichtlich! Außerdem haben die Römer Augen und Ohren auch bei weit entfernt lebenden Stämmen. Händler sehen und erfahren viel, und es gibt auch Germanen, die den Römern Nachricht bringen.«

»So wie du?« Irgendetwas in ihr zwang Gerhild, Julius zu reizen.

»Ja, so wie ich«, sagte er mit rauher Stimme. »Auch dein Bruder erzählt sehr viel, wahrscheinlich sogar noch mehr als ich.«

»Du meinst Hariwin!«

»Er würde dich schelten, wenn du ihn vor den Römern so nennst. Für sie ist er Hariwinius, ein Decurio ihrer Reitertruppen, und kein barbarischer Germane.«

»Wenn, dann ein barbarischer Suebe«, antwortete Gerhild scharf, da sie den anderen Begriff zwar gehört hatte, ihn aber für den Namen eines ihr noch unbekannten Stammes hielt.

»Für die Römer sind wir alle Germanen, ob Sueben, Hermunduren, Sugambrer, Chauken, Chatten, Bataver, Friesen – und wie sie alle heißen. Ihr Feldherr Julius Caesar hat uns Germanen genannt«, erklärte ihr Julius.

»Was kümmert mich ein Name, den uns ein Römer gab?«, fragte Gerhild mit einer wegwerfenden Geste.

»Julius Caesar hat mit ihm beschrieben, dass unsere Stämme die gleiche Sprache sprechen, zu den gleichen Göttern beten – und dass Rom Angst davor hat, wir könnten uns einmal vereinen und die Herrschaft des Imperiums herausfordern.«

Gerhild sah ihn ungläubig an und lachte dann hart auf. »Wir schaffen es doch nicht einmal, Frieden im eigenen Stamm zu halten! Wie sollten wir uns da mit anderen Stämmen zusammentun, deren Namen wir noch nicht einmal gehört haben?«

»Vielleicht nicht mit allen, aber wenigstens mit einigen«, meinte Julius nachdenklich. »Ein Volk, das zwanzigtausend Krieger in den Kampf schicken kann, nötigt den Römern mehr Achtung ab als ein Stamm mit zweihundert oder auch zweitausend Kriegern.«

Das sah Gerhild ein. Es schien ihr jedoch unmöglich, dies zu erreichen. Ihr Stamm zählte zu den Sueben, doch sie selbst wusste nicht, in wie viele Stämme allein dieses Volk aufgespaltet war. Sie wollte schon abwinken, als ihr die Ameisen einfielen, die sie vor ein paar Tagen beobachtet hatte. Es waren sehr viele gewesen, und sie hatten in einer Weise zusammengearbeitet, wie Menschen es nie tun würden. Wenn es wenigstens gelang, das eigene Volk, also die Sueben in dieser Gegend, davon zu überzeugen, dass sie sich zusammenschlossen, konnten sie diesen Römern, aber auch Räubern wie Baldarich Achtung einflößen.

»Solange Raganhar und Wulfherich einander spinnefeind sind, wird dies nie geschehen«, stellte sie zornig fest.

»Die beiden sollten Anführer im Kampf sein, doch sie benehmen sich wie Knaben, die noch auf Stöcken statt auf Pferden reiten.«

Julius' Urteil über die beiden war hart, aber zutreffend. Trotzdem ärgerte Gerhild sich, dass ein Fremder so sprechen konnte. »Die beiden werden ihren Zwist gewiss bald zugunsten des Stammes beenden!«

»Gebe Mars, dass deine Hoffnung dich nicht trügt!« Noch während er es sagte, ärgerte sich Julius, sich ihr gegenüber auf einen römischen Gott berufen zu haben. Doch die Gebete und Zeremonien in den Tempeln der Garnisonen hatten es mit sich gebracht, dass er nur noch selten an die Götter und Göttinnen des eigenen Volkes dachte. Er wollte sich schon abwenden, blieb dann aber doch noch einmal stehen.

»Hüte dich vor Baldarich! Er wird sich sein Schwert zurückholen wollen. Und hüte dich auch vor Quintus Severus Silvanus. Du hast ihn durch deinen Sieg gedemütigt, und das ist das Schlimmste, was du einem Römer antun kannst.« Mit diesen Worten ließ er sie stehen und ging zu einem der Römerlager hinüber.

Gerhild sah ihm nach und fragte sich, in welcher Verbindung er zu Baldarich und diesem Schwert stand. Es war offensichtlich gewesen, dass er es am liebsten behalten hätte, und das musste einen Grund haben.

»Ich werde deinen Rat befolgen, Julius, und mich vor Baldarich und Quintus hüten«, murmelte sie. Aber auch vor dir!, setzte sie in Gedanken hinzu und kehrte in das Feldlager ihres Bruders zurück.

Raganhar und seine engsten Getreuen ließen sich nicht sehen oder ignorierten sie. Dafür aber kamen Teudo und mehrere einfache Krieger zu ihr, um in allen Einzelheiten zu erfahren, was sich in Wulfherichs Dorf abgespielt hatte.

9.

Nur wenige Pfeilschussweiten von den lagernden Sueben entfernt hatte Quintus sein Zelt aufschlagen lassen. Seit er Gerhild erkannt hatte, war er wieder besserer Laune. Zwar hatte sie sich als junger Krieger verkleidet, um ihn zu täuschen, doch sein Blick war zu scharf für diesen lächerlichen Mummenschanz. Während er auf seinem Klappstuhl saß und sich von seinem Sklaven Lucius Wein reichen ließ, stellte er sich vor, wie er zusehen würde, wenn Gerhild von mehreren Frauen entkleidet und gebadet wurde. Wenn sie sauber war, wie eine Römerin duftete und mit der weich gekämmten Fülle ihres Haares vor ihm auf dem Bett lag, würde er sie nehmen, wie es ihm gefiel. Dann würde er endlich ihr Herr sein!

»Sie wird bocken wie ein wildes Pferd, also werde ich sie brechen müssen«, sagte er mit einem freudlosen Lachen.

»Was meinst du, Herr?«, fragte Lucius.

»Nichts, was dich etwas angeht!«, fuhr Quintus seinen Sklaven an.

Er beruhigte sich jedoch rasch wieder und lächelte zufrieden.

»Geh und hole Raganhar! Sag ihm, er soll sich beeilen, sonst entfacht er meinen Zorn.«

»Sehr wohl, Herr!« Lucius verließ das Zelt und fragte sich, was geschehen sein mochte, dass Quintus, der die Barbaren aus tiefstem Herzen verachtete, ausgerechnet jetzt einen dieser ungewaschenen Kerle sehen wollte.

Während er auf Raganhar wartete, dachte Quintus über seine weiteren Pläne nach. Es galt, einen glorreichen Sieg für Caracalla zu erringen, damit der Imperator einen so großen Triumph in Rom feiern konnte, dass man noch in hundert Jahren davon reden würde. Das Volk musste Caracalla zujubeln und ihn anbeten, damit endlich diese leidige Sache mit der Ermordung seines Bruders Geta aus der Welt geschafft wurde. Rom konnte nur einem Herrn dienen, daher hatte Caracalla sich gegen die Ansprüche und die hinterhältigen Anschläge seines jüngeren Bruders durchsetzen müssen.

Quintus betrachtete die Landkarte, in die er mit eigener Hand die Namen einiger besonders renitenter Stämme eingefügt hatte. Sie alle zu unterwerfen würde einen langen und verlustreichen Feldzug erfordern, und das stand Caracallas Wunsch nach einem schnellen Erfolg entgegen. Daher strich Quintus in Gedanken die weiter entfernten Stämme von der Liste und sagte sich, dass diese sich friedlich verhalten würden, wenn sie von dem Schicksal erfuhren, welches ihre weiter im Westen lebenden Nachbarn ereilte.

»So müsste es gehen«, murmelte er und zog eine Linie, die von ihrem Ausgangspunkt ein Stück nach Osten und dann an der Tauber entlang nach Norden zum Main führte. Dort hatten sich einige Stämme eingenistet, die glaubten, gegen die Macht Roms löcken zu können. Wenn Caracalla diese unterwarf, konnte man das Gebiet dem Imperium zuschlagen und zu einer eigenen Provinz zusammenfassen. Den Namen dieses Statthalters kannte er bereits, denn es war sein eigener. Er würde auch den Limes, der die Zivilisation von der Barbarei trennte, auf dieser Linie neu errichten lassen. Oder sollte er damit warten, bis die Legionen noch ein weiteres Stück Land erobert hatten?

Unschlüssig, was er als das beste Vorgehen ansehen sollte, notierte Quintus alles Wesentliche, was er über jene Gegend wusste, um es Caracalla am Abend vorlegen zu können. Vorher aber wollte er mit Raganhar über dessen Schwester reden. Gerade als er an Gerhilds jüngeren Bruder dachte, wurde dieser hereingeführt.

Quintus befahl seinem Sklaven, Wein für den Gast zu bringen und auch ihm den Becher zu füllen.

»Auf dein Wohl!« Mit diesem Trinkspruch verstärkte Quintus Raganhars Verunsicherung.

»Auf das deine!«, antwortete Raganhar stockend in einem schlechten Latein.

Quintus hätte Hariwinius oder einen anderen Übersetzer rufen lassen können, doch er wollte mit Raganhar unter vier Augen sprechen und nahm daher eine schwerfällige Verständigung in Kauf.

»Es geht um deine Schwester«, begann er ansatzlos auf Latein. Raganhar hatte Mühe, ihn zu verstehen, und antwortete in einem Gemisch aus seiner eigenen Sprache und einigen lateinischen Brocken. »Du meinst Gerhild?«, fragte er angespannt.

»Ich wusste nicht, dass du noch mehr Schwestern hast!« Quintus klang ätzend, denn er wollte rasch zum Kern des Gesprächs kommen.

»Ich habe nur diese Schwester«, gab Raganhar zu.

»Dann rede nicht so daher, als wenn du ein Dutzend hättest! Gerhild gefällt mir, und ich will sie haben. Dafür kann ich dir Gold geben, dir das Wohlwollen des Imperators sichern und dergleichen Dinge mehr!«, erklärte Quintus dem jungen Stammesanführer.

Obwohl ein kühler Wind durch den offenen Zelteingang strich, schwitzte Raganhar. Seit er als Nachfolger seines Vaters im Stamm akzeptiert worden war, hatte er alles versucht, um sich dieser Stellung würdig zu erweisen. Die Umstände hatten sich jedoch gegen ihn verschworen. Er musste nicht nur damit rechnen, dass Hariwinius die Herrschaft über den Stamm forderte und dabei von Rom unterstützt würde, sondern sich auch gegen Wulfherich durchsetzen. Beides hätte er geschafft, wenn es ihm gelungen wäre, Quintus' Unterstützung zu gewinnen. Das aber hatte Gerhild ihm verdorben.

Als er nun sah, wie fürstlich Quintus im Feldlager lebte,

konnte er die Weigerung seiner Schwester noch weniger verstehen. Das Zelt bestand aus feinstem, regenundurchlässigem Leder, und den Boden bedeckte eine passende Lederplane. Quintus saß auf einem kunstvoll verzierten Klappstuhl, und auf dem Tisch neben ihm, der ebenfalls für den Transport zusammengeklappt werden konnte, standen ein silberner Becher und ein Weinkrug aus dem gleichen Material. Dazu war ein Bett in der Ecke aufgeschlagen, das sehr bequem und zudem groß genug für zwei Personen war.

»Meine Schwester hat es abgelehnt, dich zu heiraten, und sie wird es niemals freiwillig tun«, sagte Raganhar schließlich, als er begriff, dass sein Schweigen Quintus zu lange dauerte.

»Jungfrauen zieren sich immer, doch wenn man ihnen zeigt, wer der Herr ist, werden sie schnell zahm!« Quintus grinste, denn Gerhild zum Gehorsam zu zwingen würde ein besonderes Vergnügen für ihn werden.

Zwar hatte Raganhar sich maßlos über Gerhild geärgert und würde sie liebend gerne dem Römer überlassen. Aber ein gewichtiger Grund sprach dagegen, und so schüttelte er den Kopf. »Meine Männer haben gesehen, wie sie dich besiegt hat, Quintus. Daher würden sie es nicht verstehen, wenn ich sie dir gegen ihren Willen ausliefere.«

Das Gespräch verlief stockend, und immer wieder musste der eine oder der andere nachfragen, was gemeint war. Dabei zeigte Quintus deutlich, dass er den jungen Stammesführer und dessen kleinliche Bedenken aus tiefstem Herzen verachtete. Trotzdem versuchte er noch einmal, ihn für sich zu gewinnen. »Wenn du dich mit mir verbündest, brauchst du auf die Männer deines Stammes keine Rücksicht mehr zu nehmen. Roms Legionen werden deinen Thron stützen!«

»Auch dann kann ich sie dir nicht offen überlassen«, rief Raganhar verzweifelt. »Wenn ich das tue, werden mir die meisten Männer die Gefolgschaft verweigern und sich Wulfherich anschließen. Selbst du könntest sie nicht daran hindern.«

134

Da Quintus sich noch nie mit den Sitten der Germanen beschäftigt hatte, sah es für ihn so aus, als wolle der junge Fürst den Preis für seine Schwester in die Höhe treiben. »Halte mich nicht zum Narren, Barbar!«, fuhr er ihn an. »Entweder übergibst du mir deine Schwester, oder …«

Er ließ die Drohung unausgesprochen, merkte aber, dass sie wirkte.

Raganhar starrte ihn entsetzt an. »Ich kann es nicht tun, Quintus! Meine Männer würden die Schwerter ziehen, um sie zu verteidigen«, gab er kleinlaut zu. »Die einzige Möglichkeit wäre, du nimmst sie heimlich mit, so dass ich nach außen hin nichts damit zu tun habe.«

Innerhalb eines Augenblicks beschloss Quintus, das Pferd anders aufzuzäumen. »Es reicht mir, wenn du nichts dagegen unternimmst. Doch gib acht! Meine Freundschaft verliert man leicht. Verschließe deine Augen und Ohren, gleichgültig, was auch geschieht, und halte deine Wilden von Racheakten ab. Es würde ihnen und auch dir schlecht bekommen. Hier sind die besten Legionen des Imperiums versammelt, und sie würden dich und deine Horde wie lästige Fliegen zerquetschen.«

Raganhar begriff, dass Quintus es ernst meinte, und nickte unglücklich. »Ich werde dich nicht enttäuschen, Herr!«

»Es wird dein Schaden nicht sein. Sobald deine Schwester in meiner Hand ist, kann ich viel für dich bewirken. Als Erstes werde ich deine Herrschaft im Stamm ein für alle Mal durchsetzen. Außerdem wirst du etliches an Land erhalten und dort auf römische Art Herr deiner Knechte sein.«

Beides war gegen die Stammessitten nicht durchzusetzen, das war Raganhar klar. Da es ihm jedoch gefährlicher erschien, den Römer zu reizen, nickte er. »Es wird so geschehen, wie du es bestimmst, Quintus. Doch um eines bitte ich dich: Lasse Gerhild nicht aus meinem Lager entführen. Mein Ansehen und meine Macht im Stamm wären danach für immer zerstört.«

»Keine Sorge, mein barbarischer Freund. Ich brauche dich noch, um deine Wilden zu zähmen.« Quintus lächelte. Raganhar war weitaus leichter lenkbar als Wulfherich. Zwar tat dieser alles, um sich dem Imperium anzudienen, verriet aber durch seine Haltung dem Sohn und Nachfolger des alten Fürsten gegenüber, dass seine Loyalität zweifelhaft und sein Ehrgeiz zu groß war.

»Es hat mich gefreut, dich zu sehen, Raganhar. Doch nun muss ich dich bitten, zu gehen. Austrinken kannst du vorher noch!« Quintus musste sich das Lachen verkneifen, als er sah, wie eilig sein Gast den Becher leerte und sich dann verabschiedete. Ohne sich weiter um Raganhar Gedanken zu machen, winkte er seinen Sklaven heran.

»Lass Hariwinius rufen! Ich habe einen Auftrag für ihn.«

10.

Wäre es nach Raganhar gegangen, hätte Gerhild sich in seinem Lager wie eine Aussätzige fühlen müssen. Zu seinem Ärger aber war sie ständig von Kriegern umgeben, die ihre kühnen Taten bewunderten. Selbst einige Männer seiner eigenen Leibschar befanden sich darunter. In deren Augen war sie die Tochter des alten Fürsten, der Ehre gebührte. Ihr Vater war im ganzen Stamm unangefochten gewesen, und Raganhar hatte gehofft, ebenso herrschen zu können. Doch Gerhilds Verhalten verriet deutlich, wie wenig sie ihn achtete.

»Sei froh, dass du keine solche Schwester hast«, sagte er zu seinem Stellvertreter Sigiward, als Gerhild erneut von einem halben Dutzend Krieger jeden Alters im Gefolge an ihnen vorbeiging.

»Ich habe sogar drei Schwestern! Aber keine würde es wagen, gegen meinen Willen zu handeln«, antwortete sein Gefolgsmann lachend und begriff dann erst, dass Raganhar ihm diese Worte übelnehmen könnte.

»Allerdings wurden sie von meinem Vater nicht so verwöhnt wie Gerhild von eurem. Wenn ich daran denke, dass er sie in ledernen Kriegerhosen herumlaufen ließ und mit auf die Jagd genommen hat«, setzt er rasch hinzu.

Raganhar nickte missmutig. »Mutter hätte nicht so früh sterben dürfen oder Vater wieder heiraten müssen. So aber hat er sich nur zwei Beischläferinnen gehalten, die sich Gerhilds Launen beugen mussten, obwohl meine Schwester damals erst zehn Jahre alt gewesen war.«

»Du solltest einen passenden Freier für sie suchen, einen, der auch dir und dem Stamm zugutekommt. Erminigild von den Hermunduren ist vor kurzem Witwer geworden. Wenn du ihn als Schwager gewinnen könntest, müsste Wulfherich sich dir unterwerfen.«

»Ein trefflicher Vorschlag, Sigiward! Was meinst du, wie Erminigild sich freuen würde, wenn Gerhild ihn zum Wettstreit mit dem Ger fordert und ihn besiegt? Mir reicht schon Quintus! Mehr enttäuschte Freier kann ich mir nicht leisten«, antwortete Raganhar bissig.

Gleichzeitig fragte er sich, auf welche Weise Quintus ihn von seiner Schwester befreien wollte. Es musste so ablaufen, dass nicht der geringste Schatten auf sein Ansehen fiel.

»Dort kommt dein Bruder!«, rief Sigiward und wies auf Hariwinius. »Hoffentlich bringt er Nachricht, wann es losgehen soll. Ich habe keine Lust, wochenlang hier herumzulungern. So brauchen wir nur unsere Vorräte auf und sind später auf die Nahrung angewiesen, die wir erbeuten können.«

Raganhar seufzte kaum hörbar und ging seinem Bruder entgegen.

»Willkommen in meinem Lager!«, begrüßte er ihn, um deutlich zu machen, wer hier der Herr war.

Hariwinius streckte ihm lächelnd den Arm entgegen. »Ich freue mich, dich zu sehen, Raganhar! Es war klug von dir, Gerhild mitgebracht zu haben. Sie wird gewiss anderen Sinnes werden, wenn sie einen Eindruck von der Macht Roms und von Quintus' Bedeutung bekommt.«

»Ich habe Gerhild nicht mitgebracht, sondern sie ist auf eigene Faust gekommen«, antwortete Raganhar säuerlich.

»Umso besser!«, rief Hariwinius. »Gerhild ist eben doch neugierig auf die Römer und auf Quintus! Er ist ein bedeutender und einflussreicher Mann.«

»Sie kam nicht wegen Quintus und den Römern, Hariwinius, sondern um die Nachricht von dem Überfall auf eines unserer Dörfer zu überbringen.«

»Eines eurer Dörfer wurde überfallen? Wer hat das gewagt?«
Zwar war Hariwinius längst zum Römer geworden, dennoch
sah er einen Angriff auf den Stamm auch als Angriff auf sich
selbst und sein Ansehen bei den Reitertruppen an.

»Es war Baldarich!«, mischte sich Sigiward ein. »Du hast ihn
in unserem Dorf gesehen! Das Schwein hat mitbekommen,
dass Wulfherichs Dorf nur von wenigen Kriegern verteidigt
wurde, und wollte dort plündern. Gerhild und eure Tante
Hailwig haben ihm jedoch mit Hilfe der anderen Frauen kräftig heimgeleuchtet!«

Raganhar bedachte seinen Gefolgsmann mit einem vorwurfs-
vollen Blick, gab dann aber selbst zu, dass Gerhild Wulfherichs Dorf gewarnt und gemeinsam mit ihrer Tante verteidigt hatte.

»Vater hätte sie nicht so verziehen dürfen«, setzte er zuletzt
noch hinzu.

»Du hörst dich an, als würdest du es bedauern, dass Gerhild
die Räuber vertrieben hat«, rief Hariwinius verblüfft.

»Nun ja, ich hätte es gerne gesehen, wenn unser Vetter einen
Dämpfer bekommen hätte. Schließlich macht er mir die Herrschaft im Stamm streitig.« Raganhar lachte unfroh und klopfte
seinem Bruder auf die Schulter.

»Willst du einen Schluck Met? Wir haben noch ein wenig da.«
Da Hariwinius den Wein der Römer gewohnt war, schüttelte
er den Kopf. »Nein, ich muss gleich weiter! Quintus hat mir
einen Auftrag erteilt, der auch dich zufriedenstellen dürfte,
und da will ich nicht säumen. Sage mir, wo ich Gerhild finde.«

»Wenn du schaust, wo sich hier in meinem Lager die meisten
Krieger versammeln, wirst du sie mittendrin finden. Diese
Narren bewundern Gerhild wie eine halbe Göttin und bedenken nicht, dass sie nur unbedacht und dumm gehandelt hat«,
erklärte Raganhar säuerlich.

»Ich werde mit ihr darüber sprechen, aber nicht vor allen Leuten«, erklärte Hariwinius und nickte seinem Bruder gönner-

haft zu. »Es wird auch zu deinem Vorteil sein. Möge Jupiter Dolichenus dich beschützen!«

Mit diesen Worten verließ er das Zelt und sah sich draußen nach Gerhild um.

»Was meint dein Bruder?«, fragte Sigiward verständnislos.

Raganhar nahm an, dass Hariwinius seine Schwester Quintus zuführen wollte, und da er nicht zugeben durfte, davon zu wissen, zuckte er die Achseln. »Weiß ich es? Irgendwie hat Hariwinius sich seltsam benommen. Findest du nicht auch?«

»Auf jeden Fall hat er dir Unterstützung versprochen. Das ist sehr viel wert, denn als ältester Sohn unseres verstorbenen Fürsten wiegt sein Wort schwer bei den Männern des Stammes.«

Sigiward meinte es gut, doch seine Bemerkung erinnerte Raganhar daran, dass seine Macht auf sehr dünnen Füßen stand, solange Wulfherich und Hariwinius lebten.

11.

Gerhild war das Aufhebens nicht recht, das die Krieger des Stammes um sie machten, denn ihr war klar, dass Raganhar ihr dies nachtragen würde. Daher war sie froh, als Hariwinius sich durch die Männer schob und auf sie zutrat.

»Juno zum Gruß, Schwester!«, sagte er mit einem gekünstelten Lächeln.

»Möge Teiwaz dir gegen all deine Feinde beistehen!«, antwortete Gerhild in der Hoffnung, er habe eingesehen, dass das Wohlergehen des Stammes ihm wichtiger sein musste als das seines römischen Anführers.

»Ich freue mich, dich zu sehen, Schwester«, antwortete Hariwinius.

Er war stolz darauf, dass Quintus Gefallen an Gerhild gefunden hatte, zeigte es doch, dass seine Sippe aus den übrigen flachshaarigen Barbaren herausragte. Sobald der Stamm dem Römischen Reich einverleibt war, würden Gerhild, Raganhar und er als Adelige gelten. Dann konnte Quintus seine bisherige Frau verstoßen und Gerhild zu seiner rechtmäßigen Gattin machen. Raganhar würde Fürst eines Klientelvolks werden, und ihm standen alle Ämter im römischen Heer offen – bis hin zum Heermeister des Imperators.

»Ich freue mich auch, obwohl ich mich über dich geärgert habe«, erwiderte seine Schwester mitten in seine Überlegung hinein. »Du hast dich bei deinem Besuch zu Hause wie Quintus' Hündchen aufgeführt und nicht so, wie es dem Sohn eines Suebenfürsten ansteht!«

Diesen Stich musste Gerhild ihrem Bruder versetzen.

Hariwinius rettete sich in ein gekünsteltes Lächeln. »Das erschien dir nur deshalb so, weil ich für Quintus übersetzen musste. Aber wollen wir nicht ein wenig spazieren gehen? Hier sind mir zu viele Leute, und die brauchen nicht mitzuhören, wenn wir uns unterhalten.«

»Gerne!« Auch Gerhild lächelte, und ihr Lächeln war echt. Sie freute sich, dass ihr älterer Bruder gekommen war, um mit ihr zu reden. Damit gab er ihr die Gelegenheit, all das anzusprechen, was ihr auf dem Herzen lag. Hariwin verfügte über die Autorität, um dem sinnlosen Streit zwischen Raganhar und Wulfherich ein Ende zu setzen. Außerdem konnte er die Römer davon überzeugen, dass Baldarich ein Feind war, der auch ihre Interessen bedrohte. Daher berichtete sie ihm alles, was geschehen war.

Hariwinius hörte ihr nur zu, um sie bei Laune zu halten. Gewohnt, dass in Rom die Männer die Politik bestimmten und die Frauen ihre Meinungen höchstens im Kreis ihrer Familien äußerten, empfand er Gerhilds Verhalten allerdings als ungehörig. Schon ihr Wettkampf gegen Quintus hatte gegen alle Sitten verstoßen, und nun trug sie auch noch die Schuld, dass die Autorität seines Bruders ins Wanken geraten war. Ohne ihre Warnung hätte Baldarich das Dorf ihres Vetters mit Erfolg angegriffen, und Wulfherich wäre danach nichts anderes übriggeblieben, als sich Raganhar zu unterwerfen. Er selbst hätte dessen Überfall als Anlass nehmen können, um Quintus' Aufmerksamkeit auf Baldarich zu lenken und diesen bestrafen zu lassen. Damit wäre der Überfall gerächt und die von den Göttern gewünschte Ordnung eingehalten worden.

»Es war unbedacht von dir, dich in Gefahr zu begeben! Du hättest getötet oder von Baldarich als Gefangene weggeführt werden können«, schalt er seine Schwester.

Sofort stellte Gerhild die Stacheln auf. »Ein gelungener Überfall hätte dem Stamm herbe Verluste eingetragen und ihn nach außen hin schwach erscheinen lassen.«

»Das zählt nicht mehr, denn Rom wird euch beschützen! Sobald wir Römer im jetzigen Vorland des Limes mehrere Kastelle errichtet haben, werden unsere Reitersoldaten jeden Feind in weitem Umkreis vernichten«, antwortete Hariwinius in belehrendem Tonfall.

»Was heißt ›wir Römer‹?«, fragte Gerhild aufgebracht. »Du bist einer von uns! Außerdem wäre es dann mit der Freiheit vorbei, die wir uns bis jetzt bewahrt haben.«

»Was ist an dieser ›Freiheit‹, wie du es nennst, denn so erstrebenswert?«, fragte Hariwinius kopfschüttelnd. »Ihr müht euch auf mageren Äckern ab, immer in Furcht vor den Angriffen anderer Barbaren, und lebt in Hütten, durch die der Wind pfeift. Rom wird euch die Zivilisation bringen, und ihr werdet ebenso zu Römern werden wie die gallischen Stämme und jene Germanen, die bereits unter dem Schutz des Imperiums leben. Dazu gehören auch Sueben, also Verwandte unseres Stammes. Die Gruppen am Neckar haben sich bereits vor langer Zeit dem Imperium unterworfen und sind froh darum.«

»Aber ich will keine Römerin werden! Was das heißt, hat mir Hunkbert letztens berichtet. Der Mann seiner Schwester ist römischer Legionär, und sie hat viele Jahre seine Wäsche gewaschen, sein Haus geführt und ihm mehrere Kinder geboren. Vor kurzem aber hat er sie einfach verstoßen und sich ein jüngeres Weib genommen. Nun weiß sie nicht, wie sie sich und ihre Brut ernähren soll. Trotz ihrer Armut werden ihr Steuern abverlangt! Kann sie die nicht zahlen, fordert der Steuereintreiber eines oder zwei ihrer Kinder, um sie zur Begleichung der Schuld als Sklaven zu verkaufen!«

Gerhild war zuletzt laut geworden und blieb nun stehen. »Wenn du so denkst, wie du redest, sollten wir besser umkehren. Du hast deine Herkunft und deinen Rang vergessen und bist ein Römling geworden. Auch die Götter deiner Ahnen missachtest du und betest zu fremden Götzen, die dich doch gar nicht kennen!«

»Was sollen mir Teiwaz, Volla und die anderen Figuren? Für Barbaren mögen sie gut genug sein, doch wahre Macht besitzen nur Jupiter, Juno, Mars und die übrigen Götter Roms. Warum, glaubst du, ist Rom so mächtig geworden? Weil es starke Götter hat und Männer, die sich dieser Götter als würdig erweisen!« Hariwinius packte Gerhild und schüttelte sie.

»Nur Rom kann euch beschützen! Verstehst du das nicht? Ich will nicht, dass unser Stamm mit Gewalt unterworfen wird und unsere Leute Tod und Sklaverei erdulden müssen. Wenn ihr euch dem Imperium aus freien Stücken anschließt, gewinnt ihr das Wohlwollen des Imperators! Dann ist Raganhars Herrschaft gesichert! Unsere jungen Männer könnten in die römische Armee eintreten und müssten die Feldzüge Roms nicht als barbarisches Stammesaufgebot mitmachen. Rom wird euch lehren, bessere Häuser zu bauen, besseres Vieh zu züchten und wahren Wohlstand zu erringen.«

Mittlerweile hatten die beiden den Waldsaum erreicht. Dort blieb Gerhild stehen und streifte die Hände ihres Bruders ab.

»Ich will nicht so leben müssen, wie andere es mir befehlen«, sagte sie leise. »Ich mag auch nicht alles wegwerfen, was uns von unseren Ahnen überkommen ist. Ebenso wenig will ich unsere Sprache und unsere Götter verraten, so wie du es anscheinend getan hast. Nein, mein Bruder, das alles will ich nicht.«

»Du wirst nicht umhinkönnen, dich römischer Lebensart anzupassen!«, antwortete Hariwinius mit einem prüfenden Blick in den Wald hinein.

Als er weiter hinten die blank polierten Rüstungen mehrerer Reiter aufblitzen sah, nickte er zufrieden.

»Nein, Schwester, du kannst keine wilde, schmutzige Barbarin bleiben!«, rief er aus und schob Gerhild zwischen die Bäume.

»Was soll das?«, fragte sie verwundert. In dem Moment kamen mehrere Männer auf sie zu und packten sie.

Gerhild versuchte, sich zu befreien, doch es waren einfach zu viele Hände. »Hariwin! Nein!«, schrie sie auf.

»Es ist zu deinem Besten!«, erklärte er. »Der große Quintus Severus Silvanus hat Gefallen an dir gefunden und wird dir die Ehre antun, dich zum Weibe zu nehmen.«

»So wie dieser Gaius Linza zum Weib genommen hat, um sie zu verstoßen, als sie in seinen Augen nicht mehr jung genug war?«

Gerhilds Wut stieg, und sie riss sich mit aller Kraft los. Bevor Hariwinius' Männer sie erneut packen konnten, zog sie das erbeutete Schwert und schlug wild um sich. Zwei Reiter überlebten nur, weil sie Kettenhemd und Helm trugen. Erschrocken über den unerwarteten Widerstand wichen die Männer vor Gerhild zurück.

»Verflucht! Warum habt ihr sie losgelassen?«, schalt ihr Anführer.

»Das Mädchen ist eine Furie!«, rief einer und zog sein Schwert. »Kommt, wir kreisen sie ein. Einem von uns wird es schon gelingen, sie zu entwaffnen!«

»Versucht es, und ich spalte euch die Schädel!« Ein scharfer Hieb begleitete Gerhilds Worte, und erneut sprang einer der Reiter zurück. Die junge Frau nützte die Lücke aus und rannte los.

»Passt auf eure Pferde auf! Sie darf sie nicht erreichen!«, rief Hariwinius erschrocken.

»Wir sind zu Fuß gekommen, Decurio«, rief einer seiner Männer, doch bereits im nächsten Augenblick vernahmen sie das Wiehern eines Pferdes. Auch Gerhild hörte es und stürmte in diese Richtung.

»Los, ihr nach! Lasst sie nicht entwischen! Aber ihr darf nichts geschehen!«, befahl Hariwinius und rannte als Erster seiner Schwester hinterher.

Gerhild war eine gute Läuferin und wurde, da sie Hosen trug, auch nicht von ihrer Kleidung behindert. Trotzdem war ihr klar, dass sie sich auf kein Wettrennen mit ihrem Bruder und seinen Männern einlassen durfte. Entkommen konnte sie nur, wenn es ihr gelang, das Pferd, das in der Nähe sein musste, vor ihnen zu erreichen. Sie verdoppelte ihre Anstrengungen und sah kurz darauf den Gaul vor sich. Er war an einem Baum festgebunden und klopfte mit einem Vorderhuf auf den Waldboden.

Ein Blick über die Schulter zeigte Gerhild, dass ihr Vorsprung groß genug war. Rasch band sie den Hengst los, schwang sich in den Sattel und stieß ihm die Fersen in die Weichen. Das Tier fiel beinahe aus dem Stand in den Galopp und ließ ihre Verfolger rasch hinter sich zurück.

»Dieses verdammte Weibsstück!«, tobte Hariwinius und sah seine Männer voller Wut an. »Hättet ihr eure Gäule mitgebracht, könnten wir ihr folgen! So aber haben wir uns vor Quintus zum Narren gemacht.«

»Auch nicht mehr als er selbst beim Speerwerfen«, antwortete einer der Reiter mürrisch.

Ein anderer nahm seinen Helm ab und zeigte ihn Hariwinius. »Sieh dir das an! Ihr Hieb wäre beinahe durchgegangen. Das Mädchen ist eine verrückte Amazone!«

»Eher ein elender, verzogener Balg!« Hariwinius schäumte vor Wut, denn er hatte sich sowohl vor Quintus wie auch vor seinem Bruder blamiert.

Einer der Reiter rieb sich nachdenklich die Nase. »War das nicht Julius' Gaul?«

»Julius!« Hariwinius fuhr herum und sah nun seinen Freund ein Stück entfernt auf dem Waldboden liegen und leise schnarchen. Als er näher trat, rührte sich Julius und öffnete die Augen.

»Beim Mars, ich habe geträumt, Schwertschläge zu vernehmen!«

»Was tust du hier?«, fragte Hariwinius verärgert.

Julius gähnte und streckte sich. »Ich habe hier ein schönes

Plätzchen zum Ausruhen gefunden. Im Lager war mir zu viel Trubel! Aber jetzt reite ich wieder zurück.«

»Kannst du nicht, denn dein Gaul ist weg! Weshalb hast du ihn nicht besser angebunden?«, fuhr Hariwinius ihn an.

»Hat er sich losgerissen? Keine Sorge, der kommt schon wieder. Sollte ihn jemand einfangen, sieht er an der Satteldecke, dass er zu Quintus' Reiterschar gehört, und bringt ihn mit Gewissheit ins Lager. Mit unserem Kommandanten legt sich hier keiner so leicht an.« Julius grinste fröhlich, während Hariwinius beinahe vor Wut platzte.

»Dein Gaul hat sich nicht losgerissen! Meine Schwester hat sich ihn geschnappt und ist damit geflohen!«

Julius sah seinen Kameraden kopfschüttelnd an. »Was soll denn das? Als wenn Gerhild es nötig hätte, aus unserem eigenen Lager zu fliehen. Jeder weiß, dass sie deine und Raganhars Schwester ist. Dein Bruder gilt zwar nicht viel, aber du bist immerhin Quintus' rechte Hand – und wer sich mit Caracallas Vertrauten anlegt, macht sich auch den Imperator zum Feind. Das soll alles andere als gesund sein.«

Hariwinius war klar, dass sein Freund auf die vielen, rasch vollzogenen Todesurteile anspielte, die Caracalla verhängte. Ihm ging es jedoch um seinen verpatzten Auftrag, daher fauchte er den Freund zornig an.

»Ich wollte Gerhild zu Quintus bringen, und dein Gaul hat mir das versaut!«

»Zu Quintus?« Julius wiegte nachdenklich den Kopf. »Das ist natürlich schlecht. Aber gib nicht mir die Schuld, wenn du und deine sechs Männer gemeinsam nicht in der Lage seid, ein junges Mädchen festzuhalten. Deine Dummheit hat mich vorerst meinen Hengst gekostet! Wenn dieses kleine Biest in ihr Dorf zurückreitet, kann ich zusehen, wie ich zu einem passenden Zossen komme. Am liebsten würde ich deinen Ersatzgaul nehmen! Verdient hättest du es.«

Damit wandte Julius sich ab und kehrte zu Fuß ins Lager

zurück. Unterwegs musste er sich das Lachen verkneifen. Es war einfach zu drollig gewesen, zu erleben, wie leicht Gerhild ihrem Bruder eine lange Nase gedreht hatte. Er hatte nur ein wenig nachhelfen müssen, damit sie Quintus nicht doch noch in die Hände fiel – und damit auch das Schwert.

Dritter Teil

Der Feldzug

1.

Trotz des in ihr kochenden Zorns auf Hariwin genoss Gerhild den Ritt auf dem schnellen Hengst. Längst war ihr klar, dass dieses Tier nicht das Pferd eines einfachen Reiters sein konnte. Der Sattel war weitaus bequemer als ihr eigener, und sie saß sicherer darin. Unter dem Sattel lag eine rote Satteldecke, die in Fransen auslief, und Schweif- und Halsriemen waren mit Schmuckscheiben aus Metall verziert. Zudem bewiesen ein Köcher mit drei Wurfspeeren und ein ovaler, blauer Schild, die am Sattel befestigt waren, dass es sich um das Ross eines Kriegers handelte.

Nun erst wagte Gerhild, das Tier genauer zu betrachten, und erkannte, dass es jener Hengst war, den der römische Offizier Julius bei Quintus' Besuch in ihrem Dorf wie auch bei seinem Einzug hier im Lager geritten hatte. Das vergrößerte ihre Schwierigkeiten, denn sie hielt ihn nicht für einen Mann, der sich so einfach sein Pferd stehlen ließ.

»Der Kerl gehört zu Quintus' Speichelleckern!«, rief sie aus. »Daher gebührt ihm nicht mehr.«

Dann aber erinnerte sie sich an Julius' Warnung, sich sowohl vor dem Römer wie auch vor Baldarich in Acht zu nehmen. Das hätte er gewiss nicht getan, wenn er ihr feindselig gegenüberstehen würde.

Unschlüssig ritt sie weiter, dachte dann aber an ihre Stute, die sie in Raganhars Lager zurückgelassen hatte. Kurz entschlossen zog sie den Hengst herum. Sie war Fürst Hariberts Tochter und niemand, der feige floh. Außerdem fühlte sie sich im Kreis der eigenen Krieger sicherer, als wenn sie es darauf ankommen ließ, von Hariwins Reitern verfolgt zu werden.

Als sie im weiten Bogen zum Lager zurückritt, wünschte sie sich, die Römer würden bei dem geplanten Feldzug eine herbe Niederlage erleiden. Dann lachte sie über sich selbst. Sie hatte das Heer des Imperators gesehen und konnte sich nicht vorstellen, dass es eine Macht auf der Welt gab, die dieser Masse bestens gerüsteter Soldaten standhalten konnte.

»Wir müssten mehr Menschen sein, nicht nur die Handvoll Sueben der Harlungen-Sippe, sondern ein Volk, das Tausende Krieger aufbieten kann!«, sagte sie sich. »Dann müssten wir niemanden mehr fürchten, besonders keine hochnäsigen Römer.«

Hatte nicht Julius etwas in dieser Art angedeutet? Wer war der Mann überhaupt? Er hatte sich einen Goten genannt, aber die Ähnlichkeit zu Baldarich ließ anderes vermuten. Auch sein Zungenschlag ähnelte dem des Raubkriegers. Außerdem hatte Julius sich in ihrem Dorf vor Baldarich und seinen Männern versteckt.

Während Gerhild über den rätselhaften Reiteroffizier nachdachte, näherte sie sich dem Lager ihres Bruders. Ein kurzer Blick zeigte ihr, dass der Weg frei war, und so ließ sie dem Hengst die Zügel. Dem Pferd schien es zu gefallen, mit dem Wind um die Wette zu laufen, und sie spürte, dass es in ihrem Stamm außer ihrer Stute kaum ein Ross gab, das es auch nur annähernd mit diesem Tier aufnehmen konnte.

Gerhild preschte im vollen Galopp in das Lager, zügelte den Hengst vor dem Zelt ihres Bruders und sprang aus dem Sattel. Kaum auf dem Boden, warf sie Sigiward sie Zügel zu.

»Bring den Hengst zu Julius zurück und übermittle ihm meinen besten Dank!«

Im Reflex ergriff Sigiward die Zügel und starrte sie verdattert an. »Was willst du?«

»Hast du keine Ohren? Du sollst den Hengst zu Julius, dem

152

Goten, bringen, der letztens mit Quintus und Hariwinius in unserem Dorf war. Ich danke ihm, dass ich mir sein Pferd ausleihen durfte. Und nun geh schon!«

Im Grunde war es eine Frechheit von ihr, dem Stellvertreter ihres jüngeren Bruders einen solchen Befehl zu erteilen. Gerhild war jedoch in einer Stimmung, in der sie selbst Caracalla, den Imperator Roms, wie einen Stallknecht behandelt hätte.

»Teudo, übernimm du das!« Sigiward reichte die Zügel dem jungen Krieger und trat ins Zelt seines Anführers.

Während Teudo nach einem kurzen Blick auf Gerhild das Pferd fortführte, trat Raganhar aus seiner Behausung. Als er seine Schwester erkannte, hoffte er halb, sie hätte sich mit ihrem Schicksal abgefunden und wäre gekommen, um ihre Habseligkeiten zu holen. Ihre zornige Miene und die Tatsache, dass keiner der Reiter seines Bruders sie begleitete, ließen ihn jedoch Schlimmes befürchten.

»Was hast du jetzt schon wieder angestellt?«, fuhr er sie an.

Gerhild bemerkte seine Enttäuschung und entblößte die Zähne zu einem freudlosen Lachen. »Hariwinius wollte mich Quintus ausliefern. Wäre nicht Julius' Pferd in der Nähe gestanden, hätte ich ihm nicht entkommen können.«

»Was?«, rief der alte Bernulf empört. »Du hast dir deine Freiheit im Wettkampf gegen Quintus ehrlich erworben. Daher darf niemand dich zwingen, dich ihm zu unterwerfen!«

»So ist es!«, stimmte ihm Linzas Bruder Hunkbert zu. »Das hätte ich von Hariwin nicht erwartet.«

»Nenne ihn nie mehr bei diesem Namen! Er ist zu Hariwinius, dem Römling, geworden«, erwiderte Gerhild. »Die Sitten und Gebräuche seines Volkes hat er abgestreift wie eine Schlangenhaut, genauso wie die Ehre, die gebietet, ein gegebenes Wort zu halten. Er will uns zwingen, uns den Römern zu unterwerfen, damit diese einen Statthalter über uns setzen und Steuern von uns fordern können.«

»Niemals!«, riefen mehrere Krieger.

Raganhar hätte Gerhild am liebsten den Mund zugehalten. Auch wenn er niemals freiwillig zu einem römischen Untertan hatte werden wollen, so sah er keinen anderen Ausweg für sich und seine Leute. Widersetzten sie sich der Macht des Imperiums, würden sie aufgerieben werden. Zu oft hatte Rom gezeigt, wie es jenen erging, die sich gegen sie stellten. Er war nicht der Nachfolger seines Vaters geworden, um schlussendlich am Untergang seines Stammes schuld zu sein. Doch wenn Gerhild sich weiterhin so töricht verhielt, würde es dazu kommen. Er wünschte, er könnte seinem Gefolge befehlen, Gerhild zu Quintus zu bringen. Sigiward hätte es vielleicht getan, doch die anderen kochten vor Zorn, weil Hariwinius Gerhild in eine Falle gelockt hatte, und sie machten Quintus dafür verantwortlich.

»Dieser Römer ist ein Eidbrecher! Sein Wort ist einen Fliegenschiss wert!«, erklärte Bernulf. »Niemand darf Hariberts Tochter zwingen, sich einem Römer zu unterwerfen. Sollten Hariwin oder ein anderer es wagen, Gerhild noch einmal zu bedrängen, so wird mein Schwert ihn lehren, was Ehre ist!«

Mit diesen Worten stellte Bernulf sich mit blanker Waffe neben Gerhild und erklärte, dass er sich lieber in Stücke schlagen lassen würde, als sie als Sklavin des Römers zu sehen.

»Quintus wollte Gerhild nicht versklaven, sondern heiraten«, wandte Raganhar ärgerlich ein.

»So wie dieser Gaius Linza geheiratet hat?«, fragte Gerhild bissig.

»Die Maid hat recht!«, mischte sich Hunkbert ein. »Ich habe von meiner Schwester erfahren, dass ein römischer Edelmann keine Barbarin heiraten, sondern sie nur als Konkubine zu sich nehmen darf. Eine solche aber kann er verstoßen oder gar in die Sklaverei verkaufen, wenn er ihrer überdrüssig wird. Gerhild, wenn du es wünschst, bilden wir deine Leibschar.«

»Ich zähle dazu!«, rief Bernulf.

In kürzester Zeit versammelten sich weitere Krieger um Gerhild, und Raganhar konnte nur hilflos zuschauen. Die meisten Krieger seines Stammes, auch die, die sich Gerhild nicht angeschlossen hatten, verachteten den wortbrüchigen Römer, und da sie Hariwinius nicht zutrauten, aus eigenem Willen gegen Sitte und Brauch des Stammes zu verstoßen, hielten sie Quintus für den wahren Schuldigen. Sigiward rechtfertigte Hariwinius' Verhalten sogar, indem er behauptete, dieser habe zwar seinem Anführer gehorcht, seiner Schwester jedoch die Gelegenheit geboten, zu entfliehen.

»Es war Julius, der mir die Gelegenheit dazu gab«, murmelte Gerhild kaum hörbar.

Sie war jedoch zufrieden, denn von diesem Augenblick an würden Bernulf und die anderen sie gegen jeden Feind verteidigen. Selbst Raganhar besaß nicht mehr die Macht, sie gegen ihren Willen zu etwas zu zwingen.

Der junge Fürst kaute verlegen auf seinem Schnauzbart herum und verfluchte im Stillen seinen Bruder, der ihn von Gerhild hätte befreien können, aber kläglich gescheitert war.

Sigiward, sein Gefährte und bester Freund, trat mit ernster Miene an seine Seite. »Es war nicht gut, dass Hariwin mit dir gesprochen hat, bevor er mit Gerhild fortging. Einige Männer könnten annehmen, ihr hättet gemeinsam falsches Spiel getrieben«, sagte er leise zu Raganhar.

Raganhar schlug mit einer erzürnten Bewegung auf einen nicht vorhandenen Gegner ein. »Das ist doch Unsinn! Wir haben nur ein paar Worte gewechselt. Von seinem Hinterhalt für Gerhild wusste ich nichts.«

Doch er vermied es, Sigiward ins Gesicht zu blicken. Hariwinius hatte zwar nicht gesagt, was er vorhatte, doch seine Andeutungen waren deutlich genug gewesen.

»Auf keinen Fall kannst du riskieren, deine Schwester dem Römer zu übergeben. Gerhilds neue Leibgarde und die meisten anderen würden dir die Gefolgschaft aufkündigen und sich Wulfherich anschließen.«

Zu Raganhars nicht gerade geringem Ärger hatte Sigiward recht. Wenn er sich gegen Gerhild stellte, bedeutete dies sein Ende als Stammesfürst. Dann konnte ihm auch Quintus nicht mehr helfen. Er spie aus, sah viele fragende Blicke auf sich gerichtet und straffte den Rücken.

»Das hätte ich niemals von Hariwin erwartet. Der Römer hat sein Wort gegeben, und ich erwarte, dass er es hält!«

Gerhild sah ihren Bruder verblüfft an und las erneut Angst in seinen Augen. Vater hätte länger leben sollen, dachte sie traurig. Vielleicht wäre Raganhar an dessen Beispiel gewachsen. So aber war er zu jung sein Nachfolger geworden und hatte Fehler gemacht, die einem reiferen Mann nicht passiert wären.

Plötzlich tat er ihr leid, und sie trat an seine Seite. »Wir sind Verbündete der Römer und nicht ihre Sklaven. Daran müssen wir sie von Zeit zu Zeit erinnern!«

»Du solltest nach Hause reiten«, sagte er mürrisch.

Wenn sie das tat, war sie Quintus vorerst aus den Augen und er würde Zeit gewinnen, dachte Raganhar dabei.

Gerhild überlegte kurz und schüttelte den Kopf. »Ich bleibe lieber hier im Lager. Wenn ich fortreite, besteht die Gefahr, dass Quintus mir unseren Bruder mit seinen Männern nachschickt, um mich abzufangen.«

Es war schrecklich, fand sie, dass sie der eigenen Sippe nicht mehr trauen konnte. Dies schloss leider auch Raganhar ein. Sie hielt ihn für fähig, es Quintus mitzuteilen, wenn sie nach Hause reiten würde. Daher war es das Beste, wenn sie unter dem Schutz von Männern wie Bernulf und Teudo vor Ort blieb.

2.

Von diesem Tag an wurde Gerhild stets von einer kleinen Kriegerschar begleitet. Die Männer hielten die Hände am Schwertgriff, bereit, die Waffe jederzeit zu ziehen, um die Fürstentochter zu verteidigen. Daher fühlte Gerhild sich innerhalb des eigenen Lagers sicher. Die Lager der Römer mied sie jedoch, weil sie Quintus jede Schlechtigkeit zutraute. Hariwinius ließ sich in den nächsten zwei Tagen nicht sehen.

Am dritten Tag erschien ein Gast im Lager, den Gerhild nicht erwartet hätte, nämlich Julius. Er ritt den Hengst, der ihr die Flucht ermöglicht hatte, und grinste so fröhlich, als wäre der Kriegszug nur ein großes Spiel für ihn. Vor Raganhars Zelt stieg er ab, reichte einem der Männer die Zügel und grüßte.

»Möge Wuodan mit euch sein!«

Raganhar kam aus seinem Zelt, starrte Julius an und griff sich in einer unbewussten Bewegung an den Hals. Sein unerwarteter Gast war kaum älter als er, aber weitaus erfahrener, und er hatte in römischen Diensten bereits Kriegsruhm erworben.

»Sei mir willkommen, Julius«, grüßte er.

»Ich wollte mit deiner Schwester sprechen und ihr danken, dass sie meinen Gaul zurückgeschickt hat. Es wäre sehr ärgerlich für mich gewesen, hätte ich auf ihn verzichten müssen.« Julius grinste noch immer und wollte sich abwenden, da hielt Raganhars Stimme ihn auf.

»Wie steht es in eurem Lager? Brechen wir bald auf?«

»Lange wird es nicht mehr dauern. Die Wahrsager des Imperators prophezeien einen großen Sieg. Daher will Caracalla nicht säumen, diesen zu erringen«, antwortete Julius.

»Was ist mit Quintus und Hariwinius?«, fragte Raganhar weiter.

»Quintus ist fast die ganze Zeit beim Imperator, um diesen zu beraten, und dein Bruder wartet wie wir alle darauf, dass es endlich losgeht.«

Raganhar sah ihn auffordernd an. »Hat er etwas wegen Gerhild gesagt?«

»Nur, dass sie ein elendes Biest wäre. Aber so denken Brüder öfter von ihren Schwestern.«

Julius lachte wie über einen guten Scherz und drehte ihm den Rücken zu, da er Gerhild entdeckt hatte. Zwei Schritte vor ihr blieb er stehen und musterte sie grinsend.

»Im Allgemeinen mag ich keine Leute, die mein Pferd stehlen. Dir aber sei es verziehen. Immerhin hast du es mir zurückschicken lassen.«

»Es stand gerade dort, wo ich es brauchte«, antwortete Gerhild herb.

»Ich hatte mich ein wenig in den Wald zurückgezogen, weil mir der Trubel im Lager zu viel wurde. Da du mir mein Reittier abgenommen hattest, musste ich zu Fuß zurückgehen.«

Gerhild empfand Julius' selbstzufriedene Miene als unverschämt. Es war, als würde der Mann sie nicht ernst nehmen. Dabei war es um ihre Freiheit gegangen.

»Was willst du hier?«, fragte sie scharf.

»Ich will mich für die Rückgabe meines Hengstes bedanken! Das hätte nicht jeder Pferdedieb getan.«

»Es hätte auch nicht jeder sein Pferd unbewacht im Wald stehen lassen«, gab Gerhild kühl zurück.

Einige ihrer Leibwächter lachten, und Julius grinste womöglich noch breiter.

»Ich dachte, ich wäre unter Freunden und Verbündeten. Aber da ich meinen Hengst wiederhabe, ist es nicht weiter schlimm. Du bist übrigens eine ausgezeichnete Reiterin. Blitz duldet so leicht keinen anderen als mich im Sattel.«

»Dann war es gut, dass er es bei mir getan hat!« Gerhild musterte ihn misstrauisch und fragte sich, welche Pläne der Mann verfolgen mochte. Er war ebenso wie Hariwinius ein Gefolgsmann von Quintus und diesem verpflichtet. Eigentlich hätte es ihn ärgern müssen, dass der Anschlag ihres Bruders gescheitert war. Doch er ging darüber hinweg, als würde es ihn nicht berühren.

»Wollen wir ein wenig spazieren gehen?«, fragte Julius sie.

»Willst du vollbringen, was Hariwinius misslang?«, fragte Gerhild. »Lass dir gesagt sein: Mich fängt man nicht so leicht!«

»Ich will dich nicht fangen, sondern mit dir reden. Wie wäre es mit diesem Baum dort? Er steht doch mitten in eurem Lager!« Julius deutete auf die zweistämmige Eiche.

»Das ist nahe genug«, gab Gerhild zu und ging zu dem Baum hinüber. Ein Blick über die Schulter zeigte ihr, dass Julius ihr fast auf dem Fuß folgte. Auch ihre Leibschar kam mit, hielt sich aber ein paar Schritte zurück.

Gerhild lehnte sich an einen der beiden Stämme und sah Julius an. »Ich frage noch einmal: Was willst du von mir?«

»Nur reden!«, antwortete er. »Du hast zwei von Hariwinius' Reitern mit deinem Schwert gut getroffen. Der eine hat eine so große Beule davongetragen, dass ihm sein Helm noch ein paar Tage lang nicht passen wird, der andere kann wegen seiner geprellten Rippen nicht allzu tief durchatmen.«

»Es war eine Gemeinheit meines Bruders, mich hintergehen zu wollen!«, stieß Gerhild aus.

»Er hat das getan, was er für richtig hielt, aber nicht mit Erfolg. Mir wärst du nicht entkommen!«

Julius lachte auf, wurde aber rasch wieder ernst. »Für ein Weib kannst du mit dem Schwert erstaunlich gut umgehen. Es mag allerdings der Tag kommen, an dem es nicht reicht, wenn du einen Mann nur leicht verletzt. Hariwinius' Männer glaubten, ein hilfloses Mädchen vor sich zu sehen. Jetzt wissen sie, dass du das nicht bist. Aber andere wissen dies auch!«

Nun kommt er zur Sache, sagte Gerhild sich, und ihre Anspannung wuchs. »Du meinst Baldarich?«

Julius nickte ernst. »Auch den, ja! Aber Hariwinius' Männer könnten sich ebenfalls befleißigt fühlen, es dir heimzuzahlen. Daher solltest du rasch lernen, dein Schwert gut zu führen. Wäre ein Mann an deiner Stelle gewesen, hätte er die beiden Kerle schwer verletzt oder gar getötet.«

»Danke für den Rat! Ich werde mich im Schwertkampf üben«, gab Gerhild patzig zurück.

»Es genügt nicht, wenn du ein wenig mit dem Schwert herumfuchtelst. Du musst es ernsthaft tun! Ich würde dir raten, dich mit einem Mann zu messen. Er sollte jedoch gut sein – und nimm nicht dein erbeutetes Schwert! Es würde jede andere Klinge zuschanden schlagen«, erklärte Julius. Sein Blick heftete sich sehnsüchtig auf den edelsteingeschmückten Griff der Waffe.

Unwillkürlich bedeckte Gerhild den Edelstein mit ihrer Rechten. Dabei überlegte sie, welchen der Männer sie bitten sollte, sie im Schwertkampf auszubilden. Sie begriff jedoch rasch, dass dies unmöglich war. Bernulf, Teudo und die anderen würden glauben, sie traue ihnen nicht zu, sie beschützen zu können, und sich gekränkt fühlen. Das hatten sie nicht verdient.

Fast gegen ihren Willen sah sie Julius an. »Würdest du mich lehren, wie ein Mann zu kämpfen?«

Viel, so sagte sie sich, fehlte nicht an ihrem Können, denn als Kind hatte sie Raganhar als Übungspartnerin gedient, zuerst mit Holzschwertern und zuletzt sogar mit richtigen Klingen. Daher glaubte sie sich gut vorbereitet. Doch um sich wirklich gegen einen Mann durchsetzen zu können, brauchte sie weitaus mehr Übung.

»Ich soll dir den Schwertkampf beibringen?« Julius lachte zuerst darüber.

Dann aber musterte er Gerhild und wurde schwankend. Sie trug zwar hier im Lager Hosen, ließ aber ihr Haar frei auf den

Rücken fallen und wirkte trotz der unpassenden Kleidung sehr anziehend auf ihn. Er konnte sich nicht erinnern, jemals eine schönere Frau gesehen zu haben, und verstand, weshalb Quintus sie begehrte. Doch für ihn durfte das nicht von Bedeutung sein.

Sein Blick wanderte zu dem Schwert an ihrer Seite. Es musste Baldarich schmerzen, diese Waffe verloren zu haben – und noch dazu an ein Weib. Er wird wiederkommen, um es sich zu holen – und dafür musste Gerhild gewappnet sein. Daher nickte er, obwohl sich alles in ihm dagegen sträubte.

»Ich werde es dich lehren. Aber nicht mit diesen Kerlen in der Nähe. Die sehen mir nämlich zu sehr aus, als wollten sie mich in Stücke hauen, wenn ich dir auch nur ein Haar krümme. Wenn wir üben, wirst du etliche blaue Flecken abbekommen. Ist es dir das wert?«

»Ich frage mich, wer hier den ersten blauen Fleck davontragen wird.«

Gerhild lächelte spöttisch, denn sie hielt sich für eine bessere Schwertkämpferin, als Julius es ihr zutrauen mochte. Dann aber erinnerte sie sich an seine Bedingung und wurde unsicher. Was war, wenn er sie ebenfalls in eine Falle locken wollte? Nachdenklich streichelte sie den Griff ihres Schwertes. Wenn er dies tat, würde er der Nächste sein, der diese Klinge zu kosten bekam.

»Ich bin dazu bereit. Wann soll es beginnen – und wo?«, sagte sie.

Julius wies mit dem Kinn auf eine Stelle am Waldrand, die am weitesten von den Lagern der Römer entfernt lag. »Wir beginnen dort, und zwar morgen kurz nach dem Morgengrauen.«

»Mir soll es recht sein«, antwortete Gerhild, auch wenn dies hieß, dass sie früh aufstehen und sich heimlich aus dem Lager schleichen musste. Um die Zeit schliefen ihr Bruder und ihre Leibwächter noch, so dass sie hoffen konnte, Julius allein zu treffen.

3.

Es war noch dunkel, als Gerhild das Lager verließ. Sie trug das Schwert offen in der Hand und hatte ihren Dolch unter der Kleidung versteckt. Sollte Julius ein falsches Spiel mit ihr treiben wollen, würde er es bereuen. Bei diesem Gedanken fauchte sie leise und ging weiter.

Sie fand die Stelle, die Julius ihr genannt hatte, auf Anhieb. Es handelte sich um eine Lichtung, die an einer Seite nur von wenigen Bäumen begrenzt war. Gerhild sah sich sorgfältig um, konnte aber niemand entdecken, auch Julius nicht. Daher lehnte sie sich an einen Baum und wartete. Allmählich wurde es heller, und Gerhilds Unruhe stieg. Sie behielt den Waldsaum im Auge, denn an einer ähnlichen Stelle hatte Hariwinius sie in die Falle locken wollen.

Die ersten Sonnenstrahlen spitzten gerade über den Horizont, da sah sie Julius kommen. Er war allein und hielt ein längliches Bündel in der Hand. Als er auf die Lichtung trat und sie sah, grinste er.

»Ich wusste nicht, ob ich mich umsonst auf den Weg gemacht hatte oder nicht. Doch du bist gekommen.«

»Lass uns anfangen!«, rief Gerhild ungeduldig.

»Gleich!« Julius legte sein Bündel auf den Boden und wickelte es aus. Zwei Übungsschwerter aus Holz kamen zum Vorschein. Es war gute Zimmermannsarbeit, wie Gerhild erkennen konnte, und sie waren kaum gebraucht.

»Nimm dir eines«, forderte Julius sie auf.

Gerhild bückte sich, wählte auf gut Glück eines aus und schwang es durch die Luft. »Das ist ja so schwer wie eins aus

162

Metall!«, sagte sie verblüfft. »Aber mit einem echten Schwert würde es besser gehen.«

»Mit einem echten Schwert würdest du blutige Wunden davontragen. Narben zieren vielleicht einen Krieger, aber gewiss kein Weib«, erwiderte Julius mit einer wegwerfenden Geste und nahm das zweite Übungsschwert an sich. Auch er hieb damit ein paarmal durch die Luft und nickte dann zufrieden.

»Es sieht so aus, als hätte ich die richtigen mitgenommen.«

»Es sind bessere Knüppel«, spottete Gerhild und hob die Waffe zum Schlag. Ihre Hoffnung, Julius überraschen zu können, erfüllte sich jedoch nicht. Er wich ihrem Hieb geschmeidig aus und führte aus der Bewegung heraus einen Gegenangriff.

Gerhild keuchte, als die Holzklinge ihre Rippen traf. Der Schlag war zwar nicht hart genug geführt, um sie zu verletzen, dennoch tat es weh. Wütend riss sie ihre Übungswaffe hoch, zielte nach Julius' Kopf und zog die Klinge, als er sein Holzschwert instinktiv hochriss, nach unten. Sie traf ihn mit einiger Kraft an der Hüfte und freute sich über seine überraschte Miene.

»Mit einem echten Schwert würdest du jetzt am Boden liegen«, spottete sie.

»Mit einem echten Schwert hätte ich dir vorhin den Brustkorb gespalten«, gab Julius mit gepresster Stimme zurück. Doch eines war ihm nun klar: Er durfte Gerhild niemals unterschätzen und nachlässig werden.

Als sie erneut die Waffen kreuzten, sahen sich beide vor. Julius war schnell und besaß ein gutes Auge, dennoch wich Gerhild seinen Hieben geschmeidig aus und parierte sie nur dann, wenn sie getroffen hätten. Nach einer Weile spürte sie jedoch, wie ihre Kräfte nachließen und ihre Bewegungen schwerfälliger wurden. Nun traf Julius öfter. Gerhild biss die Zähne zusammen, als sie einen Hieb gegen die Schulter hinnehmen musste, und rammte ihr Schwert wütend nach vorne.

Diesmal hatte Julius nicht achtgegeben und wurde am Brustbein erwischt. Er keuchte einen Augenblick vor Schmerz und trieb dann Gerhild mit wuchtigen Kreuzhieben vor sich her. Diese konnte einen Schlag gegen ihre linke Seite gerade noch abwehren, drehte sich dabei aber zu weit um die eigene Achse und bot Julius die Gelegenheit, ihre Kehrseite mit der flachen Klinge zu treffen. Noch während ihr vor Schmerz die Tränen in die Augen traten, schlug er ihr die Waffe aus der Hand.

»Ich glaube, das reicht fürs Erste. Ich hoffe, du kannst dich noch setzen.«

»Du hast es mit Absicht gemacht, du …« Gerhild brach ab und rieb sich die getroffene Stelle am Hintern.

»Gehen dir die Worte aus?«, fragte Julius grinsend. »Wie wäre es mit Schurke, Halunke, Lump?«

»Das bist du alles!«, zischte sie. »Aber ich muss zugeben, du bist ein ausgezeichneter Lehrer. Wann machen wir weiter?«

»Wie wäre es mit morgen früh? Oder brauchst du etwas länger, bis deine Rippen und dein Hinterteil wieder heil sind?«

»Morgen früh! Ich werde da sein.« Gerhild packte ihr eigenes Schwert, das sie mitten auf die Lichtung gelegt hatte, und ging stolz aufgerichtet davon. Dieser Lump brauchte nicht zu wissen, wie viel Anstrengung es sie kostete, nicht zu hinken.

Julius sah ihr mit einem verkniffenen Lächeln nach und packte anschließend seine Übungsschwerter wieder ein. »Dieses kleine Biest hat ganz schön zugeschlagen«, stöhnte er, während er sich seine Hüfte rieb. Als er losging, humpelte er ein wenig, und es dauerte eine Weile, bis der Schmerz verging. In gewisser Weise aber war er auch stolz auf Gerhild. Trotz ihrer mangelnden Übung übertraf sie im Kampf etliche seiner Reiter, und was ihr an Kraft fehlte, machte sie durch Geschicklichkeit und ein gutes Auge wett.

»Ich werde ihr trotzdem zeigen, dass sie eher für einen Spinnrocken als für ein Schwert geschaffen ist!«, schwor er sich und ging, als er das eigene Lager erreicht hatte, als Erstes zum Wundarzt, um sich eine Heilsalbe auf die schmerzenden Stellen auftragen zu lassen.

4.

Auch Gerhild verfügte über eine Quelle für heilende Salben, und so erreichte sie den Übungsplatz am nächsten Morgen ohne Schmerzen. Diesmal wartete Julius bereits auf sie und reichte ihr das Übungsschwert.

»Wollen wir es nicht einmal mit echten Schwertern probieren, anstatt wie kleine Knaben mit Holzprügeln aufeinander einzuschlagen?«, fragte sie keck.

Julius schüttelte den Kopf. »Ein harter Treffer mit dem Übungsschwert kann bereits Knochen brechen. Ein scharfes Schwert trennt den Knochen durch. Damit werden wir erst fechten, wenn ich sicher bin, dass du die Waffe auch beherrschst.«

»Aber wie soll ich lernen, mit diesem Schwert umzugehen, wenn wir nur mit Spielzeugschwertern üben?«

»Dein Schwert lernst du am besten kennen, wenn du mit deinem Schatten kämpfst«, erklärte Julius grob.

Gerhild schüttelte fassungslos den Kopf. »Ich soll mit meinem Schatten kämpfen? Hast du heute Morgen schon zu viel Met getrunken?«

Statt einer Antwort legte Julius die Übungsschwerter beiseite, zog seine eigene Waffe und begann einen Kampf gegen einen unsichtbaren Gegner. Gerhild bewunderte widerwillig seine fließenden Bewegungen und fand, dass es selbst den besten Kriegern ihres Stammes kaum gelingen würde, ihn zu besiegen. Dann erst merkte sie, dass er mit dem Rücken zur Sonne ein Duell mit seinem Schatten führte, und machte es ihm unwillkürlich nach.

Es war eigenartig, das Schwert ohne Gegner zu führen, doch schon nach kurzer Zeit hatte Gerhild sich daran gewöhnt und schwang die Waffe, als stände sie wirklich in einem harten Kampf.

»Ich glaube, das genügt zum Aufwärmen!«

Julius Stimme riss sie aus ihrer Konzentration. Bedauernd ließ sie die Waffe sinken. »Du meinst, wir sollen jetzt richtig kämpfen?«

»Mit den Übungsschwertern!«, erklärte er und legte seine Waffe ab.

Auch Gerhild tauschte ihr Schwert gegen eines aus Holz und nahm Stellung ein. Diesmal, so schwor sie sich, würde Julius ihr keine blauen Flecken beibringen, vor allem nicht an einer Stelle, die sie beim Einreiben nicht sehen konnte. In Gedanken strich sie dabei über ihre Kehrseite und griff dann mit aller Wildheit an.

Julius musste zurückweichen und ein paar scharfe Hiebe hinnehmen, bis es ihm gelang, Gerhild zurückzudrängen. Jetzt brauchte sie ihr gesamtes Geschick, um nicht derbe Prügel einzustecken. Erst nach einer Weile hob Julius die linke Hand.

»Das reicht für heute! Du musst lernen, weniger deiner Wut nachzugeben, als auf deinen Verstand zu hören. Ein Gegner, der kühl bleibt, ist dir gegenüber im Vorteil.«

»Wäre dieses Schwert eine echte Klinge, hättest du meinen ersten Angriff nicht überlebt«, gab Gerhild ärgerlich zurück.

»Kampfgeist ist gut, sinnloses Anrennen nicht, das habe ich bei den Römern gelernt. Deshalb gewinnen sie auch meistens«, setzte Julius seine Belehrung fort. »Wenn du das begreifst, bist du jedem Barbarenkrieger überlegen. Die meisten von ihnen denken nämlich nicht, sondern hauen nur zu. Gelingt es dem Feind, diesem ersten Ansturm auszuweichen, hat er die Gelegenheit zum Gegenstoß, und der ist meist tödlich. Ich zeige es dir! Greif an!«

Dies ließ Gerhild sich nicht zweimal sagen. Julius blockte

166

jedoch ihren Hieb ab, ließ ihre Holzklinge an seiner eigenen abgleiten und schlug selbst zu. Kurz bevor sein Schwert sie in der Magengegend traf, stoppte er den Hieb.

»Ich will nicht, dass du spucken musst. Das tut man meist, wenn man dort getroffen wird«, erklärte er und nahm ihr die Waffe ab. »Ich weiß nicht, ob wir morgen noch die Zeit dazu finden, weiterzumachen. Im Lager herrscht Unruhe, und Quintus steckt fast die ganze Zeit mit Caracalla und dem Legaten Paulinus zusammen. Es kann sein, dass es bald losgeht.«

Gerhild nickte mit einem gezwungenen Lächeln. Ein paarmal hatte Julius sie getroffen, und es tat weh, obwohl er nicht mit aller Kraft zugeschlagen hatte.

»Ich hoffe, Caracalla führt seine Krieger gegen Baldarichs Semnonen. Dieser Stamm muss aus richtigen Schurken bestehen«, sagte sie und wunderte sich, weil Julius' Gesicht einen abwehrenden Ausdruck zeigte.

Er zuckte jedoch nur mit den Achseln. »Wenn du meinst! Sollte sich morgen nichts ergeben, bin ich bei Tagesanbruch wieder hier.«

»Ich auch!« Gerhild nahm ihr Schwert, kehrte aber im Gegensatz zu Julius nicht ins Lager zurück, sondern focht noch einen heftigen Kampf mit ihrem Schatten aus.

5.

Obwohl Gerhild sich heimlich aus dem Lager geschlichen hatte, war sie doch gesehen worden. Als sie diesmal zurückkam, vertrat ihr Raganhar den Weg.

»Woher kommst du?«, herrschte er sie an.

»Vom Waldsaum! Ich habe mir den Sonnenaufgang angesehen«, antwortete Gerhild und wollte an ihm vorbei.

Da packte ihr Bruder sie am Arm. »Denke nur nicht, dass ich zulasse, wenn du mit irgendeinem Kerl in die Büsche kriechst! Du bist die Schwester eines Fürsten und keine Metze, die ihren Rock für jedermann heben kann.«

Gerhild fand den Vorwurf so absurd, dass sie zu lachen begann. »Bist du betrunken?«, fragte sie, als sie sich wieder beruhigt hatte. »Was das andere betrifft, so bin ich Fürst Hariberts Tochter und weiß sowohl, was ich meiner Ehre schuldig bin, wie auch, sie zu bewahren!«

Damit riss sie sich los und ging weiter.

Bevor Raganhar ihr folgen konnte, war sie von ihren Leibwächtern umringt. Der alte Bernulf zwinkerte ihr zu. »Dein Bruder braucht nicht zu wissen, was du machst, und auch nicht, wie geschickt du dein Schwert zu schwingen verstehst.«

»Du hast mich beobachtet?«, stieß Gerhild aus.

Bernulf nickte grinsend. »Ich habe geschworen, dich zu beschützen. Doch wie es aussieht, bist du dazu selbst in der Lage.«

Gerhild senkte betroffen den Kopf. »Ich wollte euch nicht kränken!«

»Du kränkst uns nicht. Es ist für einen Krieger ehrenvoller, einer Schwertmaid zu folgen als einem ängstlichen Kind.«

»Das bin ich gewiss nicht«, meinte Gerhild mit einem erleichterten Aufatmen.

»Du hast dir einen ausgezeichneten Lehrer gesucht. Ich glaube nicht, dass einer von uns es mit dem Goten aufnehmen könnte«, warf Teudo ein, der misstrauisch hinter Raganhar hergeschaut hatte.

»Ich glaube nicht, dass Julius ein Gote ist. Für mein Gefühl stammt er aus demselben Stamm wie Baldarich und ist diesem nicht wohlgesinnt«, erklärte Gerhild leise.

Bernulf überlegte kurz und nickte. »Du könntest recht haben, denn seine Aussprache ist ähnlich. Aber ich halte ihn für einen edleren Mann als Baldarich.«

»Ich halte ihn für einen aufgeblasenen Wicht, der viel zu sehr von sich überzeugt ist«, antwortete Gerhild giftig und brachte den alten Krieger zum Lachen.

Erneut mischte Teudo sich ein. »Vorhin war ein Römer da und sagte, es würde bald losgehen.«

»Das meinte Julius ebenfalls. Ich würde es bedauern, denn ich hätte ihm gerne noch ein paar saftige blaue Flecken zugefügt.«

»Ähnliche, wie du sie hast?«, spottete Bernulf gutmütig und hob rasch die Hand, da er Gerhilds aufschäumende Art kannte. »Nichts für ungut, aber er hat dich ein paarmal gut getroffen. Du ihn allerdings auch! Wenn du Hilfe beim Einreiben brauchst – ich bin kein junger Krieger mehr und weiß mich zu beherrschen.«

»Ich danke dir für dein Angebot, aber da mein Bruder glaubt, ich wolle mich mit allen Männern vergnügen, die hier herumlaufen, werde ich mich lieber selbst einreiben.«

»Das ist vielleicht auch besser. Nicht, dass er das Falsche denkt und Ima erzählt, er hätte mich bei dir gesehen.« Bernulf grinste vergnügt, denn seine Frau würde gewiss nicht das Falsche annehmen. Gerede aber wollte er vermeiden.

Das war auch in Gerhilds Sinn. Sie wandte sich an ihre Gefolgsleute. »Ich brauche ein eigenes Zelt. Raganhar hat eben seine Getreuen …«

»Speichellecker!«, murmelte Teudo neben ihr, doch Gerhild sprach weiter, ohne auf diese Bemerkung einzugehen.

»… in seinem Zelt versammelt. Ich kann mich dort nicht umziehen und mit Salbe einreiben, sonst würden sie meine blauen Flecken sehen. Raganhar würde noch Wunder was von mir denken.«

»Lass uns nur machen!«, sagte Teudo. »Die Römer sind derzeit recht freigiebig. Ich kann ihnen gewiss ein Zelt und ein paar andere Kleinigkeiten abschwatzen.« Damit verließ er die Gruppe und stiefelte in Richtung des nächsten römischen Lagers los.

»Ich hoffe, er tut nichts Falsches«, sagte Gerhild besorgt.

Bernulf schüttelte den Kopf. »Nein, derzeit geben die Römer noch gerne etwas ab, sei es ein Schwert, eine Decke oder was zum Essen. Sie wollen uns beweisen, wie reich und mächtig sie sind. Deshalb nehmen sie uns auch auf diesem Feldzug mit. Sie brauchen uns gar nicht, denn sie könnten die feindlichen Stämme selbst niederwerfen. Doch wir sollen zusehen, wie sie das machen, und so viel Angst vor ihnen bekommen, dass wir uns noch tiefer vor ihnen ducken!«

Gerhild sah den alten Mann nachdenklich an. »Es gibt noch einen Grund! Wenn wir an ihrer Seite kämpfen, zeigen wir den fremden Stämmen, dass wir Freunde des Imperiums sind. Da Rom zu mächtig ist und die Steinerne Schlange nicht ohne weiteres überwunden werden kann, wird ihre Rachsucht sich gegen uns wenden. Damit halten wir den Römern diese Stämme vom Hals.«

»So habe ich es noch nie gesehen!«, antwortete Bernulf nachdenklich. »Du hast einen klugen Kopf auf den Schultern, einen klügeren jedenfalls als deine Brüder, die uns am liebsten zu Römerknechten machen würden. Ich frage mich, wie Haribert zu solchen Söhnen kommen konnte. Volla hätte dafür sorgen müssen, dass wenigstens einer von ihnen dir an Verstand gleichkommt.«

»Lass das ja nicht Raganhar hören! Er würde es dir irgendwann eintränken«, warnte Gerhild den Krieger.

»Und damit zeigen, dass er wirklich so dumm ist, wie ich annehme!« Bernulf verzog angewidert das Gesicht und bot Gerhild die aus Buschwerk geflochtene Hütte an, die er mit mehreren Kameraden teilte.

»Dort kannst du deine blauen Flecken behandeln. Sei versichert, es wird dich keiner stören. Sollte es doch einer wagen, wird mein Schwert ihn eines Besseren belehren.«

»Ich danke dir«, sagte Gerhild und holte ihre Sachen aus dem Zelt ihres Bruders.

Weder Raganhar noch einer seiner Freunde beachtete sie, und das war ihr recht. So konnte sie sich ungehindert in Bernulfs Unterschlupf zurückziehen und sich ausziehen. Sie hatte mehr blaue Flecken als am Tag zuvor, aber zum Glück keine blutigen Quetschungen davongetragen. Nachdem sie die schmerzenden Stellen eingerieben hatte, streifte sie ihre Kleidung über und trat hinaus.

Mittlerweile herrschte große Unruhe im Lager. Einige Krieger sattelten bereits ihre Pferde, andere packten Vorräte und Decken zusammen, und mittendrin stand ihr Bruder und erteilte Gerhilds Meinung nach vollkommen überflüssige Befehle. Schließlich wussten die Männer selbst, was sie zu tun hatten. Ihr Blick suchte Bernulf, der eben einem anderen Krieger half, sein Bündel zu schnüren.

Als er sie sah, atmete er sichtlich auf. »Wir haben die Anweisung erhalten, als Vorhut des Heeres aufzubrechen. Eine römische Reitereinheit wird uns begleiten«, rief er Gerhild zu.

»Hoffentlich nicht die von Hariwinius!«

»Nein, Julius wurde dazu abgestellt. Er muss die Hälfte seiner Männer Hariwin überlassen und führt uns nun mit einer Turma an.«

Sofort fragte Gerhild sich, ob Quintus es Julius übelgenommen hatte, dass sie mit dessen Hengst geflohen war. Oder hatte der Römer herausgefunden, dass sie beide sich im Schwertkampf übten? Da sie keine Antworten auf ihre Fragen erhalten konnte, packte auch sie ihre Sachen zusammen, holte ihre Stute und sattelte sie.

»Du solltest nicht allein nach Hause reiten«, wandte Teudo ein, der gerade noch rechtzeitig vom Römerlager zurückgekommen war und ein großes Paket mitschleppte. »Ich habe ein Lederzelt und eine Decke bekommen. Allerdings muss ich dir noch Stangen zurechtschneiden.«

»Das kann ich selbst tun«, sagte Gerhild, merkte aber an Teudos Miene, dass dieser sich nicht davon abhalten lassen würde. »Übrigens reite ich nicht nach Hause! Ich komme mit euch.«

»Das ist wohl besser so! Ich traue es Quintus zu, dir einige seiner Reiter nachzuschicken, um dich abzufangen. Dieser eidbrüchige Römer widert mich an.« Teudo spie aus und half Gerhild, den Packen hinter ihrem Sattel festzubinden. Dann erst holte er seine eigenen Habseligkeiten.

6.

Raganhar und seine Leibschar saßen bereits zu Pferd, als Julius mit seinen Männern herantrabte. Mit einem Blick, den Gerhild als herablassend empfand, musterte er die wartenden Männer.

»Ich sehe, ihr seid zum Aufbruch bereit. Reihe dich mit deinen Kriegern hinter meinen Leuten ein«, wies er Raganhar an.

»Ich bin ein Fürst und reite nicht wie ein Knecht hinter euch Römern her«, fuhr Raganhar auf.

»Dann reite eben wie ein Fürst hinter uns her«, beschied Julius ihm kühl und hielt nach Gerhild Ausschau. Er entdeckte sie bei ihrer Stute, verkniff es sich aber, ihr zuzuwinken.

Unterdessen war Raganhar zu einem Entschluss gekommen.

»Ich werde mit dir zusammen an der Spitze reiten!«

Julius nickte gleichgültig. »Mir auch recht! Doch wenn du erwartest, ich könnte dir sagen, wohin unser Feldzug führt, muss ich dich enttäuschen. Das wissen nur der Imperator und seine engsten Berater. Wir sollen uns erst einmal nach Nordosten wenden. Paulinus' Vortrupps haben bereits Schneisen in den Wald geschlagen, damit wir rascher vorrücken können.«

»Dann ist es gut!« Raganhar war froh, an Julius' Seite zu reiten und nicht an der seines Bruders. Der Gote war nur irgendein römischer Reiteroffizier, Hariwin hingegen hätte es einfallen können, sich als sein Herr aufzuspielen.

Die beiden Männer setzten sich an die Spitze der römischen Reiter. Diesen folgte Sigiward, und da Raganhars Leibschar die weiteren Plätze einnahmen, blieben seiner Schwester und deren Leibwache nur die Plätze am Schluss des Zuges. Gerhild blickte mit einem gewissen Neidgefühl nach vorne, denn sie wäre viel lieber neben Julius geritten, um mit ihm zu reden und ihm Fragen zu stellen. Dieses Privileg blieb jedoch ihrem Bruder vorbehalten.

Bernulf, der neben ihr ritt, betrachtete sie eine Weile still und räusperte sich schließlich, um ihre Aufmerksamkeit zu erregen. »Du siehst fast wie ein richtiger Jungmann aus, Mädchen. Nur dein Gesicht ist zu zart dafür. Damit das auch so bleibt, sollten wir uns etwas einfallen lassen.«

»Und was?«, fragte Gerhild verwundert.

»Wenn wir unterwegs angegriffen werden, wäre es nicht schlecht, wenn du einen Helm tragen würdest. Sobald es möglich ist, werde ich dir einen besorgen.«

»Von den Römern?«, wollte Gerhild wissen.

»Vielleicht, vielleicht auch nicht. Es kommt darauf an, wer eher fällt und ob sein Helm dir passt.« Bernulf lachte bei diesen Worten, doch Gerhild begriff, dass er den Helm einem Toten abnehmen wollte.

»Ein Kettenhemd wäre auch nicht schlecht. Aber ich weiß nicht, ob du es tragen kannst. Es ist schwer und würde dich im Kampf behindern«, fuhr Bernulf fort.

Gerhild hob abwehrend die Linke. »Jetzt mach mal halblang! Ich werde mich gewiss nicht in die Schlacht werfen, sondern im Lager zurückbleiben.«

»Ich weiß nicht, ob das möglich ist«, antwortete Bernulf mit grimmiger Miene. »Teudo, die anderen und ich müssen kämpfen, wenn es so weit ist. Wenn du allein zurückbleibst, gibst du Quintus die Gelegenheit, sich deiner zu bemächtigen.«

An diese Möglichkeit hatte Gerhild nicht gedacht und fauchte nun leise. »Wenn er das versucht, bringe ich ihn um!«

Bernulf schüttelte den Kopf. »Damit wäre nichts gewonnen. Wenn du einen engen Vertrauten ihres Herrschers abstichst, werden die Römer deinen Tod fordern. Selbst Raganhar könnte dich dann nicht retten.«

Gerhild nickte stumm und trieb ihre Stute an. Der Weg führte durch eine schnurgerade Schneise, die so breit in den Wald hineingeschlagen worden war, dass zwei Reiter locker nebeneinander Platz fanden. Obwohl an dieser Stelle noch nicht mit feindlichen Angriffen zu rechnen war, beobachtete Julius aufmerksam den Wald, um Späher zu entdecken.

Gerhild starrte ebenfalls in den Wald, da sie wusste, dass bei einem solchen Vormarsch mit Überfällen zu rechnen war. Aus diesem Grund hielt sie sich nahe an Bernulf, Teudo und ihre anderen Getreuen.

Gegen Mittag legte die bunt gemischte Truppe eine Pause ein. Während die Pferde missmutig an Blättern knabberten, aßen die Männer ein wenig Trockenfleisch und spülten es mit Wasser hinunter. Spähreiter tauchten auf, meldeten Julius, dass der Weg frei wäre, und verschwanden wieder.

Nach kurzer Zeit ging es weiter. Bald stellte Gerhild fest, dass ihnen eine weitere Reitertruppe folgte. Zuerst befürchtete sie, es wäre Quintus mit ihrem älteren Bruder und seinen Männern, doch kurz darauf erfuhr sie, dass es sich um mehrere Turmae der nahe der Grenze stationierten Ala Secunda Flavia Pia Fidelis Milliaria handeln sollte. Das erleichterte sie, denn sie hätte Quintus ungern in ihrer Nähe gewusst.

Der Ritt endete erst am späten Nachmittag, als Julius den Arm hob und befahl, das Lager aufzuschlagen. Während Raganhar und die Stammeskrieger sich damit begnügten, ein wenig Unterholz zu beseitigen und sich im Schatten der Bäume niederzulassen, errichteten Julius' Reiter ihr Lager mit aller Sorgfalt. Einige Krieger in Gerhilds Nähe spotteten darüber, weil die Römer nicht nur einen leichten Wall aufschütteten, sondern auch noch aus Stangen und Zweigen einen Zaun flochten. Andere Soldaten schlugen unterdessen die Zelte auf, und an einigen Stellen wurden die Kochfeuer entzündet. Das Ganze erinnerte Gerhild so sehr an jenen Ameisenhaufen, den sie beim Brombeerpflücken beobachtet hatte, dass sie sich fragte, ob die Römer sich diese Tiere zum Vorbild genommen hatten.

»Das Meine wäre es nicht, nach einem harten Tagesmarsch noch so schwer arbeiten zu müssen«, spottete Teudo.

Gerhild wiegte nachdenklich den Kopf. »Auf diese Weise bleiben sie in Übung. Obwohl sie viel zu tun haben, geschieht alles in vollkommener Ordnung und überraschend schnell. Ein solches Lager kann nicht im ersten Ansturm überrannt werden, weil jeder Feind erst den Zaun überwinden muss. Bis das geschehen ist, sind die Römer abwehrbereit.«

Gerade ging ihr Bruder vorbei, vernahm ihre Worte und lachte. »Ich vertraue mehr auf die guten Augen und Ohren unserer Wachen. Denen entgeht kein Feind! Warum also sollten wir uns einsperren, wie es die Römer tun? Es würde uns nur beim Gegenangriff behindern. Julius' Reiter können ihr Lager nur durch die Zugänge verlassen. Wenn sich der Feind dort ballt, kommt keiner heraus.«

Andere Krieger stimmten Raganhar fröhlich zu, doch Gerhild bezweifelte, dass er recht hatte. Die Römer hatten nicht die gesamte Welt erobert, indem sie kopflos handelten. Außerdem hatte sie beobachtet, wie diszipliniert sich Julius' Reiter auch auf dem Ritt verhielten. Wenn diese Männer zum Gegenangriff gingen, würden die Krieger ihres Bruders sie nicht aufhalten können, obwohl sie in der Überzahl waren. Sie sagte jedoch nichts, denn die Männer hatten ihre eigenen Ansichten und würden nur behaupten, dass sie eine Frau war, die nichts vom Krieg verstand. Seltsamerweise hatte Julius sie ernster genommen, als ihre Stammesverwandten es taten. Bei dem Gedanken hielt sie nach ihm Ausschau und sah, dass er gerade mit einem Kurier sprach, der aus Richtung des Hauptheers gekommen war. Nach seiner Miene zu urteilen schienen ihm die neuen Befehle nicht recht zu gefallen. Schließlich wandte er sich seinen Männern zu und sagte etwas zu ihnen. Obwohl Gerhild die Sprache der Römer nicht beherrschte, näherte sie sich der Gruppe.

Bernulf blieb an ihrer Seite und lauschte angestrengt. »Wenn ich es richtig verstehe, sollen wir bis zur Tauber vorrücken und dort auf das Hauptheer warten«, sagte er leise.

»Du verstehst Latein?«, fragte Gerhild verwundert.

Der alte Krieger grinste verlegen. »Ich habe in meiner Jugend ein paar Jahre als Geisel bei den Römern gelebt und dort ihre Sprache gelernt. Davon ist schon etwas hängengeblieben, denn ich musste lange Zeit für deinen Vater übersetzen. Ich frage mich nur, was dieser Kriegszug soll! An der Tauber leben zwar einige erst kürzlich zugewanderte Stämme, doch die haben sich bislang friedlich verhalten. Wenn die Römer die wirklich kriegerischen Stämme niederwerfen wollten, müssten sie bis an die Elbe ziehen. Dort siedelt zum Beispiel die Semnonensippe, zu der Baldarich gehört.«

»Ich habe das Gefühl, dass jeder von euch Baldarich kennt, während ich keine Ahnung habe, wer er ist«, sagte Gerhild unwirsch.

»Ich persönlich kenne ihn nicht, habe aber einiges über ihn gehört. Er ist der Sohn eines der dortigen Fürsten und hat sich in den letzten Jahren einen gewissen Ruf als Krieger erworben. Deshalb dachte ich, die Römer würden gegen dessen Leute ziehen, aber langsam bekomme ich meine Zweifel.«

Gerhild hörte Bernulf zu, hing dabei aber auch ihren eigenen Gedanken nach. Was wollten die Römer wirklich? Die Stämme in dieser Gegend waren viel zu schwach, um einen Angriff auf das Imperium wagen zu können. Selbst kleine Überfälle auf das Gebiet hinter der Steinernen Schlange waren selten, da diese gut bewacht wurde und die Reiter der Ala Secunda Flavia jeden Angreifer stellen und vernichten konnten. Wie Bernulf sagte, wäre nur ein Kriegszug gegen die unruhigen Völkerschaften an der Elbe sinnvoll. Gerhild wünschte sich, dass es dazu kam, denn wenn Baldarich geschlagen oder gar getötet würde, gäbe es eine Gefahr weniger für sie und ihren Stamm.

7.

Während Julius' Turma und die Krieger der Sueben zur Tauber vorrückten, folgte ihnen das Haupttheer der Römer im Abstand von einem Tagesmarsch. Kaiser Marcus Aurelius Severus Antoninus Augustus, den seine Soldaten Caracalla nannten, stieg immer wieder vom Pferd und marschierte an der Seite seiner Legionäre mit. Gezwungenermaßen mussten dies auch seine engsten Gefolgsleute tun, zu denen Quintus zählte. Da dieser den Imperator kannte, hatte er auf seine schmuckvolle Prunkrüstung verzichtet und trug ein Kettenhemd sowie einen schlichten Reiterhelm. Seine Untertunika bestand jedoch aus mehreren Lagen Seide, die verhinderten, dass die Rüstung seine Haut aufscheuerte.

Caracalla, der ähnlich wie ein einfacher Legionär gekleidet war, winkte Quintus zu sich. »Wann werden wir auf die ersten Germanen stoßen?«

»Wir müssten nur ein paar Schritte in den Wald hineingehen, dann könnten wir ihre Späher sehen. Sie werden sich bereits fragen, was wir hier suchen, und zu ihren barbarischen Gottheiten beten, dass unser Weg an ihren jämmerlichen Dörfern vorbeiführt.«

Quintus machte aus seiner Verachtung für die hier lebenden Stämme kein Hehl. Auch der Imperator hielt wenig von den in Wolle und Flachs gekleideten Kriegern, von denen nur wenige ein Schwert besaßen, sondern sich mit einem Speer mit kurzer Spitze begnügen mussten.

»Warum nehmen wir überhaupt Germanenkrieger mit und ernähren sie auch noch?«, fragte Caracalla ärgerlich.

»Weil wir sie so am besten unter Kontrolle haben«, antwortete Quintus lächelnd. »Zudem führen wir ihnen die Macht Roms eindrucksvoll vor Augen und sorgen dafür, dass sie in Zukunft aus Angst vor uns jedem unserer Legionäre die Füße küssen, der an ihnen vorbeigeht!«

»Gaius Octavius Sabinus rät, unsere Barbaren auf die anderen Barbaren zu hetzen, um Feindschaft zwischen ihnen zu säen«, fuhr Caracalla fort.

»Die Hauptarbeit sollten jedoch unsere Reiter und Legionäre erledigen. Es geht schließlich um Beute, und die wollen wir doch nicht den Barbaren überlassen!« Quintus lachte meckernd und wies nach vorne. »In drei Tagen werden wir das erste jener Dörfer erreichen, welche ich ins Auge gefasst habe. Unsere Vorhut erhielt bereits den Befehl, zu warten, bis wir zu ihr aufgeschlossen haben. Dann werden wir den Barbaren zeigen, wie man mit ihresgleichen umgeht.«

»Es muss ein großer Sieg werden, Quintus, und ein schneller dazu! Ich will noch in diesem Herbst nach Rom zurückkehren und meinen Triumph feiern. Dann wird man mich Marcus Aurelius Severus Antoninus Germanicus Augustus nennen.« Caracallas Stimme klang fordernd, doch Quintus lächelte nur. »So wird es geschehen, Erhabener«, versicherte er, um dann auf seine eigenen Pläne zu kommen. »Es sollte jedoch ein entscheidender Vorstoß ins Barbaricum werden, der uns genug Landgewinn bringt, um eine neue Provinz errichten zu können. Sind es nur ein paar Quadratmeilen, so werden die Statthalter von Obergermanien und Rätien fordern, diese ihren Provinzen einzuverleiben. Wir wollen doch keinen Streit zwischen den beiden Herren entfachen.«

Caracalla verzog das Gesicht zu etwas, das einem Lächeln gleichkam. »Eine neue Provinz braucht natürlich einen Statthalter, mein Quintus! Habe ich recht?«

»Eine neue Provinz wäre ein Signal dafür, dass du das vollbringen kannst, was selbst dem göttlichen Augustus misslang, nämlich die Stämme bis zur Elbe und darüber hinaus zu unterwerfen und das freie Germanien zu einem Germanien unter den Sohlen unserer Stiefel zu machen.«

Quintus lachte erneut, um seine Unsicherheit zu verbergen. Wenn hier eine neue Provinz eingerichtet wurde, so war er der erste Anwärter auf den Posten des Statthalters – und das war sein Ziel. Das Leben in Rom wurde ihm langsam zu gefährlich, denn es brauchte nur eine Denunziation bei Caracalla, und er würde den Kopf verlieren. In der Hinsicht war der Imperator gnadenlos. Wer auch nur in Verdacht geriet, gegen ihn zu sein, riskierte sein Leben und verlor es dann meist auch.

Caracalla sann über die Worte seines Beraters nach und strich sich über den Bart. »Erreichen, was Augustus nicht erreichen konnte, dies wäre ein Ruhm für die Ewigkeit! Gib aber acht, Quintus, dass du nicht zu Quintilius wirst!«

Es war eine deutliche Anspielung auf Varus, den damaligen Statthalter Germaniens, der in den sumpfigen Wäldern Germaniens drei Legionen, sein Leben und die gesamte Provinz verloren hatte. Das schreckte Quintus jedoch nicht. Zum einen würde er genug Truppen fordern und konnte zudem auf die Ala Secunda Flavia und die in Castra Regina und Moguntiacum stationierten Legionen zurückgreifen. Dieser Macht waren die Germanen nicht gewachsen.

»Wie sollen wir die künftige Provinz nennen, Erhabener? Ich würde zu Ehren deiner Dynastie den Namen Germania Severa vorschlagen«, erklärte Quintus.

Der Imperator sah ihn mit hochgezogenen Augenbrauen an. »Gib zu, du würdest sie am liebsten das Germanien des Quintus nennen. Doch bis jetzt haben wir nur ein paar Quadratmeilen Wald und Hügel besetzt. Warten wir mit der Benennung, bis es genug Land ist, um Provinz geheißen zu können.«

»Wie du befiehlst!« Quintus neigte kurz den Kopf und sagte sich, dass er alles tun würde, um die Provinz so bald wie möglich einzurichten. Dabei dachte er auch an Gerhild. In den

180

letzten Tagen hatte die Vorbereitung des Kriegszugs seine gesamte Aufmerksamkeit gefordert, doch vergessen hatte er die schöne Germanin nicht. Sobald ihr Stamm dem Imperium einverleibt war, würde er sie sich holen. Bis dorthin mussten ein paar junge Weiber reichen, die sie auf ihrem Feldzug erbeuten würden.

8.

Nachdem die Vorhut die Tauber erreicht hatte, bezogen Julius' Reiter ihr Lager und warteten ebenso wie die Hilfstruppen auf das Haupheer. Die Landschaft am Fluss gefiel Gerhild. Es war gutes Land, auf dem Gerste und Hirse gediehen. Der Fluss bot Fische in Hülle und Fülle, und in den Wäldern gab es genug Wild für die Jagd. Es juckte sie in den Fingern, ihren Bogen zu nehmen und durch die Gegend zu streifen. Doch als sie dies zu Bernulf sagte, schüttelte er den Kopf.

»Das solltest du nicht tun! Nur ein paar römische Meilen weiter flussabwärts liegt ein großes Dorf, und wir wissen nicht, ob die Bewohner unsere Freunde sind«, antwortete der Krieger.

Auch Teudo war gegen einen Jagdausflug. »Allein solltest du nicht in den Wald! Es ist auch nicht gut, wenn wir dich begleiten. Wir könnten auf fremde Krieger treffen! Eine falsche Entscheidung, und es kommt zum Kampf. Warten wir, bis die Römer hier sind. Die werden schon wissen, was zu tun ist.«

»Die Römer sind doch schon da«, sagte Gerhild und wies mit dem Kinn auf Julius' Lager.

»Das ist nur eine Turma, gerade ausreichend für die Erkundung, aber keine Truppe, die eine Schlacht schlagen kann«, erklärte Bernulf.

»Julius hält seine Leute ebenfalls zurück«, sprang Teudo ihm bei.

»Also gut, dann bleibe ich eben im Lager.«

Mit einem unwilligen Kopfschütteln verließ Gerhild ihre beiden Getreuen und schlenderte zu Julius' Lager hinüber. Da er und seine Reiter mehrere Tage an dieser Stelle bleiben würden, war es stärker gesichert als während der Marschtage. Oder lag es an der Nähe des fremden Dorfes? Gerhild fragte sich, was dessen Bewohner von einer Truppe hielten, die so plötzlich erschienen war. Würden sie sich den Römern unterwerfen oder kämpfen? Im Interesse der Bewohner wünschte sie sich, dass alles friedlich ablief. Ihr eigener Stamm lebte schon seit Generationen nahe der Grenze des Imperiums und war bisher gut mit den Römern ausgekommen. Diese forderten zwar gewisse Abgaben, brachten aber auch wertvolle Geschenke. Wenigstens hatten sie das getan, bis Quintus aufgetaucht war, schränkte sie ein.

Ein Schatten fiel auf sie. Gerhild blickte auf und erkannte Julius.

»Du solltest im Lager bleiben!«, sagte er. »Wir wissen nicht, was wir von den Bewohnern zu halten haben. Unseren Spähern zufolge sind sie erst vor wenigen Jahren vom Osten her in diese Gegend gekommen.«

»Meine Freunde haben mich ebenfalls zur Vorsicht gemahnt«, antwortete Gerhild mit einem bitteren Lächeln. »Bernulf, Teudo und die anderen würden mich am liebsten in mein Zelt stecken und sich darum herum aufstellen, damit mir nichts geschieht.«

»Es ist besser, vorsichtig zu sein, als seinen Kopf durch Übermut zu gefährden!« Julius grinste, wies dann aber auf eine Stelle, die sich ein Stück hinter seinem Lager befand. »Bis dorthin sollte es jedoch möglich sein, sich ungefährdet aufzuhalten. Wenn du willst, können wir unsere Schwertübungen wieder aufnehmen. Oder hast du schon genug?«

»Oh nein! Ich träume immer noch davon, dir mit dem Holzschwert eine prächtige Beule zu verpassen«, gab Gerhild bestens gelaunt zurück.

»Dann sollte ich besser meinen Helm aufbehalten! Aber

eigentlich wollte ich diesmal richtige Schwerter nehmen. Sollte es nämlich zum Kampf kommen, wird der Feind nicht mit Holzschwertern angreifen.«

»Das glaube ich auch nicht«, meinte Gerhild und lachte.

»Warte, ich hole die Schwerter!« Damit drehte Julius sich um und verschwand in seinem Lager. Er kehrte schon bald darauf zurück und hielt ein in eine Decke gehülltes Bündel in der Hand.

»Es braucht nicht jeder zu sehen, was wir tun«, erklärte er.

Gerhild drehte sich um und sah Bernulf, Teudo und vier weitere ihrer Gefolgsleute in der Nähe stehen. Da sie nicht wusste, wie Julius auf diese reagieren würde, sprach sie ihn darauf an.

»Meine Getreuen werden mich nicht aus den Augen lassen!«

»Das habe ich schon bemerkt.« Julius grinste erneut und winkte Teudo heran. »Wenn du schon mitkommen willst, kannst du auch die Schwerter tragen!«

»Du wusstest, dass meine Leute bei unseren Übungen mit den Holzschwertern in der Nähe waren?«, fragte Gerhild überrascht.

Julius nickte. »Natürlich! Ein guter Krieger achtet auf seine Umgebung. Tut er es nicht, kann er sehr schnell ein toter Mann sein.«

»Du scheinst ja ein aufregendes Leben geführt zu haben«, erwiderte Gerhild provozierend.

»Auch nicht aufregender als andere.«

Es klang nicht unfreundlich, aber abweisend, und Gerhild spürte nicht zum ersten Mal, dass Julius ungern etwas von sich preisgab. Was mochte der Grund dafür sein? Hatte er womöglich ein Verbrechen begangen und war deshalb von seinem Stamm verstoßen worden? Unwillkürlich rückte sie ein wenig von ihm ab. Doch als sie ihn betrachtete, konnte sie sich nicht vorstellen, dass er ein schlechter Mensch war. Etwas eigenartig gewiss, doch einer schlimmen Tat aus üblen Beweggründen hielt sie ihn nicht für fähig. Wenn er bei seinem

Stamm Probleme bekommen hatte, musste etwas anderes dahinterstecken.

»Wir sind gleich da!«, erklärte Julius und sah sich aufmerksam um.

Bernulf und Teudo durchsuchten das Gelände und erklärten, es sei niemand in der Nähe.

Um Julius' Lippen spielte ein Lächeln. »Habt ihr den Burschen gesehen, der in den Ästen einer etwas versetzt vor dem Waldrand stehenden Eiche hockt?«

»Wo?«, fragte Teudo und wollte sich umdrehen.

Gerhild hielt ihn auf. »Nicht! Sonst zeigst du dem Späher, dass du ihn entdeckt hast.«

»Du bist ein kluges Mädchen«, lobte Julius sie, nahm Teudo das Bündel ab und wickelte die beiden Schwerter aus. »Das hier solltest du nehmen«, riet er Gerhild. »Es müsste an Länge und Gewicht etwa deinem Beuteschwert gleichkommen.«

Als Gerhild die Waffe an sich nahm, wunderte sie sich, wie gut Julius deren Gewicht getroffen hatte.

Er stellte sich vor ihr auf, hob aber noch einmal die linke Hand. »Wir müssen vorsichtig sein. Gerade jetzt können wir uns keine Verletzungen erlauben. Hast du das verstanden?«

»Natürlich«, rief Gerhild und führte einen wuchtigen Schlag gegen seinen Kopf.

Julius parierte ihn und ging seinerseits zum Angriff über. Seine Klinge pfiff jedoch nur durch die Luft, da Gerhild einen raschen Schritt zur Seite machte. Jetzt griff sie wieder an, wurde abgewehrt und musste ihrerseits parieren. Es war wie ein Spiel, aber beide wussten, dass jeder Fehler fatal enden konnte.

Während die beiden sich im Schwertkampf übten, schauten Gerhilds Vasallen ihnen interessiert zu. Zunächst machte der eine oder andere noch eine spöttische Bemerkung, doch schließlich wiegte Bernulf nachdenklich den Kopf.

»Wie es aussieht, sollten wir uns besser nicht mit Hariberts

Tochter anlegen. Sie hat nicht nur den Mut, sondern auch das Kampfgeschick ihres Vaters geerbt.«

»Ich frage mich, weshalb eine Frau überhaupt kämpfen lernen sollte«, warf Hunkbert ein.

»Um sich zu verteidigen, so wie Gerhild und Hailwig es gegen Baldarich getan haben«, antwortete Bernulf grinsend und stieß einen Warnruf aus, als Gerhild ihre Deckung öffnete und Julius' Schlag nicht mehr abwehren konnte.

Die Klinge blieb weniger als eine Handbreit vor ihrem Kopf stehen. »Du darfst niemals eine Schwäche zeigen«, tadelte Julius sie. »In einem echten Kampf hätte dein Gegner dich jetzt getötet.«

Gerhild nickte mit zusammengebissenen Lippen und griff wieder an. Diesmal achtete sie besser darauf, nicht von ihm überrascht zu werden, und hielt sich erstaunlich gut. Nach einer Weile trat Julius ein paar Schritte zurück und hob die Linke.

»Ich glaube, es reicht! Wenn du willst, können wir morgen die Schilde hinzunehmen. Damit hast du gewiss noch nie geübt.«

»Nein, habe ich nicht«, antwortete Gerhild und warf Teudo, der sich als Junge mit ihr und Raganhar spielerische Kämpfe geliefert hatte, einen warnenden Blick zu. Ihrer Meinung nach brauchte Julius nicht zu wissen, dass sie damals einen alten Schild ihres Vaters benutzt hatte. Wenn sie das, was sie einst gelernt hatte, noch in die Tat umsetzen konnte, würde er sich wundern.

9.

Am nächsten Tag konnten Gerhild und Julius ungestört mit Schild und Schwert üben. Obwohl Gerhild ihr ganzes Können einsetzte, begriff sie rasch, dass sie diesem Krieger niemals gewachsen sein würde. Dabei schlug Julius nicht einmal mit voller Kraft zu, um sie nicht zu verletzen. Das überhebliche Lächeln auf seinen Lippen ärgerte sie jedoch, und sie schwang ihre Waffe mit aller Wucht.

Julius wehrte den Hieb mit seinem Schild ab, musste aber seine Deckung öffnen. Ohne nachzudenken stieß Gerhild ihren eigenen Schild nach vorne und traf ihn am Kinn. Im ersten Augenblick jubelte sie, weil sie es ihm gezeigt hatte. Dann aber sah sie das Blut, das aus der Platzwunde floss, und sah ihn erschrocken an.

»Es tut mir leid! Verzeih mir!«

Ihre Miene verriet Julius, dass sie es ehrlich meinte, und er schluckte das Schimpfwort, das ihm bereits auf der Zunge lag, wieder hinunter.

»Wie du siehst, ist der Schild ebenfalls eine Waffe, die ein guter Krieger beherrschen sollte«, sagte er stattdessen und wies auf sein Kinn. »Blutet es stark?«

»Ich glaube schon«, antwortete Gerhild kleinlaut und schämte sich, weil sie Julius aus einer Laune heraus verletzt hatte.

»Dann solltest du die Blutung stillen. Ich will nicht, dass das Blut den Hals hinabläuft und mein Hemd tränkt«, forderte er sie auf. Gerhild ging zu einem abgestorbenen Baum, trennte mit einem Hieb einen Baumschwamm ab und presste ihn einige Augenblicke mit der Schnittkante gegen seine Wunde. Dabei kam sie ihm so nahe, dass sie die Wärme seines Körpers spürte, und atmete unwillkürlich schneller. Nimm dich zusammen, du dummes Ding, schalt sie sich, wandte sich dann aber ab und ging zu einem nahe gelegenen Bach, um ein Stück Leinen aus ihrem Gürtel nass zu machen.

Als sie zurückkam und sein Kinn und seinen Hals mit dem Tuch abwusch, hielt sie mehr Abstand zu ihm. Dennoch spürte sie, dass sie diesen Augenblick nicht vergessen würde. Wäre Julius der Fürst eines befreundeten Stammes gewesen, hätte sie sich wahrscheinlich nicht gegen eine Heirat mit ihm gesträubt. Verwundert, wohin ihre Gedanken sich verirrten, beendete sie ihr Werk und trat einen Schritt zurück.

»Es blutet zum Glück nicht mehr, und du wirst auch keine auffallende Narbe zurückbehalten«, sagte sie.

»Da bin ich aber froh!«, antwortete er bärbeißig. »Es wäre mir nämlich nicht recht, wenn man mich einmal fragen würde, wem ich diese schreckliche Narbe zu verdanken habe, und bekennen müsste, die Fürstentochter der Sueben hätte mir dieses Loch geschlagen.«

Gerhild fauchte leise und sagte sich, dass er doch ein unmöglicher Mensch war. Nun freute sie sich beinahe über die Beule, die sich auf seinem Kinn bildete und im Lager gewiss Anlass für etliche Fragen sein würde.

Doch als sie ins Lager zurückkehrten, vernahmen sie den Klang der Fanfaren und sahen den Vortrab des Hauptheers auf das Lager zureiten.

»Du solltest zu deinen Leuten zurückkehren«, sagte Julius rasch zu Gerhild, während er die beiden Schilde und die Übungsschwerter an Bernulf und Teudo weiterreichte. Dann ging er den ankommenden Soldaten entgegen.

Nach kurzer Überlegung verwarf Gerhild seinen Rat und folgte ihm. Er merkte es, schüttelte kurz den Kopf, als hielte er sie für unvernünftig, und trat auf Priscus, einen der Decurionen der Ala Secunda Flavia, zu.

»Seid ihr die Nacht durchgeritten, weil ihr schon da seid?«, fragte er verwundert.

Priscus schüttelte den Kopf. »Natürlich nicht! Wir haben unser letztes Lager weniger als fünf Meilen von hier entfernt aufgeschlagen und uns früh auf den Marsch gemacht. Der Imperator und die Legionen folgen uns auf den Fuß. Caracalla ist sicher auf deinen Bericht gespannt.«

»Viel gibt es nicht zu berichten«, antwortete Julius. »Die Barbaren verhalten sich ruhig. Wir sehen zwar immer wieder ihre Späher, aber bis jetzt ist noch keiner von ihnen ins Lager gekommen.«

»Das wird sich bald ändern – sowie der Imperator eingetroffen ist!« Priscus wollte weiterreiten, doch Julius hielt ihn auf.

»Welche Befehle habt ihr mitgebracht? Schlagt ihr ebenfalls ein Lager auf?«

»Nein, noch nicht. Wir sollen uns auf Befehl des Imperators bereithalten!«

»Bereithalten wofür?«, fragte Julius, doch der Offizier zuckte die Achseln.

»Keine Ahnung! Laut Befehl sollen wir bis auf Rufweite an das Germanendorf heranrücken.«

»Mit einer Turma? Das würde ich euch nicht raten«, wandte Julius ein.

»Nein, mit der gesamten Ala. Wir sollen mit den Legionen zusammen das Dorf umzingeln.«

Julius blickte ihn verwundert an. »Das könnten die Barbaren als feindliche Handlung ansehen.«

»Und wenn schon! Glaubst du im Ernst, dieses Gesindel wagt es, unser Heer anzugreifen? Allein unsere Ala zählt mehr Reiter, als die Leute haben!« Damit ritt Priscus weiter und ließ Julius als Opfer widersprüchlicher Gefühle zurück.

Da zupfte Gerhild ihn am Ärmel seiner Tunika. »Was hat das alles zu bedeuten?«

»Wie es aussieht, will der Imperator sich gar nicht erst auf Verhandlungen einlassen, sondern seine Soldaten auf die armen Hunde hetzen, wenn sie sich nicht sofort ergeben!« Julius' Stimme klang rauh. Er war zwar nie in Rom gewesen, hatte aber genug über Caracalla gehört, um zu wissen, dass dieser das gesamte Imperium mit Angst und Schrecken überzog, anstatt es mit dem Verstand zu regieren.

»Werden die Dorfbewohner sich unterwerfen?«, fragte Gerhild.

»Da musst du sie schon selbst fragen. Die Menschen sind neu in der Gegend und kennen die Römer noch nicht. Ich hoffe, sie sind vernünftig.« Julius wollte noch mehr sagen, da kündigten Fanfarensignale die Ankunft des Imperators an.

Als Gerhild Quintus neben Caracalla reiten sah, zog sie sich zurück, um ihm nicht unter die Augen zu kommen. Das eine Mal, bei dem er sie so argwöhnisch und feindselig gemustert hatte, steckte ihr noch in den Knochen. Außerdem würde Julius ihr gewiss später erklären, was hier gesagt worden war.

Bislang hatte Julius den Imperator nur auf Münzen und Bildern gesehen und fand, dass die Abbilder ausnahmslos sehr schmeichelhaft waren. Caracallas Miene war düster, der Blick seiner von dichten Brauen beschatteten Augen durchbohrend und voller Misstrauen.

»Wer bist du?«, fragte der Kaiser ihn hochmütig.

»Julius, ein Gote und Decurio bei den Reitertruppen des Imperiums. Er kommandiert den Vortrab«, antwortete Quintus, bevor Julius selbst antworten konnte.

Caracalla musterte Julius mit zusammengezogenen Augenbrauen. »Was hast du zu melden?«

»Die Barbaren verhalten sich bislang ruhig. Wenn wir mit ihnen verhandeln, können wir sie wahrscheinlich davon überzeugen, sich unter den Schutz des Imperiums zu begeben«, berichtete Julius.

Quintus lachte auf. »Der Imperator verhandelt nicht mit Barbaren! Wir werden sie auffordern, sich zu unterwerfen. Tun sie es, ist es gut, wenn nicht, haben sie sich die Folgen selbst zuzuschreiben.«

»Wir sollten auf die Ehrbegriffe dieser Leute Rücksicht nehmen. Ich bin sicher, sie werden zu Freunden des Imperiums, wenn wir entsprechend vorgehen«, wandte Julius ein und hoffte, der Kaiser würde vernünftig genug sein, darauf einzugehen.

Doch Caracalla starrte auf die Ansiedlung und verzog angewidert das Gesicht.

»Sobald das Dorf umschlossen ist, werden die Barbaren zur Unterwerfung aufgefordert. Die Legionen sollen zum Kampf bereitstehen, wenn die Antwort abschlägig ist«, erklärte er und ritt weiter. Quintus folgte ihm dichtauf.

Hinter der Garde des Imperators tauchte Hariwinius auf. Zwar hatte er das Gespräch nur teilweise verstanden, sich aber anhand der Mienen von Caracalla und Quintus das Seine gedacht.

»Du solltest so hochgestellten Leuten keine Ratschläge erteilen, Julius. Das mögen sie nicht«, riet er seinem Freund.

Julius gab keine Antwort, denn Hariwinius hatte Quintus gegenüber so getan, als trage er die Schuld daran, dass Gerhild ihm entkommen war. Zur Strafe hatte Quintus ihm das Kommando über die vierte Turma genommen und diese Hariwinius unterstellt. Damit führte dieser neben seiner ersten Turma auch die dritte und vierte, während ihm selbst nur die zweite Turma geblieben war.

Da Hariwinius sein Pferd angehalten hatte, trat Gerhild auf ihn zu. »Glaube nicht, dass ich deine Heimtücke vergessen habe, Bruder.«

Sie sprach leise, doch schwang ein Unterton in ihrer Stimme mit, bei dem es Hariwinius kalt den Rücken hinunterlief. Er setzte jedoch eine hochmütige Miene auf und blickte tadelnd auf seine Schwester herab.

»Du wirst es noch einmal bitter bereuen, den edlen Quintus abgewiesen zu haben!«, sagte er und trieb sein Pferd an.

Gerhild sah ihm verärgert nach und wandte sich dann an Julius. »Was haben Caracalla und die Quintuskröte gesagt?«

»Sie wollen die Dorfbewohner zur Unterwerfung auffordern und sie sofort angreifen, falls diese ablehnen.«

»Das will ich sehen!« Gerhild wandte sich ab und lief zum Lager ihres Bruders, um ihre Stute zu holen. Da Julius' Turma das Lager bewachen musste, folgte er ihrem Beispiel. Kurz darauf trafen sie wieder zusammen. Bernulf, Teudo und sechs andere Krieger begleiteten Gerhild. Als Julius sie sah, winkte er sie näher heran.

»Bleibt bei mir! Ich will nicht, dass die Legionäre euch für Dorfbewohner halten.«

Bernulf nickte bedrückt. »Wollen die Römer das Dorf wirklich angreifen?«

»Wenn die Bewohner sich nicht bedingungslos unterwerfen, wird der Imperator den Befehl dazu erteilen.« Julius ärgerte sich über Caracallas Hochmut, der ohne Rücksicht auf die Befindlichkeiten der anderen Seite vorging und dort, wo er mit ein paar guten Worten Freunde hätte finden können, Feindschaft säte.

10.

Die Legionäre und die Reiter der Ala Secunda Flavia hatten das Dorf umzingelt, und da Gerhild und ihre Begleiter sich nicht den römischen Kampftruppen anschließen wollten, stiegen sie ein Stück außerhalb des Belagerungsrings auf einen Hügel, der das Wasser der Tauber zu einem ehrfurchtsvollen Bogen zwang.

»Die Bewohner hätten ihr Dorf am Fluss errichten sollen und nicht ein Stück davon entfernt. Dann könnten sie ans andere Ufer fliehen«, meinte Teudo.

Julius schüttelte den Kopf. »Das wäre nicht vernünftig. Caracallas Reitertruppen würden ihnen folgen und sie auf der Flucht niedermachen. Hoffen wir, dass ihre Anführer klug genug sind, den Nacken vor dem Imperator zu beugen.«

»Du hörst dich nicht so an, als würdest du es erwarten«, wandte Gerhild ein.

»Das tue ich auch nicht. Ich kenne die Gedankenwelt der Germanen, denn ich bin selbst einer. Ein Römer wird uns nie verstehen!«

Gerhild musterte Julius nachdenklich. Eben hatte er zugegeben, kein Römer, sondern einer der ihren zu sein. Hariwinius würde dies niemals einfallen. Ihr Bruder war stolz darauf, unter den Feldzeichen Roms zu dienen, und hatte dafür sogar die Fürstenwürde des Stammes abgelehnt.

»Nun fordern sie die Bewohner zur Übergabe auf«, fuhr Julius fort.

Eine laute Stimme erscholl, die den Bewohnern des Dorfes auf Latein befahl, sich der Macht des Imperators zu beugen. Caracalla gab ihnen dafür eine Stunde Zeit. Auf eine Übersetzung in die Stammessprache warteten Gerhild, Julius und die anderen vergeblich.

In der Folge dehnte sich die Zeit schier endlos. Es war, als hielte die Welt den Atem an. Die römischen Legionäre und Reiter erschienen wie Standbilder, und im germanischen Dorf war es so still, als wäre alles Leben daraus gewichen. Auch Gerhild und die anderen schwiegen. Zwar hatte Julius bereits in anderen Gegenden Römer kämpfen sehen und auch selbst gekämpft, aber jene Feinde hatten nie zu einem Stamm gehört, bei dem er Blutsverwandte haben musste.

»Verdammt, ergebt euch doch bitte!«, murmelte Gerhild, deren Nerven zum Zerreißen gespannt waren.

Mit einem Mal hallten Hornsignale misstönend über das Flusstal. Die Zenturionen hoben ihre Kommandostöcke und befahlen den Vormarsch.

Fassungslos sah Gerhild zu, wie die Soldaten die fast erntereifen Felder des Dorfes niedertrampelten und mit gefällten Speeren auf die ersten Häuser zurückten. Da tauchte ein einzelner Krieger auf und trat den Römern entgegen. Drei Schritte vor dem Flechtzaun, der das Dorf umgab, blieb er stehen, schlug mit seinem Schwert gegen den Schild und forderte Caracalla zum Zweikampf auf.

»Die sind wirklich erst vor kurzem aus dem Osten gekommen, sonst wüssten sie, dass das gar nichts bringt«, sagte Julius kopfschüttelnd.

Eine Turma der Ala Secunda Flavia rückte im schnellen Trab vor. Speere blitzten auf, dann lag der Germane starr auf dem Boden, und eine Blutlache breitete sich unter ihm aus. Die Reiter wendeten ihre Pferde und reihten sich wieder in ihre Formation ein.

»So machen sie es meistens«, erklärte Julius. »Kein römischer Feldherr würde je einem Zweikampf mit einem feindlichen Anführer zustimmen.«

»Das sind Feiglinge, widerliche Feiglinge!«, brach es aus Gerhild heraus.

Unterdessen hatten die Römer die ersten Hütten erreicht. Ihre Linie wirkte immer noch wie mit der Schnur gezogen. Angst hatte keiner von ihnen, denn sie waren den Bewohnern des Dorfes um mindestens das Zehnfache überlegen.

»Dort drüben kämpfen sie!« Bernulf wies auf die dem Fluss zugewandte Seite des Dorfes. Eine Gruppe germanischer Krieger versuchte den Umfassungsring der Römer zu sprengen, um den Fluss zu erreichen und auf die andere Seite fliehen zu können. Hinter ihnen waren Frauen und Kinder zu sehen, die ebenfalls auf eine Gelegenheit zur Flucht hofften.

»Los, macht sie nieder, schlagt euch durch!«, rief Gerhild, als wollte sie die Dörfler anfeuern.

»Sei ruhig! Wenn dich jemand hört, ist es dein Ende. Mit jenen, die es mit seinen Feinden halten, macht Caracalla kurzen Prozess«, fuhr Julius sie an.

»Wie meinst du das?«, fragte Gerhild.

»Er lässt jedem den Kopf abschlagen, den er für einen Gegner hält – und sei versichert, Caracalla hält sehr viele für seine Gegner!«

»Beim Teiwaz, sie schaffen es nicht!« Bernulfs Ausruf ließ Gerhild und Julius wieder nach vorne schauen.

Die Legionäre hatten den Angriff der Dörfler mit nur leichten Verlusten abgewehrt und gingen nun gegen die Überlebenden vor. Ein Teil der Soldaten hatte die Schwerter weggesteckt und hielt Stricke in den Händen. Frauen, Kinder und die noch lebenden Männer wurden gepackt, zu Boden geworfen und gefesselt. Das Ganze lief so präzise ab, als wäre es schon hundertmal an gegnerischen Volksscharen geübt worden. Julius fragte sich unwillkürlich, ob nicht genau dieses Vorgehen Quintus' oder Caracallas Absicht gewesen war.

Unterdessen drangen die Legionäre in die Hütten ein, schleppten jene Dorfbewohner heraus, die sich darin verkrochen hatten, und fesselten sie ebenfalls. Dann begannen sie zu plündern. Dabei wurde ein Trupp auf Gerhild und deren Begleiter aufmerksam.

»Dort auf dem Hügel sind ja noch ein paar«, rief einer.

»Die holen wir uns«, ein anderer.

Die Legionäre eilten heran und hoben ihre Waffen. Da lenkte Julius seinen Hengst zwischen sie und Gerhilds Gruppe.

»Zurück, verdammt noch mal. Das sind unsere Verbündeten!«

»Auch nur dreckige Germanen!«, rief einer der Männer und wollte weiter.

Da hielt ein Kamerad ihn auf. »Bist du närrisch? Der da ist ein Reiteroffizier. Wenn der uns meldet, werden wir die Rute auf unserem Rücken spüren!«

Widerwillig senkte der Legionär seinen Speer und wandte sich ab. »Los, kommt! Gleich werden die Weiber zum Durchziehen freigegeben.«

»Die Schönsten werden sich eh die hohen Herrschaften sichern«, antwortete einer seiner Kameraden. Mit diesen Bemerkungen kehrten sie um und verschwanden zwischen den Hütten.

Da Julius die Vorgehensweise der römischen Armee kannte, war ihm klar, dass die gefangenen Frauen an diesem Tag vergewaltigt werden würden, und fasste nach dem Zügel von Gerhilds Stute.

»Wir sollten ins Lager zurückkehren!«

»Warum haben sie das getan?«, fragte Gerhild fassungslos. »Sie hätten doch mit ihnen verhandeln können. Die Römer waren den Dorfbewohnern so hoch überlegen, dass diese sich ganz bestimmt unterworfen hätten.«

»Macht verführt dazu, sie zu gebrauchen«, antwortete Julius mit einem Achselzucken. »In Rom wird diese Sache zu einem glorreichen Sieg über ein ganzes germanisches Volk aufgebauscht werden. Die Leute werden die Gefangenen sehen, dem Imperator zujubeln und den Wein trinken, den er zu diesem Anlass spendieren lässt.«

»Was für ein elendes Volk!« Gerhild schüttelte sich und war froh, als sie in ihr Lager zurückkamen. Aber die Bilder dieses gemeinen Überfalls kreisten in ihrem Kopf, und Julius' Erklärungen, was mit den Gefangenen geschehen würde, lasteten wie ein Albdruck auf ihr. Dabei war dies erst der Beginn des römischen Feldzugs, und sie fragte sich, wo das alles noch enden würde.

11.

Gerhild konnte sich nicht erinnern, wann sie das letzte Mal so niedergeschlagen und traurig gewesen war. Sie hatte schon lange nicht mehr geweint, aber an diesem Tag lag sie in ihrem kleinen Zelt und vergoss bittere Tränen über das grausame Vorgehen der Römer. Innerhalb kürzester Zeit hatten Caracallas Legionen eine ganze Dorfgemeinschaft zerschmettert, die Menschen zu Sklaven und sorgfältig bestellte Felder zur Wildnis gemacht. So würde es weitergehen, bis die Ruhmsucht des Imperators und die Beutegier seiner Soldaten irgendwann einmal gestillt waren.

Da Gerhild keine Ruhe fand, stand sie auf und zog wieder ihre ledernen Reithosen an. »Dafür werden sie zahlen!«, flüsterte sie, und als sie nach draußen trat, wusste sie, was sie zu tun hatte.

Bernulf schälte sich aus der aufziehenden Abenddämmerung und blieb neben ihr stehen. »Ich habe vorhin ein paar Römer belauscht«, berichtete er. »Sie wollen bereits morgen das nächste Dorf angreifen. Wenn ich sie richtig verstanden habe, geht es ihnen darum, so viele Sklaven wie möglich zu fangen, um ihren Kriegszug bezahlen zu können.«

»Sie sollen nicht nur mit Geld dafür bezahlen, sondern auch mit Blut!«, brach es aus Gerhild heraus.

»Es gibt nur ein paar Verletzte, aber keinen einzigen Toten bei ihnen.«

Gerhild sah Bernulf mit verbissener Miene an. »Ich schwöre dir, das wird sich ändern!«

»Was hast du vor?«, fragte ihr Gefolgsmann besorgt.

»Ich werde die Stämme dieser Gegend warnen und ihnen sagen, was sie von den Römern zu erwarten haben.«

»Du willst das Lager verlassen?« Bernulf schüttelte erschrocken den Kopf. »Du müsstest allein reiten! Teudo, ich und alle anderen dürfen das Aufgebot nicht verlassen. Und wir können dich nur hier beschützen!«

»Das weiß ich!«, antwortete Gerhild mit einem dankbaren Lächeln. »Aber ich kann das Lager verlassen, und das werde ich tun.«

»Julius wird es nicht gutheißen«, wandte Bernulf ein.

»Er steht zwischen den Römern und uns und wird sich für eine Seite entscheiden müssen, genauso wie Hariwinius sich für eine Seite entschieden hat«, sagte Gerhild und ging zu den Pferden.

Bernulf folgte ihr, hatte aber nicht viel Hoffnung, sie umstimmen zu können. Auch Teudo kam hinzu und war entsetzt, als er hörte, was Gerhild vorhatte.

»Das ist viel zu gefährlich für dich. Wenn du willst, reite ich«, bot er an.

»Du gehörst zum Aufgebot und würdest als Feigling und Verräter gelten, wenn du das Lager verlässt. Außerdem würden dich die hiesigen Stämme für einen Gefolgsmann der Römer halten, was ich als Frau gewiss nicht bin.«

Teudo überlegte kurz und hielt Gerhild fest, als diese auf ihre Stute steigen wollte. »Warte! Du solltest nicht so, wie du jetzt bist, reiten. Wenn dich ein Römer sieht, weiß er, wer die Stämme gewarnt hat. Ich werde dir einen anderen Umhang holen.«

»Das ist eine gute Idee«, fand auch Bernulf. »Von mir bekommst du eine Mütze. Dann siehst du anders aus.«

Beide verschwanden, und Gerhild überlegte, trotzdem weiterzureiten. Es wäre ihr jedoch wie ein Verrat an den beiden treuen Männern vorgekommen. Daher wartete sie, bis sie wiederkamen, und nahm Mütze und Umhang entgegen. Sie klopfte beiden auf die Schulter und stieg in den Sattel.

»Lebt wohl, bis wir uns wiedersehen!«

»Volla möge mit dir sein! Und sei vorsichtig. Nicht, dass du Quintus' Spähreitern in die Hände fällst. Sie würden dich ihm ausliefern«, warnte Bernulf sie erregt.

Diese Gefahr bestand, aber Gerhild war bereit, sie auf sich zu nehmen.

Bernulf hätte Gerhild am liebsten im Lager festgebunden, doch ihm war klar, dass er sie nicht gegen ihren Willen zurückhalten konnte. So brachte er noch einen Einwand. »Die Nachricht von dem Vorgehen der Römer wird sich auch so verbreiten und die Stämme warnen.«

»Das mag sein! Ich will aber nicht hilflos hier herumsitzen und zusehen müssen, wie ein Dorf nach dem anderen vernichtet wird. Das gleiche Schicksal könnte auch uns treffen, wenn wir uns nicht rasch genug vor Caracalla oder Quintus beugen.«

Es geht auch um meine Freiheit, dachte sie. Wenn Quintus Raganhar mit dem Einsatz der Legionen drohte, damit er sie ihm auslieferte, würde ihr Bruder sofort nachgeben.

»Die Römer nehmen sich, was sie wollen, weil sie stark sind und die anderen zu schwach, um sie daran zu hindern. Wenn es mir gelingt, die Stämme an Tauber und Main zu warnen, könnten diese eine Streitmacht zusammenbringen, die den Römern so viele Schwierigkeiten macht, dass sie den Kriegszug abbrechen.«

»Dann aber müssten auch wir gegen diese Stämme kämpfen. Immerhin haben wir uns den Römern als Hilfsschar angeschlossen!«

Gerhild spürte Bernulfs Furcht vor dem, was auf sie alle zukommen mochte. Aber sie hoffte, dass es Raganhars Aufgebot gelingen könnte, sich Kämpfen gegen Stammeskrieger zu entziehen. Mit diesem Gedanken brach sie auf. Mittlerweile war es dunkel genug, dass niemand sehen konnte, dass sie fortritt, solange sie sich außerhalb der Wachfeuer hielt. Ihr kam nun zugute, dass sie schon öfter des Nachts zur Jagd aufgebrochen war. Ihre Stute war die Dunkelheit gewohnt und bewegte sich sehr vorsichtig. Daher kam sie zwar nicht schnell voran, ließ aber das Lager der Römer immer weiter hinter sich.

Als der Morgen graute, lag das nächste Dorf vor ihr. Die Bewohner waren bereits wach und wirkten aufgestört. Bei ihrem Anblick ergriffen die Männer die Waffen. Gerhild trabte auf sie zu, hielt ihre Stute etwa zehn Schritte vor ihnen an, und nahm die Kappe ab. Ihr langes Haar fiel auf ihren Rücken und glänzte im Licht der erwachenden Sonne wie Gold.

Die Stammeskrieger prallten zurück und starrten sie an. »Wer bist du?«, fragte ihr Anführer.

Gerhild fiel siedend heiß ein, dass sie ihren Namen nicht nennen durfte, wenn sie nicht wollte, dass die Römer ihn erfuhren. Denen war zuzutrauen, sich an ihrem Stamm zu rächen. An ihr eigenes Schicksal wollte sie gar nicht erst denken. Mit ernster Miene hob sie die rechte Hand zum Friedensgruß.

»Ich bin gekommen, um euch zu warnen. Die Römer führen Krieg gegen unsere Stämme, und sie führen ihn gnadenlos. Wenn ihr euch nicht auf Anhieb unterwerfen wollt, dann nehmt mit, was ihr tragen könnt, und flieht in die Wälder. Wer es nicht tut, wird erschlagen oder versklavt.«

Der Anführer sah sie ungläubig an. »Irgendwas ist weiter im Süden geschehen, das haben wir bemerkt. Aber wieso sollten die Römer gegen uns Krieg führen? Wir hatten doch bis jetzt nichts mit ihnen zu tun!«

»Sie wollen Sklaven fangen, um diese verkaufen zu können. Ich habe euch gewarnt! Schließt euch mit euren Nachbarn zusammen und bekämpft die Römer aus dem Hinterhalt, verschont aber deren germanische Verbündete.«

»Was heißt germanisch?«, fragte der Mann und zeigte damit, dass er tatsächlich noch keinen Kontakt mit den Römern gehabt hatte.

»So nennen die Römer unsere Stämme, seien es Sueben, Hermunduren, Chatten und wie auch immer. Dieses Land hier nennen sie Germania Magna oder das freie Germanien. Habt ihr nie von Arminius gehört, der die Römer vor etlichen Generationen aus unseren Landen vertrieben hat?«

Gerhild kannte den Namen zwar nur aus ihren Gesprächen mit Julius, merkte aber sofort, dass er für diese Leute ein Begriff war.

Mit einer fließenden Bewegung fing sie ihr Haar wieder ein und verbarg es unter ihrer Kappe. »Warnt eure Nachbarn, auch wenn ihr bis gestern noch Feinde gewesen seid! Heute müsst ihr zusammenstehen, oder ihr werdet alle vernichtet.«

Mit dieser Warnung zog sie ihre Stute herum und galoppierte davon. Das Tier schnaubte unwillig, denn es hatte seine Herrin die ganze Nacht getragen. Auch Gerhild war zutiefst erschöpft, doch sie wollte wenigstens noch die nächsten Dörfer warnen.

»Bis zum Abend muss ich durchhalten«, beschwor sie sich selbst. »Ich hoffe nur, ich bekomme unterwegs etwas zu essen und später einen Platz zum Schlafen.«

12.

Auf ihrem weiteren Weg traf Gerhild auf Dörfer, deren Bewohner schon länger in dieser Gegend ansässig waren und mit römischen Kaufleuten Handel trieben. Diese glaubten nicht an eine Gefahr und schickten sie unverrichteter Dinge weg. Andere Gemeinschaften hingegen hörten ihr aufmerksam zu und richteten sich auf einen möglichen Angriff der Römer ein.

Gerhild erhielt zu essen und schlief in der ersten Nacht in der Halle eines Stammesfürsten, der seine Sippe ebenfalls erst vor wenigen Jahren an diesen Fluss geführt hatte.

»Unser alter Fürst ist ermordet worden, und sein Bruder hat gefordert, sein Nachfolger zu werden, obwohl es einen Sohn gab«, erklärte der Mann ihr am nächsten Morgen. »Als es im Stamm zum Streit kam, wollte ich mit meinen Leuten in die Nähe der Römer ziehen, weil es dort Frieden zu geben schien. Doch wie es aussieht, werden sie uns diesen Frieden nicht lassen. Das Dorf, das sie deinen Worten nach überfallen haben, wurde von meinem Vetter angeführt. Es kränkt mich sehr, dass die Römer ihn in Fesseln geschlagen haben.«

»Sie werden dich genauso behandeln«, erklärte Gerhild mit lauter Stimme. »Entweder du kämpfst, oder sie machen dich zum Sklaven!«

»Ich danke dir für die Warnung!«, antwortete der Mann. »Ein paar Tage haben wir noch Zeit. Bis dorthin werden wir einen Ausweg finden.«

Gerhild sah ihn durchdringend an. »Warte nicht zu lange! Die Römer sind wie ein blutgieriger Lindwurm, der sich durch unsere Wälder frisst. Ihnen offen entgegenzutreten wäre Wahnsinn. Man kann sie nur immer wieder überraschend angreifen und hoffen, dass eine Schuppe im Panzer dieses Drachen fehlt und man mit seinem Speer da hineinstechen kann. Doch nun lebt wohl!«

Während Gerhild ihre Stute antrieb, sah sie aus dem Augenwinkel, wie mehrere Männer auf ihren Anführer einredeten. Ihre Gesten, mit denen sie auf ihre Waffen klopften, waren beredt.

In dieser Hinsicht konnte sie zufrieden sein. In nur wenigen Dörfern waren die Bewohner bereit, sich den Römern bedingungslos zu unterwerfen. In anderen führten die Frauen und Knaben das Vieh in den Wald und trugen ihre Vorräte und warme Kleidung auf dem Rücken davon. Die Männer hingegen schliffen ihre Wurfspeere, Äxte und Schwerter und bereiteten sich auf den Kampf vor.

Nach einigen Tagen erreichte Gerhild den Main. An der Einmündung der Tauber lag ein größeres Dorf. Dorthin waren bereits Boten gelangt, und sie sah Boote, die Frauen und Kinder an das andere Ufer brachten. Knaben und ältere Männer trieben Kühe, Ziegen und Schweine in den Fluss und zwangen sie, hinüberzuschwimmen. Im Dorf selbst hallte der Hammerschlag des Schmiedes. Doch als Gerhild einritt, fertigte dieser keine Pflugscharen, sondern Speerspitzen.

Der Fürst des Stammes kam ihr entgegen und deutete eine Verbeugung an. »Sei mir willkommen, Schildmaid! Wir haben Wuodans Ruf bereits vernommen und machen uns zum Kampf bereit.«

Gerhild brauchte einen Augenblick, um sich daran zu erinnern, dass Wuodan bei einigen Stämmen die Stelle des obersten Gottes einnahm, die bei ihrer Sippe Teiwaz vorbehalten war. Den Erzählungen nach sollten waffentragende Jungfrauen jenen Gott begleiten. Hielt man sie hier etwa für eine solche Schildmaid? Sie hatte nicht die Zeit, darüber nachzudenken, denn der Fürst fragte sie nach der Stärke und der

Bewaffnung der Römer aus. Als sie ihm die Zahl nannte, die sie von Julius erfahren hatte, wurde seine Miene ernst.

»Gegen so viele kommen wir in der Schlacht nicht an. Wir werden uns in die Wälder zurückziehen und auf einen günstigen Augenblick warten müssen.«

»Greift sie so an, wie Arminius es getan hat: auf dem Marsch!« Bis vor wenigen Tagen hatte Gerhild nicht einmal den Namen des Cheruskers gekannt, dann aber von Julius genug erfahren, um den Fürsten raten zu können. Dieser nickte und verzog das Gesicht zu einem Grinsen.

»So werden wir es machen! Was ist mit dir? Reitest du mit uns?« Gerhild schüttelte den Kopf. »Nein! Meine Aufgabe ist erfüllt. Schlagt euch gut!«

»Keine Sorge, das werden wir! Den Römern werden die Helme klingen«, sagte der Fürst und klopfte gegen den Griff seines Schwerts.

»T ... Wuodan sei mit euch!« Im letzten Augenblick gelang es Gerhild, den Namen Teiwaz, der ihr über die Lippen kommen wollte, zu verschlucken und den Gott dieses Stammes zu nennen. Danach verließ sie das Dorf und blickte ein paar Augenblicke sinnend auf den träge fließenden Main. Mittlerweile hatte sie mehr als ein Dutzend Dörfer vor den Römern gewarnt und fragte sich, was sie nun tun sollte. Es erschien ihr wenig sinnvoll, den Fluss zu überqueren und die Stämme aufzusuchen, die drüben wohnten. Bis die Römer hier erscheinen und übersetzen konnten, wusste auch das letzte Dorf, was es von diesen zu erwarten hatte.

Einen Augenblick überlegte sie, nach Hause zu reiten. Sie wünschte sich, mit Odila Beeren zu sammeln oder zu jagen, wie sie es in friedlichen Zeiten getan hatte. Die Zeiten waren jedoch nicht friedlich, und sie war zu neugierig auf das, was hier noch geschehen würde. Daher lenkte sie ihr Pferd wieder südwärts und schlug dabei Pfade ein, auf denen sie hoffte, den Spähern der Römer zu entgehen.

13.

Die Rauchsäulen brennender Dörfer am Horizont wiesen Gerhild den Weg. Die Römer rückten nicht schnell, aber mit einer Unerbittlichkeit vor, die jeden Gegner entmutigen musste. Doch Gerhild spürte, dass Stammeskrieger in der Nähe sein mussten, auch wenn sie niemanden gesehen hatte.

Laute Stimmen ließen sie die Stute zügeln. Sie sprang aus dem Sattel und führte das Tier zu einem größeren Gebüsch in der Nähe. »Sei schön still!«, raunte sie Rana zu und war froh, dass sie sie für die Jagd abgerichtet hatte. Die Stute wusste, wann sie keinen Laut von sich geben durfte. Um dem Tier den Ernst der Lage zu verdeutlichen, nahm Gerhild ihren Bogen zur Hand und legte einen Pfeil auf die Sehne, als wäre sie auf der Pirsch.

Erneut vernahm sie Stimmen. Der Sprache nach waren es Römer, und Gerhild zählte vier Dutzend Reiter – eine Turma, wie die Römer es nannten. Neugierig bog sie einen Zweig beiseite, um zu sehen, ob es die Einheit ihres Bruders Hariwinius oder die von Julius war. Die Abzeichen auf den Schilden waren ihr jedoch fremd.

Noch während sie hoffte, die Römer würden vorbeireiten, ohne sie zu bemerken, wurde es um sie herum laut. Germanische Stammeskrieger tauchten zwischen den Bäumen auf, schleuderten ihre Wurfspeere und stürzten sich brüllend auf die Reiter. Den Römern blieb keine Zeit mehr, sich zum Kampf zu sammeln. Jeder von ihnen wurde von drei bis vier Gegnern angegriffen, und die meisten von ihnen im ersten Ansturm von den Pferden gerissen. Äxte und Schwerter blitzten auf, und Todesschreie hallten durch den Wald.

Einem einzigen Reiter gelang es, seine Gegner abzuschütteln und durchzubrechen. Da er noch auf seinem Pferd saß und die Gegner zu Fuß angegriffen hatten, waren seine Chancen, zu entkommen, gut. Da streifte sein Blick Gerhild, die eben ihr Versteck verlassen hatte, um zu ihrer Stute zurückzukehren. Sie begriff, dass sie und ihr ganzer Stamm in Gefahr waren, wenn er zu seiner Truppe zurückkehrte und von ihrer Begegnung berichtete.

Wie von einem fremden Willen gelenkt, spannte sie den Bogen und schoss den Pfeil ab. Erst als dieser in den Hals des Reiters einschlug, begriff sie, dass sie gerade einen Menschen tötete. Obwohl es sich um einen Feind handelte, begann sie zu zittern. Die Natur der Frauen war es, Leben in die Welt zu setzen, und nicht, es auszulöschen, schoss es ihr durch den Kopf. Ihr wurde übel, und es gelang ihr nur mit Mühe, zu verhindern, dass sie erbrach.

Mittlerweile hatten die Stammeskrieger die römischen Reiter niedergemacht und kamen auf Gerhild zu. Scheue Blicke trafen sie, und sie wunderte sich darüber. Erst als mehrere Krieger auf die Knie sanken und sie das Wort »Schildmaid« hörte, begriff Gerhild, dass auch diese Männer sie für eine der Begleiterinnen ihres Gottes hielten.

Dann dürfen sie mich nicht schwach sehen, fuhr es ihr durch den Kopf. Sie winkte den Männern kurz zu, stieg in den Sattel und trieb ihre Stute an. Hinter ihr jubelten die Krieger über ihren ersten Sieg.

»Teiwaz ist mit uns!«, rief einer.

»Nein, Wuodan ist es!«, ein anderer.

»Beide sind mit uns – und alle anderen Götter auch! Doch jetzt kommt, sonst erwischen uns die Römlinge noch!«

Der Anführer winkte seinen Männern, ihm zu folgen, und verschwand mit ihnen im Wald. Zurück blieben knapp fünfzig tote römische Reiter und ein paar Pferde, die die Germanen nicht hatten einfangen können.

Unterdessen schlug Gerhild einen Bogen, um nicht auf die Spitze des römischen Heerzugs zu treffen. Kurz vor dem Abend entdeckte sie von einem Hügel aus die marschierenden Legionen und suchte nach den Kriegern ihres Bruders. Sie fand sie nicht mehr im Vortrab, sondern erst hinter den Reitern der Ala Secunda Flavia und den römischen Fußsoldaten als Nachhut. Als das Heer anhielt und die Männer ihr Lager bezogen, gesellte Gerhild sich wieder zu ihren Leuten. Ein wenig fürchtete sie, gefragt zu werden, wo sie gewesen war. Doch ihr Bruder sah an ihr vorbei, und seine engsten Getreuen taten es ihm nach.

Bernulf hingegen empfing sie mit einem Lächeln. »Heute soll es weiter vorne gekracht haben«, meinte er leise. »Zudem hört man so einiges. Gefangene behaupten, ihr Gott Wuodan selbst habe ihnen eine seiner Schildjungfrauen gesandt und sie zum Widerstand aufgefordert!«

»Eine Turma wurde vernichtet«, berichtete Gerhild, ohne auf die Bemerkung einzugehen.

Bernulfs Lächeln wurde noch breiter. »Sehr gut! Übrigens ist deine Abwesenheit kaum jemanden aufgefallen. Wir haben jeden Abend dein Zelt aufgebaut und so getan, als wärst du noch hier. Dein Bruder und seine Leute haben sich täuschen lassen, Julius jedoch nicht. Er meinte, dir gehöre das Hinterteil gewalkt, bis du nicht mehr sitzen kannst.«

»Das würde mir nicht gefallen, da ich in den nächsten Tagen nicht neben meiner Stute hergehen will!« Gerhild klang ernst. Die Tatsache, dass sie einen Mann getötet hatte, fraß immer noch in ihr. Sie bat Bernulf daher, ihr Pferd zu versorgen, und verkroch sich in ihrem Zelt, kaum dass Teudo und seine Freunde es aufgebaut hatten.

14.

Die Nachricht vom Angriff auf eine ihrer Späheinheiten beunruhigte Quintus kaum. Auch die angebliche Götterbotin, von der Gefangene beim Verhör gesprochen hatten, nahm er nicht ernst. Vermutlich hat eine der barbarischen Priesterinnen, von irgendwelchen Drogen betäubt, den Germanen den Sieg prophezeit, dachte er. Die Schwerter seiner Legionen würden den Barbaren bald zeigen, wie sehr sie sich irrten.

An diesem Abend schritt er, von Hariwinius und Julius begleitet, an der Reihe der Gefangenen vorbei, die sie an diesem Tag gemacht hatten. Es waren weitaus weniger, als er gehofft hatte, denn die meisten Dorfbewohner waren in die Wälder geflüchtet. Auch diese Gruppe hatte man nur einfangen können, weil er mehrere Turmae der Ala Secunda Flavia losgeschickt hatte, um Flüchtlingen den Weg abzuschneiden.

»Jetzt werden diese elenden Barbaren endlich begreifen, dass ihre jämmerlichen Götter ein Nichts sind gegen den gewaltigen Jupiter Capitolinus Maximus, die große Juno und die mächtige Minerva«, sagte er zu seinen Begleitern.

Hariwinius nickte beifällig, während Julius die Gefangenen unter zusammengekniffenen Augenlidern heraus betrachtete. Plötzlich kam Bewegung in die bis jetzt apathische Gruppe. Eine junge Frau schob sich nach vorne, blieb vor ihm stehen und starrte ihn durchdringend an. Noch bevor Julius etwas sagen oder tun konnte, spie sie ihm ins Gesicht.

»Verflucht sollst du sein! Du hättest damals auch zu uns kommen können. Aber nein, du musstest dich den Römern anschließen und mordest nun dein eigenes Volk!«

»Lutgardis!« Julius' Stimme schwankte, und er schüttelte den Kopf, als wolle er es nicht glauben.

»Wir sind nach Westen gezogen, weil wir uns in der Nähe der Römer sicher fühlten. Doch ihr seid wie hungrige Wölfe über uns hergefallen, ohne dass wir euch irgendetwas getan haben. Wuodan wird dich dafür bestrafen!«

»Ich …«, begann Julius, brach ab und drehte sich dann zu Quintus um. »Ich will diese Gefangene haben!«

Quintus schüttelte mit einem höhnischen Grinsen den Kopf. »Die bekommst du nicht! Wachen, bringt diese Frau in mein Zelt. Sie wird mir die Nacht versüßen.«

Da Julius' Hand zum Schwertgriff fuhr, wich Quintus zwei Schritte zurück. Julius beherrschte sich jedoch und wandte sich ab. Die Schimpfwörter, mit denen Lutgardis ihn bedachte, verfolgten ihn jedoch noch lange.

Während Julius sich fragte, ob seine Loyalität weiterhin Rom gelten konnte, betrat Quintus zufrieden sein Zelt. Dort wartete er, bis drei Legionäre die Gefangene hereinführten. Sie war gefesselt und ihre Kleidung an einigen Stellen zerrissen.

»Hier ist sie, Herr«, erklärte einer der Soldaten. »Wir mussten sie binden, denn sie hat getobt wie eine Wilde!«

Quintus lachte. »Die Barbarenweiber sind wild! Man muss ihren Willen brechen wie bei einem Pferd, dann gehorchen sie.«

Lutgardis verstand wohl seine Gesten, denn sie stieß ein Wort aus: »Niemals!«

Der Sklave Lucius grinste gehässig und übersetzte es.

»Oh doch!«, antwortete Quintus spöttisch. »Wenn ich mit dir fertig bin, wirst du mir die Füße lecken wie ein Hund. Ihr könnt gehen!«

Die Anweisung galt den Legionären, die so schnell verschwanden, als hätte sie jemand fortgezaubert. Quintus trat auf Lutgardis zu und streckte die Hand nach ihr aus. Sofort schnappte sie nach seinen Fingern, und es gelang ihm gerade noch, die Hand zurückzuziehen.

»Du bist bissig wie ein Tier. Aber das werde ich dir austreiben!« Während Lucius wie gewohnt übersetzte, nahm Quintus ein Seidentuch von seinem Feldbett, drehte es zu einer Schnur und trat hinter die Frau. Obwohl sie mit ihrem Kopf nach ihm stieß, gelang es ihm, das Seidentuch zwischen ihre Zähne zu schieben und es in ihrem Nacken zusammenzuknoten.

»Darauf kannst du herumkauen, soviel du willst«, sagte er, riss sie hoch und schleifte sie zu seinem Bett.

»Du kannst jetzt freiwillig die Beine spreizen! Oder muss ich dich dazu zwingen?«

Sie lauschte den Worten des Sklaven und versuchte dabei, ihren Peiniger mit dem Knie an einer empfindlichen Stelle zu treffen.

Quintus versetzte ihr eine Ohrfeige und ließ sich von einem seiner Wachen vor dem Zelt einen Stock reichen. Mit dünnen, in die Haut einschneidenden Schnüren fesselte er ihr rechtes Bein an das eine Ende des Stabes und das Linke an das andere. Dabei ging er nicht gerade sanft mit ihr um und schlug ihr jedes Mal, wenn sie sich zu wehren versuchte, mit der flachen Hand ins Gesicht.

Schließlich lag sie hilflos vor ihm, die Hände auf dem Rücken gefesselt und die Beine weit gespreizt. Er nahm einen Dolch zur Hand, schnitt ihre Kleidung entzwei und warf die Reste in eine Ecke. Dann betrachtete er sie prüfend.

Lutgardis war eine schöne Frau, dennoch wünschte sich Quintus, Gerhild wäre an ihrer Stelle. Das würde auch noch kommen, sagte er sich, und mit diesem Gedanken rief er seinen Sklaven.

»Was wünscht Ihr, Herr?«, fragte Lucius.

»Wasch sie unten! Sie stinkt!«, erklärte Quintus und trat beiseite.

Lucius sah die nackte Frau an und keuchte unterdrückt. Anders als die Soldaten besaß er kein Anrecht auf die gefangenen Weiber und kam zumeist nur bei den Huren in den Grenzlagern zum Zug. Die aber kosteten Geld, und das teilte sein Herr ihm nur spärlich zu. Ohne den Blick von Lutgardis zu lösen, tauchte er einen Lappen in das Waschwasser, das er für Quintus vorbereitet hatte, nahm ein wenig Seife und begann, den Unterleib der Frau zu waschen.

Lutgardis wand sich unter seinen Händen, war aber durch ihre Fesseln zu hilflos, um ihn abwehren zu können.

»Es reicht!«, befahl Quintus und winkte seinen Sklaven zu sich. »Hilf mir, die Tunika auszuziehen, dann warte hier im Zelt, ob ich dich noch brauche!«

Der Gedanke, seinem Herrn dabei zusehen zu müssen, wie dieser die Germanin benutzte, brachte Lucius fast dazu, davonzulaufen. Da er jedoch keine Schläge riskieren wollte, zog er Quintus die Tunika und die Untertunika aus. Anschließend stellte er sich in eine Ecke und griff sich mit seiner Rechten unwillkürlich in den Schritt.

Quintus bemerkte es amüsiert, stieg seiner Gefangenen zwischen die Beine und drang mit einem heftigen Ruck in sie ein.

»So macht man das mit euch Barbarenweibern!«, stieß er gepresst hervor, während er sie ohne jede Rücksicht nahm.

Er erwartete, dass sie vor Schmerz stöhnen oder wenigstens weinen würde. Doch sie nahm ihn hin wie etwas, das nicht zu ändern war. Verärgert krallte er ihre Finger in ihre Brüste und sah ihre Mundwinkel zucken. Sie blieb jedoch stumm und starrte ihn voller Hass an.

Nach einer Weile kam er zum Samenerguss und erhob sich wieder. »Jetzt kannst du sie haben!«, rief er dem Sklaven zu.

»Wirklich, Herr?«, fragte Lucius halb hoffend, halb ängstlich.

»Mach schon!« Quintus sah lachend zu, wie der Bursche seine

212

Tunika hob und die Gefangene in einem kaninchenhaft schnellen Takt begattete.

Es dauerte nicht lange, und als er fertig war, wich er mit eingezogenem Kopf bis an die Zeltwand zurück.

»Nimm ihr den Knebel ab!«, befahl Quintus.

Als der Sklave den Befehl befolgt hatte, trat Quintus neben Lutgardis und packte sie am Kinn. »Jetzt erzählst du mir alles, was du über Julius weißt!«

Nachdem Lucius seine Worte stockend übersetzt hatte, starrte die Frau ihn verständnislos an, fragte aber dann: »Welchen Julius?«

Quintus versetzte ihr einen Faustschlag. Sofort begann ihre Nase zu bluten. »Los, zieh sie vom Bett, bevor sie es schmutzig macht«, wies er den Sklaven an. Lucius packte Lutgardis, zerrte sie vom Lager und ließ sie ein paar Schritte entfernt zu Boden sinken.

»Ich habe dich etwas gefragt«, wandte Quintus sich an die Gefangene. »Was hast du mit dem Mann zu tun, den du vorhin angespuckt hast?«

»Mit welchem Mann?«, antwortete die Frau mit einer Gegenfrage.

Quintus blickte Lucius an, der wieder übersetzte, obwohl sein Herr gewiss mehr verstand, als er vorgab. Dieser hob die Faust, ließ sie aber wieder sinken. Das Weib würde sich eher zusammenschlagen lassen, als auch nur ein Wort über Julius preiszugeben.

Mit einem wölfischen Grinsen blickte er auf sie herab. »Du willst es nicht anders! Lucius, schaff sie aus dem Zelt und binde sie daneben an. Morgen wird jeder einzelne Reiter aus Julius' Turma sie stoßen. Ich bin gespannt, ob sie dabei nicht redseliger wird.«

»Du bist etwas, das die Hel ausgespien hat«, stieß Lutgardis hervor, nachdem Lucius ihr erklärt hatte, welches Schicksal auf sie wartete.

Ehe sie noch mehr sagen konnte, wies Quintus seinen Sklaven an, sie wieder zu knebeln. Lucius tat es und schleppte sie dann nach draußen.

Quintus hörte, wie Pflöcke neben dem Zelt in die Erde geschlagen wurden, und verzog spöttisch die Lippen. Am nächsten Tag würde Julius zusehen müssen, wie diese Frau unter seinen eigenen Reitern stöhnte. Das erschien ihm als die gerechte Strafe dafür, dass der Decurio sein Pferd unbeaufsichtigt gelassen und Gerhild dadurch die Flucht ermöglicht hatte.

VIERTER TEIL

Die Gefangene

1.

Während Julius zusehen musste, wie Lutgardis in Quintus' Zelt geschafft wurde, fragte er sich verzweifelt, was er tun sollte. Doch mehr, als Quintus zu ermorden, seine Base zu töten und sich anschließend von den Legionären niedermachen zu lassen, fiel ihm nicht ein. Dem stand jedoch eine ältere, weitaus schwerwiegendere Verpflichtung gegenüber, der er sich schon viel zu lange entzogen hatte. Daher durfte er sein Leben nicht einfach wegwerfen.

Noch während er sich in Gedanken zerfleischte, tauchte Hariwinius neben ihm auf und legte ihm die Hand auf die Schulter. »Auf Quintus' Anweisung soll ich dich in dieser Nacht nicht aus den Augen lassen. Er will deine Treue zu Rom erproben. Komm mit in mein Zelt – wir wollen trinken und spielen!«

Während wenige Schritte entfernt meine Base vergewaltigt wird, schoss es Julius durch den Kopf. Er wollte Hariwinius' Vorschlag zurückweisen, sah dann aber, wie ein Trupp Legionäre mit kampfbereit gehaltenen Speeren in seiner Nähe Position bezog. Quintus hat Angst vor mir!, dachte Julius mit einer gewissen Befriedigung. Doch im Augenblick konnte er weder die Legionäre niederkämpfen noch sonst etwas für seine Cousine tun.

Mit einer müden Bewegung nickte er. »Gehen wir in dein Zelt und spielen. Ich hoffe, Quintus ersetzt dir deine Verluste, denn ich will heute Abend ein reicher Mann werden.«

Hariwinius lachte freudlos. »Glaubst du, ich lasse das zu? Wenn wir morgen früh fertig sind, gehören deine Denare und

Sesterzen mir, und du wirst mich anbetteln müssen, dir einen Becher Wein zu kaufen.«

Da Julius keine Antwort gab, führte er ihn in sein Zelt und befahl seinem Burschen, die Würfel auszupacken. »Um was spielen wir?«

»Jeder Wurf zehn Sesterzen«, erwiderte Julius knapp.

»Das wird aber ein kurzes Spiel, es sei denn, du bist bereit, deinen Hengst einzusetzen. Du darfst ihn noch reiten, wenn ich nicht mehr als fünf Zehntel von ihm gewinne.« Hariwinius wählte einen kameradschaftlichen Ton, um Julius zu zeigen, dass sein Freund zu Roms Reitern und damit zum Imperium gehörte.

Ganz aber konnte er seine Neugier nicht zügeln. »Was war das für ein Weib, das dich angespuckt hat? Ich hätte es dafür niedergeschlagen!«

»Welches Weib?«, fragte Julius und sah verblüfft auf das armhohe silberne Türmchen, das Hariwinius' Bursche auf den Tisch stellte.

»Was soll denn das?«

Hariwinius grinste etwas verlegen. »Da ich dein Geschick mit den Würfeln kenne, habe ich mir von Quintus einen Würfelturm ausgeliehen. Mit dem kann keiner schummeln!«

»Wenn du meinst!« Julius nahm die Würfel in die Hand, warf sie oben in den kleinen Turm hinein und wartete, bis sie die Treppe im Innern hinuntergekollert und durch die Toröffnung ausgespuckt worden waren.

»Der Wurf ist schon mal nicht schlecht«, meinte er, während Hariwinius an der Reihe war.

Als die Würfel gefallen waren, verzog Julius die Lippen zu einem freudlosen Grinsen.

»Du hast verloren! Die ersten zehn Sesterzen gehören mir!«

»Eigenartig! Die Frau hat dir alle möglichen Schimpfwörter an den Kopf geworfen – und sie schien dich gut zu kennen«, fuhr Hariwinius fort.

»Mag sein! In meiner Jugend war ich bei vielen Stämmen zu Gast.« Julius war nicht bereit, auch nur das Geringste zu erzählen, sondern ließ die Würfel in den Turm fallen und schob sie, nachdem er die Augen gezählt hatte, Hariwinius hin.

»Du bist dran!«

Um nicht erneut zu verlieren, richtete Hariwinius ein Gebet an Merkur, ihm diesmal beizustehen. Doch als die Würfel auf dem Tisch lagen, wurde seine Miene noch länger.

»Du hast schon wieder gewonnen!«

»Jetzt schuldest du mir schon fünf Denare. Wenn es so weitergeht, kann ich nur hoffen, dass Quintus genug eigenes Geld mit sich führt. Er müsste sonst in die Heereskasse greifen, um deine Verluste auszugleichen.« Julius klang schadenfroh, doch in Gedanken drehte er ihrem Anführer den Hals um.

Hariwinius sah ihn verkniffen an. »Wie kommst du darauf, dass Quintus meine Spielschulden übernehmen würde?«

»Da du mich in seinem Auftrag festsetzen musst, ist es das Geringste, was er tun kann. Er sollte dich darüber hinaus auch gut belohnen. Kein Mann verliert gerne freiwillig, und du wirst heute gewaltig verlieren.«

»Verdammt, Julius!«, fuhr Hariwinius auf. »Du tust so, als wenn wir nicht die besten Freunde wären. Erinnere dich daran, dass Quintus uns dem allgemeinen Trott beim Militär entrissen und zu seiner Leibgarde gemacht hat! Wir erhalten doppelten Sold und haben die Aussicht, später die Anführer einer Ala zu werden!«

»Du hast diese Aussicht! Immerhin hat Quintus dir den Befehl über die vierte Turma übertragen. Ich bin auf die nächste Soldzahlung gespannt. Da wirst du wahrscheinlich dreifachen Sold erhalten und ich nur den normalen.«

Julius fragte sich, was es ihm gebracht hatte, in römische Dienste zu treten. Anders als Hariwinius war er in Germanien aufgewachsen und erst vor vier Jahren in die Reitertruppen eingetreten. Einige Zeit hatte er gehofft, unter diesen Männern eine neue Heimat zu finden, doch diesen Glauben hatte er mittlerweile verloren.

»Ich werde mit Quintus darüber reden! Dann wird er dir die vierte Turma wiedergeben, verlass dich drauf! Wir sind doch Freunde, Julius!«

So ganz aus ehrlichem Herzen kam Hariwinius' Angebot nicht. Er war stolz darauf, bereits drei Turmae zu befehligen, und sah sich als Quintus' rechte Hand. Diesen Status wollte er nicht verlieren. Vielleicht reicht es, dachte er, wenn Julius weiterhin doppelten Sold erhält, und nahm die Würfel zur Hand. Diesmal gewann er, doch die nächsten drei Spiele gingen verloren.

Julius nahm eines der Wachstäfelchen in die Hand, glättete das Wachs und schrieb mit ungelenker Hand die Summe auf, die Hariwinius ihm bereits schuldete. Schreiben hatte er erst bei den Römern gelernt und fand es mühsam. Daher hatte er es auch zumeist seinem Freund überlassen, die Berichte für Quintus zu verfassen. Nun fragte er sich, ob das nicht ein Fehler gewesen war, denn auf diese Weise hatte Hariwinius sich bei Quintus in Szene setzen können. Bei dem Gedanken schüttelte er den Kopf. Ihm lag nichts mehr daran, größere römische Truppen zu befehligen oder gar der Kommandant eines Reiterlagers zu werden. Mochte Hariwinius deshalb vor Quintus kriechen – er hatte andere Pläne, und von denen durfte ihn auch Lutgardis' Schicksal nicht abbringen.

»Du bist dran!«, forderte Hariwinius ihn auf.

Julius ließ die Würfel in den Würfelturm fallen und gewann erneut.

»Wenn du so weitermachst, werde ich wirklich noch arm«, stöhnte Hariwinius.

»Du kannst ja deinen Hengst einsetzen. Du darfst ihn noch reiten, solange ich nicht mehr als die Hälfte gewinne«, antwortete Julius mit bitterem Spott.

Hariwinius lachte gequält und wechselte das Thema. »Hier ist die größte Armee versammelt, die seit den Feldzügen des vergöttlichten Marcus Aurelius gegen die Markomannen aufgestellt worden und in das Barbarengebiet vorgestoßen ist. Wir werden die Eingeborenen unterwerfen und aus diesem Landstrich eine neue römische Provinz formen!«

»Zumindest ist das der Plan«, entgegnete Julius.

Hariwinius ging nicht auf seine Zweifel ein. »Auch der Stamm, aus dem ich komme, wird bald innerhalb des neuen Limes leben. Aber Raganhar und vor allem Gerhild wollen nicht einsehen, dass dies zu ihrem Besten ist. Sie hängen an ihrem alten Leben! Doch was ist daran so wertvoll, dass man eher kämpfend untergehen will, anstatt sich zu unterwerfen und dafür die Wohltaten der Zivilisation zu genießen?«

»Dein Bruder wird nicht gegen die Macht Roms kämpfen. Ich habe zwar nicht viel mit ihm geredet, doch er wäre sicher damit einverstanden, einer der Klientelfürsten innerhalb des Imperiums zu sein«, meinte Julius, während er die Würfel rollen ließ.

Hariwinius tat es ihm gleich und biss die Zähne zusammen, um nicht zu fluchen, als er erneut verlor. »Was hast du Merkur versprochen, dass er dich andauernd gewinnen lässt?«, fragte er und trank, um seine Enttäuschung hinunterzuspülen.

»Bisher nichts! Aber wenn es so weitergeht, werde ich ihm ein Viertel meines Gewinns opfern müssen, um mir seine Gunst zu erhalten.«

Auch Julius trank, doch mehr aus Scham und Wut, weil er hilflos herumsitzen musste, während seine Base nur wenige Schritte entfernt jeder von Quintus' Launen unterworfen war.

»Eigentlich müssten meine Leute mir dankbar sein, weil ich mich für sie einsetze«, fuhr Hariwinius fort. »Sobald wir den Limes und damit die Grenze der Zivilisation weiter nach Norden und Osten vorgeschoben haben, stehen sie unter dem Schutz Roms und sind durch Caracallas Gnade auch gleich römische Bürger. Damit wären sie keine Barbaren mehr und hätten es um vieles besser als hier. Ihr Land würde ihnen durch Recht und Gesetz gehören, und sie könnten bald in Wohlstand leben. Sogar ihren Teiwaz und ihre Volla würde Rom ihnen lassen, wenn sie in ihrem Tempel auch Jupiters Statue und die des göttlichen Imperators aufstellen.«

»Ich glaube nicht, dass der göttliche Marcus Aurelius Severus Antoninus sich mit einem Platz neben Teiwaz zufriedengeben würde«, antwortete Julius mit leichtem Spott. Er hatte sich seine Meinung über Caracalla gebildet, und die war nicht die beste.

Auch Hariwinius war klar, dass die Statue des Kaisers im Zentrum des Tempels stehen und weitaus größer als die Standbilder der Stammesgötter sein musste, um Caracalla zufriedenzustellen. Doch das war für ihn das geringste Problem.

Missmutig musterte er Julius. »Wenn du deinen Gaul letztens nicht allein hättest herumstehen lassen, wäre Gerhild jetzt bei Quintus und wüsste bereits, was Rom ihr bieten kann. Ihr Beispiel würde die anderen im Stamm davon überzeugen, sich freudig unter den Schutz des Imperiums zu begeben.«

Der Wein und seine Wut auf Quintus ließen Julius harsch reagieren. »Jetzt gib mir nicht die Schuld, dass du zusammen mit einem Haufen anderer Männer nicht in der Lage warst, ein schwaches Mädchen festzuhalten. Es ärgert mich immer noch, dass du Quintus gegenüber so getan hast, als hätte ich Gerhild geholfen! Dabei musste ich zu Fuß zum Lager zurückkehren und wäre, wenn sie in ihr Dorf geritten wäre, meinen Hengst los gewesen!«

Hariwinius zog den Kopf ein und schob ihm die Würfel zu. »Ich kann nichts dafür«, sagte er nicht ganz wahrheitsgemäß. »Das war Balbus' Geschwätz! Ich habe es zwar zurückgewiesen, aber er war sauer, weil Gerhild uns wegen deines Hengstes durch die Lappen gegangen ist.«

»Balbus sollte in Zukunft den Mund halten! Wir stehen im Krieg, und da kann leicht etwas passieren.« Die Warnung galt nicht nur Hariwinius' Unteroffizier, sondern auch diesem selbst.

Auf diese Bemerkung ging Hariwinius nicht ein, sondern nahm die Würfel in die Hand. Zwar gewann er dieses Spiel wieder, aber die Summe zu Julius' Gunsten wurde in den nächsten Stunden größer und größer.

»Quintus muss dir wirklich den dreifachen Sold zukommen lassen, sonst kannst du deine Schulden nicht bezahlen«, spottete Julius.

»Ich hätte weniger Jupiter Dolichenus als vielmehr Merkur opfern sollen«, stöhnte Hariwinius und blickte auf, als sein Stellvertreter Balbus hereinkam.

»Es ist Zeit zur Wachinspektion, Decurio!«

»Schon gut! Ich komme. Wartest du so lange auf mich, Julius?« Da draußen noch immer acht Legionäre Wache hielten, empfand Julius diese Bemerkung als Hohn. »Natürlich bleibe ich, schließlich will ich neben deinem Hengst auch dein Ersatzpferd und dein Packpferd gewinnen.«

»Ha! Ha! Ha!« Hariwinius' Lachen klang unecht, während er raschen Schrittes das Zelt verließ.

Kaum war er draußen, stützte Julius den Kopf auf die Hände und fragte sich, ob er nun ein Feigling, ein Verräter oder ein Schuft war. Wahrscheinlich alles zusammen, dachte er. Der Verstand sagte ihm, dass er nichts anderes tun konnte, als den Dingen ihren Lauf zu lassen. Sein Herz aber schmerzte, und er fühlte sich entzweigerissen zwischen seinem Wunsch, der Base beizustehen, und seiner älteren Verpflichtung.

Als jemand ins Zelt kam, nahm er an, Hariwinius wäre von seinem Wachtgang zurückgekommen. Erst als der Mann ihn ansprach, wurde ihm klar, dass es sich um seinen Stellvertreter in der eigenen Turma handelte.

»Wie geht es dir, Julius?«

Julius drehte sich zu seinem Kameraden um. »Wie sollte es mir anders gehen als gut, Vigilius? Ich ziehe gerade Hariwinius beim Spiel die Hosen aus.«

»Ich meine, wegen …« Vigilius brach ab und machte mit dem Kopf eine Bewegung in die Richtung von Quintus' Zelt. »Er hat die Barbarin missbraucht und sie dann von seinem Sklaven vergewaltigen lassen. Morgen sollen alle Reiter unserer Turma sie schänden. Ich habe mit den Kameraden gesprochen. Wir haben alle gesehen, dass sie etwas mit dir zu tun hat. Daher wollen wir uns weigern, es zu tun!«

»Ihr seid Narren!«, herrschte Julius ihn an. »Quintus würde euch wegen Befehlsverweigerung hinrichten lassen. Ihr werdet tun, was er von euch fordert, habt ihr verstanden?«

»Ja, Julius! Aber …«

»Es gibt kein Aber! Was geschehen soll, geschieht.« Bei diesen Worten wurde Julius' Gesicht so hart, wie Vigilius es noch nie an ihm gesehen hatte.

»Danach wirst du Quintus umbringen und desertieren, nicht wahr? Einige von uns werden mit dir kommen. Uns hält nichts mehr in einem Heer, das von Männern wie Quintus angeführt wird.«

»Was ich tun werde, wird sich zeigen. Tut nur nichts, was euch zum Schaden ausschlägt!«, beschwor Julius den Mann.

Vigilius nickte. »Wir gehorchen deinem Befehl, Decurio, und werden ihn auch befolgen, wenn du Roms Zeichen ablegst und deine eigene Schar anführst.«

Diese Bemerkung war Hochverrat und würde dem Mann den Kopf kosten, wenn Quintus oder Caracalla davon erfuhren. Vigilius' Treue tat Julius jedoch gut. »Es werden wieder bessere Tage für uns kommen, mein Freund, das verspreche ich dir. Doch nun geh, bevor Hariwinius zurückkehrt. Er würde sonst glauben, ich hätte dir irgendwelche Befehle erteilt, und würde auch dich überwachen lassen.«

»Was auch geschehen mag, wir werden dir folgen!« Vigilius

nickte, als wollte er sich selbst bestätigen, und verschwand lautlos wie ein Schatten.

Als Hariwinius wenig später ins Zelt kam, saß Julius mit gelangweilter Miene da, die Würfel in der einen, den Weinbecher in der anderen Hand, und grinste.

»Hast du dir einen Beutel Denare von Quintus geholt? Ich spüre nämlich, dass mein Spielglück andauern wird.«

2.

In dieser Nacht konnte Gerhild nicht einschlafen. Sie wälzte sich auf ihrem Lager, dämmerte kurz weg und schreckte sofort wieder hoch. Immer wieder sah sie römische Reiter vor sich und Stammeskrieger, die diese angriffen. Anders als an diesem Tag aber gewann der Feind, und das Moos färbte sich von dem Blut der Toten rot.

Als sie es nicht mehr aushielt, zog sie Hosen und Stiefel an und verließ das Zelt. Soweit sie feststellen konnte, schliefen die meisten Krieger. Weiter vorne, in der Nähe des Feuers, entdeckte sie Bernulf und Teudo. Die beiden sprachen leise miteinander. Sie trat auf die beiden zu und fragte: »Gibt es etwas Neues?«

»Nicht direkt!«, antwortete Bernulf. »Die Römer haben gestern ein paar Dutzend Gefangene gemacht. Aber die meisten Dorfbewohner konnten entkommen.«

»Gut!« Gerhild atmete auf, offenbar war ihre Warnung auf fruchtbaren Boden gefallen.

»Es ist nur so: Eine der gefangenen Frauen soll Julius angespuckt und ihn einen Verräter genannt haben«, meldete Teudo. Gerhild winkte enttäuscht ab. »Für sie ist er vielleicht auch einer.«

»Aber jetzt befindet die Frau sich in Quintus' Klauen. Da dessen Lager direkt neben dem unseren liegt, habe ich mitbekommen, was drüben gesagt wurde. Quintus hat die Frau vergewaltigt und sie dann seinem Sklaven überlassen. Morgen soll sie das Opfer der gesamten Reiter werden«, erklärte Bernulf leise.

226

Gerhild glaubte nicht richtig zu hören. »So grausam können doch nicht einmal die Römer sein!«

»Ich habe es deutlich gehört. Quintus trägt es Julius immer noch nach, dass du mit seinem Hengst entkommen bist. Da einige Gefangene ausgesagt haben, die Frau und Julius seien Verwandte, bestraft er sie, um Julius auf diese Weise zu demütigen.«

Für Gerhild war diese Nachricht ein Schock. Obwohl die fremde Frau vollkommen unschuldig war, sollte sie dafür leiden, dass Quintus seinen Willen nicht hatte durchsetzen können.

»Volla möge es verhindern!«, flüsterte sie, wusste aber selbst, dass die Götter nur selten mit eigener Hand in die Geschicke der Sterblichen eingriffen.

»Können wir denn nichts für sie tun?«, fragte sie ihre Getreuen. Beide schüttelten den Kopf, doch Gerhild war viel zu aufgebracht, um die Hände in den Schoß legen zu können. »Ich werde nicht zulassen, dass diese Frau gequält wird, nur weil ich Julius' Pferd genommen habe. Eher liefere ich mich Quintus aus!«

»Das darfst du nicht tun!«, rief Teudo entsetzt.

Auch Bernulf schüttelte den Kopf. »Es würde ihr nichts nützen. Du wärst in seiner Gewalt, und er würde die Fremde trotzdem seinen Reitern überlassen. Der Mann kennt keine Ehre, das hat er nun schon oft genug bewiesen!«

»Wenn es doch nur einen Weg gäbe, sie zu befreien«, flüsterte Gerhild verzweifelt.

»Das Lager wird gut bewacht! Wie bei ihnen üblich, haben die Römer einen Wall aufgeschüttet und darauf einen Zaun errichtet. Da käme nicht einmal ein Eichhörnchen ungesehen hinein. Durch das Tor kann sich ebenfalls niemand schleichen.«

Während Bernulf sprach, musterte Gerhild das Lager, das die vier Turmae unter Hariwinius' und Julius' Kommando errichtet hatten. »Was ist eigentlich mit Julius? Ist er wirklich so verderbt, seine Base ihrem Schicksal zu überlassen?«, fragte sie.

Bernulf hob beschwichtigend die Hand. »Julius wurde in Hariwinius' Zelt festgesetzt, und ein Dutzend Legionäre bewacht ihn. Außerdem hätte er noch Hariwinius' Reiter gegen sich, wenn er versuchen wollte, seiner Base zu helfen.«

Gerhild nickte verbissen und trat näher an Quintus' Lager heran. Es wurde tatsächlich gut bewacht. Der aufgehäufte Wall und der Zaun darauf wirkten sehr stabil. Außerdem erhellten die Wachfeuer das ganze Rund. Gerade, als sie enttäuscht die Schultern sinken ließ, fiel ihr etwas auf. In dem Legionslager, das hinter dem von Quintus lag, brannten die Feuer so hell, dass eine Baumgruppe einen Schatten auf die Befestigung von Quintus' Lager warf. Es würde zwar auch dort unmöglich sein, den Wall und den Zaun zu übersteigen, aber …

»Ich muss ja nicht drüber. Ich kann mich auch unter dem Zaun durchwühlen«, stieß sie erregt hervor.

Bernulf packte sie bei den Schultern und schüttelte sie. »Du willst dort eindringen? Bist du närrisch geworden?«

Mit einer energischen Bewegung entzog sich Gerhild seinem Griff. »Ich darf es nicht offen tun. Los, besorgt mir eine große, alte Decke. Wenn ich sie über mich werfe und wie eine Eidechse krieche, müsste ich es schaffen.«

Während Bernulf abwehrend die Hände hob, eilte Teudo los, um eine Decke zu holen. Was er brachte, war abgeschabt und scheckig, aber gerade das, so hoffte Gerhild, würde dafür sorgen, dass sie darunter ungesehen blieb. »Ihr beide sorgt dafür, dass meine Stute und ein weiteres Pferd gesattelt bereitstehen, wenn ich zurückkomme. Ich brauche meinen Bogen und mein Schwert.« Sie löste den Schwertgurt, weil ihr die Waffe bei ihrem Vorhaben nur hinderlich war, und reichte sie Bernulf.

»Nun wünscht mir Glück!« Mit diesen Worten warf sie sich die Decke über die Schulter und schlich vorsichtig in Richtung

228

der schattenwerfenden Baumgruppe. Hoffentlich brennt das Lagerfeuer drüben lange genug, dachte sie, als sie sich auf den Boden niederließ, die Decke über sich zog und auf den Wall zukroch.

Der befürchtete Alarmruf blieb aus. Mutiger geworden, kletterte Gerhild auf den Wall und kauerte sich dort zusammen. Zuerst überlegte sie, ein Loch in den Zaun zu schneiden. Dabei würde dieser jedoch wackeln und Aufsehen erregen. Aus diesem Grund prüfte sie, wie fest die Wallkrone war. Die Römer hatten die Erde zwar gestampft, doch sie konnte bereits mit den Fingern einige Handvoll davon lösen. Kurz entschlossen zog sie ihren Dolch und begann zu graben. Die lockere Erde blieb unter ihrer Decke verborgen, so dass die Wächter, die an diesem Tag wegen der Vernichtung einer Turma aufmerksamer waren als sonst, nichts bemerkten.

Bald war das Loch so groß, dass sie hindurchspähen konnte. Im Lager war es still geworden. Die meisten Reiter lagen in ihren Zelten und schliefen. Nur die Wachen drehten ihre Runden, und einige Pferde schienen unruhig. Die Tiere befanden sich ganz in ihrer Nähe, und so konnte sie, wenn sie die Augenblicke ausnutzte, in denen die Wächter nicht in ihre Richtung schauten, sich bei den Pferden verstecken. Dann würde sie sich im Rücken der Wachen zu der Gefangenen schleichen. Sie konnte die Frau bislang noch nicht sehen, weil mehrere Zelte zwischen ihr und dem Zelt des römischen Anführers standen. Der Feuerschein neben Quintus' großem Zelt würde ihr jedoch helfen, sie zu finden.

Bereit, alles zu wagen, grub sie weiter und kroch schließlich nahezu lautlos durch das Loch. Da die Wächter annahmen, diese Seite wäre durch das nahe Legionslager abgesichert, achtete niemand auf diesen Teil der Umfriedung. Gerhild häufte ein wenig Erde auf, damit es aus der Ferne so aussah, als wäre der Wall noch in Ordnung. Dann kroch sie hinab, umging die Pferde und drang in eine der schmalen Gassen zwischen den

Zelten ein. In diesem Teil des Lagers musste sie aufpassen, um nicht an einer der Zeltschnüre hängen zu bleiben. Es verging eine gefühlte Ewigkeit, bis Quintus' Zelt endlich vor ihr lag. Kurz darauf entdeckte sie die Gefangene. Diese lag flach am Boden und rührte sich nicht. Gerhild konnte nicht sagen, ob sie schlief oder wach war, und kroch im Schutz der Decke auf sie zu.

Plötzlich regte sich die Frau und drehte den Kopf in ihre Richtung. »Bist du es, Volcher?«, flüsterte sie hoffnungsvoll.

»Nein, der bin ich nicht«, antwortete Gerhild ebenso leise. »Aber ich will dir trotzdem helfen. Wie bist du gefesselt, damit ich weiß, wie ich dich losschneiden kann?«

»Ich liege bäuchlings am Boden. Die Hände sind auf dem Rücken zusammengebunden, die Beine an einen Stock gefesselt und gespreizt. Um den Hals trage ich eine Leine, die an einem Pflock befestigt ist«, berichtete Lutgardis, die sich fragte, was sie von dem überraschend aufgetauchten Helfer halten sollte. Der Stimme nach war es ein Knabe, doch solche nahmen nur selten an einem Kriegszug teil. Sie spürte, wie eine Hand ihren rechten Knöchel ertastete und kurz darauf die Fessel durchtrennt wurde. Wenig später war auch das zweite Bein frei. Lutgardis zog es erleichtert an und versuchte, ihren Retter zu erkennen. Sie sah jedoch nur ein konturloses, dunkles Etwas, das sich bewegte und ihr zu anderen Zeiten Angst gemacht hätte. Mit einem Mal ragte ein Arm aus dem Ding und schnitt den Strick um ihre Hände durch. Die Leine um ihren Hals löste Lutgardis daraufhin selbst.

»Was machen wir jetzt?«, fragte sie in ihrer Erregung beinahe zu laut.

»Erst einmal still sein!«, ermahnte ihr Retter sie.

Lutgardis nickte und sah sich nach den Wachen um. Die meisten standen in der Nähe von Quintus' Unterkunft und bewachten ein kleineres Zelt. Wenn sie den widerwärtigen Sklaven richtig verstanden hatte, wurde dort ihr Vetter festgehalten.

»Hat Volcher dich geschickt?«, fragte sie so leise, dass Gerhild es kaum verstand.

»Wer ist Volcher?«, fragte diese und zog ihre Decke vorsichtig über Lutgardis. »Wir müssen im Gleichklang kriechen, sonst bemerkt man uns, und wir sind beide Gefangene dieses römischen Schweins«, erklärte sie und gab den Takt vor.

Lutgardis wunderte sich, weil der junge Bursche den Namen ihres Vetters nicht kannte, schob diese Frage erst einmal beiseite.

Der Rückweg wurde weitaus schwieriger, denn für sie beide war die Decke zu klein. Daher ragte immer wieder ein Bein oder ein Arm unter ihr heraus. Auch war es nicht leicht, so eng aneinandergeschmiegt zu kriechen. Gerhild fluchte in Gedanken, während Lutgardis sich immer mehr wunderte. Als ihr Retter sich einmal zu ihr herdrehte, berührte seine Brust ihren Oberarm. Doch da waren keine festen Muskeln, sondern ein weicher Hügel. Neben ihr kroch also kein Knabe, sondern eine junge Frau.

Beinahe hätte sie vor Überraschung gekeucht, beherrschte sich aber. Wer mochte ihre Retterin sein? Auf jeden Fall war diese sehr mutig, denn ihr eigenes Schicksal hatte gezeigt, zu welchen Gemeinheiten die Feinde fähig waren. Bei dem Gedanken erinnerte sie sich an die Schildmaid Wuodans, die in ihr Nachbardorf gekommen war und vor den Römern gewarnt hatte. Lutgardis bedauerte, dass die Botin des Gottes nicht auch sie und ihre Leute aufgesucht hatte. Vielleicht hätten sie das Dorf dann eher verlassen. So aber hatte ihr Bruder zu lange gewartet, und das war der Grund dafür, dass die römischen Reiter sie und etliche andere abgefangen hatten.

War die Schildmaid nun gekommen, um ihr Versäumnis wettzumachen?, fragte sie sich, verspottete sich aber gleich darauf selbst. Eine der unsterblichen Kriegerinnen Wuodans wäre nicht heimlich und unter einer alten, stinkenden Decke versteckt in das Römerlager eingedrungen, sondern hätte Quintus mit eigener Hand erschlagen, seinen Sklaven kastriert und ihren Vetter gehörig zusammengestaucht. Daher musste ihre Retterin eine ganz normale, wenn auch außerordentlich mutige Frau sein.

Gerhild, die nichts von den Überlegungen der Befreiten ahnte, wählte wieder den Weg an den Pferden vorbei, musste aber suchen, bis sie das Loch im Wall fand. Da eben ein Wachtposten in der Nähe vorbeiging, presste sie sich auf den Boden und achtete darauf, dass die Decke sie und die Befreite verhüllte. Hätte der Mann genauer hingesehen, wären sie trotzdem entdeckt worden. Aber er trat zu den Pferden, schaute, ob dort alles in Ordnung war, und ging in die andere Richtung davon. Aufatmend wies Gerhild ihre Begleiterin an, weiterzukriechen. Am Loch angekommen, schlüpfte sie als Erste hinaus, um Lutgardis zu zeigen, wie es ging, und half ihr dann, ins Freie zu gelangen.

Der restliche Weg war leichter. Am Rand des eigenen Lagers empfing Bernulf sie kopfschüttelnd. »So etwas bringst auch nur du fertig, Gerhild!«

»Wir müssen rasch von hier fort! Der Morgen ist nicht mehr fern, und Quintus wird toben, wenn er merkt, dass seine Gefangene entkommen ist«, antwortete Gerhild.

»Wo wollt ihr hin?«

»Nach Hause! Dort können wir überlegen, was zu tun ist.«

»Da habt ihr einen weiten Weg vor euch!«, erwiderte Bernulf.

Gerhild lachte leise. »Allein und beritten sind wir schneller als die Römer und werden es in wenigen Tagen schaffen. Wir benötigen nur ein wenig Mundvorrat.«

»Ich sorge dafür. Teudo ist bei den Pferden! Ich bringe die Sachen dorthin.« Bernulf wollte sich abwenden, als Lutgardis zum ersten Mal etwas sagte.

»Ich brauche Kleidung! Oder wollt ihr, dass ich nackt reite?«

»Ich besorge dir etwas«, versprach er.

Da Lutgardis die Decke um sich geschlungen hatte, war es

Bernulf entgangen, dass sie darunter nichts trug. Nun eilte er davon, weckte Gerhilds Getreue und erbat von jedem ein Kleidungsstück. Als er schließlich zu den Pferden kam, waren Gerhild und die befreite Frau bereits dort. Die Fürstentochter hatte Schwert und Bogen an sich genommen und streichelte nervös ihre Stute, während Lutgardis auf dem Boden kauerte und die Arme um den Oberkörper geschlungen hatte.

»Hier ist was zum Anziehen. Aber es sind Männersachen! Sie werden dir zu weit und zu lang sein!«, erklärte er und winkte Teudo, mitzukommen, um Vorräte für die beiden Frauen zu besorgen.

Lutgardis wartete noch, bis die beiden außer Sicht waren, dann warf sie die Decke ab und zog sich an. »So ganz recht hat der alte Mann nicht, denn das Hemd spannt über der Brust«, meinte sie, während sie daran zupfte.

Sie war etwas kleiner als Gerhild, hatte aber größere Brüste und einen kräftigeren Hintern. Deswegen musste sie zerren, um in die Hosen zu kommen. Als Bernulf und Teudo zurückkehrten, war sie angekleidet und schnürte gerade die römischen Soldatenstiefel, die Bernulf bei einem Kameraden hatte mitgehen lassen.

»Reitet mit Vollas Segen!«, sagte der alte Mann leise, als Gerhild sich in den Sattel schwang.

Auch Lutgardis stieg auf das Pferd. Zuerst hatte Gerhild aus Nervosität nicht auf das Tier geachtet, doch nun schnaufte sie überrascht. »Das ist ein Römergaul! Er trägt sogar noch einen römischen Sattel.«

Teudo grinste so, dass seine weißen Zähne im Licht des Mondes wie zwei Perlenreihen leuchteten. »Der ist mir heute Abend zugelaufen. Gehörte wohl einem Reiter aus der Turma, die gestern angegriffen wurde. Da dachte ich mir, wir können ihn besser brauchen als die Römer.«

Nun zündete er eine Fackel an und reichte sie Gerhild. »Die benötigt ihr, wenn ihr rasch vorwärtskommen wollt!«

»Aber dann sehen uns die Römer«, wandte Lutgardis erschrocken ein.

»Zwei Reiter, die offen mit einer Fackel das Lager verlassen, erregen weniger Misstrauen als zwei, die sich heimlich davonschleichen«, antwortete Bernulf und trat einen Schritt zurück. Gerhild starrte auf die Fackel, sagte sich dann, dass der alte Krieger die Römer besser kannte als sie, und trieb ihre Stute an. Sie wandte sich an Lutgardis, die ihr mit verbissener Miene folgte.

»Du solltest dein Haar unter die Kappe stecken, sonst erkennt man auf Anhieb, dass du eine Frau bist.«

Sofort befolgte Lutgardis den Rat und schloss zu Gerhild auf.

»Wer bist du und warum hast du mir geholfen?«, fragte sie.

»Das ist eine längere Geschichte«, antwortete Gerhild. »Doch bevor ich sie erzähle, sollten wir zusehen, dass wir die Lager mit ihren Wachfeuern hinter uns lassen. Mir schwirren hier zu viele Römer herum!«

Zum ersten Mal, seit man sie gefangen genommen hatte, trat der Anflug eines Lächelns auf Lutgardis' Lippen. Sie war gespannt auf das, was ihre Retterin ihr zu berichten hatte, und fragte sich gleichzeitig, was ihr verräterischer Vetter sagen würde, wenn er erfuhr, dass sie spurlos verschwunden war.

3.

Das Fehlen der Gefangenen fiel zuerst Quintus' Sklaven auf, der Lutgardis Wasser und etwas zu essen hatte bringen wollen. Verwirrt starrte er auf die durchgeschnittenen Stricke und versuchte zu begreifen, was geschehen war. Einige Herzschläge lang erwog er, einfach wieder zu gehen und so zu tun, als hätte er nichts gesehen. Dann aber eilte er in das Zelt seines Herrn und rüttelte diesen wach.

»Was ist los? Greifen die Barbaren an?«, fragte Quintus, noch halb im Schlaf verfangen.

Sein Sklave wies auf die Seite des Zeltes, neben der Lutgardis angebunden gewesen war. »Die Germanin! Sie ist fort!«

»Fort? Das hast du doch nur geträumt!«, wehrte Quintus ab. »Dies hier ist ein schwer bewachtes Lager, und daraus entkommt keiner!«

Doch als er das entgeisterte Gesicht seines Sklaven sah, sprang er auf. »Es sei denn, einer von uns hat ihr geholfen! Wo sind Julius und Hariwinius?«, rief er, streifte seine Tunika über und stürmte aus dem Zelt. Draußen sah er, dass sein Sklave recht hatte. Die Gefangene war tatsächlich entflohen.

»Verdammt, wie konnte das geschehen?«, brüllte Quintus und rief den Wachtposten zu sich. »Wo ist die Gefangene?«

Der Soldat bemerkte erst jetzt, dass Lutgardis fort war, und schüttelte verwirrt den Kopf. »Ich weiß es nicht, Herr! Das kann nicht mit rechten Dingen zugegangen sein.«

»Eher mit unrechten!«, rief Quintus aufgebracht. »Wo ist Julius? Habt ihr ihn frei herumlaufen lassen?«

»Nein, Herr! Er hat das Zelt des Decurio Hariwinius die ganze Nacht nicht verlassen!«

»Wo ist Hariwinius?«, fragte Quintus weiter.

»Ebenfalls in seinem Zelt!«

»Weckt die beiden!« Quintus eilte auf das Zelt zu, riss die Plane vom Eingang und sah Hariwinius am Boden liegen und schnarchen. Auf dem Bett lag Julius und hielt in der Rechten noch einen Becher umkrampft.

Quintus versetzte Hariwinius einen Fußtritt. »Aufstehen!« Dieser fuhr hoch, sah seinen Anführer neben sich stehen und starrte ihn verwirrt an. »Was ist geschehen, Herr?«

»Hat Julius in dieser Nacht dein Zelt verlassen?«

»Nein, Herr«, antwortete Hariwinius. »Julius hat mir im Spiel das halbe Römische Reich abgewonnen und dann gesoffen wie ein Ochse. Zuletzt war er so betrunken, dass er kaum vor dem Nachmittag aufwachen wird.«

»Trotzdem hat jemand die Gefangene befreit! Wer könnte es gewesen sein, wenn nicht Julius? Andere Gefangene behaupten, die beiden wären miteinander verwandt.«

»Dann kann aber wenig Liebe in der Familie sein«, mischte sich Julius' Stellvertreter Vigilius ein. »Ich bin in der Nacht kurz im Zelt gewesen und habe meinen Decurio gefragt, was es mit der Gefangenen auf sich habe, weil es doch hieß, unsere ganze Turma sollte sie heute schänden. Seine Antwort war, dass wir dem Befehl zu gehorchen hätten.«

Quintus starrte mit geballten Fäusten auf Julius herab, doch als er ihn mit dem Fuß anstieß, gab dieser nur ein Brummen von sich und schlief weiter. »Schüttet einen Eimer Wasser über den Kerl! Dann soll er mir Rede und Antwort stehen«, befahl er, und mehrere Soldaten rannten los.

Hariwinius hob abwehrend die Hand. »Das macht ihr aber nicht auf meinem Bett. Schafft ihn hinaus!«

Andere folgten seinem Befehl, und dann leerten die Männer mehrere Eimer eiskalten Wassers über Julius aus. Zwar wurde er wach, war aber kaum in der Lage, auf den eigenen Beinen zu stehen, und brabbelte nur unverständliches Zeug. Quintus, der ihn befragte, war sich nicht einmal sicher, ob der Decurio überhaupt begriff, dass die Gefangene entkommen war.

Daher gab er es auf und verhörte die Soldaten, die in der Nacht Wache gehalten hatten. Doch von diesen hatte niemand etwas bemerkt. Stattdessen entlasteten sie Julius noch stärker, denn einer der Männer bestätigte, dass der Decurio Vigilius tatsächlich angewiesen hatte, seine Reiter sollten die Gefangene vergewaltigen, wenn ihnen dies befohlen würde.

Das Rätsel um die verschwundene Frau wurde immer größer. Als man Quintus wenig später ein Loch im Wall meldete, welches auf das weitaus größere Legionslager zuging, war er vor Wut außer sich und ließ mehrere der dortigen Offiziere und Wachen holen. Doch ebenso wie seine Männer hatten diese angenommen, durch das anschließende Lager gedeckt zu sein, und der Seite keine größere Aufmerksamkeit geschenkt.

»Ich schätze, die Gefangene wurde von irgendwelchen Barbaren befreit«, meinte Hariwinius. »Es konnten gestern etliche fliehen. Wahrscheinlich haben sie sich im Schutz der Nacht ins Lager geschlichen und die Frau herausgeholt. Sie soll einen hohen Rang bei ihren Leuten eingenommen haben.«

»Das ist das Wahrscheinlichste«, antwortete Quintus, der vor Wut beinahe platzte. »Aber das werden diese Schweine bereuen, das schwöre ich vor allen Göttern! Ich gehe jetzt zum Imperator, um ihm von diesem infamen Streich zu berichten. Sorge du dafür, dass unsere Reiter in den Sätteln sitzen, wenn ich zurückkomme. Ihr durchstreift das Umland und fangt jeden Barbaren und jede Barbarin, die ihr findet.«

»Auf Julius werden wir verzichten müssen«, sagte Hariwinius mit einem Seitenblick auf seinen Freund, der mitten auf der Lagerstraße wieder eingeschlafen war.

»Schafft ihn in sein Zelt! Wegen seiner Trunkenheit erhält er drei Monate keinen Sold«, fuhr Quintus ihn an.

Hariwinius verzog traurig das Gesicht. »Ich glaube nicht, dass ihn das stört. Er hat so viel gewonnen, dass ich ihm die Hälfte meines Solds auf Jahre hin abgeben muss. Ich hoffe, er ist so betrunken, dass er sich nicht an seinen genauen Gewinn erinnern kann.«

»Du kannst deine Verluste locker ersetzen, denn ich gebe dir für jeden Barbaren, den du einfängst, fünf Denare als Belohnung!«

»Danke, Herr!«, antwortete Hariwinius und rief seinen Männern zu, sich zum Aufbruch bereitzumachen. »Wir werden Barbaren jagen! Je mehr es werden, umso besser ist es«, rief er ihnen zu und hoffte, möglichst viele Stammesleute fangen zu können. Julius hatte ein gutes Gedächtnis, und da konnte er um jeden Denar froh sein, den er von Quintus erhielt.

Währenddessen trugen mehrere von Julius' Reitern ihren Anführer in sein Zelt und legten ihn auf das Feldbett.

»So voll habe ich den Decurio noch nie gesehen«, meinte Marcellus kopfschüttelnd.

»Was würdest du tun, wenn deine eigenen Leute deine Base vergewaltigen sollen und du keine Möglichkeit hast, dies zu verhindern?«, wies ihn sein Kamerad Ortwin zurecht. »Bei den Göttern meiner Ahnen! Bin ich froh, dass uns das erspart geblieben ist. Ich hätte Julius danach nicht mehr in die Augen sehen können.«

Quintus war bereits auf dem Weg zu Caracalla, als ihm einfiel, dass er sich weder gewaschen noch richtig angezogen hatte. Um den Imperator nicht zu verärgern, machte er kehrt und befahl seinem Sklaven, alles vorzubereiten, damit er so rasch wie möglich aufbrechen konnte.

4.

Auf der Trasse, die die Römer für den Vormarsch in den Wald geschlagen hatten, kamen Gerhild und Lutgardis gut voran. Zunächst mussten sie noch auf römische Späher achten, doch zwei Tage später lag das Heer so weit hinter ihnen zurück, dass sie sich sicher fühlen konnten.

Bei Tageslicht konnte Gerhild ihre Begleiterin genauer betrachten. Lutgardis war etwas kleiner als sie, um die Hüften und den Busen aber kräftiger gebaut. Dazu hatte sie ein hübsches Gesicht mit einer geraden Nase, einem vollen Mund und blauen Augen, in denen Trauer und mühsam beherrschter Hass standen. Ihr Haar war zu einem langen, blonden Zopf geflochten, der fast bis zu den Hüften reichte. Mit ihrem Aussehen konnte sie einem Mann durchaus gefallen.

Gerhild fragte sich, in welchem Verhältnis Lutgardis zu Julius stand, und war froh, dass sie unterwegs viel Zeit zum Reden hatten. Als Erstes berichtete sie ihrer Begleiterin von Quintus' Versuchen, sie in die Hände zu bekommen, und fragte dann neugierig nach Julius.

Zuerst sah Lutgardis sie verständnislos an. »Woher sollte ich einen Römling kennen?«

»Aber du hast ihn doch angespuckt«, rief Gerhild aus.

»Das war Volcher«, antwortete Lutgardis. »Er ist ein Schurke und ein Verräter, der mit den Römern gegen sein eigenes Volk zieht! Es fehlte nur noch, dass er sich gemeldet hätte, mich als Erster seiner Reiter zu vergewaltigen!«

»So etwas traue ich Julius nicht zu«, antwortete Gerhild entschieden. »Außerdem habe ich von Bernulf erfahren, dass er die Nacht über gut bewacht im Zelt meines Bruders verbringen musste.«

»Ein Feigling ist er also auch noch«, höhnte Lutgardis.

»Ich weiß nicht, ob ein Mann feige genannt werden kann, nur weil er nicht den Kampf mit einem Dutzend erfahrener Krieger sucht. Die hätten ihn rasch überwältigt, und damit wäre dir auch nicht geholfen gewesen.«

Das sah Lutgardis schließlich ein. Sie war aber trotzdem nicht bereit, Julius' Verhalten zu entschuldigen. »Er hätte damals, als sein Vater starb und sein Onkel ihn aus seinem Dorf vertrieben hat, zu uns kommen sollen. Aber nein, er musste sich den Römern anschließen!«

Gerhild sah ihre Begleiterin nachdenklich an. »Ich dachte mir schon, dass er kein Gote ist, obwohl er sich als solcher ausgegeben hat.«

»Er und ein Gote, pah! Er ist der Sohn Volchardts, der bis vor sechs Jahren Fürst unseres Stammes war, und wollte nach dessen Tod nicht hinnehmen, dass sein Oheim die Würde des Stammesfürsten an sich gerissen hat. Dabei war er wirklich noch sehr jung.«

»Und was geschah dann?«, fragte Gerhild neugierig.

»Julius verlangte voller Zorn das Schwert seines Vaters, das von Generation zu Generation weitergegeben worden war. Das aber forderte sein Oheim als neuer Stammesfürst und erhielt es durch den Spruch der Priesterin, die auch die Schwester seines Weibes war.«

»Sehr passend!«, spottete Gerhild.

»Es gab Streit, und schließlich wurde Julius verbannt. Da er seinem Oheim Rache geschworen hatte, verfolgten dessen Männer ihn, aber er konnte ihnen entkommen«, berichtete Lutgardis.

»Und ging dann zu den Römern?«

»Ja, das tat er wohl. Er hätte zu uns kommen sollen!« Lutgardis spie zornig aus, doch Gerhild machte sich ihre eigenen Gedanken.

»Kann es nicht sein, dass er glaubte, die Leute in deinem Dorf würden ebenfalls zu seinem Oheim halten?«

»Das hätten wir niemals getan!«, fuhr Lutgardis auf.

»Ihr gehört zum gleichen Stamm, und sein Oheim war euer neuer Fürst.«

Gerhild wunderte sich selbst, weshalb sie Julius verteidigte, denn im Grunde ging er sie nichts an. Andererseits hatte er in Gesprächen erkennen lassen, dass er das Vorgehen der Römer für falsch hielt. Als sie dies Lutgardis erklärte, wollte die Frau kein gutes Wort über ihn hören.

»Er hätte vielleicht nicht auf Dauer bei uns bleiben können, doch wir haben Freunde, die ihn gerne bei sich aufgenommen hätten. Stattdessen hat er sich diesen widerwärtigen Römern angeschlossen«, beschwerte sie sich verbittert.

Gerhild spürte, dass jedes weitere Wort für Julius vergebens sein würde, und wechselte das Thema. »Weshalb seid ihr nach Westen gezogen?«

»Die Ackerböden wurden schlechter, und der neue Fürst hat eine engere Gefolgschaft gefordert. Da mein Vater sich nicht darauf einlassen wollte, haben wir unsere alte Heimat verlassen.«

»Was hat Julius eigentlich mit Baldarich zu schaffen?«, fragte Gerhild weiter.

»Baldarich ist der Sohn seines Oheims und war die treibende Kraft bei Julius' Verbannung. Ihm ging es darum, einen Konkurrenten um die Fürstenwürde auszuschließen. Julius hätte diese nach dem Tod des Oheims gewiss gefordert, und um das zu verhindern, musste er das Schwert seines Vaters abgeben. Jetzt trägt es Baldarich als Zeichen, dass er der neue Fürst werden will. Sein Vater starb nur ein halbes Jahr nach Volchardts Tod, und die Stammesältesten verweigerten Baldarich die Nachfolge mit der gleichen Begründung wie bei Julius. Er wäre noch zu jung dafür und müsse seine Eignung erst durch große Taten beweisen.«

Ein spöttisches Lächeln schlich sich auf Gerhilds Lippen. »Bist du dir sicher, dass Baldarich dieses Schwert noch besitzt?«

»Warum sollte er nicht? Die Waffe macht ihren Besitzer unbesiegbar!«

»Auch den, der sie zu Unrecht trägt?«, fragte Gerhild und zog ihr erbeutetes Schwert aus der Scheide.

Bislang hatte Lutgardis nicht auf die Waffe geachtet. Nun aber starrte sie den Knauf an und schüttelte verwirrt den Kopf. »Das kann nicht sein. Das ist nicht das Fürstenschwert!«

»Sieh es dir genau an«, riet ihr Gerhild und reichte ihr die Waffe.

Lutgardis ergriff sie und musterte sie durchdringend. »Es ist der Griff, und auch die Klinge ist so, wie ich sie in Erinnerung habe. Aber wieso ist das Schwert jetzt in deinem Besitz?«

»Weil ich es von Baldarich erbeutet habe«, erklärte Gerhild und berichtete Lutgardis von dessen Überfall auf das Dorf ihrer Tante.

Ihre Begleiterin hörte ihr wie erstarrt zu. Erst nachdem Gerhild schon eine Weile geendet hatte, brachte sie wieder ein paar Worte heraus.

»Würde ich das Schwert nicht kennen – ich würde es nicht glauben. Es wurde in unserem Stamm seit Generationen von einem Fürsten auf den nächsten weitergegeben. Es heißt sogar, nur wer dieses Schwert besitzt, kann unser Oberhaupt werden!«

»Dann wird Baldarich sich schwertun, seinem Vater nachzufolgen. Jetzt wundert es mich nicht mehr, dass Julius mir die Waffe am liebsten nicht wiedergegeben hätte, als ich sie ihm gezeigt habe.«

Lutgardis betrachtete die Waffe noch einmal und reichte sie Gerhild zurück. »Ich glaube, ich weiß, warum er dir die Waffe ließ. Hätte er sie an sich genommen, könnte Baldarich behaupten, er hätte das Schwert nachmachen lassen. Es gibt im Stamm genügend Männer, die auf angebliche Unterschiede zum Fürstenschwert hinweisen würden. So aber wissen seine eigenen Leute, dass er das Schwert in eurem Dorf …«

»In dem Dorf meiner Tante«, korrigierte Gerhild sie.

»… also, im Dorf deiner Tante verloren hat. Sie werden denken, dein Bruder hätte es nun – oder dieser Wulfherich. Baldarich wird alles tun, um es wieder an sich zu bringen, denn nur mit diesem Schwert kann er der oberste Anführer unseres Stammes werden.«

Lutgardis blickte sich dabei so erschrocken um, als erwarte sie, Baldarich könnte jeden Augenblick zwischen den Bäumen auftauchen.

»Erst einmal muss er seinen gebrochenen Arm ausheilen lassen«, erklärte Gerhild lachend. »Auf jeden Fall ist die Waffe jetzt mein!«

»Du solltest sie einem großen Krieger überlassen«, riet Lutgardis besorgt.

»Einem wie Julius?«

Darauf antwortete Lutgardis nichts, sondern ritt mit zusammengekniffenen Lippen weiter. Auch wenn ihr vieles an Baldarich nicht passte, so war er doch ein Krieger ihres Stammes geblieben und hatte sich nicht wie Julius dem Feind angeschlossen.

»Würdest du Baldarich das Schwert zurückgeben, wenn er dich darum bittet?«, fragte sie. »Es wäre wichtig, dass unser Stamm es wieder bekommt. Du hast selbst gesehen, dass die Römer uns angreifen. Nur der Träger dieses Schwertes vermag alle Mannen unseres Stammes zu vereinigen und gegen den Feind zu führen!«

Gerhild schüttelte den Kopf. »Dafür stehen zu viele Tote zwischen Baldarich und uns! Er hat Alfher und dessen Männer niedermachen lassen!«

»Ihr habt ebenfalls einige seiner Krieger getötet!«, rief Lutgardis aus.

»Nicht wir haben sein Dorf überfallen, sondern er eines der unsrigen!«

Der Ton zwischen beiden Frauen wurde für kurze Zeit schärfer. Dann aber erinnerte Lutgardis sich, dass sie Gerhild die Freiheit und wahrscheinlich sogar ihr Leben verdankte, und senkte den Kopf. »Es tut mir leid wegen des Überfalls! Baldarich hat nicht richtig gehandelt. Er hätte euch als Freunde und Verbündete gewinnen müssen, dann wäre er ein großer Anführer. So aber hat er uns neue Feinde geschaffen.«

»So ist es! Mein Bruder kann es sich nicht leisten, mit ihm Frieden oder gar Freundschaft zu schließen, sonst verliert er sein letztes Ansehen im Stamm – und Wulfherich ist durch diesen Überfall zu Baldarichs Todfeind geworden.«

Auch ärgerte Gerhild sich, weil die Räubereien dieses Mannes dazu geführt hatten, dass zwischen ihrem und Lutgardis' Leuten Feindschaft herrschte. Dabei wäre es wegen der Römer wichtig gewesen, zusammenzuhalten.

»Baldarich ist ein Narr!«, stieß sie hervor. »Wenn die Römer siegen, werden sie unser Land zu einer ihrer Provinzen machen und uns alle zu ihren Knechten. Allein dafür gehört er erschlagen!«

»Ich wünschte, Julius wäre nicht zu den Römern gegangen. Vielleicht wäre er ein besserer Anführer geworden als Baldarich.«

Lutgardis seufzte und musterte die junge Frau an ihrer Seite. Gerhild war schön, doch der energische Zug um ihren Mund deutete einen festen Willen an. Dieses Mädchen wäre es wert, die Frau eines großen Anführers zu werden, dachte sie. Baldarich hätte versuchen müssen, Gerhild in Ehren für sich zu gewinnen und auf diese Weise ein Bündnis zwischen den beiden Stämmen zu schmieden.

»Sobald die Römer wieder abgezogen sind, muss ich nachsehen, was von unseren Leuten hier im Westen noch übrig geblieben ist. Ich befürchte jedoch, dass sich die meisten Baldarich anschließen werden«, sagte sie zu Gerhild.

»*Wenn* die Römer wieder abziehen! Wie ich meinen Bruder Hariwinius verstanden habe, wollen sie bleiben und ihre Schlange aus Stein weiter nach Osten verlagern«, antwortete diese.

Für einen Augenblick schwieg Lutgardis bedrückt, dann stieß sie einen leisen Fluch aus.

»Was ist?«, fragte Gerhild.

»Ich dachte nur an Quintus!«

»Der ist nur ein grunzendes Schwein!«, stieß Gerhild voller Verachtung aus.

»Aber er hat große Macht! Weißt du, ich nehme es ihm weniger übel, mich vergewaltigt zu haben. Es ist nun einmal das Schicksal der Frauen, die Beute des Siegers zu werden. Doch ich werde ihm niemals verzeihen, dass er mich seinem Sklaven überlassen hat. Was seine weiteren Pläne mit mir betrifft, so bete ich zu Wuodan, dass dieser Kerl schon bald auf möglichst grässliche Weise stirbt!«

Lutgardis ballte die Faust und wünschte sich die Kraft eines Riesen, um die Reihen der Römer zerschlagen und ihren Peiniger bestrafen zu können. Stattdessen war sie auf der Flucht und zumindest vorerst auf Gerhilds Wohlwollen angewiesen.

5.

Da die Frauen rasch ritten, erreichten sie nach wenigen Tagen Gerhilds Dorf. Dort war alles unverändert, nur dass Colobert und seine Krieger träge herumlümmelten und die Arbeit den Frauen und den Knechten überließen. Als sie Gerhild und Lutgardis sahen, kam Colobert auf die beiden zu. »Bist ja lange weg gewesen! Das wird deinem Bruder nicht gefallen«, fuhr er Gerhild an.

Diese musterte ihn von der Höhe des Sattels aus wie einen Wurm. »Ich wüsste nicht, dass ich dir Rechenschaft schuldig wäre!« Sie wollte weiter, da ergriff Colobert die Zügel ihrer Stute.

»Wer ist das dort?«, fragte er und zeigte auf Lutgardis.

»Ein Gast! Und nun lass die Zügel los!«

Gerhild klang so scharf, dass Colobert unwillkürlich gehorchte. Erst als die beiden Frauen an ihm vorbeiritten waren, begriff er, dass er vor dem ganzen Dorf das Gesicht verloren hatte, und schimpfte vor sich hin.

»Raganhar sollte zusehen, dass er Gerhild bald verheiratet, sonst spielt sie sich noch als Fürstin auf, und er hat nichts mehr zu sagen!«

»So wie du eben?«, spottete eine Frau. »Was musst du dich auch mit Hariberts Tochter anlegen? Sie hat nun einmal gelernt, zu befehlen, während du nur derjenige von den Mannen ihres Bruders bist, den er in der Schlacht am leichtesten entbehren kann.«

»Du, das lasse ich mir nicht gefallen!«, schäumte Colobert auf, doch die Frau kehrte ihm nur den Rücken zu.

246

Als er ihr folgte und sie packen wollte, sah er sich auf einmal von einem guten Dutzend Frauen umringt. »Wage es ja nicht, einer von uns etwas anzutun!«, warnte ihn Bernulfs Frau Ima.

»Ich werde meinem Mann sagen, dass ihr faul herumgeflegelt seid, während wir arbeiten mussten, bis uns die Arme lahm wurden!«, rief seine Base Ermentrud.

»Wir sind die Wächter und Beschützer des Dorfes«, antwortete Colobert patzig.

»Wir Frauen wissen uns gut selbst zu beschützen. Das haben Gerhild und Hailwig uns gelehrt«, rief Odila verächtlich aus und eilte hinüber zu Raganhars Halle. Vor deren Eingang stiegen Gerhild und Lutgardis eben aus dem Sattel.

»Bin ich froh, dass du wieder da bist!«, rief Odila und fiel ihrer Freundin um den Hals.

»Ich freue mich auch!« Gerhild drückte sie an sich und wies dann auf ihre Begleiterin.

»Das ist Lutgardis! Sie bleibt vorerst bei uns.«

Odila starrte Gerhilds Begleiterin an und erkannte an deren Haltung, dass die Frau genau wie Gerhild einer edlen Sippe entstammte. Sofort stieg eine gewisse Eifersucht in ihr auf, denn mit einer solchen Frau konnte sie wahrlich nicht konkurrieren.

Lutgardis hingegen wunderte sich über die braune Haut der jungen Frau und deren leicht gekräuseltes Haar. Am liebsten hätte sie gefragt, ob Odila die Tochter eines Alben wäre, eines jener zauberkundigen Schmiede, deren Haut vom Ruß des Schmiedefeuers dunkel geworden war. Sie wagte es aber nicht, um die junge Frau nicht zu verärgern. War dies nämlich der Fall, so hatte diese mit Sicherheit einen Teil der Zauberkräfte ihres Vaters geerbt und konnte ihr damit schaden.

»Wir werden uns gewiss gut vertragen«, sagte sie und blickte dann an sich herab. »Es wäre mir lieb, wenn ich andere Kleidung bekommen könnte. Auf dem Ritt mochten die Männerkleider gehen, doch hier im Dorf würde ich gerne wieder ich selbst sein.«

»Du kannst dir unter meinen Sachen etwas aussuchen«, bot Gerhild ihr an. »Odila soll uns helfen. Sie besitzt nämlich die geschicktesten Finger von allen, was Nadel und Faden betrifft. Wenn etwas zu ändern wäre, kann sie das am besten.«

Das Lob tat Odila ebenso gut wie die Tatsache, dass Gerhild sie nicht zurücksetzte. »Das mache ich gerne«, sagte sie mit einem dankbaren Lächeln.

Lutgardis nickte verkniffen. Der Hinweis auf Odilas Nähkünste deutete erneut auf deren Abkunft von einem Alben hin, galten diese doch als die besten Handwerker und übertrafen in ihrem Können sogar die Götter.

»Hast du viel erlebt?«, fragte Odila neugierig.

»Einiges!«, antwortete Gerhild, wusste aber, dass sie vieles davon nicht preisgeben durfte. Wenn ruchbar wurde, dass sie die Stämme an der Tauber vor den Römern gewarnt hatte, war ihr eigener Stamm in Gefahr. Daher berichtete sie nur, dass sie sich den Kriegern ihres Bruders angeschlossen habe und eine Weile mit diesem mitgezogen sei.

Zu ihrem Glück wollte Odila mehr über den Kriegszug hören und fragte, ob Teudo sich im Kampf bewährt habe.

»Wie kommst du auf Teudo?«, fragte Gerhild und musste sich das Lachen verkneifen. Ihr war schon lange klar, dass der junge Krieger Odila gefiel. Doch bislang hatte Teudo nicht verraten, ob er diese Gefühle erwiderte.

»Nun … ich … ich wüsste es eben gerne«, stotterte Odila.

»Also gut, du Neugiersnase«, antwortete Gerhild. »Bis zu meiner Abreise waren unsere Krieger noch in keinen Kampf verwickelt. Daher konnten weder Teudo noch Raganhar sich auszeichnen, obwohl beide sich das von Herzen wünschen.«

»Teudo wird sich auszeichnen«, rief Odila voller Inbrunst.

»Ganz gewiss!«, stimmte Gerhild ihr zu und reichte einem in

248

der Nähe herumlungernden Knaben die Zügel der beiden Pferde.

»Kannst du sie versorgen, Fridu? Ich würde es ja gerne selbst tun, aber wir sind weit geritten und wollen uns umziehen!«

»Das mache ich gerne«, antwortete der Junge und führte die beiden Pferde fort.

»Wir sollten uns jetzt waschen und andere Kleidung anlegen. Etwas zu essen wäre danach auch nicht schlecht«, sagte Gerhild lächelnd.

»Ich werde dafür sorgen!«, versprach Odila.

»Danke, das ist lieb von dir!«

Gerhilds Worte zauberten einen warmen Glanz auf Odilas Gesicht. Als Lutgardis dies sah, sagte sie sich, dass ihre Retterin als Mann ein großer Anführer hätte werden können, denn sie besaß all die Gaben, die Baldarich fehlten.

Bei dem Gedanken seufzte sie und sah traurig nach Nordosten. »Ich wüsste gerne, wie die Kämpfe weitergegangen sind.«

»Wir werden es womöglich früher erfahren, als uns lieb sein kann«, antwortete Gerhild und musste wieder an die Grausamkeit der Römer denken. Sie schauderte, nahm sich jedoch zusammen und scheuchte Lutgardis und Odila ins Haus.

6.

»Die Barbaren weichen einem offenen Kampf aus und greifen unsere Truppen immer wieder aus dem Hinterhalt an«, erklärte Gaius Octavius Sabinus erbittert. Er war Legat der Legionen und auf diesem Feldzug nur dem Imperator untergeordnet.

Caracalla musterte seinen Feldherrn grimmig. »Was gedenkst du dagegen zu unternehmen?«

»Wir werden schneller vorrücken und dabei unseren Vortrab und die Nachhut verstärken. Wenn die Barbaren dann angreifen, beißen sie sich die Zähne an uns aus!«

»Trotzdem werden wir weiterhin Verluste erleiden«, wandte Quintus ein.

»Weißt du einen besseren Rat?«, fragte Caracalla gereizt.

»Wir sollten unsere eigenen Barbaren an die Spitze und die Flanken unserer Truppen stellen. Die Feinde treffen dann zuerst auf ihresgleichen, und unsere Legionen werden geschont.« Quintus wies auf eine Karte, erklärte, wie er sich dies vorstellte, und bemerkte erleichtert, dass Caracalla nickte. »Es ist besser, Barbaren durch Barbaren bekämpfen zu lassen, als römisches Blut zu opfern!«

Doch Gaius Octavius Sabinus war nicht ganz zufrieden. »Ich würde die Legionen trotzdem kompakt marschieren lassen. Es darf keine Lücken geben, und die Straße muss verbreitert werden, so dass Bewegungen in beide Richtungen möglich sind.«

»Diesen Vorschlag werden wir ebenfalls in die Tat umsetzen«, sagte Caracalla in gebieterischem Tonfall. »Ich traue diesen Wilden nicht, die angeblich auf unserer Seite kämpfen. Ein

Barbar bleibt ein Barbar, es sei denn, er lebt in einer römischen Provinz und wird selbst zum Römer.«

»Ich werde die nötigen Befehle erteilen!« Sabinus neigte kurz das Haupt vor dem Imperator, verließ Caracallas Zelt und rief seine Offiziere zu sich.

Auch Quintus hatte es eilig, aus Caracallas Nähe zu kommen, und kehrte in sein eigenes Lager zurück. Dort erwarteten ihn Hariwinius und seine Reiter mit einem knappen Dutzend Gefangener. Quintus warf den Barbaren nur einen kurzen Blick zu und befahl Hariwinius, in sein Zelt zu kommen. Auch Julius, der mittlerweile die Folgen seines Rausches überwunden hatte, musste ihm folgen. Drinnen wies Quintus seinen Sklaven Lucius an, die Anführer der germanischen Hilfsscharen herbeizuzitieren.

»Alle, Herr?«, fragte sein Sklave verwundert.

»Habe ich gesagt: ›Nur einzelne‹?«, fuhr Quintus ihn an und versetzte ihm eine Ohrfeige.

Während der Sklave davonhastete, wandte Quintus sich an die beiden Offiziere. »Der Imperator ist zornig, weil die Barbaren immer wieder aus dem Hinterhalt angreifen und wir dadurch Verluste erleiden. Aus diesem Grund hat er auf meinen Rat hin beschlossen, unsere Barbaren wie einen Schild um unser Heer zu gruppieren, damit diese die Feinde abfangen können, bevor sie auf unsere Legionen treffen. Julius, du wirst mit drei Turmae die Hilfsscharen verstärken und dafür sorgen, dass sie so kämpfen, wie es Roms Verbündeten zukommt! Hariwinius bleibt mit einer Turma als Leibwache bei mir.«

Julius nickte mit verbissener Miene. Obwohl er gehört hatte, ein geheimnisvoller Eindringling hätte seine Base befreit, glaubte er nicht daran. Er vermutete, dass Quintus Lutgardis heimlich umbringen und beiseiteschaffen hatte lassen. Nun gebot ihm die Ehre, seine Base zu rächen. Aber seit er Baldarich begegnet war, wusste er, dass er zunächst eine weitaus ältere Verpflichtung zu erfüllen hatte.

Für Hariwinius stellte Quintus' Befehl eine Zurücksetzung dar. Bislang hatte er drei Turmae kommandiert, und nun sollte Julius das übernehmen. Sein Blick suchte den seines Vorgesetzten, doch der achtete nicht auf ihn.

Zwar hatte Julius keinen Finger für Lutgardis gerührt, dennoch fühlte Quintus sich seiner Treue nicht sicher. Der Decurio hatte erklärt, ein Gote zu sein, entstammte aber in Wahrheit einem der Stämme, deren Dörfer sie zerstörten. Nun musste der Mann beweisen, dass seine Treue Rom gehörte. Deshalb wollte er ihn nicht allein mit seiner Turma losschicken, sondern gab ihm auch noch die beiden anderen mit. Deren Treue konnte er sich sicher sein. Wenn Julius tatsächlich Verrat im Sinn hatte, würde er es nicht überleben.

Mit diesem Gedanken schickte Quintus die beiden Offiziere fort und wartete, bis Raganhar und die anderen Anführer erschienen. Er ließ ihnen Wein reichen und hob dann seinen eigenen Becher.

»Auf eure Treue zu Rom!«

»Auf Rom!«, antwortete Wulfherich als Erster, ohne die Treue zu erwähnen. Raganhar und die anderen Anführer stimmten den gleichen Trinkspruch an.

Quintus wartete, bis sie getrunken hatten. Dann stellte er seinen Becher ab und musterte jeden Einzelnen von ihnen. Die Männer gehörten verschiedenen Stämmen und Stammesabteilungen an, die jedoch ausnahmslos seit Generationen in friedlicher Nachbarschaft mit den Provinzen Rätien und Obergermanien lebten. Nun konnten sie auf diesem Feldzug ihren Wert für Rom beweisen, indem sie die Angriffe der feindlichen Barbaren zurückschlugen.

»Der Imperator«, begann Quintus, um seiner Rede mehr Gewicht zu verleihen, »hat beschlossen, dass ihr die Vorhut unserer Armee bilden und unsere Flanken decken sollt. Decurio Julius wird euch anführen!«

Nicht jeder der Germanen war damit einverstanden, sich

einem römischen Offizier zu unterstellen, mochte er auch hundertmal ähnlicher Abkunft sein wie sie. Doch nach einem kurzen Wortwechsel stimmten alle zu. Wulfherich tat es, weil er erleichtert war, dass Quintus ihm nicht Raganhar vor die Nase gesetzt hatte, und auch dieser hätte sich auf keinen Fall seinem Vetter unterstellt.

»Eure Aufgabe ist es, die Feinde aufzuspüren, sie zu bekämpfen und Gefangene zu machen. Für jeden, ganz gleich, ob Mann, Weib oder Kind, erhaltet ihr eine Belohnung!«, erklärte Quintus den Männern.

Er hoffte, dass die Barbaren auf seine Forderung eingingen. Denn um seine Ziele zu erreichen, mussten sie möglichst viele Gefangene festsetzen, die später als Sklaven verkauft werden konnten.

»Das Heer wird bis zum Main vorstoßen und alle Dörfer niederbrennen, auf die wir treffen«, fuhr er fort. »Dann werden diese unzivilisierten Wilden endlich begreifen, welche Strafe sie ereilt, wenn sie Rom erzürnen.«

Noch während er sprach, streifte sein Blick die Karte, auf der er die Grenzen seiner zukünftigen Provinz eingezeichnet hatte. Das Land hier an der Tauber und in einigen anderen Gebieten war fruchtbar, und er sah nicht ein, weshalb er es den Germanen lassen sollte. Er würde Siedler aus Gallien und anderen Provinzen des Römischen Reiches hierherholen und die Eingeborenen nur noch als Sklaven dulden. Dafür aber musste die Kampfkraft der jetzt noch mit Rom verbündeten Stämme geschwächt werden. Das gelang am besten, wenn man sie gegen ihre Verwandten hetzte, so dass sie sich gegenseitig dezimierten. War der Feldzug zu Ende, würde er entscheiden, wie er weiter mit diesem schmutzigen Gesindel verfuhr.

7.

Da Raganhar keine Boten sandte, gab es kaum Nachrichten über den Stand des Feldzugs. Von einem römischen Händler, der ins Dorf kam, erfuhren Gerhild und die anderen Dorfbewohner nur, dass Caracallas Truppen einen gewaltigen Sieg über die Barbaren errungen hätten.

Während Lutgardis sich Sorgen um ihren Stamm machte, hoffte Gerhild, dass Raganhar sich bei diesem Feldzug hatte auszeichnen können, um sein Ansehen nicht nur im Stamm, sondern auch bei den Römern zu verbessern. Hariwinius hat gewiss Ruhm erworben, dachte sie, doch der stand auf der Seite des Imperiums. Ihr aber ging es darum, die Unabhängigkeit ihres Stammes zu erhalten und damit das Recht, nach eigenen Gesetzen und Sitten leben zu können. Was es hieß, dem römischen Recht unterworfen zu sein, hatte ihr Linzas Schicksal vor Augen geführt, als diese von ihrem Ehemann verstoßen worden und praktisch rechtlos geworden war.

Nach zehn Tagen war Gerhild es leid, warten zu müssen, und so wandte sie sich mit einer heftigen Bewegung an Lutgardis. »Ich reite nach Sumelocenna. Dort werde ich gewiss mehr erfahren als hier.«

»Sumelocenna? Das hört sich nach Römern an«, wandte Lutgardis ein.

»Es ist eine ihrer Städte. Da wir Sueben als Freunde des Imperiums gelten, dürfen wir sie betreten.« Ganz wohl war Gerhild bei diesem Vorhaben jedoch nicht, hatte sie die Stadt bislang doch nur ein einziges Mal in Begleitung ihres Vaters besucht

254

und sich dabei halb zu Tode geängstigt. Doch wenn sie etwas erfahren wollte, musste sie in das Land hinter der Steinernen Schlange. Sumelocenna besaß zudem den Vorteil, dass Linza dort lebte und sie lieber die Stammesverwandte fragen wollte als einen römischen Legionär.

Um Schwierigkeiten aus dem Weg zu gehen, beschloss Gerhild, sich erneut als Krieger zu verkleiden. Dafür bediente sie sich an der Garderobe ihres Bruders und legte sogar den steifen Lederpanzer an, den ihr Vater vor Jahren von den Römern als Geschenk erhalten hatte. Er drückte ein wenig auf ihren Brüsten, doch das war es ihr wert.

Lutgardis sah ihr verblüfft zu und schüttelte zuletzt den Kopf. »Würde ich dich nicht gut kennen, würde ich dich für einen hübschen Jüngling halten. Obwohl – so hübsch wie du sind Jünglinge im Allgemeinen nicht.«

»Da werde ich etwas tun müssen«, sagte Gerhild lächelnd und überlegte, ob sie ein paar Haarsträhnen opfern und mit Harz als Schnurrbart ankleben sollte. Sie gab den Gedanken jedoch rasch auf und sagte sich, dass etwas Schmutz im Gesicht auch reichen würde. Mit entschlossener Miene gürtete sie ihr Schwert, steckte den Dolch unter ihre Kleidung und blitzte Lutgardis unternehmungslustig an.

»Ich werde etwa sieben Tage ausbleiben.«

»So lange?« Eine solche Zeitspanne wollte Lutgardis nicht allein unter Menschen bleiben, die zu den Feinden ihres eigenen Stammes zählten.

»Ich komme mit dir!«, rief sie.

»Ich glaube nicht, dass du als Krieger durchgehst. Dafür hast du vorne und hinten etwas zu viel am Leib«, antwortete Gerhild lachend.

Lutgardis blickte auf ihren Busen herab und strich mit den Händen über ihre ausladenden Hüften. »Nein, als Krieger kann ich nicht gehen. Aber du kannst doch deine Schwester bei dir haben.«

»Es ist nicht ungefährlich!«, warnte Gerhild sie.

»Das gilt ja wohl auch für dich! Außerdem wollte ich die Steinerne Schlange schon lange einmal mit eigenen Augen sehen. Ist das Land dahinter wirklich um so viel anders als das hier?«

Lutgardis hatte sich entschieden und wollte sich nicht davon abbringen lassen, also gab Gerhild nach. »Nun gut, du kannst mitkommen. Ob das Land jenseits der Steinschlange anders ist, wirst du dann selbst sehen. Steck dir auf jeden Fall einen Dolch unter die Kleidung und nimm nichts von Wert mit. Es gibt sehr viele Diebe bei den Römern.«

»Diebe?« Lutgardis wollte es nicht glauben. Für sie war es normal, wenn ein Mann einen anderen im ehrlichen Kampf besiegte und seinen Besitz an sich nahm. Dies heimlich oder hinterrücks zu tun, war jedoch schäbig.

»Es ist ein Volk ohne Ehre«, sagte sie voller Verachtung und machte sich für den Ritt zurecht.

Als sie die Halle verließen, kam ihnen Odila entgegen. »Wollt ihr ausreiten?«, fragte sie verwundert.

»Wir reiten nach Sumelocenna. Vielleicht erfahren wir dort, wie der Feldzug steht«, erklärte ihr Gerhild.

»Sumelocenna?«, rief Odila entsetzt. »Das liegt doch jenseits der Schlange, die das Reich der Römer bewacht!«

»Da die Schlange aus Stein ist, wird sie uns schon nicht fressen. In einer guten Woche sind wir wieder zurück«, versprach Gerhild. »Kümmerst du dich in der Zwischenzeit darum, dass das Haus meines Bruders in Ordnung gehalten wird?«

»Das mache ich!« Die Aufsicht über Raganhars Heim versöhnte Odila damit, dass Gerhild wieder etwas ohne sie unternahm. Zu Pferd vermochte sie jedoch nicht mit ihrer Freundin mitzuhalten, und sie hätte es auch nie gewagt, sich dem Limes auch nur auf Sichtweite zu nähern. Daher wünschte sie Gerhild Erfolg und trat mit ihr ins Freie.

Gerhild sattelte ihre Stute und wies Lutgardis an, ein anderes

Pferd zu wählen als das, mit dem sie gekommen war. »Es ist ein römischer Militärgaul, und man würde glauben, wir hätten ihn gestohlen«, setzte sie hinzu und sah dann, dass Colobert mit langen Schritten herbeieilte.

»Jetzt kommt der auch noch!«, stöhnte sie, während sie den Sattelgurt festzog. Danach stieß sie sich vom Boden ab und schwang sich aufs Pferd.

»Was hast du vor?«, fragte Colobert mit betonter Strenge.

»Nichts, was dich etwas angehen würde!«, gab Gerhild eisig zurück.

Sie hielt den Mann für denselben Narren wie Alfher, der ihre Ratschläge missachtet und mit seinem Leben dafür bezahlt hatte.

»Wenn Raganhar zurückkommt und nach dir fragt, muss ich ihm sagen können, wo du bist. Was ist das überhaupt für eine Art, dich als Mann zu verkleiden? Das ist doch lächerlich! Niemand wird dir glauben, dass du einer bist.«

»Gut, dass du mich daran erinnerst!« Gerhild schwang sich aus dem Sattel, bückte sich, und grub mit der Rechten ein wenig Erde aus. Damit fuhr sie sich über die Wangen und die Stirn.

»Sieht es nun besser aus?«, fragte sie Colobert.

Dieser starrte sie verwirrt an, aber Lutgardis nickte anerkennend. »Jetzt siehst du wirklich wie ein übermütiger Junge aus!«

»Dann können wir aufbrechen!« Gerhild lenkte ihre Stute an Colobert vorbei und sah, dass dieser nach den Zügeln greifen wollte. Ein leichtes Zungenschnalzen ließ Rana antraben, und die Hand des Mannes fuhr ins Leere.

»He, das darfst du nicht!«, rief er noch.

Gerhild kümmerte sich jedoch nicht um ihn, sondern ritt zum Dorf hinaus und wählte den Weg, der zum nächsten Limestor führte und damit in das Reich der Römer. Obwohl Lutgardis sich innerlich vor Angst wand, folgte sie ihr dichtauf. Dabei fragte sie sich, ob es einen tiefen Riss im Gefüge von Gerhilds Stamm gab. Es war nicht gut, wenn die Schwester und der Stellvertreter des Fürsten nicht miteinander auskamen.

8.

Auf dem Ritt zum Limes trafen Gerhild und Lutgardis auf Händler, die in dieselbe Richtung zogen wie sie oder ihnen entgegenkamen. Mehrere Abordnungen verschiedener Stämme nahmen ebenfalls diesen Weg, doch Neues erfuhren die beiden Frauen nicht. Gerhild hegte sogar den Verdacht, dass die meisten Männer ebenfalls zu der nächstgelegenen römischen Stadt unterwegs waren, um etwas zu erfahren.

»Was ist der Limes wirklich? Ein Zauberwerk?«, wollte Lutgardis wissen, da dieser Begriff immer wieder fiel.

»Wir nennen ihn die Große Steinerne Schlange«, erklärte ihr Gerhild. »Sie sieht aus wie eine hohe, endlose Mauer, kann aber nur durch Zauberei geschaffen worden sein. Menschen sind dazu nicht in der Lage. Man erzählt sich, dass die Schlange aus Stein das gesamte Römische Reich umgibt und gegen seine Feinde schützt. Aber sie schließt auch alle Völker ein, die von Rom unterworfen worden sind, und hält sie gefangen. Einem früheren Teilstamm von uns ist es so ergangen. Die Leute leben zwischen Rhein und Neckar und mussten sich vor ein paar Generationen den Römern beugen. Nun sind sie zumeist nur noch Sklaven, die auf den Feldern römischer Herren arbeiten. Dieses Schicksal droht auch uns, wenn sich die Große Schlange weiter nach Osten verlagert.«

»Das hört sich nicht gut an«, antwortete Lutgardis, während sie vergeblich versuchte, sich diese mächtige Schlange aus Stein vorzustellen. Erst, als sie wenig später auf eine feste Straße einbogen, erblickte sie eine breite Schneise durch den Wald und die mehr als zwei Mann hohe Mauer, die in deren Mitte verlief.

Lutgardis' Blick wanderte an der Mauer entlang, um ein Ende zu entdecken. Doch das graue Monstrum reichte von Horizont zu Horizont. Alle paar Steinwürfe weit ragte ein weißer Turm wie eine große Warze hinter der Mauer empor. Bei dem nächstgelegenen konnte sie eine hölzerne Galerie erkennen, auf der römische Soldaten standen und nach Osten starrten.

»Dieser Wall muss von den Riesen errichtet worden sein. Mögen Donar und sein Hammer uns vor ihnen beschützen«, flüsterte sie mit bleichen Lippen.

Auch Gerhild war beeindruckt, obwohl sie den Limes schon mehrmals gesehen und einmal sogar passiert hatte. Damals aber war ihr Vater bei ihr gewesen, und sie hatte sich in seinem Schutz halbwegs sicher gefühlt. Nun aber war es, als greife eine eisige Hand nach ihrem Herzen. Was würde sein, wenn sie die Große Schlange erreichten? Vor dem Tor, dem sie sich näherten, standen römische Soldaten und kontrollierten jeden, der ihr Reich betreten wollte. Am liebsten hätte sie ihr Vorhaben aufgegeben und wäre wieder nach Hause geritten. Doch die Späher auf den Warzentürmen hatten sie bereits bemerkt und würden sie und Lutgardis womöglich verfolgen lassen. Sie konnte ihnen wahrscheinlich entkommen, doch ihre Begleiterin war keine so gute Reiterin und würde es nicht schaffen.

Daher raffte Gerhild allen Mut zusammen und ritt auf das Bauwerk zu, das die Mauer um eine weitere Manneslänge überragte und zwei Durchgänge aufwies.

»So etwas habe ich noch nie gesehen!«, stöhnte Lutgardis entgeistert und hielt ihr Pferd an. »Da reite ich nicht durch! Die Römer werden uns gefangen nehmen und quälen.«

»Das werden sie nicht tun«, antwortete Gerhild und legte ihr die Hand auf den Arm, um sie zu beruhigen. Doch ihre Begleiterin schüttelte sie ab und wollte ihr Reittier wenden, um zurückzureiten.

Daher fasste sie nach dessen Zügel und funkelte Lutgardis warnend an. »Tu nichts, was die Wächter am Tor misstrauisch machen könnte! Was die Menschen betrifft, die jenseits des Limes leben, so sind das keine Soldaten, sondern Handwerker und einfache Leute, die Land bebauen und Vieh züchten. Wir treiben Handel mit ihnen, und zu Zeiten meines Vaters erhielten wir auch Geschenke.«

Lutgardis blickte sie unsicher an, bemerkte Gerhilds Entschlossenheit und nickte verbissen. Es fiel ihr schwer, auf das unheimliche Tor zuzureiten, das auf sie wie eine Schwelle zum Reich der Totengöttin wirkte.

Die Mauer bestand aus glatten Steinen und nicht aus Lehmfachwerk, wie sie es von zu Hause kannte, und vor den beiden Öffnungen, die ihr wie die Mäuler einer Bestie erschienen, kontrollierten Bewaffnete jeden, der sich dorthin wagte. Als Lutgardis näher kam, verkrampfte sich alles in ihr, denn Männer wie diese hatten sie gefangen genommen und Quintus ausgeliefert.

Im Gegensatz zu Lutgardis, die sich immer mehr in sich selbst verkroch, beobachtete Gerhild genau, was am Tor geschah. Sie blickte auch zu den beiden Wachttürmen hinauf, die in etwa hundert Schritt Entfernung links und rechts des Tores standen. Ein Ruf oder ein Hornsignal, das hier am Tor erscholl, würde dort vernommen werden, und wenn es laut genug war, auch von den etwas weiter entfernt stehenden Türmen. Bislang hatte sie sich nicht dafür interessiert, wie die Römer ihre Grenzen schützen, doch nun gab ihr die strenge Kontrolle, welcher die römischen Soldaten alle Reisenden unterwarfen, genügend Zeit, sich sorgfältig umzuschauen.

Direkt vor ihnen wartete ein Händler mit einem Wagen, vor den zwei Ochsen gespannt waren und die von einem Jungen mit einem Stock geführt wurden. Der Mann auf dem Wagen wirkte so unruhig, als habe er Ameisen unter seinem Hemd. Als einer der Torwächter ihm winkte, vorzufahren, zwang er sich jedoch ein Grinsen auf. »Da bin ich wieder, Titus, wie

261

immer mit Fellen und Leder aus den germanischen Urwäldern.«

»Steig ab!«, forderte der Soldat ihn auf und trat auf den Wagen zu. Mit geschickten Fingern löste er die Plane, die der Händler über seine Fracht gespannt hatte, und schlug sie zurück.

»Wie du siehst, Leder und Felle«, erklärte der Mann erneut.

Der Soldat wühlte ein wenig in den Lederstücken und wollte schon beiseitetreten, als ein Unteroffizier herantrat und den Händler und den Wagen musterte.

»Beiseiteschieben und abladen!«, befahl er.

»Warum denn das?«, rief der Händler. »Ich führe seit Jahren Häute und Felle aus dem Barbarenland ein, und es gab niemals Beanstandungen!«

»Dann hast du ja sicher nichts dagegen, wenn wir diesmal genauer hinsehen.«

Der Unteroffizier grinste und wandte sich dann an Gerhild, die sich mit Lutgardis hinter dem Wagen befand. »Wer seid ihr und wo wollt ihr hin?«

»Ich bin Gerwin und will mit meiner Schwester nach Sumelocenna.« Gerade noch rechtzeitig war Gerhild eingefallen, dass sie einen Männernamen nennen musste.

»Was habt ihr bei euch?«, fragte der Unteroffizier weiter.

»Nur ein wenig Mundvorrat und Decken für die Nacht«, antwortete Gerhild.

Der Mann gab sich damit nicht zufrieden, sondern öffnete ihre Satteltaschen und blickte hinein. Da er nichts fand, was zu verzollen war, schloss er sie enttäuscht wieder.

»Ihr könnt passieren«, erklärte er und trat beiseite.

Gerade als Gerhild ihre Stute antrieb, hörte sie den triumphierenden Ruf der Wachen. »Der Kerl hat eine Kiste Bernstein unter den Fellen versteckt. Das wird teuer!«

Gerhild warf dem Händler einen kurzen Blick zu und sah ihn bleich wie frisch gefallener Schnee neben seinem Wagen stehen.

»Was ist mit ihm?«, fragte Lutgardis, die sich noch immer wunderte, dass die Römer sie und Gerhild nicht umgehend von den Pferden gerissen und gefesselt hatten.

»Der Mann hat versucht, Bernstein ins Imperium zu schmuggeln. Dieser Stein ist dort sehr wertvoll, und er hätte am Tor dafür bezahlen müssen. So etwas nennt man, glaube ich, Zoll, und es ist auch so eine Art Steuer, die Römer jedermann in ihrem Imperium abnehmen.«

»Es ist ein seltsames Volk«, fand Lutgardis, die mit den Worten Steuern und Zoll wenig anzufangen wusste.

Gerhild zuckte die Achseln. »Da magst du recht haben. Nun aber sollten wir weiterreiten, sonst müssten wir in einer Herberge übernachten, und das kostet Geld. Ich habe aber nur eine Handvoll Asse und Sesterzen bei mir.«

»Du besitzt römische Münzen?«, fragte Lutgardis verwundert.

»Nicht viele. Vater wollte, dass ich lerne, mit römischem Geld umzugehen, damit ich mich später nicht von deren Händlern übers Ohr hauen lasse. Die Kerle verlangen oft überhöhte Preise und amüsieren sich, wenn ihre Kunden darauf eingehen.«

»Sie sind ein Volk von Dieben und Betrügern!«, fauchte Lutgardis, die ihre Vorurteile gegen die Römer immer mehr bestätigt sah.

»Wer mit ihnen zu tun hat, muss lernen, mit ihnen umzugehen«, antwortete Gerhild mit einer wegwerfenden Geste und ließ ihre Stute schneller traben. Auf ihrem weiteren Weg musste sie Lutgardis noch etliche Fragen beantworten und merkte bald, wie wenig sie im Grunde über Rom und die Römer wusste. Es reichte jedoch aus, um die brennende Neugier ihrer Begleiterin zu befriedigen.

Als sie sich Sumelocenna näherten, hatte Lutgardis ihre Gefühle weit genug im Griff, um nicht vor Angst zu erstarren. Dafür staunte sie mehr als je zuvor in ihrem Leben.

Eine Mauer und ein Tor hatte Lutgardis bereits am Limes gesehen. Den Ort hier umgab eine etwas niedrigere Mauer, und das Tor wirkte auch nicht so bedrohlich wie das in der Großen Schlange. Zu dieser Zeit kurz vor der Dämmerung eilten viele Leute darauf zu, aber im Gegensatz zu dem anderen Tor ließen die Wachen die Menschen einfach passieren. Auch die beiden Frauen durften durch das Tor reiten, ohne befragt zu werden. Während Lutgardis auf die eng zusammenstehenden Häuser starrte, die teilweise erheblich größer und länger waren als die Halle eines Stammesfürsten, versuchte Gerhild, sich an alles zu erinnern, was Hunkbert ihr über das Heim seiner Schwester Linza, das in einem eher ärmlichen Viertel in Sumelocenna lag, erzählt hatte.

Seiner Beschreibung folgend lenkte sie ihre Stute in eine schmale Gasse, in der die Häuser ähnlich wie die ihres Volkes aus Lehmfachwerk errichtet waren. Hier aber waren die Dächer statt mit Stroh mit kleinen Holzstücken gedeckt. In solchen Behausungen wohnten, wie ihr Vater ihr erklärt hatte, keine wohlhabenden Leute, sondern armes Volk, das sich von Gelegenheitsarbeiten und Spenden ernährte.

Die beiden Frauen sahen sich vielen fragenden Blicken ausgesetzt, und so zügelte Gerhild ihre Stute und musterte ihrerseits die Menschen. Schließlich wandte sie sich an eine Frau, die eben einen Eimer Schmutzwasser in eine steinerne Rinne goss. »Wo finde ich Linza, die Suebin?« Da Gerhild kein Latein sprach, verstand die andere nur den Namen der gesuchten Frau und deutete auf die letzte Tür in der linken Häuserzeile. »Linza findest du dort!«

Obwohl die Auskunft auf Latein gegeben wurde, konnte Gerhild etwas damit anfangen und hielt kurz darauf vor dem genannten Haus an. Noch während sie überlegte, ob sie noch einmal fragen sollte, öffnete sich die Tür. Eine dralle Frau Mitte dreißig kam heraus und bedachte die beiden Reiterinnen mit einem misstrauischen Blick.

»Was wollt ihr hier?«

»Linza, erkennst du mich nicht?«, fragte Gerhild lachend.

»Bei Volla! Gerhild? Aber das kann doch nicht sein!«, entfuhr es der Frau.

»Ich bin es aber!« Gerhild schwang sich aus dem Sattel und umarmte Linza.

»Du siehst verhärmt aus«, sagte sie, als sie die Stammesverwandte betrachtete.

»Das habe ich diesem Lumpenhund Gaius und dem Weibsstück zu verdanken, das er sich jetzt eingefangen hat. Vier Kinder habe ich ihm in der Zeit geboren! Nun aber, wo es auf seinen Abschied vom Heer zugeht und er mit einer stattlichen Prämie rechnen kann, hat sich Clivia, diese Schlange, an ihn herangemacht. Die ist nämlich Witwe, musst du wissen. Ihr Mann ist verunglückt, was mir ja leidtut. Aber sie hätte sich auch jemand anderes suchen können als meinen Gaius. Ich sage euch …«

»… erst einmal, wo wir unsere Pferde unterbringen können!«, unterbrach Gerhild die redselige Frau.

»Mein Rufus wird sie zum Wirt bringen. Für den erledigt er immer wieder kleine Aufträge, und so wird der Mann nichts sagen, wenn er die Pferde dort einstellt. Ihr könnt inzwischen hereinkommen und euch frisch machen. Ich werde Navina zum Bäcker schicken, damit sie Brot holt, und zu Renatus, frische Oliven besorgen. Vielleicht kann sie auch ein wenig Wein kaufen.«

Gerhild hob abwehrend die Hand. »Du musst dir wegen uns keine Umstände machen. Wir sind nur gekommen, um mehr über den Kriegszug der Römer zu erfahren. Bis jetzt ist keine Nachricht bei uns eingetroffen, und daher sind wir in Sorge um die Unsrigen.«

Unterwegs hatte Gerhild Lutgardis eingeschärft, so zu tun, als käme sie von einem befreundeten Stamm, der ebenfalls ein Aufgebot für den Kaiser gestellt hatte. Obwohl sie Linza

265

nichts Schlechtes zutraute, wollte sie nicht, dass diese erfuhr, woher ihre Begleiterin wirklich stammte.

»Hier kannst du in einer Stunde mehr Gerüchte hören als anderswo in einem Jahr«, antwortete Linza und bat die beiden ins Haus. Ihr ältester Sohn, ein zwölf Jahre altes Bürschchen mit roten Haaren, übernahm die Pferde und führte sie weg.

Als sie eintraten, wunderte sich Lutgardis, dass das Gebäude keine Halle enthielt, die die gesamte Länge und Breite einnahm, sondern die Küche und drei Kammern, die unterschiedlichen Zwecken dienten. Da das Haus zur linken Hand endete und auf der anderen Seite eine Mauer ohne jede Tür hindurchlief, standen Linza und deren Kindern höchstens ein Sechstel des Gebäudes zur Verfügung.

Linzas Tochter, die ebenso rothaarig war wie ihr um zwei Jahre jüngerer Bruder, nahm auf Anweisung der Mutter einen Korb und einen Krug und verließ die Küche. »Sag, dass ich später komme und zahle«, rief Linza dem Mädchen noch nach, dann wandte sie sich ihren Gästen zu. »Du hast wirklich einen Tollkopf auf den Schultern, Gerhild. Wer würde sonst so verrückt sein, als Jüngling verkleidet hierherzukommen?«

»Es erschien mir sicherer, als wenn zwei Frauen hier aufgetaucht wären«, antwortete Gerhild und fragte, was Linza über den Feldzug wisse.

»Nach außen hin heißt es, der Imperator habe glorreiche Siege errungen und würde die Barbaren zu Paaren treiben«, antwortete die Frau. »Doch ganz so gut scheint es nicht zu stehen. Pribillus, ein Freund von Gaius, wurde zusammen mit anderen Verwundeten zurückgebracht und hat erzählt, unsere Truppen würden immer wieder aus dem Hinterhalt angegriffen und dabei herbe Verluste erleiden. Caracalla soll bereits die Krieger der verbündeten Stämme vorgeschickt haben, um die Feinde abzufangen.«

»Die Römer erleiden also Verluste«, rief Lutgardis zufrieden aus und wollte noch mehr sagen, doch Gerhild versetzte ihr

266

unter dem Tisch einen Tritt. Zudem warnte ihr Blick sie davor, zu viel Freude zu zeigen. Immerhin hatte Linza fünfzehn Jahre lang mit einem römischen Soldaten zusammengelebt und nannte andere Soldaten Freunde.

Zum Glück begriff Lutgardis die Situation und hielt den Mund. Linza hatte nichts von dem kleinen Zwischenspiel bemerkt, denn sie redete wie ein Wasserfall. Neben den verwundeten Römern seien auch etliche hundert Gefangene hierhergeschafft worden, berichtete sie. »Es heißt, sie sollen weiter im Süden als Sklaven verkauft werden. Arme Hunde! Aber warum mussten sie das Imperium auch reizen?«

»Sie haben es nicht gereizt«, antwortete Gerhild leise. »Es geht Rom darum, die eigene Macht auszudehnen und unser Gebiet zu seiner Provinz zu machen.«

»Dann werdet ihr auch römische Bürger, so wie Caracalla es für alle Bewohner des Imperiums verfügt hat!« Linza fand nichts Schlechtes daran, denn sie war die römische Lebensart gewohnt und hoffte offensichtlich, in dem Fall von ihren Verwandten unterstützt zu werden.

Gerhild war der Gedanke jedoch zuwider, denn was sie hier sah, verriet ihr, dass sie und ihre Leute in ihrem Dorf weitaus besser lebten. In der römischen Behausung fühlte sie sich eingesperrt, und der Lärm, der von allen Seiten in die Räume drang, fuhr wie eine Raspel über ihre Nerven. Im Langhaus ihres Bruders konnte man sofort erkennen, wer herumlärmte, und ihn zur Ordnung rufen. Hier aber musste man schon nach draußen gehen und fremde Räume betreten, um sich zu beschweren.

»Ich will keine Römerin werden«, sagte sie nachdenklich. »Und ich will auch zu keinem Volk gehören, das seine Versprechen und Schwüre nicht einhält.«

Gerhild dachte in erster Linie an Quintus, der deutlich gezeigt hatte, dass er seine Niederlage gegen sie nicht akzeptieren wollte. Auch seinetwegen hatte sie sich als Jüngling verkleidet, denn sie traute es ihm zu, sie abfangen zu lassen, falls er erfuhr, dass sie sich auf römisches Gebiet gewagt hatte.

»Aber was willst du tun, wenn die Römer sich das Land unter den Nagel reißen? Nach Osten gehen, wo die wilden Stämme leben? Pribillus hat mir einiges über diese Leute erzählt. Sie sollen sich nackt in die Schlacht stürzen, nur mit einem Bärenfell bekleidet …«

»Dann sind sie nicht nackt!«, unterbrach Gerhild sie.

»Sie tragen keine Helme und keine Rüstungen, nur ihre Schwerter und Zauberrunen, die sie sich mit Blut auf Brust und Gesicht malen!«

Linza schauderte es bei der Vorstellung, während Gerhild annahm, dass die Frau irgendwelchen Schauermärchen aufgesessen sein musste. Sie hatte Lutgardis' Leute gesehen, und die unterschieden sich kaum von den eigenen Stammesmitgliedern. Wie es aussah, waren die Römer nicht nur Diebe und Betrüger, sondern auch gewaltige Lügner.

»Kann ich diesen Pribillus vielleicht sehen und mit ihm sprechen?«, fragte sie Linza.

»Er versteht aber nur Latein, und das kannst du nicht«, wandte diese ein.

»Du könntest für mich übersetzen«, schlug Gerhild vor.

»Das müsste gehen. Aber vorher sollten wir essen!« Linza wies auf ihre Tochter, die eben zur Tür hereingekommen war, wunderte sich dann aber über deren betrübte Miene.

»Was ist denn los, Navina?«, fragte sie.

»Der Bäcker hat mir nur ein angebranntes Brot gegeben und gesagt, du sollst heute noch kommen und deine Schulden bei ihm bezahlen. Oliven habe ich gar keine bekommen und auch keinen Wein. Der Weinverkäufer meint, wenn du welchen haben willst, musst du schon mit ihm in den Keller gehen und die Stute für ihn spielen!«

»So eine Frechheit!«, ereiferte sich Linza. »Ich war fünfzehn Jahre mit Gaius zusammen und bin ihm in dieser Zeit nie untreu gewesen. Jetzt werde ich mich doch nicht von diesem elenden Weinhändler rammeln lassen, solange noch die Möglichkeit besteht, dass Gaius sich besinnt und zu mir zurückkehrt.«

»Ich würde es dir wünschen!« Als Kind hatte Gerhild Linza gemocht und fand es gemein, dass der Mann, dem die Frau damals durch die Steinerne Schlange gefolgt war, seine Gefährtin nun im Stich ließ.

»Wir werden Wasser trinken müssen. Zum Glück ist es frisch. Holst du welches, Navina?« Linza sah ihre Tochter lächelnd an und brach das Brot in mehrere Teile.

»Ein wenig müssen wir für die Kinder aufheben«, sagte sie.

»Ich habe etwas Geld bei mir, nicht viel, aber ich gebe es dir gerne«, bot Gerhild an.

»Das weiß ich, doch du bist mein Gast und ich lasse nicht zu, dass du mich wie eine Herbergswirtin bezahlst. Schließlich habe ich dich als Kind auf den Armen gewiegt.«

Gerhild senkte traurig den Kopf. Es musste für Linza schlimm sein, arm und verlassen in dieser Stadt zu hausen. Schon deshalb erschien es ihr wichtig, die Freiheit des Stammes zu erhalten, auch wenn ihr dies fast unmöglich erschien.

9.

Wenig später kehrte Navina mit einem Krug frischen Wassers zurück, und das Mahl konnte beginnen. Gerhild spürte, wie sehr Linza sich schämte, ihnen nichts Besseres als angebranntes Brot vorsetzen zu können. Zu Hause im Dorf hätte die Frau auch als Witwe ein besseres Schicksal als hier, sagte sie sich.

»Willst du nicht mit uns kommen?«, entfuhr es ihr unbewusst.

»Wenn Gaius wirklich nicht mehr mit sich reden lässt, werde ich es tun müssen. Als Hure will ich nicht leben, und als Magd nimmt mich niemand – wegen meiner Kinder!«, antwortete Linza niedergeschlagen. Es gefiel ihr gar nicht, als gescheiterte Frau in die Heimat zurückkehren zu müssen, doch wenn Gaius ihr und den Kindern jegliche Unterstützung verweigerte, würde ihr nichts anderes übrigbleiben.

»Wo ist Gaius eigentlich?«, fragte Gerhild zwischen zwei Bissen des trotz seiner angebrannten Rinde wohlschmeckenden Brotes.

»Beim Heer! Ich hoffe, ihm passiert nichts. Pribillus' Bericht erfüllt mich mit Sorge«, antwortete Linza.

»Er wird schon zurückkommen«, sagte Gerhild, um die Frau zu beruhigen.

Sie selbst fand jedoch, dass Linza ohne den Kerl, der sie nach vielen Jahren glücklichen Zusammenlebens einfach beiseitegeschoben hatte, besser dran war.

Mittlerweile war das Brot bis auf die Teile für Linzas Kinder gegessen, und Gerhild stand auf. »Ich würde gerne mit diesem Pribillus reden.«

»Da müssen wir zum Lazarett gehen, wo er und die anderen Verwundeten liegen. Aber wir sollten ihm eine Kleinigkeit mitbringen, sonst könnte jemand misstrauisch werden. Doch dafür habe ich kein Geld.«

Gerhild öffnete ihren Beutel und nahm einige Asse heraus. »Reichen die Münzen?«

»Ein paar Datteln werden wir dafür schon kriegen. Pribillus mag die Früchte gerne und wird sich darüber freuen.«

Linza erhob sich schnaufend und wies ihre Tochter an, zum Händler zu laufen und Datteln zu besorgen.

»Gib aber acht, dass er nicht den Daumen auf die Waage hält. Das macht er nämlich gerne«, warnte sie das Mädchen noch.

Navina grinste fröhlich. »Mich betrügt er nicht!«, sagte sie, nahm das Geld von Gerhild entgegen und sauste los.

»Wahrscheinlich bekommen wir nicht viel mehr Datteln, als wenn Amborix die Waagschale mit seinem Daumen ein wenig nach unten drückt, denn Navina wird unterwegs sicher ein paar essen. Aber für Pribillus werden sie reichen. Wartet, ich mache mich nur schnell zum Ausgehen zurecht!« Damit verschwand Linza in einer anderen Kammer und ließ ihre Gäste allein zurück.

»Gehört Linza wirklich zu eurem Stamm?«, fragte Lutgardis ungläubig.

Gerhild nickte. »Vor etwa fünfzehn Jahren besuchte ein Abgesandter des damaligen Statthalters von Rätien meinen Vater. Gaius gehörte zu seiner Eskorte und freundete sich mit Linza an. Ein paar Wochen später kam er erneut und fragte sie, ob sie mit ihm gehen wolle, und das dumme Ding tat es. Nun sitzt sie mit ihren Kindern in diesem Loch und kann nur hoffen, dass Gaius sich doch noch besinnt und für sie sorgt.«

»Diese Römer sind ein seltsames Volk. Welche Götter müssen diese Leute geschaffen haben?«, rief Lutgardis aus.

»Das kann ich dir nicht sagen. Ihren obersten Gott nennen sie

Jupiter, aber der trägt so viele Beinamen, dass ich nicht weiß, ob es verschiedene Jupiters sind.«

Linzas Rückkehr beendete Gerhilds Erklärungen, und sie musterte erstaunt das hellblaue Tuch, welches ihre Gastgeberin nun über den Schultern trug.

»Das hat Gaius mir in besseren Zeiten geschenkt«, erklärte die Frau und blickte nach draußen. »Navina müsste jetzt bald kommen. Nicht, dass sie zu viele Datteln wegfuttert.«

Bei der kargen Kost, die Linza ihren Kindern auf den Tisch stellen konnte, hätte Gerhild es verstanden, wenn das Mädchen sich unterwegs den Magen vollgeschlagen hätte. Doch Navina erschien kurz darauf mit einem kleinen Korb, in dem einige dunkelbraune Früchte von der Länge und Dicke eines Daumens lagen. Sie kaute nicht einmal, und dafür bewunderte Gerhild sie.

»Magst du eine?«, fragte das Mädchen und reichte, als ihre Mutter nickte, Gerhild eine Frucht.

»Du solltest auch eine probieren«, forderte Linza Lutgardis auf, und angelte sich selbst eine Dattel.

Unterdessen steckte Gerhild eine Dattel in den Mund und kaute vorsichtig darauf herum. Die Frucht war überraschend süß und schmeckte so gut, dass sie die restlichen Datteln im Korb mit einem entsagungsvollen Blick musterte. Sie beherrschte sich jedoch. Lutgardis schmeckte die Dattel auch, doch sie sagte nichts, weil es eine römische Frucht war und sie nichts, was von diesem Volk stammte, loben wollte.

Linza steckte sich noch eine zweite Dattel in den Mund und sah dann Gerhild auffordernd an. »Ich bin fertig!«

»Dann gehen wir!«

Die drei Frauen verließen die Wohnung und schritten die Straße entlang, bis sie ein Viertel erreichten, in dem die Häuser weiter auseinander standen und zum größten Teil aus Stein errichtet waren. Auf eines dieser Gebäude trat Linza zu. Ein Wachtposten stand davor und beäugte Gerhild, die er für einen jungen Mann hielt, misstrauisch.

»Sind Verwandte von mir, die mich besuchen. Wir wollen zu Pribillus, um ihm ein paar Datteln zu bringen«, sagte Linza und ging einfach an dem Legionär vorbei.

Gerhild tat es ihr nach, während es Lutgardis Überwindung kostete, den beiden zu folgen. Innen im Haus war es überraschend hell. Linza trat auf eine Kammer zu, öffnete die Tür und steckte den Kopf hinein. Das Bett, auf dem Pribillus sonst lag, war leer.

»Wo ist Pribillus?«, fragte sie. »Er wird doch nicht über Nacht gestorben sein?«

Einer der Legionäre, der auf einem anderen Bett lag und die Schulter dick verbunden hatte, schüttelte den Kopf. »Den bringt so leicht nichts um. Er sitzt im Atrium und lässt sich die Sonne auf den Bauch scheinen.«

»Danke für die Auskunft! Asklepius möge dich gesunden lassen.« Mit den Worten schloss Linza die Tür und führte ihre beiden Gäste in den von vier Seiten umschlossenen Innenhof. In dessen Mitte plätscherte ein kleiner Springbrunnen, den die armlange Figur einer Nymphe zierte. Verwundete Soldaten saßen auf Bänken, spielten Brettspiele oder genossen einfach nur den warmen Sonnenschein.

Linza entdeckte Pribillus und ging auf ihn zu. »Mars möge dich auf deinem nächsten Feldzug besser beschützen«, grüßte sie ihn.

»Das nächste Mal opfere ich Jupiter Dolichenus. Mars habe ich diesmal geopfert, aber es hat nichts genützt. Ein Barbarenspeer hat mich am Oberschenkel getroffen und eine Klinge mir das halbe Ohr abgesäbelt«, antwortete der Legionär lachend und sah dann Gerhild und Lutgardis in Linzas Begleitung.

»Wer sind denn die?«, fragte er.

»Verwandte von mir. Sie gehören zu Raganhars Stamm und wollen fragen, ob du etwas über ihre Leute weißt.«

»Auch nur Barbaren!«, murmelte der Legionär verächtlich,

bequemte sich dann aber doch zu einer Auskunft. »Die Germanen, die mit uns gezogen sind, taugen nicht viel. Raganhars Schar ist noch die beste! Die Kerle haben eine Gruppe feindlicher Krieger gestellt und niedergerungen. Die anderen Stammesaufgebote gehen Kämpfen, so gut sie können, aus dem Weg und lassen uns Legionäre die Drecksarbeit tun. Wir hätten das ganze Gesindel zu Hause lassen und die Feinde allein niedermachen sollen.«

»Waren es wirklich Feinde?«, fragte Gerhild, als Linza alles übersetzt hatte. »Wir kennen einige der Stämme dort und wissen, dass sie Frieden mit Rom halten wollten.«

»Da musst du nicht mich fragen, Junge, sondern den Imperator und seine Berater. Wenn die sagen, das sind unsere Feinde, dann kämpfen wir gegen sie!«

»Und wie steht der Krieg?«, wollte Lutgardis wissen.

»Den letzten Informationen nach, die uns erreicht haben, gut! Das Heer ist bis an den Main vorgestoßen und hat dort eine ganze Reihe an Barbarendörfern niedergebrannt. Wie es heißt, soll Paulinus noch ein paar aufmüpfige Stämme in ihre Schranken verweisen. Der Imperator hingegen wird bald wieder nach Rom zurückkehren. Vorher aber will er noch eine große Parade abhalten und unseren barbarischen Hilfsscharen seinen Dank aussprechen. Frage mich nur, für was! Mehr, als unsere Vorräte aufzufressen, haben die nicht gebracht.«

Pribillus lachte kurz, warf dann einen begehrlichen Blick auf die Datteln, von denen erneut eine in Linzas Mund verschwunden war, und streckte die Hand aus.

»Sind die für mich?«

»Ja!«, antwortete Linza.

»Dann gib sie mir, bevor du mir alle wegisst!«

Schuldbewusst reichte Linza dem Legionär den Korb. Dieser steckte eine Dattel in den Mund und seufzte.

»Wie gerne wäre ich in einem Land stationiert, in dem Datteln oder wenigstens Orangen wachsen. In dieser öden Gegend gibt es nur endlose Wälder, grundlose Sümpfe und einen Haufen Wilder, die von Auerochsen abstammen müssen, weil sie genau dieselben Sturschädel auf den Schultern tragen. Nichts für ungut, mein junger Freund, aber so ist es nun einmal. Wer von euch Barbaren nur ein wenig Grütze im Kopf hat, tritt in unsere Armee ein und lernt dort, ein Mensch zu werden.«

Trotz der Überheblichkeit, die aus Pribillus' Worten sprach, gefiel Gerhild der Mann. Er war ehrlich, und das konnte sie von den Römern, die sie bis jetzt kennengelernt hatte, nicht sagen.

»Wo will der Imperator unsere Stammeskrieger belohnen?«, fragte sie.

»Eigentlich wollte er es in Guntia tun, doch nun hat er sich für das Limestor nördlich von Aquileia entschieden«, sagte Pribillus und erklärte ihr auf ihr Nachfragen hin den Weg. »Wenn du ein gutes Pferd reitest, wirst du die Strecke in drei Tagen schaffen«, setzte er hinzu und stand dann auf.

»Langsam wird mir die Hitze zu viel. Ich bin wohl schon zu lange in diesem Landstrich stationiert und die Sonne nicht mehr gewohnt! Außerdem bin ich müde und möchte schlafen. Habt Dank für die Datteln! Möge Jupiter Dolichenus mit euch sein.«

»Mit dir auch, Pribillus! Mit dir auch«, antwortete Linza und sah dann Gerhild an. »Was hast du jetzt vor?«

»Ich möchte noch ein paar Tage bei dir bleiben und dann zu jenem Ort reiten, an dem Caracalla unsere Krieger belohnt«, antwortete Gerhild.

»Wir werden uns ein wenig einschränken müssen, doch es wird schon gehen«, antwortete Linza nach kurzem Nachdenken.

Gerhild drückte dankbar ihre Hand. Obwohl Linza nicht wusste, von was sie und ihre Kinder am nächsten Tag leben sollten, war sie bereit, das Wenige, das sie besaß, mit ihr und

Lutgardis zu teilen. Dazu aber sollte es Gerhilds Ansicht nach nicht kommen. Sie besaß noch einige Münzen, und einen Teil davon würde sie Navina geben, damit das Mädchen Lebensmittel einkaufen konnte. Mit dem Rest hoffte sie, bis zu ihrer Sippe durchzukommen und sich ihr erneut anschließen zu können.

10.

Das Heer hatte sich geteilt. Während Gaius Octavius Sabinus mit seinen obergermanischen Legionen vor Ort blieb, um die Macht Roms an Main und Tauber auszubauen, zog Caracalla mit seiner Leibwache und den Truppen aus Italien nach Süden, um so rasch wie möglich nach Rom zu gelangen. Quintus begleitete seinen Herrn bis zum Limes und tat dabei alles, um zum Statthalter der eroberten Gebiete ernannt zu werden. Auf diesem Weg wurden sie von den Aufgeboten der verbündeten Germanenstämme flankiert, von denen sich nur wenige im Kampf ausgezeichnet hatten.

Darauf spielte Quintus bei seinem Gespräch mit dem Imperator an. »Nur beim Plündern waren diese germanischen Hunde mit vorne dran! Doch wenn es galt, feindliche Barbaren aufzuspüren, haben sie sich auffällig zurückgehalten.«

»Du meinst, die Stämme sind unzuverlässig?«, fragte Caracalla mit grimmiger Miene.

»Das steht zu befürchten! Ich würde ihnen jedenfalls nicht trauen.« Quintus dachte an Raganhar, der ihm die Auslieferung Gerhilds erneut verweigert hatte.

Auch sonst war er nicht gut auf die verbündeten Stämme zu sprechen. Diese bewohnten einen großen Teil des Gebiets, das er als seine Provinz reklamieren wollte, doch keiner ihrer Fürsten war bereit, sich Rom zu unterwerfen. Schon mehrfach hatte das Imperium seine Grenzen in diesem Teil der Welt vorverlegt, und das sollte, wenn es nach ihm ginge, nun erneut geschehen.

»Es sieht mir ganz nach Verrat aus, Erhabener!«, erklärte

Quintus. »Diese Barbaren werden sich deinem göttlichen Willen widersetzen und Aufstände anzetteln, die nur mit großer Heeresmacht niedergeworfen werden können. Es sei denn …«

»Es sei denn was?«, unterbrach Caracalla seinen Berater.

»Man müsste ihnen auf der Stelle die Zähne ziehen, denn noch verfügen wir hier über genug Soldaten. Wenn du den Barbaren Wein ausschenken lässt, werden sie sich betrinken und können ohne große Opfer niedergemacht oder versklavt werden. Schließlich haben wir bisher nicht genug Sklaven gefangen, um den Feldzug finanzieren zu können.«

Quintus hoffte, der Imperator würde auf seinen Vorschlag eingehen. Sobald die Aufgebote der Stämme erledigt waren, gab es niemanden mehr, der ihre Dörfer verteidigte, und er konnte diese mit seinen eigenen Truppen besetzen. Die meisten Einwohner würde er ebenfalls als Sklaven verkaufen, um seinen eigenen Kriegszug zur Eroberung weiterer Gebiete bezahlen zu können. Dafür aber musste Caracalla ihm die Stammeskrieger vom Hals schaffen und freie Hand lassen.

Der Imperator warf einen Blick auf Wulfherich, der eben mit seinen Männern in der Nähe sein Lager aufschlug, ohne sich vorher mit den Quartiermeistern der römischen Truppen abgesprochen zu haben.

»Es ist ein disziplinloses Gesindel!«, sagte er verächtlich.

»Welches uns noch zu schaffen machen wird, wenn wir uns nicht vorsehen.« Quintus sah Caracalla fordernd an. »Wir müssen handeln, Erhabener! Hier sind über zweitausend Barbarenkrieger versammelt. Wenn wir ihnen erlauben, in ihre Urwälder zurückzukehren, werden wir ihre Stämme nur mit Mühe unterwerfen können. Erinnert euch, wie schwer es auf diesem Feldzug war, die feindlichen Germanen zu fassen. Meistens konnten wir nur ihre Felder verwüsten und ihr Vieh schlachten. Hoffentlich verhungern genug von diesen Wilden, so dass wir den Rest leichter unter unsere Kontrolle bekommen.«

Der Imperator sah noch einmal zu Wulfherichs Kriegern hinüber und nickte. »Sorge dafür, dass alles so geschieht, wie du es vorgeschlagen hast.«

»Das werde ich!« Zufrieden verabschiedete sich Quintus von Caracalla und ritt an Wulfherichs Leuten vorbei auf ein anderes Barbarenlager zu.

In diesem fand er Raganhars Aufgebot. Diesem war es trotz aller Anstrengungen nicht gelungen, Schlachtenruhm zu erwerben. Zwar waren er und seine Männer mehrfach in Kämpfe verwickelt gewesen, doch da hatten sich zumeist andere Krieger ausgezeichnet. Daher stand Raganhar missmutig vor seinem Zelt und starrte auf das Lager seines Vetters. Als ein Schatten auf ihn fiel, blickte er auf und sah Quintus vor sich.

»Gibst du mir jetzt deine Schwester?«, fragte der Römer.

Raganhar suchte verzweifelt nach einem Ausweg. Einerseits brauchte er, wenn sein Stamm wirklich ins Römische Reich eingegliedert werden sollte, Quintus' Unterstützung. Zum anderen aber würden ihm die eigenen Männer jede Gefolgschaft versagen, wenn er Gerhild dem Römer auslieferte. In deren Augen hatte seine Schwester ihre Freiheit in einem fairen Wettstreit errungen.

»Lass mir Zeit, noch einmal mit Gerhild zu reden«, bat er. »Vielleicht werde ich mit ihr eine Reise in das Land hinter der Großen Steinernen Schlange unternehmen, damit sie sieht, wie gut es sich unter römischer Herrschaft leben lässt. Dabei könnten wir dich besuchen. Du bist doch ein stattlicher und angesehener Mann, und wenn Gerhild sieht, wie du lebst, wird sie gewiss anderen Sinnes werden!«

»Mit einem solch vagen Versprechen lasse ich mich nicht abspeisen! Entweder du gibst mir deine Schwester oder …«, erwiderte Quintus hasserfüllt.

»Ich würde sie dir liebend gerne zur Frau geben. Da du deinen Anspruch auf sie jedoch im Speerwurf verloren hast, kann dies nur geschehen, wenn sie freiwillig zu dir kommt. Ich werde alles dafür tun!«, versprach Raganhar verzweifelt.

Quintus maß ihn mit einem eisigen Blick. »Ich bekomme immer, was ich will! Du hättest ein großer Mann werden können, doch diese Aussicht hast du nun verspielt.«

Mit diesen Worten riss er seinen Gaul herum und ritt in sein Lager zurück. Die übrigen Barbaren interessierten ihn nicht, denn sie waren nur ein Hindernis, das es zu beseitigen galt. Um sein Vorhaben voranzutreiben, sandte er mehrere Boten los, die Hariwinius, Julius und einige Offiziere der Ala secunda Flavia und der Legion zu ihm holen sollten. Bis die Männer kamen, legte er sich den Ablauf seines Plans genau zurecht.

Hariwinius und Julius erschienen als Erste. Knapp hinter ihnen tauchte der Quartiermeister der Legion auf. Als Quintus ihn sah, befahl er den beiden anderen, zu warten, und wandte sich diesem Mann zu.

»Sorge dafür, dass den Barbaren der Platz dort drüben als Lager angewiesen wird«, befahl er.

Der Quartiermeister blickte hinaus und wiegte unschlüssig den Kopf. »Die Hälfte der Germanen hat sich bereits an anderen Stellen breitgemacht!«

»Sie müssen dorthin! Sag ihnen, der Imperator will es so, um sie alle belohnen zu können. Danach weist du die Reiter und die Legionäre an, ihre Lager so um die der Barbaren zu errichten, wie ich es dir auf dieser Skizze zeige.«

Quintus nahm eine Karte zur Hand, in die er die Lager eingezeichnet hatte. Als der Quartiermeister verwundert den Kopf schüttelte, legte er ihm die Hand auf die Schulter.

»Wenn das geschehen ist, sorgst du dafür, dass die Barbaren schon morgen Wein erhalten – und zwar sehr viel Wein!«

»Und was ist mit den Legionären? Soll ich auch an diese Wein ausgeben lassen?«

»Nein!«

»Es wird ihnen aber gar nicht gefallen, wenn die Barbaren zu saufen bekommen und sie nicht«, wandte der Quartiermeister missgestimmt ein.

»Sie sind Soldaten Roms und haben zu gehorchen. Sag ihnen, dass sie später Wein erhalten werden. Doch vorerst brauche ich die Kerle nüchtern! Und nun geh! Je rascher du handelst, umso leichter wird es dir fallen, den Barbaren und den Soldaten ihre Lager zuzuweisen.«

»Wie du meinst, Quintus«, antwortete der Mann und verließ das Zelt.

Nun wandte Quintus sich Julius zu. »Du unterstützt diesen Mann!«

»Wie du befiehlst!« Mit einem unguten Gefühl folgte Julius dem Quartiermeister. Ihm gefielen diese Anweisungen nicht, und er fragte sich, was Quintus schon wieder ausheckte.

Kaum hatte Julius das Zelt verlassen, winkte Quintus Hariwinius zu sich. »Nun kannst du deine Treue zu Rom unter Beweis stellen«, sagte er. »Ich habe aus sicherer Quelle erfahren, dass die Stämme, die sich als unsere Verbündeten ausgeben, einen Aufstand planen, sobald unsere Armee diese Gegend verlassen hat. Diesen soll dein Bruder Raganhar anführen! Der Imperator hat mich beauftragt, das zu verhindern.«

»Raganhar soll einen Aufstand planen?«, rief Hariwinius verwundert. »Das kann ich mir nicht vorstellen. Alle Krieger, mit denen ich gesprochen habe, sind Freunde Roms!«

»Sie tun so, als wären sie es, und lügen dir ins Gesicht. Dein Bruder ist der Schlimmste von allen!«

Hariwinius schüttelte den Kopf. »Raganhar? Nie im Leben!«

»Ich weiß es aus sicherer Quelle! Er will Wulfherich übertreffen, um der unangefochtene Fürst des Stammes zu werden. Wie könnte er das besser beweisen als mit einem Aufstand gegen Rom? Wie du weißt, soll das Land jenseits des Limes eine neue Provinz werden, und damit würden die dort lebenden Barbaren römische Bürger. Doch sie wollen weiterhin in ihren Viehställen wohnen und Gerstenbrei essen, anstatt sich der Zivilisation zu öffnen.«

Für einen Augenblick verstummte Quintus und sah den jungen Offizier durchdringend an. »Ich werde der erste Statthalter der Provinz sein und brauche einen Mann als meinen Stellvertreter, auf den ich mich voll und ganz verlassen kann.«

»Du kannst dich auf mich verlassen, Quintus!« Hariwinius wurde schwindelig bei dem Angebot, die rechte Hand des Statthalters Quintus zu werden. Das war mehr, als er je zu hoffen gewagt hatte. Außerdem war das eine Stellung, in der er etwas für seinen Stamm bewirken konnte, falls Raganhar wirklich so verrückt sein sollte, sich gegen das Imperium zu stellen.

»Der Imperator hat mir freie Hand für die Ordnung der neuen Provinz gelassen, und ich will dort, wo sich Raganhars Dorf befindet, die erste Stadt errichten – und ein neues Reiterkastell! Zu dessen Kommandeur ernenne ich dich! Damit wirst du der Befehlshaber einer Reiterala mit fünfhundert Mann. Du musst nur zwei Dinge für mich erledigen, damit es dazu kommt.«

»Und die wären, Quintus?«, fragte Hariwinius angespannt.

»Erstens mir deine Schwester ausliefern!«, erklärte Quintus.

»Ich werde dir Gerhild übergeben. Doch du musst sie gut behandeln. Sie ist eine Fürstentochter und entstammt göttlichem Blut.«

Quintus ging nicht auf diesen Einwand ein, sondern legte Hariwinius eine Hand auf die Schulter und sah ihm in die Augen. »Zum Zweiten musst du beweisen, dass deine Treue zu Rom größer ist als die Blutsbande, die dich mit den Barbaren verbinden.«

»Das verstehe ich nicht.«

»Du wirst es verstehen!«, erklärte Quintus lächelnd. »Morgen, wenn alle die Lager bezogen haben, wird der Imperator an die Barbaren Wein ausschenken lassen. Sobald die Kerle betrunken sind, werden unsere Soldaten vorrücken und die, die sich wehren, niedermachen. Der Rest wird gefangen genommen und als Sklaven verkauft.«

»Aber das wäre Verrat!«, brach es aus Hariwinius heraus.

Quintus legte nun beide Hände auf die Schultern des jungen Mannes. »Verrat ist das, was dein Bruder und seine Verbündeten planen. Wir schützen uns nur dagegen. Wenn du Präfekt eines Reiterkastells und mein Stellvertreter werden willst, wirst du morgen deine drei Turmae gegen Raganhars Lager führen und dessen Männer gefangen nehmen oder niederkämpfen. Der Rest deines Stammes wird als Sklaven auf dem Latifundium arbeiten, das du dir zur Versorgung unserer Truppen einrichten solltest. Damit wirst du ein sehr reicher Mann, Hariwinius. Also enttäusche mich nicht!«

In Quintus' Stimme schwang eine Warnung, die Hariwinius erschreckte. Ihm war klar, dass er sich jetzt und sofort entscheiden musste. Stellte er sich gegen seinen Anführer, würde er gefangen genommen und hingerichtet. Als Toter aber konnte er für seinen Stamm nichts mehr tun. Die Alternative war jedoch, seine eigenen Verwandten gefangen zu nehmen und der Sklaverei auszuliefern.

»Versprich mir, dass ich die Männer meines Stammes, die sich ergeben, behalten kann«, bat er Quintus.

Dieser schüttelte den Kopf. »Der Imperator hat entschieden, dass alle Gefangenen nach Rom gebracht werden. Du kannst jene bekommen, die zu Hause geblieben sind. Andernfalls würden auch die in die Ferne verschleppt! So aber gelten sie als deine Sklaven, und du kannst sie beschützen.«

Hariwinius begriff, dass er nicht mehr erreichen konnte, und nickte. »Also gut! Dann soll es so sein. Die Menschen meines Stammes stehen unter meiner Aufsicht.«

»Die Leute deines Heimatdorfs!«, schränkte Quintus ein, denn die Bewohner der anderen Suebendörfer wollte er ebenfalls als Sklaven verkaufen, um die Kosten tragen zu können, die bei der Unterwerfung seiner Provinz anfallen würden.

Einen Augenblick lang zögerte Hariwinius noch, dann stimmte er bedrückt zu. Lange hatte er gehofft, den ganzen Stamm für Rom zu gewinnen. Da dies nun nicht mehr gelingen konnte, musste er zusehen, dass er wenigstens einen Teil von ihnen rettete. Doch zum ersten Mal fiel es ihm schwer, sich als stolzer Reiteroffizier in römischen Diensten zu fühlen.

FÜNFTER TEIL

Der Verrat

1.

Gerhild war erleichtert, als sie die Stelle erreichten, an der Caracalla die Stammesaufgebote für ihren Einsatz belohnen wollte. Sie lag nahe der großen Steinschlange auf römischem Gebiet. Nicht weit davon führte eine Straße geradewegs von Süden auf ein Tor in der mächtigen Mauer zu und verlor sich jenseits des Limes in den Wäldern. Das Tor war noch größer als jenes, durch das Gerhild und Lutgardis nach Rätien gelangt waren, und auf den Mauern verherrlichten Bilder in leuchtenden Farben die Macht des Imperiums. Zwischen den beiden Tordurchgängen stand die überlebensgroße Statue eines Mannes in schimmernder Rüstung. Keine der beiden Frauen hatte jemals etwas Ähnliches gesehen.

»Bei Wuodan, wieso machen sie das? Aus dem Metall dieses Standbilds könnte man mehrere Dutzend Pflugscharen schmieden«, rief Lutgardis aus.

»Oder Dutzende Schwerter! Doch an solchen herrscht bei den Römern kein Mangel. Wir werden ihnen niemals widerstehen können!« Für einige Augenblicke verließ Gerhild der Mut. Sie hatte auf dem Ritt durch die Provinz gesehen, wie die Römer lebten. Selbst ihre Gehöfte bestanden aus festem Mauerwerk oder wenigstens aus einem so feinen Fachwerk, wie es ihre eigenen Leute niemals errichten konnten. Die Menschen wirkten gut genährt, und Werkzeug und Tiere schien es im Überfluss zu geben.

Auch Lutgardis fühlte sich durch die offensichtliche Macht Roms niedergedrückt. Dann aber dachte sie daran, dass ihr Volk zum größten Teil noch auf Rodungsinseln zwischen

Elbe und Main lebte, wo ihnen die dichten Wälder Schutz boten.

»Und wenn sie noch so stark und mächtig sind – wir werden unsere Freiheit gegen sie behaupten«, flüsterte sie voller Inbrunst.

Ihr Beispiel machte Gerhild Mut. »Das werden wir! Aber erst einmal müssen wir meine Leute finden. Ich hoffe, sie bleiben nicht zu lange aus. Der Beutel mit den Münzen ist fast leer.«

»Dabei haben wir kaum mehr als etwas Brot kaufen müssen, weil du vorgestern einen Hasen und gestern einen Fasan schießen konntest.« In Lutgardis Stimme schwang Bewunderung mit, denn Gerhild war eine Frau, die sich in jeder Situation behaupten konnte.

Harte Stimmen ließen beide aufhorchen, und nach kurzer Zeit tauchte vor ihnen ein Trupp Legionäre auf, der im steten Schritt näher kam. Vor einigen Tagen noch hätte Lutgardis bei diesem Anblick schreiend Reißaus genommen. Nun aber beherrschte sie sich und sah zu, wie Gerhild ihre Stute zu dem Unteroffizier lenkte, der die Soldaten anführte.

»Jupiter sei mit dir!«, begann Gerhild, wie Linza es ihr geraten hatte. »Ist das Heer des ruhmreichen Caracalla bereits zurückgekehrt?«

»Das siehst du doch, Bursche!«, antwortete der Legionär etwas stockend in ihrer Sprache. »Das Heer lagert eine Meile weiter nahe der Limesmauer. Wenn du am Tor vorbeireitest, kannst du es nicht verfehlen!«

»Hab Dank!« Gerhild ritt an dem Trupp vorbei in die gewiesene Richtung und sah zufrieden, dass Lutgardis ihr folgte.

»Du bist wirklich mutig!«, lobte ihre Begleiterin. »Mir wäre das Herz stehen geblieben, wenn ich diesen Römer hätte ansprechen müssen.«

»Römer sind auch nur Menschen, und manche sind wohl auch nicht schlechter als Leute von uns. Dieser Pribillus war eigentlich recht freundlich, und auch mit den meisten von Linzas

Nachbarn kann man auskommen, was ich im Übrigen von Sigiward und Colobert, den engsten Vertrauten meines Bruders, nicht sagen kann.«

Gerhild lachte auf, als sie an Coloberts dummes Gesicht dachte, das dieser zuletzt gezogen hatte. Auch Alfher hatte zu jenen Männern gehört, die zu sehr auf ihren Rang als Stellvertreter des Fürsten gepocht und gute Ratschläge anderer missachtet hatten. Diese Haltung hatte ihn schließlich in den Untergang geführt. Gerhild ärgerte sich darüber, weniger wegen des Mannes selbst als wegen der zehn Krieger und Jungmannen, die durch seine Dummheit ebenfalls ums Leben gekommen waren.

»Welchem Römer drehst du deiner Miene nach gerade den Hals um?«, fragte Lutgardis in Gerhilds Überlegungen hinein.

»Sehe ich so schlimm aus?«, fragte diese. »Aber um deine Frage zu beantworten: keinem Römer, sondern einem eigenen Mann, allerdings nur noch im Geiste, denn er ist bereits zur Hel gegangen. Mag diese sich an seiner Dummheit ergötzen.«

»Da sind erneut Römer!«, rief Lutgardis besorgt.

»Immerhin reiten wir auf ihr Kriegslager zu. Da muss man mit Römern rechnen«, antwortete Gerhild lachend.

Wenig später vertrat ihr ein Legionär den Weg. »Hier könnt ihr nicht weiter!«, schnauzte er sie an. »Das Lager ist auf Befehl des Imperators für Zivilisten gesperrt. Ihr müsst in der Herberge einkehren!«

»Was machen wir jetzt?«, sagte Lutgardis.

Diese überlegte kurz und fragte: »Weshalb ist das Lager gesperrt?«

»Der Imperator will mit seinen barbarischen Hilfsscharen feiern.«

»Und da dürfen wir nicht hin?«, fragte Gerhild verwundert.

»So lautet der Befehl! Also kehrt um und übernachtet in der dortigen Herberge. Ihr könnt ja morgen wiederkommen. Der

Befehl gilt nur für heute.« Der Legionär wies auf die kleine Ansiedlung, die sich im Schatten des Limes erstreckte.

»Hab Dank«, antwortete Gerhild und lenkte ihre Stute in diese Richtung.

Lutgardis folgte ihr und griff nach ihrem Zügel. »Du willst doch nicht etwa bei den Römern übernachten?«, fragte sie angstvoll.

»Uns bleibt keine andere Wahl, wenn wir nicht auffallen wollen. Hier laufen mir zu viele Legionäre herum, als dass ich unter freiem Himmel übernachten wollte! Außerdem habe ich zusammen mit meinem Vater bereits in einer römischen Herberge geschlafen. Es ist weitaus harmloser, als du denkst!« Damit entzog Gerhild ihrer Freundin den Zügel und ritt weiter.

Zu normalen Zeiten tauschten römische und germanische Händler an diesem Ort ihre Waren aus. Nun aber hatte sich auch dort das Militär breitgemacht, und als die beiden Frauen zur Herberge kamen, war diese übervoll.

Nur mit Mühe gelang es Gerhild und Lutgardis, ganz am Ende eines der langen Tische zwei freie Plätze zu ergattern. Die Mägde des Wirts hatten alle Hände voll zu tun, um die hungrigen und durstigen Gäste zu versorgen. Einige Männer gehörten zu den Heereslieferanten und waren den Wortfetzen nach, die Gerhild aufschnappen konnte, verwundert, weil ihnen der Zutritt zum Militärlager untersagt worden war. Gerhild fragte sich, weshalb Caracalla einen solchen Befehl erteilt hatte. Sie konnte jedoch nicht lange darüber nachdenken, denn eine vollbusige Frau in einem braunen Kittel sprach sie an.

»Und was wollt ihr beide?«

»Etwas Wein und vielleicht das da.« Gerhild zeigte auf den Napf, aus dem ihr Nebenmann eben einen Eintopf löffelte. Dabei hoffte sie, dass ihr Geld für Essen und Unterkunft ausreichte, sonst würden Lutgardis und sie die Beine in die Hand nehmen müssen.

»Kriegt ihr!«, sagte die Wirtsmagd und ging weiter zum nächsten Gast.

»Zu Hause hätten wir nur bei einem Gehöft anhalten und fragen müssen, ob man uns Gastfreundschaft gewährt«, maulte Lutgardis, der die römischen Sitten immer mehr missfielen.

»Wir sind aber nicht zu Hause!« Gerhilds Antwort enthielt die Warnung, nicht aufzufallen.

Ihr ging es vor allem um Quintus. Diesem Mann musste sie in weitem Bogen aus dem Weg gehen, ebenso Hariwinius, der sie ungeachtet ihrer Verwandtschaft seinem Anführer ausliefern würde. Ihr Hass auf die Römer, der durch ihren Aufenthalt bei Linza und dem Ritt hierher etwas geringer geworden war, kehrte zurück, und sie begriff, dass auch sie sich beherrschen musste. Sie befanden sich im Land des Feindes und mussten es zu ihrer eigenen Sicherheit so bald wie möglich wieder verlassen.

2.

In der Herberge gab es Zimmer für Gäste mit wohl gefülltem Geldbeutel. Zu diesen zählten Gerhild und Lutgardis jedoch nicht. Daher steckte der Wirt sie, nachdem er ihnen das restliche Geld abgenommen hatte, zu einem Dutzend anderer Reisender in eine Kammer, die ursprünglich nur für die halbe Zahl an Übernachtungsgästen gedacht war.

»Müsst halt ein wenig zusammenrücken«, meint er ungerührt, als sich ein Mann beschwerte. »Ich kann ja nichts dafür, dass Caracalla euch nicht ins Lager gelassen hat.«

»Aber du verdienst verdammt gut daran. Eigentlich sollte man dir nur die Hälfte für die Übernachtung zahlen«, schimpfte der Gast und wandte sich dann im germanischen Dialekt an Lutgardis.

»Na, was ist mit dir? Willst du nicht mit mir das Bett teilen. Ich kann es gewiss besser als das Bürschchen, das du bei dir hast!«

»Gerwin ist mein Bruder und mit dem Schwert sehr geschickt«, antwortete Lutgardis und trat zu Gerhild.

Diese hatte ein Bett in der Nähe des Fensters gewählt und legte ihre Satteltasche darauf. Nun blickte sie zum Militärlager hinüber, das im letzten Schein der Abendsonne deutlich zu erkennen war, und vernahm dort laute Stimmen. Unwillkürlich öffnete sie das Fenster und hörte Männer in ihrer Muttersprache singen.

»Nüchtern sind die nicht mehr«, meinte sie zu Lutgardis.

»Sind halt Barbaren! Zu Hause haben sie nur ihren Met«, meinte einer der Reisenden und wandte sich an die anderen. »Wisst ihr, wie dieser Met gemacht wird?«

Als einige die Köpfe schüttelten, fuhr er grinsend fort. »Die Barbarenweiber schütten Honig und Wasser in einen großen Kessel, rühren diese Mischung durch und spucken dabei kräftig hinein.«

»Das gibt es doch nicht!«, rief einer, der anscheinend zum ersten Mal in der Gegend war.

»Ich habe es selbst gesehen«, erklärte der römisch gekleidete Mann. »Als Händler bist du gezwungen, das Zeug zu saufen, wenn es dir angeboten wird. Doch ich sage dir, nicht einmal meine Maultiere haben es freiwillig getrunken. Ich tue es auch nur, weil ich mit jeder Handelsreise einen Gewinn von dreihundert Prozent einfahre.«

Gerhilds Kenntnisse in Latein waren während ihres Aufenthalts bei Linza und auf der Reise ein wenig gewachsen. Zwar konnte sie nur wenige Sätze sprechen, verstand aber genug, um zu begreifen, dass der Händler sich über ihr Volk lustig machte. Es empörte sie, weil ihr Stamm diese Leute stets freundlich willkommen geheißen hatte. Seinen Verdienst, sagte sie sich, sollte er ruhig haben. Aber war es nötig, jene, die ihm dazu verhalfen, zu verspotten?

Verärgert schloss sie das Fenster wieder und setzte sich auf das Bett. Lutgardis nahm neben ihr Platz und zeigte deutlich, dass es ihr hier absolut nicht gefiel.

»Es ist so ganz anders als bei uns«, flüsterte sie Gerhild zu. »Bei uns weiß man, wer um einen herum schläft. Doch das hier sind alles Fremde. Außerdem lüftet der Raum nicht gut. Morgen früh wird es hier stinken wie in einem fauligen Moor.«

»Vielleicht sollte ich das Fenster wieder öffnen.« Gerhild tat es und hörte, dass die Gesänge noch lauter geworden waren.

Einer der Übernachtungsgäste fuhr herum. »Mach zu! Bei dem Lärm kann doch keiner schlafen. Barbaren, sage ich nur! Saufen wie die Ochsen und führen sich auch wie solche auf.«

»Verfluchter Römer!«, sagte Gerhild leise, war aber froh, dass es niemand gehört hatte.

Inzwischen war es Nacht geworden. Die Lagerfeuer im Legionslager und unzählige Fackeln erhellten die Umgebung, und ihr Schein fiel auch in die Schlafkammer.

»Gibt es hier keine Fensterläden?«, fragte der Mann, der Gerhild eben aufgefordert hatte, das Fenster zu schließen.

»Nein«, antwortete ein anderer Römer, nachdem er bei dem zweiten Fenster des Raumes nachgesehen hatte.

»Der Imperator hätte sein Lager ruhig ein paar Meilen von hier entfernt aufschlagen können. Diesen Lärm und die Helligkeit hält man nur aus, wenn man mitfeiern kann«, schimpfte der andere.

Nacheinander legten die Männer sich hin. Einige murrten, weil sie sich die schmalen Betten, die sonst für eine Person gedacht waren, zu zweit teilen mussten. Im Gegensatz zu ihnen hatten Gerhild und Lutgardis keine Schwierigkeiten. Sie zogen die Decke über sich, kuschelten sich eng zusammen und hofften, dass diese Nacht bald vorbei sein würde.

Irgendwann schlief Gerhild ein, wachte aber mitten in der Nacht auf und spürte eine seltsame Unruhe in sich. Der Gesang der germanischen Krieger war fast ganz verstummt. Aber die Lagerfeuer loderten immer noch sehr hoch und warfen ein unruhiges, blutrot schimmerndes Licht in die Kammer.

Sie wollte sich schon wieder hinlegen, als erneut Lärm aufklang. Wilde Schreie ertönten, das Geklirr von Waffen, und über allem lag der dumpfe Ton römischer Signalhörner. Irgendetwas geschah, und das konnte nichts Gutes sein. Gerhild stieg aus dem Bett, öffnete das Fenster und schaute hinaus. Den Geräuschen nach wurde im Lager gekämpft. Hatten sich Lutgardis Leute zusammengetan und griffen die Römer an? Doch als Gerhild in Richtung der Grenzmauer blickte, war dort alles still. Nur beim Lager der Römer hörte sie Schwerter klirren und vernahm verzweifelte Rufe in ihrer Sprache.

Erschrocken stupste sie Lutgardis an. »Hörst du es auch?«, fragte sie.

»Da kämpfen viele Männer!«, antwortete Lutgardis leise.

Im nächsten Augenblick hallten Jubelrufe in Latein auf.

»Bleibst du hier? Ich sehe nach!« Jetzt war Gerhild froh um das Licht, half es ihr doch, in ihre Schuhe zu schlüpfen, die Riemen festzubinden und den Schwertgurt anzulegen. Doch als sie aus dem Fenster steigen wollte, packte Lutgardis ihre Satteltasche und machte Anstalten, ihr zu folgen.

»Ich bleibe nicht allein unter diesen Leuten«, flüsterte sie voller Panik.

Ihr erster Kontakt mit römischen Legionären war von Gewalt und Missbrauch gezeichnet gewesen, und sie hatte Angst, dies könnte sich wiederholen.

»Auch gut!«, antwortete Gerhild. »Dann holen wir zuerst unsere Pferde.«

Lutgardis nickte und stieg hinter Gerhild aus dem Fenster. Zu ihrem Glück wachte keiner der Schläfer auf, und auch im Stall gab es keine Probleme. Da der Schein der Feuer durch die Läden vor den Fensterhöhlen drang, konnten sie ihre Pferde satteln und nach draußen führen.

Noch immer herrschte infernalischer Lärm, wobei die wilden Schreie der Stammeskrieger mittlerweile vom Jubel der Legionäre übertönt wurden. Gerhild hörte Hochrufe auf Caracalla und verspürte eine Angst, die sie schier zu ersticken drohte. Ohne einen Gedanken daran zu verschwenden, dass es verboten war, sich dem Legionslager zu nähern, zog sie die Stute enger zu sich heran und ging vorsichtig darauf zu. Lutgardis folgte ihr wie ein Schatten. Sie begriff noch weniger als ihre Begleiterin, was hier vorging, und zitterte vor Angst am ganzen Körper.

3.

Am Nachmittag, nur wenige Stunden, bevor Quintus seinen Plan ausführen ließ, saß Julius grübelnd in seinem Zelt. Mittlerweile berührte es ihn nicht mehr, dass er die Gunst des Präfekten verloren hatte. Stattdessen fragte er sich, was er eigentlich noch in der römischen Armee zu suchen hatte. Deren Soldaten – seine Kameraden! – hatten seine Verwandten angegriffen und ihre Dörfer angezündet. Noch mehr bedrückte ihn Lutgardis' Schicksal, und er verachtete sich, weil er nicht zu ihren Gunsten eingegriffen hatte. Ihm war jedoch klar, dass er vielleicht Quintus hätte umbringen können, aber damit wäre seine Base nicht gerettet gewesen. Außerdem durfte er sich seiner heiligsten Pflicht nicht entziehen, den Tod seines Vaters zu rächen und jene zu bestrafen, die diesen ermordet und ihn aus seiner Heimat vertrieben hatten. Dazu gehörte auch, das Schwert zurückzugewinnen, das seit Generationen von den Fürsten seines Stammes getragen worden war.

Mit grimmiger Zufriedenheit dachte Julius daran, dass Baldarich diese Waffe an Gerhild verloren hatte. »Er wird alles tun, um sie zurückzubekommen«, murmelte er.

War Gerhild darauf vorbereitet? Sie war zwar ein mutiges Mädchen und mit dem Schwert recht geschickt. Doch Baldarich zählte zu den besten Kriegern weit über seinen Stamm hinaus.

»Ich hätte ihr die Waffe abfordern sollen«, setzte Julius sein Selbstgespräch fort.

Dafür aber hätte er sich zu erkennen geben müssen, und das wollte er eigentlich erst, wenn die Zeit für seine Rache gekommen war. Allerdings zweifelte er zunehmend an diesem Entschluss, brachte sein Vorgehen doch Gerhild in Gefahr, ohne dass er den geringsten Nutzen davon hatte.

»Ich muss Raganhars Schwester suchen und zur Stelle sein, wenn Baldarich sich sein Schwert holen kommt!« Noch während er es sagte, wurde Julius klar, dass seine Zeit bei den Römern sich dem Ende zuneigte. Wenn er etwas bewirken wollte, musste er den Limes durchqueren und sich einen Platz im freien Germanien erkämpfen.

»Darf ich eintreten, Decurio?«

Die Frage seines Stellvertreters beendete Julius' Überlegungen, und er sah auf. »Natürlich kannst du hereinkommen, Vigilius. Magst du einen Schluck Wein?«

»Aber nur einen!« Vigilius grinste kurz, wurde dann aber sofort wieder ernst. »Irgendetwas geht hier vor, Julius. Ich kann es förmlich riechen! Andauernd kommen die Offiziere aller möglichen Einheiten zu Quintus und gehen wieder. Unser Freund Hariwinius hat dreien unserer Turmae befohlen, sich zu sammeln. Nur unsere Turma bleibt hier im Lager.«

»Quintus traut mir nicht mehr«, sagte Julius mit einem spöttischen Lachen.

»Weil du ihm gelegentlich die Meinung sagst! Meist hast du ja recht, aber das will der Herr nicht erkennen. Weißt du, ich halte Quintus für eine jämmerliche Gestalt. Wenn ich daran denke, dass er jenes Mädchen, das ihn besiegt hat, einfach entführen lassen wollte. Wie heißt die Germanin gleich wieder?«

»Gerhild«, antwortete Julius.

»Ja, Gerhild! Ein aufrechter Mann hätte sie nach seiner Niederlage im Speerwurf in Ruhe gelassen. Nicht aber Quintus! Ich frage mich, ob er sie ebenfalls vergewaltigen und danach seinem Sklaven überlassen will, so wie deine Base!«

Vigilius' Miene wurde mit jedem Wort düsterer. Auch er stammte aus dem freien Germanien und hatte sich als junger Bursche den römischen Reitertruppen angeschlossen. Das war zwar schon etliche Jahre her, dennoch hatte er seine Herkunft nicht vergessen.

Zurzeit stellte jedoch nicht Quintus Julius' Problem dar, sondern Baldarich. Daher ging er nicht weiter auf die Bemerkung seines Freundes ein, sondern füllte zwei Becher und reichte Vigilius einen davon.

»Auf dein Wohl!«

»Auf das deine!«, antwortete Vigilius und trank.

Julius nippte nur von seinem Becher und setzte ihn wieder ab. »Was würdest du davon halten, selbst Decurio einer Turma zu werden?«

»Decurio, ich?« Vigilius lachte und schüttelte dann den Kopf. »Weißt du, ich tu mich mit dem Schreiben arg schwer und bin froh, dass du mir das meiste davon abnimmst. Ich frage mich ohnehin, wie du es geschafft hast, das zu lernen.«

»Ich kannte bereits die Runen. Daher war es für mich nicht ganz so schlimm«, antwortete Julius. »Allerdings muss ich gestehen, dass ich die langen Berichte und Aufstellungen Hariwinius überlassen habe. Deshalb konnte er sich bei Quintus lieb Kind machen. Vor ein paar Wochen hätte mich das noch geärgert. Heute stört es mich nicht mehr, denn morgen sieht alles ganz anders aus.«

Sein Freund musterte ihn durchdringend. »Du wirst doch nicht etwa deinen Dienst aufgeben?«

»Es kann sein, dass ich es tun muss!« Julius schüttelte sich kurz und blickte durch den offenen Zelteingang ins Freie. Der Gesang der feiernden Germanen drang zu ihnen her, und eine gewisse Zeit hörte er auch die Stimme des Imperators, der gerade eine Ansprache an seine Verbündeten hielt. Im Lager nebenan waren mehrere Zenturionen in voller Waffenausrüstung angetreten.

»Es ist wirklich seltsam«, sagte Julius verwundert und stand auf. »Ich gehe zu den Barbaren hinüber. Vielleicht erhalte ich auch einen Becher Wein!«

298

»Du hast doch selbst welchen«, rief Vigilius und begriff erst dann, dass sein Freund sich umsehen wollte.

Im römischen Lager wirkte es nach Julius' Ansicht nicht wie bei einer Siegesfeier. Vielmehr sah es so aus, als würden die Legionäre und Reiter sich auf einen Kampf vorbereiten. Schließlich traf er auf Hariwinius, der die Reiter seiner drei Turmae bereits um sich versammelt hatte.

»Was ist denn hier los?«, fragte Julius verwundert.

»Weißt du das etwa noch nicht? Wir warten, bis die Barbaren besoffen sind, dann sacken wir sie ein«, erklärte Hariwinius mit verkniffener Miene.

Julius schüttelte den Kopf. »Anscheinend bin ich zu dumm, um das zu begreifen! Es sind doch unsere Verbündeten.«

»Der Imperator hat befunden, dass die Barbaren während des Feldzugs nicht den Einsatz gezeigt haben, den er von einem Freund und Verbündeten Roms erwartet hat. Dafür werden sie bestraft.«

»Aber Caracalla hat ihnen doch Wein ausschenken lassen«, rief Julius erregt.

»Das ist eine Kriegslist! Wenn sie betrunken sind, können sie nicht kämpfen. Damit gewinnen wir mehr Sklaven für das Imperium. Außerdem sind sie alle Verräter, die nur darauf warten, bis unsere Legionen abgerückt sind, um dann einen Aufstand anzuzetteln.«

Für Julius klang die letzte Bemerkung unecht, und er hätte Hariwinius am liebsten gepackt und geschüttelt, um ihn zur Vernunft zu bringen. Er wusste jedoch, dass Gerhilds Bruder ebenso wie er nur ein nachrangiger Offizier war, der die Befehle anderer auszuführen hatte. »Unter den Barbaren sind doch auch deine eigenen Leute«, erwiderte er in der Hoffnung, Hariwinius ins Gewissen reden zu können.

»Wer sich gegen das Imperium empört, hat keine Nachsicht verdient!«, antwortete Hariwinius schroff. »Schreib du dir das hinter die Ohren! In deinem Innern bist du immer noch ein Barbar. Aber du musst ganz und gar zum Römer werden.«

Julius starrte Hariwinius an, als sähe er ihn zum ersten Mal. »Wenn du das Beispiel eines Römers bist, so bete ich zu Wuodan, niemals einer zu werden.«

Hariwinius' Gesicht färbte sich vor Ärger dunkel. »Wage es nicht, dieses Gesindel zu warnen!«, drohte er und winkte mehrere seiner Reiter herbei. »Ihr gebt acht, dass Decurio Julius im Lager bleibt, bis die Sache erledigt ist! Verstanden?«

»Es wäre ohnehin zu spät«, sagte Julius mit belegter Stimme. Die grölenden Stimmen der Germanen zeigten ihm, dass diese schon über jedes Maß hinaus betrunken waren. Auch rückten bereits die ersten Zenturien auf den Festplatz vor.

Für Hariwinius wurde es Zeit, seinen Auftrag zu erfüllen. Ohne Julius, mit dem ihn über mehrere Jahre eine enge Freundschaft verbunden hatte, eines weiteren Blickes zu würdigen, stieg er auf sein Pferd und zog das Schwert.

»Vorwärts, ihr Reiter Roms! Tod den Barbaren!«, rief er und trabte an. Alle Reiter der drei Turmae folgten ihm, darunter auch die Männer, die eigentlich Julius hätten bewachen sollen. Julius sah ihm kurz nach und kehrte dann in sein Zelt zurück. Ohne dass ihm richtig bewusst wurde, was er tat, begann er, jene Sachen zusammenzupacken, die er nicht missen wollte. Den Rest warf er auf einen Haufen. Sollten sich die Soldaten doch nehmen, was sie davon wollten, dachte er. Er war mit Rom fertig! Bevor der nächste Morgen graute, wollte er das Limestor hinter sich gelassen haben. Zwar wusste er nicht, wohin sein Weg ihn führen würde. Doch alles war besser, als weiterhin in den Diensten eines Caracalla und dessen Kreatur Quintus zu stehen.

4.

Gerhild vernahm Schreie und wütendes Brüllen und band ihre Stute im Schatten eines Gebüschs an. Als sie sich dem zaunlosen Lager der Hilfstruppen näherte, stieg sie auf einen kleinen Erdhügel, von dem aus sie das Geschehen überblicken konnte.

Aber nichts von dem, was sie bisher erlebt hatte, war geeignet, sie auf das vorzubereiten, was sie im Schein der Feuer und der unzähligen Fackeln mitbekam. Vor ihr rückten römische Soldaten gegen die feiernden Germanen vor und vollbrachten mit ihren Wurfspeeren und Schwertern ein blutiges Werk. Wer von den Angegriffenen zu betrunken war, um noch stehen zu können, wurde gefesselt, ebenso jene Verwundeten, die sich nicht mehr wehren konnten. Nur ein kleines Häuflein Sueben und Hermunduren leistete ernsthaften Widerstand. Zu diesen gehörte auch Wulfherichs Schar, während die Männer ihres Bruders sich immer mehr vor den Angreifern zurückzogen, bis auch in ihrem Rücken römische Reiter auftauchten.

»Nein!«, stieß Gerhild aus, als sie Hariwinius erkannte, und eilte in seine Richtung. Noch befand sie sich im Rücken der Römer und wurde von diesen nicht bemerkt. Lutgardis folgte ihr, weil sie nicht allein zurückbleiben wollte.

Als Gerhild und Lutgardis nahe genug waren, vernahmen sie Hariwinius' Stimme. »Ergib dich, Fürst Raganhar! Ich versichere, dass Rom dich deinem Rang nach behandeln wird.«

Er sagt nicht einmal mehr Bruder, durchfuhr es Gerhild, und sie betete verzweifelt zu Teiwaz und Volla, damit diese doch noch alles zum Guten wendeten.

Raganhar hatte dem Wein kräftig zugesprochen und begriff nicht so recht, was um ihn herum geschah. »Wieso soll ich mich ergeben?«, rief er seinem Bruder zu. »Wir sind doch Freunde Roms! Sieh her!«

Damit klopfte er auf die Bronzeplakette auf seiner Brust, die sein Vater vor Jahren erhalten hatte.

»Du musst dich ergeben!«, antwortete Hariwinius und ließ seine Reiter und mehrere Zenturien vorrücken.

»Was geht hier vor?«, fragte Sigiward seinen Anführer.

Verwirrt schüttelte Raganhar den Kopf. »Ich weiß es nicht! Aber ich werde mich diesem elenden Römling nicht unterwerfen. Er hat auf sein Nachfolgerecht als Fürst verzichtet.«

Trotzig wandte er sich an Hariwinius. »Weshalb greift ihr uns an? Wir sind doch eure Verbündeten!«

»Ihr seid Verräter und habt es mit den Feinden gehalten«, antwortete Hariwinius mit schwankender Stimme. »Ergebt euch, oder …«

»Du bist der Verräter!«, schrie Raganhar, als er trotz des Alkoholdunstes in seinem Kopf begriff, was die Römer an anderen Stellen mit den verbündeten Stämmen machten. »Du willst uns doch nur zu Sklaven des Imperiums machen. Doch wir beugen uns nicht! Auf, ihr Krieger, verteidigt euch!«

Sigiward, Bernulf, Teudo und mehrere Dutzend andere sammelten sich um ihn. Der Großteil der Männer war jedoch zu betrunken, um eine Waffe halten zu können.

»Bruder, besinne dich!«, rief Hariwinius verzweifelt.

Doch Raganhars Wut über den heimtückischen Angriff war zu groß. Mit erhobenem Schwert trat er auf die Reiter zu, die seinen Trupp umzingelt hatten, und suchte eine Schwachstelle, die er mit seinen Kriegern durchbrechen konnte. Da Hariwinius' Reiter wussten, dass ihr Anführer und er Brüder waren, wichen sie unwillkürlich vor ihm zurück.

Teudo, Bernulf und einige andere versuchten, dies auszunützen, um durchzubrechen. Doch nun machten sich der

Drill und die Erfahrung der römischen Reiter bemerkbar. Sie schleuderten ihre Wurfspeere und griffen dann mit den Schwertern an.

Als Ersten sah Gerhild Sigiward fallen. Obwohl sie Raganhars Stellvertreter nie gemocht hatte, verspürte sie einen Schmerz, als wäre ein enges Familienmitglied gestorben. Ein paar Schritte weiter hauchte der alte Bernulf sein Leben aus.

Nun standen sich Hariwinius und Raganhar direkt gegenüber. Für einen Augenblick schien die Zeit stehenzubleiben. Beide starrten einander regungslos an, als warteten sie jeweils auf den Angriff des anderen. Für Raganhar war die schlimmste Vorstellung wahr geworden. Sein Bruder hatte ihm die Herrschaft über den Stamm überlassen, um sie ihm nun doch zu nehmen. Mit einem wütenden Aufschrei riss er sein Schwert hoch.

Gerade noch rechtzeitig wich Hariwinius ihm aus und stieß seine Waffe nach vorne. Die Klinge bohrte sich bis zum Heft in Raganhars Unterleib. Als Hariwinius die Waffe zurückzog, begriff er, was er getan hatte, und schlug die Augen nieder, um Raganhars anklagendem Blick auszuweichen. Sein Gesicht blieb auch noch maskenhaft starr, als sein Bruder wie ein gefällter Baum auf den Boden schlug.

Gerhild schrie vor Schmerz auf, als wäre sie selbst getroffen worden.

»Sei bitte leiser, sonst werden die Römer auf uns aufmerksam!«, flehte Lutgardis erschrocken.

Es war zu spät. Mehrere Legionäre drehten sich um und sahen die beiden. »Da ist ja noch einer von diesen Kerlen«, rief einer lachend und schritt auf Gerhild zu, die er ihrer Kleidung wegen für einen jungen Mann hielt. Zwei Kameraden folgten ihm, während die anderen weiterhin auf die betrunkenen Germanen einschlugen.

»Wir müssen weg hier!«, rief Lutgardis entsetzt.

Einen Augenblick lang verspürte Gerhild eine fürchterliche

Angst. Dann aber wurde sie mit einem Mal kalt wie Eis. »Lauf!«, forderte sie ihre Freundin auf und folgte ihr etwas langsamer. Als sie sich umdrehte, sah sie, dass die drei Römer wie erwartet hinter ihr herrannten. Nach etwa fünfzig Schritten drehte sie sich um, riss ihr Schwert aus der Scheide und ging auf den vordersten Legionär los.

Dieser erwartete einen Betrunkenen, der Gefahr lief, über die eigenen Füße zu stolpern, aber keine schwertgewandte, hasserfüllte junge Frau. Ehe er sich versah, hatte Gerhild ihm den Helm samt dem halben Kopf durchschlagen. Der Mann lag noch nicht am Boden, da traf Gerhilds Klinge bereits den nächsten.

Gleichzeitig holte der dritte Legionär mit seinem Wurfspieß aus. Gerhild begriff, dass sie nicht schnell genug sein würde, um ihn am Werfen zu hindern. Im nächsten Augenblick zeigte das Gesicht des Mannes den Ausdruck höchsten Erstaunens, und einen Herzschlag später stürzte er haltlos nach vorne.

Hinter ihm tauchte Teudo auf. Er war blutbespritzt und verwundet, hatte es aber geschafft, den Ring der Feinde zu durchbrechen. Zuerst erkannte er Gerhild nicht, schüttelte dann aber ungläubig den Kopf.

»Bist du es wirklich?«

»Natürlich bin ich es! Und nun komm, bevor mehr dieser verfluchten Römer auf uns aufmerksam werden. Du wirst dir in der Herberge ein Pferd stehlen müssen. An deinen Gaul kommst du nicht mehr heran«, antwortete Gerhild.

»Wohl kaum!« Teudo war zwar betrunken, aber nicht so stark, dass er nicht mehr hätte laufen können. Dennoch hielt Gerhild ihn nicht für fähig, ohne Lärm in den Stall der Herberge einzudringen und sich dort ein Reittier zu verschaffen.

Als die drei bei den Pferden der Frauen angekommen waren, befahl Gerhild den beiden, aufzusteigen und zum Limestor zu reiten.

»Aber was ist mit den Wachen?«, fragte Lutgardis besorgt.

»Darüber werden wir nachdenken, wenn ich zu euch aufgeschlossen habe!«, erklärte Gerhild.

»Was willst du tun?«

»Einen Gaul für Teudo besorgen! Und nun macht rasch! Wir
müssen verschwunden sein, bevor die Römer mit ihrem
schändlichen Tun fertig sind.«

»Hariwinius hat Raganhar umgebracht!«, rief Teudo verzweifelt. »Auch wenn er dein Bruder ist, werde ich ihn töten,
sobald er vor meiner Klinge steht.«

»Dann wirst du schneller sein müssen als ich!« Gerhilds Miene
verriet Trauer und Hass in einem, doch sie ließ sich nicht von
ihren Gefühlen lähmen. So schnell sie konnte, rannte sie zu
der Herberge und drang ungesehen in den Stall ein. Stimmen
aus dem Hauptgebäude verrieten ihr, dass die Gäste auf die
ungewöhnlichen Ereignisse aufmerksam geworden waren.
Mehrere Personen eilten auf das Feldlager zu, aber zu Gerhilds Glück schaute niemand nach den unruhig stampfenden
Pferden.

Gerhild suchte mit kundigem Blick das beste Tier aus, sattelte
es und schwang sich auf seinen Rücken. Ein Knecht, der eben
aus der Herberge herauskam, wollte sie aufhalten, doch sie
fegte ihn mit einem Fußtritt beiseite und trieb das Pferd in den
Galopp. Hinter sich vernahm sie zornige Stimmen, aber sie
schaute nicht zurück. Bis diese in der Lage waren, sie zu verfolgen, würde sie am Limestor oder vielleicht schon hindurch
sein.

5.

Vigilius trat in Julius' Zelt und sah, dass sein Decurio sich reisefertig gemacht hatte. Ein Grinsen huschte über sein Gesicht. »Dachte ich es mir doch, dass du dich in die Büsche schlagen willst! Aber das wirst du nicht ohne mich tun.«

»Überlege es dir gut, mein Freund! Du müsstest das Leben eines Geächteten führen«, antwortete Julius, als er sich zu seinem Stellvertreter umwandte.

»Zwanzig unserer Männer wollen mit uns kommen! Sie warten abseits des Feuerscheins auf uns. Der Rest hat sich Hariwinius angeschlossen und metzelt Barbaren nieder«, erklärte Vigilius.

Julius sah ihn durchdringend an. »Von dem Augenblick an, in dem wir dieses Lager verlassen, werden wir zu den Barbaren zählen.«

»Das weiß ich! Aber ich bin lieber ein Barbar als ein Schleimer in Quintus' Diensten. Der Kerl ist zum Kotzen.« Vigilius grinste dabei so fröhlich, als wäre das Leben nur ein Spiel.

Mit einer energischen Bewegung lud Julius sein Bündel auf die Schulter und nickte. »Dann komm mit! Aber beschwere dich später nicht.«

»Ich doch nicht!«, sagte Vigilius lachend. »Irgendwie ist die römische Armee auch nicht mehr das, was sie zu Zeiten meines Vaters gewesen ist. Er dachte, er würde mir und meinen Brüdern einen Gefallen erweisen, indem er uns den Dienst in der römischen Armee schmackhaft machte. Aber ich habe nie vergessen, dass ich in einer Hütte im Chattenland aufgewachsen bin! Meine Stammesverwandten haben in der

306

Vergangenheit so manchen harten Streit mit den Römern aus-
gefochten.«

Entschlossen nickend, so als müsse er sich selbst bestätigen,
folgte er Julius. Auf einem freien Platz im Schatten von Quintus' großem Zelt warteten die Reiter, die mit Julius kommen
wollten. Sonst war niemand in der Nähe, auch Quintus nicht
oder sein Sklave Lucius. Die Männer hatten nicht nur ihre
eigenen Pferde, sondern auch mehrere gut beladene Tragtiere
bei sich, wie Julius mit einem raschen Blick feststellte.

»Decurio, wir dachten, die Armee ist uns noch etwas schuldig,
und haben uns bedient. Du hast hoffentlich nichts dagegen?«,
meinte Marcellus feixend.

»Natürlich nicht!« Julius befestigte sein Bündel hinter dem
Sattel und stieg aufs Pferd. »Folgt mir, Leute! Aber so, wie es
sich für römische Reitersoldaten geziemt. Wenn man uns fragt,
was wir tun, so reiten wir auf Caracallas Befehl Patrouille!«

»Aber ja doch, Decurio!«, meinte Vigilius mit bissigem Spott,
der weniger Julius als vielmehr dem Imperator galt, welcher
seinen mühsam errungenen Sieg über die Stämme am Tauber
durch den Verrat an den eigenen Verbündeten aufwerten
wollte.

»Sie werden in Rom angeben, wie viele Barbaren sie erschlagen haben! Dabei standen die meisten davon auf freundschaft-
lichem Fuß mit uns – ich meine, mit dem Imperium!« Noch
fiel es Vigilius nicht leicht, sich nun auf der anderen Seite zu
sehen. Dann aber lachte er und schloss zu Julius auf. »Was
machen wir, wenn wir den Limes hinter uns gelassen haben?«

»Wir werden uns einen Stamm suchen, dem wir uns anschließen können. Nachdem etliche Krieger nicht zurückkehren
werden, wird so manches Dorf froh um zwanzig wackere
Kerle sein«, erklärte Julius.

»Das ist eine gute Idee! Unseren Reitern wird es bestimmt
gefallen, denn wo Männer fehlen, gibt es gewiss auch Weiber,
die nichts dagegen haben, einem in der Nacht das Bett zu wär-

men! Meinst du nicht auch?«, fragte Ortwin, der es trotz seiner Zeit bei der römischen Armee abgelehnt hatte, sich Ort-
winius nennen zu lassen.

»Wir sind noch nicht jenseits des Limes in Sicherheit, und da
denkst du schon an Weiber!«, antwortete Julius kopfschüttelnd. »Es gilt erst einmal, von hier zu verschwinden, bevor
jemand merkt, dass wir desertieren wollen.«

»Das wird uns schon gelingen!«, sagte Vigilius lachend. Dann
aber beugte er sich zu Julius hin. »Uns folgen ein paar Reiter,
und zwar in einem so knappen Abstand, als wenn sie zu uns
gehören würden. Was machen wir mit denen?«

»Nichts! Es sind wahrscheinlich Stammeskrieger, die das
Gemetzel überstanden haben. Jetzt versuchen sie, auf diese
Weise über den Limes zu kommen. Sollen sie! Vielleicht
gewinnen wir dadurch Freunde.«

Tatsächlich war es einigen Germanen gelungen, den Römern
zu entkommen. Getarnt mit Soldatenmänteln und Helmen,
die sie in besseren Zeiten von den Römern erhalten hatten, ritten sie mit einem bei den Römern üblichen Abstand hinter
Julius' Schar her, als wären sie ein zweiter Trupp unter seinem
Kommando.

Gerhild und ihre Begleiter hatten sich vorsichtig dem Limestor genähert, aber sie wussten nicht, wie sie an den zahlreichen
Wachen vorbeikommen sollten. Da entdeckten sie den Trupp,
der in der Dunkelheit darauf zuritt, bis die Fackeln am Tor die
vordersten Reiter beleuchteten. Es waren Männer wie die von
Hariwinius. Gerhild empfand glühenden Hass auf die Kerle,
zwang ihn aber nieder und maß die Entfernung zu den Reitern.

»Kommt mit! Wahrscheinlich sind die da unsere einzige
Chance«, raunte sie Lutgardis und Teudo zu.

»Du willst mit denen reiten?«, fragte ihre Freundin vor Entsetzen fast zu laut.

»Nicht mit, sondern hinter ihnen. Mit etwas Glück kommen

wir ungeschoren durchs Tor. Haben wir es erst einmal hinter uns gebracht, schlagen wir uns in die Büsche. Und jetzt kommt!« Gerhild ritt an und hielt sich knapp hinter den letzten Reitern, nicht ahnend, dass es sich dabei um Stammeskrieger handelte, die auf dieselbe Weise wie sie ins freie Germanien fliehen wollten.

Als der Trupp das Tor erreicht hatte, trat der kommandierende Offizier auf Julius zu. »Wer seid ihr und was wollt ihr? Das Tor ist auf Befehl des göttlichen Imperators geschlossen!«

»Genau der schickt uns!«, antwortete Julius mit erzwungener Gelassenheit. »Decurio Julius, zweite Turma der Sondertruppen des Quintus Severus Silvanus, auf Caracallas Befehl zur Patrouille jenseits des Limes abkommandiert.«

Die Tatsache, dass es sich um römische Reiter handelte, wie auch die Berufung auf Caracalla selbst und auf Quintus, von dem bekannt war, wie hoch er in der Gunst des Imperators stand, gaben den Ausschlag. Der Offizier trat beiseite und befahl seinen Männern, das Tor zu öffnen.

»Viel Glück! Und gebt acht, dass euch diese verräterischen Barbaren nicht die Köpfe abschneiden«, rief er Julius zu, als dieser das Tor durchquerte.

Vigilius und die anderen Reiter folgten ihrem Anführer dicht-auf. In der Annahme, dass die Reiter, die dem Trupp in geringem Abstand folgten, auch zu Julius gehörten, wandte der Offizier sich ab. Da hörte er auf einmal den Ruf von einem seiner Männer.

»Das sind doch Barbaren!«

Der Offizier prallte herum. Aber es war zu spät. Die Germanen trieben ihre Pferde an und preschten durch das offene Tor. Zwar zuckten ihnen noch mehrere Wurfspeere nach, verfehlten sie jedoch.

Als Letzte passierten Gerhild, Lutgardis und Teudo das Tor, verließen draußen aber sofort die Straße und verschmolzen mit der Dunkelheit.

6.

Sie hatten es geschafft! Gerhild konnte es selbst kaum glauben. Es war ihnen nicht nur gelungen, das von den Römern schwer bewachte Tor in der Steinernen Schlange zu passieren, sondern auch noch den römischen Reitern zu entgehen, denen sie gefolgt waren.

»Welche Narren!«, rief sie spöttisch. »Sie hätten sich nur einmal umdrehen müssen, um uns zu sehen!«

»Sie haben sich umgedreht«, wandte Teudo ein. »Ich habe es ganz genau gesehen. Ein Teil der Reiter waren welche von uns!«

»Drei sind uns gefolgt«, rief Lutgardis aufgeregt und wies auf mehrere Männer, die sich in einem gewissen Abstand hielten und nicht so recht zu wissen schienen, was sie tun sollten.

»Seltsam«, murmelte Gerhild, zog kurzentschlossen ihre Stute herum und ritt auf die drei Männer zu. Ihrer Tracht nach waren es Hermunduren und damit Angehörige eines Stammes, mit dem ihre Leute in Frieden lebten.

»Teiwaz sei mit euch!«, grüßte sie.

»Bis jetzt war er es nicht«, antwortete einer der Männer bärbeißig. »Man kann es auch so sagen: Er hat uns verdammt in die Scheiße reiten lassen. Diese verfluchten Römer! Wir halten unsere Knochen für dieses Gesindel hin, und was ist der Dank?«

»Verrat und Tod!«, antwortete Gerhild bitter. »Viele der unseren sind erschlagen, andere versklavt. Das Leben in unseren Landen wird nie mehr so sein, wie es einmal war.«

Der Hermundure nickte. »Unser Fürst sagt, wir wären insgesamt etwa zweitausend Krieger gewesen, Hermunduren, Chatten, Sueben und andere, die auf Roms Wort und seine Ehrlichkeit vertraut haben. Die meisten davon werden die Heimat nicht wiedersehen.«

»Aber wir werden sie wiedersehen, und wir werden dafür sorgen, dass sie frei bleibt und kein römischer Fuß uns je unterjochen kann.«

»Wer bist du, Junge, dass du so große Worte schwingst?«, fragte der Hermundure erstaunt.

Einen Augenblick lang überlegte Gerhild, ob sie sich als Mann ausgeben und den Namen Gerwin nennen sollte. Dann aber zog sie ihre Mütze ab, so dass ihre blonden Haare im Schein des Mondes wie gesponnenes Silber leuchteten.

»Ich bin Gerhild, Hariberts Tochter und die Schwester Raganhars, der von seinem eigenen Bruder erschlagen wurde. Ich bin aus Teiwaz' Geschlecht!«

»Und von dem Verräter Hariwinius abgesehen derzeit die Einzige, die die Blutlinie der Fürsten fortsetzen kann«, erklärte Teudo. »Ich sah Wulfherich sterben!«

»Du gehörst zum Geschlecht der Harlungen, das von Gott Teiwaz abstammt!« Die Stimme des Hermunduren klang bewundernd, und Gerhild erkannte, dass sie ihn und seine Freunde für sich gewonnen hatte.

»Ja, zu ihm gehöre ich! Doch nun sollten wir reiten, bevor die Römer Patrouillen aussenden, um die wenigen Entkommenen zu jagen.« Gerhild stieg von dem gestohlenen römischen Gaul und überließ ihn Teudo, während sie sich wieder auf Rana schwang. Danach trieb sie die Stute an und ritt im raschen Tempo los.

Unterwegs überlegte sie die nächsten Schritte. Nach dem Tod der meisten Krieger war der Stamm schutzlos. Die Römer würden dies ausnützen, um ihn und die Nachbarstämme zu unterwerfen. Sie erinnerte sich an Hariwinius' Worte, dass die Römer planten, in diesen Landen eine weitere Provinz einzurichten. Nun war die Gelegenheit dafür gekommen. Kein einziger Stamm bis über die Tauber hinaus war noch in der Lage, Widerstand zu leisten. Doch was bedeutete das für sie?

»Quintus wird mich nicht bekommen, nicht als Belohnung für diesen Verrat!«, schwor sie sich.

Doch sie wusste selbst, dass es kaum eine Möglichkeit gab, sich der Unterwerfung durch die Römer zu entziehen.

Die Gruppe ritt schweigend durch die Dunkelheit. Zu schrecklich war die Erinnerung an das, was geschehen war. Erst als der Tag heranbrach, schlossen die drei Hermunduren zu Gerhild auf.

»Wir wollen unseren Leuten die Nachricht von dem perfiden Treuebruch der Römer überbringen. Sie haben unser Fürstenhaus ausgerottet! Dürfen wir uns danach euch anschließen?«

Gerhild nickte nachdenklich. »Wir werden um jeden Krieger froh sein. Allerdings werdet ihr uns weiter im Osten finden. Dort haben die Römer uns mit ihrem Angriff Platz geschaffen. In der Gegend, in der wir bisher gelebt haben, können wir nicht bleiben.«

»Es wird nicht einfach sein, sich im Osten zu behaupten«, wandte einer der Männer ein. »Immerhin haben wir den Römern gegen jene Stämme geholfen!«

»Ich vertraue auf Lutgardis' Vermittlung. Sie entstammt einem dieser Stämme, und ich habe ihr das Leben gerettet«, antwortete Gerhild.

Tatsächlich war dies die einzige Möglichkeit, die ihr blieb. Doch um sie zu ergreifen, musste sie ihren Stamm davon überzeugen, das Land, auf dem ihre Vorväter begraben worden waren, zu verlassen. Die Angst vor den Römern, so dachte sie bitter, würde ihr dabei helfen.

Gerhild verabschiedete sich von den drei Hermunduren und ritt weiter. Sie mussten schnell sein, damit ihren Leuten genug Zeit blieb, zu verschwinden, bevor die Römer kamen.

7.

Im Dorf war alles unverändert. Gerhild tat der Anblick weh, denn er verriet ihr, was sie durch die Hinterlist der Römer verlieren würden. Während die Frauen und Kinder arbeiteten, saßen Colobert und seine Männer vor Raganhars Halle, hielten Trinkhörner in der Hand und schwatzten miteinander. Sie hatten nicht einmal Wachen aufgestellt. Gerhild ärgerte sich darüber, denn so wäre es einer römischen Reitereinheit ein Leichtes gewesen, das Dorf zu besetzen. Im vollen Galopp sprengte sie auf die Männer zu und hielt ihre Stute so knapp vor Colobert an, dass deren Hals über den Kopf des Mannes hinausragte.

»Ruf die Leute zusammen!«, befahl sie ihm.

Colobert beugte sich zur Seite, um zu ihr aufsehen zu können. »Was ist denn jetzt los?«

»Wir müssen von hier verschwinden! Die Römer haben unsere Krieger in eine Falle gelockt und fast alle erschlagen, darunter auch Raganhar. Er fiel von der Hand des Verräters Hariwinius. Unsere einzige Rettung ist die Flucht!«

»Was du nicht sagst!«, rief Colobert lachend. »Die Römer sind unsere Verbündeten! Welchen Grund hätten sie, die Schwerter gegen uns zu ziehen?«

»Sie wollen dieses Land hier als Provinz und unser Volk nicht als Verbündete, sondern als Sklaven. Wenn wir uns nicht nach Osten zurückziehen, wird ihnen dies auch gelingen«, erklärte Gerhild mit Nachdruck.

Colobert schüttelte den Kopf. »Du hast schlecht geträumt, Mädchen, und solltest dir lieber den Spinnrocken zur Hand nehmen! Der stände dir besser an als ein Schwert. Ich an Raganhars Stelle hätte dir nicht so viele Freiheiten gelassen. Ich ...«

»Gerhild hat recht!«, unterbrach Teudo den Mann. »Die Römer haben Verrat begangen und fast zweitausend Krieger der mit ihnen verbündeten Stämme niedergemacht. Ich bin einer der wenigen, die ihnen entkommen sind.«

»Wohl, weil du sofort davongelaufen bist, anstatt zu kämpfen!«, spottete Colobert, der nicht glauben wollte, dass Rom, der große Bruder, mit dem man so lange in Frieden gelebt hatte, auf einmal zum Feind geworden sein könnte.

Teudos Hand fuhr zum Schwert, doch bevor er es ziehen konnte, fasste Gerhild seinen Arm. »Lass das! Die Römer haben schon genug von uns umgebracht. Da müssen wir uns nicht noch gegenseitig erschlagen!«

Ohne Colobert weiter zu beachten, lenkte sie ihre Stute auf den freien Platz vor der Fürstenhalle und hob die Stimme. »Kommt alle her! Ich habe euch etwas Wichtiges mitzuteilen.«

Als Erste erschien Odila. »Volla sei Dank! Du bist wieder da! Ich habe mir schon Sorgen um dich gemacht«, sagte sie und sah dann Gerhilds ernste Miene. »Ist etwas geschehen?«

»Schlimmeres, als du dir vorstellen kannst«, antwortete Gerhild. »Doch lass uns warten, bis alle versammelt sind. Was ich zu sagen habe, geht jeden hier etwas an.«

Ihre Stimme klang fest und entschlossen, doch auch voller Trauer und ließ die Leute aufhorchen. Immer mehr scharten sich um sie. Auch Colobert und seine Männer kamen, machten aber deutlich, dass sie von dem Ganzen nichts hielten. Gerhild kümmerte sich nicht um sie, sondern berichtete ihrer Sippe von dem Massaker an den eigenen Kriegern.

Wie Colobert wollten die meisten nicht glauben, dass Rom so hatte handeln können.

»Du musst dich irren!«, rief Odila. »Gewiss waren das nicht

unsere Leute, sondern Gefangene, die sich befreien wollten und daher niedergekämpft worden sind!«

»So muss es sein!«, stimmte Colobert dem braunhäutigen Mädchen zu.

»War ich ein Gefangener der Römer?«, rief Teudo. »Hier seht ihr die Wunden, die mir diese Hunde beigebracht haben!« Zornerfüllt riss er die Verbände ab, die Lutgardis ihm unterwegs angelegt hatte, und zeigte die Schnitte, die von römischen Schwertern stammten.

Nun starrten ihn etliche erschreckt an. »Kann das wahr sein?«, fragte Odila erschreckt.

»Es ist die Wahrheit! Rom will seine Macht ausbauen, und da sind ihm die freien Stämme im Weg. Sie werden kommen und das beste Land an sich raffen. Wenn wir nicht ihre Sklaven werden wollen, bleibt uns nur die Flucht nach Osten.«

»Nach Osten? Dorthin, wo die Stämme zahlreich sind und viele Krieger stellen können? Sie würden uns rascher versklaven, als die Römer es vermögen«, spottete Colobert.

Zu Gerhilds Ärger nickten etliche.

»Außerdem«, fuhr Colobert fort, »hast du Hariwin vergessen. Nach Raganhars Tod ist er dem Gesetz des Blutes nach unser neuer Fürst. Oder willst du ihn verdrängen, um den Rang einmal einem deiner Söhne vererben zu können?«

»Diese Unterstellung ist infam!«, rief Gerhild aufgebracht. »Mir geht es um die Freiheit unseres Stammes. Nur wenn wir uns der Macht der Römer entziehen, werden wir weiterhin so leben, wie unsere Väter und Vorväter es taten. Oder wollt ihr statt zu unserem Teiwaz zum römischen Jupiter und anstatt zu Volla zur Minerva beten?«

»Wo war denn Teiwaz, als die Römer unsere Krieger niederschlugen?«, fragte Colobert und blickte dabei über die versammelte Menge. »Sagt mir, wo war er? Gewiss nicht bei unseren Kriegern. Teiwaz ist schwach geworden und kein Gott mehr, den zu verehren sich lohnt. Ich sage euch, hört nicht auf

dieses übergeschnappte Mädchen, das euch ins Verderben führen will. Wir bleiben hier und warten, bis Hariwin erscheint
und seinen Platz als unser Fürst einnimmt.«

»Du willst einem Brudermörder dienen?« Am liebsten hätte
Teudo das Schwert gezogen und den anderen niedergehauen.
Doch Colberts Freunde versammelten sich um ihn, und auch
einige alte Männer taten es ihnen gleich, die zwar nicht mehr
das Schwert führen konnten, aber genug Ansehen im Stamm
genossen, um die Waagschale auf die eine oder die andere Seite
senken zu können.

»Was heißt hier Brudermörder? Hariwin hatte das erste Anrecht auf den Hochsitz des Fürsten! Den hat er Raganhar nur
während seiner Abwesenheit überlassen. Deshalb hatte er das
Recht, ihn zurückzufordern. Wenn Raganhar nicht dazu bereit
war, ist es seine Schuld, dass es so kam.«

Gerhild sah Colobert vom Sattel herab durchdringend an.
»Was bist du nur für eine jämmerliche Kreatur! All die Jahre
hast du so getan, als wärst du Raganhars bester Freund, und
nun schmähst du ihn vor dem ganzen Dorf.«

»Er muss die Römer erzürnt haben! Grundlos hätten sie
unsere Männer niemals angegriffen. Also höre mit dem Gerede
von Flucht auf! Die Römer waren unsere Freunde und werden
es weiterhin sein. Hariwin ist der Garant dafür!«

Colobert war nicht bereit, von seiner Meinung abzugehen,
und viele ihres Stammes teilten seine Ansicht. Gerhild ahnte,
dass sie auf verlorenem Posten stand, wollte aber nichts unver-
sucht lassen.

»Wollt ihr wirklich warten, bis die Römer kommen? Sie haben
eure Männer, Söhne, Väter und Brüder ermordet! Könnt ihr
ihnen da noch trauen?«

»Ich traue ihnen nicht und gehe mit Gerhild«, erklärte Teudo
grimmig.

Odila warf ihm einen kurzen Blick zu, seufzte dann und
nickte. »Ich gehe auch!«

»Ich ebenfalls!« Ingulf, der sich von Colobert und dessen Freunden nie ernst genommen gefühlt hatte, stellte sich ebenfalls zu Gerhild. Einige andere folgten, doch die meisten sammelten sich um Colobert. Bei Raganhar war er gerade gut genug gewesen, die als Schutz im Dorf zurückgelassenen Krieger anzuführen. Im Kampf aber hatte der junge Fürst eher Männern wie Sigiward vertraut. Nun hoffte Colobert, bei Hariwinius die zweite Stelle im Stamm einnehmen zu können, und das wollte er sich von Gerhild nicht verderben lassen.

»Du siehst, der Stamm folgt dir nicht. Gib also auf!«, sagte er zu ihr.

Gerhild betrachtete das kleine Häuflein, das sich ihr angeschlossen hatte, und kämpfte mit den Tränen. »Begreift ihr denn nicht, dass ihr euch auf Gnade und Ungnade den Römern ausliefert?«, rief sie den anderen zu.

Doch es trat niemand mehr auf ihre Seite. Es war eine Entscheidung zwischen Gewohnheit und Aufbegehren, und die konnte sie im Augenblick nicht in ihrem Sinn beeinflussen. Gerhild fragte sich, ob es eine zweite Gelegenheit dazu geben könnte, und verneinte dies. Wenn die Römer kamen, würde ihr Stamm untergehen.

»Nicht ganz!«, murmelte sie. Sie und ihre Freunde würden ihn weiterführen, und irgendwann würden ihre Nachkommen das verlorene Land wieder für sich einfordern. Mit entschlossener Miene wandte sie sich an ihre Getreuen.

»Wir nehmen alles mit, was wir brauchen, Kleidung, Waffen, Vorräte, Vieh!«

»Das machen wir. Kommt!« Teudo winkte den anderen, ihm zu folgen. Ein knappes Dutzend Frauen, einige Mädchen und mehrere Knaben schlossen sich ihm an.

Unterdessen betrat Gerhild die Fürstenhalle und begann, dort zu packen. Colobert war ihr gefolgt und fuhr sie an. »Das ist jetzt Hariwins Haus. Du lässt hier alles so, wie es ist!«

Voller Wut drehte Gerhild sich zu ihm um. »Versuche, mich

317

aufzuhalten, und ich werde dich niederschlagen wie einen tollen Hund!«

Sie langte mit der Rechten zum Schwertgriff und zog die Klinge halb aus der Scheide.

»Bleib mir mit dieser Zauberklinge vom Leib«, rief Colobert erschrocken und verzog sich wie ein geprügelter Hund.

Feige ist er auch noch, dachte Gerhild und beeilte sich. Als sie kurz darauf mit einem großen Bündel auf dem Rücken ins Freie trat, hatte sich ihr Gefolge bereits versammelt. Alle Pferde waren beladen, nur ihre Stute nicht. Da sie jedoch nicht reiten wollte, wenn ihre Leute zu Fuß gingen, wuchtete sie ihren Packen auf Ranas Rücken und band ihn fest.

Nach einem letzten Blick auf das Haus, in dem sie geboren worden und aufgewachsen war, fasste sie die Zügel der Stute und brach auf. Von den übrigen Dörflern ließ sich kaum einer sehen. Nur ein paar Frauen winkten scheu und sahen so aus, als wüssten sie nicht, ob sie ihren Entschluss, zu bleiben, bedauern sollten oder nicht.

Während Gerhild dem Dorf den Rücken kehrte, sagte sie sich, dass zwei Krieger, vier Knaben, denen man Waffen in die Hand geben konnte, ein Dutzend Frauen und die gleiche Zahl an Kindern keine Macht waren, die sich etwas erkämpfen konnte. Sie würden heimlich durchs Land ziehen und sich an einer abgelegenen Stelle niederlassen müssen. Damit schied das fruchtbare Taubertal aus. Selbst wenn die Römer es nicht für sich in Beschlag nahmen, würden andere Stämme sie vertreiben.

»Wohin willst du gehen?«, fragte Teudo in ihre Überlegungen hinein.

»In die Gegend jenseits des großen Moores. Der Wald dort ist dicht und das Land kaum besiedelt. Dort werden wir sicher sein.«

»Es ist kein gutes Land!«, wandte Teudo ein. »Der Boden ist schlecht, und es wächst dort nur wenig.«

»Wir werden uns mit dem wenigen begnügen müssen. Oder willst du lieber Sklave unter den Römern sein?«, fragte Gerhild bitter.

»Nein, das will ich gewiss nicht. Aber warum schließen wir uns nicht einem der anderen Stämme an?«, antwortete der Krieger.

Gerhild schüttelte traurig den Kopf. »Die anderen Stämme sind in der gleichen Lage wie wir. Entweder ziehen sie sich weit von der Steinernen Schlange zurück, oder sie werden von den Römern versklavt. Wenn andere Stammesleute fliehen, können wir uns mit ihnen zusammentun und stärker werden. Deshalb will ich als Erstes zu Hailwigs Dorf. Die Menschen dort kennen mich und sind wahrscheinlich vernünftiger als unsere Stammesverwandten, die hier zurückbleiben.«

Auf dem Weg zu Hailwig machte Gerhilds Gruppe bei Aisthulfs Dorf halt, und sie versuchte, ihn und seine Leute dazu zu bewegen, sich ihr anzuschließen. Einige wenige taten es, und zu ihrer Erleichterung waren drei Jungmannen dabei, deren ältere Brüder mit den anderen gefallen waren und die nun an den Römern Rache üben wollten. Die meisten aber glaubten ihr nicht oder waren innerlich zu erstarrt, um eine Entscheidung zu treffen. Daher wollten sie in ihrem Dorf verharren und auf das warten, was auf sie zukommen würde.

Als Gerhild das Dorf des toten Wulfherich betrat, begriff sie sofort, dass die Nachricht vom Verrat der Römer bereits vor ihr eingetroffen war. Zwei Kriegern war die Flucht gelungen, und sie hatten ihre Sippe von den Geschehnissen informiert. Auch an diesem Ort herrschten Angst und Schrecken. Doch als Gerhild davon sprach, dass die Menschen das Dorf verlassen und sich hinter das große Moor zurückziehen sollten, zögerten die Bewohner.

»Auch dort werden wir der Macht der Römer nicht entkommen«, antwortete ihre Tante mutlos. »Sie sind übermächtig, und wir müssen uns ihnen beugen.«

»Sie haben deinen Sohn umgebracht!«, rief Gerhild verzweifelt.

Hailwig hob mit einer hilflosen Geste die Arme. »Sie sind die Sieger. Uns bleibt nur, sie um Gnade zu bitten!«

»Niemals!«

»Du bist noch jung, Gerhild, doch ich spüre die Jahre, die auf meinen Schultern lasten«, antwortete die Tante. »Auch muss ich auf die Jugend unseres Dorfes achten. Wenn wir nach Osten gehen, werden wir auf den Schurken Baldarich treffen. Dieser würde uns ohne Gnade ausplündern, versklaven und an die Römer verkaufen. Deshalb bleiben wir lieber auf unserem eigenen Land. Die Römer werden uns vor Baldarich beschützen.«

»Ihr wollt euch dem einen Wolf unterwerfen, um nicht vom anderen Wolf gefressen zu werden? Glaubt ihr, die Römer hätten keinen Hunger nach Sklaven?« Gerhild wollte es nicht glauben. Ausgerechnet hier, wo sie am ehesten Zuspruch erwartet hatte, verweigerten ihr die Menschen die Gefolgschaft.

»Die Römer wollen gewiss Sklaven, darum dürfen wir ihnen keinen Grund geben, uns dazu zu machen«, erklärte die Tante.

»Aber …«, begann Gerhild, doch da mischte sich Teudo ein.

»Lass sie! Diese Leute zählten sich bereits zu den Zeiten deines Vaters nur widerwillig zu unserem Stamm und haben sich unter Raganhar ganz von uns abgewandt. Jedes Wort an sie ist verschwendet!«

»Das erscheint mir auch so. Kommt, wir ziehen weiter!«, antwortete Gerhild traurig und verließ mit ihrer Stute am Zügel das Dorf. Eigentlich hatte sie hier übernachten wollen, doch die Haltung der Tante hatte ihr dies vergällt.

8.

Quintus Severus Silvanus war zufrieden. Fast eintausend tote und noch mehr versklavte germanische Krieger konnten sich seinen Plänen nicht mehr in den Weg stellen. Sein Ziel, eine Provinz zu errichten, die einmal die gesamte Germania Magna umfassen würde, war damit greifbar nahe.

Am Morgen nach dem Massaker rief er seine Offiziere zu sich. Außer Hariwinius zählten auch die Zenturien der Kohorte dazu, die Caracalla ihm überlassen hatte. Es war keine Schar, mit der er große Landstriche erobern konnte, doch sie reichte aus, um seine Stellung im Barbarenland zu festigen.

Als Quintus bemerkte, dass Julius fehlte, warf er Hariwinius einen fragenden Blick zu, beschloss aber, später mit ihm zu reden. Zuerst galt es, seine nächsten Befehle zu verkünden.

»Caesar – ihm sei Ruhm und Ehre! – hat mich beauftragt, die vom Feind gereinigten Gebiete für das Imperium zu sichern. Daher wird unsere Streitmacht in drei Tagen in voller Marschausrüstung und mit dem gesamten Tross aufbrechen, um unser erstes festes Lager zu errichten, das in wenigen Jahren zu einer großen Stadt heranwachsen soll. Decurio Hariwinius wird bereits morgen mit zwei Turmae als Vorhut losziehen und diese Stelle besetzen. Ich zähle auf euch! Wir sind die Soldaten Roms und zu den Herrschern der Welt bestimmt.«

Quintus' Stimme nahm einen beschwörenden Tonfall an. Die Soldaten hatten den Feldzug mitgemacht und eigentlich erwartet, nun wieder in ihre alten Quartiere zurückkehren zu können. Stattdessen sollten sie einen neuen Stützpunkt errichten und sich dort gegen die Barbaren behaupten. Hätten die Germanen noch über ihre gesamten Krieger verfügt, wäre dieses Vorhaben vermessen gewesen. Nun aber sah Quintus die Risiken als gering an und las in den meisten Gesichtern, dass die Männer seine Ansicht teilten. Er entließ die Soldaten und winkte Hariwinius zu sich.

»Du wirst mit deinen Leuten so schnell wie möglich vorausreiten, das Dorf deines Stammes besetzen und mir, sobald ich dort angekommen bin, deine Schwester übergeben, hast du verstanden?«

Hariwinius nickte. »Jawohl, Herr! Es wird geschehen.«

»Gut so! Ich verlasse mich auf dich. Deine Schwester wird in der ersten Nacht, die ich dort verbringe, mein Bett wärmen. Erweist sie sich als gelehrig, werde ich sie behalten. Sag ihr das!«

Erneut nickte Hariwinius. Zwar verstand er die zwanghafte Gier seines Anführers nach Gerhild nicht, doch wenn diese ihm half, dessen Gunst zu erhalten, war ihm das recht. An das, was in der letzten Nacht geschehen war, versuchte er nicht zu denken. Jedes Mal, wenn die Erinnerung aufflammte, sagte er sich, dass Raganhar selbst an seinem Tod schuld war. Er hätte sich ihm ergeben müssen.

»Noch etwas!«, fuhr Quintus fort. »Ich habe Julius nirgends gesehen. Er wird doch nicht schon wieder besoffen in seinem Zelt liegen?«

»Ich weiß nicht, wo er ist, Herr. Heute hat ihn noch keiner gesehen. Auch sein Stellvertreter Vigilius ist nicht aufzufinden, und es fehlen zwanzig Männer seiner Turma«, antwortete Hariwinius.

»Dann sieh zu, dass du ihn und diese Männer findest. Er soll die Nachhut anführen! Mehr vertraue ich ihm derzeit nicht an.«

»Verzeih, Herr, aber wenn ich jetzt nach Julius suchen muss, kann ich heute nicht aufbrechen, wie du es befohlen hast«, wandte Hariwinius ein.

»Dann soll ein anderer nach Julius suchen. Schick deinen Stellvertreter los! Sollte Julius nicht gefunden werden, wird dieser die Nachhut anführen.«

Hariwinius starrte seinen Anführer verwirrt an. »Wieso sollte Julius nicht gefunden werden?«

»Weil er ein Barbar ist und immer einer bleiben wird. Hoffen wir, dass er sich nicht aus dem Staub gemacht hat, denn der Kerl könnte uns noch Ärger bereiten. Ich hätte ihn überwachen lassen sollen«, rief Quintus und ballte drohend die Faust.

»Aber er war doch ein treuer Soldat Roms!« Noch während er es sagte, erinnerte Hariwinius sich an einige Aussprüche seines Freundes und setzte seine Rede anders fort, als er gewollt hatte. »Es ist gewiss wegen der Frau, die wir gefangen hatten, seiner Base. Nach diesem Tag war Julius nicht mehr der, der er vorher gewesen ist.«

Auch Quintus dachte an Lutgardis und den kurzen Moment der Lust, die er bei ihrer Vergewaltigung verspürt hatte. Wenn dieses Weib ihn seinen besten Reiteroffizier gekostet hatte, war es ein zu hoher Preis gewesen. Dann aber verzog er das Gesicht zu einer höhnischen Grimasse.

»Dieser Lump wird ebenfalls begreifen, dass er der Macht Roms nicht entkommen kann. Wenn wir ihn haben, wird er es bedauern, geboren worden zu sein. Du brichst jetzt auf! Balbus soll nach Julius forschen. Vielleicht hängt der Kerl auch nur sturzbetrunken in einer Schenke.«

Das war die einzige Möglichkeit, fand Quintus. Den Limes hatte Julius nicht überwinden können, denn sein Befehl war klar gewesen: Niemand hatte das Tor in der Nacht passieren dürfen.

Hariwinius zog sich zurück und war zum ersten Mal froh, seinem Anführer nicht länger Rede und Antwort stehen zu müssen. Während er mit seinen Reitern zum Limestor aufbrach, fragte sein Stellvertreter Balbus an allen möglichen Stellen nach Julius. Doch niemand wollte ihn gesehen haben. Nach Stunden vergeblicher Suche begab er sich zu den Soldaten am Limestor.

»He, ihr da, habt ihr den Decurio Julius gesehen?«, fragte er.

»Wir nicht, aber die Nachtwache! Es hieß, er würde auf Patrouille nach Norden reiten«, antwortete der Wachoffizier. »Eines aber ist seltsam. Mir wurde berichtet, ihm wären mindestens zwei Dutzend Barbaren gefolgt.«

»Danke für die Auskunft!«, antwortete Balbus mit unglücklicher Miene. Ihm passte es gar nicht, mit dieser Nachricht zu Quintus zurückkehren zu müssen.

Dieser nahm die Information gelassener auf, als Balbus es erwartet hatte. »Er ist also doch zu den Barbaren übergelaufen! Aber wenn er glaubt, als ein zweiter Arminius auftreten zu können, werden wir ihn eines Besseren belehren.«

Noch während er es sagte, beschloss Quintus, um weitere Truppen anzufragen. Julius' Schar war zwar klein, doch wenn es diesem gelang, mehr Männer um sich zu scharen, bestand die Gefahr eines langen Krieges mit Überfällen aus dem Hinterhalt. Mit einer Bewegung, die gelassen und energisch zugleich wirken sollte, wandte er sich an Balbus. »Gib Befehl an unsere Zenturien! Sie müssen morgen zum Aufbruch bereit sein. Ich will so rasch wie möglich vorrücken und einen festen Stützpunkt errichten.«

»Sehr wohl, Quintus Severus«, antwortete Balbus, salutierte und eilte erleichtert davon.

Quintus sah ihm nach und überlegte, ob er bei seinen Planungen einen wichtigen Punkt übersehen hatte. Doch er fand keinen Fehler und sagte sich, dass ihn auch Julius' Verrat nicht daran hindern durfte, seine Macht bis über das Taubertal hinaus auszudehnen.

9.

Während Gerhild mit Vieh und Gefolge nach Osten zog und dabei zwei versprengte Gruppen aufsammelte und Julius auf das Taubertal zuhielt, um sich seinen Verwandten anzuschließen, rückte Hariwinius wie befohlen auf sein Heimatdorf vor.

Der Empfang war freundlicher als erwartet. In den Augen der Bewohner war er der Nachkomme des alten Fürstengeschlechts und damit zur Führung des Stammes berufen. Das Massaker an den eigenen Kriegern glaubten sie nicht oder schoben Raganhar die Schuld daran in die Schuhe, weil er die Römer erzürnt haben musste. Von Hariwinius aber erwarteten sie Schutz vor den Eroberern.

Colobert begrüßte ihn mit sichtlicher Erleichterung und forderte die anderen Dorfbewohner auf, es ebenfalls zu tun. Eine Zeitlang wurde Hariwinius zwischen den Frauen und Kindern und alten Männern eingezwängt. Da seine Männer ihn in Gefahr glaubten, ergriffen sie die Speere.

Da hob Hariwinius die Hand. »Halt! Die Leute meinen es gut. Sie werden dem Imperium so dienen, wie Rom es befiehlt.«

Er wandte sich Colobert zu. »Wo ist meine Schwester?«

»Gerhild ist fort! Sie ist mit ein paar anderen Leuten des Stammes losgezogen«, antwortete der Krieger.

»Fort? Das hättest du nicht zulassen dürfen!«, herrschte Hariwinius ihn verärgert an. Schließlich war Gerhild der Preis dafür, dass Quintus ihn zu seinem Stellvertreter machte, und nur als solcher konnte er seinen Stamm schützen.

»Wo ist sie hin? Zu Tante Hailwig?«, fragte er besorgt.

Colobert zuckte hilflos mit den Achseln. »Ich weiß es nicht, Hariwin. Sie ist schon vor ein paar Tagen aufgebrochen. Weit kann sie noch nicht gekommen sein. Sie und ihre Leute müssen zu Fuß gehen, denn sie haben Vieh bei sich.«

»Was will sie damit?«

»Das hat sie uns nicht gesagt.« Colobert schwitzte, denn Hariwinius sah ganz so aus, als würde er vor Wut platzen.

Der junge Offizier beherrschte sich jedoch und winkte den Decurio der dritten Turma zu sich. »Porcius, du wirst hier das Kommando übernehmen und alles für Quintus' Ankunft vorbereiten. Ich suche inzwischen meine Schwester.«

Der Unteroffizier nickte. »Mache ich, Hariwinius. Gib aber acht! Auch wenn wir die meisten Barbaren zusammengeschlagen haben, können sich immer noch genug zusammenrotten, um einer einzelnen Turma gefährlich werden zu können.« Das galt auch für seine Einheit, dachte Porcius, aber er wollte nicht als feige gelten und tat daher so, als würde seine Besorgnis Hariwinius gelten.

»Es ist ärgerlich, dass Julius nicht bei uns ist. Der hat eine Nase dafür, wo das Gesindel sich verkriecht«, murmelte Hariwinius, ohne auf die Bemerkung seines Stellvertreters einzugehen.

Er musste Gerhild so rasch wie möglich zurückbringen, sagte er sich, damit sie Quintus zur Verfügung stand, sowie dieser hier erschien. Daher brach er umgehend mit einer Turma auf, obwohl die Sonne an diesem Tag höchstens noch drei Stunden am Himmel stehen würde.

Hariwinius' Männer waren es gewohnt, durch die germanischen Wälder zu reiten. Einige stammten sogar aus diesem Landstrich, während die meisten aus weiter entfernten Grenzgebieten des Imperiums hierher abkommandiert worden waren. Im Kampf mit barbarischen Feinden waren sie jedoch alle geübt. Daher ritten sie forsch auf das nächste Dorf zu und zogen dort wie Eroberer ein. Während die Eingeborenen sich ängstlich in ihren Hütten verkrochen, trat ihr Anführer auf Hariwinius zu.

»Ave, Aisthulf«, grüßte der Reiteroffizier.

»Sei uns willkommen, Hariwin«, antwortete der Alte in der Hoffnung, Gerhilds Bruder würde im Herzen zu seinem Stamm halten.

Ohne Umschweife begann Hariwinius seine Rede. »Es ist der Wille des Imperators, dieses Gebiet hier als Provinz dem Römischen Reich einzugliedern. Daher ergeht an dich und deine Leute folgender Befehl: Ihr werdet euer Dorf verlassen und in das umziehen, in dem bislang euer Stammesfürst gelebt hat. Dort wird die neue Hauptstadt dieser Provinz errichtet, und ihr werdet beim Bau mithelfen.«

Aisthulfs Miene zeigte für einen Augenblick Erschrecken, dann musterte er Hariwinius und dessen Männer. Ohne die Krieger, die am Limes niedergemetzelt worden waren, konnten er und seine Leute sich nicht gegen diese Schar behaupten. Daher senkte er den Kopf.

»Es geschieht, wie du befiehlst, Hariwin! Wir werden das Dorf verlassen.«

»Ich wusste, dass ihr gehorchen würdet! Ab jetzt wird Rom für euch sorgen. Nehmt mit, was ihr in der nächsten Zeit benötigt. Quintus wird bald erscheinen und seine Gnadensonne über euch leuchten lassen, wenn er sieht, wie gehorsam ihr seid!« Hariwinius nickte bekräftigend, war aber noch nicht fertig.

»Halt!«, rief er, als Aisthulf sich zum Gehen wandte. »Ist meine Schwester hier durchgekommen?«

»Das ist sie«, antwortete Aisthulf, »und zwar erst vor wenigen Tagen. Wo sie hinwollte, sagte sie uns jedoch nicht.«

»Wohin wohl, wenn nicht zum Dorf unserer Tante? Wir werden hier übernachten und reiten morgen früh weiter.«

»Meine Halle ist deine Halle«, bot Aisthulf ihm an.

Hariwinius nickte kurz und befahl seinen Männern, abzusteigen und ihre Pferde zu versorgen. Da er den Dörflern nicht traute, bestimmte er Wachen und forderte von Aisthulf, eine Geisel zu stellen, um zu verhindern, dass er und seine Männer in der Nacht überfallen wurden oder man ihnen die Halle über den Köpfen anzündete.

Mit ausdrucksloser Miene erfüllte der alte Mann alle Forderungen. Einige der wenigen Männer, die im Dorf zurückgeblieben waren, murrten zwar, verstummten aber unter dem warnenden Blick ihres Anführers.

Als Hariwinius mit seiner Turma am nächsten Morgen aufgebrochen war, machten sie ihrem Unmut jedoch lauthals Luft.

»Für was halten die Römer sich?«, rief einer empört. »Sie morden unsere Brüder und Söhne und verlangen dann auch noch, dass wir ihnen dafür die Füße küssen. Wir hätten sie angreifen und niedermachen sollen!«

»Narr!«, fuhr Aisthulf ihn an. »Das war Hariwins Schar, und die gehört zu den besten Reitersoldaten, über die Rom verfügt. Selbst mit allen Mannen, die wir einmal hatten, hätte ich es mir schwer überlegt, das Schwert gegen diese Soldaten zu ziehen. Mit euch paar Kerlen und einem Dutzend halbwüchsiger Knaben wäre es aussichtslos gewesen. Auch hätte ein Sieg uns nichts gebracht, denn ihr habt doch gehört, dass der Römer Quintus hier erscheinen wird. Der hat genug Soldaten bei sich, um unseren gesamten Stamm auslöschen zu können.«

»Also werden wir die Nacken beugen und zulassen, dass die Römer uns das Joch auflegen!«, rief einer der Männer empört. Ein anderer fluchte laut und funkelte Aisthulf herausfordernd an. »Bevor ich ein Sklave werde, der sich unter der Peitsche des Aufsehers beugt, nehme ich mein Weib, deren Schwester und die sechs Kinder, die zu unserer Sippe zählen, und ziehe nach Osten, um mich Gerhild anzuschließen!«

Der Sprecher wollte schon gehen, als Aisthulfs Hand schwer auf seine Schulter fiel.

»Das werden wir alle tun! Wir verlassen unser Dorf und nehmen mit, was wir tragen können. Zusammen mit Gerhild und ihren Leuten werden wir uns behaupten können.«

»Aber was ist, wenn Hariwinius Gerhild vorher einholt und gefangen nimmt?«, wandte eine Frau ein.

»Dann umgehen wir das große Moor und siedeln uns drüben an. Doch Gerhild ist eine von Teiwaz Erkorene! Sie wird ihrem verräterischen Bruder entgehen und dafür sorgen, dass wir bald in Sicherheit sind.«

Aisthulf glaubte selbst kaum an seine eigenen Worte, doch er wollte seinen Leuten Mut machen und ihren Schmerz um den Verlust der Heimat lindern. In ihrem alten Dorf bleiben konnten sie nicht, denn sich den Römern zu unterwerfen war gleichbedeutend mit Sklaverei.

10.

Hariwinius betrachtete zufrieden die Hufabdrücke und Kuhfladen, die ihnen den Weg wiesen, und sagte sich, dass sie seine Schwester spätestens am nächsten Nachmittag einholen würden. Gerhild würde zunächst zornig sein, sich aber bald beruhigen, wenn sie Quintus näher kennenlernte. Hier in der germanischen Provinz würde sie als erste Dame gelten, und ihre Kinder würden einmal der römischen Aristokratie angehören. Auch Hariwinius hoffte, bald in den Ritterstand aufgenommen zu werden. Dafür aber musste die neue Provinz aufblühen. In ihr würde sein Stamm das Leben führen können, welches er sich vorstellte.

»Deine Tante war nicht gerade freundlich zu dir!« Einer der Unteroffiziere hatte zu Hariwinius aufgeschlossen und nutzte die Tatsache aus, dass dessen Stellvertreter Balbus bei Quintus hatte zurückbleiben müssen.

Hariwinius verzog das Gesicht bei dem Gedanken an die Verwünschungen, die Hailwig ihm an den Kopf geworfen hatte. Jede andere Frau hätte er dafür von seinen Männern nackt ausziehen und auspeitschen lassen. Eine Verwandte derart zu bestrafen, hätte aber seinem eigenen Ansehen geschadet. Außerdem wollte er keine Zeit verlieren, um Gerhild so bald wie möglich einholen zu können.

»Hailwig wird auch noch lernen müssen, dass es nicht klug ist, Rom und seine Repräsentanten zu beleidigen«, antwortete er. »Ich müsste sonst meine Hand von ihr abziehen und sie aus meiner Sippe verstoßen.«

»Ist es nicht eigenartig, im Auftrag Roms gegen Menschen

vorgehen zu müssen, in deren Adern dasselbe Blut fließt wie in den deinen?«, fragte der Mann.

»Ich bin ein Reiter Roms und nur dem Imperator gegenüber zur Treue verpflichtet«, antwortete Hariwinius scharf und biss dann die Zähne zusammen. Der Unteroffizier hatte eine Wunde berührt, die einfach nicht heilen wollte.

»Das bezweifle ich nicht!«, sagte der Mann beschwichtigend. »Mir würde es jedenfalls schwerfallen, das Schwert gegen meine eigene Sippe zu ziehen und vielleicht sogar meinem Bruder im Kampf gegenüberstehen zu müssen.«

»Wenn deine Treue Rom gehört, wirst du ihn töten, wenn er zum Verräter geworden ist!« Diesmal schwang eine Warnung in Hariwinius' Worten mit, es dabei zu belassen.

Der Mann war jedoch zu aufgewühlt, um schweigen zu können. »Ich würde gerne wissen, was Julius macht! Er war ein guter Kamerad, und wir haben ihm alle vertraut.«

»Er war dieses Vertrauens nicht würdig«, gab Hariwinius verärgert zurück.

Der Unteroffizier wackelte unschlüssig mit dem Kopf. »Es heißt, er soll mit einem Teil seiner Männer über den Limes gegangen sein. Was ist, wenn er sich den Barbaren anschließt? Er ist ein verdammt guter Anführer und könnte uns einige harte Nüsse zu knacken geben. Selbst die von Quintus geplante Stadt wäre nicht sicher, denn sie könnte jederzeit bei einem nächtlichen Angriff niedergebrannt werden.«

»Quintus bringt mehr als fünfhundert Legionäre mit, und dazu kommen unsere vier Reiterturmae. Das wird wohl ausreichen, um ein paar Deserteure zu fassen! Und nun reihe dich wieder ein, wie es sich gehört, und lass mich darüber nachdenken, wie wir Quintus am besten dienen können!«

Hariwinius' Antwort glich einer Ohrfeige, und er beschloss gleichzeitig, diesen Unteroffizier bei der nächsten Beförderung zu übergehen. Ein Mann, der Rom nicht mit ganzem Herzen diente, war es nicht wert aufzusteigen. Bei dem

Gedanken kam ihm Julius in den Sinn. Auch er hatte sich Roms als unwürdig erwiesen. Dabei wurde ihm eines klar: Weder er noch Quintus konnten es sich leisten, Julius lange in Freiheit zu lassen. Wenn es diesem gelang, genügend Krieger um sich zu scharen, würden ihre sechs Zenturien und vier Turmae nicht ausreichen, um mit den Barbaren fertigzuwerden.

Wuterfüllt befahl Hariwinius, schneller zu reiten. Je eher sie Gerhild einholten, umso eher konnte er zu Quintus zurückkehren und mit der Jagd auf Julius beginnen.

»Verzeih, Decurio, wenn ich noch einmal störe. Aber die schwarze Wetterwand im Osten gefällt mir gar nicht!« Der Unteroffizier hatte erneut zu Hariwinius aufgeschlossen und wies in die genannte Richtung.

In seinen Gedanken verstrickt, waren Hariwinius die Wolken am Horizont entgangen. Als er nun hinschaute, wirkten sie so schwarz wie die Unterwelt, und sie dehnten sich rasch aus.

»Das wird ein Gewitter geben, und noch dazu aus dem Osten. Die sind selten, aber wenn sie kommen, sind sie schlimm, und es fliegen einem Jupiters Blitze nur so um die Ohren«, meinte der Unteroffizier mit besorgter Miene.

»Du tust so, als hättest du noch nie ein Gewitter in dieser Gegend erlebt«, spottete Hariwinius.

»Ich fürchte mich wirklich nicht vor einem Gewitter, doch diese Wolkenwand macht mir Angst. Sie kommt mit der Geschwindigkeit von Wuodans achtbeinigem Ross auf uns zu! Daher sollten wir uns einen sicheren Platz suchen und die Pferde anhängen, damit sie uns bei Blitz und Donner nicht durchgehen.«

Der Rat des Mannes war weise, doch Hariwinius wollte Gerhild so rasch wie möglich einholen und schüttelte daher den Kopf. »Bis das Gewitter hereinbricht, können wir noch mehrere Meilen schaffen. Unser Lager ist rasch aufgebaut, und ein paar Regentropfen werden uns nicht schaden.«

Der Befehl eines Vorgesetzten galt in der römischen Armee alles, und so ritten sie weiter. Doch die Männer starrten immer wieder besorgt nach Osten. Mittlerweile bedeckte die schwarze Wand den halben Himmel und breitete sich immer weiter aus. Als die ersten Windböen heranfegten und die Mäntel der Reiter bauschten, konnte auch Hariwinius die Anzeichen des nahen Sturmes nicht mehr ignorieren. Gleichzeitig wurde es immer dunkler, obwohl die Mittagsstunde gerade erst vorüber war.

»Es sieht aus, als würden wir direkt in Vulcanus' Arsch hineinreiten«, meinte einer der Männer.

»Wir sollten absteigen und alles sichern!«, rief ein anderer.

Hariwinius drehte sich ärgerlich zu den Sprechern um. »Los, weiter! Nicht weit vor uns ist ein Fluss. Den müssen wir noch durchqueren.«

Obwohl dieser Befehl den Männern nicht behagte, ritten sie mit verkniffenen Mienen hinter Hariwinius her. Dieser ließ sich auch von dem immer bedrohlicher aufflammenden Wetterleuchten nicht aufhalten und auch nicht von den ersten Tropfen, die so groß und so schwer fielen, dass sie wie Kieselsteine auf ihre Helme prasselten.

»Wenn das nur keinen Hagel gibt!«, murmelte der Unteroffizier mit einem entsetzten Blick zum Himmel.

Dort breiteten sich die Sturmwolken mittlerweile über das gesamte Firmament aus. Schnell hintereinander folgende Böen erfassten Männer und Pferde, als wären es Fäuste von Riesen. Gleichzeitig fiel der Regen immer dichter.

Keine fünfzig Schritt vor Hariwinius stürzte ein Baum krachend um. Erschrocken zügelte er seinen Hengst und bleckte die Zähne. Obwohl er die Gegend von mehreren Erkundungsritten her kannte, hatte er jeden Anhaltspunkt verloren, wo sie sich befanden. Der Fluss konnte wenige hundert Schritte vor ihnen liegen oder auch mehrere Meilen. In dieser Düsternis wusste Hariwinius nicht einmal mehr zu sagen, ob sie noch in die richtige Richtung ritten, und er gab enttäuscht den Befehl anzuhalten.

»Marcus! Claudius! Ihr seht euch um, ob es hier eine Lichtung gibt, auf der wir unsere Zelte aufschlagen können. Unter den Bäumen dürfte es zu gefährlich sein«, wies er zwei Reiter an.

Der Unteroffizier schüttelte zweifelnd den Kopf. »Bei dem Sturm kriegen wir die Zelte nicht hoch, denn der wird unsere Zeltstangen wie dürre Äste brechen!« Den Vorwurf »wir hätten längst lagern sollen« verschluckte er allerdings, weil er nicht wusste, wie sein Anführer darauf reagieren würde. In letzter Zeit war Hariwinius harsch und ungeduldig geworden und nahm auch ein ehrlich ausgesprochenes Wort sofort übel.

»Der Sturm wird gewiss bald nachlassen«, erklärte Hariwinius, stieg vom Pferd und reichte die Zügel seinem Reitknecht. »Binde Vibius an einen Baum, damit er nicht davonrennt«, sagte er und stellte sich unter die schützende Krone einer mächtigen Eiche. Es regnete jedoch so stark, dass er selbst unter dem Blätterdach des Baumes in kürzester Zeit nass wurde. Obwohl Hariwinius sich in seinen Mantel hüllte, fühlte er die Kälte bald bis auf die Knochen, und seinen Männern erging es nicht anders. Anklagende Blicke trafen ihn, doch er kümmerte sich nicht darum. Stattdessen haderte er mit Roms Göttern, die hier, außerhalb des Imperiums, nicht die Macht zu besitzen schienen, sich gegen die Gottheiten der Barbaren durchzusetzen.

»Diesen Regen hat ein unguter Geist beschworen!«, fluchte er und betete zu Jupiter Dolichenus und der kapitolinischen Juno, dem Unwetter ein Ende zu setzen.

Es schien jedoch, als wäre die Macht der römischen Götter an diesem Ort tatsächlich wirkungslos, denn das Unwetter wurde immer stärker. Bäume stürzten um, der Wind riss Äste und Zweige ab, und dazu schüttete es, als wolle der Himmel die Erde ersäufen. Zudem wurde das Land immer wieder von Blitzen in ein blendendes Licht getaucht. Als einer ganz in der

Nähe einschlug und eine uralte Eiche fällte, rissen sich die ersten Pferde los und verschwanden panisch wiehernd im Wald.
»Bindet die Zossen fester an!«, schrie Hariwinius seinen Männern durch das Toben des Sturmes zu. Ein paar vernahmen
seine Stimme trotz des pausenlosen Donnergrollens und
befolgten seinen Befehl, und die meisten taten es ihm gleich.
Als die Tiere gesichert waren, blieb den Männern nur, zu warten und zu beten.

11.

Mit einem letzten Donnerschlag endete der Regen, die Wolkendecke riss auf, und die Abendsonne strahlte vom Westen her in einem rotgoldenen Licht. Um Hariwinius und seine Männer herum herrschte jedoch das Chaos. Umgerissene Bäume lagen quer übereinander, und ein fallender Baum hatte einen der Reiter und zwei Pferde erschlagen. Im Toben des Unwetters hatte niemand ihre Todesschreie vernommen.

Noch halb betäubt von dem steten Donnergrollen, wankte Hariwinius zu dem Toten und sprach ein kurzes Gebet. Ihm erschien es wie Hohn, dass der Mann auf diese Weise hatte sterben müssen. Ein Krieger sollte, wenn überhaupt, im Kampf fallen und nicht unter einem Baum verenden wie ein Tier.

»Begrabt ihn! Den Gäulen nehmt die Sättel ab und lasst die Kadaver liegen«, befahl Hariwinius und hoffte, dass ihnen genügend Pferde geblieben waren. »Zählt durch, wer vermisst wird, und kümmert euch um Verletzte, falls es welche gibt«, fuhr er fort und hob dann den Kopf.

Nicht weit vor ihrem Lagerplatz vernahm er ein Gurgeln und Rauschen, als hätten sich die Pforten der Unterwelt geöffnet. Er ging in die Richtung und blieb kurz darauf fluchend am Ufer des Flusses stehen.

In normalen Zeiten hätten sie das Gewässer ohne Schwierigkeiten durchqueren können, nun aber war es durch die Regenmassen zu einem breiten Strom angeschwollen, der abgerissene Zweige und sogar ganze Bäume mit sich riss. Hariwinius sah tote Rehe und einen Hirsch in den schlammigen Fluten

336

treiben und dachte mit Schrecken daran, was passiert wäre, wenn er und seine Reiter an dieser Stelle ihr Lager aufgeschlagen hätten.

»Hier ist unser Weg erst einmal zu Ende!« Der Unteroffizier war an seine Seite getreten und wies mit der Hand auf das schmutzig braune Wasser.

»Morgen früh ist der Fluss wieder auf ein normales Maß gesunken. Dann können wir weiter«, erklärte Hariwinius.

Sein Unteroffizier schüttelte den Kopf. »Es ist ein Zeichen der Götter! Hier endet die Macht Roms. Wir sollten die Unsterblichen nicht erzürnen, indem wir gegen ihren Willen handeln.«

»Wir reiten weiter! Das hier war nur ein letzter, verzweifelter Versuch der Barbarengötter, uns aufzuhalten. Doch wir haben ihren Sturm mit geringen Verlusten überstanden und sind noch immer in der Lage, unseren Auftrag auszuführen.«

Sein Gegenüber öffnete den Mund, als wolle er widersprechen, klappte ihn aber wieder zu und machte eine unwillige Geste. Als er sich wieder Hariwinius zuwandte, wies er mit dem Daumen nach hinten.

»Unsere Vorräte sind durch den Wolkenbruch vernichtet worden. Der Weizen ist durch die Nässe verdorben und wird bald schimmeln, das Brot können höchstens noch Schweine fressen, und die Erbsen und Linsen sind aufgequollen und haben die Beutel gesprengt.«

»Seht zu, dass ihr so viel wie möglich retten könnt, und schlagt dann die Zelte auf«, befahl Hariwinius.

»Dafür werden wir bis in die Nacht hinein brauchen – und das ohne Licht! Feuer können wir keines machen, da alles Holz im weiten Umkreis so nass ist, dass es nicht brennen wird.«

Die Aussage des Mannes verhieß eine kalte Nacht, die sie in feuchten Kleidern im Freien verbringen mussten. Hätte Hariwinius früher den Befehl zum Lagern gegeben, wären die Vorräte in den Zelten untergebracht worden. So aber war der Regen in die Packsättel gedrungen und hatte alles durchnässt.

»Errichtet ein Lager und stellt Wachen auf. Wenn Barbaren in der Nähe sind, sollten sie uns nicht überraschen!«

Hariwinius ärgerte sich, weil er einen solchen Befehl geben musste, denn er klang so, als habe er Angst vor den Wilden. Da er bereits einmal die Vorsicht außer Acht gelassen hatte, wollte er es kein zweites Mal tun.

Der Unteroffizier kehrte zu den Männern zurück und wies sie an, aus Zweigen einen Zaun zu errichten, der ihnen einen gewissen Schutz vor Angriffen bieten konnte. Mürrisch gehorchten ihm die Soldaten. Sie hatten Hunger, doch selbst der beste Koch der Welt hätte in dieser Situation kapitulieren müssen.

Als Abendessen erhielten sie nur einen Napf voll kalten Breis aus zerquetschten Weizenkörnern mit einer Handvoll aufgequollener Erbsen und Linsen darin, den sie voller Abscheu hinunterwürgten. Hariwinius musste sich mit der gleichen Kost begnügen, doch anders als seine Männer bemerkte er kaum, was er aß. Den Blick auf den Fluss gerichtet, saß er auf einem umgestürzten Baum und gab diesen Posten selbst dann nicht auf, als in der Dunkelheit der aufkommenden Nacht nur noch das Rauschen und Gurgeln des wild dahinströmenden Wassers zu vernehmen war.

Am nächsten Morgen hätte Hariwinius nicht zu sagen vermocht, ob er in der Nacht geschlafen hatte oder nicht. Er saß noch immer an der gleichen Stelle und fror erbärmlich. Doch der Fluss ging immer noch zu hoch, um hindurchschreiten zu können. Seinen Männern war es inzwischen gelungen, ein wenig trockenes Holz zu finden und damit ein Feuer zu entzünden. Doch auch gekocht schmeckte der Brei aus Weizen und Hülsenfrüchten nicht besser.

»Wie eingeschlafene Füße!«, maulte einer der Reiter. Es war jedoch die erste warme Mahlzeit seit zwei Tagen und daher allen willkommen.

Um die Stunden nicht nutzlos verstreichen zu lassen, brachten

338

die Männer ihre Ausrüstung so weit in Ordnung, wie es in ihrer Situation möglich war. Hariwinius wollte aufbrechen, sowie die Strömung des Flusses es zuließ. Als der Übergang endlich geschafft war, begriff er rasch, dass der Sturm die bis zu dem Unwetter deutlich sichtbare Fährte seiner Schwester ausgelöscht hatte. Selbst als er seine Reiter ausschwärmen ließ, fanden sie nicht mehr die geringste Spur. Da sie für eine lange Suche nicht ausgerüstet waren, befahl er schweren Herzens, umzukehren. Auf dem Rückweg überlegte er, wie er Quintus sein erneutes Versagen erklären sollte, und beschloss, die Schuld den Göttern aufzubürden, die ihn nicht so unterstützt hatten, wie es nötig gewesen wäre.

12.

Auch Gerhild und ihre Gruppe litten unter dem Toben der Elemente, doch es erging ihnen bei weitem nicht so schlecht wie den römischen Reitern. Zwar wurden alle bis auf die Haut durchnässt, aber sie konnten ohne Verlust an Mensch und Vieh weiterziehen. Ein Blick zurück verriet Gerhild jedoch, dass sich die Elemente in der Gegend, die sie durchquert hatten, weitaus schrecklicher austobten.

»Sollte jemand hinter uns her sein, werden ihm die Blitze nur so um die Ohren fliegen«, sagte sie zu Lutgardis und Odila, die neben ihr gingen.

»Glaubst du wirklich, wir werden verfolgt?«, fragte Odila erschrocken.

Gerhild nickte nachdenklich. »Es würde mich wundern, wenn es nicht so wäre. Doch ich hoffe, dass wir jenseits des Moores einen Platz finden, der uns vor unliebsamen Heimsuchungen durch die Römer schützt.«

»Gibt es wirklich einen Weg durch diese grundlosen Sümpfe?«, fragte Odila. »Es heißt doch, sie würden alles verschlingen, was sich hineinwagt, und jeder, der nach Osten wolle, müsse tagelang um sie herumreiten.«

»Es gibt einen Weg! Mein Vater hat ihn mir gezeigt, als wir einen befreundeten Stamm im Osten besucht haben«, antwortete Gerhild. »Daher weiß ich auch, dass es am Ostrand des Moores einige inselartige Stellen gibt, die mit Knüppelpfaden verbunden sind. Eine dieser Moorinseln ist mein Ziel. Dort gibt es festen Boden und Wild, das wir jagen können. Die Sümpfe selbst schützen uns nach Westen, Norden und Süden –

und selbst von Osten her ist die Stelle nur schwer zu erreichen.«

»Aber was ist, wenn andere unseres Stammes uns folgen wollen?«, fragte Odila.

»Jene, die mein Vater Freunde nannte, kennen den Weg und
werden uns zu finden wissen!«

»Zuerst musst *du* ihn finden«, sagte Odila beklommen. »Es ist
ja schon viele Jahre her, seit du mit deinem Vater dort gewesen
bist.«

Das hoffe ich auch, dachte Gerhild. Da sie sich ihre Zweifel
jedoch nicht anmerken lassen wollte, lächelte sie ihrer Freundin zu. »Mach dir keine Sorgen! Es ist der einzige Weg, den
wir einschlagen können, und ich werde ihn finden. Würden
wir versuchen, das Moor zu umgehen, müssten wir mit römischen Reitern und auch mit Kriegern jener Stämme rechnen,
die Quintus und Caracalla aus dem Taubertal vertrieben
haben. Die würden uns wahrscheinlich als Feinde oder leichte
Beute ansehen.«

»Ich hoffe nicht, dass wir in Kämpfe verwickelt werden, denn
dafür haben wir zu wenig Männer«, wandte Lutgardis ein.

»Ein Ger, der von einer Frau geschleudert wird, tötet genauso
wie der eines Mannes!«, antwortete Gerhild schärfer, als es
nötig gewesen wäre.

Die Verantwortung, die sie sich aufgeladen hatte, lastete
schwer auf ihren Schultern. Dazu fragte sie sich, ob es nicht
für alle besser gewesen wäre, wenn sie gleich zu Anfang mit
Quintus gegangen wäre. Stattdessen hatte sie ihn herausgefordert und im Speerwurf besiegt. Bei einem Mann wie ihm
musste dies Rachegefühle hervorrufen.

»Wir werden morgen diesen Weg verlassen«, erklärte sie, um
selbst auf andere Gedanken zu kommen. »Dieser Pfad führt in
nördlicher Richtung auf den Main zu, aber wir müssen nach
Nordosten gehen, um uns in Sicherheit zu bringen.«

»Warum müssen die Römer so böse sein? Wir haben ihnen

doch gar nichts getan«, jammerte Odila. Sie war langes Gehen nicht so gewohnt, und ihre Füße wurden allmählich wund.

Gerhild stieß ein zorniges Fauchen aus. »Sie wollen uns unterwerfen, um ihr Reich vergrößern zu können. Der Besitz und die Freiheit anderer gelten ihnen nichts.«

»Aber was können wir gegen dieses mächtige Reich ausrichten? Gegen jeden Krieger, den wir besitzen, können sie zehn eigene stellen!«, fuhr Odila fort.

»Derzeit würde ich sagen, eher hundert«, antwortete Gerhild mit einem freudlosen Lachen. »Doch unsere Stärke liegt nicht in der Schlacht, sondern in der Abgeschiedenheit dieses Landes.«

Lutgardis nickte und deutete nach vorne. »Genau deswegen würde ich vorschlagen, dass wir das Moor durchqueren und dann so lange ostwärts ziehen, bis wir auf Verwandte von mir stoßen. Sie nehmen uns gewiss auf, und sie haben genug Krieger, um mit mehreren hundert Römern fertigzuwerden.«

Der Rat war klug, doch Gerhild zögerte, ihn anzunehmen. »Zu deinen Stammesfreunden zu gehen hieße, auf Baldarich zu treffen. Zwischen ihm und uns besteht jedoch eine Blutschuld, die noch nicht bezahlt ist.«

»Du könntest das heilige Schwert unseres Stammes einem meiner anderen Vettern übergeben. Mit ihm wäre er in der Lage, sich gegen Baldarich durchzusetzen und selbst Fürst unseres Stammes zu werden. Wenn das geschieht, können uns auch tausend und mehr römische Krieger nicht mehr schrecken«, sagte Lutgardis und sah Gerhild auffordernd an.

Einige ihrer Begleiter stimmten ihr zu, und für Augenblicke schwankte Gerhild. Dann aber schüttelte sie den Kopf. »Das werde ich erst in allergrößter Not tun, denn dies wäre gleichbedeutend mit dem Ende unseres Stammes. Wir würden in deinen Leuten aufgehen und wären dort ohne Einfluss und Macht.«

»Diese paar Leute hier kannst du keinen Stamm nennen«, rief Lutgardis verärgert.

»Ich hoffe, dass sich noch andere besinnen und sich der Herrschaft der Römer entziehen.« Gerhilds Stimme warnte ihre Freundin davor, dieses Thema weiterzuverfolgen. Wenn sie die Schuldgefühle, die sie empfand, je überwinden wollte, dann musste ihr Stamm als Ganzes überleben.

Nach einiger Zeit bog der Weg Richtung Norden ab. Eine kurze Strecke folgte ihm Gerhild noch, dann verließ sie den Pfad und drang in das verfilzte, übermannshohe Gebüsch ein, welches ihn begrenzte. Die anderen folgten ihr mit besorgten Mienen.

»Wie können wir hier durchkommen?«, fragte Teudo, der zu Gerhild aufgeschlossen hatte.

»Ich kenne die Gegend«, antwortete diese. »Zu Fuß und mit den Tieren am Halfter können wir diesen Wald durchqueren. Römische Soldaten hätten hier größere Probleme.«

Teudo grinste zuerst, dann aber dachte er an seine toten Freunde, und seine Miene wurde wieder ernst. »Beim Teiwaz, beinahe hoffe ich, dass uns diese Hunde folgen. Mein Schwert hat viel zu wenige von ihnen erschlagen.«

»Du wirst den Durst deines Schwertes nach Blut später stillen müssen«, erklärte Gerhild. »Jetzt gilt es erst einmal, den nächsten Fluss und die dahinter liegenden Sümpfe und Moore zu überwinden. Sobald wir ein gutes Versteck gefunden und genug Nahrung für den Winter gesammelt haben, werden wir unsere Schwerter und Speere schärfen.«

»Du wirst doch nicht etwa im Moor bleiben wollen, womöglich noch über den Winter? Da gehen dort besonders viele Geister um«, wandte Odila erschrocken ein.

»Es wird notwendig sein! Aber sorge dich nicht. Teiwaz und Volla werden uns vor ihnen beschützen!« Mit diesen Worten schritt Gerhild weiter und bog einen Zweig, der ihr den Weg verlegte, beiseite. Als sie mitbekam, dass Teudo hinter ihr den Zweig abhacken wollte, fuhr sie herum.

»Lass das! Das würde Verfolger auf unsere Spur bringen.«

»Dann solltest du den Pferden und Kühen verbieten zu scheißen. Die Kuhfladen und Pferdeäpfel sind ein verräterischeres Zeichen als ein abgebrochener Zweig!«

»Gut, dass du mich daran erinnerst. Unsere Knaben sollen am Schluss gehen und die Ausscheidungen der Tiere so gut wie möglich beseitigen. Auch die Menschen sollen achtgeben und das, was sie unter sich lassen, unter Moos und Blättern vergraben!«

Teudo hatte für sein Gefühl zu harsch auf Gerhilds Kritik reagiert, atmete aber auf, als sie ihn lobte, anstatt ihn zu tadeln.

»Anders als deine Brüder bist du wahrlich zur Anführerin geboren«, sagte er und gab Gerhilds Befehl an Fridu und die anderen Burschen weiter.

Zufrieden, weil man ihnen eine wichtige Aufgabe übertragen hatte, sorgten diese dafür, dass die Kuhfladen und Rossäpfel so gut beseitigt wurden, wie es nur ging. Als Gerhild ihre Arbeit kontrollierte, nickte sie zufrieden.

»Das macht ihr ausgezeichnet! Es braucht nur einen Regen, dann ist überhaupt nichts mehr zu sehen.«

»Ich glaube, es wird heute noch regnen«, meinte Fridu nach einem Blick zum Himmel, der schwer von Wolken über ihnen hing.

»Vorher sollten wir über den Fluss kommen«, antwortete Gerhild und eilte wieder nach vorne. Ihrer Erinnerung nach hätten sie ihn bereits erreicht haben müssen. Nun fragte sie sich, ob ihr Gedächtnis ihr einen Streich spielte. Wenn sie in die falsche Richtung gelaufen war und es hier keinen Fluss gab, würden ihre Leute das Vertrauen in sie verlieren.

»Vor uns ist Wasser! Ein Fluss!«, meldete da Ingulf. »Aber hier geht es verdammt tief nach unten. Wir werden eine andere Stelle zum Übersetzen suchen müssen.«

Gerhild schüttelte den Kopf. »Wir steigen den Hang schräg hinab, überqueren den Fluss und klettern auf der anderen Seite ebenso wieder hinauf. Kein Römer wird annehmen, dass wir hier entlanggegangen sind.«

»Das leuchtet mir ein.« Ingulf lächelte anerkennend und eilte dann voraus, um den besten Weg hinunter zu erkunden.

Es war nicht leicht, den Hang hinabzuklettern, und es kostete etliche Flüche und viel Schweiß, bis es geschafft war. Unten konnten Menschen und Tiere erst einmal ausgiebig trinken. Gerhild ließ das Vieh ein wenig grasen, dann spannten sie und die Männer ein Seil über den Fluss und machten sich an den Übergang. Das Wasser floss rasch und reichte einem erwachsenen Mann bis zum Gürtel. Daher mussten sie die Kinder, aber auch die Ziegen und Kälber hinübertragen. Die erwachsenen Rinder und die Pferde wurden ins Wasser geführt und an Leinen hinübergezogen.

Die Nacht war nicht mehr fern, als sie den Fluss endlich bewältigt hatten. Gerhild hätte am liebsten direkt am Ufer gelagert, doch als die ersten Tropfen fielen, befahl sie, weiterzuziehen.

»Wir schaffen den Hang aber nicht mehr bei Tageslicht«, gab Teudo zu bedenken.

»Wenn es zu heftig regnet, wird der Fluss anschwellen, und wir verlieren einen Teil unseres Viehs und unserer Habe«, antwortete Gerhild und fasste die Zügel ihrer Stute.

Die nächsten Stunden waren hart. Bis auf die kleinsten Kinder musste jeder kräftig mit anpacken. Wer in der Lage war, etwas zu tragen, dem wurde ein Bündel aufgeladen, um die Saumtiere zu entlasten. Auch Gerhild nahm einen Packen auf ihre Schultern und führte ihre Stute den steilen Abhang hoch. Die einbrechende Dämmerung erschwerte den Marsch. Im Schatten der Schlucht konnten sie bald nicht mehr erkennen, wo sie die Füße aufsetzen durften, und gerieten in Gefahr, abzurutschen und den Abhang hinabzustürzen. Da es noch immer nicht regnete, glaubte Gerhild bereits, falsch entschieden zu haben.

Mit einem Mal wurde der Hang flacher, und sie stellte im letzten Licht der sterbenden Sonne fest, dass sie die Höhe erreicht hatten. Im nächsten Augenblick begannen die Wolken über ihnen, ihre Lasten zu entladen. Es schüttete wie aus Kübeln, doch niemand beschwerte sich darüber. Sie hatten den tiefen Einschnitt des Flusses überwunden und richteten sich erleichtert auf die Nacht ein. Die ausladenden Kronen der uralten Eichen und Buchen bildeten ein schützendes Dach, unter dem sie halbwegs trocken lagern konnten. Auf ein Feuer mussten sie verzichten, nicht nur, weil das Holz nass war, sondern auch, weil man einen Lichtschein auf diesem Hügelkamm meilenweit hätte sehen können.

Lutgardis, Odila und Teudo gesellten sich zu Gerhild, und die junge Frau aus dem Osten stellte die Frage, die alle interessierte: »Wann erreichen wir den sicheren Ort, von dem du gesprochen hast?«

»Morgen dringen wir in die Sümpfe ein, und nach etwa zwei Tagen werden wir die Stelle erreichen, die mir geeignet erscheint. Es ist ein Stück festes Land, das zu zwei Dritteln von Moor umgeben ist. Dort können wir erst einmal ausruhen.«

Gerhild lächelte, obwohl die anderen es in der Dunkelheit nicht sehen konnten. An dieser Stelle war sie bereits mit ihrem Vater gewesen und wusste, wo der Pfad durch das Moor begann.

13.

Am nächsten Morgen zog die Gruppe mit frischem Mut weiter und erreichte gegen Mittag den Rand des ausgedehnten Sumpfgebiets. So weit das Auge reichte gab es nur Binsen, vereinzelte Gruppen aus Schilf, gelegentlich einen Busch und kleine Flächen mit kurzem, hartstengeligem Gras. Dazu stank es nach faulen Eiern, und als Gerhild und ihre Begleiter die ersten Schritte machten, schwankte der Boden unter ihren Füßen.

Die Menschen fürchteten sich vor dieser Ödnis und glaubten nicht mehr, sie heil durchqueren zu können, Gerhild aber suchte und fand die unauffällig angebrachten Markierungen, die der Vater ihr einst gezeigt hatte. Diese Wegweiser im Auge ging sie scheinbar unbeirrt voran.

»Kommt mit und folgt mir zügig!«, rief sie ihren Leuten zu. »Ihr dürft nirgends lange stehen bleiben, sonst sinkt ihr ein. Gebt vor allem auf die Pferde und Kühe acht. Die sind schwerer als wir.«

»Müssen wir hier wirklich durch?«, fragte Odila bang.

»Auf jedem anderen Weg würden wir Gefahr laufen, auf römische Patrouillen zu treffen«, antwortete Gerhild und schritt weiter.

Ihre Leute starrten auf die schmierig braunen Wasserlöcher, die den Weg säumten, und zögerten. Als Erste kratzte Lutgardis all ihren Mut zusammen und folgte Gerhild. Teudo und Ingulf nahmen sich an ihr ein Beispiel, und da die anderen nicht zurückbleiben wollten, gingen auch sie hinter ihr her.

»Hoffentlich weißt du, was du tust!«, stöhnte Teudo, der eben in ein Sumpfloch getreten war, den Fuß aber gerade noch rechtzeitig hatte herausziehen können.

»Siehst du die alten Lederbänder an den Büschen?«, fragte Gerhild. »Sie werden seit Generationen erneuert, um den Weg zu markieren. Allerdings dürfen wir ihnen nicht blind vertrauen, denn das Moor verändert sich immer wieder. Merk dir: An jenen Stellen, an denen das Sumpfgras höher wächst, ist der Boden fester.«

Gerhild war ihrer Sache nicht so sicher, wie sie tat, aber es sah so aus, als habe sie tatsächlich den richtigen Weg eingeschlagen. Nicht lange aber, da blockierte ein Sumpfloch, aus dem Blasen blubbernd aufstiegen, den geraden Weg zum nächsten Lederband. Kurz entschlossen ging sie links herum. Odila folgte ihr, wich dabei aber dem Sumpfloch zu weit aus und trat auf eine Stelle, an der der Boden sofort unter ihr nachgab.

»Hilfe! Ich versinke!«, rief sie erschrocken.

Bevor Gerhild sich umwenden konnte, war Teudo bei Odila, packte sie bei der Hand und zog sie wieder auf sicheren Boden.

»Sei vorsichtig!«, mahnte er die junge Frau. »Wir wollen dich nicht verlieren.«

»Danke!« Odila sah Teudo treuherzig an und hielt seine Hand länger fest, als es notwendig gewesen wäre.

»Wäre doch schade um so ein hübsches Mädchen wie dich«, sagte er lächelnd.

»Du findest mich also hübsch?«, fragte Odila kokett.

Teudo nickte. »Du bist wirklich ein hübsches Ding. Mit dir würde ich gerne unter eine Decke kriechen!«

»Du … du …«, brachte Odila heraus, dann blieb ihr die Stimme weg.

»Wäre doch nicht übel, meinst du nicht?«, antwortete Teudo grinsend. »Immerhin ist Raganhar tot, und den wolltest du doch heiraten.«

»Wie kommst du auf diese dumme Idee?«

»Das hast du damals gesagt, als du zehn warst!« Teudo gefiel das Mädchen mit der hellbraunen Haut außerordentlich. Zudem war Odila geschickt wie kaum eine Zweite. Mehr konnte ein Mann sich nicht wünschen. Er begriff aber, dass er sie nicht zu sehr bedrängen durfte. Daher half er ihr, die Traglast, die sie vor Schreck fallen gelassen hatte, wieder aufzunehmen, und schritt hinter Gerhild und Lutgardis her.

»Das ist keine Gegend, in der ich gerne leben würde«, stöhnte Lutgardis gerade.

»Es ist auch keine Gegend, in der Römer gerne marschieren«, gab Gerhild lächelnd zurück. »Sie werden daher nicht annehmen, dass wir diesen Pfad eingeschlagen haben, sondern uns an anderen Stellen vermuten. Das gibt uns die Zeit, so viele unseres Stammes um uns zu versammeln, wie es möglich ist.«

»Du hoffst immer noch, dass andere uns folgen?«, fragte Teudo, der zu den beiden aufgeschlossen hatte.

»Sie werden es spätestens dann tun, wenn das Joch der Römer schwer auf ihren Schultern lastet. Dann müssen wir darauf vorbereitet sein. Wir brauchen vor allem Vorräte und Waffen.« Teudo lachte bitter auf. »In allererster Linie brauchen wir Krieger! Mit uns paar Männern wirst du nicht viel erreichen!«

»Vielleicht mehr, als du denkst«, antwortete Gerhild. Zwar hatte sie nicht die geringste Ahnung, was sie gegen die Macht Roms ausrichten konnte, aber sie war nicht bereit, ihre Hände in den Schoß zu legen und zuzusehen, wie ihr Stamm unterging.

Der Weg durch das Moor erschien den Wanderern endlos. Aber als sich die meisten mit dem erschreckenden Gedanken vertraut machten, die Nacht auf schwankendem Boden verbringen zu müssen, erreichten sie ein Stück festes Land, auf dem etliche Erlen, mehrere Eschen und eine einzelne verkrüppelt aussehende Fichte wuchsen.

»Hier lagern wir über Nacht«, erklärte Gerhild. »Morgen erreichen wir das Gebiet, im dem ich bleiben will!«

»Hoffentlich sieht es dort besser aus als hier«, seufzte Odila und ließ ihre Traglast fallen. Wie alle anderen war sie froh, dem schmatzenden, schwankenden Moor vorerst entkommen zu sein.

14.

Am Abend des nächsten Tages trafen sie auf ein Stück Land, das wie eine Halbinsel in das Moor hineinragte und von Bäumen bedeckt war. Um den sumpfigen Rand gab es nur Eschen, Erlen und Weiden. Weiter innen aber wuchsen Eichen, Buchen und Fichten, die zeigten, dass der Boden hier trocken und fest war.

Gerhild ging gut hundert Schritte in den Wald hinein, blieb dann stehen und drehte sich zu ihren Begleitern um. »Wir haben es geschafft! Auf diesem Fleck werden wir unser Lager aufschlagen, und von hier aus werden wir unsere Heimat befreien!«

»Und womit?«, fragte Teudo bissig. »Mit einem halben Dutzend Krieger und ein paar halbwüchsigen Knaben?«

»Wenn es sein muss, auch damit«, gab Gerhild lächelnd zurück. »Doch ich hoffe, mehr Menschen hier versammeln zu können. Gegen Westen, Norden und Süden schützt uns das Moor vor den Römern, und wir sind auch vor feindlichen Stämmen sicher, denn es gibt hier auf viele Stunden kein einziges Dorf.«

»Es ist also der richtige Platz, um unsere Wunden zu lecken«, meinte Teudo mit einem freudlosen Grinsen.

»Es ist der richtige Platz, um von hier aus den Römern mit kleinen Stichen zuzusetzen«, korrigierte Gerhild ihn. »Vorher aber werden wir Hütten errichten, die Früchte des Waldes sammeln und Wild jagen. Außerdem brauchen wir dringend Heu für unser Vieh. Doch jetzt sollten wir ein Feuer entzünden und kochen, damit wir endlich wieder eine warme Mahlzeit in den Bauch bekommen!«

»Das wird auch Zeit«, sagte eine der Frauen. »Die Kleinen haben von Trockenfleisch und kaltem Getreidebrei bereits Durchfall bekommen.«

»Im Moor gibt es viele Heilkräuter. Ich werde morgen welche suchen«, versprach Gerhild.

Lutgardis trat neben sie und legte ihr die Hand auf die Schulter. »Ich komme mit dir! In meinem Dorf war ich die Helferin unserer Kräuterfrau und kenne viele Pflanzen, die heilend wirken – oder den Tod bringen!«

Das Letzte klang hart, doch sie selbst und ihr Stamm hatten viel von den Römern erleiden müssen, und so war Lutgardis bereit, jede Möglichkeit zu nutzen, dem Feind Schaden zuzufügen.

Während die anderen verwundert dreinschauten, begriff Gerhild, was ihre Freundin meinte, und nickte verkniffen. »Dann lasst uns anfangen! Das Leben hier mag uns hart ankommen, und wir werden vielleicht Hunger leiden müssen. Doch wir werden unsere Freiheit bewahren!«

»Das werden wir!«, rief Teudo, und er klang auf einmal nicht mehr verzagt, sondern voller Zuversicht. Unter Gerhilds Führung waren sie den Römern entkommen. Damit hatte diese bewiesen, dass Teiwaz, Volla und die anderen Götter mit ihr waren.

Sechster Teil

Das Ultimatum

1.

Quintus musterte das Dorf mit dem Blick des Eroberers. Ihm kam es schäbiger vor, als er es in Erinnerung hatte, und er roch förmlich die Angst der Bewohner. Das stellte ihn zufrieden. Rom hatte auch diesen Barbaren hier deutlich vor Augen geführt, wer ihr Herr war. Zwar konnte das erst der Anfang sein, doch am Ende würde hier eine Provinz entstehen, die bis zur Elbe und im Norden vielleicht sogar bis zum Meer reichte. Mit diesem Gedanken lenkte er sein Pferd zwischen die Hütten und vernahm hinter sich den Marschtritt seiner Soldaten.

Kurz darauf entdeckte er Hariwinius. Das säuerliche Gesicht seines Stellvertreters verhieß nichts Gutes, daher ritt Quintus auf ihn zu und sah vom Sattel aus auf ihn hinab.

»Was gibt es zu melden?«, fragte er streng.

Hariwinius grüßte militärisch und hob dann in einer hilflosen Geste die Arme. »Gerhild ist geflohen! Ich bin ihr mit einigen Reitern gefolgt, doch Gott Jupiter hat uns durch einen fürchterlichen Sturm Einhalt geboten.«

»Das heißt, sie ist dir wieder einmal entwischt!«, stieß Quintus hervor. »Bei den Titten der Venus, kannst du nicht ein Mal etwas richtig machen?«

»Wir haben bei dem Sturm unsere gesamten Vorräte verloren, dazu mehrere Pferde und einen Mann«, antwortete Hariwinius zu seiner Verteidigung.

»Wenn deine Schwester es so haben will, kann ich auch anders!« Quintus drehte sich zu den Soldaten um, die in voller Rüstung angetreten waren, und wies auf das Dorf.

»Treibt die Leute zusammen und sperrt sie in einen Pferch. Die Weiber gehören heute Nacht euch!«

»Jawohl, Feldherr!«, rief der erste Zenturio grinsend. »Ihr habt es gehört, Männer! Nehmt die Barbaren gefangen und holt die Weiber heraus. Die zwei hübschesten bringt in Quintus' Zelt. Er wird gewiss nicht darben wollen, während wir aus dem Vollen schöpfen können.«

»Das will ich wahrlich nicht«, erklärte Quintus mit blitzenden Augen. »Du, Hariwinius, haftest mit deinem Kopf dafür, dass keiner von diesen Wilden entkommt.«

»Aber Herr, du hattest versprochen, dass meinen Leuten nichts geschieht!«, rief Hariwinius entsetzt.

Quintus musterte ihn mit einem kalten Blick. »Deine Leute sind wir! Oder hast du vergessen, was du Rom verdankst? Das dort sind Barbaren, und ihnen geschieht nur das, was bei der Unterwerfung solcher Stämme üblich ist! Sorge dafür, dass dieses Gesindel zusammengesperrt wird, und sondere die Weiber aus. Meine Legionäre wollen ihren Spaß haben.«

Hariwinius empfand die Anweisung wie einen Faustschlag ins Gesicht, denn er hatte seinen Stamm zu guten Bürgern Roms machen wollen. Stattdessen wurden sie noch schlimmer behandelt als die wahren Feinde des Imperiums.

Colobert, der neben ihm stand, zupfte ihn am Ärmel. »Was sagt Quintus?«

»Die Legionäre sollen euch gefangen nehmen, und nach alter Sitte gehören die Weiber in der ersten Nacht ihnen!«

»Aber das könnt ihr nicht tun!«, rief Colobert entgeistert.

»Quintus will es so! Ich kann es nicht ändern.«

Hariwinius wollte sich abwenden, da zog Colobert den Dolch und ging auf ihn los. Doch ehe er ihn erreichte, traf ihn der Wurfspeer eines Reiters.

»Wir hätten mit Gerhild gehen sollen«, murmelte Colobert noch, während er zusammensank.

Quintus blickte mit grimmiger Zufriedenheit auf den Toten

und winkte dann Hariwinius zu sich heran. »Übersetze diesen Barbaren, was ich jetzt sage! Sie sind und bleiben meine Gefangenen. Allerdings werde ich sechs von ihnen laufen lassen. Sie sollen Gerhild suchen und ihr mitteilen, dass sie vom heutigen Tag an zwei Wochen Zeit hat, sich freiwillig zu stellen. Tut sie es nicht, werden alle Gefangenen nach Rom geschafft und in der Arena den Löwen zum Fraß vorgeworfen.«

»Aber das kannst du nicht tun!«, brach es aus Hariwinius heraus. »Es sind mehr als einhundert Frauen und Kinder darunter!«

»Du bist ein Narr!«, fuhr Quintus ihn an. »Für die Arena sind die Sklaven doch viel zu wertvoll. Aber deine Schwester soll glauben, dass sie alle umgebracht werden. Und nun übersetze, sonst müsste ich annehmen, dass du Rom nicht mit dem Eifer dienst, den es erwartet!«

Hariwinius stellte sich vor die Dörfler und verkündete mit lauter Stimme Quintus' Drohung.

Zunächst herrschte tiefes Schweigen, das nur vom Weinen eines kleinen Kindes unterbrochen wurde. Die Mutter versuchte es zu beruhigen, während die anderen Hariwinius teils ungläubig, teils zornerfüllt anstarrten.

Plötzlich spuckte einer der alten Männer in seine Richtung und rief: »Verfluchter Verräter!«

»Römling!«, schrie eine Frau.

»Römischer Bluthund!«, eine andere.

Ein Knabe bückte sich, hob einen Stein auf und schleuderte ihn auf die Soldaten. Das Geschoss traf knallend gegen einen Schild.

Mehrere Zenturionen sahen sich zu Quintus um, sahen diesen nicken und befahlen ihren Legionären vorzurücken. Schwerter blitzten auf, und für entsetzlich lange Augenblicke hallten wildes Gebrüll, Schmerzensschreie und das entsetzte Kreischen der Frauen durch das Dorf.

Kurz darauf lagen mehrere Dorfbewohner, vor allem aber jene

Kinder und die Alten, die jeden Sklavenzug behindern würden, in ihrem Blut. Die Überlebenden trieb man auf engstem Raum zusammen. Quintus hatte dem Ganzen unbewegt zugesehen, beugte sich jetzt aber aus dem Sattel und musterte Hariwinius mit einem überheblichen Blick.

»Suche jetzt sechs deiner Leute heraus, damit sie Gerhild suchen und ihr meine Botschaft überbringen!«

Während seiner ganzen Karriere beim Heer hatte Hariwinius streng darauf geachtet, als Römer und nicht als Barbar zu gelten. Nun aber begriff er, dass Männer wie Quintus ihn niemals als gleichwertig ansehen würden. Eine Rückkehr zu seinem Stamm war jedoch nach allem, was geschehen war, unmöglich. Er hatte sich Rom auf Gedeih und Verderb ausgeliefert und konnte nur hoffen, in Quintus' Ansehen wieder zu steigen. Dafür aber musste seine Schwester dessen Sklavin werden.

»Wenn es sein muss, werde ich Gerhild selbst holen, großer Quintus«, antwortete er. »Ich glaube jedoch, dass genug Männer dabei sind, die ihr deine Worte übermitteln können. Nach dem heutigen Tag wird sie wissen, dass du keine leeren Drohungen ausstößt. Wir werden feststellen, was ihr wichtiger ist – diese Menschen hier oder ihr hochmütiger Stolz!«

2.

Julius und seine Gefährten hatten den Limes gut hinter sich gebracht und waren im Schein der Fackeln weit durch die Nacht geritten. In ihrem Sog war auch Gerhild, Lutgardis und Teudo sowie mehreren kleineren Germanengruppen die Flucht gelungen. Die meisten davon verschwanden in der Nacht, kaum dass das Limestor hinter ihnen lag. Eine Gruppe von fünf Kriegern hoffte jedoch, der römischen Schar ungesehen folgen zu können und sich erst beim Morgengrauen aus dem Staub zu machen. Doch bevor es dazu kam, vollzog Julius' Trupp eine überraschende Wendung, und die fünf sahen sich von zwanzig Reitern umzingelt.

»Verdammt! Musste das sein?«, rief einer der Germanen und zog sein Schwert. »Lebend bekommt ihr uns nicht, ihr Hunde!«

Julius hob beschwichtigend die Hand. »Ihr seht das falsch, Freunde. Wir stehen nicht mehr auf römischer Seite, sondern gehören zu euch!«

Dabei löste er den Riemen unter seinem Kinn und nahm den Helm ab, damit die anderen sein blondes Haar sehen konnten. Vigilius und andere folgten seinem Beispiel.

»Aber ihr habt für die Römer gekämpft«, sagte der Germane.

»Das haben auch andere getan, sogar aus deinem Stamm!« Einer von Julius' Reitern stieg vom Pferd und trat auf den Mann zu. »Erkennst du mich nicht mehr, Faramund?«

Der Germane schüttelte verwundert den Kopf. »Ortwin? Bist du es wirklich?«

»Deine Augen waren schon einmal besser«, sagte Ortwin

lachend. »Aber es stimmt! Unser Decurio und wir haben Rom den Dienst aufgesagt, nachdem der Imperator Leute aus unseren eigenen Stämmen hat niedermachen lassen. Rom gab uns Geld, doch für Geld ist unsere Ehre nicht zu kaufen.«

»Ihr wollt wirklich gegen Rom kämpfen?« Faramund konnte es kaum fassen, doch die ernsten, entschlossenen Gesichter um ihn herum überzeugten ihn.

»Zuerst einmal müssen wir uns vor Rom verstecken«, erklärte Julius. »Quintus Severus Silvanus wird nicht erfreut sein, wenn er von unserem Verschwinden erfährt, und uns verfolgen lassen. Daher brauchen wir einen sicheren Ort, an dem man uns nicht findet. Weißt du so einen?«

Faramund überlegte kurz, dann trat ein Lächeln auf sein Gesicht. »Ich kenne tatsächlich einen solchen Ort. Er wird durch einen fast undurchdringlichen Wald geschützt und ist auf drei Seiten von grundlosen Sümpfen umgeben. Außerdem gibt es auf mehr als einen Tagesritt kein einziges Dorf. Dorthin wollten wir unsere Leute führen. Wenn ihr es ehrlich meint, seid ihr uns willkommen!«

»Und ob wir es ehrlich meinen!«, sagte Julius lächelnd und streckte dem anderen die Hand hin. »Wir sind gute Krieger! Ihr werdet es nicht bereuen, euch mit uns zusammenzutun.«

»Julius ist ein ausgezeichneter Anführer im Krieg, und er kennt die Römer«, setzte Ortwin hinzu.

Dieser hob beschwichtigend die Hand. »Ich stelle keine Ansprüche auf die Herrschaft über euren Stamm. Ich will nur, dass wir uns verbünden und gemeinsam beraten, wie Rom daran gehindert werden kann, dieses Land hier zu unterwerfen und uns zu Sklaven zu machen.«

»Aber wir brauchen einen Anführer!«, rief Faramund. »Unser Fürst und seine beiden Söhne wurden erschlagen, und der Enkel ist noch zu klein, um Krieger in die Schlacht zu führen. Doch das müssen die Alten entscheiden.«

»Ich biete ihnen meine Hilfe und meine Unterstützung an!

Sage ihnen aber auch, dass es wenig bringt, wenn die Stämme sich streiten. Entweder wir stehen zusammen, oder wir machen es den Römern sehr leicht, uns zu unterwerfen.«

»Ich soll ihnen das sagen?«, fragte Faramund verwundert.

»Sag du es ihnen doch selbst.«

Julius schüttelte den Kopf. »Ich suche jene Stelle auf, die du uns genannt hast. Dort werdet ihr uns finden! Und nun reitet mit Wuodans Beistand.«

Auf seine Handbewegung hin öffneten seine Reiter eine Gasse, und die fünf Krieger konnten losreiten. Sie wirkten verwirrt, doch auch Julius' Männer wunderten sich.

»Wir hätten mit ihnen gehen können«, meinte Vigilius.

»Hätten wir! Doch dann wären wir in endlose Verhandlungen verstrickt worden. Wenn diese Stammesleute ihre Heimat aufgeben, um zu den Sümpfen zu kommen, werden sie auch bereit sein, meine Vorschläge anzunehmen.« Julius lächelte verschmitzt und wies dann gen Osten. »Außerdem gibt es noch einen weiteren Grund für mich, rasch dorthin zu gelangen. Ich bin mir sicher, dass Gerhild die Ihren an diesen Ort führen wird, und sie wird unsere Hilfe weitaus mehr benötigen als Faramunds und Ortwins Stamm.«

»Das verstehe ich nicht«, antwortete Vigilius verdattert.

»Das wirst du bald!« Julius' Lächeln erlosch, als er seinen Stellvertreter forschend ansah. »Wie lange braucht ein gebrochener Arm, um zu heilen?«

»Mindestens einen Monat, würde ich meinen«, sagte Vigilius, der noch immer nicht begriff, worauf sein Anführer hinauswollte.

»Es sind bereits einige Wochen verstrichen, und Baldarich dürfte schon wieder mit dem Schwert üben. Bald wird er von dem Massaker an den Verbündeten Roms hören und nach Westen kommen, weil er glaubt, hier mehr Macht erringen zu können als in seiner Heimat. Dafür aber braucht er das Fürstenschwert, mein Freund! Also müssen wir verhindern, dass er es in die Hände bekommt. Und nun sollten wir weiterreiten. Die Pferde haben sich ein wenig erholt und werden bis Mittag durchhalten.«

»Ich dachte, du wolltest dich mit den Stämmen verbünden, und nun sprichst du davon, gegen diesen Baldarich zu kämpfen«, rief Vigilius kopfschüttelnd.

»Du hast ganz recht!«, erklärte Julius. »Ich will mich mit den Stämmen verbünden und gegen Baldarich kämpfen.«

»Ich wünschte, du würdest weniger in Rätseln sprechen! So hörst du dich an wie die Sibylle von Cumae, deren Orakel der eine so und der andere anders auslegen kann.«

Vigilius seufzte und folgte Julius, als dieser seinen Hengst antrieb. Auch ihre Leute setzten sich wieder in Bewegung und ritten einem ungewissen Schicksal entgegen.

3.

Gerhild war zufrieden. Sie hatten die ersten Hütten errichtet, sehr primitiv zwar, aber mit Dächern, die den Regen abhielten. Ihr Vieh fraß sich an Blättern und Gras für den Winter fett, während an anderen Stellen Heu gemacht und Eicheln und Pilze gesammelt wurden. Schon jetzt sah es so aus, als würden sie genügend Vorräte anhäufen, um die kalte Jahreszeit überstehen zu können. Ihr Ehrgeiz reichte jedoch weiter. Sie wollte so viele Angehörige ihres Stammes wie möglich um sich sammeln, und die benötigten ebenfalls Nahrung. An diesem Tag ritt sie zu den weidenden Herden. Dort hüteten vier Knaben die Rinder, Schafe und Ziegen. Das hatten sie zwar auch in der alten Heimat getan, aber hier mussten sie auch die Augen offen halten, um mögliche Feinde rasch melden zu können.

»Ich sehe, ihr seid eifrig«, lobte Gerhild die vier. »Macht weiter so!«

»Aber natürlich, Gerhild«, antwortete Fridu übermütig grinsend. Das Hüten des Viehs bürdete ihm und seinen Freunden zwar viel an Verantwortung auf, befreite sie aber gleichzeitig von der harten Arbeit des Heumachens und Sammelns.

Gerhild winkte den Knaben noch einmal zu und trieb Rana mit einem Zungenschnalzen an. In der Nähe der Sümpfe war der Wald nicht so dicht, dass sie absteigen und das Tier am Zügel hätte führen müssen, und eine Weile genoss sie den Ritt. Bald traf sie auf die Frauen, die unter Lutgardis' Aufsicht Gras schnitten und es in der Sonne trockneten.

»Ist bei euch alles in Ordnung?«, fragte sie.

»Ja, wir kommen gut voran«, antwortete Lutgardis. »Allerdings könnten wir einen Wagen brauchen, um das Heu zum Dorf zu bringen. Zum Tragen ist es doch etwas weit.«

»Auf einen Wagen müssen wir vorerst verzichten. Ich werde den Männern sagen, sie sollen einen Schleifschlitten anfertigen. Damit wird es auch gehen.«

Gerhild überlegte, wie groß dieser Schlitten sein durfte, und kam darauf, dass zwei kleinere wohl besser waren als ein großer. Da auch Lutgardis dieser Meinung war, konnte sie bald weiterreiten.

Tiefer im Wald traf sie auf Odila, die gemeinsam mit anderen Frauen und Mädchen alles sammelte, was an Essbarem für Tier und Mensch hier wuchs. Gerhild hatte Odila die Aufsicht über diese Gruppe übertragen, um zu verhindern, dass ihre Freundin auf Lutgardis eifersüchtig wurde. Diese war die Tochter eines Fürsten und wusste, welche Arbeiten getan werden mussten. Auf Odila war ebenso Verlass, wie sie mit einem raschen Blick erkannte.

»Ihr arbeitet gut!«, lobte sie die Freundin und deren Mitstreiterinnen.

Odilas dunkles Gesicht leuchtete bei diesen Worten auf. »Du hast mich gelehrt, was im Wald an Nützlichem zu finden ist, und von Lutgardis habe ich erfahren, welche Kräuter sie zum Heilen benötigt.«

»Das ist gut«, erwiderte Gerhild erleichtert. »Ich freue mich, dass ihr beide euch vertragt. Du hättest ja auch annehmen können, ich würde Lutgardis dir vorziehen.«

So ganz unrecht hatte sie nicht, daher senkte Odila den Kopf. Dann aber blickte sie wieder auf. »Wir sind nur wenige, und da gilt es, zusammenzuhalten. Weshalb also sollte ich nicht von Lutgardis lernen, was wichtig ist? Sie kennt viele Kräuter und hat heute Morgen Ermentruds Kleinem einen Trank zubereitet, der sein Bauchgrimmen vertrieben hat.«

»Das freut mich!« Gerhild klopfte Odila auf die Schulter und sagte sich, dass sie sich glücklich schätzen konnte, zwei so tüchtige Helferinnen zu haben.

»Gebt aber acht und meldet sofort, wenn ihr etwas entdeckt«, mahnte sie leise.

Verwundert sah Odila zu ihr auf. »Was sollen wir deiner Meinung nach entdecken?«

»Es dürften auch andere dieses versteckte Gebiet kennen und hierherflüchten wollen. Wir müssen zusehen, dass wir mit allen Neuankömmlingen in Frieden auskommen. Wenn wir uns gegenseitig zerfleischen, nützt das nur den Römern.«

Gerhild dachte dabei insbesondere an Baldarich, denn sie waren weit genug nach Osten gezogen, um in dessen Reichweite zu geraten. Mit einer unbewussten Handbewegung streichelte sie den Griff des Fürstenschwerts. Es gehörte jetzt ihr, und sie würde nicht zulassen, dass Baldarich es sich wieder holte.

»Kommt ihr heute Abend ins Dorf zurück?«, fragte sie, um den Gedanken an diesen Feind zu vertreiben.

Odila schüttelte den Kopf. »Wir lagern im Wald, sonst würden wir zu viel Zeit verlieren, die wir zum Sammeln nutzen können.«

»Gut! Brennt aber kein großes Lagerfeuer an. Nicht, dass es von den Falschen gesehen werden kann.«

»Das wird es gewiss nicht«, versprach Odila, obwohl sie und die anderen Frauen in der Nacht enger würden zusammenrücken müssen, um einander zu wärmen. Doch ihre Sicherheit ging vor.

Nachdem Gerhild sich überzeugt hatte, dass auch an dieser Stelle alles nach ihrem Sinn geschah, lenkte sie die Stute in Richtung ihres neuen Dorfes. Dort waren Teudo, Ingulf und die anderen Männer dabei, ein Vorratshaus zu errichten, und sie vernahm schon von weitem deren Axthiebe.

Mit einem Mal brachen diese ab, und sie spürte, wie sich die Härchen in ihrem Nacken aufrichteten. Sie trieb ihre Stute in eine schnellere Gangart und preschte ins Dorf.

Statt zu arbeiten, standen Teudo und die anderen mit kampfbereit gehaltenen Äxten vor den Hütten und maßen eine
Gruppe fremder Reiter mit finsteren Blicken. Als sie Gerhild
kommen sahen, atmeten sie auf.

»Der Kerl dort!«, rief Teudo und wies erregt auf einen der
Fremden, der sich von seinen Gefährten durch einen Helmbusch aus Rosshaar unterschied, »fordert uns auf, sich ihm zu
unterwerfen!«

»So ist es!«, erklärte der Mann. »Entweder ihr erkennt meine
Herrschaft an, oder ihr verschwindet von hier. Das hier ist
unser Land, habt ihr verstanden?«

Der Hochmut, den der Reiter an den Tag legte, brachte Gerhild dazu, die Zähne zeigen. »Wer bist du, dass du sich so auf-
bläst wie ein Frosch im Teich?«

»Ich bin Chariowalda, der Fürst meines Stammes«, gab der
andere zurück.

»Und ich bin die Fürstin meines Stammes und werde mich
weder den Römern noch dir unterwerfen!«

Der fremde Krieger musterte Gerhild spöttisch. »Dir wird
nichts anderes übrigbleiben, als mich als Herrn anzuerkennen.
Vielleicht mache ich dich sogar zu einem meiner Weiber.
Hübsch genug bist du ja.«

»Aber du passt mir nicht! Ich gebe dir den guten Rat, unser
Gebiet zu verlassen und Frieden mit uns zu halten. Wenn
nicht …« Gerhild brach mitten im Satz ab und strich lächelnd
über den Griff ihres Schwertes.

»Ich führe mehr Männer mit mir als du«, drohte der andere.

»Ich glaube nicht, dass das im Augenblick zählt!« Gerhild
wusste, dass sie diese Situation durchstehen musste, wenn sie
ihrem Stamm die Hoffnung auf die Zukunft erhalten wollte.
Da die Römer die Krieger in diesen Landen dezimiert hatten,
würde so mancher Gruppe nichts anderes übrigbleiben, als
sich anderen anzuschließen. Ihr Ziel aber war es, mit ihrer
Sippe den Kern eines neuen Stammes zu bilden. Daher würde

sie sich auf keinen Fall einem Abenteurer unterwerfen, der die Situation ausnützen wollte.

Mit einer scheinbar lässigen Bewegung schwang Gerhild sich aus dem Sattel und zog ihr Schwert. »Jetzt ist das Verhältnis ausgeglichen«, meinte sie, obwohl der andere immer noch einen Krieger mehr bei sich hatte als sie selbst.

»Willst du etwa kämpfen?«, fragte Chariowalda verblüfft.

»Hast du Angst vor mir?«, stichelte Gerhild.

Chariowalda schüttelte sofort den Kopf. »Natürlich nicht! Aber ein Weib kann nicht kämpfen. Nimm lieber den Spinnrocken und verzieh dich in deine Hütte. Das hier ist Männersache!«

»Du hast also doch Angst und traust dich nicht, gegen mich zu kämpfen!«

Gerhild lächelte dabei so freundlich, als befände sie sich mitten in einem angenehmen Gespräch mit einem friedlichen Nachbarn. Ihre Nerven waren jedoch zum Zerreißen gespannt. Auch ihre Gefolgsleute hielten Äxte und Schwerter in der Hand und zeigten Chariowalda deutlich, dass er hier nicht willkommen war.

Ingulf sah Teudo besorgt an. »Du solltest etwas tun. Gerhild mag ein mutiges Mädchen sein, aber diesem Schlagetot ist sie nicht gewachsen.«

»Sie hatte einen Lehrer, dem keiner das Wasser reichen kann, auch dieser Chariowalda nicht. Lass sie ruhig machen«, antwortete Teudo.

So ganz war Ingulf nicht überzeugt und trat neben Gerhild. »Kämpfe mit mir!«, forderte er Chariowalda auf.

Da hob Gerhild die linke Hand. »Dies ist meine Sache, Ingulf! Dieser Mann hat mich als Anführerin unseres Stammes herausgefordert und muss nun dazu stehen.«

»Wenn du es so haben willst!« Chariowalda sprang aus dem Sattel und zog blank.

Auf Gerhilds energische Handbewegung hin trat Ingulf ein

paar Schritte zurück. Noch immer standen Zweifel auf seinem Gesicht, und die verstärkten sich noch, als Chariowalda seine Gegnerin mit einem Hieb angriff, der selbst einem Auerochsen den Schädel gespalten hätte. Gerhild parierte mit etwas Mühe und wich zurück.

Sofort setzte Chariowalda nach. Sein Schwert sauste erneut auf Gerhild zu, doch diesmal entging sie der Klinge mit einer blitzschnellen Drehung. Noch in der Bewegung führte sie ihren ersten Hieb. Chariowalda gelang es gerade noch, die eigene Waffe hochzureißen und Gerhilds Klinge abzuwehren.

Eines begriff er jedoch: So einfach, wie er es sich vorgestellt hatte, würde er der jungen Frau nicht Herr werden. Vorsichtiger geworden, wartete er auf einen Vorteil, den er ausnützen konnte.

»Was ist mit dir?«, fragte Gerhild spöttisch. »Ist dir dein Mut verlorengegangen? Dann solltest du jetzt auf dein Pferd steigen und auf Nimmerwiedersehen verschwinden!«

Chariowalda glaubte, sie sei durch das Reden abgelenkt, und griff erneut an. Diesmal aber wehrte Gerhild ihn mit Leichtigkeit ab. Für den Zeitraum mehrerer Herzschläge sahen sie einander in die Augen. Die Zuversicht, die er bei Gerhild las, ließen den Mann vor Wut rot sehen. Erneut schwang er sein Schwert mit aller Kraft, schlug daneben und musste einen schmerzhaften Treffer an der Schulter hinnehmen.

Unterdessen hatten sich alle, die im Dorf waren, um die beiden Kämpfer versammelt. Ebenso wenig wie Ingulf konnten sie begreifen, wie Gerhild gegen einen kraftvollen, erfahrenen Krieger wie Chariowalda bestehen konnte.

Teudo hingegen hatte ihre Übungskämpfe mit Julius miterlebt und grinste. »Gib auf!«, rief er Chariowalda zu. »Du kannst gegen unsere Fürstin nicht siegen. Es ist Gerhild aus dem Geschlecht der Harlungen. Teiwaz' Blut fließt in ihren Adern!«

»Gegen ein Weib aufgeben? Niemals!« Chariowalda schlug wieder zu, als wolle er einen Auerochsen spalten.

Gerhild parierte, und ein kurzer, an einen Trommelschlag gemahnender Laut hallte durch das Dorf. Dann sahen alle, dass die Klinge des Mannes um die eigene Achse kreisend davonflog. Chariowalda stand wie vom Donner gerührt da und starrte ungläubig auf den Schwertgriff in seiner Hand und den winzigen Rest der Klinge daran.

»Das geht nicht mit rechten Dingen zu!«, rief er mit gepresster Stimme und wich zurück.

Gerhild folgte ihm in drohender Haltung und ließ ihr Schwert sich in der Sonne spiegeln. Man konnte gut erkennen, dass die Klinge keine einzige Scharte aufwies. Einst von einem kunstfertigen Schmied gefertigt, hatte sie Chariowaldas Schwert mit einem einzigen Schlag durchtrennt.

Angst schoss dem Mann in die Glieder. Er rannte zu seinem Pferd, packte die Zügel und trieb das Tier an, noch während er sich in den Sattel schwang. Einen Augenblick überlegte Gerhild, ihn von hinten niederzuschlagen, tat es dann aber nicht. Es wäre unehrenhaft gewesen. Daher sah sie zu, wie Chariowalda im Galopp davonritt. Drei seiner Männer folgten ihm, die anderen sahen einander fragend an und stiegen dann ab.

»Wenn du uns aufnimmst, würden wir uns gerne dir anschließen«, sagten sie zu Gerhild.

Diese musterte sie und nickte. »Ihr könnt bleiben! Teudo wird euer Anführer sein. Er ist ein guter Mann.«

»Wenn auch nicht so gut wie du«, erklärte Teudo und wies dann auf ihr Schwert. »Das ist wahrlich eine Klinge, wie es nur wenige gibt! Chariowaldas Schwert war keine geringe Waffe, und doch hat das deine sie glatt durchschlagen.«

Gerhild nickte mit besorgter Miene. »Ich wäre lieber anders mit dem Mann fertiggeworden. So aber wird die Kunde von diesem Schwert die Runde machen und möglicherweise den falschen Leuten zu Ohren kommen. Noch sind wir zu wenige, um uns gegen Baldarich behaupten zu können! Aber ich fürchte, das werden wir bald tun müssen.«

Vor den Römern glaubte sie hinter diesen ausgedehnten Sümpfen sicher zu sein. Andere Stämme hingegen kannten diese Stelle ebenfalls, und Chariowaldas Erscheinen hatte ihr gezeigt, dass der Mann erwartet hatte, Flüchtlinge hier vorzufinden, zu deren Anführer er sich aufschwingen konnte.

4.

Die Begegnung mit Chariowalda hatte Gerhild deutlich vor Augen geführt, dass auch andere versuchen würden, ihre Sippe zu unterwerfen. Daher durfte sie die Hände nicht in den Schoß legen. Nicht jeder kannte diesen Ort, und das Moor schreckte viele ab. Daher rief sie am nächsten Morgen Teudo, Ingulf und die anderen Männer zu sich.

»Wer von euch glaubt, den geheimen Pfad durch das Moor bewältigen zu können?«, fragte sie.

Ingulf und Teudo sahen sich kurz an, dann hob der Jüngere die Hand. »Ich denke, ich schaffe es. Was soll ich tun?«

»Geh nach Westen! Sieh nach, ob du auf Menschen triffst, die vor den Römern auf der Flucht sind, und führe sie hierher. Zwei andere sollen in den Wäldern ringsum nach Flüchtlingen suchen. Wer bereit ist, sich uns anzuschließen, ist uns willkommen.«

»Und wer nicht dazu bereit ist, so wie Chariowalda?«, fragte Teudo.

»Der muss sich eine andere Heimat suchen. Wir waren als Erste hier und werden dieses Recht gegen jedermann behaupten!« Gerhild war nicht bereit zu weichen, nur weil ein anderer es forderte. Dies begriffen ihre Gefolgsleute und nickten.

»Du hast Chariowalda besiegt und wirst auch jeden anderen besiegen, der uns seinen Willen aufzwingen will. Du bist Teiwaz' Nachkommin und durch diese Blutlinie zu unserer Anführerin bestimmt«, rief Teudo und legte seinen Schild vor sie hin.

»Steig darauf!«, forderte er Gerhild auf.

Diese tat es und wurde von Teudo, Ingulf und zwei weiteren Männern in die Höhe gehoben.

»Damit bist du jetzt unsere Fürstin im Frieden und im Krieg«, erklärte Teudo, als sie Gerhild wieder abgesetzt hatten.

»Ich hoffe, mehr im Frieden als im Krieg, auch wenn wir vorerst kämpfen müssen, um uns zu behaupten«, antwortete Gerhild leise und gab Ingulf und den beiden anderen Boten, die sie losschicken wollte, ihre Anweisungen. Die drei würden zwar hier im Dorf bei der Arbeit fehlen, doch wenn Teiwaz, Volla und die anderen Götter, notfalls auch Wuodan mit ihnen waren, würden sie bald genug fleißige Hände hierherbringen, um das wettzumachen.

Für die, die im Dorf zurückblieben, hieß dies, alles für den Empfang von Flüchtlingen vorzubereiten. In dem Augenblick war Gerhild froh, nach ihrer Flucht aus dem Land der Steinernen Schlange rasch genug gehandelt zu haben. Sie besaßen ein paar Kühe, Schafe und Ziegen und auch einiges an Federvieh, die ihnen Milch, Wolle und Eier lieferten. Dazu würden sie an passenden Stellen Getreide säen. Der nächste Winter würde trotzdem hart werden, aber sie hoffte, dass sie ihn heil überstanden.

Bei diesem Gedanken beschloss sie, nicht mehr nur nach dem Rechten zu sehen, sondern selbst mit anzupacken und für Fleisch zu sorgen. So nahe am Moor gab es nur wenig Wild, aber auf ihren Ritten durch das Land hatte sie etliche Wildwechsel gesehen und wollte den Tieren nachspüren.

Als sie mit Pfeil und Bogen bewaffnet auf ihre Stute stieg, kämpfte sie mit den Tränen. Sie erinnerte sich noch gut daran, wie sie mit ihrem Vater hier gejagt hatte. Es war die schönste Zeit ihres Lebens gewesen.

»Warum hat Raganhar nicht wie Vater sein können?«, murmelte sie bedrückt. Gleichzeitig begriff sie, dass Quintus auch vor ihm nicht haltgemacht hätte. Dem Römer ging es rein um die Macht, andere zu beherrschen, seien es Soldaten, Sklaven – oder ein Weib im Bett.

Um nicht unvorbereitet auf Fremde zu treffen, ließ Gerhild auf dem Ritt alle Vorsicht walten. Chariowaldas Auftritt hatte sie gewarnt. Obwohl sie und ihre Leute wachsam gewesen waren, hatte er ungesehen bis zum Dorf vordringen können. Ein zweites Mal würde dies nicht geschehen, das schwor sie sich.

Ein Pfad, von dem sie nicht wusste, ob er von Menschen oder Tieren geschaffen worden war, erregte nach einiger Zeit ihre Aufmerksamkeit. Gerhild stieg ab, um die Spuren zu untersuchen. Es waren die Abdrücke großer Hufe, aber nicht von Pferden. Ein paar Schritte weiter verriet Mist, dass der Wildwechsel von Auerochsen stammte. Diese Tiere waren zu groß für sie, daher verließ sie den Pfad wieder und ritt weiter ostwärts durch den Wald.

Nach einer Weile entdeckte sie ein Reh, das an einem Bach trank, und nahm bereits Pfeil und Bogen zur Hand. Sie zögerte jedoch, zu schießen, denn als einzige Beute schien ihr ein Reh als zu gering. Einen Hasen hätte sie an den Sattel hängen und weiterreiten können. Doch mit einem Reh musste sie umkehren, und das wollte sie nicht.

Einen Augenblick später nahm ihr das Tier die Entscheidung ab. Es hob kurz den Kopf und verschwand dann wie ein Blitz im Unterholz. Gerhild wusste nicht, ob sie sich nun ärgern sollte oder nicht. Wenn sie keine bessere Beute fand, war es ein Fehler gewesen, das Tier zu verschonen.

»Ich sollte einen Hirsch erlegen«, sagte sie zu sich selbst, ritt weiter und traf erneut auf einen Wildwechsel. Diesem folgte sie bis zu einem kleinen Fluss. Als sie dort ein Hirschrudel entdeckte, hielt sie an und spannte den Bogen. Abzusteigen wagte sie nicht, um die Tiere nicht zu warnen. Ihre Stute war jedoch gewohnt, ruhig stehen zu bleiben, und so wählte Gerhild eine junge Hirschkuh als Ziel.

Der Pfeil schnellte von der Sehne und traf. Während das Tier mit einem klagenden Laut zusammenbrach, stürmte das Rudel

373

in wildem Durcheinander davon. Zufrieden lenkte Gerhild ihre Stute zu dem sterbenden Tier, stieg ab und versetzte ihm den Gnadenstoß.

Die Jagd hat sich gelohnt, dachte sie, während sie das Tier ausweidete und die Innereien, die sie brauchen konnte, in einen Sack steckte. Den Rumpf der Hirschkuh auf die Stute zu laden, war Schwerstarbeit, doch Gerhild schaffte es und machte sich daran, zurückzureiten.

Auf einmal schnupperte sie. Lag da nicht Rauch in der Luft? Gerhild sah sich um, entdeckte aber nichts. Unweit von ihr befand sich jedoch ausgedehntes Buschwerk, und der Geruch kam genau von dort. Den Bogen schussbereit in der Hand ritt sie auf das Gebüsch zu.

Es roch immer stärker nach Rauch, und nun entdeckte Gerhild einen jungen Burschen, der sie, hinter einem Busch versteckt, musterte.

»Ich komme in Frieden!«, rief sie. »Du brauchst keine Angst vor mir zu haben.«

»Angst vor einem Weib? Das wäre ja noch schöner!« Ein Mann trat aus dem Gebüsch. Seiner Kleidung nach gehörte er zu den Ärmeren in seinem Stamm. Das Schwert, das er in der Hand hielt, war jedoch kunstvoll verziert.

»Wer bist du und was willst du hier?«, fuhr er Gerhild an.

»Schweig, Perko!«, klang da eine Frauenstimme auf.

Erneut teilte sich das Gebüsch, und eine Frau trat heraus. Sie war bereits alt und grauhaarig, kniete nun aber vor Gerhild nieder und neigte den Kopf.

»Du hast uns vor den Römern gewarnt und unser Leben gerettet. Jetzt erscheinst du wieder und gibst uns Hoffnung in einer dunklen Stunde.«

»Ist das Wuodans Schildmaid?«, fragte der Mann entgeistert und sank dann ebenfalls in die Knie.

Gerhild wusste nicht, was sie von dem Ganzen halten sollte.

»Steht auf!«, befal sie.

374

Immer mehr Menschen kamen aus dem Gebüsch heraus und versammelten sich um sie. Alle wirkten auf eine Weise erleichtert, die Gerhild geradezu erschreckte. Es war, als erwarteten sie von ihr Rettung und Hilfe.

»Ich glaube, ich kann mich an euch erinnern. Ihr habt in einem Dorf an der Tauber gelebt.«

»Das taten wir, bis die Römer kamen und unser Dorf niederbrannten. Hättest du uns nicht gewarnt, wären wir ihre Sklaven geworden. So aber konnten die meisten von uns entkommen«, erklärte Perko.

»Aber so, wie ihr ausseht, ist es euch erst nach harten Kämpfen gelungen«, wandte Gerhild ein.

Perko schüttelte den Kopf. »Das waren nicht die Römer, sondern Raubgesindel aus dem Osten. Wir trafen überraschend auf sie und wurden sofort angegriffen. Es gelang uns aber, sie zurückzuschlagen. Allerdings haben wir dabei stark geblutet. Da wir annahmen, dass diese Schurken Verstärkung holen würden, sind wir rasch weitergezogen. Hier in diesem Gebüsch wollten wir Rast machen, da bist du gekommen.« Er sah den Hirsch dabei so hungrig an, dass Gerhild die Schnur löste, mit der sie ihn auf dem Pferd festgebunden hatte.

»Hier! Nehmt euch, was ihr braucht. Aber ihr werdet wohl kaum an dieser Stelle bleiben wollen. Ich habe die Überlebenden meines Stammes an einen Ort geführt, der uns sicher scheint. Wenn ihr euch uns anschließen wollt, seid ihr willkommen.«

Gerhilds Angebot war im Grunde eine Frechheit, denn diese Gruppe übertraf ihre eigene um mehr als das Dreifache. Doch die alte Frau lächelte erleichtert, wartete, bis Gerhild abgestiegen war, und umarmte sie.

»Dieses Angebot nehmen wir mit Freuden an!«, sagte die Alte. »Ich bin Auda, die Kräuterfrau und Heilerin unseres Stammes. Es freut mich, dass wir dich getroffen haben.«

»Ich freue mich ebenso!« Gerhild schenkte Auda ein Lächeln

und sah dann zu, wie zwei Männer die Hirschkuh zum Lagerfeuer trugen und deren Fleisch in kleine Stücke schnitten. So wurde es rascher gar, als wenn sie das Tier im Ganzen über das Feuer gehängt hätten.

Den ersten Bissen erhielt Gerhild, die sich nicht nur freute, weil das mit Audas Gewürzen behandelte Fleisch ihr schmeckte. Da diese Leute ihre Gruppe vergrößern würden, konnte kein Fremder es mehr wagen, sich so aufzuspielen, wie Chariowalda es getan hatte.

»Wisst ihr, wer euch überfallen hat?«, fragte sie, als der erste Hunger gestillt war.

Perko nickte. »Es waren sogar Stammesverwandte! Wir haben uns vor einigen Jahren mit ihnen zerstritten, als sie einen Fürsten wählten, den wir nicht wollten. Dessen Sohn führte sie an. Er heißt …«

»Baldarich!«, unterbrach ihn Gerhild.

»Du kennst ihn?«, fragte Perko verwundert.

Statt einer Antwort zog Gerhild ihr Schwert aus der Scheide und hielt es ihm hin. »Diese Klinge hier habe ich ihm abgenommen, als er es gewagt hat, eines unserer Dörfer zu überfallen.«

Es war, als hätte ein Blitz zwischen die Menschen um Gerhild eingeschlagen. Sie verstummten und starrten das Schwert ungläubig an.

»Aber das ist unmöglich!«, rief Perko. »Diese Klinge verleiht ihrem Träger doch immer den Sieg.«

Auda schnaufte. »Nur, wenn er auf ehrenhafte Weise in den Besitz dieser Waffe gelangt ist! Da Baldarich die Klinge verloren hat, beweist dies, dass er ihrer nicht würdig ist. Er kann daher niemals Fürst des ganzen Stammes werden.«

»Aber Gerhild kann es auch nicht! Sie ist eine Frau – und noch dazu eine Stammesfremde«, rief der Mann.

»Das Schwert hat sie erwählt, und sie wird es einmal dem Mann übergeben, der es in Ehren tragen wird.«

»Vielleicht Volcher?« Der Mann spie aus, nachdem er den Namen genannt hatte.

»Vielleicht ihm, vielleicht einem anderen aus Wuodans Blut«, sagte Auda mit einem Lächeln, das ihr Gesicht um Jahre jünger erscheinen ließ.

»Wer ist Volcher?«, fragte Gerhild, obwohl sie bereits von Lutgardis wusste, dass Julius damit gemeint war. Sie hoffte jedoch, von Auda mehr über ihn zu erfahren.

»Einst war er der Sohn unseres Fürsten, und nun ist er ein Knecht der Römer«, antwortete Perko harsch.

Da auch Auda nicht so aussah, als wollte sie viel von Julius' Vergangenheit preisgeben, wies Gerhild nach Süden. »Sobald wir gegessen haben, brechen wir auf. Mit etwas Glück erreichen wir unser Dorf noch vor der Nacht.«

5.

Als das Dorf vor ihnen auftauchte, stellte Gerhild auf den ersten Blick fest, dass sich weitaus mehr Leute dort aufhielten als zu dem Zeitpunkt, an dem sie es verlassen hatte. Einige Männer und fast die dreifache Anzahl von Frauen waren gerade dabei, eine weitere Hütte zu errichten. Weiter hinten rupften mehrere an Bäume gebundene Kühe das Laub von den Zweigen, und auf der anderen Seite hüteten ein paar Knaben Schafe und Ziegen.

Als sie näher kam, erkannte Gerhild Aisthulf, den Anführer des einstigen Nachbardorfs. Er stand bei Teudo, drehte sich aber um, als er Gerhild und deren Begleiter kommen hörte, und kniff überrascht die Augen zusammen.

»Ich dachte, du wolltest auf die Jagd gehen! Aber du hast wohl ein anderes Wild gefangen, als du vorhattest.«

»Das sind Verwandte von Lutgardis. Sie wollen sich uns anschließen«, antwortete Gerhild.

»Dann wirst du richtiges Wild jagen müssen, um alle satt zu bekommen!«, rief der Alte grinsend. »Aber je mehr wir werden, umso leichter können wir den Römern eine lange Nase drehen. Die dachten wirklich, wir arbeiten für sie, bis wir vor Erschöpfung zusammenbrechen. Aber nicht mit uns, habe ich mir gesagt, und bin dir gefolgt. Der Junge – Ingulf – hat uns im Moor aufgegriffen. Zum Glück, muss ich sagen! Ich habe es zwar in früheren Jahren mit deinem Vater zusammen durchquert, aber meine Erinnerung war doch nicht mehr so gut, und wir wären beinahe ins Verderben gelaufen. Nun ist Ingulf unterwegs, um Hailwigs Leuten den Weg zu weisen. Die haben nämlich auch keine Lust, Sklaven der Römer zu werden.«

»Hailwig kommt auch!«, rief Gerhild erleichtert. Mit diesem Zuwachs konnte der Stamm überleben.

»Ja! Aber nun etwas anderes. Einer der Jungen hat berichtet, er hätte ein Stück weiter im Norden römische Reiter beobachtet, die dort ihr Lager aufgeschlagen haben. Ein paar Stammeskrieger wären bei ihnen. Zu welchem Stamm sie gehören, konnte der Junge nicht erkennen, denn so nahe hat er sich nicht an die Leute herangewagt.«

Gerhild atmete rascher, denn römische Reiter bedeuteten Gefahr. »Wie viele sind es? Eine Turma oder mehrere?«

»Nur um die zwanzig, sagte der Bub.«

Das war immer noch eine Zahl, die anzugreifen ihnen arge Verluste beibringen würde. Gerhild überlegte, was sie tun sollte. »Wir stellen heute Nacht doppelte Wachen auf, und morgen sehe ich mir diese Reiter an.«

»Du wirst Hilfe brauchen, denn gegen zwanzig Krieger kommst du auch mit deinem Schwert nicht an«, wandte Teudo besorgt ein.

»Ich will sie nicht bekämpfen, sondern sie mir nur ansehen. Ich frage mich, was sie auf dieser Seite des Moores zu suchen haben. Macht euch auf jeden Fall zur Verteidigung bereit!«

Gerhild war besorgt, denn so nahe hatte sie die Römer nicht erwartet. Mehr noch wunderte sie sich über die geringe Zahl der Reiter. Zwanzig Mann waren als Vorhut eines größeren Heeres zu wenig. Selbst zur Aufklärung hätten die Römer mindestens eine Turma mit mehr als vierzig Kriegern geschickt. Da sie dieses Rätsel an diesem Tag nicht mehr lösen konnte, wandte sie sich den Flüchtlingen zu, auf die sie im Wald gestoßen war, und erklärte ihnen, wo sie lagern sollten. »Sie gehören ab jetzt zu uns«, sagte sie zu Aisthulf. »Behandelt sie gut! Sonst müsste ich zornig werden!«

Der Alte grinste noch breiter. »Wir sind um jeden Krieger

379

froh, der zu uns findet, und bei denen sind einige Burschen, die so aussehen, als könnten sie einen Speer führen.«

»Sie wurden auf der Flucht vor den Römern von Baldarichs Männern angegriffen. Dieses Schwein will sich am Leid der anderen laben und Beute machen«, erwiderte Gerhild voller Abscheu.

»Wenn der Kerl es bei uns versucht, wird er rasch lernen, dass er so etwas besser gelassen hätte!« Diesmal grinste Aisthulf nicht, sondern klopfte gegen den Griff seines Schwertes. Er war zwar zu alt, um mit auf einen Kriegszug zu gehen, doch für die Verteidigung des eigenen Dorfes fühlte er sich noch rüstig genug.

Gerhild legte ihm lächelnd die Hand auf die Schulter. »Ich verlasse mich auf dich, denn du hast die meiste Erfahrung von uns allen.«

»Ich werde euch Jungen schon beibringen, was wichtig ist«, antwortete der Mann geschmeichelt und drückte Gerhild kurz an sich. »Du machst das schon, Mädchen! Immerhin fließt in deinen Adern Teiwaz' Blut. Der Sohn des Gottes war unser erster Fürst, und jetzt bist du unsere Fürstin. Darauf sind wir stolz!«

»Gerhild ist eine Schildmaid Wuodans«, mischte sich Perko ein. »Sie hat uns in seinem Auftrag zu euch geführt!«

»Wuodans Schildmaid!« Aisthulf klang beeindruckt. Er winkte Perko zu sich und legte ihm den Arm um die Schulter. »Du scheinst ein wackerer Bursche zu sein, und wir sollten miteinander reden. Immerhin gehört ihr jetzt zu unserem Stamm, und da ist es gut, wenn uns mit Teiwaz und Wuodan gleich zwei starke Götter gewogen sind.«

Gerhild sah den beiden nach, doch ihre Gedanken wanderten unwillkürlich zu den römischen Reitern in ihrer Nähe, und sie fragte sich, was der kommende Tag bringen mochte.

6.

Als Jägerin war Gerhild gewohnt, Wild zu beschleichen. Daher machte sie sich am nächsten Morgen ohne Furcht vor Römern oder anderen Räubern auf den Weg. Sich die Fremden anzuschauen, war wie ein packendes Spiel, gefährlich zwar, aber reizvoll. Sie spürte, dass es ihr eine wilde Freude bereitete, ihre Geschicklichkeit mit der der Römer zu messen. Ihre Stute war gut abgerichtet und würde sie nicht verraten. Daher ließ sie Rana in der Nähe des Reiterlagers in einem Versteck zurück und ging zu Fuß weiter. Ihre leichten Schuhe hinterließen kaum Spuren, und sie machten auch kein Geräusch. Dazu half ihr das dichte Unterholz, das vielleicht einen Römer behindern mochte, nicht aber sie.

Gerhild glitt wie eine Schlange dahin, ohne dass auch nur ein Blatt wackelte, und sah schon bald das Lager der Römer vor sich. Es ähnelte dem, welches Hariwinius und Julius bei ihrem alten Dorf errichtet hatten, aber es wirkte nicht ganz so ordentlich.

Unweit von ihr standen zwei Männer und hielten Wache. An deren Stelle hätte sie längst entdeckt, dass jemand sie belauschte, dachte Gerhild und schlich näher. Keine fünf Schritte von den beiden entfernt blieb sie in der Deckung eines Busches liegen. Auch wenn sie kaum Latein verstand, so hoffte sie doch, ein paar Begriffe zu behalten, die Aisthulf oder jemand anders für sie übersetzen konnte. Zu ihrer Überraschung verwendeten die Wachen jedoch ihre eigene Sprache in einem leicht abgewandelten Dialekt.

»Glaubst du, dass uns die Römer verfolgen?«, fragte einer gerade.

Wieso sollten die Römer ihre eigenen Leute verfolgen, wunderte Gerhild sich, als der zweite Wächter Antwort gab.

»Hariwinius' Reiterschar ist zu klein, um einen so weiten Vorstoß zu wagen, und die Fußtruppen sind zu schwerfällig, als dass sie uns gefährlich werden könnten. Außerdem werden bald etliche Stammeskrieger zu uns stoßen. Zusammen mit denen können wir uns gegen jeden Gegner halten, der uns vertreiben will.«

Ich will euch aber nicht in unserer Nähe haben!, dachte Gerhild und befürchtete einen Augenblick lang, sie hätte laut gesprochen.

Die beiden Wachen setzten ihre Unterhaltung jedoch fort, ohne aufzuhorchen. »Julius wird der Fürst aller Mannen, die sich uns anschließen, und wir werden seine Leibschar und seine Vertrauten sein. Bei den Römern hätten wir unsere eigenen Brüder erschlagen müssen. Beim Jupiter, äh ... ich meine Wuodan! Ich habe nichts dagegen, einem Chatten oder Sugambrer den Schädel einzuschlagen, aber meinen Bruder umzubringen, wie Hariwinius es getan hat, das könnte ich niemals!«

»Das mit dem Chatten solltest du Vigilius besser nicht zu Ohren kommen lassen. Der ist einer«, meinte der andere grinsend.

»Das hätte ich beinahe vergessen, Ortwin. Aber hier ist es gleichgültig, aus welchem Stamm wir kommen. Wir sind Julius' Schar!«

»So ist es! Aber sei jetzt still. Ich glaube, ich habe etwas gehört!«

Gerhild erstarrte. Hatte sie sich etwa unbewusst bewegt und ein Geräusch gemacht? Sie lauschte nun selbst, doch bis auf ihren leisen Atem vernahm sie nur die normalen Geräusche des Waldes.

»Sieht aus, als hättest du dich geirrt«, meinte der eine Wächter.

»Vielleicht war es auch ein Tier.«

»Vielleicht, vielleicht auch nicht!« Ortwin senkte seinen Speer und drang in das Unterholz ein. Als er in nur zwei Schritten Entfernung an Gerhild vorbeiging, machte diese sich so klein wie möglich. Gleichzeitig legte sie die Rechte an den Schwertgriff, um die Waffe sofort ziehen zu können.

Da blieb der Mann stehen und winkte ab. »Dort läuft ein Hase! Den werde ich wohl gehört haben. Schade, dass wir keinen Jagdbogen bei uns haben. Sonst könnten wir ihn auf einen Bratspieß stecken und essen.«

»Unsere neuen Verbündeten werden Bögen mitbringen. Großes Wild müssen wir ohnehin zu Pferd jagen. Oder glaubst du, ich hätte Lust, einem Auerochsen zu Fuß gegenüberzustehen?«, erwiderte sein Kamerad lachend.

Ortwin kehrte zu ihm zurück und machte dabei so viel Lärm, dass Gerhild die Gelegenheit nutzte und sich zurückzog.

Sie wusste nicht, was sie von dem Gehörten halten sollte. Wie es aussah, hatte Julius die Römer verlassen und wollte sich nun – ähnlich wie Baldarich oder Chariowalda – zum Anführer einer Kriegerschar aufschwingen. Damit stand er in direkter Konkurrenz zu ihren eigenen Absichten. Vielleicht sollte sie ihn aus der Nähe ihrer Sippe vertreiben, bevor er Verstärkung erhielt. Aber dies hieß Kampf gegen Stammesverwandte, und den wollte sie vermeiden.

Zwiegespalten wie selten zuvor kehrte sie zu dem Versteck ihrer Stute zurück und wollte diese aus dem Gebüsch holen. Da sah sie einen Mann am Boden sitzen und prallte zurück.

»Julius!«

»In eigener Person!« Julius stand geschmeidig auf und deutete eine Verbeugung an. »Ich grüße dich, Gerhild, und gebe zu, dass es mich in den Fingern gejuckt hat, deine Stute für ein paar Stunden in Gewahrsam zu nehmen, so wie du es damals mit meinem Hengst getan hast. Aber ich wollte dich dann doch nicht bis zu eurem Dorf zu Fuß laufen lassen.«

Angesichts von Julius' spöttischen Worten stellte Gerhild ihre

Stacheln auf. »Was willst du hier? Du und deine Leute haben hier überhaupt nichts verloren!«

»Es ist ein guter Ort, um die Versprengten der Stämme zu sammeln, und das will ich tun.«

»Hier sammle ich die Versprengten meines Stammes!«, erwiderte Gerhild aufgebracht.

»Daran will ich dich nicht hindern. Das Gebiet ist groß genug für zwei Gruppen, solange sie in Frieden miteinander leben.«

»Soll das eine Drohung sein?«, fragte Gerhild scharf.

Julius schüttelte den Kopf. »Bei Wuodan, nein! Ich biete dir Frieden an. Es bringt nichts, wenn wir uns bekämpfen. Darüber freuen sich nur die Römer, und die sind derzeit unser größtes Problem. Wenn wir sie nicht aufhalten, werden sie das gesamte Land ringsum zu einer ihrer Provinzen machen und alle, die hier leben, zu ihren Knechten. Du hast selbst erlebt, wie sie vorgehen. Wer ihnen nicht auf Anhieb die Füße leckt, wird versklavt und sein Besitz an Quintus' Speichellecker übergeben.«

Dieser Appell blieb auf Gerhild nicht ohne Wirkung. »Es bringt wirklich nichts, wenn wir uns bekämpfen. Aber du wirst keine Leute meines Stammes und auch keine anderen Suebengruppen um dich sammeln. Die gehören zu mir!«

»Wenn es deine Bedingung ist, werde ich sie erfüllen«, versprach Julius.

»Ich bin noch nicht fertig«, fuhr Gerhild fort. »Außerdem werdet ihr nicht weiter nach Süden vorstoßen. Dort ist unser Land, hast du verstanden?«

»Eine römische Meile weiter im Süden fließt ein Bach. Wenn du willst, soll er die Grenze zwischen deinem und meinem Gebiet sein.« Julius lächelte zufrieden, denn er traute es Gerhild trotz allen Mutes nicht zu, die Reste ihres Stammes zu vereinen und weitere Sueben für sich zu gewinnen.

Irgendwann würde sie aufgeben und ihm ihr Schwert überlassen müssen. Mit Gewalt durfte er es ihr jedoch nicht abnehmen, denn es hieß, die Waffe müsse immer freiwillig und in Ehren weitergereicht werden. Andererseits hatte Gerhild es von Baldarich im Kampf erbeutet. Der Wunsch, ihr die Waffe dennoch abzufordern, kam kurz in ihm auf, doch er zwang ihn nieder. Wenn er Gerhild das Schwert raubte und damit Baldarich entgegentrat, konnte es sein, dass die Waffe ihn als unwürdig ansah und nicht als ihren Träger akzeptierte.

»Es sei, wie du sagst. Hier sammle ich Versprengte meines Stammes, im Süden du die deines Stammes«, erklärte er, löste die Zügel ihrer Stute von dem Zweig, an den sie gebunden waren, und reichte sie ihr.

»Ich werde ein ernstes Wort mit meinen Wachen reden müssen! Lassen sich von einem Mädchen beschleichen wie blinde Narren«, meinte er dann lachend.

»Wenn der Anführer nicht viel taugt, taugen auch seine Leute nichts«, stichelte Gerhild, die sich ärgerte, weil es ihm gelungen war, sie zu entdecken, ohne dass sie ihn bemerkt hatte. Julius grinste noch breiter. »Wie viel ich tauge, wird man sehen. Auf jeden Fall werde ich mich bemühen.«

»Ich aber auch!«, stieß Gerhild hervor und trat zu ihrer Stute. Ehe sie sichs versah, stand Julius neben ihr, fasste sie um die Taille und hob sie aufs Pferd. »Komm gut nach Hause!«, sagte er und wich dabei geschickt der Ohrfeige aus, die Gerhild ihm versetzen wollte.

Sie musterte ihn mit einem vernichtenden Blick. »Ich hoffe, du behältst deine gute Laune auch dann noch, wenn du mit gefesselten Händen vor Quintus stehst!«

»Ich glaube, du wärst ihm als Gefangene weitaus lieber als ich«, antwortete er munter, doch sie ritt ohne ein weiteres Wort davon.

Nachdenklich sah ihr Julius hinterher. »Sie ist ein verdammt stacheliges Ding«, murmelte er. »Der Mann, der sie einmal nimmt, wird alle Hände voll zu tun haben, sie zu zügeln.« Plötzlich wurde ihm klar, dass es ihm gefallen würde, die

kleine Wilde zu zähmen. Energisch schüttelte er den Kopf.
»Ein Weib wäre das Letzte, was ich derzeit brauchen kann.«
Mit diesen Worten kehrte er zu seinem Lager zurück und sah
dort als Erstes nach den beiden Wachtposten. Sie unterhielten
sich immer noch, achteten dabei aber scharf auf die Umgebung.

»Na, wie sieht es aus? Habt ihr was entdeckt?«, fragte er.
Ortwin schüttelte den Kopf. »Nein, Julius, nur einen Hasen,
der in der Nähe vorbeigelaufen ist!«

»Das muss aber ein ganz besonderer Hase gewesen sein«, sagte
Julius und pflückte ein blondes Haar, das im Licht der Sonne
golden glänzte, von einem Busch.

»Ein ganz besonderer Hase«, wiederholte er, »mit Haaren länger als mein Arm!«

»Aber das …«, stotterte Ortwin und starrte das Haar an.

»Was aber?«, fragte Julius jetzt mit einer gewissen Schärfe. »Sagt
nicht, dass es von einem von euch stammt. Eure Borsten sind bei
weitem nicht so lang und auch nicht so fein. Es ist ein Frauenhaar, und in unserem Lager gibt es derzeit noch keine Frauen.«

»Das muss schon länger am Busch hängen«, verteidigte sich
der andere Wächter. »Wir hätten gewiss gemerkt, wenn eine
Frau in der Nähe gewesen wäre!«

Julius drang ein paar Schritte ins Gebüsch und wies auf kaum
sichtbare Spuren am Boden. »Da hat jemand gekniet, und da
ist ein schmaler Strich wie von einer Schwertscheide. Alles ist
frisch! Freunde, so leid es mir tut, aber ihr habt euch von
einem Mädchen übertölpeln lassen!«

»Unmöglich!«, rief Ortwin, sah aber dann selbst nach und
erbleichte. »Das ist …«

»… nicht unmöglich«, half Julius aus, weil der andere verstummte.

»Aber das begreife ich nicht. Wir haben wirklich scharf aufge-
passt. Wer es auch immer war, muss eine Tarnkappe getragen
haben!«

Julius musterte seine beiden Wachen und schüttelte den Kopf.

»Eine Tarnkappe? Nein. Es war eine geschickte Jägerin, die sich sowohl vor dem Wild wie auch vor Menschen zu verbergen weiß.«

»Wenn ich herausbringe, wer es ist, wird sie es bereuen«, fuhr Ortwin auf.

»Versuche es lieber nicht«, riet Julius ihm zu. »Einige Teile meines Stammes nennen sie eine Schildmaid Wuodans. Vielleicht ist sie es sogar! Auf jeden Fall ist sie mutig genug, ein Lager zu beschleichen, das von Männern wie euch bewacht wird.«

»Du kennst sie?«, fragte Ortwin verwundert.

Julius nickte lächelnd. »Du kennst sie auch. Es ist Gerhild, die Quintus beim Zielwerfen mit dem Speer blamiert hat. Sie war es auch, die etliche Dörfer an der Tauber vor Caracallas Heer gewarnt hat. Jetzt hat sie einen Teil ihres Volkes durch das Moor geführt und sich mit ihnen weiter im Süden angesiedelt. Es sind unsere Nachbarn, und ich habe mit ihnen Frieden geschlossen.«

»Gerhild? Der ist es zuzutrauen!« Beide Wachtposten atmeten auf, denn es war für sie leichter zu ertragen, von diesem kühnen Mädchen überlistet worden zu sein als von einer unbekannten Frau.

»Gebt in Zukunft besser acht«, mahnte Julius sie noch, dann ging er zu seinem Zelt. Er fragte sich, wie sich das Verhältnis zu Gerhild und deren Leuten wohl gestalten würde. Auf Dauer würde es nicht reichen, wenn sie zwar untereinander Frieden hielten, sonst aber ihrer eigenen Wege gingen. Um der Macht der Römer zu begegnen, mussten sie einig sein und alle Mannen unter einem Anführer sammeln.

7.

Gerhild kehrte mit einer Laune, die zwischen Ärger und Belustigung schwankte, zurück. Zwar freute sie sich, dass sie Julius' Wachen hatte belauschen können. Im Gegenzug aber hatte Julius ihre Spur gefunden und bis zu ihrer Stute zurückverfolgt. Als sie darüber nachdachte, wünschte sie sich, er hätte ihr Rana gestohlen. Dann könnte sie ihn wenigstens hassen. So aber hatte sie das Gefühl, er würde sie nicht ernst nehmen und sich von Begegnung zu Begegnung mehr über sie lustig machen. Mit dem festen Willen, ihm zu zeigen, wie sehr er sich in ihr irrte, stieg sie von ihrer Stute, und wurde sofort umringt.

»Hast du etwas herausgefunden?«, fragte Teudo, den es noch immer kränkte, weil Gerhild ihn nicht mitgenommen hatte.

»Es handelt sich um Julius und einem Teil seiner Männer. Er hat die Römer verlassen und versucht nun, seine überlebenden Stammesfreunde um sich zu versammeln. Ich habe mit ihm vereinbart, dass wir Frieden halten und der Bach im Norden die Grenze zwischen uns bilden soll.« Gerhild klang bissig, da sie ihrer Meinung nach keine gute Figur abgegeben hatte.

Im Gegensatz zu ihr waren ihre Zuhörer sehr zufrieden. Lutgardis stieß sogar einen leisen Jubelruf aus. »Volcher ist also vernünftig geworden! Es hätte mich auch gewundert. Immerhin fließt in seinen Adern das gleiche Blut wie in den meinen. Ich will ihm sogar verzeihen, dass er nichts unternommen hatte, um mich vor Quintus zu retten.«

Lutgardis atmete tief durch und setzte hinzu, dass sie sich ihrem Vetter anschließen wolle. Als auch noch Perko und einige andere der Gruppe, die sie gestern hierhergebracht hatten, erklärten, ebenfalls zu Julius gehen zu wollen, machte sich Enttäuschung in Gerhild breit.

»Dann geht!«, rief sie und kehrte Lutgardis den Rücken zu.

»Ich bleibe bei der Trägerin des Fürstenschwerts«, sagte die alte Auda. Diese klare Aussage brachte einige dazu, ihre Entscheidung noch einmal zu überdenken. Nach kurzem Disput teilten sich Lutgardis' Leute auf. Gut ein Drittel blieb bei Gerhild, während der Rest Lutgardis nach Norden folgte.

Odila trat neben Gerhild und verzog das Gesicht. »Das hätte ich nicht von Lutgardis gedacht.«

Ihren Worten zum Trotz klang sie erleichtert, denn es hatte ihr nicht gefallen, dass eine Fremde stärkeren Einfluss auf ihre Freundin nehmen konnte als sie.

»Es sind ihre Leute, und Julius ist ihr Vetter«, sagte Gerhild leise.

»Im Gegensatz zu dir hat er aber nichts getan, um sie vor den Römern zu retten. Seinetwegen hätten alle Soldaten von Quintus sie vergewaltigen können!«

Damit hatte Odila zwar recht, doch Gerhild wusste, dass Julius den Versuch, seiner Base zu helfen, mit dem Leben bezahlt hätte. Sie verspürte jedoch wenig Lust, die beiden vor ihrer Freundin zu verteidigen, und wandte sich daher mit beherrschter Miene an die anderen.

»Wir müssen weiterarbeiten! Schon morgen kann Tante Hailwig mit ihren Leuten zu uns stoßen, und sie sollten zumindest ein Dach über dem Kopf haben.«

Teudo und die anderen nickten und kehrten zu den im Bau befindlichen Hütten zurück. Einige halbwüchsige Knaben übernahmen die Wache, und Gerhild schärfte ihnen ein, gut aufzupassen. Sie traute es Julius zu, ihr Dorf heimlich auszuspähen, so wie sie es bei seinem provisorischen Lager getan hatte.

8.

Am Abend des folgenden Tages meldeten die Wachen Menschen, die aus dem Moor herauskamen. Sofort schwang Gerhild sich auf ihre Stute und ritt zusammen mit Teudo in diese Richtung.

Es war tatsächlich Hailwigs Gruppe mit Ingulf an der Spitze. Zuerst jubelte Gerhild, sah dann aber die ernsten, betroffenen Gesichter und begriff, dass etwas Schlimmes geschehen sein musste.

Sie stieg ab und umarmte ihre Tante. »Seid mir willkommen!«, sagte sie.

Hailwig kämpfte sichtlich mit ihren Gefühlen und blickte dann Ingulf an. »Sag du es ihr! Ich kann es nicht.«

»Was ist los?«, fragte Gerhild besorgt.

Statt zu antworten, drehte Ingulf sich um und winkte einen jungen Burschen zu sich. Gerhilds Angst wuchs, als sie ihn erkannte. Es war einer der Jungmannen aus ihrem Dorf! Nun stand er wie ein Häuflein Elend vor ihr und wagte nicht, ihr in die Augen zu sehen.

»Quintus hat unser Dorf besetzen lassen! Seine Legionäre haben viele von uns erschlagen und die Frauen und Mädchen geschändet. Jetzt müssen die Überlebenden Sklavendienste leisten«, sagte er mit kaum verständlicher Stimme.

»Dieser Schuft! Dafür wird er sterben!«, rief Gerhild voller Zorn.

»Das ist noch nicht alles«, fuhr der Junge fort. »Er hat sechs von uns losgeschickt, um dich zu suchen. Wir sollen dir ausrichten, dass er alle Bewohner unseres Dorfes in von diesem

390

Tag an weniger als sieben Tagen nach Rom schaffen lassen wird, um sie dort an wilde Tiere zu verfüttern, es sei denn …«
Er schluckte und ließ den Kopf noch mehr hängen.

»Es sei denn was?«, fragte Gerhild scharf.

»Es sei denn, du stellst dich ihm innerhalb dieser Frist!«
Während Gerhild zu begreifen suchte, was das alles zu bedeuten hatte, ballte Teudo die Fäuste.

»Du kannst dich nicht in Quintus' Gefangenschaft begeben. Wir brauchen dich! Du bist unsere Anführerin!«

»Ich bin auch die Anführerin jener, die sich in seiner Gewalt befinden«, wandte Gerhild ein.

Teudo schüttelte vehement den Kopf. »Sie hatten die Wahl, dir zu folgen oder zu bleiben, und sie haben sich fürs Bleiben entschieden! Daher bist du ihnen nicht das Geringste schuldig.«
Es fiel ihm nicht leicht, dieses Urteil zu fällen, denn es betraf auch nahe Verwandte von ihm. Doch ohne Gerhild würde der Stamm nicht überleben.

Auch andere fühlten so und rieten Gerhild ab, sich zu ergeben. Mehrere Frauen weinten, weil sie Schwestern und Basen dort wussten, und auch Gerhild war zum Heulen zumute.

»Wie lange habe ich noch Zeit?«, fragte sie den Jungen.

»Einen Tag, höchstens zwei, dann müsstest du reiten. Es ist ein weiter Weg.«

»Zwei Tage also!« Gerhild wandte sich ab und ging in den Wald hinein. Als Odila ihr folgen wollte, hielt Teudo sie auf.

»Lass sie! Das muss sie allein durchstehen.«

»Sie darf nicht zurück! Wir müssten uns sonst Julius anschließen. Willst du das?«, brach es aus Odila heraus.

»Aisthulf ist ein erfahrener Anführer«, wandte eine Frau aus dessen Dorf ein, »und er ist mit der Harlungen-Sippe verwandt!«

Teudo winke ab. »Viel zu weitläufig!«

Nun mischte Auda sich in das Gespräch ein. »Er ist der Einzige, der Gerhild als Anführer ersetzen könnte, auch wenn ich

391

mir das nicht wünsche. In ihr ist Teiwaz' Blut stark, und sie muss auch von Wuodan abstammen.«

Die alte Priesterin machte einige Vorschläge, wie sie Gerhild davon abhalten konnten, auf Quintus' Erpressung einzugehen. Doch niemand konnte sich vorstellen, dass Gerhild auf sie hören würde. Ganz gleich, wie sie sich entschied – es betraf mehr als einhundert Menschen, zwischen denen die Fürstentochter aufgewachsen war und von denen sie viele Freunde genannt hatte.

Da niemand sie zu stören wagte, blieb Gerhild allein mit ihren Zweifeln. Etwas in ihr sagte, dass die, die in Quintus' Gefangenschaft geraten waren, auf sie hören und mit ihr hätten gehen sollen. Für sie war es wichtiger, den Stamm zu erhalten, als sich um diese Menschen zu kümmern. Ihr Herz fragte sie jedoch, ob sie es verantworten könne, so viele liebgewonnene Menschen einem schrecklichen Schicksal auszuliefern.

Vielleicht musste sie sich Quintus gar nicht ergeben. Wenn er die Gefangenen nach Rom bringen ließ, brauchten diese mehrere Tage, um den Limes zu erreichen. Sie konnte sämtliche Krieger und Knaben mitnehmen und den Trupp, der ihre Stammesverwandten wegbrachte, überfallen und diese befreien.

Gerhild kehrte zu den anderen zurück und befragte den Jungen, den Hariwinius in Quintus' Auftrag losgeschickt hatte, wie es im Dorf aussah. Die Überlegung, vielleicht dort anzugreifen, zerstob, als sie hörte, dass der Feind über gut siebenhundert Soldaten und Reiter verfügte. Sie selbst brachte, wenn sie alles zusammenrief, was noch eine Waffe halten konnte, kaum mehr als fünfzig Krieger zusammen, die meisten davon Greise und Knaben.

Einen Augenblick lang erwog sie, Julius zu bitten, ihr zu helfen. Doch selbst dann, wenn er dazu bereit wäre, verfügte er derzeit nur über zwanzig kampferfahrene Reiter und mehrere Jungmannen aus seinem eigenen Stamm.

Sosehr Gerhild sich auch den Kopf zerbrach, ihr blieb nur die Wahl, die Freunde entweder ihrem Schicksal zu überlassen oder in den Apfel zu beißen, so sauer er auch sein mochte, und sich in Quintus' Gewalt zu begeben. Ob er sie auch wie Lutgardis von seinem Sklaven schänden lassen würde?, fragte sie sich. Oder überließ er sie gleich seinen Soldaten?

Diese Überlegung hätte sie beinahe dazu bewogen, in der trügerischen Sicherheit des neuen Dorfes zu bleiben. Doch wenn sie es wert sein wollte, die Fürstin ihres Stammes zu sein, musste sie sich Quintus ausliefern. Vielleicht erhielt sie dadurch sogar die Möglichkeit, ihre Sippe zu befreien. Mit diesem Gedanken kehrte sie zu den Wartenden zurück.

»Meine Entscheidung steht fest«, rief sie mit beherrschter Stimme. »Ich reite morgen!«

»Das habe ich befürchtet«, erklärte die alte Auda. »Du solltest jetzt etwas essen und dann zu mir kommen. Vielleicht finde ich unter meinen Kräutern etwas, das dir helfen kann.«

9.

Gerhild nahm Teudo und zwei weitere Männer ein Stück weit mit, damit sie sich den Weg durch das Moor einprägen konnten, denn sie hoffte noch immer, dass sie versprengte Gruppen ihres Stammes finden und zu ihrem neuen Dorf bringen konnten. Das aber würde nun nicht mehr ihre Aufgabe sein, sondern die anderer.

Am Rand der Sümpfe verabschiedete sie sich von ihren Begleitern und ritt ins Ungewisse. Die drei sahen ihr nach, bis sie zwischen den Bäumen des Waldes untergetaucht war, dann nahmen sie ihre Pferde am Zügel und kehrten mit aller Vorsicht über den schwankenden Boden zurück.

Erst als Gerhild gedankenverloren über den Griff ihres Schwertes strich, wurde ihr klar, dass sie die Waffe aus Gewohnheit mitgenommen hatte. Doch bei den Römern konnte sie sie nicht brauchen. Sie überlegte kurz, umzudrehen und sie Teudo zu geben. Vielleicht vermochte er die Klinge so zu führen, dass die Gruppen in der Nachbarschaft Respekt vor ihm bekamen. Oder sollte sie ihn bitten, sie Julius zu überbringen? Die Waffe war dessen Erbstück, und er würde sie gewiss verfluchen, wenn sie ihretwegen an die Feinde verloren ging.

Noch während sie darüber nachdachte, begriff sie, dass sie das Schwert im Grunde gar nicht aufgeben wollte. Immerhin konnte es sein, dass sie es brauchte, um sich und ihre Leute zu befreien. Bei dem Gedanken stellte sie sich vor, wie die scharfe Klinge durch Quintus' Fleisch schneiden würde, und fasste neuen Mut.

Trotz aller Gedankenspiele blieb sie wachsam. Vor kurzem noch hatte es auf ihrem Weg lebendige Dorfgemeinschaften gegeben, doch nach dem Feldzug der römischen Armee waren die Bewohner geflohen und hatten ihre Häuser zerstört. Daher konnte sie nirgends um ein Nachtquartier bitten und musste im Wald übernachten, obwohl das wegen der Bären und Wölfe, die sich hier herumtrieben, und auch wegen der reizbaren Auerochsen nicht ungefährlich war.

Am zweiten Abend suchte Gerhild sich einen Platz im Unterholz, der für sie und ihre Stute ausreichend Deckung bot. Inmitten eines Kranzes aus dichtem Gebüsch konnte sie ein kleines Feuer entfachen und den Hasen braten, den sie unterwegs geschossen hatte. Obwohl das Tier noch jung gewesen war, schmeckte es ihr nicht besonders. Das lag weniger an dem Fleisch, sondern an dem Ziel, dem sie entgegenritt. Der Gedanke, Quintus genauso hilflos ausgeliefert zu sein, wie Lutgardis es gewesen war, schmerzte, und sie überlegte verzweifelt, wie sie das verhindern konnte. Ihr fiel jedoch nichts ein, was sich in die Tat hätte umsetzen lassen.

Selbst als sie sich in ihre Decke wickelte und die Augen schloss, verfolgten diese Gedanken sie, und es dauerte lange, bis sie einschlafen konnte. Als sie glaubte, endlich Ruhe zu finden, vernahm sie leise Stimmen und griff zum Schwert.

Zunächst hörte sie nichts mehr. Dann knackte nicht weit von ihr ein Zweig, als wäre jemand draufgetreten.

»Sei doch vorsichtig!«, flüsterte eine verärgert klingende Männerstimme.

Also waren es mindestens zwei, und da sie in der Nacht und leise kamen, konnten sie keine Freunde sein. Gerhild schlug lautlos die Decke zurück, um sofort aufspringen zu können, und lauschte in die Nacht hinein.

»Es ist nur ein Weib! Ich habe vom Hügel aus die langen Haare gesehen«, berichtete sein Kumpan.

»Hoffentlich ist es keine alte Vettel«, meinte der andere zweifelnd.

»Soweit ich sehen konnte, ist sie jung und genau das, was
Tribanus für sein Bordell braucht. Danke Jupiter oder einem
deiner barbarischen Götter dafür, dass sie uns vor die Füße
gelaufen ist.«

»Geritten!«, korrigierte ihn der Dritte im Bunde.

»Auf jeden Fall zahlt Tribanus gut, wenn wir sie ihm bringen.
Also findet sie und lasst sie nicht entkommen!«

Er musste der Anführer sein. Gerhild verstand zwar nicht
alles, hörte aber seine Vorfreude auf eine hübsche Summe heraus. Die, so sagte sie sich, würde er niemals bekommen. Nun
musste sie in Erfahrung bringen, wie viele Kerle es waren. Sie
erhob sich leise, blieb aber im Schatten der Büsche und konzentrierte sich auf die Richtung, aus der sie die Stimmen vernommen hatte. Bald entdeckte sie drei Männer, und da der
Vollmond diese beschien, konnte sie erkennen, dass einer seiner Kleidung nach ein Stammeskrieger war. Die beiden anderen stammten offenbar aus dem Land hinter der großen Steinschlange.

»Wenn wir sie zu Tribanus bringen, können wir sie doch vorher selbst durchziehen, sie sozusagen für ihn zureiten«, schlug
einer der beiden Provinzrömer vor. Er verwendete kein Latein,
sondern die Sprache des Stammeskriegers.

»Nur, wenn sie keine Jungfrau mehr ist!«, wandte der andere
Provinzrömer ein. »Für eine solche zahlt Tribanus den fünffachen Preis. Es gibt reiche Männer, die sich den Spaß, als Erster in eine Frauenspalte einfahren zu können, ein hübsches
Sümmchen kosten lassen. Außerdem wird er uns gewiss einige
Tage kostenlos in seinem Bordell rammeln lassen. Er hat einige
hübsche Mädchen, sogar eine Dunkle aus Afrika. Bisher war
sie mir zu teuer, doch wenn unser Fang noch Jungfrau ist, wird
Tribanus sie mir für eine Nacht überlassen.«

Das ist Gesindel der übelsten Art, sagte sich Gerhild. Sie sah im Schein des Lagerfeuers, dass einer einen Strick in der Hand hielt. Ein anderer wandte sich ihrer Stute zu. Anscheinend glaubten sie, leichtes Spiel mit ihr zu haben.

In dem Augenblick erreichte der Mann mit dem Strick ihren Schlafplatz und stellte fest, dass dieser leer war. »Das Miststück hat sich in die Büsche geschlagen. Los, sucht es!«, rief er seinen Kumpanen zu.

»Du irrst dich!«, antwortete Gerhild und schwang das Schwert. Da sie drei Männer gegen sich hatte, durfte sie nicht zögern. Noch während der eine Kerl schreiend zurückwich und seine rechte Hand gegen die blutende Schulterwunde presste, traf Gerhilds Klinge den nächsten. Der Dritte riss sein Schwert aus der Scheide und griff voller Wut an. Wie Julius es sie gelehrt hatte, parierte Gerhild den Hieb und schlug noch in der gleichen Bewegung zu.

Dem Mann entfiel das Schwert, und er starrte mit weit aufgerissenen Augen auf Gerhilds Klinge, die auf seine Kehle gerichtet war.

»Verschwindet!«, fauchte sie, da sie die Männer nicht töten wollte. Alle drei waren verletzt und stellten keine Gefahr mehr für sie dar.

»Nimm das Pferd!«, rief der Mann, den sie zuerst getroffen hatte, einem seiner Kumpane zu. Dieser riss Ranas Zügel von dem Ast, an den Gerhild sie gebunden hatte, und wollte sich trotz seiner Verletzung in den Sattel schwingen.

Gerhild war mit zwei Schritten bei ihm und stach zu. Blut brach aus der Kehle des Mannes, und er sank sterbend zu Boden. Die beiden anderen fluchten wild und versuchten, ihr allzu wehrhaftes Opfer in die Zange zu nehmen.

»Wollt ihr ebenso hier liegen wie euer Freund?«, fragte Gerhild.

Einen Augenblick lang zögerten die Männer. Doch das Geld, welches sie von dem Bordellbetreiber für eine Frau bekommen würden, reizte sie ebenso wie die Stute. Zudem wollten sie Rache für den Toten und kamen nun von zwei Seiten auf sie zu.

Gerhild wandte sich dem Ersten zu, durchbrach seine Deckung und spaltete ihm den Schädel. Gleichzeitig spürte sie den anderen von hinten kommen, wirbelte herum und wehrte seinen Hieb ab. Ehe der Sklavenfänger erneut angreifen konnte, zuckte ihre Klinge nach vorne. Der Mann stieß einen Schrei aus, verstummte und kippte, als Gerhild ihr Schwert zurückzog, regungslos nach hinten.

»Ihr hättet fliehen sollen, als ich euch die Gelegenheit dazu gab«, schimpfte Gerhild.

Auch wenn es sich um übles Gesindel gehandelt hatte, verspürte sie ein Gefühl der Bitterkeit. Frauen waren nicht dazu geboren, Leben zu nehmen, sondern zu geben. Das hatte man ihr von klein auf eingeprägt. Doch in einer Zeit wie dieser, in der alle Ordnung zusammenbrach, musste sie ihren Weg als Kriegerfürstin gehen.

Gerhild verspürte wenig Lust, die drei Schurken zu begraben. Sie einfach so liegen lassen, wollte sie auch nicht. Daher zerrte sie die Leichen neben das Feuer, hackte mit der Waffe, die einem der Kerle gehört hatte, ein paar Äste ab und breitete sie über den Toten aus. Da ihr der Aufenthalt an der Stelle verleidet war, nahm sie ihre Sachen, zog den Sattelgurt ihrer Stute stramm und ritt in die Nacht hinein.

10.

Die Begegnung mit den drei Banditen beschäftigte Gerhilds Gedanken auch noch am nächsten Tag. Offensichtlich hatten die Römer die alte Ordnung der Stämme zerschlagen, aber keine neue aufbauen können. Zu Zeiten ihres Vaters hatten Räuber und Halsabschneider dieses Gebiet gemieden, und auch Raganhar hatte das Gesindel fernhalten können. Nun aber krochen sie wie Ratten aus ihren Löchern, um Beute zu machen. Vielleicht hatte sogar Quintus sie geschickt, um geflohene Stammesleute zu finden und an ihn zu verraten. Dieser Gedanke tröstete sie ein wenig. Wenn es so gewesen war, hatte sie mit ihrer Tat möglicherweise Angehörigen ihres Stammes die Freiheit bewahrt.

In der nächsten Nacht suchte sie ihr Versteck mit noch mehr Bedacht aus und blockierte den Weg mit abgehauenen Ästen. Wer jetzt zu ihr gelangen wollte, würde genügend Lärm machen. Dennoch schlief Gerhild schlecht und schreckte bei jedem Geräusch hoch. Als sie am nächsten Morgen aufwachte, fühlte sie sich völlig zerschlagen und verspürte nur noch eine große Traurigkeit. Diese verging auch nicht, als sie ihr altes Dorf erreichte – oder besser gesagt, das, was von ihm übrig geblieben war.

Quintus hatte alle Häuser und die große Halle ihres Vaters niederbrennen lassen und auf einem Teil des Geländes sein eigenes Lager errichtet. Es bestand aus Lederzelten, die von einem mannshohen Erdwall und einer Palisade umgeben wurden. Gerhild konnte das nicht begreifen. Wäre sie anstelle der Römer gewesen, hätte sie sich in den alten Gebäuden einquar-

tiert. Im Gegensatz zu den Zelten waren diese winterfest. So
aber würden die Legionäre und die Reiter schon bald in der
Kälte zittern.

Die Verbliebenen ihres Stammes hatte man in einen mehr als
mannshohen Pferch eingesperrt. Zwei Dutzend Legionäre
bewachten das zusammengekauerte Häuflein, in das plötzlich
Leben kam, als die Ersten Gerhild erkannten.

»Flieh!«, rief eine Frau. »Rette dich!«

Gerhild schüttelte den Kopf. »Ich kann nicht zulassen, dass
man euch umbringt.«

Einige Soldaten wollten auf sie losgehen, da begriff ihr
Unteroffizier, wen sie vor sich hatten, und rief die Männer
zurück.

»Informiert Quintus, dass die Germanin hier ist!«, wies er
einen Soldaten an. Dieser eilte so schnell davon, dass der Dreck
unter seinen Füßen spritzte.

»Warum bist du gekommen?«, rief Ima entsetzt, die nach dem
Tod ihres Mannes Bernulf im Dorf zurückgeblieben war.

»Meine Freiheit gegen euer Leben, das war Quintus' Forderung«, antwortete Gerhild mit einem gezwungenen Lächeln.
»Nun bin ich gespannt, ob er diesmal sein Wort hält.«

Zwar traute sie ihm nicht, dennoch hatte sie es nicht fertig-
gebracht, fernzubleiben und zuzusehen, wie Freunde und
Stammesverwandte verschleppt wurden, um irgendwo in der
Ferne einen grausamen Tod zu sterben. Hier, so hoffte sie,
würde sie einen Weg finden, um sowohl sich wie auch ihre
Angehörigen zu befreien.

Noch während sie ihre Möglichkeiten erwog, tauchte Quintus
auf. Seinem Gesichtsausdruck nach schien er es nicht glauben
zu wollen, dass sie tatsächlich erschienen war. Hariwinius
folgte ihm mit triumphierender Miene.

»Du bist klug, Schwester!«, begrüßte er Gerhild. »Quintus ist
ein mächtiger Mann und wird dir ein besseres Leben bieten,
als in Schlamm und Kuhmist zu hausen.«

»Im Augenblick kann er mir nur die Freilassung meiner Leute bieten«, antwortete Gerhild scharf.

»Deiner Leute?«, fragte Hariwinius. »Du vergisst, dass ich der Fürst unseres Stammes bin.«

»Du bist ein Brudermörder!«, fuhr Gerhild ihn an. »Raganhar starb durch deine Hand!«

»Eher durch seine eigene Schuld – oder sollen wir sagen, durch deine! Hättest du Quintus nicht abgewiesen, könnte Raganhar noch leben und Fürst des Stammes sein. So aber hast du ihn gezwungen, sich gegen Quintus zu stellen, und das ist sehr gefährlich, wie du mittlerweile gelernt hast.« Hariwinius lachte bitter auf und trat auf Quintus' Handzeichen ein paar Schritte zurück.

»Es ist gut, dass du freiwillig gekommen bist«, sagte Quintus, der die Barbarensprache mittlerweile gut genug beherrschte, um der Unterhaltung folgen zu können. »Du wärst mir nicht entkommen, denn ich hätte sonst in der gesamten Germania Magna nach dir suchen lassen!«

»Mit Hilfe solcher Narren, wie sie mir in der vorletzten Nacht begegnet sind?«, fragte Gerhild bissig. »Die drei haben mit ihrem Leben dafür bezahlt, mich an einen römischen Huren-wirt verkaufen zu wollen.«

Ihre Hand wanderte zum Schwertgriff, bereit, die Waffe jeder-zeit zu ziehen.

Quintus sah es und wich unwillkürlich zurück. Gleichzeitig ärgerte er sich darüber. »Steig ab und gib deine Waffe her«, befahl er Gerhild, doch diese schüttelte den Kopf.

»Lass erst meine Leute frei!«

Verärgert drehte sich Quintus zu einigen Legionären um. »Holt sie vom Pferd und schafft sie in mein Zelt!«

Er hatte es kaum gesagt, da fuhr Gerhilds Schwert aus der Scheide.

»Dem Ersten, der auf mich zukommt, spalte ich den Schädel!«

Es war keine leere Drohung, das spürten alle. Die Soldaten

sahen Quintus fragend an. Da er die junge Frau unversehrt haben wollte, hieß dies für sie, mit bloßen Händen auf jemanden losgehen zu müssen, der eben erklärt hatte, letztens drei Männer erschlagen zu haben. Mindestens einen von ihnen, wahrscheinlich sogar mehrere, würde ihr Schwert treffen, bevor sie nahe genug heran waren, um sie überwältigen zu können.

Quintus spürte die schwindende Bereitschaft seiner Männer, und Wut stieg in ihm auf. »Beim Jupiter, wie soll ich mit solchen Memmen das Barbarenland befrieden?«

Ihm war jedoch klar, dass er die Achtung seiner Soldaten verlieren würde, wenn er mehrere von ihnen in einen unsinnigen Tod schickte. Gleichzeitig spürte er den Reiz, den Gerhild auf ihn ausübte, immer stärker. Sie war schön wie eine Göttin und genauso gnadenlos. Sie unter sich zu zwingen, sie zu beherrschen und so zu nehmen, wie auch immer es ihm gefiel, war im Augenblick alles, was er sich wünschte.

»Wenn du dich nicht ergibst, werden deine Leute sterben«, sagte er und befahl den Legionären, ihre Schwerter zu ziehen.

»Halt!«, rief Gerhild. »Wir sollten verhandeln! Schwöre bei deinem Jupiter, dass du meine Leute freilässt, und ich werde mein Schwert niederlegen.«

»Ah, so willst du das machen!« Quintus sah sie stirnrunzelnd an, denn er traute ihr nicht über den Weg. Aber sein Verlangen nach ihr war stärker als jede Überlegung.

Obwohl sie barbarische Tracht trug, war sie ihm nie schöner erschienen. Ihre Miene wirkte ernst und entschlossen, und er wünschte sich, sie genau so in Marmor meißeln lassen zu können. Keine der großen Göttinnen, weder Minerva noch Juno, war je edler dargestellt worden. Um zu verhindern, dass sie durch seine Legionäre oder durch eigene Hand zu Schaden kam, nickte er.

»Du wirst heute Nacht das Bett mit mir teilen. Danach kann dieses Gesindel da meinetwegen verschwinden!«

»Schwörst du das bei deinem Jupiter?«, fragte Gerhild nach.

»Ich schwöre es!« Quintus presste es widerwillig zwischen den Zähnen hervor, weil es die einzige Möglichkeit war, die junge Frau dazu zu bewegen, vom Pferd zu steigen und die Waffe abzulegen. Was danach kam, würde er später entscheiden. Erst einmal war wichtig, dass Gerhild sich ergab. Diese zögerte einen Augenblick, dann schwang sie ihr rechtes Bein über den Sattel und stand kurz darauf auf der Erde. Aber sie hielt das Schwert immer noch in der Hand und deutete damit auf einige Legionäre, die auf sie zutreten wollten.

»Zurück!«, fuhr sie die Männer an.

»Tut ihr den Gefallen!«, forderte Quintus die Männer auf und sah Gerhild an. »Wolltest du nicht dein Schwert niederlegen?«

»Ich werde es dir in deinem Zelt übergeben!«, erwiderte sie kalt.

Es passte Quintus ganz und gar nicht, sich der Gefahr auszusetzen, von ihr niedergeschlagen zu werden. Daher rief er Hariwinius zu sich. »Führe deine Schwester in mein Zelt und fordere ihr die Waffe ab!«

Vorsicht, so sagte er sich, war besser als ein gespaltener Schädel. Hariwinius konnte er jederzeit ersetzen, falls Gerhild ihn umbrachte.

Gerhild sah Quintus an, dann Hariwinius und zuckte mit den Schultern. Solange ihre Leute sich noch in Quintus' Gewalt befanden, durfte sie weder den Römer noch ihren Bruder erschlagen. Daher folgte sie Hariwinius ins Lager. In Quintus' Zelt angekommen, legte sie ihr Schwert auf dessen Bett und sah zu, wie ihr Bruder so rasch nach der Waffe griff, als hätte er Angst, sie könnte es sich noch einmal überlegen.

»Du solltest es nicht übertreiben, Schwester! Quintus ist ein mächtiger Mann, und mächtige Männer mögen es nicht, wenn man sie an der Nase herumführt.«

»Soll er mich doch vergewaltigen, so wie er es mit Lutgardis gemacht hat!«, fauchte Gerhild ihn an.

»Ach, so ist das!«, antwortete Hariwinius erleichtert. »Du bist noch Jungfrau und hast Angst davor, von einem Mann genommen zu werden. Sei versichert, es tut weniger weh, als du denkst. Außerdem ist Quintus ein mä...«

»... mächtiger Mann! Und er kann mir etwas bieten. Das hast du mir schon öfter erzählt, als ich Finger an beiden Händen habe!«, unterbrach Gerhild ihn. »Fürs Erste reicht mir die Freiheit meiner Leute. Was danach kommt, werden wir sehen.«

»Quintus ist kein Mann, der sich die Launen eines verzogenen Mädchens gefallen lässt, Schwester. Entweder du gehorchst ihm freiwillig, oder er wird dafür sorgen, dass du alles tust, was er dir befiehlt!«, erwiderte Hariwinius im warnenden Tonfall.

»Mit Schlägen, Essensentzug oder der Drohung, mich sonst durch seine gesamten Soldaten schänden zu lassen? Seine Auswahl ist groß.« Gerhild verzog angewidert das Gesicht, denn die Absicht ihres Bruders, sie mit ihrem Schicksal zu versöhnen, war zu offensichtlich.

11.

Nachdem Quintus sich überzeugt hatte, dass Hariwinius Gerhilds Schwert an sich gebracht hatte, trat er ein und wies den Reiteroffizier mit einer ungeduldigen Geste an, das Zelt zu verlassen. Dann wandte er sich Gerhild zu und versuchte, freundlich zu lächeln.

»Du solltest dich jetzt waschen und umziehen. Ich habe Kleider für dich holen lassen. In diesem barbarischen Zeug will ich dich niemals mehr sehen!«

»Es sind meine eigenen Sachen, und ich will sie behalten«, antwortete Gerhild.

»Von mir aus. Aber wasch sie! Sie stinken! Ich lasse dir eine Wanne voll warmem Wasser bringen. Wenn erst mein Palast hier in Quintunum errichtet worden ist, kommst du in den Genuss römischer Thermen. Aber schon vorher werde ich dir ein paar Sklavinnen besorgen. Eine Syrerin soll sich um deine Haare kümmern, eine aus Gallien um deine Kleider, und deine Zofe wird eine Griechin sein!«

Quintus klang zufrieden. Da Gerhild ihr Schwert übergeben hatte, war er sich sicher, sie jederzeit zum Gehorsam zwingen zu können.

»Mach rasch! Es drängt mich, mein Lager mit dir zu teilen«, befahl er ihr und verließ das Zelt, um einige Anweisungen zu erteilen.

Er erwog kurz, Gerhild eine der gefangenen Germaninnen als Dienerin zu überlassen, verwarf diesen Gedanken jedoch wieder. Allein war Gerhild hilflos. Doch zu zweit konnten sie und ihre Magd ihre Flucht planen, und das musste er verhindern.

Gerhild dachte natürlich ununterbrochen an Flucht, wusste aber, dass sie im Augenblick keine Möglichkeit hatte, sich Quintus zu entziehen. Zuerst mussten die Gefangenen freigelassen worden und in Sicherheit sein. Während sie noch überlegte, schleppten zwei Soldaten ein großes Schaff mit warmem Wasser ins Zelt. Einer der beiden grinste sie anzüglich an. »Sollen wir dir beim Waschen helfen? Ich bürste dir dein Fellchen da unten gerne mit meiner ganz speziellen Bürste.«

»Ich werde es Quintus mitteilen«, antwortete Gerhild ruhiger, als sie sich fühlte.

Wozu die Römer fähig waren, hatten sie bei Lutgardis bewiesen. Sie dachte sehnsüchtig an ihr Schwert und war erleichtert, als die beiden Männer das Zelt wieder verließen.

Für sie hieß dies jedoch, dass ihr nicht mehr viel Zeit blieb, bis Quintus seinen Willen durchsetzen wollte. Da sie ihn nicht daran hindern konnte, entkleidete sie sich bis auf ein kleines Beutelchen, das sie um den Hals trug, und begann, sich mit dem warmen Wasser und der duftenden Seife zu waschen.

Da wurde der Zelteingang geöffnet und Quintus' Sklave trat ein. Beim Anblick der nackten Frau keuchte er und streckte ohne nachzudenken die Hand nach ihr aus. Gerhild dachte an das, was Lutgardis ihr erzählt hatte, und versetzte ihm eine Ohrfeige, die es in sich hatte.

»Behalte deine Pfoten bei dir, sonst sage ich Quintus, er soll sie dir abschlagen lassen!«

Lucius starrte sie hasserfüllt an. »Glaube nur nicht, dass du hier die Herrin spielen kannst, nur weil es Quintus im Augenblick nach dir gelüstet. Schon bald wird er deiner überdrüssig sein, und dann bist du weniger wert als ein abgetriebener Gaul. Ich werde ihn bitten, dass er dich mir überlässt. Er kann dich dann ja weiterhin benützen, wenn ihm danach ist.«

Es juckte Gerhild in den Fingern, dem Burschen eine zweite Ohrfeige zu versetzen. Doch sie warf nur den Kopf hoch,

hüllte sich in ein Laken und wartete, bis er wieder hinaus-
gegangen war.

Kurz darauf kehrte der Sklave mit einem Krug und zwei
Bechern zurück. »Wage es ja nicht, davon zu trinken, bevor
der Herr hier ist«, warnte er sie, während er Krug und Becher
auf den mit Intarsien verzierten Klapptisch stellte.

»Was ist da drin?«, fragte Gerhild.

»Mulsum«, antwortete Lucius, ohne ihr zu erklären, was das
sei. Er strich die Laken auf Quintus' Feldbett glatt, äugte dabei
aber immer wieder zu Gerhild hin.

Sie beschloss, ihn zu ignorieren, und beendete ihre Reinigung.
»Wo ist das Kleid, von dem Quintus gesprochen hat?«, fragte
sie, während sie sich mit dem Laken abtrocknete.

Lucius zuckte zusammen. »Das muss ich noch holen!«

»Dann tu das, und zwar rasch! Oder willst du, dass ich Quintus so empfange«, sagte Gerhild und wies auf das Laken, das
mittlerweile große, feuchte Stellen aufwies. Sie lachte hart auf,
als sie sah, wie rasch der Mann zum Zelt hinausschoss. Innerhalb kürzester Zeit kehrte er mit einem Gewebe zurück, welches so fein und dünn war, dass es durchsichtig wirkte.

»Das soll ich anziehen?«, fragte Gerhild verblüfft.

»So hat es Quintus bestimmt! Wie ich schon sagte, dienst du
ihm nur zur Stillung seiner Lust. Sein Verlangen nach dem
gleichen Weib hält nie lange an, denn ein Mann wie er braucht
Abwechslung. Danach bist du Freiwild!«

Lucius grinste dabei so, als würde er sich bereits auf diesen
Augenblick freuen.

Gerhild war klar, dass sie sehr bald nach einer Fluchtmöglich-
keit Ausschau halten musste. Wenn ihre Leute freigelassen
worden waren, würde sie ihnen drei, vier Tage Vorsprung
ermöglichen und dann ebenfalls verschwinden. Bis dorthin
musste sie Quintus, wie sein Sklave es gesagt hatte, zur Stillung seiner Lust dienen. Zumindest hatte sie keine Angst mehr,
schwanger zu werden, denn Auda hatte ihr etwas gegeben, das

dies verhindern sollte. Dazu steckten in dem kleinen Beutelchen auf ihrer Brust noch ein paar andere Mittel, und eines davon wollte sie noch an diesem Tag ausprobieren.

Kaum hatte der Sklave das Zelt wieder verlassen, trat Gerhild an den Klapptisch, holte ein taubeneigroßes Schmuckstück aus Gold aus ihrem Brustbeutel, drückte auf eine Stelle und sah zufrieden, wie ein Verschluss aufklappte. Dieses Ding hatte Auda ihr gegeben. Es stammte von einem gallischen Goldschmied und war so gefertigt, dass man eine kleine Menge Flüssigkeit hineingeben konnte, ohne dass man es dem Schmuckstück ansah. Da Auda gesagt hatte, das Mittel wäre stark, goss sie etwa ein Drittel des Inhalts in den Wein. Kaum war dies geschehen, verschloss sie das Schmuckstück wieder und steckte es zurück in den Beutel. Sie wollte es schon wieder umhängen, als ihr einfiel, dass Quintus es sehen und ihr wegnehmen könnte. Rasch trat sie bis an die Zeltleinwand, hob dort den Teppich an, der den Boden bedeckte, und versteckte das Beutelchen darunter.

Anschließend musterte sie das Kleid, welches aus einem so feinen, dünnen Tuch bestand, wie sie es noch nie gesehen hatte. Vorsichtig nahm sie es an sich, um es überzustreifen, ohne es zu zerreißen. Dies gelang ihr erst nach zwei Versuchen, und sie musste lange daran herumzupfen, bis es halbwegs saß.

Als Quintus erschien, war er in eine rote Tunika gehüllt und trug einen Kranz aus Eichenblättern auf dem Kopf. »Salve, Gerhild, der Germaninnenbezwinger grüßt dich«, rief er mit einem anzüglichen Grinsen.

»Etwas anderes als Weiber kannst du auch nicht bezwingen, obwohl ich mich zu erinnern glaube, dass du auch hier schon den Kürzeren gezogen hast«, antwortete Gerhild mit dem Rest von Spott, der ihr verblieben war.

»Ich sehe, du hast noch immer deine Stacheln ausgefahren! Sie stehen dir gut! Ich mag selbstbewusste Frauen, versprechen sie doch starke Söhne.« Quintus grinste noch immer, trat jetzt aber an den Tisch und goss die beiden Becher voll. Einen davon reichte er Gerhild.

»Auf deine Schönheit! Ich bin froh, dass Caracalla das nicht erkannt hat. Er wäre sonst nicht mehr von dir heruntergekommen.«

»Du sprichst recht respektlos von deinem Imperator«, antwortete Gerhild verblüfft.

Quintus winkte ab. »Wir sind hier unter uns! Außerdem war Caracalla in seiner Jugend ein wahrer Hurenbock. Wenn er ein Weib haben wollte und sie nicht schnell genug die Beine spreizte, konnte er ausfallend werden. Manche zu treue Ehefrau hat sich rasch als Witwe wiedergefunden und als willkommene Unterlage für Caracallas Gäste bei seinem nächsten Gelage.«

Gerhild schüttelte es bei der Vorstellung, dass der Imperator von Rom Frauen, die um ihre ermordeten Männer trauerten, zwang, sich ihm und seinen Spießgesellen hinzugeben. Quintus' zufriedenes Grinsen verriet ihr, dass er ebenfalls zu jenen Männern gehört hatte, und das machte ihn ihr noch verhasster.

»Trink!«, forderte er sie auf und führte seinen Becher zum Mund.

Gerhild gehorchte. Zwar nahm sie nun auch Audas Betäubungssaft zu sich, doch das war ihr recht. Auf diese Weise würde sie das, was unweigerlich passieren musste, nur noch nebelhaft mitbekommen. Vielleicht konnte sie Quintus sogar so lange hinhalten, bis der Trank auch bei ihm wirkte und er nicht mehr in der Lage war, ihr Gewalt anzutun.

»Der Wein ist gut!«, sagte sie. »Kann ich mehr haben?«

»Natürlich!« Quintus füllte beide Becher erneut. Nachdem er getrunken hatte, streckte er die Arme aus und zog Gerhild an sich.

»Endlich habe ich dich!«, sagte er keuchend und blies ihr kleine Speicheltröpfchen ins Gesicht.

Gerhild drehte den Kopf weg und wischte sich mit einem Zipfel ihres Seidenkleids über Mund und Wangen. Dabei biss sie die Zähne zusammen. Dies war nun einmal der Preis, den sie für das Leben und die Freiheit ihrer Leute zahlen musste. Sie trank erneut und forderte Quintus auf, es ebenfalls zu tun.

»Glaubst du etwa, du könntest mich so betrunken machen, dass ich nicht mehr in der Lage bin, mich deiner zu bedienen?«, fragte er spöttisch. »Wer wie ich mit Caracalla Feste gefeiert hat, der hat kräftig zu zechen gelernt!«

Wie um es zu beweisen, füllte er beide Becher, leerte den seinen mit einen Zug und reichte den anderen Gerhild.

»Trink!«, befahl er.

Da es in ihrem Sinne war, selbst betrunken und vielleicht sogar betäubt zu werden, gehorchte sie.

Quintus goss erneut Wein ein und trank. »Der Mulsum schmeckt heute besonders gut, findest du nicht auch?«, fragte er, als er seinen Becher wieder absetzte.

»Da ich vorher noch nie welchen getrunken habe, kann ich das nicht entscheiden«, antwortete Gerhild, während sie mit aufsteigender Übelkeit kämpfte. Zwar hatte sie gelegentlich einen Schluck Met getrunken, aber nur ein Mal einen kleinen Becher Wein. Dieses Getränk war zudem mit ihr unbekannten Gewürzen versetzt.

Quintus sah, wie sie blass wurde, und nahm ihr den Becher ab. »Du solltest mit dem Trinken aufhören. Sonst erbrichst du dich noch, während ich auf dir liege, und das würde mich ekeln.«

Mittlerweile spürte Gerhild die Wirkung des Weines, wie auch eine seltsame Mattigkeit, die sich in ihren Gliedern breitmachte und ihr Gehirn wie in Nebel hüllte. Quintus hingegen schien weder der Mulsum noch Audas Trank etwas auszumachen. Mit einer herrischen Geste wies er auf sein Bett.

»Zieh dich aus und leg dich hin!«

Obwohl der Rest ihres Verstands, der noch wach war, schrie, es nicht zu tun, gehorchte Gerhild.

Quintus sah ihr zufrieden zu. Wie es schien, war die Germanin schneller gezähmt, als er angenommen hatte. Dann würde sie auch bald schon lernen, dass es sich an seiner Seite gut leben ließ. Eine Strafe hatte sie jedoch verdient, und die würde er am nächsten Morgen verkünden. Doch zuerst wollte er sein Vergnügen mit ihr haben.

Er zog sich die Tunika über den Kopf und löste sein Lendentuch. Als er nackt auf das Bett zutrat, schloss Gerhild die Augen. Quintus lächelte amüsiert. Offensichtlich war die Germanin noch sehr scheu und das Zusammenleben mit einem Mann nicht gewohnt. Daher würde er sie zuerst auf normale Weise nehmen. An all das, was er so liebte, würde er sie im Lauf der Zeit gewöhnen.

Mit diesem Gedanken stieg er auf das Bett, fasste nach ihren Brüsten und drückte sie leicht. Sie sog die Luft ein und öffnete kurz die Augen, schloss sie aber sofort wieder. Ohne zu ahnen, dass Gerhild mittlerweile alles um sich herum nur noch wie durch einen Schleier wahrnahm, glitt er zwischen ihre Beine und ruhte für einen Augenblick mit seinem gesamten Gewicht auf ihr. Das sollte ihr zeigen, dass sie ihm auf Gedeih und Verderb ausgeliefert war und er mit ihr machen konnte, was ihm beliebte.

Als er in sie eindrang, spürte er eine gewisse Mattigkeit und sagte sich, dass er in letzter Zeit zu wenig auf seine Gesundheit geachtet hatte. Es war kräftezehrend gewesen, Caracalla bei Laune zu halten und ihn gleichzeitig davon zu überzeugen, ihn mit der Einrichtung der neuen Provinz zu betrauen. Doch nun waren die Barbaren bis über die Tauber hinweg unterworfen, und er würde, sobald ihm weitere Truppen zur Verfügung standen, weiter nach Osten und Norden vordringen.

Im Augenblick empfand er diese Gedanken jedoch als störend. Endlich gehörte Gerhild ihm, und er wollte dies mit allen Sinnen genießen. Er wurde einen Augenblick lang heftiger, sank dann aber auf sie nieder. Selbst in ihrer Betäubung spürte Gerhild sein Gewicht und schob ihn mit einer unbe-

411

wussten Bewegung zur Seite. Sein Penis rutschte aus ihrer Scheide, und er blieb neben ihr liegen, mit einem Arm auf ihrer Brust und einem Bein zwischen ihren Schenkeln.

Einige Zeit später betrat Lucius das Zelt und sah die beiden schlafend in halber Umarmung liegen. Der Anblick der nackten Frau brachte ihn fast um den Verstand, und er überlegte, ob er nicht seinen Herrn zur Seite ziehen und sich der Germanin bedienen sollte. Seine Angst, Quintus könnte aufwachen, war jedoch zu groß. Daher zog er eine Decke über die beiden und verließ das Zelt. Draußen wandte er sich dem Pferch zu, in dem Gerhilds Stammesleute eingepfercht waren, und fragte die Wachen, ob sie ihm eines der Weiber überlassen könnten.

»Hast wohl heimlich Quintus zugesehen, wie er die hübsche Barbarin durchgezogen hat, und jetzt juckt dir selbst der Schweif!«, spottete einer der Legionäre.

»Aber wir wollen nicht so sein«, meinte ein anderer, trat auf die auf dem Boden liegenden Frauen zu und zerrte eine heraus.

Die Frau wachte auf und schrie, verstummte aber, als der Soldat ihr ein paar derbe Hiebe versetzte.

»Hab dich nicht so! Quintus' Sklave will nur ein wenig in Weiberfleisch hineinfahren. Das wirst du wohl aushalten«, fuhr sie der Mann an und schob sie auf den Sklaven zu.

Lucius stieß sie zu Boden und schlug ihr Kleid hoch. Als er sich auf sie legen wollte, wich er mit einem Laut des Abscheus zurück.

»Die stinkt ja wie ein Iltis!«

»Willst du sie rammeln oder nicht?«, fragte der Soldat grinsend. »Die Barbarinnen duften nun einmal nicht besonders gut. Wenn wir eine von ihnen durchziehen wollen, schrubben wir sie erst einmal kräftig ab. Dort drüben ist der Bach!« Er wies in die Dunkelheit hinein, wo das Rauschen des Wassers zu hören war.

Einen Augenblick lang überlegte der Sklave, es zu tun, doch seine Gier nach einer Frau war zu groß, um noch warten zu können.

Die Soldaten sahen ihm zu, wie er sein Opfer mit harten Stößen bearbeitete, und feixten.

12.

Als Gerhild erwachte, schmerzte ihr Kopf, als würde ein Alb ihn langsam und mit Genuss zerquetschen. Nur stückweise kam die Erinnerung an das, was am Abend geschehen war, und mit ihr der Ekel. Quintus hatte sie bestiegen wie der Stier die Kuh, und sie hatte es einfach so hingenommen. Stöhnend öffnete sie die Augen und sah ihn neben sich liegen. Er schnarchte, und sein Mund strömte den sauren Geschmack aus, wie er durch übermäßigen Genuss von Met oder Wein zustande kam.

Mit einer energischen Bewegung schob sie seinen Arm von ihrer Brust, zog ihr Bein unter dem seinen hervor und stand auf. Sie griff bereits zu dem Kleid, das sie am Abend getragen hatte, zögerte aber, es anzuziehen. So wollte sie sich weder Quintus' Sklaven noch den römischen Soldaten zeigen.

Plötzlich rebellierte ihr Magen. Kurz entschlossen schlug sie die Decke um ihren Leib, rannte aus dem Zelt und erbrach sich draußen.

»He, kannst du nicht aufpassen? Du kotzt mir noch auf die Stiefel«, beschwerte sich einer der Legionäre, die vor Quintus' Zelt Wache standen.

Sein Kamerad lachte. »Das musst du ihr in ihrer Sprache sagen. Die Kleine kann kein Latein, und Quintus hatte heute Nacht sicher nicht die Muße, es sie zu lehren.«

»Ich würde es gerne tun, aber ich glaube nicht, dass es unserem Feldherrn gefallen würde«, antwortete der erste Soldat.

»Feldherr! Um einer zu sein, bräuchte unser Quintus schon

zwei bis drei Legionen, und nicht nur eine einzige Kohorte und vier Reiterturmae.«

»Was willst du?«, wandte der andere Soldat ein. »Wir haben die Barbaren auf ein paar hundert Meilen geschlagen und dem Rest Angst eingejagt. Die werden jetzt ebenso kuschen wie dieses hübsche Ding hier. Soll eine Fürstentochter sein, habe ich mir sagen lassen, und von einem ihrer barbarischen Götter abstammen. An so eine kommt unsereins nicht ran! Dabei stinken die anderen Germanenweiber, dass es einem den Atem verschlägt.«

Der Mann klang bedauernd, denn nur noch die hartgesottensten Kerle holten sich eine der gefangenen Frauen, um sich ihrer zu bedienen. Die meisten Legionäre aber wandten sich mit Grausen ab und hofften, dass Quintus bald ein Bordell neben dem künftigen Kastell einrichten lassen würde.

Gerhild verstand zwar kaum etwas von dem, was die Soldaten sagten, begriff aber trotz ihrer Übelkeit, dass die Frauen ihres Stammes sich extra mit Dreck beschmierten, um durch den Gestank der Vergewaltigung durch die Soldaten zu entgehen. Diese Möglichkeit würde Quintus ihr jedoch nicht bieten. Sie musste ihn, sobald er erwacht war, dazu bringen, ihre gefangenen Stammesmitglieder freizulassen. Sobald dies geschehen war, konnte auch sie an Flucht denken.

Siebter Teil

Eine Frage der Ehre

1.

Da der Sklave Gerhilds Kleidung weggebracht hatte, streifte sie das fast durchsichtige Seidenkleid über und blickte zu Quintus hinüber. Der Römer schlief noch immer, bewegte sich aber unruhig und stieß halblaute Worte in Latein aus. Daher nutzte Gerhild die Gelegenheit, trat zur Zeltwand und nahm das Beutelchen mit dem Betäubungssaft wieder an sich, damit weder Quintus noch sein Sklave es finden konnten. Mangels einer anderen Möglichkeit hängte sie es sich um und verbarg es zudem in einer Falte ihres Kleides.

Nach einer Weile kam der Sklave herein und begann aufzuräumen. Dabei starrte er immer wieder zu ihr hin. Verärgert hüllte sie sich in die Decke, konnte aber dem Kerl nicht die Meinung sagen, weil sie noch immer mit ihrer Übelkeit kämpfte. Langsam wurde ihr der Mann ebenso widerwärtig wie Quintus selbst.

»Ein Schurke kann nur einen Schurken als Diener haben!«, murmelte sie und beobachtete, wie der Sklave den restlichen Wein in einen Becher goss und ihn mit dem Rücken zu ihr rasch hinunterstürzte. Nun ärgerte sie sich über sich selbst. Wenn der Sklave unter der Wirkung des Tranks einschlief, würde Quintus misstrauisch werden. Dennoch war sie froh, dass dieses Mittel ihr geholfen hatte, den Mann nicht mit wachem Verstand ertragen zu müssen.

»Oh, Jupiter! Was ist los, greifen die Barbaren an?« Quintus wachte auf, war aber noch in einem Albtraum gefangen.

Erst als er die Augen öffnete und Gerhild mit der umgeschlagenen Decke auf seinem Stuhl sitzen sah, entspannte er sich.

»Guten Morgen! Ich hoffe, dir geht es so gut wie mir. Du bist eine schöne Frau, und ich kann mich glücklich schätzen, dich zu besitzen«, sagte er.

Gerhild drehte sich langsam zu ihm um. »Ich brauche etwas anderes zum Anziehen. Mit dem dünnen Zeug kann ich nicht draußen herumlaufen! Außerdem hast du versprochen, meine Leute freizulassen.«

»Darüber reden wir später! Jetzt will ich frühstücken. Du hältst hoffentlich mit!«

»Mir ist von diesem Mulwerweißwas übel«, antwortete Gerhild abwehrend.

Quintus lachte leise auf. »Du hast aber auch kräftig gebechert! Hättest du mein Zelt vollgekotzt, würde ich heute Morgen deinen hübschen Hintern mit der Rute bearbeiten.«

Glaube nur nicht, dass ich ihn dir freiwillig hinhalten würde, dachte Gerhild und sah zu, wie der Sklave einen größeren Tisch deckte. Dieser konnte ebenfalls zusammengeklappt und damit leichter transportiert werden. In der Hinsicht besaßen die Römer ein Wissen, um das Gerhild sie beneidete. Um das Frühstück, das Quintus nun zu sich nahm, beneidete sie ihn jedoch nicht. Sie hätte ihren gewohnten Gerstenbrei jederzeit marinierten Fischen, in Öl eingelegten Oliven und vor Honig triefenden Kuchenstücken vorgezogen. Selbst, wenn ihr nicht so übel gewesen wäre, hätte sie das Zeug nicht über die Lippen gebracht.

»Was ist mit einem anderen Kleid?«, fragte sie.

Quintus lachte erneut. »Wir sind nicht einmal verheiratet, und du stellst Forderungen wie eine Ehefrau. Was ein neues Kleid betrifft, werde ich dir Tuch geben lassen, damit du dir eines nähen kannst. Hier im Zelt ist das, was du derzeit anhast, völlig angemessen. Wenn du nach draußen gehst, solltest du dir jedoch einen Umhang überwerfen. Sklave, bringe einen!«

Sofort schoss Lucius nach draußen und kehrte kurz darauf mit einem roten Umhang zurück, wie ihn Offiziere trugen. Gerhild nahm ihn entgegen, ließ die Decke, in die sie sich gehüllt hatte, achtlos auf den Boden fallen und legte den Mantel um.

»Wirst du jetzt meine Leute freilassen?«, fragte sie Quintus.

Dieser seufzte. »Lass mich wenigstens noch zu Ende frühstücken!« Er hielt dem Sklaven den Becher hin, den Lucius zu einem Drittel mit Wein und zu zwei Dritteln mit Wasser füllte. »Du solltest auch etwas trinken, dann geht es dir wieder besser«, forderte er danach Gerhild auf.

Sie nickte, goss sich Wasser ein und versetzte es mit einem kleinen Schuss Wein.

»Auf dein Wohl!«, sagte Quintus und hob seinen Becher.

»Darauf, dass du dein Versprechen hältst!« Gerhild trank und merkte, dass ihre Schwäche langsam wich. Sie bekam sogar ein wenig Hunger und angelte sich eine der Wachteln, die der Sklave eben auf einem Tablett hereintrug.

»Ich sagte doch, dass es dir guttun wird, etwas zu trinken«, meinte Quintus zufrieden und nahm sich die zweite Wachtel. Er aß viel, und so wunderte Gerhild sich, dass er trotz seiner kräftigen Figur kein überflüssiges Fett am Leib hatte.

»Ich werde mich jetzt waschen und anziehen. Danach können wir nach draußen gehen!«

»Und meine Leute freilassen!«, setzte Gerhild den Satz in ihrem Sinne fort.

Quintus lächelte nur, befahl Lucius, warmes Wasser zu bringen, und wandte sich dann wieder Gerhild zu. »Eine Therme ist wohl das Erste, was ich nach dem Präfektorium erbauen lasse. Sich an einer Schüssel zu waschen ist barbarisch. Hast du dich überhaupt schon gewaschen?«

Gerhild schüttelte den Kopf. »Nein!«

»Dann wirst du es jetzt tun! Ich mag keine Weiber, die nach Schweiß riechen und deren Scheiden unsauber sind.«

Es klang wie ein Befehl, und Gerhild begriff, dass er sie nicht aus dem Zelt lassen würde, wenn sie nicht gehorchte. Der Sklave hatte auch ihr eine Schüssel warmen Wassers hingestellt. Also zog sie sich bis auf die Haut aus, steckte ihr Beutelchen heimlich unter das Kleid und begann sich zu waschen. Lucius schlich um sie herum und sah so aus, als würde er am liebsten über sie herfallen. Mit einem Fauchen wandte sie ihm ihre Kehrseite zu und hörte Quintus lachen.

»Auch wenn dir schier die Augen aus dem Kopf fallen, wirst du diese Frau nicht anrühren, Sklave!«

Wenigstens so lange nicht, wie ich sie für mich selbst haben will, setzte Quintus in Gedanken hinzu. Doch das konnte diesmal länger dauern. Er würde Gerhild erst aufgeben, wenn sie ihm einen Sohn geboren hatte, in dem sich sein überlegener Verstand mit ihrem festen Willen vereinigte. Beides zusammen würde ihm helfen, den höchsten Preis im Imperium zu erringen, nämlich den Lorbeerkranz der Caesaren. Es waren schon oft Männer in den Rang eines Imperators aufgestiegen, denen dies nicht in der Wiege geweissagt worden war. Zu diesen gehörte auch Caracallas Vater Septimus Severus, und vor ihm hatte es bereits andere gegeben.

Während Quintus seinen Gedanken nachhing, ließ er sich von seinem Sklaven mit einem duftenden Öl einreiben und dies anschließend wieder abschaben. Er trank noch etwas mit Wasser vermischten Wein und zog sich dann an. Danach musste Lucius ihm den Brustpanzer anlegen. Als der Sklave ihm sein Schwert reichen wollte, hob er die Hand.

»Nicht dieses hier! Ich will das ihre«, sagte er und wies mit dem Kinn auf Gerhild, die sich mittlerweile abgetrocknet hatte und mit angewiderter Miene das Kleid überstreifte.

»Das ist doch ein Barbarenschwert und besitzt nur eine abgeschabte Lederscheide«, wandte der Sklave ein.

Dies stimmte zwar, doch dieses ungewöhnliche Schwert stellte für Quintus das Symbol seines Sieges über Gerhild und alle Barbaren in diesem Landstrich dar.

»Bring es mir!«, befahl er dem Sklaven.

Lucius holte es und legte seinem Herrn den Schwertgurt um.

Es kostete Gerhild Mühe, ruhig zu bleiben, als sie das Schwert, das sie von Baldarich erbeutet hatte, an Quintus' Hüfte sah. Nie hatte sie sich hilfloser gefühlt als in diesem Augenblick. Sie war eine Gefangene und musste diesem Mann zu Diensten sein, wann immer es ihm beliebte. Was ihr blieb, war die Hoffnung, dass er den Schwur, den er bei seinem obersten Gott geleistet hatte, auch hielt.

Es ist eine Frage der Ehre, dachte sie, und der kann sich auch Quintus nicht entziehen. Schließlich waren seine Soldaten Zeugen seines Schwurs gewesen, und so musste er ihn erfüllen. Mit diesem Gedanken folgte sie ihm nach draußen und atmete die frische, nach Herbst schmeckende Luft ein, die sich angenehm von dem parfümgeschwängerten Dunst im Zelt unterschied.

2.

Quintus blieb vor dem Pferch stehen, in dem die Germanen eingesperrt waren, und überschlug noch einmal ihre Zahl. Es waren fast dreihundert Leute. Nur knapp ein Drittel stammte aus diesem Dorf, den Rest hatten seine Reiter aus anderen Orten geholt oder in den Wäldern aufgegriffen. Den Männern hatte man die Arme mit Ketten gefesselt und sie von den Weibern getrennt, damit sie nicht diese und die Kinder erdrosselten, um ihnen das Los der Sklaverei zu ersparen. Hunger und Schläge hatten ihren Willen gebrochen, und sie blickten nicht einmal mehr zu ihm auf. Bei den Weibern war es anders, denn die starrten ihn furchterfüllt an, weil er sie schon mehrmals seinen Soldaten überlassen hatte. Obwohl sie mittlerweile vor Schmutz starrten, hatten sie sichtlich Angst, er könnte es wieder tun.

»Da sind deine Leute!«, sagte Quintus zu Gerhild. »Sie sehen nur zufällig so aus wie Menschen, denn sie sind Tiere, abhängig von meinem Willen und im Grunde nichts Besseres als Rinder, die in einer Villa Rustica gehalten werden.«

Zwar beherrschte er die Barbarensprache mittlerweile recht gut, doch für längere Reden benötigte er immer noch Hariwinius als Übersetzer. Daher ließ er ihn holen und genoss es, den Reiteroffizier mit seinen Worten ebenfalls zu verletzen. Auch wenn der Suebe versuchte, sich wie ein Römer zu geben, so war er doch nur ein primitiver Barbar. Einem echten Römer wäre Gerhild schon beim ersten Mal nicht entkommen. Quintus vermutete mittlerweile, dass es Absicht gewesen war.

»Es sind Menschen, auch wenn ihr sie wie Tiere behandelt«,

antwortete Gerhild herb. »Lass sie jetzt frei! Du hast es geschworen.«

Ein hochmütiges Lächeln spielte um Quintus' Lippen, als er sich zu Gerhild umwandte. Um seine ehrgeizigen Pläne in die Tat umzusetzen, brauchte er sehr viel Geld, und auf den Sklavenmärkten in Rom brachten diese Germanen ihm eine hübsche Summe ein. Auf die wollte und konnte er nicht verzichten.

»Ich habe geschworen, ihnen das Leben zu lassen, und das tue ich! Sie kommen nicht in die Arena, werden aber nach Rom geschafft, um dort Sklavendienste zu leisten. Das ist das äußerste Zugeständnis, das du von mir erhältst.«

Gerhild starrte ihn einen Augenblick fassungslos an und schrie dann zornerfüllt auf. »Du elender Hund! Du Eidbrecher! Du Lügner ...«

Quintus baute sich grinsend vor ihr auf. »Hüte deine Zunge, sonst wird dein Hinterteil doch noch Schaden nehmen! Du bist in meiner Hand, und es liegt in meinem Ermessen, was mit dir geschieht!«

»Ich in deiner Hand? Niemals!« Außer sich vor Zorn fasste sie nach dem Schwert an seiner Hüfte und riss es aus der Scheide. »Stirb, meineidiger Hund!«, schrie sie und schlug zu.

Im letzten Augenblick deckte ein Legionär Quintus mit seinem Schild und lenkte den Hieb ab. Sogleich eilten weitere Legionäre herbei. Einige zogen ihre Schwerter, während andere mit ihren Wurfspeeren ausholten.

Wenigstens sterbe ich im Kampf, durchfuhr es Gerhild, da hallte Quintus' Stimme über das Rund.

»Verletzt sie nicht! Ich will sie unversehrt!«

Sofort senkten die Legionäre die Waffen, kamen jedoch Schild an Schild auf Gerhild zu. Diese begriff, dass die Männer sie einkreisen wollten, bis sie nicht mehr in der Lage war, mit dem Schwert auszuholen. Verzweifelt sah sie sich um und entdeckte unweit des Gefangenenpferchs ihre Stute. Man hatte

425

dem armen Tier nicht einmal den Sattel abgenommen, und ihr Bogen und der Köcher mit den Pfeilen hingen noch daran. Zu anderen Zeiten hätte Gerhild sich über ein solches Versäumnis geärgert, nun aber jubelte sie innerlich auf.

Scheinbar angsterfüllt wich sie vor den auf sie zukommenden Soldaten zurück, bis sie mit dem Rücken die Schilde der Soldaten berührte, die hinter ihr standen. Sie sah, wie die Männer grinsten und sie bereits gefangen glaubten.

Da schnellte sie mit aller Kraft los, rammte mit der Schulter einen Schild und stieß den Mann dahinter zurück. Für einen Augenblick klaffte eine Lücke, und die nützte sie aus.

»Ihr Narren! Lasst sie nicht entkommen!«, brüllte Quintus hinter ihr.

Doch da war sie schon auf halbem Weg zu ihrer Stute. Ein Wurfspeer, von einem übereifrigen Legionär geworfen, zuckte an ihr vorbei.

»Nicht doch, verdammt! Ich will sie unversehrt«, schrie Quintus auf und verhinderte so, dass weitere Legionäre ihre Speere schleuderten. Stattdessen rannten sie hinter Gerhild her, waren mit ihren Rüstungen und Schilden jedoch zu langsam.

Gerhild erreichte die Stute, löste die Zügel vom Pfahl und schwang sich in den Sattel. »Du wirst für deinen Wortbruch bezahlen, Quintus Severus!«, rief sie und klemmte sich das Schwert unter den linken Oberschenkel. Sie zog ihren Bogen aus dem Köcher, legte einen Pfeil auf die Sehne und zielte auf ihren Peiniger. Sofort deckten mehrere Soldaten ihren Feldherrn mit den Schilden.

Daher schoss Gerhild den Pfeil auf einen Legionär ab, der sie fast erreicht hatte. Auf die kurze Entfernung durchschlug das Geschoss den Kettenpanzer und drang tief in den Leib des Mannes. Während er zusammensank und andere Legionäre über ihn stolperten, trieb Gerhild ihre Stute an und ritt im Galopp davon.

Hinter ihr ballte Quintus beide Fäuste und drehte sich dann

mit einer heftigen Bewegung zu Hariwinius um. »Was stehst du hier noch herum? Nimm deine Reiter und bring deine Schwester zurück! Beim Jupiter, sie wird es bereuen, mich ein weiteres Mal zum Narren gehalten zu haben.«

Hariwinius nickte, rannte zu den Pferden und rief nach den Leuten seiner Turma. Nun machte sich die eiserne Disziplin im römischen Heer bezahlt, denn innerhalb kürzester Zeit saßen seine Männer im Sattel und preschten hinter Gerhild her. Zwar hatte diese einen ordentlichen Vorsprung, doch Quintus war sicher, dass seine Reiter sie bald eingeholt haben würden.

Als er sich seinem Zelt zuwandte, begannen mehrere der Gefangenen zu singen. Andere ließen Gerhild hochleben und einer, der ein wenig Latein konnte, verspottete die Römer und ihren Anführer, weil sie nicht in der Lage wären, eine junge Frau festzuhalten.

»Fahrt mit den Peitschen dazwischen!«, brüllte Quintus mit hochrotem Kopf und sah dann mit grimmiger Zufriedenheit, wie seine Soldaten auf die Gefangenen einschlugen.

»Lasst euch das eine Lehre sein!«, rief er, als sich seine Männer wieder aus dem Pferch zurückgezogen hatten. »Noch ein Wort gegen mich und gegen Rom, und ich lasse den Ersten von euch kreuzigen!«

Die Gefangenen senkten stumm die Köpfe und wagten es nicht einmal, vor Schmerzen zu stöhnen. Das hob Quintus' Laune, und er sagte sich, dass diese Leute wirklich nur Tiere waren. Vernünftige Menschen hätten den Mund gehalten, um keine Schläge zu bekommen. Daher war es besser, wenn sie in eine fremde Gegend geschafft und voneinander getrennt wurden. Sie hier zu behalten würde sie nur zur Flucht verleiten.

Kurz entschlossen winkte er den Zenturio seiner ersten Zenturie zu sich. »Sorge dafür, dass du morgen mit den gefangenen Barbaren aufbrechen kannst. Fünfzig Legionäre müssten als Geleit genügen. Unsere Späher haben in weitem Umkreis

427

keine Feinde ausgemacht, und bis welche auftauchen und versuchen könnten, die Gefangenen zu befreien, habt ihr den Limes längst durchquert und befindet euch auf dem sicheren Boden des Imperiums.«

Der Zenturio nickte, obwohl ihm klar war, dass sie wegen der gefangenen Weiber und Kinder nicht so rasch vorwärtskommen würden, wie sie es gewohnt waren. Ihre Späher waren jedoch zuverlässig, und selbst wenn sich kleine Barbarentrupps in der Gegend aufhalten sollten, würden diese es sich dreimal überlegen, sich mit fünfzig kampferprobten Legionären anzulegen.

»Es geschieht, wie du befiehlst!«, antwortete er und stiefelte breitbeinig davon.

Quintus kehrte den Gefangenen den Rücken und trat kurz darauf in sein Zelt.

»Bring Wein!«, fuhr er seinen Sklaven an. Dann erst bemerkte er, dass er noch immer die leere Scheide von Gerhilds Schwert umgeschnallt hatte, nahm sie ab und feuerte sie in eine Ecke. Etwas ruhiger geworden, legte er sein eigenes Schwert an und riss dann Lucius den Weinbecher aus der Hand.

Während er trank, drehten sich seine Gedanken um Gerhild, und er begriff, dass er sie trotz des Ärgers, den sie ihm bereitet hatte, bewunderte. Eine Frau wie sie war es wert, sein Bett zu teilen. Vielleicht hatte er sie am letzten Abend bereits geschwängert. Dies hieß aber, dass er sie unbedingt in seine Gewalt bringen musste. Ein Barbarenanführer mit seinem Blut in den Adern konnte dem Imperium viel Schaden zufügen und womöglich sogar seine eigenen Pläne und Hoffnungen zerstören.

3.

Gerhild war sicher, dass Quintus sie nicht entkommen lassen würde. Gewiss hatte er bereits ihren Bruder und dessen Reiter auf ihre Spur gesetzt. Einfach aufs Geratewohl zu fliehen, brachte daher nichts, denn früher oder später würden die Feinde sie einholen. Außerdem waren viele Hunde des Hasen Tod, und sie wollte nicht der Hase sein.

Entschlossen bog sie von dem Pfad ab, der nach Osten bis zum großen Moor führte, und ritt nordwestwärts. Nun kam es ihr zugute, dass sie diese Gegend von Jugend auf kannte. Mehr als ein Mal entdeckte sie die römischen Reiter, konnte sich aber jedes Mal vor ihnen verstecken. Sie glaubte sogar, Hariwinius zu erkennen, der seine Männer nach Osten trieb. Anscheinend nahmen die Römer an, sie wolle in diese Richtung fliehen. Zu Beginn hatte sie es auch vorgehabt, sich dann aber anders entschieden. Selbst wenn es ihr gelungen wäre, den Römern zu entgehen, hätten diese ihre Spur finden und ihr vielleicht sogar durch das Moor folgen können. Das durfte sie nicht riskieren.

Nachdem sie längere Zeit keinen römischen Reiter mehr gesehen hatte, beschloss Gerhild, in die Nähe ihres alten Dorfes zurückzukehren, um zu sehen, ob sie nicht doch etwas für ihre gefangenen Stammesverwandten tun konnte. Bei dem Gedanken hätte sie beinahe über sich selbst gelacht. Quintus verfügte über sechs Kohorten mit über fünfhundert Legionären. Was konnte sie alleine gegen diese Krieger ausrichten? Selbst wenn es ihr gelingen würde, sie zu überlisten, war es unmöglich, ihnen zu entkommen. Römische Soldaten waren nun einmal schneller als eine Gruppe geschwächter Gefangener. Dazu würden sie bald in der Klemme stecken, denn sie hatten Hariwinius und dessen Reiter vor sich.

Gerade, als Gerhild sich der Verzweiflung hingeben wollte, traf sie auf den Ameisenhaufen, den sie vor etlichen Wochen entdeckt hatte. Die Römer mussten an dieser Stelle vorübergekommen sein, denn der Haufen war teilweise zerstört. Nun konnte sie beobachten, dass die kleinen Tiere emsig dabei waren, ihr Heim wieder zu errichten. Es erschien Gerhild wie ein gutes Omen. So wie die Ameisen mussten auch sie und ihre Freunde alles tun, um ihr gewohntes Leben wieder aufnehmen zu können.

In der Nähe lag ein fast undurchdringliches Waldstück, in dem sie sich und ihre Stute verstecken konnte. Allerdings würde sie auf die Jagd gehen müssen, denn anders als Rana war sie nicht in der Lage, sich von Blättern und Gras zu ernähren. Ein Hase, auf den sie kurz darauf traf, bezahlte diesen Entschluss mit seinem Leben.

Bevor sie in ihr Versteck zurückkehrte, besorgte Gerhild sich trockenes Holz, Zunder und einen fingerdicken Zweig aus Hartholz. Diesen schnitt sie zurecht und spitzte ihn an einer Seite zu, um Feuer bohren zu können. Mit Eisen und Feuerstein hätte sie es zwar leichter und rascher entzünden können, doch ihr Vater hatte sie gelehrt, dass es auch auf diese Weise ging.

Sie spaltete ein Stück Holz, bohrte ein Loch hinein und füllte es mit ein wenig Zunder. Danach setzte sie ihr Stöckchen darauf und drehte es so lange zwischen den Händen, bis der Zunder zu glimmen begann. Erleichtert blies sie diesen an, brachte eine kleine Flamme zustande und entzündete mehrere Späne. Mit diesen konnte sie endlich ein Feuer entfachen. Zu groß durfte es allerdings nicht werden, damit die Römer es nicht bemerkten.

Es dauerte daher ein wenig, bis der Hase gebraten war. Doch als Gerhild dann die ersten Stücke davon abschnitt, schmeck-

430

ten sie ihr besser als vieles, das sie früher gegessen hatte. Ihr Mut und ihre Entschlusskraft waren zurückgekehrt, und als die Dunkelheit hereingebrochen war, machte sie sich auf, das Lager der Römer auszukundschaften.

Als sie die Wachfeuer vor sich auftauchen sah, schlug sie einen Bogen, um zu den Gefangenen zu gelangen. Auch dort brannten genug Feuer, so dass die Wachen alles überblicken konnten. Gerhild entdeckte in der Nähe des Pferchs weitaus mehr Soldaten als zuvor, kurz darauf marschierten zwei der Legionäre ganz in ihrer Nähe vorbei. Noch während sie sich so klein wie möglich machte, um nicht gesehen zu werden, weinte eine der gefangenen Frauen, und die beiden Söldner wandten sich in diese Richtung.

»Du solltest besser schlafen, damit du morgen munter marschieren kannst. Sonst müssen wir dich mit der Peitsche vorantreiben«, höhnte einer der Männer. Da er die Sprache der Stammesleute benutzte, konnte Gerhild ihn verstehen und begriff, dass Quintus seine Gefangenen am nächsten Tag fortschaffen lassen würde.

In ihrem ersten Impuls wollte sie zu ihrer Stute zurückkehren, um sich trotz Hariwinius und seinen Reitern zu Teudo und den anderen durchzuschlagen. Sie begriff jedoch schnell, dass sie mit den Kriegern aus ihrem versteckten Dorf nie schnell genug zurück sein würde, um die Gefangenen befreien zu können. Wenn sie den Versuch wagen wollte, musste sie es allein tun. Doch was konnte sie ohne Hilfe ausrichten? Sie verfluchte die Römer, die in ihre Heimat gekommen waren, um ihr Volk zu versklaven. War es da nicht am besten, wenn sie zu jenen zurückkehrte, die rechtzeitig geflohen waren, und mit ihnen ein neues Land suchte, in dem sie leben konnten?

»Nein!«, murmelte sie. »Es ist eine Frage der Ehre, meine Stammesverwandten nicht im Stich zu lassen. Vielleicht ergibt sich eine Möglichkeit – und wenn ich dabei sterben sollte, kann ich erhobenen Hauptes vor die Totengöttin treten.«

Sie sah noch einmal zu ihren Anverwandten hinüber, die in einem unruhigen Schlaf ächzten, und schwor sich, alles zu tun, um sie zu retten. Anschließend verschwand sie so leise, wie sie gekommen war, und kehrte zu ihrer Stute zurück. Diese machte ihr prustend klar, dass sie Durst hatte. Da sie die Stute in den nächsten Tagen dringender brauchte denn je, führte Gerhild sie zu einem Bach und trank auch selbst.

Als sie sich ein wenig zum Schlafen hinlegte, spürte sie die Nachtkälte durch das dünne Kleid dringen. Sie hüllte sich in den Offiziersmantel und hoffte, dass sie bei Gefahr rechtzeitig erwachen würde. Ihr Lagerfeuer noch einmal anzuschüren, wagte sie nicht, da dessen Schein in der Dunkelheit bemerkt werden konnte.

4.

Am nächsten Morgen trieben Quintus' Soldaten die Gefangenen auf die Beine und befahlen ihnen, sich in einer langen Reihe aufzustellen. Zwar waren die Männer mit Handschellen gefesselt, deren Ketten gerade so viel Freiheit gaben, dass sie essen und die Hosen herunterziehen konnten. Für den Marsch sollten sie jedoch besser gesichert sein, und so wurden alle mit dem rechten Bein an ein langes Seil gebunden. Es war mühsam, so zu gehen, denn wenn einer von ihnen aus dem Takt geriet, kamen die Männer vor und hinter ihm ins Straucheln und stürzten.

Dem Zenturio gefiel diese Formation nicht, denn auf diese Weise kamen sie noch langsamer voran. Daher bestand er darauf, dass die Frauen und Kinder nicht an den Füßen angebunden, sondern nur mit beiden Händen an das lange Seil gefesselt wurden, damit sie den Marsch nicht noch zusätzlich behinderten.

Als die Gefangenen gesichert waren, gab er den Befehl zum Aufbruch, und die Peitschen seiner Männer trieben die widerstrebenden Sueben vorwärts. Die Frauen und Kinder weinten, während die Männer mit ihren Göttern haderten, die sie im Stich gelassen hatten. Der Zenturio grüßte noch einmal zu Quintus hinüber, der das Ganze mit grimmiger Zufriedenheit verfolgte und sich wünschte, Gerhild könnte sehen, wie ihre Leute in die Fremde verschleppt wurden.

Gerhild war viel näher, als Quintus es ahnte. Aus dem Dunkel des Waldes heraus beobachtete sie den Aufbruch der Soldaten und zählte sie. Fünfzig war eine zu große Zahl für eine einzelne Frau, die nur ein Schwert ohne Scheide und einen Bogen mit zweiundzwanzig Pfeilen mit sich führte. Doch selbst wenn Teudo und die anderen bei ihr gewesen wären, wäre die Begleitmannschaft ein zu harter Brocken geworden.

Noch ohne jede Vorstellung, was sie ausrichten konnte, folgte Gerhild vorsichtig dem Gefangenenzug. Ihr tat jeder Hieb weh, den ihre Leute erhielten, doch hier, nahe an Quintus' Lager, war es sinnlos, etwas zu unternehmen. Ein einziges Hornsignal konnte weitere Legionäre herbeirufen und vielleicht auch einige von Hariwinius' Reitern, falls diese noch immer den näheren Umkreis durchsuchten. Diese stellten eine weitaus größere Gefahr für sie dar als die Fußsoldaten, die die Gefangenen eskortierten.

Die erste Nacht verbrachte Gerhild knapp eine halbe Meile von den Gefangenen entfernt. Sie schlief unruhig und schreckte mehrfach hoch, weil das Klagen der Frauen vom Wind zu ihr herübergetragen wurde. Als sie am nächsten Morgen erwachte, sagte sie sich, dass sie keine zweite Nacht wie diese mehr erleben wollte. Den Vormittag über folgte sie dem Zug in einem gewissen Abstand, überholte ihn aber am späten Nachmittag und wartete auf einem Hügel, an dem der Weg der Römer vorbeiführen musste.

Schon bald vernahm sie die rauhen Stimmen der Legionäre, die ihre Gefangenen vorwärtstrieben, um die Stelle zu erreichen, an der sie lagern wollten. Gerhild lenkte ihre Stute in die Deckung eines Gebüschs und blickte nach unten. Während der Zeit, die sie bei Raganhars Aufgebot verbracht hatte, hatte sie einiges über die römische Armee erfahren und kannte deren Ränge. Der Mann mit dem quer stehenden roten Helmbusch musste der Anführer sein. Er marschierte an der Spitze, hielt einen knotigen Stock in der Hand und gab das Tempo vor. Zwar trug er eine Rüstung, hatte aber auf einen Schild verzichtet.

Gerhild nahm den Bogen zur Hand, legte einen Pfeil ein und

spannte ihn. Auf diese Entfernung hin würde ihr Pfeil den Kettenpanzer des Mannes nicht durchschlagen, dachte sie, und zielte daher auf seinen Oberschenkel. Dann aber überlegte sie. Wenn sie ihn nur verletzte, konnte er seine Männer immer noch kommandieren. Außerdem würden die Römer mehrere ihrer Leute zwingen, ihn zu tragen. Kurz entschlossen richtete sie ihr Augenmerk auf den Hals des Mannes. Es war ein sehr kleines Ziel, doch sie hatte bereits Hasen und Vögel erjagt, die ebenso weit entfernt gewesen waren.

Der Pfeil verließ die Sehne und schlug zwei, drei Augenblicke später in die Kehle des Zenturios ein. Dieser riss den Mund auf, als wolle er noch etwas sagen, dann kippte er zur Seite und blieb vor den Füßen seines Optios liegen.

Gerhild kämpfte gegen das Gefühl an, erneut getötet zu haben, stieß aber einen gellenden Kriegsruf aus. Ihr zweiter Pfeil traf den Feldzeichenträger, der ebenfalls keinen Schild trug. Ob er tot war oder nicht, konnte sie nicht mehr erkennen, denn nun hieß es, rasch von hier zu verschwinden. Eine Gruppe wuterfüllt brüllender Legionäre stürmte den Hang hoch und versuchte, sie in die Zange zu nehmen. Mit ihrer Stute war Gerhild jedoch zu schnell für die Soldaten, und überdies gelang es ihr, die Gruppe in weitem Bogen zu umgehen. Bevor diese zu ihren Kameraden zurückkehren konnten, erreichte sie erneut den Gefangenenzug und ritt auf die restlichen Soldaten zu. Noch im Galopp schoss sie drei Pfeile ab. Einer wurde von einem Schild abgelenkt, doch zwei trafen und verletzten je einen Soldaten.

»Das ist nur ein einziger Barbar!«, schrie einer der Legionäre. »Es ist Quintus' Sklavin! Los, fangt sie! Dann ist uns eine hohe Belohnung sicher«, rief ein anderer und hob seinen Wurfspeer, um die Stute zu treffen. Bevor er werfen konnte, zog Gerhild Rana herum und brachte sich zwischen dichten Bäumen in Sicherheit.

»Hinterher!«, brüllte der Optio und rannte ihr nach. Zuerst

folgten ihm nur drei Soldaten, dann aber schlossen sich immer mehr der kopflosen Jagd an, bis schließlich keine zehn mehr bei den Gefangenen Wache hielten. Kaum hatten die Legionäre ihren Gefangenen den Rücken gekehrt, wechselten diese beredte Blicke. Da auch die Zurückgebliebenen in den Wald hineinstarrten und auf die Rufe ihrer Kameraden lauschten, entging ihnen, dass sich die gefangenen Männer ihnen in aller Vorsicht näherten.

Die Sueben packten ihre Sklaventreiber und rissen sie zu Boden. Nun erwiesen sich die Handschellen mit den kurzen Ketten als Vorteil, denn sie eigneten sich vorzüglich, die Römer damit zu erwürgen. Drei Legionären gelang es zwar, sich loszureißen und die Schwerter zu ziehen. Doch in dem Augenblick griffen die Frauen ein und erdrosselten die Gegner mit dem Strick, an den ihre Hände gebunden waren.

Es ging so rasch, das kein einziger Legionär Alarm hatte schlagen können. Die Stammeskrieger rafften die Schwerter und Dolche der toten Soldaten an sich, durchtrennen die Stricke an ihren Füßen und befreiten die Frauen. Zwei von diesen durchsuchten die Maultiere, auf denen die Legionäre Vorräte mit sich führten, und fanden die Schlüssel für die Handschellen.

»Was machen wir jetzt?«, fragte Bernulfs Witwe Ima.

Ihr halbwüchsiger Sohn wies auf den Wald. »Wir müssen von hier weg, bevor die Römer zurückkommen.«

»Hoffentlich kann Gerhild sie so lange von uns fernhalten, bis wir ein Versteck gefunden haben. Sonst währt unsere Freiheit nicht lange«, meinte einer der Männer und nahm ein Mädchen auf die Arme, das zu erschöpft war, um weitergehen zu können.

»Lauft!«, rief er und wandte sich in jene Richtung, die der, in der Quintus' Söldner nach Gerhild suchten, entgegen lag.

5.

Gerhild ließ die Legionäre mehrfach bis auf Schussweite aufholen und verletzte drei weitere mit ihren Pfeilen. Als sie annahm, die Feinde weit genug von den Gefangenen weggelockt zu haben, schlug sie einen Bogen und ritt, so rasch sie konnte, zurück. Noch wusste sie nicht, wie sie die restliche Begleitmannschaft überwältigen sollte, hoffte aber, dass die Gefangenen ihr dabei helfen würden.

Kurz darauf erreichte sie die Stelle, an der der Gefangenenzug angehalten hatte, und sah auf den ersten Blick, dass ihr Eingreifen nicht mehr nötig war. Ihre Sippe hatte sich selbst befreit. Erleichtert folgte sie der Spur, die diese hinterlassen hatten, und holte sie wenig später ein.

»Gerhild! Welch eine Freude, dich zu sehen!«, rief Ima und umarmte sie, kaum dass sie aus dem Sattel gestiegen war.

Als weitere Stammesmitglieder auf sie zukamen, winkte Gerhild ab. »Wir haben keine Zeit für lange Begrüßungen, sondern müssen so rasch wie möglich weiter. Ich sehe, ihr habt die Maultiere der Römer mitgenommen. Sehr gut! Setzt die, die nicht weiterkönnen, darauf und zieht nach Norden. Den Weg nach Osten versperren uns Hariwinius' Reiter.«

»Was hast du vor?«, fragte Ima, die aus Gerhilds Worten schloss, diese würde nicht mit ihnen kommen.

»Ich bleibe zurück und sehe zu, dass ich die Verfolger ablenken kann. Immerhin sind noch mehr als dreißig Legionäre hinter uns her!«

Gerhild lachte dabei, als wäre alles nur ein Riesenspaß. Doch alle wussten, wie gefährlich es für sie sein würde, wenn sie die

Verfolger auf sich zog. Es war jedoch die einzige Möglichkeit, diese von der Spur der befreiten Gefangenen fortzulocken.

»Gib auf dich acht, Kind!«, bat Ima und ging weiter.

Auch alle anderen setzten sich in Bewegung. Jeder von ihnen wusste, dass sie ebenso schnell wie vorsichtig sein mussten, wenn sie ihren Verfolgern entgehen wollten. Einen der Männer hielt Gerhild auf.

»Umgeht das große Moor im Osten und haltet euch stets an seinen Rand. Auf einer Halbinsel weit drinnen findet ihr unser Lager. Dort werdet ihr auf Aisthulf, Hailwig und Teudo treffen. Ich komme nach, sobald ich kann!«

»Mögen Teiwaz, Volla und alle anderen Götter mit dir sein, Gerhild, Hariberts Tochter«, antwortete der Mann und eilte hinter den anderen her.

Gerhild sah ihren Leuten nach, bis die Bäume des Waldes sie verdeckten, stieg wieder auf ihre Stute und ritt seitwärts davon. Bevor sie erneut die Römer ärgern konnte, mussten Rana und sie etwas essen und sich ausruhen. Außerdem brauchte sie andere Kleidung, und die fand sie vielleicht in dem nahe gelegenen Dorf, das sie beim Irreführen der Legionäre in der Ferne gesehen hatte. Ein Teil der Häuser stand noch, und die Bewohner, die daraus geflohen waren, hatten gewiss nicht alles mitnehmen können.

Mit diesem Gedanken schlug sie erneut einen Bogen um Quintus' Legionäre, die den Geräuschen nach noch immer nach ihr suchten, und erreichte noch vor Einbruch der Dunkelheit die Ruinen des Dorfes. Zwar waren die Halle des Anführers und ein Teil der Häuser niedergebrannt, aber ein paar kleinere Hütten schienen unversehrt. Bereits in der ersten fand Gerhild einen Beutel mit Feuerstein und Stahl sowie Zunder. Kurz darauf hatte sie ein Feuer entzündet und hielt eine Fackel hinein, um den Rest des Dorfes durchsuchen zu können.

Die Bewohner mussten in großer Hast geflohen sein, denn Gerhild fielen noch ein Bündel mit Wurfspeeren sowie eine alte, ausgeleierte Scheide in die Hand, die groß genug war, dass ihr Schwert hineinpasste. Nun musste sie die Waffe wenigstens nicht mehr in der Hand halten oder unter den Oberschenkel klemmen. Sie fand auch Männerkleidung, die ihr passte, und einen Mantel aus Marderfellen. Zufrieden streifte sie das dünne Ding ab, das Quintus ihr aufgenötigt hatte, und zog Hosen, Hemd und Tunika an. Eine Kappe, weiche Stiefel aus Hirschleder sowie der Marderfellmantel vervollständigten ihre Bekleidung.

In der nächsten Hütte entdeckte Gerhild einen Beutel Hafer, den sie für ihre Stute in Beschlag nahm, und mehrere Stücke Trockenfleisch, die ihr als Mundvorrat willkommen waren. Mehr, sagte sie sich, benötigte sie nicht, und so verließ sie das Dorf wieder.

An einem Bach ließ sie die Stute saufen, gab ihr eine Handvoll Hafer zu fressen und kaute selbst auf einem Stück Trockenfleisch herum. Als sie sich eine Stelle zum Schlafen suchen wollte, kam ihr ein kühner Gedanke. Wieso sollte sie im Wald übernachten, wo doch nur wenige hundert Schritt entfernt Hütten mit richtigen Betten auf sie warteten? Sie kehrte in das Dorf zurück, suchte einen Platz für Rana und nahm selbst eine Hütte in Beschlag. Bevor sie ins Bett stieg, legte sie ihr Schwert sowie Pfeil und Bogen so zurecht, dass sie sich jederzeit zur Wehr setzen konnte. Danach schlief sie ein und träumte davon, alle römischen Heere an der Nase herumzuführen.

6.

Bis zum nächsten Morgen war kein Legionär im Dorf aufgetaucht. Gerhild frühstückte daher ausgiebig, ließ ihre Stute erneut Hafer fressen und durchsuchte die Hütten, die sie am Abend vorher unbeachtet gelassen hatte. Viel fand sie nicht mehr, nur ein wenig Mundvorrat, eine Decke, die besser war als die, unter der sie in der Nacht geschlafen hatte, sowie einen weiteren Wurfspeer. Sie besaß nun zehn Stück, und die konnte sie brauchen, wenn sie auf Quintus' Soldaten traf.

Mit diesem Gedanken brach sie auf. Um nicht überraschend auf Feinde zu stoßen, ritt sie vorsichtig und spannte alle Sinne an. Zunächst schien es, als gäbe es keinen einzigen römischen Soldaten in der Gegend. Doch als sie sich der Stelle näherte, an der ihre Stammesangehörigen sich befreit hatten, fand sie die Legionäre der Begleitmannschaft dort versammelt. Da es weniger Männer waren, als sie erwartet hatte, nahm Gerhild an, dass einige als Boten zu Quintus geschickt worden waren, um ihm von dem Fehlschlag zu berichten.

Nun würde Quintus vermutlich Hariwinius' Turma zurückholen, weil die Reiter sich besser für eine Verfolgung eigneten als Fußsoldaten. Aber auch die römischen Legionäre, die sie gerade beobachtete, waren eine viel zu harte Nuss für sie. Daher gab Gerhild den Gedanken auf, die Männer an dieser Stelle hinter sich herzulocken und einzeln anzugreifen, sondern ritt in die Richtung, in der sie ihre Sippe vermutete. Sollten die Römer sie wirklich verfolgen, würden sie es bedauern. Das schwor sie sich und klopfte zur Bestätigung auf das Bündel Wurfspeere, das sie an den Sattel gebunden hatte.

440

Die Stute war ausgeruht und wollte übermütig werden, doch Gerhild war eine gute Reiterin und brachte Rana rasch unter Kontrolle. Da sie gut vorankamen, rechnete Gerhild damit, dass sie ihre Leute noch am gleichen Tag einholen würde. Doch dann entdeckte sie Hufspuren auf dem weichen Waldboden und begriff, dass die Schwierigkeiten noch nicht zu Ende waren. Sie zählte zehn Pferde, und das konnten ebenso viele Reiter sein.

»Das Leben ist ungerecht«, stöhnte sie. »Gestern hatte ich fünfzig Fußsoldaten gegen mich und heute zehn römische Reiter. Könnte das Verhältnis nicht doch einmal zu meinen Gunsten umschlagen?«

Gerhild hielt kurz an und überlegte. Zurück konnte sie nicht, da dort Quintus' Legionäre nach ihr suchten. Im Westen war die Steinerne Schlange und damit ebenfalls römische Soldaten, und im Osten erstreckte sich das Moor. Doch wenn sie zu dem Weg ritt, der hindurchführte, konnten die Römer ihre Spuren entdecken und ihnen bis zu dem Versteck ihrer Leute folgen. Ihr blieb nur eine Möglichkeit. Sie musste hinter diesem Trupp herreiten und versuchen, ihn heimlich zu umgehen.

Daher setzte sie ihren Weg fort und stellte anhand der Spuren fest, dass sie langsam, aber stetig aufholte. Als die Hufabdrücke keine Stunde mehr alt sein konnten, machte sie sich zum Kampf bereit. Da sie nur noch wenige Pfeile besaß, nahm sie einen Wurfspeer in die Rechte, um ihn sofort schleudern zu können. Einen weiteren hielt sie zusammen mit den Zügeln in der Linken.

Obwohl sie angespannt lauschte, vernahm sie zunächst nur das ewige Rauschen des Waldes und einzelne Tierrufe. Erst nach einer Weile hörte sie ein Pferd wiehern und ein anderes darauf antworten. Damit, so sagte sie sich, waren ihre eigenen Leute gewarnt. Auch sie wusste jetzt, wo die Reiter zu finden waren, und lenkte ihre Stute in diese Richtung.

»Du hältst brav dein Maul, verstanden«, sagte sie leise zu Rana.

Eigentlich war es unnötig, denn die Stute wusste, wann sie still sein musste.

Wenig später entdeckte Gerhild durch eine Lücke im Wald den ersten Reiter. Es war ein römischer Soldat. Mit einer wütenden Geste hob sie den Wurfspeer, sagte sich dann aber, dass sie vorher herausfinden musste, wo sich seine Kameraden befanden.

Ein zweiter Reiter kam in Sicht. Er hatte seinen Helm abgenommen, und so wirkte sein Blondhaar in der Düsternis des Waldes wie ein goldenes Licht. »Ein Germane«, murmelte Gerhild und benützte dabei die Bezeichnung, die sie von Julius gehört hatte. Bei dem Gedanken an Julius kniff sie die Augen zusammen, denn der blonde Reiter sah ihm ähnlich.

Es dauerte einige Augenblicke, bis Gerhild begriff, dass sie tatsächlich Julius vor sich sah. Verwirrt schüttelte sie den Kopf. War er etwa in römische Dienste zurückgekehrt? Ganz konnte es nicht stimmen, denn als sie jetzt drei weitere Reiter entdeckte, trugen diese Mäntel nach germanischer Sitte und nicht die roten Umhänge, die bei Quintus' Reitern üblich waren.

Julius' Trupp ritt auch zu langsam, um jemand zu verfolgen. Gerhild schien es eher so, als wollten sie die Flüchtlinge nach hinten abschirmen. Der Gedanke erleichterte sie, und sie beschloss, sich Julius zu zeigen. Allerdings wollte sie nicht einfach zu ihm und seinen Männern aufschließen, sondern sie überraschen.

Mit einem erwartungsvollen Lächeln lenkte sie ihre Stute seitwärts, schlug einen weiten Bogen um die Männer herum und überholte sie. Kurz darauf erreichte sie einen umgestürzten Baum, band Rana an einen Ast und setzte sich auf den Stamm. Den Wurfspieß behielt sie in der Hand, um kriegerischer auszusehen.

Es dauerte eine ganze Weile, bis sie Hufschlag hörte. Julius' Männer ritten in einer lockeren Reihe, so dass sie einander sehen oder sich wenigstens gegenseitig zurufen konnten. Alle wirkten wachsam, und Gerhild hätte es keinem Feind gewünscht, ihnen zu begegnen. Sie wartete, bis der Erste in Sichtweite war, und stieß einen schrillen Pfiff aus.

Der Mann zuckte zusammen und blickte um sich, ohne sie auf Anhieb zu entdecken.

»Hier bin ich!«, rief Gerhild lachend. »Sagt, wo kommt ihr denn her?«

Da sie keine Anstalten machte, den Speer zu heben, blieb der Reiter friedlich. Er gab aber keine Antwort, sondern wartete, bis Julius zu ihm aufgeschlossen hatte. »Siehst du den jungen Burschen dort, Decurio?«, fragte er und wies auf Gerhild.

Julius sah in deren Richtung und begann zu lachen. »Deine Augen waren auch schon einmal besser, Marcellus. Dieser ›Bursche‹ dort ist Gerhild. Weiß Wuodan, zu welchem Tanz sie Quintus' Legionären und Reitern aufgespielt hat.«

Während Marcellus schier die Augen aus dem Kopf quollen, ritt Julius zu Gerhild hin, schwang sich aus dem Sattel und band seinen Hengst neben ihrer Stute an.

»Ich frage mich, wie du Quintus entkommen konntest«, sagte er anstelle eines Grußes.

»Das war nicht schwer«, antwortete Gerhild selbstbewusst.

»Für jemand, der die Begleitmannschaft der Gefangenen so weit weggelockt hat, dass diese sich befreien konnten, sicher nicht. Wir sind vor ein paar Stunden auf deine Leute getroffen. Nach dem, was sie erzählten, hättest du wirklich eine von Wuodans Schwertmaiden sein müssen«, fuhr Julius mit unverhohlener Bewunderung fort.

»Weshalb seid ihr hier?«, fragte Gerhild.

»Lutgardis hat mit Odila gesprochen und erfahren, dass du dich Quintus ergeben wolltest. Daher sind wir losgeritten, um dich zu befreien.«

»Das war eine löbliche Absicht, wäre aber, wie du siehst, nicht nötig gewesen«, gab Gerhild etwas stachelig zurück.

»Mir ging es auch weniger um dich als um dein …«

443

»... Schwert!«, unterbrach Gerhild ihn und strich lächelnd über den Griff der Waffe. »Ich weiß, dass du es gerne hättest. Aber dann hättest du es selbst erbeuten müssen. So habe ich es getan, und ich gebe es nicht her.«

Julius verspürte Ärger, schluckte ihn aber hinunter. In gewisser Weise hatte sie recht. Anstatt sich Baldarich zu stellen, hatte er für Rom Kriege geführt. Nun war die Klinge in Gerhilds Besitz, und sie ihr mit Gewalt wegzunehmen, hätte die Frau zu seiner Todfeindin gemacht. Außerdem war er sicher, dass die Waffe ihn in dem Fall ebenso verwerfen würde wie Baldarich.

»Sei bitte vorsichtig!«, riet er Gerhild. »Dieses Schwert hat einen hohen symbolischen Wert. Nur wer darüber verfügt, kann die verschiedenen Gruppen meines Stammes dazu bewegen, ihn als Fürsten zu akzeptieren. Seit der letzte von allen anerkannte Fürst durch Mörderhand starb und es Streit um seine Nachfolge gab, herrscht Zwist im Stamm. Wenn dies kein Ende nimmt, wird Quintus es ausnützen und Roms Grenzen bis an die Elbe ausdehnen.«

Julius klang ernst und drängend. Gegen ihren Willen empfand Gerhild Mitleid mit ihm. Es musste schwer für ihn gewesen sein, den Vater zu verlieren und von den eigenen Angehörigen um sein Erbe gebracht zu werden.

»Du spielst auf Baldarich an und glaubst, er will sich das Schwert wiederholen?«, fragte sie nachdenklich.

»Er wird es versuchen – und er wird es nicht auf ehrliche Weise tun.«

»Er ist ein Räuber, aber kein Fürst«, erwiderte Gerhild voller Verachtung.

»Er wird einen großen Teil unseres Stammes vereinen, wenn er einen gewissen Kriegsruhm erringt und den Männern das Fürstenschwert vorweisen kann. Einige Gruppen werden ihm zwar auch dann nicht folgen, doch diese wurden von Caracallas Heer aus ihren Dörfern vertrieben und sind schwach.

Baldarich wird sie hinwegfegen wie ein Sturmwind die Blätter.«

Julius bleckte die Zähne. Noch verfügte er nicht über genug Krieger, um den Kampf mit Baldarich wagen zu können, und sein Gefühl sagte ihm, dass ihm nicht mehr viel Zeit blieb. Caracallas Feldzug und Quintus' Versuch, hier eine neue römische Provinz zu errichten, hatten die Dinge ins Rollen gebracht. Schon bald würde sich entscheiden, wer sich durchsetzen konnte. Die besten Möglichkeiten besaßen derzeit Quintus im Westen und Baldarich im Osten. Gerhild und er saßen mit ihren jeweiligen Stämmen genau dazwischen und liefen Gefahr, zerquetscht zu werden.

Unterdessen hatten Marcellus und die übrigen acht Reiter sich um Gerhild und Julius versammelt und musterten die junge Frau neugierig. Durch diese gelungene Flucht würde ihr Ruhm noch wachsen und die Tatsache, dass sie es allein mit fünfzig römischen Legionären aufgenommen hatte, wie Donnerhall durch die Lande fegen.

»Was machen wir jetzt, Decurio?«, fragte Marcellus.

Bevor Julius antworten konnte, stand Gerhild auf. »Um einen offenen Kampf zu wagen, sind wir zu wenige. Daher werden wir zu meinen Leuten aufschließen. Jene, die zu schwach sind, um mit den anderen mitzuhalten, können wir auf die Pferde setzen. Wir müssen einen großen Bogen nach Nordosten schlagen, um Hariwinius' Reitern zu entgehen, aber wenn wir schnell genug sind, können wir unseren Vorsprung vor möglichen Verfolgern halten.«

Marcellus zwinkerte seinem Anführer zu. »Im römischen Heer würde Gerhild es gewiss zum Tribun oder gar Legaten bringen. Das Befehlen hat sie nämlich gelernt.«

»Schwatz nicht, sondern reite weiter!« Mit diesen Worten schwang Julius sich in den Sattel und wollte die Spitze übernehmen. Doch da schob sich Gerhilds Stute neben seinen Hengst und gab das Tempo vor.

7.

Baldarich fixierte Egino, der ihm mit gezogenem Schwert gegenüberstand, mit einem angriffslustigen Blick und schwang im nächsten Augenblick seine eigene Waffe. Sein Gegner blockte die Klinge jedoch mit Leichtigkeit ab. Der harte Aufprall erschütterte Baldarichs verletzten Arm, und ein dumpfer Schmerz machte sich darin breit. Außer sich vor Wut schleuderte er die Waffe zu Boden.

»Es geht noch nicht! Der Arm ist einfach noch zu schwach. Ich muss das Schwert mit der Linken führen!«

Egino hob die Waffe auf und reichte sie ihm. »Du bist auch als Linkshänder ein gewaltiger Krieger«, erklärte er, um Baldarichs Unmut zu dämpfen.

»Aber es verrät allen, dass mein rechter Arm noch nicht zu gebrauchen ist. Die Totengöttin hole dieses elende Weib, das mir die Knochen gebrochen hat! Ebenso die verdammten Römer, die Gerhild und ihre Leute von ihrem Land vertrieben haben, so dass niemand weiß, wo sie zu finden sind«, stieß Baldarich wütend hervor.

»Wenn du Pech hast, hängt das Fürstenschwert längst an der Hüfte eines römischen Offiziers«, warf ein Krieger ein, der dem Übungskampf zugesehen hat.

Baldarich schoss wie von der Tarantel gestochen herum. »Sag das nicht noch einmal, Berthoald!«

»Und wenn es so ist?«, fragte der Mann ungerührt.

»Ich muss dieses Schwert wiederhaben, und wenn ich dem Träger bis nach Rom folge!«

Baldarich knirschte voller Wut mit den Zähnen, während er das

Schwert musterte, mit dem er jetzt vorliebnehmen musste. Ein guter Schmied hatte es nach seinen Angaben gefertigt, so dass es auf den ersten Blick dem verlorenen Fürstenschwert glich. Damit, so hatte er gehofft, könnte er seine Stammesmitglieder täuschen. Doch die Mär von der Fürstentochter der Sueben, die ihr Dorf verteidigt und dabei ein berühmtes Schwert erbeutet hatte, war bis in seine Heimat gedrungen. Zusammen mit seinem gebrochenen Arm hatten sich alle einen Reim darauf machen können. Sein Einfluss war daher weiter gesunken, und er konnte sich im Grunde nur auf seine eigene Leibschar verlassen. Dabei war es sein Plan gewesen, alle Männer seines Stammes zu vereinen und gegen die Römer zu führen.

»Ich muss mein Schwert zurückbekommen! Daher werden wir noch heute nach Westen aufbrechen. Einige unserer Stammesgruppen haben sich in der Nähe des großen Moores niedergelassen. Vielleicht wissen sie, wo Gerhild zu finden ist.«

Froh, endlich einen Entschluss gefasst zu haben, stieß Baldarich sein Schwert in die Scheide. An den Umstand, dass er sich einige dieser Teilstämme durch seine Überfälle zum Feind gemacht hatte, verschwendete er keinen Gedanken. Die Macht Roms, die sich immer weiter nach Osten ausbreitete, interessierte ihn weit mehr. Wenn er nicht rasch handelte, würde er irgendwann vor der Wahl stehen, entweder seinen Nacken vor Rom beugen oder sich weit nach Osten zurückziehen zu müssen. Dort aber lebten fremde Stämme, bei denen er nur ein Bittsteller sein würde und kein Fürst, der ein großes Aufgebot befehligte.

»Die Männer werden froh sein, endlich wieder Beute und Ruhm erringen zu können«, meinte Egino.

Baldarich ärgerte sich so über den Mann, dass er ihn am liebsten mit der blanken Klinge niedergeschlagen hätte. Immerhin hatten sie erst vor wenigen Tagen eine vor den Römern geflohene Gruppe überfallen und neben dem Vieh und ein paar Sklaven auch einige Schmuckstücke aus Gold erbeutet. Doch all diese kleinen Erfolge machten die Tatsache nicht wett, dass nicht mehr das Fürstenschwert an seiner Hüfte hing, sondern eine geringere Klinge.

»Wenn du dein Schwert wieder hast, werden sich uns weitere Krieger anschließen, und wir können unsere Herrschaft ausbauen«, fuhr Egino fort.

Du wirst mir zu gierig, mein Freund, dachte Baldarich, zumal der Mann ein entfernter Verwandter war, der ebenfalls einen, wenn auch geringeren Anspruch auf die Herrschaft über den Stamm einfordern konnte. Noch brauchte er ihn als Unteranführer, doch früher oder später würde er sich seiner entledigen müssen.

Baldarich verschloss diesen Gedanken tief in sich und klopfte Egino auf die Schulter. »Da hast du vollkommen recht, mein Freund. Sobald ich mein Schwert zurückhabe, übernehmen wir die Herrschaft über den Stamm und stoßen über die Steinerne Schlange vor. In den Städten der Römer gibt es so viel Gold, wie du es dir nicht vorstellen kannst!«

»Dabei kann ich mir eine ganze Menge vorstellen«, antwortete Egino grinsend.

Als Baldarichs Stellvertreter hoffte er, zumindest zum Häuptling eines Dorfes aufzusteigen und viele Krieger anzuführen. Dann würde er seinen Met aus goldenen Pokalen trinken und des Nachts römische Sklavinnen besteigen, Frauen mit schwarzen Haaren, dunklen Augen und einer Haut, die so weich war wie Samt.

»Also dann, auf die Pferde! Treffen wir unterwegs auf Krieger, werden wir sie auffordern, sich uns anzuschließen!« Mit diesen Worten kehrte Baldarich zu dem Dorf zurück, in dem sie Quartier bezogen hatten, und befahl seinen Männern, ihre Tiere zu satteln. Als sich ihnen ein gutes Dutzend Krieger dieses Teilstamms anschloss, nickte er zufrieden. Zumindest hier galten er und sein Wort noch etwas.

8.

In seiner erfolgreichsten Zeit war Baldarich mit einem Aufgebot von über dreihundert Mann auf einem Kriegszug gegen einen verfeindeten Stamm nach Westen gezogen. Diesmal aber musste er um die gut fünfzig Krieger froh sein, die mit ihm ritten. Die Herrschaft über den Stamm, die sein Vater und er angestrebt hatten, war ihm nach dessen Tod entglitten, weil sich zu viele der selbstbewussten Unteranführer gefragt hatten, warum sie ihn anerkennen sollten, nachdem sie seinem gleichaltrigen Vetter Volcher die Gefolgschaft verweigert hatten.

»Vater hätte nicht ein halbes Jahr nach dem Tod seines Bruders sterben dürfen«, murmelte er, während er an der Spitze der Männer ritt.

Auf zu viele aus seinem Stamm hatte dies wie ein Omen gewirkt, dass der falsche Mann dem alten Fürsten nachgefolgt war. Darunter hatte sein Ansehen von Beginn an gelitten, und der Verlust des Fürstenschwerts hatte seine Situation weiter verschlechtert. In der Hinsicht war er froh, dass die Waffe einer jungen Frau aus einem fremden Stamm in die Hände gefallen war und keinem der eigenen Verwandten. Dieser hätte den Gewinn der Waffe als göttliches Omen ansehen und nach der Fürstenwürde greifen können. So aber lagen die Vorteile immer noch bei ihm. Sobald er das Schwert zurückgewonnen und ein paar erfolgreiche Raubzüge unternommen hatte, würden die jungen Krieger des Stammes ihm zujubeln.

»Wir kommen bald in die Gegend, in die sich die von den

Römern verjagten Stammesgruppen geflüchtet haben«, meldete sein Unteranführer.

Baldarich nickte mit verkniffener Miene. Von nun an hieß es doppelt vorsichtig zu sein. Einige dieser Gruppen nahmen ihm seine letzten Überfälle übel und würden ihn mit Vergnügen am nächsten Baum aufhängen.

»Haltet die Augen auf!«, rief er seinen Kriegern zu und spähte selbst nach vorne. Dabei fragte er sich unwillkürlich, was aus seinem Vetter Volcher geworden sein mochte. Er bedauerte es immer noch, dass es ihm nicht gelungen war, ihn zu beseitigen. Zwar hatte er es so hinstellen können, als hätte Volcher seinen Vater und ihn angegriffen, was dessen Verbannung aus dem Stamm nach sich gezogen hatte. Seitdem aber lebte er in der Furcht vor dessen Rückkehr.

»Vorne brennt ein Feuer!«, sagte einer der Männer halblaut.

Baldarich schaute in die Richtung und roch nun selbst den Rauch, den der Wind auf sie zutrieb.

»Du hast recht!«, antwortete er und zügelte sein Pferd. »Zwei von euch steigen ab und erkunden, wer dort ist. Wir anderen warten hier!«

Sofort machten sich seine beiden jüngsten Gefolgsleute auf den Weg. Baldarich starrte hinter ihnen her, bis sie zwischen den Bäumen verschwunden waren, und zog dann aus Nervosität sein Schwert. Besonders groß kann das Feuer nicht sein, dachte er, sonst würde es stärker nach Rauch riechen. Oder es war weiter entfernt, als er vermutete, und es drang nur ein Hauch davon bis zu ihnen.

Die baldige Rückkehr seiner Späher beendete Baldarichs Gedankengänge.

»Es sind nur vier Krieger«, erklärte einer der beiden. »Sie sitzen ziemlich missmutig an ihrem Lagerfeuer und braten einen Hasen. Sie haben miteinander geredet, aber wir sind nicht nahe genug herangekommen, um etwas zu verstehen.«

»Gut gemacht!«, lobte Baldarich und wandte sich seinen Män-

450

nern zu. »Wir reiten jetzt langsam weiter. Seht zu, dass ihr den Mund haltet und auch sonst keinen Lärm macht. Ich will die vier am Feuer überraschen.«

»Das wäre von Vorteil«, antwortete Egino.

Baldarich brummte etwas und setzte sich wieder an die Spitze seiner Männer.

Bis zum Lagerfeuer war es nicht weit. Da die vier Fremden es an der nötigen Vorsicht fehlen ließen, umzingelten Baldarich und seine Männer sie, bevor sie auch nur zu den Waffen greifen konnten.

»Wer seid ihr?«, fragte Baldarich scharf.

Einer der vier, dessen abgerissene Kleidung zeigte, dass er einst mehr gewesen war als ein einfacher Krieger, blickte zu Baldarich auf. »Ich bin Fürst Chariowalda, und du?«

»Fürst Baldarich, wenn dir der Name etwas sagt«, antwortete dieser und bemerkte zufrieden, dass der andere erbleichte. Es war doch gut, sich einen gewissen Ruf geschaffen zu haben.

»Für einen Fürsten hast du nicht viele Männer dabei«, meinte er spöttisch.

Chariowalda verzog sein Gesicht zu einer säuerlichen Miene. »Das habe ich diesen verdammten Römern zu verdanken! Sie haben unser Dorf überfallen und die meisten Leute meines Stammes gefangen genommen. Mir ist mit nur wenigen Gefährten die Flucht gelungen.«

»Gewiss mit mehr als diesen dreien hier«, erwiderte Baldarich abschätzig.

»Es waren mehr! Aber ein Teil hat mich verlassen, nachdem jenes elende Weib mich im Zweikampf besiegt hat.«

Es fiel Chariowalda schwer, dies zuzugeben. Doch da die Kunde von seiner Niederlage die Runde machen würde, schien es ihm besser, dazu zu stehen.

»Ein Weib hat dich geschlagen?« Im ersten Augenblick wollte Baldarich lachen, da fiel ihm ein, dass es ihm nicht besser ergangen war.

»Wer war sie?«, fragte er angespannt.

»Sie nannte sich die Fürstin eines Suebenstamms. Ihr Name ist Gerhild!«

»Gerhild!«

Baldarich stieß dieses Wort so hasserfüllt aus, dass Chariowalda zusammenzuckte.

»Du kennst sie?«

»Und ob ich die Hexe kenne! Ich habe ihr einen gebrochenen Arm zu verdanken!«

»Wenn du dich an ihr rächen willst, bin ich bereit, dir dabei zu helfen. Sie hat nämlich noch einiges bei mir gut!« Chariowalda zeigte auf seine leere Schwertscheide und zog dann den abgeschlagenen Griff aus seiner Satteltasche.

»Ich besaß eine gute Klinge, doch sie hat sie mit einem einzigen Hieb ihres Schwertes durchtrennt«, erklärte er.

Für Baldarich war es die Bestätigung, dass Gerhild das Fürstenschwert noch besaß. Gleichzeitig verspürte er Angst. Dem Schwert wurden magische Kräfte nachgesagt, die seinem Träger zum Sieg verhelfen sollten. Trotzdem hatte er gegen Gerhild den Kürzeren gezogen. Ihr hingegen war es gelungen, Chariowalda zu bezwingen.

Das muss Zufall gewesen sein!, redete er sich ein. Das Schwert kann sie nicht als neue Fürstin anerkennen. Sie ist keine Semnonin und zudem ein Weib. Dennoch verstärkte sich das Gefühl, dass er ihr diese Waffe nicht länger lassen durfte.

»Wo hast du sie getroffen?«, fragte er Chariowalda.

»Auf einer Landzunge, die in das große Moor hineinreicht. Dort haben sie und ihre Leute ein Dorf errichtet.«

»Kannst du mich hinführen?«

Chariowalda überlegte kurz und nickte dann. »Ja, das werde ich tun! Aber ich stelle eine Bedingung.«

»Und die wäre?«

»Du hilfst mir, die Herrschaft über ihren Stamm zu erringen.

Immerhin stamme ich aus fürstlichem Geschlecht und sollte daher nicht wie ein Landstreicher durch die Lande ziehen müssen.«

»Dazu bin ich bereit!«, erklärte Baldarich und forderte den Fürsten auf, ihm den kürzesten Weg zu Gerhilds neuem Dorf zu weisen.

9.

Nachdem Hariwinius vergebens nach Spuren seiner Schwester gesucht hatte, überlegte er, was er tun sollte. Ohne sie zu Quintus zurückzukehren, wagte er nicht. Daher beschloss er, um die Sümpfe herumzureiten und Gerhilds Versteck jenseits des Moores zu suchen, und setzte seinen Ritt trotz des Murrens einiger Reiter fort.

Porcius, dem Decurio der dritten Turma, passten die Befehle ebenfalls nicht, und so schloss er zu Hariwinius auf. »Wenn wir auf diesem Weg bleiben, geraten wir in das Gebiet jener Stämme, die der große Caracalla auf seinem Feldzug besiegt hat. Die werden versuchen, sich an uns zu rächen.«

»Hast du etwa Angst vor ein paar Barbarenkriegern?«, fragte Hariwinius spöttisch. »Wir sind fast zweihundert Reiter, und die reichen wohl aus, um jede feindliche Schar zu zersprengen.«

»Ich hoffe, du irrst dich nicht«, antwortete Porcius missmutig. »Diese Germanen sind wie Ratten! Du kannst noch so viele töten, und es kriechen immer wieder neue aus ihren Löchern.«

»Statthalter Quintus wird das bald ändern«, gab Hariwinius hochmütig zurück.

»Wie soll ihm mit einer Kohorte gelingen, was Caracalla und vor ihm Marcus Aurelius, Drusus, Tiberius und Germanicus mit Tausenden Legionären nicht gelungen ist?« Porcius sah nicht ein, weshalb er wegen einer geflohenen Frau riskieren sollte, auf feindliche Horden zu stoßen und sinnlose Verluste zu erleiden. Aber er war Hariwinius untergeordnet, und der Decurio blieb bei seinem Entschluss.

»Wir reiten weiter! Sollte sich uns jemand in den Weg stellen, wird er niedergemacht. Und nun nimm deinen Platz wieder ein!«

Die Abfuhr war deutlich. Kurz überlegte der Offizier, ob er Hariwinius' Anweisung missachten und sich mit seiner Turma absetzen sollte. Die Disziplin in der Armee war jedoch streng, und Befehlsverweigerung wurde mit dem Tode bestraft. Daher gehorchte er, wies aber seine Männer an, sich kampfbereit zu halten.

Hariwinius wollte ebenfalls kein Risiko eingehen und sandte mehrere Reiter als Späher aus. Anders als im Römischen Reich, das wie aus Erz gegossen dastand, war auf dieser Seite des Limes alles im Fluss. Man hörte von allerlei Stämmen, die nach Westen drängten, dazu von Goten, die weit im Osten lebten, und von den Reitervölkern der asiatischen Steppen, bei denen ein Jüngling nur dann das Recht erhielt, sich ein Weib zu nehmen, wenn er einen Feind getötet hatte.

Solange es sich bei diesen Feinden um andere Barbaren handelte, stellte es Hariwinius zufrieden. Sollten sich diese Horden doch gegenseitig schwächen! Auf die Weise stellten sie keine Gefahr mehr für das Imperium dar.

Die Rückkehr eines seiner Späher beendete Hariwinius' Gedankengang. Der Mann lenkte sein Pferd an seine Seite und wies nach Nordwesten.

»Ich habe dort mehrere Barbaren entdeckt, etwa ein Dutzend, zumeist Frauen, Kinder und Alte«, meldete er.

»Wie weit entfernt?«, fragte Hariwinius und überlegte, ob er sich überhaupt um diese Menschen kümmern sollte. Immerhin mussten sie dafür von ihrer geplanten Strecke abweichen.

»Nicht weit, knapp zwei Reitstunden«, berichtete der Späher. Das gab den Ausschlag. Hariwinius ließ anhalten und die Decurionen der drei anderen Turmae zu sich rufen. »Ein Späher hat in der Richtung ein paar Barbaren gesichtet. Ich reite mit meiner Turma dorthin, um sie zu befragen. Ihr setzt unterdessen den Weg nach Norden fort. Am Abend treffen wir uns bei jenem Hügel, den ihr dort seht. Ihr könnt schon das Lager errichten!« Er wies auf eine über das umgebende Land herausragende Kuppe, die etwa vier Reitstunden entfernt sein mochte, und befahl dann seinen Reitern, aus der Kolonne auszuscheren. Während er ein strammes Tempo anschlug, überlegte er, was er mit diesen Barbaren anfangen sollte. Wie es aussah, entzogen sie sich der römischen Macht, und das durfte er nicht dulden.

Der Weg führte unter hoch aufragenden Buchen und Eichen durch. Immer wieder mussten sie dichtem Unterholz ausweichen und gerieten zweimal an Stellen, an denen der Boden so weich war, dass ihre Pferde bis zu den Fesseln einsanken. Es war ein ödes, wildes Land, und Hariwinius fragte sich, ob sich der Aufwand lohnte, es dem Imperium anzugliedern. Zwar gab es auch fruchtbare Stellen, doch das waren nur Inseln in einem Meer aus düsteren, undurchdringlichen Wäldern, grundlosen Sümpfen und windumtosten Höhen.

Es ist das Land meiner Geburt, fuhr es Hariwinius durch den Kopf. Er war dem Schicksal jedoch dankbar, dass er nicht hier aufgewachsen und ein Schlagetot geworden war wie sein Bruder. In Rom nahm er eine bedeutende Stellung als Offizier ein und würde noch weiter aufsteigen.

»Raganhar hat sein Schicksal selbst verschuldet! Hätte er Gerhild Quintus ausgeliefert, wäre alles gut geworden«, murmelte er und fand gleichzeitig, dass die Schwester mit ihrer Weigerung, dem Römer zu folgen, noch mehr Schuld auf sich geladen hatte als sein Bruder.

»Alles, was geschehen ist, hat Gerhild zu verantworten, nicht ich«, setzte er sein Selbstgespräch fort.

In dem Augenblick kam die gemeldete Germanentruppe in Sicht. Beim Anblick der römischen Reiter versuchten sie zu fliehen, waren jedoch zu langsam und wurden von Hariwinius' Männern rasch umzingelt und zusammengetrieben. Hariwinius blickte mit strenger Miene auf den Mann hinab, den er für den Anführer hielt.

»Wer seid ihr?«, fragte er und bemühte sich dabei, seiner Muttersprache einen römischen Akzent zu verleihen.

»Wir sind arme Leute, Herr, und haben unsere Heimat verloren.«

»Aus welchem Stamm seid ihr?«, fragte Hariwinius weiter.

»Hermunduren!«, kam es zögernd zurück.

Hariwinius hätte darauf gewettet, dass dies gelogen war, aber er kannte die Dialekte der einzelnen Stämme nicht gut genug, um den Mann zuordnen zu können.

»Wohin wollt ihr?«

»Wir suchen Verwandte, denen wir uns anschließen können.«

Diesmal war es die Wahrheit, das fühlte Hariwinius. Aber er war nicht bereit, dies zuzulassen.

»Dieses Land hier gehört Rom, und nur Rom entscheidet, wer hier wo leben darf. Daher werdet ihr nach Südwesten ziehen und euch beim Statthalter Quintus Severus Silvanus melden. Er wird euch eure neue Wohnstatt anweisen lassen«, erklärte Hariwinius.

Er ahnte zwar, dass Quintus diese Flüchtigen ebenfalls zu Sklaven machen und ins Innere des Imperiums schaffen lassen würde. Dies war jedoch nicht seine Sorge. Er musste Gerhild finden und fragte daher nach ihr.

Der angebliche Hermundure hörte ihm aufmerksam zu und schüttelte dann den Kopf. »Uns ist keine Frau begegnet, auf die deine Beschreibung zutrifft.«

»Wir vergeuden hier nur unsere Zeit, Decurio«, mischte sich Hariwinius' Stellvertreter Balbus ein.

Zu dieser Erkenntnis war Hariwinius auch schon gelangt und funkelte den Germanen warnend an. »Wenn ich in unser Lager zurückkehre und hören muss, dass du und deine Leute nicht dort seid, werde ich mit meinen Reitern aufbrechen und euch

457

suchen. Beklagt euch aber nicht über die Behandlung, die ihr dann erfahrt!«

Nach diesen Worten zog er seinen Hengst herum und schlug die Richtung zu dem Hügel ein, den er für das Nachtlager bestimmt hatte. Seine Reiter folgten ihm in Zweierreihen und ließen die kleine Germanengruppe rasch hinter sich zurück.

Deren Anführer blickte ihnen nach, bis sie verschwunden waren, und spie dann aus. »Wir sollen zu einem dieser römischen Blutsauger gehen und für diesen schuften! Wenn dieses Bürschchen uns fangen will, soll es das doch versuchen! Unsere Wälder sind weit!«

Mit diesen Worten deutete er in eine Richtung und winkte seinen Leuten, mitzukommen. Diese folgten ihm erleichtert, weil die Begegnung mit den römischen Reitersoldaten so glimpflich abgelaufen war.

10.

Drei Tage später hatten Hariwinius und seine Reiter das Moor nördlich umrundet und ritten nun nach Süden. Dabei trafen sie immer wieder auf Spuren, die ihnen verrieten, dass hier in jüngerer Zeit Menschen durchgezogen waren. Ihre Zahl war nicht zu schätzen, doch es konnten nicht wenige gewesen sein. Da etliche Männer von den Stämmen, die an der Tauber gelebt hatten, entkommen waren, wurden seine Soldaten unruhig.

»Wenn wir jetzt auf Barbaren treffen, können sie uns jederzeit gegen die Sümpfe drängen«, warnte Porcius, der Decurio der dritten Turma, Hariwinius erneut.

»Du vergisst, dass wir im Gegensatz zu den Barbaren beritten sind. Mit den paar Reitern, die sie aufbringen können, werden wir leicht fertig, und ihren Fußkriegern weichen wir aus.«

Hariwinius gab sich forsch, um seinen Männern Mut zu machen. Dabei wusste er selbst, dass jedes Gefecht mit den Barbaren auch ihnen empfindliche Verluste eintragen würde. Er war jedoch bereit, eher die Hälfte seiner Leute zu opfern, als ohne Gerhild zu Quintus zurückzukehren.

Wo mag sie stecken?, fragte er sich. Die Wälder waren dicht und bedeckten mehr Land, als er in seinem ganzen Leben durchsuchen konnte. Dazu kam, dass er sie nicht einmal entdecken würde, wenn sie sich ein Dutzend Schritte von ihnen entfernt in einem Gebüsch versteckte. Ihm blieb nur die Hoffnung, dass sie sich in einem der Dörfer aufhielt, die es auf dieser Seite der Sümpfe geben musste. Bei dem Gedanken amüsierte es ihn, dass die Barbaren annahmen, sich hinter den ausgedehnten Sümpfen und Mooren dieser Gegend vor Rom verbergen zu können. Dabei bewies schon sein Ritt, dass dieses Gebiet jederzeit von Truppen des Imperiums besetzt werden konnte.

Erneut schickte Hariwinius Späher aus, doch keine Stunde später fanden sie den ersten von ihnen. Er lehnte an einem Baum, und nur der Speer, der durch seine Brust in den Stamm getrieben war, verhinderte, dass er zu Boden sank.

»Dafür werden sie bezahlen!«, rief Hariwinius und befal den vier Turmae, auszuschwärmen. »Bleibt in Rufweite und gebt sofort Alarm, wenn ihr auf Barbaren trefft«, setzte er hinzu und nahm den ersten Wurfspeer zur Hand. »Wer auch immer unseren Späher getötet hatte, soll es büßen!«

Der zweite Späher kehrte lebend zur Truppe zurück. Allerdings sah er, als er zu Hariwinius aufschloss, so aus, als hätten Harpyien ihn gequält.

»Zwei Meilen vor uns liegt ein Barbarendorf. Es sind etwa hundert Leute dort, davon dreißig Männer. Sie haben Vibius erwischt und in Stücke geschlagen. Ich konnte ihm nicht helfen!«

Der Mann weinte fast, während Hariwinius' Miene so hart wie Stein wurde. Damit hatte er zwei seiner Späher verloren.

»Vorwärts!«, rief er. »Keine Gnade mit den Barbaren! Tötet sie alle!«

»Auch Frauen und Kinder?«, fragte einer der Männer.

»Willst du, dass die Weiber sich von anderen Barbaren schwängern lassen und weitere Wilde werfen, mit denen wir uns herumschlagen müssen? Und was die Knaben betrifft, so würden sie bald zu Kriegern werden – und das müssen wir verhindern!«

Mit diesen Worten gab er seinem Pferd die Sporen und ritt an. Seine Männer folgten ihm mit stoßbereiten Waffen.

Obwohl sie wachsam waren, erfolgte der Angriff wie aus

460

heiterem Himmel. Krieger sprangen von den Bäumen, drangen hinter Büschen hervor und stürzten sich schreiend auf die Reiterschar. Hariwinius sah Männer fallen, die keine Hand zur Abwehr hatten heben können. Eine in Felle gehüllte Gestalt stürmte auf ihn zu, in der Hand eine Sichel. Im Reflex stieß Hariwinius mit dem Wurfspeer zu und traf den Angreifer in die Brust. Erst als dieser zusammensank, erkannte Hariwinius, dass es sich um eine Frau gehandelt hatte.

Seine Phantasie gaukelte ihm vor, es wäre Gerhild, und ihn überkam die Angst, was Quintus dazu sagen würde. Ein zweiter Blick zeigte ihm jedoch, dass die Frau älter und stämmiger war als seine Schwester. Erleichtert blickte er sich um und eilte seinen Kameraden zu Hilfe.

Es war unmöglich zu sagen, wie viele Barbaren sie angriffen. Immer wieder tauchten sie zwischen den Bäumen auf, schleuderten ihre Wurfspeere und verschwanden wieder.

»Verfolgen!«, schrie Hariwinius und setzte einem der Kerle nach. Dieser wollte sich mit einem weiten Sprung aus seiner Reichweite retten, doch der Wurfspeer schlug genau zwischen seinen Schulterblättern ein. Sofort riss Hariwinius den nächsten Wurfspeer aus dem Köcher. Es war sein letzter. Etwa zehn Schritte vor ihm wurde ein Reiter gleich von drei Germanen attackiert. Einen erledigte Hariwinius mit dem Wurfspeer, dann zog er sein Schwert und fuhr wie ein Gewittersturm zwischen die Kämpfenden.

»Lasst keinen entkommen!«, rief er seinen Männern zu, die langsam die Oberhand gewannen.

Er selbst spornte sein Pferd an, erschlug einen Barbaren, der entfliehen wollte, und sah sich einer Frau gegenüber, die ihm mit einer Axt in der Hand den Weg verlegte. Gerade noch rechtzeitig begriff er, dass sie nicht ihn, sondern sein Pferd treffen wollte. Mit einer oft geübten Bewegung zog er den Hengst herum und schwang sein Schwert. Er sah nicht mehr nach, ob es seine Schwester sein könnte, sondern verfolgte den nächsten Barbaren. Er tötete ihn und trieb anschließend sein Pferd zwischen die Bäume hinein.

Schon bald sah er eine alte Frau und einen halbwüchsigen Knaben, die sich mit einer widerspenstigen Kuh abmühten. Die beiden hatten keine Chance. Hariwinius lachte, als sie blutüberströmt zu Boden stürzten, und stürmte weiter.

Wie viele Germanen er in diesem Kampf getötet hatte, hätte er hinterher nicht zu sagen vermocht. Irgendwann befahl er seinem Hornisten, zum Sammeln zu blasen, und zählte seine Reiter. Jede der vier Turmae hatte Verluste erlitten, am meisten die zweite, die einst von Julius geführt und nach dessen Flucht mit neuen Soldaten aufgefüllt worden war.

Die Gesichter der Männer waren grau vor Erschöpfung. Sie kümmerten sich auch nicht, wie es üblich war, sofort um ihre Verwundeten, sondern starrten ihren Anführer entgeistert an. Da stellte Hariwinius fest, dass der Hals seines Pferdes und auch seine eigene Kleidung vor Blut strotzte. Selbst sein Gesicht war von einem roten Film überzogen. Für seine Reiter wirkte er wie ein rächender Gott.

Einer von ihnen schüttelte sich. »Hariwinius kann sich noch so sehr als Römer geben, er ist und bleibt ein Barbar!«

Der Decurio der dritten Turma kam auf Hariwinius zu. »Wir sollten jetzt umkehren. Es sind genug Dörfler entkommen, um die Nachricht von unserer Ankunft weiterzutragen. Wir würden auf Schritt und Tritt damit rechnen müssen, aus dem Hinterhalt angegriffen zu werden.«

Porcius hatte zwar recht, doch Hariwinius war nicht bereit, Kritik zu dulden. »Jetzt wissen diese Hunde, was ihnen blüht, wenn sie römische Reiter angreifen! Los, zurück zum Dorf! Wir plündern es und zünden es an. Außerdem werden wir dort unsere Toten ehren und anschließend verbrennen.«

Seinen Worten zum Trotz stieg Hariwinius kurz ab und untersuchte den Hals seines Pferdes. Er war besorgt, das viele Blut könnte von einer Wunde stammen, doch das Tier war unverletzt. Obwohl sein Knecht ein Ersatzpferd am Zügel führte und auf einem zweiten saß, war dieses hier sein Liebling, und er hätte es ungern verloren.

11.

Die Beute war bescheiden. Hariwinius ärgerte sich darüber, denn blinkendes Gold oder Silber hätte die Stimmung seiner Reiter gehoben. So standen sie missmutig um den Scheiterhaufen, auf denen die Leichen ihrer gefallenen Kameraden lagen, und äugten immer wieder angespannt zum Waldrand, als erwarteten sie, ganze Barbarenscharen dort auftauchen zu sehen.

Da sie keinen Priester bei sich hatten, sprach Hariwinius ein paar ehrende Worte und bat Jupiter Dolichenus, seine toten Kameraden als tapfere Krieger in seine Leibwache aufzunehmen und sie nicht in das freudlose Reich des Hades zu schicken. Danach steckte er mit eigener Hand die Scheiterhaufen an und ließ, nachdem sie alles an Vorräten herausgeholt hatten, was noch zu finden war, die Hütten des Dorfes niederbrennen.

Die Feuer loderten bis in die Nacht hinein und waren weithin zu sehen. Während jene Germanen, die von geflohenen Dorfbewohnern gewarnt worden waren, wussten, dass dort eine römische Schar hauste, wunderte sich Baldarich, der einige Meilen weiter im Osten sein Nachtlager aufgeschlagen hatte, über die Flammen, deren Widerschein die Wolken färbte.

»Weißt du, was das bedeuten kann?«, fragte er Chariowalda. Der schüttelte den Kopf. »Nein! Soweit ich weiß, wollten die einzelnen Gruppen vorerst Frieden miteinander halten. Sie haben genauso viel Angst vor den Römern wie vor dir.«

»Ich habe dieses Feuer nicht entzündet, und ich glaube nicht, dass sich Römer so weit im Osten aufhalten. Caracalla hat seinen Feldzug beendet und dieser Quintus genug damit zu tun, seine Herrschaft jenseits der Sümpfe zu festigen«, antwortete Baldarich.

Ihm war klar, dass er diesem Geheimnis auf die Spur kommen musste, und so wies er seine Männer an, in dieser Nacht dreifache Posten aufzustellen und sich am nächsten Morgen kampfbereit zu machen.

»Wir sollten Späher ausschicken!«, schlug Chariowalda vor.

»Das werde ich auch tun, und zwar noch in der Nacht.« Baldarich rief drei der jungen Krieger, die sich ihm angeschlossen hatten, zu sich und befahl ihnen, herauszufinden, wo sich die Feuer befanden und wer sie entzündet hatte.

»Hoffentlich laufen sie nicht in eine Falle«, sagte Chariowalda, nachdem die drei aufgebrochen waren.

Baldarich musterte ihn verächtlich. In seinen Augen war der angebliche Fürst ein Schwätzer, der nicht wusste, wann er den Mund zu halten hatte. Außerdem hielt er Chariowalda für allzu ehrgeizig, und dies hieß für ihn, sich seiner bei passender Gelegenheit zu entledigen. Er konnte keine Männer brauchen, die ihm in den Rücken fielen.

»Die drei mögen noch jung sein, aber sie sind keine Narren. Außerdem sind sie es gewohnt, Wild und Feinde zu beschleichen«, antwortete er abwinkend und suchte sich den besten Schlafplatz. Als er sich in seinen Mantel hüllte, der ihm als Decke diente, fragte er sich, auf welchen Feind er und seine Männer am nächsten Tag treffen mochten.

Als Baldarich in der ersten, noch kaum wahrnehmbaren Dämmerung erwachte, waren die Späher zurückgekehrt.

»Es sind Römer!«, meldete ihr Wortführer. »Sie haben die Bewohner jenes Dorfes umgebracht oder vertrieben und die Hütten angezündet. Es ist mir gelungen, ein paar von ihnen zu belauschen. Ich kann nämlich ein wenig Latein, weil ich zwei Jahre als Geisel bei ihnen war. Sie suchen eine Frau namens Gerhild!«

»Und dafür machen sie ein ganzes Dorf nieder?«, fragte Balda-rich verwundert.

»Die Dörfler haben ihre Späher getötet. Giso hat einen von ihnen getroffen – einen Dörfler meine ich, keinen der toten Späher!« Der junge Bursche grinste so breit, dass Baldarich ihm am liebsten eine schallende Ohrfeige verpasst hätte.

»Was waren das für Leute?«, fragte er mühsam beherrscht.

»Eine abgespaltene Abteilung unseres Stammes, die sich gegen deinen Vater ausgesprochen hatte. Ihr Anführer ist ein ent-fernter Verwandter von dir und hat bereits getönt, er habe das gleiche Anrecht wie du darauf, Fürst zu werden.«

»Dann haben mir die Römer direkt einen Gefallen getan, indem sie ihm dies ausgetrieben haben!«, rief Baldarich mit weitaus besserer Laune.

Jene Abteilungen seines Stammes, die sich hier im Westen angesiedelt hatten, widersetzten sich seiner Herrschaft am hef-tigsten, doch der Angriff der Römer konnte sie dazu bewegen, sich ihm zu unterwerfen. Allerdings durfte er gerade die römi-schen Landräuber nicht aus den Augen lassen. Wenn sie sich auf Dauer hier festsetzten, waren sie nur noch ein paar Tages-märsche von seinem eigenen Dorf entfernt.

»Wie viele Soldaten waren es?«, fragte er den Späher.

»Ich schätze so um die einhundertfünfzig. Sie haben im Kampf starke Verluste erlitten, und einige von ihnen sind verwundet.«

Einhundertfünfzig Mann waren seinen Männern um das Drei-fache überlegen. Dennoch empfand Baldarich keine Angst. Er kannte das Land hier, während die Römer sich auf fremdem Territorium befanden. Außerdem suchten sie Gerhild, und diese besaß sein Fürstenschwert. Das durften sie auf keinen Fall in die Hände bekommen.

Baldarich ließ seine Männer wecken und das Frühstück zube-reiten. Kaum war dies eingenommen, schwangen sie sich in die Sättel und ritten los. Als sie das Dorf erreichten, verriet ihm ein einziger Blick, dass die Römer noch nicht abgerückt waren.

Daher sandte er den jungen Späher mit Lateinkenntnissen zu den Römern, um ihnen mitzuteilen, dass er mit ihnen verhandeln wolle.

Die Ankunft einer kampfkräftigen Schar überraschte Hariwinius. Zwar zweifelte er nicht daran, in einem Gefecht die Oberhand zu behalten, doch die Verluste würden noch schmerzhafter sein und seine Truppe danach zu schwach, um sich weiterhin in dieser Gegend behaupten zu können. Gelang es den Barbaren, sie in die Sümpfe abzudrängen, würde keiner von ihnen zurückkehren. Daher beschloss er, auf Baldarichs Verhandlungsangebot einzugehen, und ritt, begleitet von seinem Feldzeichenträger und zwei seiner besten Soldaten, diesem entgegen.

Baldarich hatte neben Egino und Berthoald auch Chariowalda und einen hünenhaften Krieger mitgenommen, um den Römern Respekt einzuflößen. Außerdem behielt er den jungen Späher seiner Lateinkenntnisse wegen an seiner Seite. Als er Hariwinius erkannte, begriff er, dass er keinen Übersetzer gebraucht hätte. Andererseits hatte der junge Bursche sich als überraschend brauchbar erwiesen, und er wollte ihn deshalb in seine Leibschar aufnehmen.

Auch Hariwinius wusste sofort, mit wem er es zu tun hatte, und erinnerte sich an den Bericht über Baldarichs misslungenen Überfall auf das Dorf seiner Tante. Bei der Gelegenheit hatte Gerhild jenes Schwert erbeutet, auf das dieser Barbar so stolz gewesen war.

Beide musterten einander mit durchdringenden Blicken, keinesfalls bereit, als Erster das Wort zu ergreifen.

Schließlich kam dieses Anstarren Hariwinius lächerlich vor, und er fragte: »Was willst du hier?«

»Dasselbe könnte ich dich fragen! Das ist das Land meines Stammes, und hier haben Römer nichts verloren, es sei denn, sie kommen als Händler und in Frieden.« Zwar waren die Bewohner dieses Dorfes ihm feindselig gegenübergestanden, doch Baldarich gab sich so, als hätte Hariwinius seine liebsten Verwandten ermordet.

Damit gelang es ihm, sein Gegenüber zu verunsichern. Die Stämme weiter im Osten waren von Caracallas Feldzug nicht betroffen und deshalb ungeschwächt. Um sich mit einem größeren Stammesaufgebot herumzuschlagen, war Hariwinius' Truppe zu schwach, und er suchte nach einem Ausweg.

»Wir verfolgen Flüchtlinge, die sich Roms Herrschaft entzogen haben«, antwortete er, »und die Leute gehören nicht zu deinem Stamm!«

»Die Bewohner dieses Dorfes gehörten zu meinem Stamm!«, erklärte Baldarich und wies auf die Leichen, die wie Abfall um das Dorf herumlagen.

»Sie haben uns angegriffen!«, verteidigte sich Hariwinius.

»Das hier ist ihr Land, und sie hatten das Recht, jedem den Durchmarsch zu verbieten, den sie hier nicht haben wollten«, konterte Baldarich gelassen. »Ich will es jedoch zu euren Gunsten bewerten. Dennoch frage ich euch, was ihr hier wollt!«

Hariwinius überlegte kurz, was er antworten sollte. Ihm erschien Baldarichs Trauer um die Toten nicht echt. Daher fasste er wieder Mut und musterte sein Gegenüber mit einem energischen Blick.

»Wir sind auf der Suche nach meiner Schwester. Sie muss sich mit einigen ihrer Sippe auf diese Seite der Sümpfe durchgeschlagen haben.«

In dem Augenblick schwang das Pendel um. Hatte bislang Baldarich das Gespräch beherrscht, so war es nun Hariwinius. Baldarich fluchte, als die Rede auf Gerhild kam, und langte sich unbewusst an seinen rechten, immer noch geschwächten Arm. »Deine Schwester ist mir noch einiges schuldig!«

»Diese Schuld solltest du nicht selbst eintreiben, sondern Rom überlassen!«, erklärte Hariwinius lächelnd.

»Niemals!«, stieß Baldarich hervor.

»Willst du dir das Imperium zum Feind machen? Es besitzt mehr Legionen, als dein Stamm Hundertschaften aufstellen kann. Wenn du Rom herausforderst, werden diese Wälder unter dem Marschtritt der Legionäre erbeben!«

Die Macht Roms war ein Argument, dem Baldarich sich nicht entziehen konnte. Auch wenn Caracallas Feldzug seine eigene Stammesabteilung nicht betroffen hatte, so war ihm bekannt, wie es anderen Gruppen ergangen war. Dennoch wollte er nicht so einfach nachgeben.

»Deine Schwester besitzt etwas, das für mich von hohem Wert ist. Ich habe es damals, als ich in euren Landen weilte, verloren«, sagte er lauernd.

»Du meinst dieses seltsame Schwert? Sie besitzt es immer noch.« Hariwinius legte damit einen Köder, von dem er hoffte, dass der andere ihn schlucken würde. Gerhilds Sueben und die Stämme des Ostens waren niemals Freunde gewesen, und das konnte ihm helfen, ein Abkommen mit Baldarich zu schließen.

»Ich will meine Schwester lebend und unversehrt«, setzte er hinzu. »Hilfst du mir, sie zu fangen, kannst du dein Schwert haben.«

»Das Schwert ist mir zu wenig«, antwortete Baldarich harsch. »Ich will die Zusicherung, dass Rom sich mit dem Gebiet jenseits des Moores begnügt und meine Herrschaft auf dieser Seite anerkennt!«

Eine solche Vereinbarung war nichts, was ein schlichter Decurio eingehen konnte. Selbst Quintus hätte dafür die Zustimmung des Imperators gebraucht. Hariwinius dachte jedoch nicht daran, auf solche Formalien Rücksicht zu nehmen, denn Verträge waren dazu da, gebrochen zu werden, sobald sich eine günstige Gelegenheit dazu ergab.

»Ich bin einverstanden!«, sagte er zu Baldarich. »Du hilfst mir, Gerhild zu finden und einzufangen, dafür erkennt Rom dich als Herrscher über dieses Gebiet an.«

Baldarich wusste zu wenig über das Imperium Romanum, um zu begreifen, dass Hariwinius' Versicherung nichts wert war. Um sich gegen alle Widersacher durchsetzen zu können, benötigte er jene Unterstützung, die ihm ausschließlich die Anführer der hier lebenden Stammesabteilungen bieten konnten. Aber die war nur durch Geschenke zu gewinnen, und solche besaß er nicht.

»Halt!«, sagte er daher. »Ich fordere noch etwas, nämlich ein Dutzend goldener Becher und Pokale und andere Preziosen, die meinen Stammesbrüdern als Freundschaftsgaben willkommen sind.«

Hariwinius war Germane genug, um zu wissen, worauf der Mann hinauswollte, und nickte. »Die sollst du erhalten!«

»Dann ist es beschlossen!« Baldarich war erleichtert, denn ein Abkommen mit Rom gab ihm freie Hand, sich alle Stämme in dieser Gegend zu unterwerfen. Dazu brauchte er allerdings mehr als die knapp fünfzig Reiter, die er bei sich hatte. Da es hier Stammesgruppen gab, von denen er annahm, dass sie sich ihm aus Angst vor den Römern freiwillig anschließen würden, hoffte er, bald über genug Krieger zu verfügen.

»Gerhild und ihre Leute dürften sich an eine gut verborgene Stelle zurückgezogen haben, müssten aber von einigen bemerkt worden sein. Genau das werde ich herausfinden. Bezieh mit deinen Männern ein festes Lager und warte, bis ich dir einen Boten schicke«, schlug er vor.

Hariwinius schüttelte entschieden den Kopf. »Die Schlagkraft meiner Männer beruht auf ihrer Beweglichkeit! In einem Lager wäre sie vergeudet.«

»Ich kann nicht mit Römern an meiner Seite zu meinen Stammesbrüdern reiten«, wandte Baldarich ein.

»Das sollst du auch nicht«, erklärte Hariwinius von oben herab. »Sorge dafür, dass diese Barbaren friedlich bleiben und uns nicht behindern. Von ihnen will ich nichts. Mir geht es nur um meine Schwester.«

»Und mir um mein Schwert!«, antwortete Baldarich und streckte Hariwinius die Hand hin.

Dieser ergriff sie und lächelte. »Wenn wir beide Frieden halten, wird jeder bekommen, was er will.«

»Das ist ein Wort!« Baldarich ließ Hariwinius' Hand los und wies auf zwei seiner Männer. »Ich gebe dir Egino und Berthoald als Führer mit. Sie kennen sich in diesem Land aus, und Egino kennt sogar einen Weg durch das Moor nach Westen, solltest du gezwungen werden, dich in dieser Richtung zurückzuziehen!«

»Das wird nicht geschehen«, antwortete Hariwinius selbstbewusst.

Dennoch war er froh um zwei Männer, die sich in dieser Gegend auskannten, und bedankte sich bei Baldarich.

Während dieser zu seinem Aufgebot zurückkehrte, blieben Egino und Berthoald bei dem Römling – wie sie den Reiteroffizier germanischer Herkunft unter sich nannten.

Hariwinius sah die beiden Stammesangehörigen fragend an. »Sprecht ihr Latein?«

Da die beiden ihn verwirrt anschauten, war klar, dass dies nicht der Fall war. Das erleichterte ihn, denn so konnte er mit seinen Soldaten reden, ohne von den beiden Kerlen verstanden zu werden. Wie wichtig das war, zeigte sich schon wenig später, als er den Decurionen der drei anderen Turmae von seiner Abmachung mit Baldarich berichtete.

Porcius, der Anführer der dritten Turma, schüttelte empört den Kopf. »Du hattest kein Recht dazu, diesem Barbaren all das zuzugestehen!«

»Das weiß Baldarich aber nicht«, antwortete Hariwinius achselzuckend.

Porcius gab sich noch nicht geschlagen. »Er kann eine Gefahr für uns werden, wenn er die Barbaren dieser Gegend unter seinem Kommando vereint.«

»Das werden wir zu verhindern wissen«, erklärte Hariwinius.

»Daher wird Balbus mit zehn Reitern aufbrechen, um Quintus zu informieren. Unser Statthalter soll einige Zenturien in Marsch setzen. Gemeinsam werden wir Baldarichs Ambitionen ein baldiges Ende bereiten. Wir reiten unterdessen weiter nach Süden, denn dort muss Gerhild sich irgendwo versteckt haben.«

»Du willst zehn Mann zurückschicken, obwohl wir nicht wissen, ob sie unterwegs auf eine Übermacht an Barbaren treffen? Dazu müssten wir mit einer noch mehr geschwächten Truppe vorrücken!«, rief der Decurio der zweiten Turma empört.

»Balbus kennt dieses Land und wird durchkommen. Außerdem gebe ich ihm Egino mit. Der kennt einen Weg, auf dem er Quintus' Kohorte direkt durch das Moor führen kann. Auf diese Weise werden sie unerwartet im Rücken der Barbaren auftauchen und sie packen können, bevor die sich gesammelt haben«, erklärte Hariwinius mit einem zufriedenen Grinsen.

»Aber wir dürfen Baldarich nicht aus den Augen lassen. Gelingt es ihm, Gerhild und das Schwert in die Hand zu bekommen, wird er sie zum Weib nehmen und damit beide Stämme vereinen. Dann steckten wir wirklich in Schwierigkeiten. Und nun macht, dass ihr in die Sättel kommt! Ich gebe meine Befehle ungern zweimal.«

Porcius hätte am liebsten noch einiges eingewendet, hielt aber den Mund, um Hariwinius nicht noch mehr zu verärgern. Stattdessen trat er zu Berthoald und Egino und sprach sie in deren Sprache an.

»Wenn ihr Verrat üben wollt, lasst das besser sein. Ich würde euch nämlich mit größtem Vergnügen zu Tode schinden lassen!«

Damit, so sagte er sich, war alles geklärt. Was nun kam, mussten die Parzen entscheiden.

12.

Gerhild war ihren Leuten ein Stück vorausgeritten, um den Weg zu erkunden. In ihrer Tracht und dem Marderfellmantel wirkte sie von weitem wie ein junger Mann edler Abkunft. Mit aufmerksamen Blicken musterte sie die Umgebung und kämpfte gleichzeitig gegen die Unsicherheit an, die sie seit dem Vortag empfand.

Hatte sie richtig entschieden, indem sie das Moorgebiet wegen der vielen Menschen, die sich ihr anvertraut hatten, weiträumig umgehen wollte? Wäre es nicht besser gewesen, doch den Weg mitten hindurch zu nehmen? In dieser Gegend konnten sie jederzeit auf römische Patrouillen treffen. In die Sümpfe aber hätten die Römer ihnen niemals zu folgen gewagt.

Noch während sie überlegte, ob sie nicht doch umkehren sollte, entdeckte sie auf dem Hügel gegenüber ein metallisches Blitzen. Sie lenkte ihre Stute hinter ein Gebüsch und stieg ab, um nicht entdeckt zu werden. Gleichzeitig ließ sie jene Stelle nicht aus den Augen. Erneut leuchtete ein Metallteil im Sonnenschein auf. Also zogen dort Krieger! Es mussten Römer sein, denn nur deren Rüstungen blinkten so hell. Gerhild schwankte, ob sie sich zurückziehen oder die Fremden näher auskundschaften sollte. Wahrscheinlich folgten sie dem Höhenweg, denn die Talaue war dicht bewachsen und so feucht, dass Pferde bis zu den Fesseln in den Boden einsinken würden.

Gerhild schätzte die Richtung, in die die anderen zogen, und nahm an, dass diese sich ihrem jetzigen Standpunkt bis auf zweihundert Schritte nähern würden. Um erkennen zu können, um wen es sich handelte, war das zu weit. Kurz entschlossen führte sie die Stute am Zügel und schärfte ihr ein, still zu sein. Zurücklassen wollte sie Rana nicht, weil Reiter sie, wenn sie entdeckt wurde und zu Fuß floh, leicht einholen würden.

Ein ausgedehntes Buschwerk in der Nähe des Weges bot Gerhild und ihrem Pferd Deckung. Sie behielt die Zügel in der einen Hand und bog mit der anderen ein paar Zweige beiseite, um besser sehen zu können. Es dauerte noch etwas, bis sie Hufschläge vernahm. Kurz darauf sah sie den ersten Reiter.

Es war tatsächlich ein römischer Soldat. Ihm folgten weitere Reiter und ein Krieger in der Tracht der östlichen Stämme. Bei seinem Anblick spannte sich alles in Gerhild an. Es war einer der Krieger, die mit Baldarich in ihr Dorf gekommen waren. Später hatte dieser Mann Baldarichs Pferd am Zügel gefasst und war mit seinem Anführer aus Hailwigs Dorf geflohen. Ihn im vollen Waffenschmuck bei den Römern zu sehen erfüllte sie mit Sorge. Sowohl Baldarich wie Rom waren Feinde ihres Volkes, und sie besaß viel zu wenig Krieger, um sich auch nur gegen einen der beiden Gegner behaupten zu können.

Zu ihrer Erleichterung war sie nahe genug, um zu verstehen, was die Männer sagten. Da die römischen Reiter jedoch Latein sprachen, verstand sie sie nicht, prägte sich aber einige Worte ein, die sie Julius nennen wollte.

Eines der römischen Pferde roch die Stute und wieherte. Sofort legte Gerhild eine Hand auf Ranas Maul, doch diese schnaubte nur leise. Die römischen Soldaten achteten nicht auf das Wiehern, sondern zogen weiter. Dennoch wartete Gerhild noch eine Weile, bis sie sicher sein konnte, dass sie unbemerkt blieb. Dann führte sie ihre Stute aus dem Gebüsch, schwang sich in den Sattel und ritt quer zu der Richtung, die die Feinde eingeschlagen hatten, davon.

Unterwegs fragte sie sich, was das unerwartete Auftauchen der römischen Reiter bedeutete. Sie hatte diese Männer weiter im Süden vermutet, und es beunruhigte sie stark, dass der Trupp von Norden gekommen war. Als sie ihre Truppe erreicht hatte, winkte sie ihnen, stehen zu bleiben.

Sofort gesellten sich Julius und Marcellus sowie zwei ihrer Krieger zu ihr. »Was ist los?«, fragte Julius angespannt.

»Ich habe römische Reiter entdeckt. Sie kamen aus dem Norden!«

»Also hat Hariwinius in diese Richtung Patrouillen ausgesandt. Ich hätte es nicht anders gemacht!«, antwortete Julius leichthin.

»Es ist schlecht – und zwar für uns!«, unterbrach Gerhild ihn. »Es waren zehn Reiter, und einer von Baldarichs Kriegern war bei ihnen!«

»Will diese Ratte sich etwa mit den Römern verbünden?« Julius wollte es erst nicht glauben, sagte sich dann aber, dass sein Vetter ein verschlagener Mann war, der seinen Vorteil suchte, wo immer es ging. Wenn er sich von einem Zusammengehen mit dem Imperium einen Gewinn erhoffte, würde er es tun.

»Ich konnte ein paar Reiter belauschen«, erklärte Gerhild und sprach den ersten Satz aus, der ihr im Gedächtnis geblieben war.

Als Julius und Marcellus lachten, fuhr sie wütend auf. »Was soll das?«

»Du sagtest gerade, dass du es Livia, wenn du ins Lager zurückkommst, kräftig besorgen würdest«, spottete Julius anzüglich.

»Verfluchtes Latein!«, fauchte Gerhild und fragte sich, ob sie den Rest überhaupt noch sagen sollte. Die Sorge um ihre Leute überwog jedoch ihre Eitelkeit, und sie nannte einige weitere Satzbruchstücke und einzelne Worte. Diesmal lachte keiner, und Julius' Miene wurde sogar sehr ernst.

»Das klingt gar nicht gut! Hariwinius hat sich tatsächlich mit Baldarich verbündet, und wenn ich deine Worte richtig ergänze, wollen sie die Stämme auf der Ostseite des Moores gemeinsam unterwerfen.«

»Wenn die Römer und Baldarich sich verbünden, sind wir verloren«, rief Gerhild erschrocken.

»Nicht, wenn wir uns in die Wälder zurückziehen und die Feinde in Hinterhalte locken. Noch ist Baldarich nicht der Fürst der Semnonen, denn dazu braucht er Ruhm und Erfolg. Das aber werde ich zu verhindern wissen!«

Julius' Stimme klang hart, und so fragte Gerhild sich ein weiteres Mal, was zwischen den beiden Vettern vorgefallen sein mochte. Lutgardis hatte ihr zwar einiges erzählt, doch das konnte nicht alles gewesen sein.

»Wir müssen unsere Leute so schnell wie möglich warnen«, erklärte sie. »Es macht keinen Sinn, weiter am Rand des Moores entlang nach Norden zu ziehen. Wie es aussieht, befindet Hariwinius sich mit seinen Reitern vor uns. Wir könnten ihm in die Arme laufen!«

»Die Reiter, die du gesehen hast, könnten genauso gut eine Patrouille gewesen sein, die zu ihm zurückkehrt«, wandte Julius ein. »Ich kann mir nicht vorstellen, dass er mit vier Turmae so tief in fremdes Land vorgedrungen ist. Er müsste damit rechnen, auf Stämme zu treffen, die wir auf unserem Feldzug aus dem Taubertal verjagt haben. Diese würden ihn ohne Rücksicht auf ihr eigenes Leben angreifen.«

Julius' Überlegung klang vernünftig, dennoch war Gerhild anderer Überzeugung. Da sie den Ehrgeiz ihres Bruders kannte, traute sie ihm zu, unvernünftig große Risiken einzugehen. Außerdem hatten die römischen Reiter gesagt, Hariwinius habe ein Bündnis mit Baldarich geschlossen. Da einer von dessen Männern die Reiter begleitete, hieß dies, dass sich sowohl Baldarich wie auch Hariwinius irgendwo weiter im Norden befanden. Damit war ihr und ihren Leuten dieser Weg versperrt.

»Wir kehren um und nehmen den Pfad durch das Moor. Er ist sicherer«, erklärte sie.

»Davon rate ich ab!«, antwortete Julius abwehrend. »Ich bin sicher, dass Hariwinius am Rande des Moores Wachtposten zurückgelassen hat. Selbst wenn wir jeden Knaben mitrechnen, verfügen wir über kaum mehr als vier Dutzend Krieger und können uns nicht auf einen Kampf mit einem überlegenen Feind einlassen!«

Gerhild sah ihn durchdringend an. »Über wie viele Reiter verfügt Hariwinius?«

»Etwa zweihundert«, antwortete Julius.

»Zehn davon habe ich gesehen. Er hat gewiss nicht weniger als hundertfünfzig Reiter bei sich und kann daher höchstens ein Viertel seiner Gesamtzahl westlich des Moores zurückgelassen haben. Die müssen ein Gebiet überwachen, das mehrere Tagesreisen weit reicht, und das können sie nicht von einer Stelle aus. Also müssen sie mindestens drei Posten aufstellen. Wenn wir diese früh genug bemerken, können wir sie umgehen!« Gerhilds harte Miene verriet ihm deutlich, dass sie sich nicht umstimmen lassen würde.

Da sich auch die Männer ihres Stammes ihrer Meinung anschlossen, schüttelte Julius in gespielter Verzweiflung den Kopf.

»Das ist doch Unsinn! Wir müssten mehr als zwei Tage nach Süden ziehen, um den Weg durch die Sümpfe zu erreichen. In der Zeit können Hariwinius' Patrouillen uns jederzeit entdecken und abfangen!«

»Mein Gefühl sagt mir, dass ich richtig handle«, erwiderte Gerhild. »Doch wenn dir dieser Weg zu gefährlich ist, dann zieh mit deinen Männern weiter nach Norden um das Moor herum. Beschwere dich aber nicht, wenn du unterwegs auf Hariwinius' Reiter triffst!«

Julius musterte Gerhild mit gespielt verblüfftem Gesichtsausdruck. »Was für ein stacheliges Gemüt in einer so hübschen Hülle! Solltest du einmal heiraten, so nenne mir den Namen des Unglücklichen, damit ich ihn bedauern kann.«

Mit einem empörten Zischen hob Gerhild die Hand, um ihm eine Ohrfeige zu verpassen, ließ es aber sein und kehrte ihm brüsk den Rücken.

Ihre Leute nahmen die Änderung der Pläne eher beifällig hin. Einige meinten sogar, es wäre ihnen lieber, den Weg durch die Sümpfe zu nehmen, anstatt nach Norden zu ziehen und in das Gebiet unbekannter Stämme zu geraten.

Während sich die Gruppe der Sueben südwärts wandte, sahen Julius' Reiter ihren Anführer an.

»Was sollen wir jetzt machen?«, fragte Marcellus.

Julius spie aus und ballte die Faust, winkte dann aber mit einer verärgerten Geste ab. »Am liebsten würde ich Gerhild den Hintern gerben, dass sie drei Tage lang nicht mehr sitzen kann.«

»Ich werde dich hinterher betrauern, denn ich glaube nicht, dass du den Versuch überleben würdest«, antwortete Marcellus lachend. »Aber das beantwortet nicht meine Frage. Was tun wir? Trennen wir uns jetzt von Gerhild und ihrer Gruppe und reiten weiter, oder folgen wir ihr?«

»Wir können sie nicht ohne Schutz lassen! Die Leute besitzen nur ein paar von den Römern erbeutete Waffen, und wenn sie wirklich auf Hariwinius' Patrouillen treffen, werden diese sie mühelos niedermachen«, stieß Julius hervor und zog seinen Hengst herum. Es gab noch einen weiteren Grund, weshalb er Gerhild nicht verlassen konnte. Sie trug das Fürstenschwert seines Stammes, und wenn Baldarich tatsächlich ein Abkommen mit den Römern getroffen hatte, so hatte er mit Sicherheit diese Waffe als Siegesbeute gefordert. Befand sich das Schwert erst einmal in seinem Besitz, würde er einige bisher noch zögernde Semnonengruppen auf seine Seite ziehen und sich zum Fürsten des gesamten Stammes aufschwingen. Das aber wollte Julius unter allen Umständen verhindern.

478

ACHTER TEIL

Stürmische Tage

1.

Baldarich war mit seiner kleinen Schar immer weiter nach Westen geritten und wusste bereits das nördliche Ende des Sumpfgebiets vor sich, als ihm einer seiner Späher ein Dorf meldete.

»Es müssen Angehörige unseres Volkes sein. Das habe ich an den geschnitzten Pfeilern am Eingang der Umfriedung gesehen«, setzte er aufgeregt hinzu.

»Es können Flüchtlinge aus dem Taubertal sein«, meinte Baldarich.

»Dafür sind die Häuser zu alt, und auf dem Rieddach der Fürstenhalle wächst dickes Moos. Außerdem gibt es hier genug Krieger, um eine Schar wie die unsere abwehren zu können!«

»Dann sollten wir die Schwerter in den Scheiden lassen und mit den Bewohnern reden«, erklärte Baldarich und ritt auf das Dorf zu. Dort hatte man sie schon entdeckt und sich kampfbereit gemacht.

Vor den vordersten Kriegern blieb er stehen und hob die Hand zum Friedensgruß. »Ich bin Baldarich, Sohn des Baldamer, des Fürsten der Semnonen!«

Ein Mann mittleren Alters trat ein paar Schritte auf ihn zu und stützte sich auf den langen Stiel seiner Axt. »Der letzte Fürst, von dem wir hörten, hieß Volchardt!«, sagte er mit abweisender Stimme.

»Volchardt war mein Oheim, der Bruder meines Vaters, und dieser ist ihm als Fürst gefolgt«, erklärte Baldarich.

»Es hieß, Volchardt habe einen Sohn, der ihm nachfolgen sollte«, wandte der Mann ein.

»Mein Vetter war zu jung, und so haben die Edlen des Stammes meinen Vater auf den Schild gehoben!« Langsam kochte in Baldarich die Wut. Was bildete dieser Dorfhäuptling sich ein, die Rechtmäßigkeit seines Anspruchs zu hinterfragen?

»Man sagte, Volcher sei so alt wie du«, fuhr der Mann ungerührt fort.

»Er ist in der Fremde verdorben! Daher ist es mein Recht, unseren Stamm anzuführen.« Baldarich klopfte auf seinen Schwertgriff, um anzudeuten, dass er diesen Anspruch mit der Waffe in der Hand durchzusetzen gedachte. Auch wenn er den rechten Arm noch nicht richtig gebrauchen konnte, war er seinem Gegenüber gewiss überlegen.

»Es mag sein«, antwortete dieser. »Doch es heißt, dass der wahre Fürst das heilige Schwert trägt. Weise es vor, und du wirst meine Halle als geehrter Gast betreten.«

Baldarichs Miene verriet für einen Augenblick Ärger, weil diese Waffe sich immer noch in Gerhilds Besitz befand. Doch da er sein jetziges Schwert nach dessen Vorbild hatte schmieden lassen, würde es als Beweis reichen. Einen Mann aus seinem Dorf hätte er nicht damit täuschen können, doch an diesem Ort hatte gewiss noch niemand die richtige Klinge gesehen. Mit einer scheinbar gelassenen Geste zog er die Waffe und reichte sie dem Dorfbewohner.

Der Mann ergriff das Schwert, drehte es in den Händen und wandte sich einer alten Frau zu, die in einem Kleid aus gebleichtem Leinen steckte und auf dem Kopf eine Mütze trug, an die Fellstreifen unterschiedlicher Tiere angenäht waren. Diese bildeten eine Art Schleier, der ihr Gesicht verdeckte. Als sie mehrere dieser Fellstreifen mit der Hand beiseiteschob, waren blicklose, blinde Augen zu sehen.

Als der Häuptling des Dorfes ihr das Schwert reichte, konnte Baldarich ein spöttisches Lächeln nicht unterdrücken. Selbst wenn die alte Priesterin in ihrer Jugend einmal das Fürsten-

482

schwert gesehen hatte, so würde sie dessen Kopie niemals vom Original unterscheiden können.

Die Frau fiel in einen monotonen Singsang und leckte mehrmals an der Klinge und am Griff. Danach gab sie das Schwert zurück. »Das ist nicht die Waffe, die Wuodan einst dem Sohn schenkte, den er mit Semna zeugte und welcher der erste Fürst unseres Stammes wurde.«

Mit einer Geste des Abscheus warf ihr Anführer Baldarich das Schwert vor die Füße. »Du bist ein Betrüger, Baldarich, so wie auch dein Vater ein Betrüger gewesen ist. Verlasse dieses Dorf und kehre nie wieder zurück!«

Auf Baldarich wirkten diese Worte wie ein Schlag ins Gesicht. »Du nennst mich einen Betrüger und meinen Vater ebenfalls?«, schrie er. »Das wirst du bereuen!«

»War dein Vater etwa kein Betrüger?«, fragte das Dorfoberhaupt in höhnischem Tonfall. »Es heißt doch, er habe sich die Fürstenwürde nach dem Tod seines Bruders Volchardt angemaßt und dabei das Nachfolgerecht von dessen Sohn Volcher missachtet. Wuodan strafte ihn dafür, denn er starb nur ein halbes Jahr später, und du wurdest von den Ältesten des Stammes nicht für würdig erachtet, ihm nachzufolgen.«

Zwar hatten die Anführer des Stammes ihn nicht zu ihrem Fürsten erhoben, ihm aber das Fürstenschwert überlassen und angedeutet, ihn anzuerkennen, wenn er sich dieser Waffe würdig erweisen sollte. Dennoch waren die Vorwürfe nicht ganz unberechtigt, und das schmerzte Baldarich doppelt. Er begriff aber, dass er bei einer Stammesgruppe, die bereits seinen Vater abgelehnt hatte, nichts erreichen konnte. Zwar hätte er ihren Anführer am liebsten niedergeschlagen, aber dessen Gefolge zählte mehr Köpfe als das seine, und die Männer sahen so aus, als könnten sie mit ihren Waffen umgehen. Da er sich keine Verluste erlauben konnte, die ihn im Kampf um die Fürstenwürde schwächten, wies Baldarich einen seiner Männer an, das Schwert vom Boden aufzuheben und ihm zu reichen. Mit einer energischen Bewegung schob er es in die Scheide zurück und stieg auf sein Pferd. Er wendete es bereits, da sah er sich noch einmal zu dem Dorfhäuptling um.

»Du hättest einer meiner engsten Gefolgsleute werden können. Denke daran, wenn meine Rache dich trifft!« Danach gab er seinem Pferd die Sporen und ritt schnell davon.

Einer der Krieger aus dem Dorf hob seinen Wurfspeer, doch bevor er ihn schleudern konnte, legte ihm sein Anführer die Hand auf die Schulter.

»Lass das! Baldarich kam in Frieden und soll in Frieden reiten. Wenn er sich jedoch ein nächstes Mal in unser Dorf wagt, kannst du mit ihm die Raben füttern.«

Während der Krieger enttäuscht den Wurfspeer senkte, winkte der Fürst einen der Jungmannen zu sich. »Ich traue Baldarich nicht! Folge ihm und berichte mir, was er tut.«

»Das werde ich!« Der Bursche stieß einen kurzen Pfiff aus, und sofort trabte ein stämmiges Pony heran. Ohne diesem einen Sattel aufzulegen, schwang er sich auf seinen Rücken und stieß ihm die Hacken in die Seiten. Er lachte dabei, doch jeder wusste, dass er, wenn Baldarich und dessen Männer ihn entdeckten, sehr schnell verschwinden musste.

2.

Noch nie hatte Baldarich eine solche Abfuhr hinnehmen müssen. Kochend vor Wut rief er, als das Dorf hinter ihnen verschwunden war, einen seiner Vertrauten zu sich.

»Reite zu Hariwinius und melde ihm, dass er dieses Dorf angreifen und die Männer niedermachen soll. Mit den Weibern können er und seine Krieger verfahren, wie es ihnen beliebt!«

»Aber es sind Leute aus unserem eigenen Stamm«, wandte der Mann verwirrt ein.

Für ihn war das Ganze eine Sache zwischen den beiden Anführern. Sobald Baldarichs Arm verheilt war, hätte er den Häuptling des Dorfes zum Zweikampf fordern müssen. Ihn und die ganzen Dorfbewohner den verhassten Römern zu überlassen widerstrebte ihm zutiefst.

Auch andere Krieger waren mit der Entscheidung ihres Anführers nicht einverstanden. Baldarich hätte einige von ihnen am liebsten niedergeschlagen. Aber er beherrschte sich und hob die Hand, um alle Aufmerksamkeit auf sich zu ziehen.

»Der Häuptling dieses Dorfes ist zum großen Teil schuld daran, dass mein Vater nur von einem Teil des Stammes als Fürst anerkannt worden ist. Auch gehörte er zu jenen, die verhindert haben, dass ich meinem Vater nachfolgen konnte. Da er sich mir auch in Zukunft widersetzen würde, müssen wir dafür Sorge tragen, dass die Römer sich mit ihm und seinen Leuten beschäftigen und diese schwächen, dabei aber auch selbst geschwächt werden.«

Baldarichs Worte wendeten das Blatt. Einer der Männer

schimpfte auf die Dörfler, die ihnen das Gastrecht verweigert hatten, obwohl sie Blutsverwandte waren, ein anderer nannte deren Anführer einen elenden Verräter, weil er Baldarichs Fürstenschwert hatte sehen wollen, obwohl jeder wusste, dass dieses bei den Sueben jenseits des Sumpfes verlorengegangen war.

»Ein Verräter! Genau das ist er«, rief Baldarich, um diesen Gefolgsmann zu bestärken.

Schließlich erhob keiner mehr Einwände, als sein Bote aufbrach, um Hariwinius aufzusuchen. Niemand bemerkte den jungen Krieger, der sie aus der Ferne beobachtete und sich dazu entschloss, dem einzelnen Mann zu folgen und nicht dem Trupp.

Wenig später vernahm er das dumpfe Aufschlagen vieler Pferdehufe auf festem Boden und versteckte sich samt seinem Pony im Gebüsch. Als er die römischen Reiter entdeckte, hielt er dem Tier die Nüstern zu, damit es ruhig blieb. Er hatte Glück, denn Hariwinius empfing Baldarichs Boten ganz in seiner Nähe, und so konnte er dessen Bericht wenigstens zum Teil verstehen.

»Baldarich lässt dich grüßen«, begann der Bote, »und dir ausrichten, dass sich vier Wegstunden weiter südlich das Dorf eines rebellischen Stammes befindet, der unterworfen werden muss, bevor er sich mit weiteren Feinden zusammenschließen kann.«

»Ein rebellisches Dorf, sagst du?« Hariwinius kniff die Augen zusammen. Immerhin ging es nicht nur um seine Schwester, sondern auch darum, genug Land zu erobern, damit Quintus eine große Provinz errichten konnte. Rebellen bedeuteten zudem mehr Rückhalt für Gerhild, und das musste er unterbinden. Seine Schwester sollte sich so in die Enge getrieben fühlen, dass ihr nichts anderes übrigblieb, als sich ihm und Quintus zu ergeben.

»Das lässt Baldarich dir ausrichten«, antwortete der Bote.

Ihm gefiel es gar nicht, Stammesbrüder an die Römer ausliefern zu müssen, doch es ging um die Fürstenwürde, die auch
Baldarichs Gefolgsleuten zu einem höheren Rang verhelfen
würde. Dabei konnte dieses Dorf den Ausschlag zugunsten
der Feinde seines Anführers geben.

»Vier Wegstunden nach Süden also?«, fragte Hariwinius weiter.

Der Bote nickte. »Ich soll euch hinführen, damit ihr nicht ein
falsches Dorf angreift. Baldarich braucht Gefolgsleute, um
dieses Land einmal beherrschen zu können.«

Hätte er über eine größere Anzahl von Reitern verfügt, wäre
Hariwinius in Versuchung geraten, mehr zu tun, als nur das
genannte Dorf anzugreifen. Mit Nadelstichen allein konnte er
den Barbaren keine heilige Furcht vor der Macht Roms ein-
bleuen, wie es notwendig wäre. Auch so stellte ein größeres
Dorf ein gewagtes Unternehmen dar.

Angespannt wandte er sich erneut an den Boten. »Über wie
viele Krieger verfügt dieses Dorf?«

»Etwa vierzig erwachsene Männer und ein Dutzend Knaben«,
antwortete Baldarichs Gefolgsmann.

»Damit sind wir ihnen dreifach überlegen!« Hariwinius nickte
erleichtert und wies den Boten an, sich an seiner Seite zu halten. Dann erteilte er den Befehl weiterzureiten.

Der junge Späher verhielt sich mucksmäuschenstill und betete
zu sämtlichen Göttern, die er kannte, dass sein Pony ihn nicht
verriet. Erst als Hariwinius und seine Männer in der Ferne
verschwunden waren, wagte er sich aus seinem Versteck.

Seine Gedanken wirbelten stärker als Blätter im Sturm. Mit
römischen Reitern auf dieser Seite des großen Moores hatte
niemand gerechnet, und noch weniger damit, dass ein Stam-
mesverwandter sie an diese verraten könnte. Wenn die Römer
ohne Vorwarnung über sein Dorf herfielen, würde es ein Blut-
bad geben.

»Ich muss schneller sein als diese Hunde«, murmelte der Bursche und schwang sich auf sein Pony. Er wusste, es würde ein Ritt gegen die Zeit werden, denn die Römer rückten rasch vor, und er musste einen Bogen schlagen, um nicht von ihnen entdeckt und abgefangen zu werden. Sein einziger Vorteil war, dass er die Gegend besser kannte als die Feinde. Mit diesem Gedanken stieß er dem Pony die Fersen in die Seiten und ließ es antraben.

»Du musst rennen, Mumpo«, murmelte er dem Tier ins Ohr. »Schneller als jemals zuvor!«

Es war, als hätte das Pony ihn verstanden, denn es streckte sich und schoss schnell wie ein Pfeil dahin.

3.

Der Späher gehörte zu den besten Reitern des Dorfes und wusste um die Verantwortung, die auf seinen Schultern ruhte. Er durfte nicht zu spät kommen, sonst fand er nur noch Tote und Sterbende vor.

»Schneller, Mumpo!«, feuerte er sein Pony an und beugte sich tief über den Hals des Tieres, um unter den Ästen der Bäume hinwegzutauchen. Allen konnte er nicht entgehen, und so erhielt er mehrere heftige Schläge ins Gesicht und gegen die Schultern. Zweimal glaubte er, in der Nähe Hufschläge zu vernehmen, konnte aber nicht feststellen, ob diese nun von den Pferden der Römer oder von Baldarichs Trupp stammten.

Nach einer Zeit, die ihm schier endlos erschien, erreichte er sein Heimatdorf. Sein Pony keuchte wie ein Blasebalg, und Schaum troff von seinem Maul. Der junge Bursche sprang ab und eilte auf seinen Anführer zu.

»Baldarich hat uns an die Römer verraten! Sie werden bald hier sein. Es sind mindestens viermal so viele Reiter, wie wir Krieger aufbringen können«, meldete er atemlos.

Der Häuptling des Dorfes hatte keinen Zweifel daran, dass er die Wahrheit sagte. »Gegen eine solche Schar können wir das Dorf nicht halten, zumal ich Baldarich zutraue, auf Seiten der Römer einzugreifen«, sagte er scheinbar gelassen.

Dann fuhr ein Ruck durch seinen Körper, und seine Stimme klang hart und entschieden. »Wir nehmen nur das Nötigste mit und fliehen in die Wälder. Wenn die Römer uns dorthin folgen, können wir sie aus dem Schutz des Dickichts heraus bekämpfen. Macht, so schnell ihr könnt! Wir müssen weg sein, bevor sie hier auftauchen. Wie viel Zeit bleibt uns?« Die Frage galt seinem Späher.

Dieser wies nach Norden. »Sie kommen von dort und werden das Dorf in einer Zeit erreichen, in der die Sonne weniger als eine Handbreit über den Himmel wandert.«

»Das ist knapp, aber es muss uns reichen«, erklärte sein Anführer.

»Aber wie sollen wir überleben, wenn wir alles zurücklassen müssen?«, fragte eine Frau entsetzt.

»Der Wald wird uns ernähren«, antwortete er mit einem Achselzucken. »Beeilt euch! Wenn die Römer kommen, müssen wir fort sein.«

Auf diese Worte hin rannten alle in ihre Hütten und rafften an sich, was sie mitnehmen wollten. Ihr Fürst musterte jeden, der auf den Dorfplatz zurückkehrte, und befahl, einige Dinge, die er als hinderlich ansah, zurückzulassen. Dann trieb er die Letzten, die sich nicht entscheiden konnten, persönlich aus ihren Häusern. Er selbst holte seine Rüstung und seine Waffen aus seiner Halle sowie einen Sack mit Vorräten, die für mehrere Tage reichen sollten.

Schließlich prüfte er die Ausrüstung jedes Mannes und schalt einige, die statt Äxten, Speeren und Essbarem andere Dinge mitnehmen wollten. Als die Zeit, die er genannt hatte, verstrichen war, setzte er sich an die Spitze des Zuges und marschierte los.

Sein Stellvertreter kam an seine Seite und wies auf die Hütten.

»Sollen wir sie nicht niederbrennen, damit den Römern keine Beute bleibt?«, fragte er.

»Sie sollen Beute machen und sich dabei aufhalten. Dies gibt uns mehr Zeit, um zu entkommen«, antwortete der Häuptling. »Außerdem würde der Rauch der brennenden Häuser die Römer dazu bringen, schneller vorzurücken, und wir hätten sie damit noch eher am Hals.«

»Das sehe ich ein«, antwortete sein Gefolgsmann. »Doch was

tun wir, wenn die Römer sich hier festsetzen, so wie es bereits jenseits des großen Moores geschehen sein soll?«

Sein Anführer lächelte freudlos. »Dann vertreiben wir sie! Das hier ist unser Land und wird es bleiben.«

»Dazu sind wir viel zu schwach«, wandte sein Stellvertreter ein.

»Allein sind wir es. Doch wenn alle Mannen in diesen Landen zusammenstehen, können wir die Römer besiegen! Es gibt Zeichen, dass dieser Tag nicht mehr fern ist. Unsere Stammesbrüder, die aus dem Land an der Tauber geflohen sind, berichten, Wuodan habe ihnen eine seiner Schildmaiden geschickt, um sie vor dem Feind zu warnen. Andere sagen, es wäre Gerhild gewesen, eine Fürstentochter aus Teiwaz' Blut. Sie wird unsere Stämme im Namen der Götter gegen den Feind vereinen.«

»Teiwaz? Dann müsste sie eine Neckar-Suebin sein! Aber dieser Stamm leckt den Römern schon seit Generationen die Füße«, erwiderte sein Freund verächtlich.

»Sie stammt nicht vom Neckar, sondern von Fürst Hariberts Stamm an Kocher und Jagst. Sie haben einen hohen Preis für die Freundschaft mit den Römern gezahlt, denn deren Herrscher Caracalla ließ die meisten ihrer Krieger hinterrücks niedermetzeln. Deshalb hat Wuodan die Fürstentochter Gerhild zu seiner Schildmaid gemacht und sie mit dem Kampf gegen die Feinde betraut. Dazu trägt sie das heilige Schwert unseres Volkes!«

»Aber sie ist keine Semnonin!«

Der Fürst lächelte versonnen und sein Gesicht strahlte Wärme aus. »Einst zählten wir alle zum großen Bund der Sueben. Die Stämme im Westen blieben bei diesem Namen, während unsere Stämme wieder die alten Namen tragen. Es ist an der Zeit, uns erneut zu vereinen und dem Feind gemeinsam zu widerstehen.«

»Baldarich steht gegen uns, und der ist der Sohn unseres letzten Fürsten!«

»Es gibt Gerüchte, Baldarich und sein Vater Baldamer hätten unseren Fürsten Volchardt hinterrücks ermordet und dessen Sohn Volcher vertrieben. Deshalb habe ich Baldamers Herrschaft ebenso wenig anerkannt, wie es andere Teilfürsten der Semnonen taten. Auch die Götter zürnten Baldamer, denn sie beließen ihm die angemaßte Würde nicht länger als ein halbes Jahr. Dann starb er – nicht im heldenhaften Kampf, sondern an einer Krankheit! Nun aber sollten wir unseren Atem nicht weiter mit Gerede verschwenden, sondern weitergehen. Oder willst du, dass der Feind uns einholt, bevor die Frauen und Kinder in Sicherheit sind?«

»Das will ich gewiss nicht«, erwiderte sein Freund schnaubend. »Ich frage mich nur, wie diese Gerhild sein wird und ob sie eigenhändig den Speer gegen die Feinde werfen wird.«

»Sie ist eine Schildmaid Wuodans und wurde von diesem mit Kräften ausgestattet, die die jeden Mannes übertreffen!«, antwortete der Fürst und sagte sich, dass es gar nicht anders sein konnte. Nur ein Krieger oder in diesem Fall eine Kriegerin, die Wuodan selbst zur Anführerin bestimmt hatte, war in der Lage, die Stämme zu vereinen und zum Sieg gegen das übermächtige Römische Reich zu führen.

4.

Als Julius aufgebrochen war, um Gerhild zu befreien, hatte er Vigilius mit der Hälfte seiner Reiter bei Lutgardis und ihren Leuten zurückgelassen. Es zeigte sich jedoch rasch, dass die Semnonen mehr auf Julius' Base hörten als auf einen Mann, dem der Ruch anhaftete, den Römern gedient zu haben.

Als wieder einmal einer der Semnonen Vigilius' Befehle missachtete, trat dieser grimmig auf Lutgardis zu. »So kann es nicht weitergehen!«, herrschte er sie an. »Entweder gehorchen mir diese Männer, oder du kannst mit ihnen verschwinden. Es ist auch so schwer genug, ohne Nachschub ein festes Lager aufzubauen.«

Lutgardis musterte den Mann, der ihr zu anderen Zeiten trotz einiger Narben hätte gefallen können. In ihr hallte jedoch immer noch die Erinnerung daran nach, dass Vigilius und die übrigen Männer aus Julius' Gefolge sie nach ihrer Gefangennahme hätten vergewaltigen sollen. Daher antwortete sie harscher, als er es eigentlich verdient hatte.

»Meine Leute werden keinem Römling gehorchen! Außerdem ist Julius mein Vetter. Daher ist es an mir, hier die Befehle zu geben!«

»Bist du übergeschnappt?«, rief Vigilius aufgebracht. »Das hier ist ein Kriegslager! Da haben Weiber nichts zu sagen. Außerdem hat Julius mir den Auftrag erteilt, deine Leute für den Kampf auszubilden. Das kann ich aber nur, wenn sie mir gehorchen und keine frechen Antworten geben. Den Nächsten, der das tut, den schlage ich nieder!«

»Nur zu! Dann erhältst du die Antwort eben von mir. Jeder

Semnone ist ein besserer Krieger als ihr Römerknechte«, höhnte Lutgardis. »Ihr könnt doch nur Schwächere überfallen und Weiber schänden!«

Vigilius holte bereits mit der Hand aus, um ihr eine Ohrfeige zu versetzen, beherrschte sich aber im letzten Moment, weil er sich daran erinnerte, wie es ihr in Quintus' Gefangenschaft ergangen war.

Da sie keine Antwort erhielt, giftete Lutgardis weiter. »Dir und deinen Kumpanen tut es gewiss leid, dass Gerhild mich befreit hat, bevor ihr mir ebenfalls Gewalt antun konntet.«

Bevor sie noch mehr sagen konnte, packte Vigilius sie bei den Schultern und schüttelte sie. »Höre mir gut zu, Weib! Jeder Reiter, der Julius in dieses Land gefolgt ist, hätte sich damals eher hinrichten lassen, als seine Base zu vergewaltigen! Doch so etwas verstehst du nicht. Ich sehe jedenfalls, dass es so nicht weitergehen kann. Da du mit deinen Leuten das Lager nicht verlassen willst, werden wir es tun!« Damit drehte er sich um und ging davon.

Lutgardis starrte ihm nach und begriff erst nach einer Weile, dass es ihm vollkommen ernst war. Ohne ihre Leute auch nur eines weiteren Blickes zu würdigen, befahl er seinen Reitern, ihre Zelte abzubauen und ihre Sachen zu packen.

Mit einem Mal erfasste es Lutgardis wie ein Fieberschauer. Das hatte sie nicht gewollt. Was würde Julius sagen, wenn er zurückkam?, fragte sie sich. Diese Männer waren seine Freunde und hatten sich gleich ihm von Rom losgesagt. Wenn sie jetzt gingen, war es ihre Schuld. Über ihre eigenen harschen Worte erschrocken, rannte sie los und packte Vigilius am Arm.

»Ihr dürft uns nicht verlassen. Wir haben zu wenig Krieger! Wenn Baldarich uns findet, sind wir verloren.«

»Das hättest du dir eher überlegen sollen. Wir reiten!«, gab Vigilius verärgert zurück.

»Wo wollt ihr hin?«, fragte Lutgardis voller Sorge.

»Wir werden das tun, was Julius bereits ins Auge gefasst hat, und schließen uns Gerhilds Leuten an. Diesen sind wir gewiss willkommener als dir und deinen Semnonen!«

»Gerhild!« Lutgardis atmete auf. Gleichzeitig fasste sie einen Entschluss.

»Wartet noch eine Weile. Wir kommen mit. Es ist besser, wenn wir uns alle zusammentun. Nur so können wir Baldarich widerstehen.«

»Du willst bei uns bleiben, obwohl wir Römlinge sind und nichts anders können, als wehrlose Leute abzuschlachten und Weiber gegen ihren Willen auf den Rücken zu legen?«, antwortete Vigilius bärbeißig. Gleichzeitig aber war er auch erleichtert. Immerhin war Lutgardis Julius' Base und er hätte sie nur ungern schutzlos zurückgelassen.

»Es tut mir leid, was ich gesagt habe«, flüsterte sie, während ihr die Tränen in die Augen stiegen. »Ich …«

»Ich nehme es dir nicht übel!«, unterbrach Vigilius sie. »Ich weiß doch, was du in Quintus' Gefangenschaft erdulden musstest.«

»Hätte Quintus euch wirklich umbringen lassen, wenn ihr euch geweigert hättet, mich zu vergewaltigen?«, fragte Lutgardis, während sie sich an Vigilius festhielt.

»Julius wies uns an, zu gehorchen, aber bei Wuodan, ich hätte es nicht gekonnt«, antwortete er.

»Bin ich so hässlich?«

»Natürlich nicht! Du bist sogar ein äußerst schmuckes Weibsbild. Bei allen Göttern, warum müsst ihr Frauen alles missverstehen?«, schnaubte Vigilius.

Auf Lutgardis' Lippen stahl sich ein Lächeln. »Müssen wir wirklich zu Gerhilds Leuten? Ich verspreche dir, dass meine Angehörigen dir in Zukunft gehorchen werden.«

»Es ist besser, wenn wir uns mit den Sueben zusammentun. Das hat auch Julius gesagt. Wir brauchen alle Mannen in dieser Gegend, wenn wir uns hier behaupten wollen.« Vigilius legte kurz den Arm um Lutgardis und grinste. »Glaub mir, es wird alles gut. Julius wird Gerhild befreien und mit ihr zusammen die Stämme vereinen. Dann können uns weder Baldarich noch die Römer schrecken!«

»Gebe Wuodan, dass deine Worte Wahrheit werden!« Lutgardis wischte sich energisch die Tränen aus den Augen und rief ihren Angehörigen zu, sich ebenfalls zum Abmarsch fertig zu machen.

»Ab jetzt werdet ihr Vigilius' Befehlen gehorchen! Julius hat ihn zu seinem Stellvertreter ernannt, und der ist unser Fürst.« Die Männer stimmten ihm zu, und die Frauen waren froh, dass endlich Frieden zwischen den beiden Gruppen herrschte. Einen kleinen Stich konnte Lutgardis sich jedoch nicht verkneifen. »Glaube nur nicht, dass du auch mir Befehle erteilen kannst, Vigilius!«

»Ich bin schon froh, wenn du mir keine erteilst«, antwortete er bärbeißig.

Lutgardis sah ihn nachdenklich an. »Es war sehr mutig von dir, Quintus' Befehl missachten zu wollen. Er ist ein böser Mann!«

»Allerdings!«

»Du bist anders«, fuhr Lutgardis mit einem Lächeln fort. »Fast könnte ich glauben, dass ich dich mag!« Sie hatte es kaum gesagt, da straffte Vigilius sich und grinste.

»Du gefällst mir auch! Vielleicht sollten wir am Abend ein wenig spazieren gehen!«

»Vielleicht«, antwortete Lutgardis und sah ganz so aus, als würde sie sich auf ein Beisammensein freuen.

5.

Gegen seinen Willen bewunderte Julius Gerhild. Diese schritt der Gruppe voraus durch das Moor, ohne sich auch nur im Geringsten von dem schwankenden Boden unter ihren Füßen beeindrucken zu lassen. Nur gelegentlich blieb sie stehen, um sich zu orientieren, ging dann rasch weiter, damit die Menschen, die sie führte, nicht zu lange auf einer Stelle verharrten und in Gefahr gerieten, dort zu versinken.

Im Gegensatz zu Gerhild und den Sueben, die ihrer Fürstentochter vertrauten, sahen Julius' Reiter so aus, als wäre ihr Lebensweg jeden Augenblick zu Ende. Ihr Anführer kannte sie als kampferprobte Männer, die nie vor einem Feind zurückgewichen waren. Hier standen ihnen jedoch keine Menschen aus Fleisch und Blut gegenüber, sondern das Land selbst, dessen Boden bei jedem Schritt nachgab, und der faulige Gestank des Moores, der sie so einhüllte, als wolle er sie schon im Leben zu einem Teil des Totenreichs machen.

»Wenn wir hier heil herauskommen, werde ich dem Jupiter Dolichenus ein Opfer darbringen«, stöhnte Marcellus, der den linken Fuß gerade noch rechtzeitig aus einem Sumpfloch hatte herausziehen können.

»Du solltest dich hinter mir halten und nicht seitwärts von mir gehen«, wies ihn Julius zurecht und fuhr dann grinsend fort: »Außerdem glaube ich nicht, dass ein römischer Soldatengott deine Opfer noch annimmt. Wir haben dem Imperium unseren Dienst aufgekündigt. Halte dich also besser an Teiwaz, Wuodan oder den Hammerträger!«

»He, ich bin keiner von euch flachshaarigen Barbaren, sondern stamme aus Spanien. Weiß der Hades, weshalb ich mich euch angeschlossen habe. In der römischen Armee müsste ich wenigstens nicht durch einen solch ekligen Sumpf stapfen!« Marcellus schüttelte sich, grinste dann aber verkniffen.

»Ich mache das nur wegen dir, du alter Krieger. Vergiss das nicht, wenn Quintus uns irgendwann einmal einfängt und wegen Desertierens kreuzigen lässt.«

»Ich habe nicht vor, mich einfangen und kreuzigen zu lassen«, antwortete Julius.

Bei diesen Worten eilten seine Gedanken weit voraus. Irgendwann würde er Baldarich zur Rechenschaft ziehen und diesen zwingen, den Mord an seinem Vater zu bekennen. Doch zuerst mussten sie heil aus diesem elenden Moor herauskommen.

»Bist du dir sicher, dass wir immer noch auf dem richtigen Weg sind?«, fragte er Gerhild, als der Boden zu seinen Füßen noch nasser wurde und das Wasser seine Stiefel aufweichte.

»Fürchtest du dich?«, fragte Gerhild mit einem sanften Lächeln, das ihre Anspannung verbergen sollte.

Als sie das Moor zum ersten Mal überwunden hatte, waren nur wenige Dutzend Leute bei ihr gewesen. Nun waren es mehr als dreihundert, und jeder von ihnen musste in die Fußstapfen des vor ihm Gehenden treten, um nicht an anderer Stelle einzusinken. Sollte jemand den Weg verfehlen, würde es schwer sein, ihn zu retten, denn der weiche Boden konnte die vielen Menschen nur kurze Zeit tragen. Wenn sie stehen bleiben mussten, würden alle in Gefahr geraten.

»Deine Männer sollen ihre Pferde enger bei sich führen«, sagte sie zu Julius. »Wenn ein Gaul in ein Sumpfloch gerät, müssen wir ihn zurücklassen.«

Julius nickte und wandte sich an Marcellus. »Lass deiner Mähre nicht so viel Zügel, sonst holen die Moorgeister sie und dich gleich mit dazu.«

»Ich kann mir einen schöneren Tod vorstellen, als in diesen Sümpfen elendiglich zu versinken«, antwortete der Reiter.

»Im Gegensatz zu euch Barbaren träume ich nicht davon, in der Schlacht zu sterben, sondern will es in meinem Bett tun, um das meine Enkel stehen und mich beweinen.«

»Dann solltest du nicht herumtorkeln wie ein betrunkener Schiffer«, antwortete Julius grinsend.

»Meinst du den in Sirmium, der in seinem Suff den Kahn, der uns über die Donau bringen sollte, zum Kentern gebracht hat? Wir mussten, an unsere Pferde geklammert, ans Ufer schwimmen und hatten die gesamte Ausrüstung verloren.«

Auch Marcellus grinste jetzt und spürte, wie seine Angst vor dem Moor ein wenig wich. Bislang hatte Gerhild sie gut geführt, und er begann zu hoffen, dass sie dies auch weiter tun würde.

Hätte Marcellus Gerhilds Gedanken lesen können, wäre er weniger hoffnungsfroh gewesen. Die Zahl der Menschen, die ihr folgten, machte Gerhild Sorgen. Dabei ging es nicht nur um die Festigkeit des Bodens, die mit jeder Person, die darüberging, abnahm. Als sie zurückschaute, sah sie die lange Menschenschlange, die sich hinter ihr durch das Moor wand. Viele der Frauen und Kinder waren erschöpft, und sie hatte Angst, diese könnten versuchen, die Kurven, die sie zu gehen gezwungen waren, abzukürzen, um den Anschluss zu halten. Damit aber würden sie mitten in die Sumpflöcher geraten und darin umkommen.

»Teiwaz, hilf mir!«, flehte sie, als sie wieder einen Bogen schlagen musste. Dabei heftete sich ihr Blick auf die alten Lederbänder, die den Weg anzeigten. Was war, wenn irgendjemand diese abgenommen und an anderer Stelle angebracht hatte, um diejenigen, die ihnen vertrauten, in die Irre zu führen? Der Gedanke, dass derjenige, der das tun würde, selbst dem Moor zum Opfer fallen musste, beruhigte sie ein wenig. Mit zusammengebissenen Zähnen schritt sie weiter, fand aber immer wieder Zeit, sich umzusehen und diejenigen zurechtzuweisen, die vom halbwegs sicheren Weg abweichen wollten.

Stunde um Stunde verging. Zwar gab es eine Moorinsel, auf der so viele Menschen hätten lagern können, aber die erreichten sie bereits einige Zeit vor Sonnenuntergang. Dort wurden sie von dichten Schwärmen stechender Insekten empfangen, und es gab kein trinkbares Wasser. Aus diesem Grund befahl Gerhild nach einer kurzen Pause, weiterzugehen. Als die Sonne untergegangen war, zündeten sie die Fackeln an, die sie sich am Rande des Sumpfes angefertigt hatten. Während sie weitergingen, verschmolzen sie mit ihren flackernden Schatten in der Dunkelheit, so dass manche fürchteten, sie seien schon zu Totengeistern geworden. Gerhild vernahm das Jammern und fiel stumm in einige Gebete ein, denn sie konnte kaum noch kontrollieren, ob man ihr wirklich auf dem richtigen Pfad folgte.

Bald weinten die Frauen und Mädchen vor Erschöpfung, und die Männer fluchten leise vor sich hin. Julius ließ sich die jüngsten Kinder nach vorne reichen und auf die Pferde setzen, auch wenn diese dadurch stärker belastet wurden. Damit brachte er seine Männer dazu, wieder mehr auf ihre Reittiere achtzugeben und diese am kurzen Zügel zu führen.

Als Gerhild dies bemerkte, nickte sie zufrieden. Er war ein guter Anführer, auch wenn er sich vor ein paar Jahren dazu entschieden hatte, in den Reihen der Feinde zu kämpfen. Damals waren die Römer allerdings noch keine Gegner ihres Stammes gewesen, berichtigte sie sich. Ihr Vater hatte den Titel »Freund des Römischen Imperiums« getragen und war mit Achtung behandelt wurden. Doch Quintus' Erscheinen und Caracallas heimtückisches Massaker an den Kriegern der mit Rom verbündeten Stämme hatten alles verändert.

Der Morgen kam und mit ihm das Licht der aufsteigenden Sonne. Gerhilds Gemüt hellte sich ebenfalls auf, denn sie hatten in der Nacht niemanden verloren. Allerdings hatte keiner von ihnen trockene Füße, und einige Frauen mussten ihre schwächeren Freundinnen stützen. Gerhild konnte die Lederstreifen wieder besser erkennen und fand heraus, dass sie dem Rande des Moores schon ganz nahe waren. Sie wollte es schon verkünden, besann sich dann jedoch eines Besseren, um die erschöpften Menschen nicht zu einer Hast zu verleiten, die gefährlich sein konnte.

Gerade in dem Augenblick fragte Julius: »Wie lange müssen wir uns noch durch dieses Sumpfgebiet kämpfen?«

»So lange, bis es hinter uns liegt«, antwortete Gerhild ausweichend und zwang sich, ruhig und gelassen weiterzugehen. Sie durfte jetzt nicht unaufmerksam werden. Immerhin gab es noch einige Sumpflöcher auf ihrem Weg, die nur darauf lauerten, jemanden zu verschlingen.

6.

Gerhilds Begleiter begriffen zunächst nicht, dass sie das Moor überwunden hatten, sondern stolperten erschöpft weiter, bis ihre Anführerin ihnen an einer kleinen, mit Steinen gefassten Quelle Halt gebot.

»Hier können wir lagern«, erklärte Gerhild. »Sucht Holz für die Lagerfeuer. Haltet damit aber Maß, damit der Rauch nicht allzu weit zu sehen ist. Ich gehe unterdessen auf die Jagd. Kommst du mit?« Die Frage an Julius entsprang dem Gedanken eines Augenblicks, und am liebsten hätte Gerhild sie wieder zurückgezogen. Doch da packte er bereits drei Wurfspeere und nickte ihr zu. »Reiten wir oder gehen wir zu Fuß?«

»Wenn du dich zu Fuß einem Auerochsen stellen willst, nur zu. Ich nehme lieber das Pferd. Es könnte vielleicht schneller sein als der Ur!«

Gerhilds Bemerkung trieb Julius die Röte ins Gesicht. Allerdings beherrschte er sich und murmelte nur ein paar Worte, die sie nicht verstand.

Dann sah er sie auffordernd an. »Ich sagte es nur, weil auch die Pferde müde sind. Ich glaube nicht, dass mein Hengst in dem Zustand einem Auerochsen entkommen könnte. Aber vielleicht ist deine Stute besser!«

»Gut herausgegeben! Ich wüsste nicht, ob ich der Stute oder dem Hengst den Vorzug geben würde. Kämen sie zusammen, gäbe es prächtige Fohlen!« Marcellus sagte es mit einem so anzüglichen Grinsen, dass Gerhild errötete.

Rasch schwang sie sich in den Sattel, nahm den Bogen zur Hand und ritt los. Da Julius erst wieder aufsteigen musste,

502

gewann sie einen gewissen Vorsprung. Sie sagte sich jedoch, dass sie kindisch handelte, und zügelte Rana, bis Julius zu ihr aufgeschlossen hatte.

»Wir brauchen ein großes Stück Wild, um so viele Mäuler stopfen zu können«, sagte sie.

»Ein Auerochse käme da gerade recht, obwohl ich sagen muss, dass ich einen Elch vorziehen würde. Der nimmt einen nicht ganz so schnell auf die Hörner!« Indem er seinen Respekt vor den wilden Rindern des Waldes zeigte, versöhnte er Gerhild. Sie lachte. »Mir wäre ein Elch auch lieber, doch kann es auch ein Wisent sein. Die sind nicht ganz so wild wie Auerochsen.«

»Dafür bilden sie Herden und gehen zusammen auf einen Feind los«, antwortete Julius lächelnd.

»Das müssen auch wir tun«, entfuhr es Gerhild.

»Was?«

»Eine große Herde bilden und gemeinsam gegen die Römer vorgehen. Solange jeder Stamm und jedes Dorf für sich handelt, können sie uns besiegen und unterwerfen. Erst wenn wir uns mit genügend Stämmen verbünden und ein entsprechend großes Heer aufstellen, sind wir in der Lage, ihnen zu widerstehen. So hat es doch auch jener Cherusker gemacht, von dem du mir erzählt hast.«

»Du meinst Arminius. Der hat alle möglichen Stämme um sich versammelt, Cherusker, Chatten, Chauken, Brukterer und sogar einige Gruppen unserer Semnonen«, erklärte Julius nachdenklich.

»Du meinst deiner Semnonen«, korrigierte Gerhild ihn.

Julius schüttelte den Kopf. »Ich meine es so, wie ich sagte. Immerhin seid ihr Jagstsueben mit uns verwandt. Vor vielen Jahren hat der Kriegerfürst Ariovist mehrere unserer Stammesgruppen von der Elbe über den Rhein geführt und dort ein Reich gegründet. Der römische Feldherr Gaius Julius Caesar besiegte Ariovists Sueben und trieb die Überlebenden des Stammes über den Rhein zurück. Die zwischen Rhein und

Neckar siedelnden Sueben gerieten später unter römische Herrschaft und bilden nun einen Teil der Bevölkerung der Provinz Rätien, während eure Stammesgruppe an Kocher und Jagst frei geblieben ist.«

»Musstest du das alles beim römischen Heer lernen?«, fragte Gerhild.

»Nein, das habe ich mir selbst angeeignet. Ich wollte wissen, wo meine Wurzeln sind. Die Römer sprechen Latein und herrschen über viele Völker mit fremden Sprachen. Wir jedoch sprechen alle dieselbe Sprache, ob wir Semnonen, Chatten, Chauken, Sugambrer oder sonst wer sind, und kennen trotzdem keine Gemeinsamkeit. Einige helfen den Römern, andere kämpfen gegen sie. Es muss uns gelingen, genügend Stämme unter einer Führung zusammenzubringen, dann sind wir stark genug, uns in diesen Landen zu behaupten!«

Julius' Stimme klang eindringlich, und Gerhild begriff, dass er recht hatte. Trotzdem wollte sie in Gedanken nicht so weit vorausgreifen und wies deshalb nach rechts.

»Dort ist etwas!«

Beide hielten ihre Pferde an. Zunächst sahen sie nur ein paar wackelnde Büsche, dann schob sich ein länglicher Kopf zwischen den Zweigen heraus.

»Eine Elchkuh«, flüsterte Julius und nahm einen seiner Wurfspeere in die Hand. Er wollte absteigen und sich an das Tier anschleichen. Da klatschte Gerhild in die Hand, und das Tier entfloh in die Weiten des Waldes.

Empört fuhr Julius herum. »Was soll das? Ich dachte, wir brauchen Fleisch?«

»Die Elchkuh führt zwei Junge! Ich wollte nicht, dass sie die Mutter verlieren.«

»Weiber!«, knurrte Julius und ritt weiter.

Nach einer Weile drehte er sich zu Gerhild um. »Wenn wir mit leeren Händen zu unseren Leuten zurückkehren müssen, ist es deine Schuld!«

Da hob Gerhild die Hand. »Sei still, dort vorne bewegt sich etwas!«

Es war eine Bache, die zu Julius' Erleichterung keine Jungen bei sich hatte. Er trieb seinen Hengst mit den Schenkeln an, hob den Arm und schleuderte den Speer. Die Waffe drang mit einem hörbaren Schlag in die Flanke des Wildschweins ein. Ein entsetztes Quieken ertönte, dann stürzte das Tier zu Boden und blieb reglos liegen.

»Es ist zwar keine Elchkuh, aber ein paar Mägen werden wir damit doch füllen können«, sagte Julius zufrieden.

Während er abstieg und das Wildschwein ausweidete, ritt Gerhild weiter auf der Suche nach einem lohnenden Ziel für ihre Pfeile. Auf einer kleinen Lichtung entdeckte sie ein Hirschrudel. Die Tiere waren unruhig und hatten sich teilweise in den Schutz der Bäume zurückgezogen. Nur ein junger Bulle rupfte noch etwas Gras. Gerhild zielte und schoss. Der Pfeil schlug ein, und der Hirsch sank ohne einen Laut nieder.

Erleichtert ritt Gerhild zu der Stelle hin, stieg ab und begann, das Tier auszuweiden. Plötzlich fiel ein Schatten auf sie. Sie zuckte herum und atmete erleichtert auf, als sie Julius erkannte.

»Das ist keine schlechte Beute«, meinte dieser etwas verkniffen. Er musterte den Hirsch und sah Gerhild erstaunt an. »Sag bloß, du hast ihn mit einem einzigen Pfeil erlegt?«

»Siehst du mehrere Pfeile in seinem Leib?«

»Dann möchte ich dir nie im Kampf gegenüberstehen. Bevor ich nahe genug an dir heran wäre, um meinen Speer werfen zu können, hätten deine Pfeile mich bereits durchbohrt.«

Bei dem Gedanken schüttelte es Julius, denn das Schlimmste für einen Krieger war, hilflos feindlichen Geschossen ausgeliefert zu sein.

»Es liegt an dir, ob wir auf gegnerischen Seiten stehen. Mir würde es leidtun«, sagte Gerhild leise.

Sie meinte es ernst, das spürte Julius, und er freute sich darüber. Während er sie nachdenklich musterte, fand er, dass sie eine begehrenswerte Frau war. Zwar hatte sie eine Nacht mit Quintus verbracht, aber nur, weil dieser sie dazu gezwungen hatte. Das war eine Rechnung, die auch noch darauf wartete, beglichen zu werden. Er schob diesen Gedanken energisch beiseite und fand, dass Gerhild ihm bereits bei seinem ersten Besuch in ihrem Dorf gefallen hatte. Damals hatte er sie als etwas zu keck empfunden, freute sich aber im Nachhinein, wie geschickt sie Quintus zum Narren gehalten hatte. Mittlerweile war sie zwar immer noch stachelig, hatte aber gelernt, Verantwortung zu tragen, und würde ihrem Stamm eine ausgezeichnete Anführerin sein.

»Kränkt es dein männliches Selbstgefühl, dass ich den Hirsch ohne deine Hilfe erlegt habe?«, fragte Gerhild, die sich aus Julius' wechselndem Mienenspiel keinen Reim machen konnte.

»Ob es mich kränkt? Natürlich nicht! Ich bin froh um deine Beute, denn jetzt können wir zu unseren Leuten zurückkehren. So erhält jeder etwas für seinen leeren Magen.« Julius lächelte dabei so warm, dass Gerhild ihn verwundert ansah. Bislang hatte er ihr stets das Gefühl vermittelt, als würde er sie nicht ernst nehmen. Doch zumindest im Augenblick schien dies nicht der Fall zu sein.

Daher nickte sie zustimmend. »Wir sollten wirklich zurückkehren. Zusammen mit dem römischen Weizen, den wir den Legionären abgenommen haben, werden das Schwein und der Hirsch eine gute Mahlzeit abgeben. Ein wenig von dem Weizen will ich jedoch behalten, um ihn ansäen zu können, damit wir auch in den nächsten Jahren etwas davon haben.«

»Du bist wahrlich eine gute Anführerin, denn du schaust voraus und sorgst dich um das, was morgen sein wird«, sagte Julius und brachte sie mit diesem Lob erneut zum Erröten.

7.

Einen Tag später erreichten sie das Dorf, das Gerhild vor wenigen Wochen gegründet hatte. Als sie es verlassen hatte, um sich Quintus auszuliefern, waren nur wenige Hütten fertig gewesen. Nun aber bildete ein großes Langhaus den Mittelpunkt einer ausgedehnten Siedlung, die mehrere hundert Menschen beherbergen musste. Zunächst glaubte Gerhild, Fremde hätten ihre Leute überwältigt, und zügelte ihre Stute. Dann aber entdeckte sie Teudo, der eben einer Gruppe Männer etwas zu erklären schien, und atmete auf.

Im nächsten Augenblick hörte sie ein Geräusch und griff zum Schwert. Doch bevor sie es ziehen konnte, sah sie in Ingulfs fassungsloses Gesicht.

»Du bist es wirklich und …« Der junge Krieger brach ab, als er Gerhilds Begleiter entdeckte. »Das sind ja diejenigen von uns, die nicht mit uns ziehen wollten. Sag bloß, du hast sie mitgebracht!«

»Zumindest die, die die Römer nicht umgebracht haben, weil sie zu klein, zu alt oder zu krank waren, um als Sklaven verwendet zu werden«, antwortete Gerhild bedrückt, doch ihre Stimme wurde von Ima übertönt.

»Gerhild hat uns nicht einfach nur mitgebracht, sondern uns befreit und ist dabei mit fünfzig römischen Soldaten fertiggeworden!«, rief Bernulfs Witwe so stolz, als hätte sie es selbst getan.

»Die meisten davon habt ihr überwältigt«, antwortete Gerhild abwehrend.

Ingulf hörte es schon nicht mehr, denn er rannte auf das Dorf

zu und schrie, so laut er konnte: »Gerhild ist wieder zurück!
Sie hat fünfzig Legionäre niedergemacht und unseren gesamten Stamm in die Freiheit geführt!«

Verärgert wandte Gerhild sich Ima zu. »Wie konntest du nur
so ein Märchen erzählen? Womöglich glauben unsere Freunde
es noch.«

»Ich würde nicht dagegen wetten«, meinte Julius grinsend.
»Fünfzig römische Fußkrieger stellen eine Anzahl dar, die
einer Schildmaid Wuodans angemessen ist.«

Noch während er es sagte, bückte er sich, um der Ohrfeige, die
Gerhild ihm vom Sattel aus geben wollte, zu entgehen. Als sie
erneut ausholte, hob er beschwichtigend die Hand.

»Sei doch nicht so zornig! Unsere Leute brauchen solche
Geschichten, um in dieser trüben Zeit Mut zu fassen. Außerdem wirst du mehr Krieger um dich sammeln können, wenn
sich dein Ruhm verbreitet. Quintus wird nicht eher aufgeben, bis er dich zu seiner Sklavin machen kann – oder tot
ist. Daher brauchst du jeden Mann, der bereit ist, dir zu
folgen.«

Gerhild zwang sich mühsam zur Ruhe. »Du magst recht
haben, doch es erschreckt mich, weil die Leute zu viel von mir
erwarten könnten. Ich vermag nun einmal keine fünfzig Legionäre in der Schlacht zu töten. Wahrscheinlich schaffe ich
nicht einmal einen.«

»Mach dich nicht geringer, als du bist. Immerhin habe ich dir
beigebracht, das Schwert meisterlicher zu führen als die meisten Männer. Ein römischer Soldat ist gut in der Formation.
Stehst du ihm jedoch im Einzelkampf gegenüber, wird ihn das
Gewicht seiner Rüstung und seines Schildes behindern. Ich
glaube, dass es kaum einen gibt, der sich wirklich mit dir messen kann!«

»Du lobst mich in letzter Zeit etwas zu oft!«

Gerhild wusste nicht, was sie davon halten sollte. Bislang war
Julius ihr kalt wie ein Felsblock im Winter erschienen. Doch

im Augenblick wirkte er beinahe wie ein Mensch, und sie schwebte in Gefahr, ihn sympathisch zu finden.

Ihr blieb jedoch keine Zeit, diesen Gedanken nachzuhängen, denn nun strömten die Menschen aus dem Dorf herüber. Teudo war als Erster bei ihr und starrte sie ungläubig an. Dann wanderte sein Blick über die Freunde und Stammesverwandten, die sich hinter ihr drängten, und er stieß einen Jubelruf aus, der aus dem Wald widerhallte.

»Gerhild, du bist es wirklich! Volla sei Dank! Allen Göttern sei Dank, von Teiwaz bis zu Wuodan, und auch dem Donnerer, der seinen Hammer in deine Hand gelegt haben muss, damit du ein ganzes römisches Heer besiegen konntest.«

»Ich habe nur ein paar Soldaten mit meinen Pfeilen verwundet oder getötet«, erwiderte Gerhild im Versuch, den Sachverhalt klarzustellen.

Es war jedoch vergeblich. Odila umarmte sie stürmisch, ihr folgte die alte Seherin Auda, und dann kam Hailwig, die vor Freude weinte, weil ihre Nichte Quintus entkommen war.

Gerhild wunderte sich, auch Lutgardis zu sehen. Julius' Freund und Stellvertreter Vigilius war bei ihr, ebenso Perko. Sie entdeckte jedoch auch völlig fremde Menschen. Ihrer Tracht nach waren es Hermunduren, Angehörige anderer Stämme aus dem Osten wie Langobarden und Vandalen sowie einige, die sie nicht zuordnen konnte.

»Was hat sich während meiner Abwesenheit alles zugetragen?«, fragte sie verwundert.

»Baldarich, den Wuodan möglichst bald häuten und seine Haut als Windfahne benutzen möge, hat sich mit den Römern unter Hariwinius zusammengetan und bedroht mit diesem zusammen die Dörfer im weiten Umkreis. Einige davon haben sie bereits niedergebrannt. Die Verluste unserer Freunde sind jedoch gering, da sie gewarnt wurden und fliehen konnten«, berichtete Teudo.

»Hariwinius und Baldarich? Das ist, als hätten Verrat und

Falschheit sich zusammengetan«, rief Gerhild empört aus. Gleichzeitig aber sah sie die nächste Bewährungsprobe auf sich zukommen.

»Wie viele Krieger führen die beiden an?«

»Hariwinius etwa hundertfünfzig und Baldarich nicht mehr als fünfzig«, berichtete ihr Gefolgsmann.

»Also etwa zweihundert. Wie viele Krieger können wir aufstellen?«, fragte Gerhild weiter.

Bevor Teudo etwas sagen konnte, schob Vigilius sich nach vorne. »Wir haben hier gut hundertdreißig waffenfähige Männer versammelt. Jetzt, da Julius mit seinen Männern wieder zu uns gestoßen ist und du einige mitgebracht hast, werden wir wohl auf hundertsechzig kommen! Allerdings gibt es ein Problem. Einigen von uns widerstrebt es, gegen unsere alten Kameraden zu kämpfen, auch wenn diese jetzt unter Hariwinius' Kommando stehen.«

Marcellus und die meisten anderen Deserteure nickten, während Ortwin erregt auf den Griff seines Schwerts klopfte. »Ich will kämpfen!«

»Dann schließ dich meinen Kriegern an!«, beschied ihn Gerhild und wandte sich an die anderen Reiter, die früher Rom gedient hatten. »Ich verstehe euch und sage, dass niemand euch Feiglinge nennen wird, nur weil ihr nicht gegen Männer kämpfen wollt, die einst eure Freunde und Kameraden waren. Bleibt hier im Dorf und schützt es gegen Baldarich, während wir alles tun werden, um den Brudermörder Hariwinius von den Frauen und Kindern fernzuhalten!«

Für einige Augenblicke erschien Raganhars Bild in Gerhilds Gedanken, und sie spürte, wie ihr die Tränen in die Augen stiegen. Auch wenn ihr jüngerer Bruder und sie sich zuletzt nicht mehr verstanden hatten, so hatte er sich doch für die Freiheit des Stammes eingesetzt und diese nicht verraten, wie Hariwinius es getan hatte.

Unterdessen sahen sich die Männer, die in römischen Diensten gestanden hatten, verunsichert an. Vigilius hatte bemerkt, dass die schöne Lutgardis ihn mit einem verächtlichen Blick gestreift hatte, und winkte ab.

»Es ist schön und gut, dass du Verständnis für uns zeigst, Gerhild. Aber ich käme mir dennoch wie ein Lump vor, wenn ich dich und deine Leute jetzt im Stich lasse. Immerhin gibt es einige Kerle in Hariwinius' eigener Turma, denen ich liebend gerne zeigen würde, dass ich mit dem Schwert besser bin als sie. Zudem hat Hariwinius zwei weitere Turmae bei sich, mit denen mich nichts verbindet. Gegen diese kann ich ohne Gewissensbisse kämpfen, und sollte sich mir einer meiner ehemaligen Kameraden in den Weg stellen, so ist er selbst schuld, wenn ihm etwas geschieht. Um eines aber bitte ich dich: Schone jeden unserer alten Turma, der sich ergibt!«

»Das tue ich gerne«, antwortete Gerhild aufatmend.

Der Riss, der sich beinahe zwischen ihren und Julius' Kriegern aufgetan hätte, wurde von diesen Worten gekittet. Sie würden gemeinsam kämpfen. Doch war auch Julius selbst dazu bereit? Mit leichter Besorgnis wandte sie sich an ihn.

»Wirst du unsere Krieger im Kampf anführen? Du hast weit mehr Erfahrung als ich.«

Julius nickte. »Ich werde meine ehemaligen Reiter auffordern, sich uns anzuschließen. Die meisten von ihnen mögen Hariwinius nicht – und Caracalla hat allen gezeigt, dass auf den Imperator kein Verlass ist. Das nächste Mal lässt er vielleicht die eigenen Truppen niedermetzeln und nicht nur die Aufgebote verbündeter Stämme.«

»Dann sollten wir beratschlagen, wie wir uns gegen Hariwinius und Baldarich durchsetzen können«, erklärte Gerhild. Dabei wünschte sie sich nichts mehr als ein Bad, etwas zu essen und ein Bett. Sie wusste jedoch, dass sie in dieser Situation nicht ihren Gefühlen nachgeben durfte, denn die Freiheit des Stammes war weitaus wichtiger als ihre Bedürfnisse.

8.

Auch wenn Hariwinius und er rasch vorrückten und Dorf um Dorf einnahmen, begriff Baldarich rasch, dass er mit dem kleinen Aufgebot, das er mit sich führte, nicht viel erreichen konnte. Er brauchte mehr Männer, um sich gegen die hiesigen Stammesgruppen, aber auch gegen die Römer durchzusetzen. Zudem ärgerte es ihn, dass Hariwinius ihn wie einen Untergebenen behandelte und ihm einen großen Teil der Beute vorenthielt. Er brauchte jedoch Geld, Schmuck, Waffen und andere Dinge von Wert, um zu Hause als großer Kriegerfürst zu gelten.

Als Hariwinius erneut mit seinen Truppen ein Dorf erreichte und es ohne Widerstand besetzte, winkte Baldarich seine Männer zu sich. »So kann es nicht weitergehen!«, erklärte er grimmig. »Die Römer prellen uns um unseren Anteil an der Beute, obwohl sie keinen einzigen Tropfen Blut dafür vergossen haben.«

»Was willst du dagegen tun?«, fragte Chariowalda, dem das Bündnis mit Hariwinius gar nicht passte. Er hasste die Römer, die ihn aus seiner Heimat vertrieben hatten, und wollte nicht, dass die Dörfer in dieser Gegend niedergebrannt und die Bewohner zu Sklaven gemacht wurden. Immerhin hoffte er, hier einmal als Häuptling unter Baldarich herrschen zu können. Doch wie es zurzeit aussah, würde nichts daraus werden.

Baldarich sah ihn mit einem missmutigen Grinsen an. »Wenn Hariwinius glaubt, sich nicht an unsere Abmachungen halten zu müssen, brauche ich das auch nicht. Daher werde ich nach

Osten reiten und so viele Krieger meines Stammes zusammenrufen, wie ich kann!«

»Das sind dann hoffentlich mehr als die paar, die du jetzt bei
dir hast«, spottete Chariowalda.

»Ich muss ihnen etwas bieten können, und was eignet sich da
besser als die Beute, die Hariwinius und seine Männer an sich
gerafft haben?« Baldarich grinste noch breiter, denn zu einem
Kampf gegen die Römer würden ihm mehr Krieger folgen als
nur zu einem Raubzug gegen andere Stämme.

»Allerdings«, fuhr er fort, »muss ich ihnen auch zeigen, was
sie erbeuten können. Wir werden daher schneller reiten und
uns aus den nächsten Dörfern holen, was wir brauchen. Da die
Bewohner von Hariwinius' Vormarsch erfahren haben und
geflohen sind, können wir alles mitnehmen, mit dem wir
junge, ehrgeizige Krieger anlocken können.«

»Ich will hoffen, dass du recht hast. Hier haben wir es nicht
nur mit geflohenen Sueben zu tun, sondern auch mit Stammesgruppen, die bereits seit Generationen hier leben und noch
über ihre volle Anzahl an Kriegern verfügen«, gab Chariowalda zu bedenken.

Baldarich lachte jedoch bloß und befahl seinen Männern, ihre
Pferde anzutreiben. »Wir müssen vor den Römern beim
nächsten Dorf sein, und am besten schon wieder weg, wenn
sie erscheinen«, rief er ihnen zu und gab seinem Hengst die
Sporen.

Als sie die Ansiedlung erreichten, waren die Häuser wie
erwartet verlassen worden. Bislang hatten Baldarichs Männer
den Reitern Hariwinius' den Vortritt lassen müssen und nutz-
ten nun ausgiebig die Gelegenheit, als Erste plündern zu können. Baldarich beteiligte sich ebenfalls dabei und entdeckte
sogar hinter der Halle des Dorffürsten eine versteckte Stelle,
an der vor kurzem gegraben worden war. Rasch rief er zwei
seiner Leute zu sich und befahl ihnen, das Loch wieder auszu-
heben. Schon bald stieß einer der Spaten auf etwas, das mit

einem leichten Knirschen zerbrach. Es war ein Tonkrug. Als dieser freigelegt worden war, fanden Baldarich und seine Männer zwischen den Scherben Gold- und Silbermünzen sowie einige Schmuckstücke.

Mit einem Jubelruf griff Baldarich nach einem der Schmuckstücke und hob es hoch. »Wenn wir das den Kriegern in der Heimat zeigen, Freunde, werden uns Hunderte folgen. Damit werden wir Hariwinius und seine Reiter wie Läuse zerquetschen!«

Während die meisten Männer lachten, zog Chariowalda eine besorgte Miene. »Was ist, wenn der Präfekt Quintus seine Truppen schickt? Bist du dann auch noch so siegesgewiss?«

»Wenn die Römer kommen, treiben wir sie ins Moor, in dem sie elendiglich versinken werden«, antwortete Baldarich und verschwieg dabei, dass Egino, der Balbus und dessen Reiter zu Quintus begleitete, den Weg durch die Sümpfe kannte und ihn den Römern auch zeigen würde, wenn sie ihm ein Schwert an die Kehle setzten.

»Reiten wir zurück oder nehmen wir noch ein oder zwei Dörfer aus?«, fragte einer der Männer, der am Plündern Gefallen gefunden hatte.

Baldarich überlegte kurz und fand, dass es besser war, seine Männer zufriedenzustellen. Wenn diese fremden Schmuck und erbeutete Waffen bei sich trugen, würden sich die jungen Krieger seines Stammes auch von ihren Anführern nicht mehr davon abhalten lassen, ihm zu folgen.

»Wir reiten zum nächsten Dorf und entscheiden danach, wie es weitergeht«, rief er und stopfte die Münzen und den Schmuck in einen Beutel, den einer seiner Männer in einer Hütte gefunden hatte.

9.

Seit die Nachricht von Hariwinius' Feldzug Gerhilds Dorf erreicht hatte, war jedem dort klar, dass es bald zum Kampf kommen würde. Der Gedanke, dass erneut Männer, Väter, Brüder, Söhne und gute Freunde sterben würden, erschreckte viele. Auch Odila ging mit gesenktem Kopf durch das Dorf und kämpfte gegen die Gefühle an, die in ihr tobten. Schließlich hielt sie es nicht mehr aus und lief zu der Stelle, an der Teudo die Knaben ausbildete, die gerade alt genug waren, um sich den Kriegern anschließen zu können.

Teudo sah sie kommen, überwachte aber weiter die jungen Burschen, die mit einfachen Schwertern auf hölzerne Pfähle einhackten. »He, Fridu, beweg dich! Ein römischer Soldat ist kein Pfahl, der einfach stehen bleibt. Vor allem haut der zurück. Also drei Schritte vor, Angriff und wieder drei Schritte zurück!«

Der gescholtene Junge gehorchte und hackte dabei mit einer Wut auf den Pfahl ein, als stände wirklich ein Römer vor ihm. »Ganz gut!«, lobte ihn Teudo. »Ihr anderen haltet es ebenso.« Odila trat seufzend an seine Seite. »Müssen Fridu und seine Freunde wirklich in den Kampf? Einige von ihnen sind doch erst zwölf.«

»Mir wäre es auch lieber, wenn wir sie zu Hause lassen könnten. Doch es sind zu viele Männer mit Raganhar zusammen umgebracht worden. Jetzt brauchen wir jeden Arm, der ein Schwert zu schwingen versteht! Was die Burschen hier angeht, so will Julius sie in der Reserve halten. Sie sollen nur eingreifen, wenn es nötig ist.«

So ganz verstand Teudo nicht, weshalb man Krieger zurückhalten sollte, wo doch jeder Mann mehr im Kampf den Ausschlag geben konnte. Julius war jedoch in Roms Armee geschult worden, und wie erfolgreich diese war, hatte er am eigenen Leib erfahren.

»Es würde mir leidtun, wenn einer von ihnen stirbt«, erwiderte Odila traurig.

»Nicht nur dir! Aber im Kampf kann man nun einmal fallen.« Teudo verzog das Gesicht, denn sie würden gegen einen Gegner stehen, der ebenso gnadenlos wie kampferprobt war.

»Um dich würde es mir auch leidtun«, setzte Odila leiser hinzu.

»So? Würde es das?«, fragte Teudo und wandte sich ihr zu.

»Ja, das würde es!« Odila überlegte, ob sie ihm jetzt eine Ohrfeige geben sollte oder ihn küssen, wagte aber beides nicht, sondern senkte nur den Kopf.

»Weißt du, Odila«, meinte Teudo. »Ich habe nicht die Absicht, mich von den Römern erschlagen zu lassen. Es gibt nämlich ein Mädchen, das mir gefällt und das weinen würde, wenn ich nicht mehr wäre.«

»Und wer ist das?«, fragte Odila in einem Anfall von Eifersucht.

Teudos Grinsen wurde noch breiter. »Na, du natürlich! Du bist hübsch, geschickt und genau das, was ich mir als Hausfrau in meiner Hütte und als Weib in meinem Bett wünsche! Oder bin ich dir so zuwider, dass du mich nicht willst?«

»Du würdest mich zur Frau nehmen?« Es klang ein wenig ungläubig. Jetzt, da viele Männer tot waren, gab es weitaus mehr Frauen im Dorf, und Teudo hätte unter etlichen seine Auswahl treffen können.

Ohne den bevorstehenden Kampf hätte Teudo womöglich noch gewartet. Das Wissen, womöglich sterben zu müssen, ohne Odila jemals in den Armen gehalten zu haben, brachte ihn jedoch dazu, es sofort zu tun. Er sah, wie die jungen Bur-

schen in ihren Übungen innehielten und zu ihnen herüber-
schauten, und wies auf das Dorf.

»Hört jetzt auf und lauft nach Hause. Dort gibt es genug
Arbeit für euch!«

Das ließen sich die Knaben nicht zweimal sagen und rannten
lachend davon. Teudo hob kopfschüttelnd ein Übungsschwert
auf, das einer von ihnen vergessen hatte, stieß es in einen Pfahl
und wandte sich dann Odila zu.

»Was meinst du, wollen wir ein wenig spazieren gehen?«

Die junge Frau wusste, dass es dabei nicht bleiben würde,
doch sie hatte sich so oft gewünscht, mit Teudo allein zu sein,
dass sie lächelnd nickte. »Gehen wir spazieren! Ich weiß einen
schönen Platz, an dem es ruhig ist.«

»Warst du dort schon mit jemand?«, fragte Teudo angespannt.

Odila nickte eifrig. »Ja, mit Auda! Wir haben Kräuter gesucht!«

Teudos Miene entspannte sich wieder, und er fasste die junge
Frau unter. »Ich habe mich schon lange auf dich gefreut«, sagte
er leise.

»Und ich mich auf dich«, antwortete Odila selig.

Sie führte Teudo ein Stück in den Wald hinein, bis sie dichtes
Gebüsch erreichten. Dort sah sie sich um, atmete auf, als sie
niemand in der Nähe sah, und schob sich vorsichtig zwischen
die Sträucher. Teudo folgte ihr und achtete darauf, dass ihr
kein Zweig ins Gesicht schlug. Nach einem guten Dutzend
Schritten erreichten sie eine moosbewachsene Stelle, über die
sich die Zweige eines großen Busches wie ein grünes Dach
ausbreiteten. Dort blieb Odila stehen und schlang die Arme
um Teudo.

»Sag mir, dass du mich begehrst!«

»Das werde ich dir nicht nur sagen, sondern auch beweisen«,
antwortete er und küsste sie. Eine Zeitlang standen die beiden
eng umschlungen und zufrieden damit, dass sie einander endlich gefunden hatten. Dann wurde Teudo mutiger und ließ
seine Hände über Odilas Rücken wandern, bis er ihre Hinter-

backen unter den Fingern spürte und diese sanft massierte. Die junge Frau schnurrte wie ein Kätzchen, löste sich dann aber von ihm und zog ihr Kleid über den Kopf. Bei ihrem Hemd zögerte sie, als würde ihr Mut sie erschrecken.

Teudos Verlangen nach ihr wurde so stark, dass er sie am liebsten auf den Boden gelegt und sofort genommen hätte. Aber das würde sie ihm gewiss übelnehmen, sagte er sich und streichelte ihre Brüste. Sie fühlten sich unter dem Leinen weich an. Dann bemerkte er, wie ihre Brustwarzen sich aufrichteten und fester wurden.

»Bitte, lasse mich nicht zu lange warten«, sagte er.

Nun streifte Odila doch ihr Hemd ab, und er sah, dass ihr Leib heller schimmerte als Kopf und Arme, die der Sonne ausgesetzt waren.

»Du bist wunderschön!«, flüsterte er und entledigte sich hastig seiner Tunika, seiner Hosen und seines Hemdes.

»Sei vorsichtig! Ich habe es noch nie getan«, bat sie ihn.

Diese Bitte ernüchterte ihn so weit, dass er warten konnte, bis sie sich hingelegt hatte. Danach glitt er behutsam zwischen ihre Schenkel, küsste ihre Brüste und drang erst in sie ein, als sie ihn dazu aufforderte.

Odila keuchte, und er hielt inne. »Was ist?«

»Es spannt ein wenig. Aber mach ruhig weiter«, sagte sie und schlang die Arme um ihn.

Nach einer Weile wurde Teudo heftiger. Odila spürte, wie ihr Leib ein Eigenleben entwickelte und sich dem jungen Mann entgegenstemmte. Ein Gefühl durchtoste sie, so stark, dass sie glaubte, es nicht aushalten zu können.

Wie lange es dauerte, hätten beide hinterher nicht mehr zu sagen vermocht. Irgendwann sank Teudo keuchend auf Odila und stützte sich mit den Unterarmen ab, um nicht zu schwer auf ihr zu liegen.

»Ich danke dir!«, sagte er mit leiser Stimme. »Ich werde alles tun, um zu dir zurückzukehren.«

»Soll ich dafür sorgen, dass wir eine eigene Hütte bekommen, oder möchtest du lieber einen Platz in Gerhilds Halle?«, fragte Odila, deren Gedanken bereits in die Zukunft vorauseilten.

»Eine eigene Hütte wäre mir lieber, aber nur, wenn du sie mit mir bewohnst!«

»Das werde ich!«, versprach Odila und küsste ihn.

10.

Nach ihrer Flucht aus Quintus' Gefangenschaft und der Befreiung ihrer Leute erwarteten Gerhilds Anhänger wahre Wunderdinge von ihr. Die Auseinandersetzung mit Hariwinius stand kurz bevor, und sie wagte nicht, sich auszumalen, was passieren würde, wenn diese nicht so verlief, wie es sich die anderen vorstellten. Ihr Bruder rückte immer näher und brannte auf seinem Weg alles nieder, ohne dass ihm auch nur ein einziger Speer entgegenflog. An dieser Stelle zeigte Caracallas Feldzug seine Wirkung. Den Menschen war klar, dass die Römer keine Gnade kannten und ihnen nur Tod oder Sklaverei bringen würden.

Zu anderen Zeiten hätten sie Hariwinius' Reiter aus dem Dunkel der Wälder heraus bekämpft. Nun aber folgten sie dem Gerücht, eine Schildmaid Wuodans würde alle Stämme vereinen und gegen den Feind führen. Gerhild fühlte sich jedoch weniger denn je als Schildmaid. Insgeheim verfluchte sie die Tatsache, dass sie Quintus einst besiegt, Baldarich vertrieben, sein Schwert erbeutet und die bedrohten Stämme an der Tauber gewarnt hatte. Nun sahen all die Sueben, Semnonen, Hermunduren und wer noch in diesen Landen lebte, sie als diejenige an, die den Feind bezwingen und ihnen die Freiheit erhalten würde.

Dazu aber mussten sie erst einmal mit Hariwinius' Reitern fertigwerden. Da Gerhild keine Erfahrung in der Führung von Kriegerscharen besaß, besprach sie die Situation lange mit Julius.

Der saß ihr mit verkniffener Miene gegenüber, hielt einen

Becher mit Met in der Hand und schüttelte immer wieder den Kopf.

»Auch wenn die Zahl unserer Krieger täglich steigt, halte ich eine offene Schlacht gegen Hariwinius für sinnlos. Roms Reiter sind ausgezeichnete Krieger und anders als die in Formation kämpfenden Legionäre auch im Einzelkampf geübt. Wir bräuchten mindestens die dreifache Übermacht, und selbst dann wäre der Sieg noch nicht sicher.«

»Wir haben aber keine dreifache Übermacht«, sagte Gerhild leise. »Außerdem dürfen wir Quintus nicht vergessen. Ich habe die Boten gesehen, die Hariwinius zu ihm geschickt hat. Bei denen war einer von Baldarichs Männern! Wenn der niederträchtige Gott Loge seine Hand im Spiel hat, kennt dieser Mann womöglich sogar den Weg durch das Moor.«

»Das kann ich mir nicht vorstellen. Baldarich will gewiss keine Römer auf dieser Seite sehen, sondern selbst hier herrschen«, wandte Julius ein.

»Baldarich ist hinterhältig und unberechenbar. Wenn Rom ihm genug bietet, wird er sich dem Imperium anschließen.«

Julius wollte Gerhilds Bemerkung widersprechen, aber noch vor dem ersten Wort kamen ihm Zweifel. Immerhin hatten Baldarich und Baldamer seinen Vater in eine Falle gelockt und ermordet. Den beiden wäre es sogar beinahe gelungen, ihm diese Tat in die Schuhe zu schieben und ihn als Vatermörder hinzustellen. Ihr Plan war nur deshalb nicht aufgegangen, weil ein hoher Gast ins Dorf gekommen und er aus dem Grund nicht auf die Jagd gegangen war. Trotzdem hatten sie verhindern können, dass er zum neuen Fürsten gewählt wurde, und danach mehrere Anschläge auf ihn verübt. Ein Mann, der so handelte, würde sein Volk auch an die Römer verkaufen.

»Es wäre ein Schurkenstück, aber ich traue es Baldarich zu, so zu handeln. Wahrscheinlich aber wird er die Römer dazu benützen, Stammesgruppen niederzukämpfen, die sich gegen ihn gestellt haben. Wenn er glaubt, seine Ziele erreicht zu haben, wird er das Schwert gegen seine Verbündeten erheben«, meinte Julius nachdenklich.

»Auch das ist möglich. Wie seine Taten beweisen, macht er auch vor dem eigenen Stamm nicht halt. Er gleicht einem Hund, der toll geworden ist«, stieß Gerhild hervor.

Julius hob beschwichtigend die Hand. »Genau das tut er nicht! Baldarich geht im Gegenteil äußerst geschickt vor. Wenn er dafür sorgt, dass die Römer die Drecksarbeit für ihn verrichten, werden die Überlebenden sich ihm anschließen, sowie er sich gegen Rom wendet. Sie werden ihn vielleicht nicht mögen, ihn aber als ihre einzige Hoffnung ansehen, sich gegen das Imperium behaupten zu können.«

»Derzeit hoffen die Menschen, dass wir die Römer besiegen!« Gerhilds Stimme klang ernst, aber auch entschlossen. »Wenn es sein muss, werde ich die Krieger gegen Hariwinius' Reiter anführen.«

»Das wird wohl notwendig sein«, erwiderte Julius verdrießlich. »Die Männer sehen in dir eine von Wuodan Gesegnete und werden dir überallhin folgen. Allerdings wird das Bündnis, das hier entstanden ist, in dem Augenblick zerbrechen, in dem du fällst!« Julius gefiel es gar nicht, dass Gerhild sich dieser Gefahr aussetzen musste, doch er wusste nicht, wie er es verhindern konnte.

Daher fuhr er mahnend fort: »Du solltest dich allerdings nicht tollkühn auf Hariwinius' Reiter stürzen, sondern dies mir und unseren Kriegern überlassen. Benütze deinen Bogen. Da die Reiter gepanzert sind, schieß auf ihre Pferde.«

»Ich kann die Oberschenkel der Reiter treffen«, erklärte Gerhild, doch Julius schüttelte erneut den Kopf.

»Das solltest du machen, wenn sie dir zu nahe kommen. Doch ein Reiter ohne Pferd ist nur noch die Hälfte wert! Das reimt sich sogar!« Julius begann zu lachen, allerdings klang das reichlich gezwungen. Aber es gelang ihm, ein Lächeln auf Gerhilds Lippen zu zaubern.

»Da du für das Bündnis der Stämme unabdingbar bist, musst du geschützt werden«, setzte er seine Ermahnung fort. »Ich werde dafür Marcellus und fünf meiner Reiter abstellen. Da sie nur ungern gegen ihre ehemaligen Kameraden kämpfen würden, können sie ihre Ehre bewahren, indem sie dich beschützen.«

Gerhild wollte schon ablehnen, begriff aber, dass es ihm wichtig war, seinen Männern eine Aufgabe zu geben, die sie mit gutem Gewissen erfüllen konnten. Daher nickte sie. »So machen wir es! Doch rate mir jetzt, auf welche Weise wir Hariwinius besiegen sollen.«

»Das wird nicht leicht sein.« Julius tauchte den rechten Zeigefinger in seinen Metbecher und zeichnete eine ungefähre Karte der Umgebung auf den kleinen Tisch, an dem sie saßen. »Ich stelle mir das so vor«, begann er und Gerhild hörte ihm aufmerksam zu.

11.

Quintus Severus Silvanus, Statthalter der geplanten Provinz Suebia, musterte die Männer, die Hariwinius ihm geschickt hatte, mit einem missbilligenden Blick. Den Barbaren, der bei ihnen stand, beachtete er im Augenblick nicht.

»Hariwinius hat also das große Moor umrundet und greift die Dörfer auf der anderen Seite an?«, fragte er Balbus.

Als der Optio nickte, hätte Quintus ihn am liebsten mit der Faust niedergeschlagen. Seine Reiter waren zu wertvoll, um sie auf diese Weise zu verschleißen. Er brauchte sie, um dieses Land zu überwachen. Seine Fußsoldaten waren dafür zu langsam. Außerdem verfügte er nur über eine einzige Kohorte und konnte sich nur deshalb in dieser Gegend halten, weil Caracalla viel von dem barbarischen Gesindel über die Klinge hatte springen lassen.

Andererseits befanden sich jenseits der Sümpfe etliche Barbaren, die sich seinem Zugriff entziehen wollten, und bei diesen war auch Gerhild. Quintus begriff noch immer nicht, wie es ihr gelungen war, seine Männer an der Nase herumzuführen und ihren Stamm zu befreien. Für ihn war es ein schlimmerer Schlag als seine Niederlage im Speerwurf. Was für eine Frau!, dachte er und erinnerte sich daran, wie er sie einmal besessen hatte. Damals hatte er sich als Sieger gefühlt.

»Ich werde erneut der Sieger sein«, murmelte er und ballte die Faust. Wenn er Gerhild das nächste Mal in seine Gewalt brachte, würde sie ihm nicht mehr entkommen. Er würde sie mit einer goldenen Kette festbinden! Nein, mit einer aus Eisen, korrigierte er sich. Das Gold brauchte er, um seine

Provinz zu vergrößern. Da war Hariwinius' Vorstoß jenseits des Moores vielleicht doch nicht von Übel. Sollte der Decurio so viele Barbaren wie möglich zu Paaren treiben. Er selbst würde eine Armee aufstellen und mit ihr das Land jenseits der ausgedehnten Moore seiner Provinz einverleiben. Bislang war das Gebiet, über das er herrschte, noch klein, und die Statthalter von Rätien und Obergermanien lauerten darauf, es ihm abzunehmen und ihren Provinzen anzugliedern. Lass sie sich doch streiten, sagte er sich. Er würde handeln.

»Was ist mit dem Barbaren?«, fragte er Balbus.

Dieser grinste unsicher. »Er nennt sich Egino und sagt, dass er einen Pfad durch das Moor kennt. Die Suebin, die wir gejagt haben, muss auf diesem Weg entkommen sein, sonst hätten wir sie finden müssen.«

»Du kennst einen Weg durchs Moor?«, wandte Quintus sich an Egino. Da er Latein verwendete, verstand der Semnone ihn nicht und antwortete erst, als Balbus ihm die Frage seines Befehlshabers übersetzt hatte.

Egino nickte. »Ich kenne den Weg! Er ist aber nicht ungefährlich.«

»Glaubst du, du könntest einige hundert Mann heil durch diese Sümpfe führen?«, fragte Quintus weiter.

»Ich glaube schon«, antwortete Egino, nachdem Balbus übersetzt hatte.

Quintus' Gedanken überschlugen sich. Einen Marsch um das Moor herum würden die Barbaren erwarten. Doch wenn er überraschend in deren Rücken auftauchte, war dies bereits der halbe Sieg. Dafür aber musste er sicher sein, dass Egino ihn nicht verriet.

»Dein Anführer – er heißt Baldarich, soviel ich weiß – hat mir einen Vorschlag gemacht. Ich werde darauf eingehen, wenn du mich und meine Legionäre durch das Moor führst. Solltest du allerdings versuchen, uns zu betrügen, lasse ich dir bei lebendigem Leib die Haut abziehen und sie mit Stroh ausstopfen! Hast du verstanden?«

Diesmal dauerte es einen Augenblick, bis Egino Antwort gab. »Ich werde dich und deine Soldaten sicher durch das Moor führen. Allerdings will ich dafür belohnt werden!« Und zwar besser, als Baldarich es täte, setzte der Mann in Gedanken hinzu.

»Du kannst Gold haben, Sklaven, Land, das römische Bürgerrecht … du wirst ein hoch angesehener Mann werden!«, versprach Quintus.

In Wahrheit interessierte er sich nicht dafür, was aus dem Kerl wurde, sondern legte sich im Stillen seine nächsten Schritte zurecht. Mit den Truppen, die er derzeit kommandierte, konnte er keinen energischen Vorstoß wagen, zumal er seine jetzige Basis nicht ungeschützt zurücklassen durfte.

Sein Blick streifte den aufgeworfenen Wall und die Zelte dahinter. Bevor der Winter nahte, brauchten er und seine Männer feste Quartiere. Eigentlich hatte er in den nächsten Tagen damit beginnen wollen, Häuser zu errichten, doch nun ging es erst einmal darum, seine Position in diesen Landen zu verbessern und vor allem Gerhild zu fangen. Er würde sie wie ein wildes Tier halten und sie jede Nacht nehmen, bis ihr Leib sich rundete und sie ihm einen Sohn gebar. Danach würde er dem Weib die Kehle durchschneiden, um zu verhindern, dass sie anderen Männern ebenfalls Söhne schenkte.

»Ja, so mache ich es!«, sagte er und wandte sich seinem Zelt zu. Sein Sklave wartete dort wie ein Schatten und rührte sich erst, als Quintus energisch in die Hände klatschte.

»Nimm das Schreibtäfelchen und den Stilus zur Hand! Du musst für mich drei Briefe schreiben. Sie gehen an den göttlichen Imperator, an den Legaten Paulinus und an den Statthalter von Rätien.«

Noch während er diesen Befehl erteilte, legte Quintus sich die Worte zurecht, mit denen er die beiden Provinzgouverneure davon überzeugen wollte, ihn mit Truppen zu unterstützen. Der Brief an Caracalla stellte dabei ein Druckmittel dar, der die beiden anderen Adressaten daran erinnern sollte, wie angesehen er beim Imperator war.

»Ich brauche mindestens eine Legion«, sprach Quintus seinen Gedanken laut aus und verwirrte damit seinen Sklaven.

»Soll ich das so schreiben, Herr?«, fragte Lucius.

Quintus schüttelte den Kopf. »Natürlich nicht! Schreibe, dass ich allen meine besten Grüße übermitteln lasse und weitere Truppen benötige, um ein paar renitenten Stämmen Gehorsam zu lehren. Auch sollen die beiden Statthalter mir Baumaterial schicken, vor allem Ziegelsteine und abgelagertes Holz, damit wir mit dem Bau des Kastells beginnen können. Ich benötige genügend Sklaven, die das entsprechende Handwerk beherrschen. Als Helfer können sie die Barbaren haben, die wir auf unserem Feldzug gefangen nehmen.«

Während Quintus seine Forderungen aufzählte, glitt der Stift des Sklaven über die Wachsoberfläche des Täfelchens. Zuletzt ließ Quintus hinzusetzen, dass es eilig wäre, und drückte seinen Siegelring in das weiche Wachs. Ihm war klar, dass in der Zeit, in der er auf die Ankunft frischer Truppen wartete, Hariwinius und dessen Reiter von den Barbaren aufgerieben werden konnten. Dieses Risiko nahm er jedoch in Kauf, zumal ihm die Soldaten Roms mit größerer Begeisterung folgen würden, wenn es Kameraden an den Barbaren zu rächen galt.

12.

Mehr als einhundert Meilen östlich von Quintus' Lager funkelte Julius Gerhild ärgerlich an. »Du kannst deine Entscheidung nicht länger hinausschieben. Mit jedem Tag kommen Hariwinius' Reiter näher. Willst du dich etwa hier im Dorf verschanzen? Ein paar brennende Fackeln, die auf die Strohdächer der Häuser geworfen werden, würden es dich rasch bedauern lassen.«

Gerhild senkte den Kopf, denn für eine gewisse Zeit hatte sie tatsächlich mit dem Gedanken gespielt, hier im Dorf zu bleiben und zwischen den Häusern so gegen ihren Bruder zu kämpfen wie vor einigen Monaten gegen Baldarich und dessen Schar. Damals hatten sie die Angreifer jedoch überraschen können. Bei Hariwinius würde ihr dies nicht gelingen. Außerdem verfügte ihr Bruder über weitaus mehr Kämpfer als Baldarich damals. Zwar konnte auch sie mittlerweile auf gut zweihundert Krieger zurückgreifen, doch viele von diesen waren entweder alt oder noch halbe Knaben.

»Wie weit ist Hariwinius noch von uns entfernt?«, fragte sie Julius.

»Er könnte unser Dorf mit seinen Reitern mittlerweile in weniger als einem halben Tag erreichen. Ihn halten nur noch die Siedlungen auf, die kürzlich von Flüchtlingen in unserer Nähe errichtet worden sind.« Julius' Stimme klang drängend. Die Dörfer, die Hariwinius noch von diesem Ort trennten, waren bereits geräumt. Wenn Gerhild noch länger zögerte, würde ihr Nimbus, der sie zum Sieg führen konnte, Schaden nehmen.

528

Dies war Gerhild ebenso klar wie die Tatsache, dass sie sehr schnell eine Entscheidung treffen musste. Julius konnte ihr zwar raten, doch er war zu sehr Mann und Kämpfer und verstand ihre Zweifel nicht. Für ihn waren Verluste der Blutzoll, den die Götter für den Sieg verlangten. Die Sueben aber hatten bereits zu viele Männer verloren, als dass sie gedankenlos weitere Stammeskrieger opfern durfte.

»Du hast mir eine Stelle genannt, die sich als Hinterhalt gut eignet. Dort werden wir Hariwinius abfangen!«

»Endlich!«, rief Julius aufatmend.

Er war zwar der Anführer der Krieger, doch seine Autorität wurde durch Gerhilds Ruf eingeschränkt, weil sie in den Augen der meisten hier ihre Anweisungen direkt von Wuodan erhielt. Gegen ihren Willen würden ihm gerade noch seine eigenen Reiter folgen. Die anderen würden auf Gerhild schauen und bleiben, wenn diese den Kopf schüttelte.

»Ich werde vor dem Angriff mit Hariwinius sprechen«, fuhr Gerhild fort.

»Das ist Unsinn! Damit warnst du ihn nur.«

Julius' Einwand ging jedoch an Gerhild vorbei. »Er ist mein Bruder! Ich kann ihn nicht einfach erschlagen lassen wie einen Hund.«

»Damit bringst du uns alle in Gefahr!«, erklärte Julius zornig.

»Ich habe es so beschlossen! Während ich mit Hariwinius rede, schleichst du dich mit unseren Kriegern an den Feind heran und greifst an, sowie mein Gespräch mit ihm fehlschlägt.«

Gerhilds Stimme klang kalt, und für Augenblicke kam Julius in Versuchung, sie und ihre Sippe zu verlassen, um sein Glück in seiner Heimat zu versuchen. Doch sein Stellvertreter Vigilius hatte Gefallen an seiner Cousine Lutgardis gefunden und würde diese nicht verlassen. Und auch er selbst spürte, dass ihn hier mehr hielt als nur das Schwert, das immer noch an Gerhilds Hüfte hing.

»Also gut, machen wir es so! Aber du wirst erlauben, dass deine Leibwache bei dir bleibt«, lenkte er schließlich ein.

»Solange Marcellus und seine Kameraden sich verborgen halten, soll es so sein. Beobachten Ingulf und die anderen Jungmänner die römischen Reiter noch?«, fragte Gerhild.

»Natürlich! Wir werden bald auf sie treffen, und dann können sie uns sagen, wo sich der Feind befindet! Allerdings sollten wir sofort aufbrechen. Sonst wirst du mit deinem Bruder doch in diesem Dorf reden müssen.«

Etwas zwang Julius, Gerhild diesen Hieb zu verpassen. Seiner Meinung nach hatte sie bereits zu lange gezögert, Hariwinius und seinen Leuten entgegenzutreten. Dagegen allerdings sprach, dass die Stelle, die sie ausgesucht hatten, ein ideales Gelände für einen Überraschungsangriff bot. Diesen Vorteil drohten sie jedoch wegen der Sturheit dieses kleinen Biestes wieder zu verlieren.

Als Gerhild die Hütte verließ, folgte Julius ihr innerlich grollend. Sofort versammelten sich Teudo, Vigilius und etliche andere Männer um sie.

»Greifen wir an?«, fragte Teudo aufgeregt.

»Das tun wir!« Noch während sie es sagte, nahm Gerhild Pfeil und Bogen an sich und wählte drei Wurfspeere aus.

»Du solltest Männerkleidung anziehen, damit die römischen Reiter dich nicht sofort erkennen«, riet Teudo, da Gerhild zwar Hosen trug, aber einen weiten Rock darüber angezogen hatte.

Mit einem sanften Lächeln schüttelte sie den Kopf. »Sie sollen mich erkennen. Doch nun folgt mir! Uns bleibt nicht viel Zeit, die Stelle zu erreichen, an der wir die Römer empfangen wollen!«

Teudo stieß einen Jubelruf aus, drehte sich um und rief den übrigen Männern zu, ihre Waffen zu ergreifen. »Schlaft aber dabei nicht ein!«, setzte er lachend hinzu. »Wir haben zwei Stunden strammen Fußmarsches vor uns. Oder wollt ihr, dass unsere römischen Freunde eher bei den drei heiligen Eichen sind als wir?«

»Wenn du weniger schreien als dich selbst ausrüsten würdest, könnten wir schon unterwegs sein«, antwortete Perko, der zusätzlich zu seinem Schwert zwei Gere und einen Speer mitschleppte.

Die meisten Krieger waren nur mit Ger oder Speer bewaffnet. Einige besaßen Äxte oder lange Messer, über wirklich gute Schwerter verfügten außer drei oder vier Männern nur Julius' Reiter.

13.

Es war eine kleine und nur unzureichend bewaffnete Schar, die sich den voll ausgerüsteten Reitern Roms entgegenstellen wollte. Julius kannte ihre Schwäche, hoffte aber, dass Mut und das Überraschungsmoment ihnen den entscheidenden Vorteil bringen würden. Obwohl er seine alte Rüstung trug, hatte er darüber eine Tunika nach einheimischer Art gezogen, um sich von Hariwinius' Männern zu unterscheiden. Auch seine Reiter hatten sich gekennzeichnet, sei es durch eine germanische Tunika oder einen Mantel. Marcellus und die fünf, die Gerhilds Leibwache bildeten, hatten ihre Schilde mit blau gefärbtem Tuch überzogen und trugen Leibbinden der gleichen Farbe.

Trotz des bevorstehenden Kampfes war die Stimmung gut. Die Männer vertrauten auf Gerhild und den Segen der Götter. So mancher sprach ein kurzes Gebet zu seinem persönlichen Gott, sei es Teiwaz, Wuodan oder Donar mit seinem alles zerschmetternden Hammer.

Auch Gerhild betete, ohne dabei jedoch die Lippen zu bewegen. In ihr wuchs die Angst, zu versagen, doch sie wusste, dass sie unerschütterlich erscheinen musste. In diesem Augenblick war sie froh um Julius' Anwesenheit. Seine Miene wirkte zwar finster, aber auch entschlossen. Er würde nicht zurückweichen, dessen war sie gewiss.

»Wie weit ist es noch?«, fragte sie nach einer Weile.

Julius wandte sich ihr zu. »Nicht mehr sehr weit. Siehst du die große Eiche dort vorne, die von zwei kleineren flankiert wird? Das wäre ein guter Platz, um auf deinen Bruder zu warten.

Wir anderen werden uns jetzt in die Büsche verziehen, damit Hariwinius und seine Soldaten unsere Spuren nicht entdecken. Es wäre doch fatal, wenn ein lumpiger Pferdeapfel uns verraten würde.«

Trotz ihrer Anspannung stahl sich ein Lächeln auf Gerhilds Lippen. »Das wäre es wirklich! Doch was tun wir, wenn er Späher vorausschickt?«

»Bei den letzten Dörfern hat er darauf verzichtet, nachdem zu Beginn mehrere seiner Vorreiter niedergemacht worden sind. Ich schätze, dass er seine Soldaten in einer lockeren Formation reiten lässt, zuerst eine Vorhut von vielleicht zwanzig Mann, und hundert Schritt dahinter den Haupttrupp.«

Julius nickte Gerhild kurz zu, schwang sich dann aus dem Sattel und führte seinen Hengst beiseite. Ihre Krieger verließen ebenfalls den Weg, der seit Urzeiten von Norden nach Süden führte, und teilten sich so auf, dass sich auf jeder Seite die gleiche Anzahl befand.

Gerhild sah ihnen nach und fand die Stelle nicht allzu vielversprechend für einen Überfall, denn das dichtere Unterholz begann erst mehr als dreißig Schritte vom Weg entfernt. Zwar gab es zwischen den Bäumen etliche Büsche, doch es waren zu wenige, um zweihundert Kriegern Deckung zu bieten. Gegen ihr eigenes Gefühl hoffte sie, dass ihr Bruder mit sich reden ließ. Wenn nicht, würden viele der Männer, die ihr vertrauten, sterben.

Die Zeit verging quälend langsam. Gerhild lauschte mit angespannten Sinnen nach vorne. Von ihren eigenen Leuten hörte sie nichts. Nur manchmal prustete ein Pferd. Sie stellte sich vor, wie die Männer den Tieren in die Nüstern griffen, um sie am Wiehern zu hindern. Dabei war es unnötig, weil jedes Wiehern von ihrer Stute hätte kommen können.

»Wo bleibst du, Hariwinius?«, murmelte sie und hatte mit einem Mal Angst, ihr Bruder könnte die Falle geahnt haben und sich ihrem Dorf auf einem anderen Weg nähern. Ohne den Schutz der Männer wären die Frauen und Kinder den Reitern Roms hilflos ausgeliefert.

Gerade als sie überlegte, umzukehren und Hariwinius und dessen Männern doch im Dorf entgegenzutreten, hörte sie ein Pferd wiehern.

Wenig später erklang das typische Geräusch aneinanderschlagenden Eisens, und kurz darauf waren Stimmen zu vernehmen. Da sie Latein sprachen, verstand Gerhild sie nicht, doch Julius und seine Männer bekamen mit, dass die Unteroffiziere die Reiter zu erhöhter Wachsamkeit ermahnten. Dies verringerte die Hoffnung auf einen Überraschungsschlag. Dennoch war Julius überzeugt, dass sie genug römische Reiter töten und verwunden konnten, um Hariwinius zum Rückzug zu zwingen.

Endlich kam der erste Reiter in Sicht. Er war den nächsten vielleicht zwanzig Schritte voraus, und seine Blicke streiften immer wieder über die Büsche und das dahinterliegende Unterholz. Doch Julius auf der einen und Teudo auf der anderen Seite hielten ihre Krieger in guter Deckung.

»Hier ist nichts!«, meldete der Reiter nach hinten und entdeckte dann erst Gerhild, die auf ihrer Stute unter der riesigen Krone einer Eiche wartete.

»Halt! Ich sehe eine Frau vor mir. Es muss die sein, die Quintus entkommen ist«, rief der Reiter nun.

»Gerhild?«, antwortete Hariwinius fragend, aber auch erleichtert. Er war mit seiner Schar bereits länger unterwegs als erwartet, und er wusste, dass er nicht ohne Gerhild zu Quintus zurückkehren durfte, wollte er sich nicht dessen Zorn zuziehen. Nun lenkte er seinen Hengst nach vorne und sah seine Schwester unter der Eiche stehen. Zwanzig Schritt von ihr entfernt hielt er an.

»Ich sehe, du bist vernünftig geworden und stellst dich freiwillig. Das wird Quintus gefallen und ihn gnädig stimmen. Er ist ein mächtiger Mann und kann dir ein besseres Leben bieten, als du es im Matsch dieses Landstrichs fristen musst. Du würdest nicht mehr für geringen Ertrag schuften müssen, sondern genug Sklaven haben, die dich bedienen.«

»Sklaven, die er ebenso wie unsere Leute ihren Familien entrissen und in die Knechtschaft gezwungen hat?«, antwortete Gerhild bitter. »Nein, darauf kann ich gut verzichten. Ich werde mich Quintus niemals ergeben! Und du, Hariwin, Sohn des Haribert, halte ein und verbrenne nicht länger die Dörfer deines eigenen Volkes. Kehre zu den Römern zurück und halte dich von diesen Landen fern.«

Hariwinius starrte sie zuerst verdattert an, begann dann aber zu lachen. »Rom will dieses Land hier haben und wird es bekommen. Ihr habt die Wahl, Untertanen des Imperiums zu werden oder seine Sklaven.« Noch während er es sagte, winkte er mehrere seiner Reiter zu sich.

»Nehmt sie gefangen!«

Vier Männer ritten auf Gerhild zu. »Schade, dass Quintus das Mädchen für sich allein haben will. Ich könnte mir vorstellen, dass wir ziemlich viel Spaß mit ihr hätten«, meinte einer grinsend.

Da hielt Gerhild ihren Bogen in der Hand und legte den ersten Pfeil auf die Sehne. »Halt! Oder ihr werdet es bereuen.«

»Mit deinem Kinderspielzeug machst du uns keine Angst«, antwortete der vorderste Reiter spöttisch. Im selben Augenblick schoss Gerhild und traf ihn genau über der Oberkante des Kettenhemdes in die Kehle. Der Mann kippte haltlos aus dem Sattel und schlug schwer auf den Boden. Einen Augenblick lang zögerten seine Kameraden verblüfft, dann aber trieben sie ihre Pferde an und stürmten auf Gerhild zu.

Bevor sie diese erreichten, erfüllte das Rauschen von Wurfspeeren die Luft. Keinen Herzschlag später hallte der Kampfruf der Germanen durch den Wald. Da Hariwinius und seine Reiter nur auf Gerhild geachtet hatten, war es Julius und den Kriegern gelungen, sich immer näher an den Weg heranzuarbeiten. Ihre erste Speersalve leerte etliche Sättel, Pferde stürzten schreiend nieder, und dann suchten Julius, Teudo und die anderen den Nahkampf.

Während Julius sich die dritte und die bereits dezimierte vierte Turma zum Ziel nahm, kämpfte Teudo sich zu Hariwinius vor. »Stirb, du Brudermörder!«, schrie er und schwang sein Schwert voller Wut.

Hariwinius musste seine ganze Fechtkunst aufwenden, um sich und sein Pferd vor Teudos wilden Hieben zu schützen. Aus den Augenwinkeln sah er, wie seine Reiter aus den Sätteln gerissen und niedergemacht wurden.

Mit erschreckender Klarheit begriff Hariwinius, dass seine Karriere in der römischen Armee zu Ende war. Er hatte seine Reiter mehr als hundert Meilen weit ins Feindesland geführt und war mit ihnen in eine Falle gelaufen.

Sein Blick suchte seine Schwester. Sie ist an allem schuld, dachte er. Sie hatte Quintus gedemütigt und dessen Zorn erregt. Hätte sie damals eingewilligt, mit dem Römer zu gehen, würde ihr Stamm jetzt innerhalb des vorverlegten neuen Limes und damit unter dem Schutz des Imperiums leben. Raganhar wäre ein von Rom anerkannter Klientelfürst und er selbst der Präfekt einer Ala mit fünfhundert Reitern oder gar einer großen Einheit wie der Ala Secunda Flavia Pia Fidelis Milliaria mit tausend Mann. Das alles hatte Gerhild durch ihren Eigensinn zerstört.

»Verflucht sollst du sein!«, schrie er und stieß Teudo mit der Schildkante zurück. Gleichzeitig trieb er seinem Pferd die Sporen in die Weichen und galoppierte auf Gerhild zu. Diese hob den Bogen, brachte es aber nicht fertig, auf den Bruder zu schießen. Bevor Hariwinius sie erreichte, tauchten Marcellus und seine Männer um sie herum auf. Sechs Wurfspeere flogen Hariwinius entgegen, durchschlugen sein Kettenhemd und drangen ihm tief in den Leib.

In einer letzten Anstrengung hob er sein Schwert, um es auf

seine Schwester niedersausen zu lassen. Doch da hatte Gerhild ihre Erstarrung überwunden und wich dem Hieb aus. Zu einem zweiten kam Hariwinius nicht mehr, denn Marcellus trieb ihm den Speer durch die Brust. Gleichzeitig packten ihn zwei Kameraden und rissen ihn aus dem Sattel. Er war tot, bevor er die Erde berührte.

»Elender Brudermörder!«, schimpfte Teudo, der sich zu Gerhild gesellt hatte. »Beinahe hätte er auch noch die eigene Schwester umgebracht.«

»Rom hat ihn verdorben!«, klagte Gerhild mit leiser Stimme. »Es hat ihn seine Sippe und seine Ehre vergessen lassen. Trotzdem war er mein Bruder, denn er wurde von meinem Vater gezeugt und von meiner Mutter geboren.«

Tränen stiegen in ihr auf, doch sie wusste, dass sie sich nicht der Trauer hingeben durfte. Noch befanden ihre Krieger sich im Kampf und brauchten jede Hilfe. Sie legte einen weiteren Pfeil auf die Sehne, suchte ein Ziel und schoss. Ein feindlicher Reiter, der gerade Ingulf von hinten niederschlagen wollte, stürzte vom Pferd. Ingulf sah es aus den Augenwinkeln und drehte sich erschrocken um. Der Römer war jedoch keine Gefahr mehr für ihn.

»Hab Dank!«, rief er Gerhild zu und suchte sich einen neuen Gegner. Ein Reiter fiel ihr auf. Er trug germanische Tracht und hatte eben noch auf Seiten der Römer gekämpft. Jetzt löste er sich aus deren Reihen und versuchte in den Wald zu entkommen. Gerhild erkannte Berthoald, der Baldarich in ihr Dorf begleitet hatte und zu den wenigen gehörte, die mit ihrem Anführer aus Hailwigs Dorf hatten fliehen können. Einen Augenblick zögerte sie, dachte dann aber an Alfher und die Krieger, die damals umgebracht worden waren, und schoss.

Berthoald stieß einen Schrei aus und stürzte aus dem Sattel. Verwunderte Blicke trafen Gerhild, denn einige ihrer Krieger glaubten, sie hätte auf einen eigenen Mann geschossen.

Da klang Julius' Stimme auf. »Das war Baldarichs Vertrauter, der mit den Römern geritten ist!«

Gerhild nickte ihm dankbar zu und sah sich um. Die meisten von Hariwinius' Männern waren von ihren Kriegern im ersten Ansturm niedergekämpft worden. Von Hariwinius' eigener Turma hatte kein Einziger überlebt, und auch die vierte Turma war gänzlich aufgerieben worden. Nur dem Decurio Porcius gelang es gerade, sich mit einigen Männern seiner dritten Turma abzusetzen.

Einige Stammeskrieger folgten den Flüchtenden, der Rest aber versammelte sich um das Häuflein geschlagener Reiter, die den Angriff überlebt hatten. Die meisten davon zählten zu Julius' früherer Turma.

Als Perko einen der Verletzten niederstechen wollte, gebot Julius ihm Einhalt. »Lass ihn am Leben!«

Er wandte sich seinen ehemaligen Soldaten zu. Alles in allem waren es nur wenig mehr als ein Dutzend, die meisten verwundet und ohne Pferd.

»Wir waren einst Kameraden, und ich habe euch in etlichen Schlachten angeführt. Habe ich das schlecht getan?«, fragte er. Einer der Soldaten schüttelte den Kopf. »Das nicht, aber du hast schließlich deinen Eid auf den Imperator gebrochen und bist desertiert.«

»Das habe ich erst getan, nachdem Caracalla seine Eide, die Verbündeten Roms zu schützen, nicht nur gebrochen hat, sondern auch die germanischen Hilfstruppen von seinen Legionären hat niedermachen lassen«, antwortete Julius scharf. »Viele von uns wurden als Germanen geboren und haben über den Tod von Brüdern und Freunden geweint. Oder seid ihr wie Hariwinius, der seinen Bruder ohne Bedenken getötet hat?«

»Es hat uns schon getroffen.«

»Rom hat gezeigt, dass sein Wort nichts wert ist. Es ist eine hungrige Wölfin, die immer nur fressen will. Doch das hier ist

538

unser Land, und wenn ich eines nicht möchte, so ist es, ein Knecht der Römer zu werden. Wollt ihr das?« Julius sah einen Mann nach dem anderen an.

»Wir sind keine Knechte, sondern Reiter Roms. Wir erhalten guten Sold, gute Verpflegung und am Ende unserer Dienstzeit eine hübsche Prämie oder Land. Sollten wir das aufgeben für das, was du Freiheit nennst?«, fragte ein anderer Reiter.

»Du musst gar nichts aufgeben. Wenn dir so viel an Rom liegt, so steige auf dein Pferd und reite davon. Das kann jeder von euch tun. Doch wer bereit ist, auf unserer Seite zu kämpfen, ist uns willkommen.«

Julius hatte Gerhild dieses Einverständnis abgerungen und hoffte, dass sich möglichst viele seiner ehemaligen Reiter ihm anschließen würden. Die Männer sahen einander an, musterten die finsteren Mienen der Germanen und forderten ihren Unteroffizier auf, für sie zu sprechen.

»Du willst uns wirklich gehen lassen?«, fragte dieser.

Julius nickte, auch wenn es ihm leidtat, dass die Männer sich gegen ihn entschieden.

»Was ist mit unseren Verwundeten?«

»Ihr könnt sie entweder mitnehmen oder hierlassen. Tut ihr Letzteres und sie überleben, werden sie unsere Knechte sein.«

»Einige hat es schwer erwischt. Hoffen wir, dass sie sterben.« Der Sprecher sah so aus, als würde er seine verletzten Kameraden am liebsten eigenhändig töten, damit ihnen das Los der Gefangenschaft erspart blieb. Julius' warnender Blick ließ ihn jedoch davon absehen.

»Ich nehme dein Angebot an und reite zu Quintus zurück«, erklärte der Unteroffizier.

»Tu das! Aber zuvor gibst du mir die sechs Sesterzen, die du mir noch schuldest.« Mit diesen Worten trat Marcellus auf den Mann zu und streckte fordernd die Hand aus. Wütend zählte der Soldat ihm die Münzen hin und ging zu seinem Pferd.

»Wer mit mir mitkommen will, soll es jetzt tun«, rief er den anderen Gefangenen zu.

Jene Reiter, die noch stehen konnten, folgten ihm. Einige von ihnen bluteten aus mehreren Wunden, nahmen sich aber nicht die Zeit, diese zu verbinden.

»Willst du wirklich zulassen, dass diese Hunde mit dem Leben davonkommen?«, fragte Teudo Gerhild.

»Es ist Julius' Wunsch, und er hat sich seine Erfüllung wahrlich verdient«, antwortete die junge Frau.

Sie hatte Julius kämpfen sehen und wusste, dass ein großer Teil ihres Sieges ihm zu verdanken war. Auch Teudo sah das ein und rief einige Krieger zur Ordnung, die die römischen Reiter aufhalten wollten. Der Unteroffizier schwang sich in den Sattel und ritt los, ohne sich noch einmal umzusehen. Der größte Teil der Reiter folgte ihm. Drei aber zügelten ihre Pferde und stiegen schließlich wieder ab.

»Verlierer werden in Rom nicht gerne gesehen, Julius, und ich bin mir sicher, dass Quintus die Überlebenden als Feiglinge bezeichnen und bestrafen wird. Dabei trägt er allein die Schuld an diesem Desaster! Er hätte die Suebin nicht entkommen lassen dürfen.«

Leicht fiel es dem Mann nicht, Rom den Dienst aufzusagen, das spürten sowohl Gerhild wie auch Julius. Marcellus und Ortwin umarmten ihn und die beiden anderen und begannen, ihre Verletzungen zu verbinden.

»Willkommen in unserem Haufen!«, meinte Marcellus. »Hier gibt es zwar keinen Sold und der Met ist gewöhnungsbedürftig, aber das werdet ihr überleben.«

»Natürlich werdet ihr das«, meinte Julius und trat dann auf Gerhild zu. »Ich habe mich geirrt! Dein Auftauchen hat Hariwinius und seine Reiter nicht misstrauisch gemacht. Ganz im Gegenteil! Sie haben nur auf dich geachtet und es uns ermöglicht, ganz nahe an sie heranzukommen. Daher fanden fast alle unsere Wurfspeere ein Ziel!«

»Es ist noch einmal gutgegangen!«, antwortete Gerhild leise.
»Ich frage mich nur, ob Quintus es dabei belassen wird oder
erneut Krieger schickt, um uns zu bedrohen.«

Am liebsten hätte Julius ihr gesagt, sie solle sich wegen Quintus keine Sorgen mehr machen. Doch er kannte ihn zu gut, um
annehmen zu können, der Mann würde eine solche Niederlage
tatenlos hinnehmen.

»Wir sollten Späher über das Moor schicken und sein Lager
beobachten lassen«, schlug er vor.

Gerhild nickte bedrückt. »Du nimmst also ebenso wie ich an,
dass er nicht aufgeben wird!«

»Er wird niemals aufgeben, solange er lebt! Doch er ist nicht
unsere einzige Sorge. Wir haben seit einigen Tagen keine Spur
mehr von Baldarich entdeckt. Es ist möglich, dass er in seine
Heimat zurückgekehrt ist, um weitere Krieger zu sammeln.
Wenn Hariwinius ihm genug Gold oder andere Beute dafür
überlassen hat, wird ihm dies gelingen.«

»Findest du es nicht seltsam, dass wir, die stets Freunde Roms
waren, von Rom bekämpft werden, und jene, die in Feindschaft zum Imperium standen, sich mit diesem verbünden?«,
fragte Gerhild.

»Dabei muss Loge seine Hand im Spiel haben! Er ist ja der
Gott der Lügen und der Niedertracht.« Julius schüttelte
abwehrend den Kopf und sah Gerhild fragend an. »Was
machen wir jetzt?«

»Als Erstes werden wir unsere Verwundeten versorgen und
die Toten begraben. Für meinen Bruder soll ein Scheiterhaufen
errichtet werden, der dem Sohn eines Fürsten angemessen ist.
Gebt ihm seine Waffen mit ins Grab! Die Waffen der Übrigen
verteilt unter den Männern, die sich am besten geschlagen
haben.«

Gerhild wusste, dass es keinen Sinn hatte, sich in ihrer Trauer
zu vergraben, denn dafür stand zu viel auf dem Spiel. Mit energischen Bewegungen, die ihre Anspannung verrieten, trat sie

zu dem ersten Verwundeten und begann, ihn zu verbinden. Trotz seiner Schmerzen sah der junge Mann sie mit leuchtenden Augen an.

»Du hast die Augen der römischen Reiter geblendet, auf dass sie uns nicht sehen konnten, Wuodans Maid!«, sagte er.

Andere Krieger stimmten ihm zu, und da die eigenen Verluste gering waren, herrschte schon bald eine ausgelassene Stimmung.

»Ob die auch noch so lustig sind, wenn ihnen ganze Kohorten, womöglich sogar eine Legion gegenübersteht?«, fragte Marcellus bärbeißig.

Julius sah ihn nachdenklich an. »Dieser Sieg kann viele Krieger dazu bewegen, sich uns anzuschließen, vielleicht sogar genug, um eine Legion besiegen zu können. Das hier sind unsere Wälder!«

»Was ein Arminius mit seinen Cheruskern vollbracht hat, schafft unser Julius schon lange!«, mischte sich da Vigilius fröhlich ein. »Ob Quintus Severus oder Quintilius Varus – unsere Wälder und Moore werden sie alle verschlingen.«

»Wollen wir hoffen, dass du recht hast, alter Chatte«, sagte Julius und klopfte seinem Freund auf die Schulter. Er ließ dabei Gerhild nicht aus den Augen, die eben den nächsten Mann verarztete, und wünschte sich eine kleine Schramme, so dass auch er ihre Finger auf seiner Haut spüren konnte.

14.

In der nur wenige Meilen hinter dem Limes liegenden Stadt Sumelocenna sah Linza auf den Beutel mit Linsen, die der Legionär Pribillus eben auf ihren Tisch legte. Er hatte ihr in den letzten Wochen immer wieder Lebensmittel gebracht und dadurch ihre Not gelindert. Jetzt aber wirkte er erschreckend ernst.

»Es ist vorerst das Letzte, was ich dir geben kann«, sagte er. »Man hat mich als Unteroffizier in eine Hilfstruppenkohorte versetzt, und mein neuer Centurio ist ausgerechnet dein Gaius.«

»Er ist nicht mehr mein Gaius!«, antwortete Linza bitter. »Er hat mir endgültig den Rücken gekehrt und dabei noch gemeint, ich solle ihm dankbar sein, dass er mich und die Kinder nicht als Sklaven verkauft hat.«

Pribillus sah sie empört an. »Das hätte ich von Gaius nicht erwartet! Sei froh, dass du ihn los bist.«

Noch während er es sagte, begriff er selbst, dass seine Worte schlecht gewählt waren. Er nahm ein paar Münzen aus seiner Tasche und schob sie Linza hin.

»Hier, damit du nicht ganz ohne Geld bist!«

»Ich danke dir«, sagte Linza, obwohl sie wusste, dass die Summe gerade ausreichen würde, um sie und ihre Kinder eine Woche zu ernähren.

»Wohin zieht ihr?«, fragte sie.

»Ins Barbaricum! Quintus Severus will dort eine neue Provinz errichten, und dabei bereitet ihm die Suebenfürstin Gerhild Schwierigkeiten. Aus diesem Grund hat er sich mit einem anderen Barbarenstamm verbündet und von diesem einen Führer erhalten, der seine Truppen durch die Sümpfe führen soll, um Gerhilds Bande in den Rücken zu fallen. Aber das ist ein strenges Militärgeheimnis, verstehst du? Ich weiß es auch nur, weil ich vor dem Fenster unseres Legaten Wache gehalten habe, als der sich von seinem Sekretär Quintus' Brief vorlesen ließ.«

Da Pribillus Linza seit Jahren kannte, hielt er sie für eine einheimische Germanin, deren Stamm seit gut hundert Jahren romanisiert worden war. Andernfalls hätte er sich lieber die Zunge abgebissen, als etwas auszuplaudern.

Zuletzt lachte er. »Wer hätte gedacht, dass ich auf meine alten Tage noch den Rang eines Optio erreichen würde?«

Er klang zufrieden, denn diese Beförderung bedeutete nicht nur höheren Sold, sondern auch eine größere Abschiedsprämie, wenn er die Armee verließ.

Er klopfte mit den Fingerknöcheln auf den Tisch. »Ich muss jetzt los. Macht es gut!«

»Du auch, Pribillus! Mögen die Götter dir wohlgesinnt sein«, antwortete Linza und fragte sich, wie ihr Schicksal verlaufen wäre, wenn nicht Gaius sie damals mitgenommen hätte, sondern ein Mann wie Pribillus. Dieser hätte sie gewiss nicht wegen einer jüngeren Frau verstoßen.

Sie sah ihm nach, bis er das Haus verlassen hatte, und seufzte. Am nächsten Tag würde er ausrücken, und dann hieß es für sie, zuzusehen, wie sie mit ihren Kindern durchkam. Sie wollte gerade das Geld, das Pribillus ihr gegeben hatte, an sich nehmen, als die Tür erneut geöffnet wurde und einer ihrer Nachbarn hereinkam.

Kaum sah der Mann die Münzen, stürzte er sich wie ein Geier darauf. »Wie ich sehe, hat Pribillus dir das Geld für die Miete dagelassen! Das trifft sich gut, denn Gaius hat letztens nicht mehr für euch bezahlt, und ich wollte euch schon auf die Straße setzen.«

Noch während er es sagte, steckte er das Geld ein.

»He, was tust du da?«, rief Linza empört. »Du kannst doch nicht einfach mein Geld nehmen!«

»Solange du in meinem Haus wohnst, hast du Miete zu bezahlen«, antwortete der andere ungerührt. »Woher du das Geld nimmst, ist mir gleich, und wenn du in Tribanus' Bordell für alle möglichen Kerle die Beine spreizen musst. Sieh zu, dass du im nächsten Monat dieselbe Summe auf den Tisch legst, sonst wirst du samt deiner Brut auf der Straße schlafen!« Nach diesen Worten drehte er sich um und verließ den Raum.

Linza kämpfte mit den Tränen. Um die Miete hatte sie sich nie gekümmert, das hatte stets Gaius erledigt. Doch seit ihr Mann sie verlassen hatte, glaubte jeder, sie herumstoßen zu können.

»Wenn ich nur wüsste, was wir tun können«, flüsterte sie verzweifelt und starrte den Beutel Linsen an, der mit den wenigen Vorräten, die sie noch besaß, für die nächsten Tage ein sehr einseitiges Mahl versprach.

»Demetrius wollte dir zweihundert Sesterzen zahlen, wenn du Navina zu ihm schickst«, sagte da Rufus, dem diese Summe wie ein Vermögen vorkam.

Im nächsten Augenblick saß ihm die Hand der Mutter im Gesicht. »So etwas will ich nicht mehr hören, verstanden! Soll ich etwa zuerst Navina, dann dich, die anderen Kinder und zuletzt mich selbst in die Sklaverei verkaufen, nur damit wir nicht verhungern?«

Bei diesen harschen Worten zog der Junge den Kopf ein. »So habe ich es nicht gemeint, Mama.«

»Schon gut«, sagte Linza und zog zuerst ihn und dann ihre anderen Kinder an sich. »Wir werden es schon irgendwie schaffen!«

Ihr Blick ruhte auf Navina, die mit ihren vierzehn Jahren noch ein wenig kindlich wirkte, aber ein außerordentlich hübsches Mädchen zu werden versprach. Meine Kleine ist viel zu schade für einen Lüstling wie den Bäcker, dachte sie.

Kurz erwog Linza, ob sie nicht doch ins Bordell gehen und auf diese Weise Geld verdienen sollte. Sie war jedoch nicht mehr jung und mittlerweile stämmig geworden. Daher würde sie höchstens Freier bekommen, die nicht viel zahlen wollten oder konnten. Der Gedanke, jeden Tag unter zwanzig und noch mehr Männern liegen zu müssen, nur um solche Kreaturen wie den Vermieter zufriedenstellen zu können, war widerwärtig.

15.

Als der Abend kam, wusste Linza sich noch immer keinen Rat. Sie kochte eine karge Mahlzeit für sich und die Kinder und schickte diese dann zu Bett. Sie selbst blieb am Tisch sitzen und grübelte über ihre verzweifelte Lage. Irgendwann schlief sie doch ein und erwachte am nächsten Morgen durch das Schmettern der Signalhörner. Sie erhob sich steif und versuchte sich zu erinnern, ob sie schlecht geträumt hatte oder ob sie wirklich ohne Geld und Hoffnung hier gestrandet war.

Rufus kam aus der Kammer, in der er und sein Bruder schliefen, und zupfte an seiner Tunika herum, die etwas zu klein geworden war. »Die Soldaten ziehen los, Mama!«, rief er und eilte nach draußen.

Linza folgte ihm mit Navina und den beiden anderen Kindern, die ebenfalls zusehen wollten.

Die Auxiliarkohorte war in voller Stärke samt Tross auf dem großen Platz im Zentrum der Stadt angetreten. Da die Rüstungen und die Kleidung der Soldaten neu waren, wirkte die Truppe besonders beeindruckend. Aber der Schein täuschte, denn die meisten Männer waren erst vor kurzem als Rekruten eingezogen worden. Zu der Kohorte zählten fünf Zenturien, und der Zenturio der ersten war Gaius. Als dieser Linza entdeckte, wandte er rasch den Blick ab und blaffte einen seiner Soldaten an, der einen Fuß weit außerhalb seiner Reihe stand. Feige ist er also auch noch, dachte Linza und trat näher. »Du elender Lump!«, schrie sie. »Fahr zum Hades! Mich und unsere Kinder einfach im Stich zu lassen!«

Gaius tat so, als würde er die Beschimpfungen der Frau, mit

der er mehr als fünfzehn Jahre zusammengelebt hatte, nicht hören. Auf seinen Befehl hin rückte die Zenturie enger zusammen. Er nahm seinen Platz auf der anderen Seite ein und schickte Pribillus auf die Seite, auf der Linza stand. Der alte Legionär winkte der Frau kurz zu und setzte sich dann wie alle anderen auf ein Hornsignal hin in Bewegung.

An der Spitze der Kohorte ritt der Tribun mit seinem engsten Stab, während die Zenturionen zu Fuß gingen. Doch keiner hätte sie für einfache Soldaten halten können, denn sie trugen quer stehende rote Helmbüsche und hielten Stäbe in der Hand. Auch waren ihre Rüstungen aufwendiger als die der anderen Soldaten. So steckten Gaius und Pribillus in hüftlangen Kettenhemden und Beinschienen, während ihre Männer rasch gefertigte Segmentpanzer trugen und ihre Hüften und ihren Unterleib nur mit Lederstreifen schützen konnten.

Dennoch boten die Soldaten einen imposanten Anblick und wirkten mit dem geschulterten Pilum, dem Schanzpfahl und dem Beutel mit ihren Vorräten auf dem Rücken einschüchternd und unbesiegbar. Linza sah ihnen nach, bis sie durch das Tor verschwunden waren, und wandte sich dann wieder ihrer Wohnung zu. Auf dem Weg dorthin kam ihr schmerzhaft zu Bewusstsein, dass die Soldaten Gerhild jagen sollten.

»Volla, hilf ihr!«, flüsterte sie, während ihre Gedanken weiterwanderten.

Linza hatte von dem Massaker an den verbündeten Stammeskriegern gehört, das auf Caracallas Befehl hin erfolgt war. Nun erinnerte sie sich, dass ihr Bruder Hunkbert ja auch zu Raganhars Schar gezählt haben musste und wahrscheinlich ebenfalls umgebracht worden war. Bei diesem Gedanken füllten sich ihre Augen mit Tränen. Wie hatte sie das nur vergessen können?

»Wahrscheinlich habe ich mich zu sehr über Gaius geärgert und deswegen nicht an jene gedacht, die mich einmal geliebt haben«, sagte sie zu niemand anderem als zu sich selbst.

548

Mit einer energischen Geste wischte sie sich die Augen trocken und sah sich um. In dieser Stadt war sie einmal mit Gaius glücklich gewesen, hatte ihre Kinder geboren und zu den Göttern der Römer gebetet. Doch all das war wie Glas zersprungen. Sie besaß weder Geld noch jemand, der sie vor gierigen Männern wie ihrem Vermieter oder dem Bäcker Demetrius beschützen konnte. Wenn sie hierblieb, würden ihre Kinder und sie als Sklaven enden.

Doch wo sollte sie hin?, fragte sie sich. Das Dorf, in dem sie aufgewachsen war, gab es nicht mehr. Dort herrschte jetzt Quintus Severus, der Mann, der mit Gerhild und ihren Anhängern den letzten Funken der Freiheit in den Landen jenseits der Großen Schlange austreten wollte.

Auf einmal durchfuhr es Linza wie ein Ruck. Gerhild war mutig und klug und würde den Römern widerstehen. »Wahrscheinlich hat sie sich hinter das große Moor zurückgezogen«, murmelte sie, und ihr fiel ein, dass Pribillus von einem Verräter gesprochen hatte, der Quintus Severus den Weg durch die Sümpfe zeigen wollte.

»Damit wird Gerhild nicht rechnen. Auch weiß sie nicht, dass weitere Kohorten in Marsch gesetzt wurden, um sie zu jagen. Sie muss unbedingt gewarnt werden.«

In dem Augenblick war ihre Entscheidung gefallen. »Rasch, Kinder, wir wollen nach Hause gehen!«, rief Linza und nahm den Kleinsten, der nicht mithalten konnte, auf den Arm. Als sie ihre Wohnung erreichte, sah sie den Vermieter draußen mit einer Nachbarin reden. Bei ihrem Anblick verzog er spöttisch das Gesicht und machte eine unflätige Bemerkung. Dies verstärkte ihren Willen, diese Stadt, die ihr zunächst Glück, dann aber weitaus mehr Leid gebracht hatte, zu verlassen.

Sie schloss die Wohnungstür hinter sich und begann zu packen. Verwundert sahen ihr die Kinder zu. »Was machst du, Mama?«, fragte Navina.

»Wir gehen! Hol das wenige, das wir noch zu essen haben, aus dem Vorratskasten und pack es ein. Wir nehmen nur das mit, was wir nötig brauchen, denn wir haben einen langen Weg vor uns.«

»Folgen wir der Kohorte?« Rufus hoffte noch immer, sein Vater würde zu ihnen zurückkehren, so dass er mit seiner Hilfe in einigen Jahren in die Armee eintreten konnte.

Diesen Wunsch kannte Linza und befürchtete deswegen, der Junge könnte sie mit einer unbedachten Bemerkung verraten. Daher nickte sie. »Das tun wir!«

Wenigstens zunächst, setzte sie für sich hinzu. Gleichzeitig fragte sie sich, ob es ihr wirklich gelingen mochte, Gerhild zu erreichen, bevor Quintus' Truppen ihren Vormarsch begannen. Ein paar Tage würden die Kohorte und die anderen Soldaten, die Quintus angefordert hatte, in dessen Lager bleiben, um die letzten Vorbereitungen für den Marsch zu treffen. Dies gab ihr die Gelegenheit, sie zu überholen. Das Problem war das riesige Moor. Es gab zwar einen Weg hindurch, doch den kannte sie nicht. Doch wenn sie um die Sümpfe herumlaufen musste, würde sie mit Sicherheit zu spät kommen.

»Mir wird schon etwas einfallen«, sagte sie zu sich selbst, um sich Mut zu machen. Seufzend schulterte sie ihr Bündel und winkte ihren Kindern mitzukommen. Keine halbe Stunde nachdem die Kohorte durch das Tor gezogen war, verließ auch Linza die Stadt und wanderte ostwärts. Wohin ihr Weg sie führen würde, wusste sie nicht. Sie hoffte nur, dass es eine Zukunft war, in der sie ihre Kinder nicht in die Sklaverei verkaufen musste.

Neunter Teil

Entscheidung im Moor

1.

Der Sieg über Hariwinius' Reiter überzeugte weitere Krieger davon, sich Gerhild anzuschließen, genau wie Julius es vorausgesagt hatte. Meist waren es junge Burschen, die in ihren Dörfern wenig angesehen waren und darauf hofften, Beute zu machen und Ruhm ernten zu können. Da die wachsende Anhängerschar jedoch mit Nahrung versorgt werden musste, befanden sich Gerhild und Julius auch an diesem Tag auf der Jagd. Obwohl sie bereits einige Tiere erlegt hatten, wirkten beide besorgt. Schließlich drehte Gerhild sich zu Julius um.

»Der Wald wird immer leerer. Irgendwann wird es hier kein Wild mehr geben.«

»Wir sollten weiter im Norden jagen. Seit Hariwinius geschlagen ist, ist das Land dort frei von Feinden«, schlug Julius vor.

»Dafür müssten wir unsere Dörfer mehrere Tage allein lassen. Dabei wissen wir weder, was Quintus plant, noch, wo Baldarich sich herumtreibt«, wandte Gerhild ein.

Julius lächelte angespannt. »Auf jeden Fall sind beide nicht so nahe, dass unsere Späher sie hätten ausmachen können. Wir könnten uns daher Zeit für eine längere Jagd nehmen. Das wäre auch eine Abwechslung für die jungen Krieger. Nur am Sammelplatz Waffenübungen abzuhalten, wird ihnen auf die Dauer zu langweilig. Daher kommt es immer wieder zu Streit und sogar zu Schlägereien.«

»Du meinst, wir sollen eine Treibjagd veranstalten?«, fragte Gerhild.

»Genau das meine ich. Wir könnten ein größeres Gebiet bejagen und wären fürs Erste unsere Versorgungsprobleme los. Es wird bald der Tag kommen, an dem uns keine Zeit mehr für die Jagd bleibt.«

»Was, glaubst du, werden Quintus und Baldarich unternehmen?«, wollte Gerhild wissen.

»Wenn ich das wüsste, könnten wir alles so planen, wie es für uns am besten ist«, antwortete Julius mit einem kurzen Auflachen. »Leider vermag ich nicht, in ihre Köpfe zu schauen, sondern muss mir selbst überlegen, was sie vorhaben könnten.«

»Und was denkst du?«, fragte Gerhild weiter.

»Am schlimmsten für uns wäre es, wenn sie uns in die Zange nehmen. Gegen ihre vereinten Truppen können wir nicht bestehen. Selbst wenn sie uns einzeln gegenüberstehen, wird es schwer werden, sie zu besiegen. Quintus wird mit mehr als fünfhundert Mann hier erscheinen, und Baldarich sammelt Krieger, wo er sie nur finden kann. Ich habe gestern mit zwei Burschen gesprochen, die neu zu uns gestoßen sind. Die Jungmannen aus deren Nachbardorf haben sich Baldarich angeschlossen, obwohl ihr Anführer dagegen war.«

»Warum sind die Jünglinge, die zu uns gekommen sind, nicht auch mit ihm gezogen? Hat er sie womöglich als Spione zu uns geschickt?«

Gerhilds Überlegung hatte etwas für sich, fand Julius. Trotzdem schüttelte er den Kopf. »Ich glaube nicht, dass die beiden Verräter sind. Allerdings sollten wir sicherheitshalber ein Auge auf sie haben. Und behalte stets dein Schwert im Blick. Du weißt, Baldarich will es um jeden Preis der Welt zurückhaben.«

»Du willst es doch auch! Oder nicht? Deshalb hast du dich mir angeschlossen, nachdem du zu Beginn eine eigene Gefolgschaft um dich sammeln wolltest!« Gerhild klang gereizt, ohne zu wissen, warum.

»Ich habe mich dir nicht angeschlossen, um dir das Schwert abzunehmen«, antwortete Julius nicht weniger heftig.

»Sondern um zu verhindern, dass Baldarich die Waffe in die Hände bekommt. Wenn du sie unbedingt haben willst, hier ist sie!« Mit einem raschen Griff zog Gerhild die Waffe und streckte sie Julius mit dem Griff voraus hin. »Nimm sie und mit ihr die Verantwortung für all die Menschen, die zu uns gekommen sind!«

Julius starrte auf das Schwert, das in seinem Stamm viele Generationen lang auf den Sohn oder, wenn es keinen gegeben hatte, auf den Neffen vererbt worden war. Sein Gefühl wollte ihn zwingen, es anzunehmen.

Dann aber schüttelte er den Kopf. »Das heilige Schwert hat sich dich als Hüterin ausgesucht. Du musst es tragen, bis diese Sache überstanden ist. Außerdem bin nicht ich die Schildmaid Wuodans, zu der alle aufblicken, sondern du. Daher kann ich unsere Leute nicht anführen. Das kannst nur du allein!«

»Die Verantwortung erdrückt mich«, gab Gerhild zu, während Tränen in ihr aufstiegen.

»Du wirst sie tragen können und nicht unter ihr zusammenbrechen«, antwortete Julius und lächelte erleichtert, als sie sich wieder beruhigte. Das Schlimmste, was ihnen in ihrer Situation passieren konnte, war, dass Gerhild die Nerven verlor.

»Wenn du einen Rat oder andere Hilfe brauchst, kannst du jederzeit zu mir kommen«, sagte er.

»Danke!« Gerhild atmete tief durch, steckte das Schwert wieder in die Scheide und griff nach ihrem Bogen. »Wir sollten nicht vergessen, dass wir uns auf der Jagd befinden und es noch einige Stunden hell sein wird. Morgen werden wir deinen Rat befolgen und zwei Tagesreisen nach Norden aufbrechen, um dort mit dem größten Teil der Männer zu jagen. Sie sollen ihre Waffen mitnehmen und alles, was sie für den Kampf benötigen. Sollten wir unterwegs auf Baldarichs Krieger oder römische Soldaten treffen, will ich vorbereitet sein.«

»Ich werde es den Männern sagen«, versprach Julius und nahm ihre Hand. »Eben hast du gezeigt, weshalb du unsere Anführerin bist!«

»So, habe ich das?«, fragte Gerhild ungläubig.

Julius nickte. »Du hast den Augenblick der Unsicherheit rasch überwunden und deine Gedanken sofort wieder dem zugewandt, was wichtig ist. Das ist gut, denn keiner unserer Krieger sollte dich zweifeln sehen. In ihren Augen hat Wuodan dich geschickt. Solange sie daran glauben, werden sie dir gegen jeden Feind folgen, gegen den du sie führst.«

»Am liebsten würde ich sie gegen niemand führen«, bekannte Gerhild. »Doch Quintus und Baldarich zwingen mich dazu. Mögen sie eines unwürdigen Todes sterben!«

Als Julius das hörte, musste er lachen. »Das werden sie, Gerhild, das werden sie gewiss!«

2.

Als Gerhild und Julius ins Lager zurückkehrten, hatten auch die anderen Jäger ihre Pirsch beendet. Das erlegte Wild reichte jedoch gerade aus, um den Hunger für zwei oder drei Tage zu stillen.

Einer der Neuankömmlinge wandte sich Gerhild zu. »Warum holen wir uns die Vorräte nicht von anderen Stämmen? Nur drei Tagesritte weiter im Norden liegen einige Dörfer, die über weitaus weniger Krieger verfügen als wir. Sie müssen uns die Waren geben, wenn sie nicht wollen, dass wir sie niedermachen.«

»Wir tun es nicht, weil wir schon genug Feinde haben und keine weiteren brauchen können«, antwortete Gerhild mit eisiger Stimme. »Trotzdem werden wir nach Norden ziehen, wenn auch nicht so weit. Bis auf fünfzig sollen alle Männer mitkommen, dazu einige Frauen, die geschickt darin sind, Wildbret aufzubrechen und Felle abzuziehen. Wir gehen auf die Jagd!«

Zuerst schwiegen die Männer, dann aber stieß Teudo einen Jubelruf aus. »Vielleicht treffen wir dabei sogar auf einen Auerochsen. Unsere Fürstin braucht ein Trinkhorn, das ihrer würdig ist!«

»Und wer bekommt das zweite Horn?«, fragte Gerhild lauernd.

»Nun, ich dachte, es sollte für Julius sein. Er ist der beste Krieger von uns allen«, erklärte Teudo.

»Das ist er!«, rief Perko. »Wir können froh sein, euch beide zu haben.«

Die Krieger jubelten bei diesen Worten, und Gerhild spürte, dass die Verantwortung, die auf ihr lastete, auf einmal geringer wurde. Mit solchen Männern musste sie gegen Quintus und Baldarich bestehen können.

»Julius ist ein großer Krieger«, erklärte sie mit lauter Stimme. »Er kennt die Römer und die Semnonen. Ihn kann keiner besiegen!«

Erneut klang Jubel auf, dann aber drängten sich Perko, Teudo und die anderen um sie.

»Hebt Gerhild auf den Schild!«, forderte Teudo die anderen auf.

»Tut das Gleiche bei Julius! Die beiden führen uns!« Vigilius entriss einem der Reiter den Schild und kam auf Julius zu. Marcellus, Ortwin und andere folgten ihm. Als sie Julius packten und auf den Schild stellen wollten, hob dieser abwehrend die Hand. »Wartet, bis sie Gerhild hochgehoben haben. Es darf nicht so aussehen, als wollten wir ihre Autorität anzweifeln. Sie ist die Fürstin dieser Leute!«

»Und du solltest unser aller Fürst sein«, sagte Vigilius laut genug, damit alle es hören konnten. »Gerhild ist ein verdammt hübsches Stück Weiberfleisch. Oder merkst du das etwa nicht?«

Die Anspielung war deutlich. Julius warf einen kurzen Blick zu Gerhild hin. Deren Miene wirkte angespannt, und für einen Augenblick sah es so aus, als wolle sie etwas sagen. Dann aber stellte sie sich auf den Schild, den Teudo ihr hinlegte, und ließ zu, dass ihre Gefolgsleute sie hochhoben. Der Schild wackelte dabei ein wenig, und für einen kurzen Augenblick hatte sie Angst, das Gleichgewicht zu verlieren. Sie konnte sich jedoch auf dem Schild halten und streckte beide Arme gen Himmel.

»Teiwaz, Wuodan, Donar, Volla und all ihr Götter unserer Vorfahren. Gebt uns die Kraft, unseren Feinden zu widerstehen und unsere Heimat zu bewahren!« Ihre Stimme hallte weit über das Land.

Selbst Julius war beeindruckt. Seit Urzeiten genossen Priesterinnen das höchste Ansehen in den Stämmen, meist noch vor den Fürsten und den Anführern im Kampf. Jetzt reihte auch Gerhild sich in diese Priesterinnen ein, die zu den Göttern sprachen.

Auda trat vor und reichte ein Beutelchen zu Gerhild hoch. Als diese es öffnete, enthielt es Buchenstäbchen, von denen jedes eine oder mehrere Runen trug.

»Frage Wuodan, was er uns rät«, forderte die alte Frau Gerhild auf. Diese blickte auf die Buchenstäbchen und ließ sie dann mit einer kurzen Drehung der Hand fallen. Kaum lagen diese auf dem Boden, sank Auda in die Knie, um das Orakel zu lesen.

»Wuodan fordert Blut, aber nicht das unsere, sondern das der Feinde«, rief die alte Seherin mit durchdringender Stimme. »Die Schildmaid wird uns den Sieg bringen!«

Diesmal war der Jubel grenzenlos. Auch Gerhild fiel darin ein, hoffend, dass Auda sich beim Deuten der Runen nicht geirrt hatte. Anders als sie war Julius enttäuscht, denn er hatte gehofft, Auda würde ihn ebenfalls erwähnen.

»Hebt mich jetzt hoch!«, forderte er seine Getreuen auf. Diese taten es, und als die versammelte Menge auch ihn über den Köpfen seiner Männer stehen sah, jubelte sie ihm ebenfalls zu.

»Nun, Auda, sagen die Runen nicht auch etwas über Julius?«, fragte Gerhild, die den leichten Unmut des Kriegers spürte.

»Dafür musst du sie noch einmal werfen!« Die alte Frau sammelte die Buchenstäbchen erneut ein und reichte sie Gerhild hoch. Diese wog sie einen Augenblick in der Hand, sah kurz zu Julius hin und warf sie dann in die Höhe.

»Wuodan, gib uns deinen Willen bekannt«, rief sie, während die Stäbchen auf den Boden fielen.

Kaum war dies geschehen, verstummten alle und starrten auf Auda, die sich über die diesmal weit verstreuten Runenstäbchen beugte. Es dauerte eine Weile, bis Auda sich wieder erhob und verwirrt den Kopf schüttelte. Erst danach sah sie Julius an.

»Die Runen sagen, dass du ein großer Anführer wirst. Dennoch musst du dich einer höheren Macht beugen. Auch liegen noch große Gefahren vor dir, und nur, wenn du diese überwindest, kann die andere Weissagung Wahrheit werden.«

Der Orakelspruch war genauso nichtssagend und schwammig wie die, die die römischen Priester von sich gaben. Auch diese versprachen den Sieg, schränkten dies aber durch einen anderen Spruch wieder ein, so dass sie bei einer Niederlage alle Schuld von sich weisen konnten. Stattdessen hatte der Feldherr oder irgendjemand anderes etwas getan, was die Götter dazu gebracht hatte, ihnen den Sieg zu verweigern. Aus einem gewissen Spott heraus fragte sich Julius, ob die Auguren Publius Quintilius Varus vor seinem Zug in den Untergang etwa geweissagt hatten: »Du wirst Germanien für immer befrieden, wenn du im nächsten Jahr wieder glücklich an diesen Ort zurückkehrst.«

»Was hast du gesagt?«

Erst Vigilius' Frage zeigte Julius, dass er seine Gedanken laut ausgesprochen hatte. »Nichts!«, antwortete er. »Ich habe nur über die Auslegung von Orakelsprüchen nachgedacht. Aber lasst mich jetzt wieder herunter. Ich bin lange genug auf dem Schild gestanden.«

Seine Gefährten taten ihm den Gefallen, und auch Gerhild stand gleich darauf wieder auf festem Boden. Da Julius noch immer verkniffen wirkte, trat sie zu ihm.

»Ich bin sicher, dass du alle Gefahren bestehen und ein großer Kriegerfürst werden wirst.«

»Ich frage mich nur, was es mit der höheren Macht auf sich hat, der ich mich beugen muss«, antwortete er.

Ein paar Schritte neben ihm stieß Vigilius Teudo in die Rippen. »Da wüsste ich schon eine«, flüsterte er und wies grinsend auf Gerhild.

560

Teudo kniff kurz die Augen zusammen, öffnete sie dann wieder und blinzelte Vigilius zu. »Da magst du recht haben. Und ich dachte schon, es wären wieder die Römer, denen wir uns unterwerfen müssten.«

»Das mögen die Götter verhüten!« Vigilius klopfte Teudo aufmunternd auf die Schulter und wies auf die Halle, die für Gerhild und ihr Gefolge errichtet worden war.

»Wollen wir nicht Odila fragen, ob sie einen Becher Met für uns übrig hat? Du kommst doch gut mit ihr aus, oder nicht?« Teudo grinste fröhlich. »Sie wird mein Weib – oder besser gesagt, sie ist es schon.«

»Dann bekommen wir auch Met von ihr«, antwortete Vigilius trocken. Während sie zur Halle gingen, weilten seine Gedanken bei Lutgardis. Sie hatte ihm zwar etliches an den Kopf geworfen, zeigte mittlerweile aber deutlich, dass er ihr gefiel.

»Ich werde wohl auch bald eine zur Frau nehmen«, meinte er. »Und die beiden dort«, sein Blick schweifte zu Gerhild und Julius, »sollten ebenfalls das Lager teilen – und noch einiges mehr! Es wäre besser für uns alle.«

»Allerdings! Sie zusammenzubringen wird jedoch nicht so einfach sein. Beide haben ihren ganz eigenen Willen, und da ist bislang für jemand an ihrer Seite kein Platz.«

3.

Obwohl die große Treibjagd notwendig war, um genug Vorräte für die nächsten Wochen anzulegen, gefiel es Gerhild nicht, den größten Teil der Frauen und Kinder unter dem Schutz von nur fünfzig Männern zurücklassen zu müssen.

Erst als sie an seiner Seite die Jäger und Treiber anführte, stellte sie die Frage, die ihr schon die ganze Zeit auf der Zunge lag. »Was meinst du, Julius? Sollte ich nicht im Lager bei den Frauen und Kindern bleiben, für den Fall, dass die Römer oder Baldarich rascher erscheinen, als wir es erwarten?«

Julius überlegte kurz und schüttelte den Kopf. »Die meisten Krieger, die zu uns gekommen sind, erwarten, dass die Schwertmaid sie anführt, sei es im Kampf oder bei der Jagd. Vigilius, Aisthulf, Hailwig und Lutgardis werden uns beide gut ersetzen!«

»Vigilius hat Erfahrung im Kampf, doch bezweifle ich, dass er das Dorf beschützen kann, wenn einer der Feinde auftaucht«, wandte Gerhild ein.

»Du solltest dir nicht so viele Gedanken machen. Unsere Späher haben immer noch keine Spur von den beiden entdeckt. In fünf oder sechs Tagen sind wir wieder zurück und können neue Pläne schmieden.«

»Krieger zu Pferd sind auf jeden Fall schneller als wir, denn nur wenige unserer Männer sind beritten«, wandte Gerhild ein.

»Auch Baldarich wird nicht nur Reiter um sich versammeln können, und was Quintus betrifft, so dürfte ihn der Verlust der vier Turmae schmerzen, die Hariwinius ins Verderben geführt hat. Reitereinheiten können nun einmal nicht so leicht ersetzt werden wie Fußtruppen.« Julius teilte zwar Gerhilds Besorgnis, wollte ihr aber Mut zusprechen. Daher erinnerte er sie an Audas Vorhersage, dass sie den Sieg bringen würde.

»Die Götter sind auf unserer Seite«, schloss er daraus.

»Und die der Römer auf deren Seite!«, gab Gerhild zurück.

»Aber das hier ist unser Land und nicht Roms Imperium!«

Es entspann sich ein kleines Wortgefecht, das Gerhild trotz ihrer Sorgen genoss. Julius war jemand, mit dem sie ihre Gedanken teilen konnte. Zunehmend bedauerte sie, dass er nur an ihrem Schwert Gefallen gefunden hatte und nicht an ihr. Oder passte es ihm nicht, dass sie Quintus zu Willen hatte sein müssen und keine Jungfrau mehr war? Verärgert fragte sie sich, weshalb sie überhaupt einen Gedanken an diesen Mann verschwendete. Sobald sie Baldarich und die Römer besiegt hatten, würde er seine Männer und alle Semnonen mitnehmen, die sich ihnen angeschlossen hatten, und sein eigenes Reich gründen. Irgendwie hatte sie zuletzt gehofft, es würde nicht so kommen, doch mittlerweile schien es ihn zu ärgern, hinter ihr zurückstehen zu müssen.

»Soll er doch gehen«, murmelte sie und hörte gleich darauf Julius' Frage.

»Was hast du gesagt?«

»Ich habe nur überlegt, aus welcher Richtung Quintus kommen wird, aus dem Norden, wie Hariwinius, oder ob er den südlichen Weg um die Sümpfe herum wählt.« Gerhild sah ihn fragend an.

»Wir haben in beiden Richtungen Späher stationiert. Diese sind beritten und damit schneller als jede römische Armee!«

»Hoffentlich warnen sie uns früh genug, damit wir Quintus' Truppen eine Falle stellen können.«

»Das werden sie gewiss tun«, antwortete Julius und richtete seinen Blick nach vorne. »Im Augenblick ist es wichtiger, dass unsere Jagd erfolgreich sein wird. Wir brauchen das Fleisch für die Versorgung unserer Leute. Mit hungrigen Kriegern können wir keinen Kampf gewinnen.«

»Mit allzu satten aber auch nicht«, gab Gerhild zurück und brachte ihn damit zum Lachen.

»Ich hoffe, du meinst damit nicht mich!«

»Nein, gewiss nicht! Du bist ein großer Krieger, ein besserer, als meine Brüder es waren.« Ein Hauch von Traurigkeit schwang in Gerhilds Worten, denn Hariwinius hatte sein Volk verraten, und Raganhar war es nicht gelungen, die Einheit des Stammes zu wahren.

Julius sah, wie Gerhilds Augen verdächtig schimmerten, und hätte ihr gerne Trost geboten. Allerdings wusste er aus Erfahrung, dass ihre Stimmung von einem Augenblick zum anderen umschlagen konnte. War sie eben noch zugänglich, verschloss sie sich gleich darauf wie eine Muschel und blickte so starr geradeaus, als wäre er nicht mehr vorhanden. Zu Beginn ihrer Bekanntschaft war sie anders gewesen. Deutete ihre wechselnde Gemütsverfassung etwa auf eine Schwangerschaft hin?, fragte sich Julius. Trug sie Quintus' Kind in sich?

Unwillkürlich blickte er auf ihre Leibesmitte. Da sah man nichts, oder noch nichts, wie er für sich einschränkte. Gleichzeitig ärgerte er sich über sich selbst. Selbst wenn es so war, konnte sie nichts dafür. Der Römer hatte sie mit dem Leben ihrer Stammesleute erpresst und sie trotzdem nicht brechen können. Julius erinnerte sich daran, wie Gerhild Quintus' Soldaten überlistet und ihren Stamm befreit hatte. Das machte ihr so leicht niemand nach. Selbst er zweifelte daran, dass er so etwas vollbringen könnte. Sie war eine ausgezeichnete Anführerin und außerdem bereit, sich selbst zu opfern, um die, die sie liebte, zu retten.

»Wir werden es schaffen!«, sagte er mit entschlossener Miene. »Zunächst jagen wir genug Wild, um unsere Sippe zu ernähren, und dann geht es Baldarich und Quintus an den Kragen.«

Gerhild nickte versonnen. »Das tun wir, Julius, oder soll ich Volcher zu dir sagen?«

»Belassen wir es bei Julius, bis ich mit Baldarich ins Reine gekommen bin. Vielleicht behalte ich den Namen sogar. Er hat bei den Römern einen gewissen Klang, und so mancher Reiter oder Legionär wird es vorziehen, ihn nicht von Nahem zu hören!« Julius lachte und sah erfreut, dass Gerhild darin einstimmte.

»Das glaube ich gerne!«, rief sie. »Doch nun lasst uns Wildschweine und Hirsche jagen.«

»Und einen Auerochsen mit gewaltigen Hörnern, damit ihr Trinkgefäße bekommt«, warf Teudo ein, der hinter ihnen ritt.

»Die brauchen wir dringend, um unseren Sieg gebührend feiern zu können«, antwortete Gerhild und verriet damit, dass ihre Beklemmung wieder geschwunden war.

Am nächsten Tag erreichten sie eine wildreiche Gegend. Gerhild schickte Boten zu den Dörfern, die sich in der Nähe befanden. Diese sollten den Bewohnern ausrichten, dass die Gruppe von den Bewohnern selbst nichts wollte, als in Ruhe jagen zu können. Als Antwort kamen ein paar Dutzend junger Kerle und erklärten, sich ihr anschließen zu wollen.

Obwohl die Gefahr bestand, dass es sich um Baldarichs Spione handelte, stimmte Gerhild zu.

Als Julius protestierte, hob sie beschwichtigend die Hand. »Glaub mir, es ist besser so. Machen sie sich nach der Jagd wieder aus dem Staub, können sie nur sagen, dass wir mit etwa zweihundert Mann hier gewesen sind. Folgen sie uns aber bis zu unserem Dorf, lassen wir sie nicht mehr entkommen.«

»Ich habe Angst, dass sie versuchen könnten, dich zu töten, um das Schwert zu rauben«, wandte Julius ein.

»Vertraust du Marcellus und seinen Männern so wenig?«, fragte Gerhild lächelnd. »Keine Sorge! Sie können uns nicht betrügen. Wir aber sollten bald schlafen gehen, damit wir morgen früh aus den Decken kommen. Die Jagd wird anstrengend werden, und ich will unser Dorf nicht zu lange allein lassen.«

»Es ist zu ärgerlich, dass wir nicht wissen, wo Baldarich und Quintus sich aufhalten. Zwar vertraue ich unseren Spähern, aber dennoch ist auch mir nicht ganz wohl. Doch nun schlaf! Ich werde noch ein wenig nachdenken.«

Julius gesellte sich zu Teudo und Marcellus, die mit einigen der einheimischen Burschen redeten. Dabei blickte er zum Himmel hoch, der sich immer dunkler färbte. Nicht lange, da glühte der erste Stern auf. Es war ein erhabenes Bild, das sich in Julius' Herz einbrannte, und er schwor sich, alles zu tun, damit die Menschen, die Gerhild und ihm vertrauten, nicht enttäuscht wurden.

Während er sich kurz darauf in seine Decke hüllte, kam ihm in den Sinn, dass er als römischer Decurio eigentlich Anspruch auf ein eigenes Zelt besaß. Doch diese Zeit erschien ihm mittlerweile so fern, als hätte nicht er, sondern einer seiner Vorfahren sie erlebt.

4.

Gerhilds Truppe und etliche Männer aus den hiesigen Dörfern hatten noch am Nachmittag begonnen, einen langen Zaun aus leichtem Stangenholz zu errichten, um das Wild auf eine bestimmte Stelle zutreiben zu können. Den Einheimischen ging es darum, einen Teil der Beute zu erhalten. Sie waren weder von Hariwinius' Männern noch von Caracallas Feldzug betroffen worden. Aber in ihren Dörfern lebten viele Flüchtlinge, die ihnen von Wuodans Schildmaid berichtet hatten und die sich nun Gerhilds Truppe anschließen wollten.

Die Jagd begann in aller Frühe mit einem Hornstoß von Perko, der das Kommando über die Treiber übernommen hatte. Diese gingen zu Fuß und schlugen mit Stöcken gegen die Baumstämme, um die Wildtiere vor sich her zu scheuchen. Da sie dabei auf missgelaunte Keiler und zornige Wisente stoßen konnten, ritten Gerhild, Julius und etliche andere mit gezückten Waffen mit.

Schon bald hatten sie das erste Wild erlegt. Frauen und Knechte, die mit ihnen gekommen waren, brachten die Beute zu den Sammelplätzen, um sie dort zu zerlegen und mit Rauch haltbar zu machen.

Nach einer Weile schloss Julius zu Gerhild auf. »Es sieht ganz gut aus!«, rief er ihr zu und wollte noch mehr sagen.

Da schrie plötzlich einer der Männer auf. »Ein Ur!«

Gerhild fuhr herum und sah einen riesigen Stier mit gewaltigen Hörnern, der sich von dem Lärm der Treiber gestört fühlte und gar nicht daran dachte, zu fliehen. Mit seinen Vorderhufen

567

scharrte er auf dem Boden und warf Moos und Erde hinter sich.

»Der greift an!«, warnte Julius die anderen und hob seinen Wurfspeer. Den Auerochsen von vorne zu treffen war jedoch unmöglich. Dennoch lenkte er den nervös schnaubenden Hengst auf das Tier zu.

Auch Gerhild hielt einen Wurfspeer in der Hand, zog jedoch Rana herum, um an die Seite des Stieres zu gelangen. Die kleinen Augen des Tiers musterten sie misstrauisch, dann schnellte der Ur auf Julius zu. Dessen Hengst gelang es im letzten Augenblick, den zustoßenden Hörnern zu entgehen. Allerdings warf er sich dabei so herum, dass sein Reiter beinahe aus dem Sattel geschleudert wurde und nicht zum Wurf kam.

Kurz entschlossen trieb Gerhild ihre Stute an. »Los, spring«, rief sie, als der massige Stierschädel mit den tödlichen Hörnern zu ihnen herumschwang.

Rana setzte elegant über die Hörner hinweg und streifte dabei die Seite des Urs. Mit aller Kraft stieß Gerhild diesem ihren Wurfspeer in den Leib. Gleichzeitig kam Julius von der anderen Seite und schleuderte seinen Speer in die Flanke des Auerochsen. Dieser blieb so abrupt stehen, als wäre er gegen einen Baum geprallt, und brach dann mit einem ersterbenden Laut zusammen.

Zunächst begriff niemand, dass der König der Wälder gefällt worden war. Dann aber klang der Jubel auf. »Er ist tot!«, rief Teudo und trat mit dem Fuß gegen den massigen Leib.

»Sei vorsichtig! Nicht, dass doch noch Leben in ihm ist!«, mahnte ihn Gerhild.

Doch es war nicht mehr nötig. Julius stieg von seinem Hengst, ging um den Auerochsen herum und zog Gerhilds Speer aus dessen Leib.

»Wuodan hat deine Hand geführt, denn du hast den Ur genau ins Herz getroffen! Mein eigener Wurf wäre nicht mehr nötig gewesen.«

»Oh doch!«, antwortete Gerhild, da sie Sorge hatte, Julius würde sich deswegen ärgern. »Du hättest den Stier ebenfalls getötet!«

»Auf jeden Fall habt ihr beide euch seine Hörner verdient«, erklärte Teudo mit einer Stimme, die keinen Widerspruch duldete.

»Bist du verletzt? Und was ist mit deiner Stute?«, fragte Julius, der sich nicht vorstellen konnte, dass der Sprung zwischen den zustoßenden Hörnern hindurch glimpflich verlaufen sein konnte.

»Ich bin nicht verletzt, und Rana …« Gerhild brach ab, stieg aus dem Sattel und untersuchte das Tier. An der Flanke der Stute zog sich eine unterarmlange Schramme, die an ein paar Stellen blutete.

»Das ist zum Glück nicht schlimm. Ein wenig Salbe, und es heilt bald«, tröstete Julius Gerhild, die ihre Stute sanft streichelte.

Teudo wischte sich über das Gesicht und grinste. »Das war aber auch ein Sprung. So etwas habe ich noch nie gesehen!«

»Jagt ihr weiter! Ich kümmere mich um Rana«, erklärte Gerhild und führte das Tier in Richtung Sammelplatz. Dort lagen auch ihre Heilmittelvorräte, und sie wollte etwas suchen, das dem Pferd die Schmerzen nahm und die Wunden schneller heilen ließ.

»Gerhild steht wahrlich in Teiwaz' Gunst«, meinte Teudo, während er ihr nachschaute. »Ich kenne niemand, der einen solchen Sprung gewagt, und schon gar keinen, der ihn lebend überstanden hätte.«

Andere stimmten ihm zu, und Julius begriff, dass der Ruf, den Gerhild sich erworben hatte, erneut gewachsen war. Nach dieser Jagd und dem Tod des Auerochsen würde keiner ihrer Krieger mehr zweifeln, dass sie siegen würden. Das aber konnte zu Übermut und Unaufmerksamkeit führen, und beides konnte fatal sein.

»Ich werde Sorge tragen müssen, damit es nicht passiert«, murmelte er und forderte die Männer auf, die Jagd fortzusetzen.

Obwohl sie an diesem Tag noch reichlich Beute machten, drehten sich am Abend alle Gespräche um Gerhild und den Ur. Julius ließ die Männer reden, denn die Fürsten und Anführer der Stämme in dieser Gegend hörten aufmerksam zu und überlegten, ob es angesichts der wachsenden Macht der Römer jenseits des Moores nicht besser wäre, sich Wuodans Schildmaid anzuschließen.

5.

Linza hatte den Wächtern am Limes erklärt, Verwandte besuchen zu wollen, und war mit ihren Kindern anstandslos durchgelassen worden. Bis kurz vor ihrem Heimatdorf wollte sie dem Weg folgen, den vor ihnen die Auxiliarkohorte genommen hatte, da sie auf diese Weise leichter vorwärtskamen als durch den Wald. Ihre Kinder nahmen immer noch an, sie wolle den Soldaten folgen, um mit Gaius oder Pribillus zu reden. Vorerst ließ Linza sie in diesem Glauben. Es würde für Navina, Rufus und die beiden Kleinen schwer genug werden zu begreifen, dass jene, die sie heute noch als ihre Landsleute ansahen, morgen ihre Feinde sein würden.

»Wann holen wir die Kohorte ein?«, fragte Rufus am Abend des zweiten Tages.

»Das wird dauern, denn die Soldaten marschieren doch um einiges schneller als wir.«

»Es sollen ziemliche Frischlinge sein, hat Flavius gesagt. Nur die Offiziere und Unteroffiziere sind erfahrene Veteranen«, berichtete der Junge. Er hatte in der Stadt einiges erfahren und konnte seiner Mutter und seinen Geschwistern daher erzählen, dass der Statthalter nicht bereit gewesen war, Quintus Severus kampferprobte Legionäre zu überlassen.

»Gaius Suetrius Sabinus passt es überhaupt nicht, dass Caracalla dem Quintus Severus erlaubt hat, eine neue Provinz einzurichten. Das Gebiet wäre zu klein, sagt er – ich meine Sabinus – und müsste der Provinz Obergermanien einverleibt werden. Er zweifelt auch daran, dass Quintus Severus überhaupt Erfolg haben könnte. Die Barbarenstämme weiter im

Osten stünden noch im vollen Saft, denn die hätte Caracalla nicht angezapft. Dafür hätte er seinen Kriegszug bis an die Elbe ausdehnen müssen. Aber der Imperator wollte den schnellen Erfolg und einen Triumph in Rom.«

Rufus war stolz auf das, was er erfahren hatte, während seine Mutter sich fragte, wo er sich überall herumgetrieben hatte, um all das zu wissen.

»Das solltest du keinem Fremden weitersagen. Es ist gefährlich, weißt du! Wenn solche Worte Caracalla zu Ohren kommen, würde er sehr zornig auf Gaius Suetrius Sabinus werden. Daher wird dieser alles tun, damit so etwas nicht geschieht. Das Leben eines kleinen Jungen ist da nicht viel wert.«

Linza klang besorgt und war nun doppelt froh, dass sie sich entschlossen hatte, zu ihrem Stamm zurückzukehren. Dort musste Rufus nicht befürchten, von einem römischen Feldherrn als unerwünschter Mitwisser umgebracht zu werden.

Rufus war stolz auf sein Geschick, sich unbemerkt an andere heranschleichen zu können, aber er war nicht dumm und verstand die Besorgnis seiner Mutter. »Ich sage schon nichts, und ihr dürft es auch nicht tun!« Sein Blick streifte seine Schwester und die Kleinen.

»Ich halte den Mund«, versprach Navina.

Anders als ihr Bruder begriff sie, dass ihre Mutter etwas vorhatte, das sie vor ihnen geheim hielt. Sie war jedoch bereit, ihr dabei zu helfen, denn sie sah das Verhalten ihres Vaters ebenfalls als Verrat an. Obwohl sie ein nicht gerade leichtes Bündel trug, kümmerte sie sich um ihre jüngeren Geschwister, während Rufus doch das eine oder andere Mal über die Last jammerte, die die Mutter ihm aufgebürdet hatte.

»Wir übernachten dort bei jener Lichtung«, sagte Linza und bog vom Weg ab. Obwohl sie lange Zeit in einer römischen Stadt gelebt hatte, war es ihr ein Leichtes, ein kleines Lagerfeuer zu entzünden. Wasser schenkte ihnen ein kaum zwei Fuß breiter Bach, und an dessen Ufer fand sie Kräuter, die dem

Linseneintopf ein wenig Würze verliehen. Schon bald köchelte die Suppe in dem kleinen Kessel, den sie mitgenommen hatte, und die Kinder scharten sich erwartungsfroh um sie.

»Ich liebe euch alle«, flüsterte Linza und strich ihnen über die Haare.

Rufus gefielen die Zärtlichkeiten nicht mehr so wie früher, denn er war schon auf dem Weg, ein Mann zu werden, und hoffte noch immer, sein Vater würde ihm den Eintritt in die Armee ermöglichen. Vielleicht, so sagte er sich, konnte er diesmal schon beim Tross mithelfen.

Linza überließ ihren Sohn seinen Träumereien und richtete ein Lager aus Blättern und Zweigen zum Schlafen. Am ersten Abend hatte sie überlegt, ob sie, Navina und Rufus abwechselnd wachen sollten, es dann aber verworfen. Lieber bat sie Volla und die anderen Götter, sie in der Nacht zu beschützen. Auch diesmal sprach sie ein inbrünstiges Gebet, bettete die Kleinen auf das Zweiglager und forderte ihre beiden Großen auf, sich ebenfalls hinzulegen. Sie selbst legte sich so, dass ihre Kinder geschützt lagen, fand aber lange keinen Schlaf. Wie würden ihre Leute sie aufnehmen?, fragte sie sich immer wieder. Gerhild war sie gewiss willkommen. Doch würden die anderen ihr verzeihen, dass sie mit einem römischen Legionär gegangen war und viele Jahre mit ihm zusammengelebt hatte? Irgendwann schlief sie dann doch ein, und am nächsten Tag wanderte sie mit ihren Kindern weiter. Nach einer weiteren Übernachtung, in der ihr die Götter gewogen waren und die Raubtiere ferngehalten hatten, erreichte sie die Gegend, in der sie aufgewachsen war. Da sie es vermeiden musste, von den Römern gesehen zu werden, wich sie von dem Weg ab, der zu ihrem Heimatdorf und dem jetzigen Lager von Quintus führte, und stieg auf einen Hügel. Von oben hatte sie einen guten Überblick auf die Siedlungsrodung. Die Felder, die ihrem Stamm Nahrung geboten hatten, lagen brach. Noch mehr schmerzte es sie, dass Quintus die Häuser hatte niederreißen lassen und an ihrer Stelle nun die Zelte seiner Männer standen. Dann wandte sie ihr Augenmerk den hier versammelten Truppen zu und erschrak. So viele Soldaten hatte sie nicht erwartet. Neben der in Sumelocenna aufgestellten Hilfstruppenkohorte waren zwei weitere Kohorten erschienen, und zu diesen kamen Quintus' eigene Legionäre.

Insgesamt waren es fast zweitausend Mann und damit zu viel für einen Stamm, der einen großen Teil seiner waffenfähigen Männer durch Caracallas Massaker verloren hatte. Linza war kurz davor, den Mut zu verlieren, schüttelte dann aber entschlossen den Kopf. Gerhild war klug und würde auch diese Armee überlisten. Notfalls zogen sie weiter nach Osten und schlossen sich den Stämmen an der Saale, Mulde oder Elbe an. Mit diesem Gedanken befahl Linza ihren Kindern, ihr zu folgen, und schlug einen weiten Bogen um das römische Lager. Während Navina und die Kleinen ihr widerspruchslos folgten, maulte Rufus.

»Warum gehen wir nicht ins Lager? Dort gibt es gewiss besseres Essen als Linsenbrei!«

»Weil uns euer Vater dort nicht haben will. Und nun sei ruhig! Oder willst du, dass uns die falschen Leute hören?«

6.

Zwei Tage später erreichten Linza und ihre Kinder den Rand der Sümpfe. Ihre Vorräte waren mittlerweile aufgebraucht, und die Kleinen weinten vor Hunger. Um ihren Kochkessel halbwegs füllen zu können, sammelten sie unterwegs Pilze und Wurzeln. Doch als sie an diesem Abend am Lagerfeuer saßen und die salzlose Suppe aßen, wurde es um sie herum auf einmal laut. Vier junge Krieger stürmten aus dem Wald und richteten ihre Speere auf sie. Ihr Anführer, ein langer Bursche in der Tracht ihres Stammes, funkelte Linza wütend an.

»Was habt ihr hier zu suchen?«

Erst jetzt begriff Linza, dass die Männer sie und ihre Kinder wegen ihrer Kleidung für römische Untertanen hielten. Sie lächelte unsicher und wies dann auf sich. »Ich bin Linza, die Tochter des Hrodger aus dem Stamm der Jagstsueben!«

Die Miene des jungen Burschen wurde um keinen Deut freundlicher. »Du willst aus unserem Stamm sein? Dann müsste ich dich kennen!«

»Es ist mehr als fünfzehn Jahre her, dass ich das Dorf verließ. Um die Zeit hat deine Mutter dich wahrscheinlich noch auf dem Arm getragen. Da ist es kein Wunder, dass du mich nicht kennst!« Linza war froh, dass sie den Dialekt ihres Stammes noch so sprechen konnte wie früher.

Der junge Bursche musterte sie und dann die verängstigten Kinder. Dabei blieb sein Blick auf Navina haften, die zwar noch jung war, aber ein ausnehmend hübsches Mädchen zu werden versprach. »Nehmen wir mal an, dass es stimmt. Was willst du dann hier?«

575

»Ich will zu Gerhild und sie warnen«, erklärte Linza. »Quintus Severus Silvanus hat eine große Armee zusammengezogen, und das Schlimmste ist, dass bei ihm ein Führer ist, der diesem Heer den Weg durch das Moor zeigen kann.«

»Aber Mama, du erzählst dem Barbaren alles. Dabei sagte Pribillus, es wäre ein militärisches Geheimnis«, tadelte Rufus seine Mutter auf Latein. Dabei hatte Linza ihm ebenso wie seinen Geschwistern die Sprache ihres Volkes beigebracht. Auch wenn er sie ungern verwendete, verstand er das meiste, was gesagt wurde.

»Sei still!«, fuhr seine Mutter ihn an. »Ich weiß, was ich tue.« Dann wandte sie sich wieder dem jungen Burschen zu, der seine drohende Haltung aufgegeben hatte und sich auf seinen Speer stützte.

»Quintus Severus hat mindestens zweitausend Legionäre unter seinem Kommando, und es könnten noch mehr werden. Das muss Gerhild erfahren!«

Ihr Gegenüber fand, dass es an der Zeit war, sich ebenfalls vorzustellen. »Ich bin Ingulf, Ingomars Sohn, wenn dir dies etwas sagt!«

»Dann bist du der Sohn meiner Base Rothaid!«, rief Linza aus. Nun begriff Ingulf, wen er vor sich hatte. »Du bist die Frau, die damals einem Legionär ins Imperium folgte!«

Linza nickte. »So ist es! Doch nun bin ich zu euch zurückgekehrt.«

Es dauerte einen Augenblick, bis Rufus und Navina begriffen, was die Mutter damit sagen wollte. Während das Mädchen ihren Verdacht bestätigt fand, sah ihr Bruder die Mutter entsetzt an.

»Aber ich will kein Barbar werden, sondern ein richtiger Legionär!«

»Das, mein Sohn, hättest du nur werden können, wenn dein Vater uns nicht verstoßen hätte. Das Einzige, was du jetzt im Imperium noch werden kannst, ist ein Sklave. Da ist das Leben eines freien Suebenkriegers vorzuziehen.« Linza klang bitter, da der Verrat ihres Mannes ihr den Sohn zu entfremden drohte. Ingulf dachte unterdessen über das nach, was er gehört hatte.

»Du sagst, Quintus stellt eine große Armee auf?«

»So ist es!«

»Und er kennt den Weg durch das Moor?«

»Ja.«

»Das ist gar nicht gut!« Ingulf rieb sich erregt über die Stirn und blickte nach Osten. »Gerhild und Julius erwarten Quintus' Angriff von Norden oder vom Süden her, aber nicht aus dieser Richtung. Sie müssen es rasch erfahren. Wie lange, glaubst du, braucht Quintus, bis er aufbrechen kann?«

Als Frau eines Soldaten kannte Linza sich aus. »Ich schätze drei Tage, maximal sieben. Spätestens dann wird er marschieren.«

»Das ist Zeit genug, um Gerhild zu warnen. Ihr anderen bleibt hier und haltet die Augen offen. Ich bringe Linza und ihre Kinder auf dem kürzesten Weg zu unserem Dorf. Wir werden es wohl räumen müssen, denn es liegt zu dicht an den Sümpfen, als dass wir Quintus' Heer vorher abfangen könnten.«

Ingulf ärgerte sich darüber, denn wenn sie Quintus nicht ablenken und überlisten konnten, hieß dies, den Winter über unter Umständen ohne ein Dach über dem Kopf zu sein. Außerdem würde der Hunger, dem Linza in Sumelocenna hatte entgehen wollen, ihr folgen und den gesamten Stamm bedrohen.

7.

Ohne etwas von den Truppen zu ahnen, die Quintus im Westen sammelte, kehrten Gerhild, Julius und ihre Jagdtruppe mit reicher Beute in ihr Dorf zurück. Während ihrer Abwesenheit waren neue Hütten erbaut worden, doch sie reichten nicht aus, um all jene aufzunehmen, die sich ihnen in der letzten Zeit angeschlossen hatten.

Im Dorf erfuhr Gerhild, dass ihnen bereits über vierhundert Krieger folgten. Viele davon waren unzureichend bewaffnet, doch einer von Julius' Reitern war im Schmiedehandwerk beschlagen und begann, aus erbeutetem Metall Speerspitzen anzufertigen. Andere Männer bastelten einfache Schilde, die wenigstens einen gewissen Schutz im Nahkampf boten. Da die Vorräte für einige Zeit ausreichten, konnte Gerhild ein wenig aufatmen. Ärgerlich war nur, dass bislang keine Nachrichten über Baldarich und Quintus zu ihr gelangt waren. Ihr Albtraum war immer noch, dass es den Feinden gelingen würde, ihren Spähern zu entgehen und unerwartet vor ihrem Dorf zu erscheinen.

Julius teilte diese Sorge, wusste aber keinen Rat. »Da Quintus sowohl vom Süden wie auch vom Norden her auf uns zurücken kann, können wir ihm nicht entgegenziehen, um ihn abzufangen«, erklärte er in dem Kriegsrat, den Gerhild um sich versammelt hatte.

»Schlimm ist es, dass wir zwei Feinde fürchten müssen«, meinte Teudo. »Vielleicht sollten wir ostwärts ziehen und Baldarich angreifen!«

»Das halte ich für keine gute Idee. In dem Augenblick werden sich alle Semnonengruppen in der Gegend bedroht sehen und sich Baldarich anschließen«, wandte Julius ein.

»Sollen wir vielleicht hier sitzen bleiben und warten, bis der Feind erscheint?«, rief Teudo aufgebracht.

Gerhild hob mahnend die Hand. »Wir werden so lange hier warten, bis unsere Späher Nachricht bringen.«

»Wenn sie sie bringen«, murmelte Teudo vor sich hin.

»Sie werden es tun! Es sind zu viele, als dass Quintus oder Baldarich alle abfangen könnten. Wir sollten uns daher nicht die Köpfe heißreden, sondern überlegen, was zu tun ist, wenn der Feind gemeldet wird.« Gerhilds Stimme klang laut, und es lag genug Autorität darin, um den sich abzeichnenden Streit zu beenden.

»Das ist ein guter Gedanke!«, stimmte Julius ihr zu. »Eines muss jeder von uns begreifen: Wir können uns Quintus und seinen Soldaten niemals im offenen Kampf stellen. Daher werden wir ihn aus dem Hinterhalt angreifen, bis er so viele seiner Legionäre verloren hat, dass er sich zurückziehen muss.«

»Ich würde sagen: bis er tot ist! Vorher wird er nicht aufgeben«, warf Vigilius ein. Ebenso wie Julius kannte er seinen früheren Befehlshaber gut genug, um ihn einschätzen zu können.

»Bleibt Baldarich! Es wäre Loges Werk, sollte dieser genau zur gleichen Zeit erscheinen wie das römische Heer.« Teudos Einwand brachte einige Männer dazu, die Köpfe einzuziehen. Doch rasch richteten sie ihre Blicke wieder auf Gerhild.

»Du trägst doch sein Schwert. Vielleicht können wir ihn dazu bringen, sich uns anzuschließen, wenn du es ihm zurückgibst«, meinte einer.

»Baldarich ist ein räudiger Hund, der keine Freundschaft und keine Ehre kennt!« Julius' Ausruf erschreckte einige, zumal seine Miene so hart wirkte wie Stein.

»So sehe ich es ebenfalls«, stimmte Gerhild ihm zu. »Baldarich kam vor Monaten angeblich in Frieden zu uns und trank an der Tafel meines Bruders, des Fürsten Raganhar, unseren Met.

Trotzdem überfiel er bereits in der nächsten Nacht eines unserer Dörfer.«

Ihre eigenen Leute wussten, dass Wulfherich, der Anführer jenes Dorfes, im scharfen Gegensatz zu ihrem jüngeren Bruder gestanden hatte. Doch die meisten anderen empfanden Baldarichs Überfall als Bruch der Gastfreundschaft, die ihnen allen heilig war. Daher forderte niemand mehr, ihn als Verbündeten gewinnen zu wollen.

Julius war über Gerhilds Eingreifen froh. Zwischen seinem Vetter und Baldarich war zu viel geschehen, als dass sie noch einmal Seite an Seite kämpfen konnten. Er schob sich ein wenig auf die junge Frau zu und ergriff ihre Hand.

»Hab Dank!«

»Wofür?«, fragte Gerhild herb. »Ich habe Baldarich kennengelernt und auch zu viel über ihn gehört, um ihm auch nur noch einen einzigen Augenblick lang zu trauen. Es ist wahrlich zu bedauern, dass er mir damals entkommen ist.«

Noch während sie es sagte, wurde es draußen unruhig. Ortwin aus Julius' Reiterschar stürmte in die Hütte und wies nach Osten.

»Unsere Späher haben Baldarich ausgemacht. Er ist noch etwa drei Tagesmärsche entfernt!«

»Weiß man etwas über Quintus?«, fragte Gerhild, während Julius erregt die Fäuste ballte. Doch auch er war gespannt auf die Antwort.

Ortwin schüttelte den Kopf. »Bis jetzt nicht! Auf jeden Fall ist er nicht nahe genug, um auf Baldarichs Seite eingreifen zu können.«

»Wie viele Krieger führt Baldarich mit sich?« Dies interessierte Julius am meisten. War es eine kleine Schar, so handelte es sich um dessen engste Anhänger, und dies bedeutete auf jeden Fall Kampf. Handelte es sich um mehr Krieger, stammten diese aus anderen Dörfern, und mit denen konnte er unter Umständen reden.

»Um die fünfhundert«, erklärte Ortwin. »Ein Viertel davon zu Pferd, der Rest zu Fuß. Die meisten sind nicht besser bewaffnet als unsere Leute.«

»Fünfhundert Mann? Das ist etwas mehr, als wir selbst haben. Die Ausrüstung ist etwa gleich, doch wir haben Wuodans Schildmaid, und die trägt das heilige Schwert der Semnonen!« Perko, der in seinem ehemaligen Stamm nur ein einfacher Krieger gewesen war, hier aber zu den Anführern zählte, nickte zufrieden.

Unterdessen sah Julius Gerhild fragend an. »Was schlägst du vor?«

»Wir ziehen Baldarich entgegen. Allerdings nur einen Tagesmarsch. Länger können wir nicht fortbleiben, da wir Quintus nicht aus den Augen lassen dürfen.«

»Bis jetzt haben wir ihn doch noch nicht im Auge. Doch wenn wir zu lange wegbleiben, könnte er kommen, unsere Wachen niederschlagen und die Frauen und Kinder, die hier versammelt sind, in die Sklaverei führen.«

»Das siehst du ganz richtig, Julius! Deswegen müssen wir so rasch wie möglich mit Baldarich fertigwerden.«

Das Lächeln um Gerhilds Lippen wurde traurig, denn Kampf bedeutete Verluste, die sie sich, da die Auseinandersetzung mit Quintus noch bevorstand, nicht leisten konnten.

»Wir brechen morgen in aller Frühe auf«, rief sie den anderen zu. »Macht alles bereit! Wir nehmen Vorräte für drei Tage mit.«

»Ein Tag hin, ein Tag Kampf, ein Tag zurück. Hoffentlich dauert es nicht länger«, gab Teudo zu bedenken.

»Dann halten wir uns eben an Baldarichs Vorräten schadlos«, antwortete Gerhild, und diesmal war das Lächeln von ihrem Gesicht verschwunden.

8.

Baldarich war zufrieden. Es war ihm gelungen, mehr Krieger für sich zu gewinnen, als er erwartet hatte. Vor allem die jungen Männer waren der steten Ermahnungen ihrer Anführer leid, sich ruhig zu verhalten, um den Handel mit dem Imperium nicht zu stören. Sie sahen die Waren, die ihre Fürsten und deren Gefolge bei römischen Händlern gegen Vieh, Getreide, Felle und andere Dinge eintauschten, während sie selbst arm blieben. Trotzdem hatte es ihn einiges an Überredung gekostet, um sie für sich zu gewinnen, und er benötigte dringend einen Erfolg, um sich ihrer Treue sicher sein zu können.

Als sie an diesem Tag ihr Lager abbrachen und weiterzogen, hoffte Baldarich, noch vor dem Nachmittag auf ein Dorf zu treffen, das er mit seinen Männern plündern konnte. Daher wies er, nachdem er sich auf sein Pferd geschwungen hatte, mit der ausgestreckten rechten Hand nach vorne.

»Dort leben stammesfremde Leute, denen wir ihr Land und ihren Besitz wegnehmen werden. Die Männer werden unsere Knechte sein und die Weiber unsere Sklavinnen!« Baldarich hoffte, die Männer damit zu ködern.

Einer spuckte jedoch aus und sah ihn herausfordernd an. »Ich dachte, es geht gegen das Imperium! Für einen Holzbecher und einen Pelz als Beute hätten wir nicht so weit laufen müssen. Davon gab es in unserer Nähe Dörfer genug!«

»Es sind Verbündete der Römer«, log Baldarich, »und sie haben von diesen silberne Becher und goldene Ringe erhalten. Wir werden große Beute machen und schwächen gleichzeitig die Römer, indem wir ihre Kreaturen vernichten!«

582

»So ist es richtig!«, rief ein Krieger. »Zuerst hauen wir die Knechte der Römer in Stücke und dann diese selbst.«

»Das tun wir!«, erklärte Baldarich mit dem Gefühl, dass es nicht so leicht sein würde, diese Horde unter Kontrolle zu halten. Überfälle auf andere Dörfer hatte es immer gegeben, meist mit wenig Blutvergießen und noch weniger Beute. Diese Männer waren jedoch hungrig auf Gold, auf Wein und auf Frauen, mit denen sie machen konnten, was sie wollten.

Während er anritt, dachte Baldarich erleichtert daran, dass er mittlerweile seinen rechten Arm wieder gebrauchen konnte. Die Salben der Heilerin und ihre Massagen hatten den Wurm, der in dem gebrochenen Knochen genagt hatte, endgültig vertrieben. Er war wieder der Krieger, der er vor dem misslungenen Überfall gewesen war, und in der Lage, jedem Mann im Kampf entgegenzutreten.

Plötzlich sah Baldarich einen der Vorreiter, die er losgeschickt hatte, im gestreckten Galopp auf sich zukommen und aufgeregt winken. Als er sein Pferd vor Baldarich zügelte, zeigte er in die Richtung, in die sie zogen.

»Ich habe vor uns fremde Krieger gesehen, Baldarich. Es sind verdammt viele!«

»Das können nur Hariwinius' römische Reiter sein«, antwortete Baldarich.

Der Bote schüttelte den Kopf. »Nein, es sind Krieger wie wir. Ich konnte sie nicht zählen, aber es dürften fast so viele sein wie wir. Ein Weib führt sie an. Ich konnte es an ihren langen Haaren erkennen, die im Wind aufstoben.«

»Gerhild!« Baldarich ballte wuterfüllt die Fäuste. Bisher hatte er angenommen, sie würde sich mit dem Rest ihres Stammes an einem abgelegenen Ort verbergen. Doch offenbar hatte er sie unterschätzt.

»Bist du dir sicher, dass die Zahl ihrer Krieger der unseren gleicht?«, fragte er seinen Späher.

»Es sind sehr viele«, antwortete dieser und zeigte damit, dass er sie nicht gezählt, sondern nur aus der Ferne geschätzt hatte.

Baldarichs Gedanken überschlugen sich. Er hatte auf leichte Beute gehofft und keinen harten Kampf erwartet. Doch wie es aussah, war es Gerhild gelungen, die hier lebenden Stämme um sich zu sammeln. Da sie es wagte, offen in seine Richtung zu ziehen, musste sie Hariwinius aus diesem Landstrich vertrieben haben. Er fragte sich, weshalb Berthoald und Egino nicht zu ihm zurückgekehrt waren, um ihm davon zu berichten.

»Was machen wir jetzt?«, fragte Chariowalda, der zu ihm aufgeschlossen hatte.

Baldarich rieb sich über das Kinn und schaute nach vorne. An dieser Stelle war der Wald zu licht, um den anderen eine Falle stellen zu können. Dafür hätten sie umkehren und etliche Meilen zurückmarschieren müssen. Doch dann würden ihn viele seiner Männer für einen Feigling halten und ihn womöglich im Stich lassen.

Ich hätte doch nur diejenigen mitnehmen sollen, deren ich mir sicher bin, dachte er verärgert und gab den Befehl zum Weitermarsch.

Wenig später erreichten sie eine Lichtung, die sich mehr als zwei Meilen in jede Richtung erstreckte. Auf der gegenüberliegenden Seite stand bereits das fremde Heer. Selbst auf die Entfernung konnte Baldarich erkennen, dass es seinen Männern an Zahl nur wenig nachstand.

»Bildet eine Schlachtformation!«, befahl er und sah kurz darauf, dass dies drüben ebenfalls geschah, und zwar schneller als bei seinen Leuten. Wer auch immer das fremde Heer kommandierte, musste ein ausgezeichneter Anführer sein.

Die beiden Heere rückten aufeinander zu und blieben schließlich in Rufweite stehen. Gerhild ritt noch immer an der Spitze ihres Aufgebots, obwohl Julius ihr geraten hatte, zurückzubleiben. Nun lenkte sie ihre Stute sogar noch einige Schritte auf Baldarich zu. Dessen Blick traf ihr Schwert.

Gerhild bemerkte es und zog mit einer geschmeidigen Bewegung die Waffe. »Suchst du das, Baldarich?«, fragte sie spöttisch. »Du hättest es bei deinem Überfall auf Hailwigs Dorf nicht verlieren dürfen. Schon damals hat Wuodan gezeigt, dass er dir nicht gewogen ist.«

»Das heilige Schwert!«, hörte Baldarich jemand hinter sich sagen. Am liebsten hätte er sein jetziges Schwert gezogen und erklärt, dass dies das Fürstenschwert der Semnonen sei. Die Geschichte über seinen missglückten Überfall auf jenes Suebendorf war jedoch zu bekannt.

»Dieses Schwert gehört mir! Du hast es nur durch Hinterlist und Tücke an dich gebracht. Ich werde es mir zurückholen!« Baldarichs Stimme überschlug sich beinahe, doch Gerhild lachte.

»Willst du dich im Zweikampf mit mir messen? Es wäre ein großer Ruhm für einen Kriegerfürsten der Semnonen, von einem Weib besiegt zu werden.«

Sie trägt also immer noch das heilige Schwert, durchfuhr es Baldarich. Ist sie deshalb so siegessicher? Obwohl er als guter Krieger galt, verspürte er plötzlich Angst, denn sie hielt die beste Klinge in der Hand, die je geschmiedet worden war. Zudem hatten zauberkundige Alben diese Waffe mit magischen Zeichen versehen. Mit diesem Schwert hatte Gerhild Chariowaldas Waffe mit einem einzigen Hieb durchtrennt. Wenn ihm das Gleiche passierte, war sein Ruf für alle Zeiten dahin.

Noch während Baldarich überlegte, wie er sich aus dieser Klemme herauswinden konnte, ritt Julius nach vorne und legte seine linke Hand auf Gerhilds Schwertarm.

»Das ist nicht deine Sache, sondern geht nur Baldarich und mich etwas an«, sagte er mit rauher Stimme und schob die Stute ein wenig zurück. Danach löste er seinen Helm, damit

585

sein Gesicht und sein blondes Haar zu sehen waren, und hob die Hand, um die Aufmerksamkeit aller auf sich zu lenken.

»Semnonen, die ihr Baldarich gefolgt seid! Auf meiner Seite stehen eure Stammesbrüder. Wollt ihr etwa gegen sie kämpfen, während hinter uns der römische Feind immer mächtiger wird?«

Beim Klang seiner Stimme zuckten einige zusammen. »Volcher!«, rief einer der Männer, der ihn einst gekannt hatte.

»Volcher!« Baldarich hatte den Vetter irgendwo in der Ferne verdorben geglaubt. Doch nun war er zurückgekehrt und hatte sich mit Gerhild verbündet.

»Ja, ich bin Volcher, Sohn Volchhardts, eures Fürsten. Ich klage Baldarich an, meinen Vater gemeinsam mit seinem Vater Baldamer hinterrücks ermordet und das Fürstenschwert geraubt zu haben. Auch mich wollten die beiden ermorden, doch es ist ihnen nicht gelungen!«

Die Anklage traf. Unwillkürlich wichen viele von Baldarichs Kriegern ein Stück zurück, während Baldarich Gott Loge verfluchte, weil der ihm diesen Streich spielte.

Julius verkniff sich ein erleichtertes Lächeln und hob die Stimme, damit jeder ihn verstehen konnte. »Wuodan hat Baldarich verworfen und ihm das heilige Schwert unseres Volkes abgenommen, damit er es nicht weiter in Schande führt! Baldarich ist es nicht wert, der Anführer wackerer Semnonen zu sein. Daher bin ich zurückgekehrt und forderte mein Recht auf die Nachfolge meines Vaters! Wer dagegen ist, soll sich meinem Schwert stellen.«

Nun wichen auch Baldarichs restliche Krieger zurück. Selbst seine engsten Gefährten wagten es nicht, an dessen Seite zu bleiben. Als Baldarich es bemerkte, riss er sein Schwert heraus.

»Ich ... ich habe etwas dagegen, du Hund! Damals bist du davongelaufen wie ein Feigling und hast es nicht einmal gewagt, deinen Vater zu rächen. Nun wird mein Schwert auch dein Herz durchbohren!«

Als er das erschrockene Murmeln seiner Krieger vernahm, begriff Baldarich, dass er in seiner Wut den Mord an seinem Oheim zugegeben hatte. Nun gab es für ihn kein Zurück mehr. Er musste seinen Vetter töten und Gerhild das heilige Schwert abnehmen, denn nur so konnte er hoffen, sich als Kriegerfürst der Semnonen durchzusetzen. Ohne ein weiteres Wort gab er seinem Pferd die Sporen und griff Julius an. Dieser sah ihn kommen und zog ebenfalls sein Schwert.

»Kehre zu unseren Kriegern zurück!«, fuhr er Gerhild an und versetzte, als diese nicht sofort gehorchte, ihrer Stute einen Hieb mit der flachen Klinge. Mit einem empörten Wiehern bäumte Rana sich auf, aber Gerhild hatte sie rasch wieder im Griff und lenkte sie zornerfüllt in die Reihe der eigenen Leute. Baldarich fluchte, denn er hatte gehofft, Gerhild mit einem schnellen Schwerthieb zu töten, um ihr nach seinem Sieg über Julius die magische Waffe abnehmen zu können. Doch nun musste er zuerst gegen seinen Vetter bestehen. Froh, dass sein Arm wieder genesen war, schlug er mit aller Kraft zu.

Julius konnte den Hieb mit seinem Schild abwehren, doch ein großer Span flog davon. Erneut schwang Baldarich sein Schwert mit einer Wucht, als gelte es, den Schädel eines Auerochsen zu spalten. Diesmal parierte Julius den Hieb und ging selbst zum Angriff über. Sein Schwert streifte Baldarichs rechten Arm knapp unterhalb des Kettenhemds und zog eine blutige Spur.

Beinahe hätte dieser sein Schwert fallen gelassen, hielt es aber gerade noch fest. Er wich zurück, warf einen kurzen Blick auf seine Verletzung und schlug im gleichen Moment nach Julius' Hengst. Das Tier wieherte vor Schmerz und brach in die Knie. Gerade noch rechtzeitig rutschte Julius aus dem Sattel und landete auf seinen Beinen.

»Verfluchter Hund!«, brüllte er seinen Vetter an, packte dessen Gaul am Zaumzeug und zwang ihn mit einem heftigen Ruck zu Boden.

Baldarich flog aus dem Sattel, verlor sein Schwert und blieb für einen Augenblick benommen liegen. Mit zwei Schritten war Julius bei ihm und hob seine Klinge, schlug aber nicht zu. Stattdessen trat er einen Schritt zurück und blickte voller Verachtung auf seinen Vetter hinab.

»Ich verletze im Zweikampf weder ein Pferd, noch schlage ich jemand nieder, der am Boden liegt und sich nicht wehren kann!«

Voller Wut packte Baldarich seinen Schild und schleuderte ihn gegen Julius. Sein Gegner wankte, aber Baldarich kam nicht schnell genug an sein Schwert, um einen Vorteil daraus zu ziehen. Dazu hatte er auch noch seinen Schild verloren.

»Heb deine Waffen auf! Alle Semnonen sollen sagen können, ich habe diesen Kampf ehrlich gewonnen.«

»Du meinst alle Mannen, die hier versammelt sind«, rief Gerhild, die nicht wollte, dass ihre Sueben und die Angehörigen der anderen Stämme vergessen wurden.

Baldarich raffte Schwert und Schild an sich, tat dabei aber so, als wäre er schwerer verletzt, als es der Fall war, und griff überraschend an.

Doch Julius wehrte seine Klinge fast spielerisch ab und lachte ihn aus. »Kannst du es nicht besser?«

Er hatte jedoch begriffen, dass er den Kampf nicht länger hinausziehen durfte, um seinem Vetter keinen Vorteil zu bieten. Daher trieb er seinen Gegner mit harten Schlägen auf die wie erstarrt zuschauenden Semnonen zu.

Baldarich setzte sich verzweifelt zur Wehr, stolperte im Rückwärtsgehen, blieb aber auf den Beinen und versuchte erneut anzugreifen. Dabei hielt er den Schild einen Augenblick lang zu tief. Julius' Klinge fuhr über die Kante und drang ihm über dem Halsausschnitt des Kettenhemds in die Kehle. Im nächsten Moment wurden Baldarich Schild und Schwert zu schwer und rutschten aus seinen Händen. Dann brach er in die Knie und kippte nach hinten.

Julius trat einen Schritt beiseite, warf einen Blick auf das Blut, das aus dem Hals seines Vetters sprudelte, und wandte sich an die Semnonen. »Habe ich ehrlich gekämpft?«

»Das hast du, Volcher! Kein Mann wird je etwas anderes sagen können«, rief einer und schlug mit seinem Speerschaft gegen seinen Schild. Andere taten es ihm nach, und Julius musste einen Augenblick warten, bevor er wieder sprechen konnte.

»Seid ihr bereit, euch mir anzuschließen und mir gegen die Römer zu folgen?«

»Das sind wir!«, klang es aus vielen Mündern zurück, und Jubel klang auf. Männer kamen auf Julius zu, legten einen Schild auf den Boden und forderten ihn auf, sich daraufzustellen. Wenig später hoben ihn vier Krieger hoch.

»Wir haben wieder einen Fürsten!«, rief einer von ihnen. »Die Semnonen sind wieder vereint!«

Julius war erleichtert, weil es ihm gelungen war, Baldarich zu besiegen und dessen Gefolgschaft auf seine Seite zu ziehen. Damit standen fast tausend Männer unter seinem Kommando, und mit denen konnte er Quintus und dessen Heer die Falle stellen, die er sich wünschte. Sein Blick suchte Gerhild. Doch sie stand abseits, und ihr Gesicht wirkte starr.

Was hat sie denn jetzt schon wieder?, fragte er sich verwundert. Immerhin hatte er die Gefahr durch Baldarich beseitigt und ihr Aufgebot gut verdoppelt.

Gerhild verstand sich selbst nicht. Eigentlich hätte sie erleichtert, ja sogar glücklich sein müssen, weil Baldarich besiegt war und seine Krieger sich ihnen angeschlossen hatten. Dennoch fühlte sie eine Bitterkeit in sich, die ihr die Tränen in die Augen trieb. Nun war Julius der Anführer aller Krieger, die sich um sie versammelt hatten, und da die Zahl der Semnonen die ihrer Sippe und ihrer Verbündeten weit überwog, würden diese den Kern des neuen Stammes bilden. Damit würde der alte, ruhmreiche Name der Sueben vergehen. Ihr ganzes Bestreben war es gewesen, das zu verhindern, doch sie hatte versagt.

»Julius hat wacker gekämpft, findet du nicht auch?«, fragte Teudo sie.

Mit aufgezwungenem Lächeln nickte Gerhild. »Das hat er! Allerdings war Baldarich kein Gegner von Ehre. Ich werde mich um Julius' Hengst kümmern. Wenn er nicht zu schwer verletzt ist, wird er vielleicht überleben und kann noch zur Zucht verwendet werden.«

Damit hatte sie Volla sei Dank eine Aufgabe, dachte Gerhild und drängte sich durch die Krieger, die Julius jubelnd umringten. Bei dem am Boden liegenden Tier kniete sie nieder. Bislang war Julius noch nicht dazu gekommen, selbst nach dem Hengst zu schauen. Als er endlich wieder auf festem Boden stand, wollte er sich dem Tier zuwenden. Doch Gerhild kniete bereits neben dem Pferd und nähte die klaffende Wunde mit einem festen Faden zusammen.

»Ist es schlimm?«, fragte er besorgt.

Gerhild antwortete mit einem Kopfschütteln. »Er wird es überleben! Doch du wirst ihn wohl nie mehr im Kampf reiten können. Baldarich ist ein ehrloser Schuft! Ein anderer hätte nicht nach dem Tier geschlagen.«

»Er hat das Ende gefunden, das er verdient«, sagte Julius und strich seinem vor Schmerzen stöhnenden Hengst sanft über die Nüstern.

»Du hast gut gekämpft und wirst unsere Krieger zu weiteren Siegen führen«, fuhr Gerhild fort, um nicht nur stumm hier neben dem Pferd zu knien.

»Ich war es meinem Vater schuldig, Rache zu üben! Mein Stamm ist durch den Mord an ihm beinahe zerbrochen. Du siehst es ja an denjenigen, die bislang zu uns gekommen sind. Sie sehen sich schon mehr als Sueben denn als Semnonen!«

»Sie werden bald wieder Semnonen sein«, wandte Gerhild leise ein.

Julius hob überrascht den Kopf. »So denkst du? Dabei dachte

ich, wir würden alle Mannen um uns scharen, die dazu bereit sind, ungeachtet ihrer Stammeszugehörigkeit.«

»Alle Mannen! Das ist ein guter Begriff«, antwortete Gerhild halb versöhnt. Sie musste wieder an die Ameisen denken, die ebenfalls alle zusammenstanden, um ihr Volk zu schützen.

»Dann nennen wir uns so, gleichgültig, ob wir von Sueben oder Semnonen, Hermunduren oder anderen Völkern abstammen. Wir sind die Herren dieses Landes ...«, begann Julius und wurde von Gerhild unterbrochen.

»Zuerst muss es uns gelingen, Quintus und seine Römer zu vertreiben!«

»Zweifelst du etwa daran?«, fragte Julius lächelnd. »Wenn wir alle Krieger zusammenrufen, die bereit sind, uns zu folgen, werden wir auch Quintus und Rom besiegen. Das Imperium ist groß, und es hat viele Grenzen, die es bewachen muss. Das hier ist nur ein kleines Stück davon. Ich glaube nicht, dass das Imperium erneut Legionen schicken wird, wenn Quintus mit seinen Plänen scheitert. Weit im Osten liegt das Reich der Parther, und das führt immer wieder Krieg mit Rom. Dorthin wird der Imperator schauen, nicht auf ein Stück sumpfigen Waldes, das zu erobern sich nicht lohnt.«

»Dieser sumpfige Wald, wie du ihn nennst, ist unsere Heimat«, wandte Gerhild ein.

»Ja, die unsere, aber nicht die der Römer. Die wissen weder das Rauschen der Wälder noch den Glanz eines klaren Wintertags zu schätzen. Wir hingegen sind mit diesem Land vertraut und lieben es allem Spott der Römer zum Trotz!« Julius legte einen Arm und Gerhilds Schultern und zog sie an sich.

»Was, meinst du, sollen wir jetzt tun?«, fragte er, damit sie nicht glauben sollte, er wollte sie jetzt, da Baldarich geschlagen war, übergehen.

Gerhilds Blick wanderte nach Westen. »Wir sollten in unser Dorf zurückkehren und auf Nachricht warten, ob Quintus kommt! Wie sieht es eigentlich mit den Vorräten unserer neuen

Verbündeten aus? Wenn wir diese auch noch ernähren müssen, werden wir bald wieder auf die Jagd gehen müssen.«

»Ich werde die Männer fragen«, antwortete Julius, der froh war, weil die Missstimmung, die zwischen Gerhild und ihm entstanden war, sich mit ein paar vernünftigen Worten aufgelöst hatte. Das war nötig, denn so, wie sie ihn brauchte, brauchte er sie. Für gut die Hälfte der Krieger galt sie als Schildmaid Wuodans, und diese würden es ihm übelnehmen, wenn er Gerhild übergehen und die Führung an sich reißen würde.

9.

Die Zahl der Menschen in der Siedlung hatte sich erneut vergrößert. Aber zu Gerhilds Erleichterung verfügten die meisten Neuankömmlinge über Vorräte und waren bereit, sie mit den anderen zu teilen.

Zusammen mit Julius begrüßte sie die Neuankömmlinge. Da diese auch einige Fässer Met mitgebracht hatten, schlug Julius einen kleinen Umtrunk vor, um seinen Sieg über Baldarich zu feiern.

»Tut das!«, sagte Gerhild zustimmend. »Ich komme später hinzu. Vorher will ich nach Odila und den anderen Frauen sehen. Sie sollen sich gegenüber euch Männern nicht benachteiligt fühlen. Es dauert gewiss nicht lange.«

Während die Männer sich mit ihren Trinkgefäßen bei den Fässern anstellten und Julius hochleben ließen, gesellte Gerhild sich zu Odila, Lutgardis, Hailwig und den anderen Frauen, die sich in einem der Vorratshäuser versammelt hatten. Sie konnte zufrieden sein, denn obwohl diese viel Elend hinter sich und ihre Heimat verloren hatten, erledigten sie ihr Tagewerk und sammelten nicht nur Nahrung, sondern nähten Kleidung für den bevorstehenden Winter und erledigten auch sonst alles, was getan werden musste.

»Was täte ich ohne euch!«, rief Gerhild, als sie sah, was während ihrer Abwesenheit alles erledigt worden war. »Fast schäme ich mich, weil ich selbst nichts dazu beigetragen habe.«

»Du hast andere Aufgaben!«, erklärte Lutgardis. »Die Krieger sehen zu dir auf, weil du ihnen Hoffnung gibst. Da Wuodan dich geschickt hat, bist du für uns alle der Garant für den Sieg.«

»Aber ich bin auch nur eine ganz normale Frau«, wehrte Gerhild ab.

Sie begriff jedoch rasch, dass die Frauen sich genau wie die Männer an diesen Glauben klammerten. Immerhin hatte sie dafür gesorgt, dass Hariwinius' Reiter mit geringen Verlusten besiegt worden waren, und auch noch Julius dabei geholfen, seinen Todfeind niederzuringen.

»Ich habe überhaupt nichts dazu beigetragen. Julius hat den elenden Kerl ganz allein bezwungen!«, rief sie.

»Er hätte es nicht gekonnt, wenn Baldarich noch das heilige Schwert geführt hätte. Doch Wuodan hat dafür gesorgt, dass du es ihm abnehmen konntest«, antwortete Lutgardis, die energisch auf ihrer Meinung beharrte.

Nun mischte sich auch Hailwig ein. »Du solltest zu den Männern gehen und den Göttern einen Becher Met opfern, bevor sie zu betrunken sind.«

»Wer, die Götter oder die Männer?«, fragte Gerhild mit einem Spott, der jedoch mehr ihr selbst als den anderen galt.

»Die Männer! Götter vertragen mehr als diese Kerle«, antwortete Odila und deutete dann auf Gerhilds Gewand. »Du solltest dich vorher umziehen. Dein Kleid hat Flecken.«

»Als wenn das in unserer Situation ins Gewicht fallen würde«, stöhnte Gerhild, wandte sich aber doch dem kleinen Haus zu, das man für sie gebaut hatte, ehe die große Halle errichtet worden war. Als sie eintrat, hörte sie ein Geräusch und griff unwillkürlich zum Schwert. Sie ließ es aber sofort wieder los, als sie Ingulf erkannte. Er versorgte eine Frau und mehrere Kinder, die ängstlich zu ihr aufsahen.

Als Gerhild die Frau erkannte, glaubte sie im ersten Augenblick, Gott Loge narre sie. »Linza? Aber das ist doch nicht möglich!«

Die Frau nickte unter Tränen. »Ich bin es wirklich! Und ich

habe meine Kleinen mitgebracht. Nachdem Gaius uns verlassen hatte, konnten wir nicht mehr bleiben. Ein wenig hat uns Pribillus noch geholfen, doch als er abrücken musste, blieb mir nur noch die Wahl, meine Kinder in die Sklaverei zu verkaufen oder zu dir zu kommen. Andernfalls wären wir aus dem Haus vertrieben worden und in einem elenden Winkel verhungert.«

»Verhungert? Bei Volla, aber …« Gerhild brach ab und umarmte Linza tröstend.

Auch im Stamm litt man Hunger, wenn die Ernte schlecht ausgefallen war oder eine Seuche das Vieh dahingerafft hatte. Doch selbst in diesen Zeiten wurden die wenigen Lebensmittel gerecht verteilt, so dass niemand aus dem Vollen schöpfen konnte, während der Nachbar elend starb. Niemals hätte sie erwartet, dass bei den Römern, die doch wohlhabend waren und Nahrung über viele Meilen heranschaffen konnten, jemand Hunger leiden müsse. Als sie dies Linza sagte, hob die Frau mit einer traurigen Geste die Hände.

»Leider ist es so! Unser Vermieter hat Geld von mir für die Wohnung gefordert, und der Bäcker wollte uns kein Brot mehr geben. Der Kerl hat von mir sogar verlangt, ich solle ihm Navina übergeben, damit sie sein Bett wärmen kann!« Linza erzählte noch einiges und ließ kaum ein gutes Haar an den Leuten in Sumelocenna, die ihr nach Gaius' Verrat das Leben vergällt hatten.

»So ein Gesindel!«, kommentierte Gerhild den Bericht und musterte Navina, die ihr mit ihren vierzehn Jahren viel zu jung erschien, um bereits unter einem Mann zu liegen.

Ingulf hatte bis jetzt geschwiegen, doch nun hüstelte er, um Gerhilds Aufmerksamkeit zu erregen. »Da gibt es etwas viel Wichtigeres als römische Bäcker! Linza bringt Nachrichten, die Quintus und uns betreffen. Der Römer hat ein großes Heer zusammengezogen und kann jetzt bereits auf dem Marsch sein.«

»Das stimmt!«, rief Linza. »Ich habe das Heer bei unserem ehemaligen Dorf gesehen und kann dir versichern, dass es aus mindestens zweitausend Mann besteht!«

»Zweitausend Mann?« Gerhild erschrak, denn das war mehr als doppelt so viel, als Julius und sie ins Feld führen konnten. Selbst ein Überraschungsangriff bot keine Aussicht auf den Sieg, und wenn doch, würde er blutig erkauft werden müssen. »Weißt du, ob er das Moor nord- oder südwärts umgehen will?«, fragte sie Linza.

»Sie werden nicht um die Sümpfe herumziehen, sondern den Weg nehmen, den wir selbst gegangen sind. Linza hat erfahren, dass Baldarich einen Mann, der diesen Weg kennt, zu Quintus geschickt hat!«, berichtete Ingulf mit belegter Stimme.

»Durch das Moor? Aber dann müssten wir unser Dorf sofort aufgeben und uns in die Wälder zurückziehen, und das mit allen Leuten!«

Das ist unmöglich, setzte Gerhild für sich hinzu. Sie würden mindestens die Hälfte der Männer brauchen, um die Frauen und Kinder, die Vorräte und das Vieh wegzubringen. Sollten sie versuchen, mit dem Rest Quintus' Armee anzugreifen, würde diese ihre Krieger zerquetschen wie Fliegen.

»Es ist leider so«, sagte Ingulf. »Deswegen sind wir nach unserer Ankunft gleich hierher, um als Erstes mit dir zu sprechen!«

»Ihr habt es noch keinem anderen gesagt?«, fragte Gerhild.

Ingulf schüttelte den Kopf. »Nein, denn wir hielten es für besser, wenn du das tust.«

»Das war klug!«, lobte Gerhild den jungen Burschen. Sie trat an einen der Pfosten, die das Dach trugen, und lehnte sich mit der Stirn dagegen. Mit allem hatten Julius und sie gerechnet, nur nicht damit, dass Quintus den Pfad durch das Moor finden würde. Nun überlegte sie verzweifelt, was sie tun sollte.

»Wie lange haben wir noch Zeit?«, fragte sie Ingulf leise.

»Vielleicht zwei Tage, vielleicht sieben, länger nicht.«

Die Zeit könnte ausreichen, um von hier wegzuziehen, dachte

Gerhild. Doch wohin sollten sie sich wenden? Etwa bis an Saale und Elbe, an denen andere, fremde Stämme siedelten? Mit Frauen, Kindern und allem, was sie mit sich nehmen konnten, würden sie den Weg niemals bewältigen. Quintus konnte sie mit Leichtigkeit einholen und zusammenschlagen.

»Es muss einen anderen Weg geben«, murmelte sie und blickte sich in der Hütte um, so als könnten die Pfosten und die Feuerstelle ihr raten. Da fiel ihr Blick auf eine verschrumpelte Lederdecke, die als Polster auf einer roh behauenen Bank lag und schon etliche Risse und Löcher aufwies. Zu anderen Zeiten hätte sie das Ding längst weggeworfen, doch sie hatten so viel in ihrem Heimatdorf zurücklassen müssen, dass sogar diese alte Decke noch gebraucht wurde.

Gerhild strich mit den Fingerspitzen über die rauhe Oberfläche und nickte versonnen. Das Leder glich den verwitterten Markierungen im Moor. Mit einem Mal wusste sie, was sie zu tun hatte. Quintus und sein Heer durften niemals auf diese Seite der Sümpfe gelangen. Um das zu verhindern, musste sie den Weg hindurch so kennzeichnen, dass er das römische Heer ins Verderben führte. Zwar würde sie, wenn sie das tat, auch nicht mehr lebend aus dem Moor zurückkehren. Aber das Leben all derer, die ihr vertrauten, war wertvoller als ihr eigenes. Mit entschlossener Miene wandte sie sich Linza und Ingulf zu.

»Ihr werdet zu niemandem über Quintus und sein Heer sprechen, habt ihr verstanden?«

»Das tun wir schon nicht. Es ist auch besser, wenn du es den anderen mitteilst. Da Teiwaz und Wuodan dir beistehen, werden sie keine Angst haben«, sagte Ingulf voller Vertrauen auf seine Anführerin.

»Ich hoffe, dass uns alle Götter und Göttinnen beistehen!« Gerhild reichte Linza ein scharfes Messer und wies auf die Lederdecke.

»Schneide Streifen davon ab, so breit wie dein Daumen und so lang wie dein Arm. Du, Ingulf, sattelst inzwischen meine Stute und ein Pferd für dich und führst sie in Richtung Moor. Warte an dessen Rand auf mich.«

»Was hast du vor?«, fragte der junge Krieger verwirrt.

»Du wirst es früh genug erfahren. Und nun geh!« Noch während sie es sagte, streifte Gerhild ihr Kleid ab, stieg in lederne Hosen und zog eine kräftige, wollene Tunika über ihr Leinenhemd. Ihr Haar ließ sie jedoch lang über ihren Rücken fallen, damit man ihr Geschlecht bereits auf weite Entfernung erkennen konnte.

»Ich bin gleich zurück, Linza. Bitte schneide mir ein Dutzend dieser Streifen ab, besser noch mehr!«

Nach diesen Worten nahm Gerhild das Fürstenschwert, zog es aus der einfachen Lederscheide, in der sie es getragen hatte, und schob es in die aufwendig verzierte Scheide, die ihre Männer dem toten Baldarich abgenommen und ihr übergeben hatten. Mit einem schmerzlichen Lächeln auf den Lippen verließ sie das Haus, straffte sich draußen und ging mit schnellen Schritten auf die Stelle zu, an der die Krieger feierten.

Die Männer verstummten, als Gerhild zwischen sie trat, und blickten sie mit bewundernd leuchtenden Augen an. Sie trauten ihr alles zu, und Gerhild nahm sich vor, sie nicht zu enttäuschen. Als sie auf Julius zuging, stand dieser auf und erhob seinen Becher.

»Auf Gerhild, die Wuodan geschickt hat, um unsere Stämme zu vereinen, auf dass wir gemeinsam als ein neues Volk den Römern widerstehen können!«

Gerhild kamen bei diesen Worten fast die Tränen. Mühsam beherrscht hob sie die Hand. »Rühmt auch Julius, den großen Krieger!«

Während die Männer ihnen beiden zujubelten, löste Gerhild den Waffengurt und reichte ihn Julius samt dem heiligen Schwert der Semnonen. »Du hast Baldarich im ehrlichen Kampf besiegt und dir damit das Recht erworben, diese Waffe zu tragen«, rief sie mit lauter Stimme. »Du bist der Fürst aller Mannen, die sich hier versammelt haben!«

Julius sah sie an, starrte dann auf das Schwert und heftete seinen Blick schließlich auf ihr Gesicht. »Du übergibst mir die Waffe? Einfach so?«

»Ich übergebe dir das Schwert mit dem Auftrag, die Freiheit unseres Volkes zu erhalten und das Land wiederzugewinnen, das man uns geraubt hat.«

Erneut rief Gerhild es so laut, wie sie konnte, denn sie spürte, dass ihr die Stimme sonst nicht mehr gehorchen würde.

Die Männer jubelten noch lauter. Für die Semnonen war die Welt wieder im Lot, weil nun der richtige Mann dieses Schwert besaß, während die anderen stolz auf ihre Anführerin waren, die ruhmreiche Taten zu belohnen wusste. Julius selbst war der Jubel beinahe zu viel. Immerhin stellte nicht er, sondern Gerhild das einigende Band ihres neu entstehenden Volkes dar.

»Ich danke dir, und ich schwöre, dass ich dieses Schwert für die Verteidigung aller, die sich uns angeschlossen haben und noch anschließen werden, führen werde!«

»Ich weiß, dass du das tun wirst. Doch nun feiert weiter! Ich habe noch etwas zu tun«, antwortete Gerhild mit dem letzten Rest ihrer Kraft.

»Du kommst aber wieder, denn wir feiern heute auch dich«, bat Julius.

Am liebsten hätte er sie auf der Stelle gefragt, ob sie nicht gemeinsam als Fürstin und Fürst ihre Leute anführen sollten. Doch das bewahrte er sich lieber bis nach dem Sieg über Quintus auf.

»Vielleicht!« Gerhild atmete tief durch und verließ die Feiernden. Jetzt, da sie ihm das Schwert gegeben hatte, war ein Punkt, der noch zu Problemen hätte führen können, beseitigt. Als sie ihre alte Hütte erreichte, war Linza noch immer dabei, Streifen aus der Lederdecke zu schneiden.

»Ich glaube, jetzt sind es genug«, sagte Gerhild und steckte die Lederstreifen in einen Beutel. Sie nahm den Bogen und ihren Pfeilköcher an sich sowie Baldarichs Kopie des heiligen Schwerts. Die Waffe lag zwar nicht so gut in der Hand wie das echte, doch für das, was sie vorhatte, reichte sie aus.

Gerhild umarmte Linza, dann Navina und die Kleinen und wandte sich zuletzt Rufus zu. »Werde ein Mann, auf den deine Mutter stolz sein kann!«, sagte sie und verließ das Haus.

Nur ein paar Frauen und Kinder sahen, dass sie in Richtung des Moores ging. Da sie jedoch daran gewöhnt waren, dass Gerhild das Dorf immer wieder verließ, dachten sie sich nichts dabei.

10.

Ingulf wartete mit den beiden Pferden wie befohlen am Rand der Sümpfe. »Was sagt Julius dazu, dass Quintus bald kommen wird?«, fragte er.

»Er hat geschworen, die Freiheit unseres Volkes bis zum letzten Schwerthieb zu verteidigen. Ich habe ihm dafür das Fürstenschwert übergeben«, antwortete Gerhild.

»Julius wird es gegen Quintus' Scharen brauchen. Weißt du, ich habe mir schon überlegt, ob wir den Weg im Moor sperren sollen. Wenn wir dort einen Verhau einrichten und die Römer mit Pfeilen und Wurfspeeren überschütten, müsste es gelingen!«

Zuerst erschien Gerhild Ingulfs Vorschlag verlockend. Sie hatte jedoch die römische Armee erlebt und gesehen, wie die Legionäre im Schutz ihrer Schilde vorgerückt waren und dann ihre Wurfspeere geschleudert hatten. Daher würden sie eine solche Sperre mit Leichtigkeit überwinden. Und selbst wenn es ihnen gelang, die Römer aufzuhalten, würde Quintus umkehren und das Moor umgehen. Damit aber würde der Kampf nie ein Ende finden, und es würden noch mehr Männer sterben. Entschlossen schüttelte sie den Kopf.

»Wir machen es anders! Doch dafür müssen wir mindestens die Hälfte des Moores durchqueren, bevor Quintus mit seinen Soldaten auftaucht.«

»Dann müssen wir auf dem Hin- und dem Rückweg jeweils einmal übernachten, und wir haben keine Vorräte dabei. Ich werde welche holen!« Ingulf wollte losreiten, doch Gerhild griff nach seinem Zügel.

»Wir finden im Moor, was wir brauchen. Komm jetzt! Wir dürfen keine Zeit verlieren!« Sie trieb Rana an und führte Ingulfs Gaul die ersten Schritte am Zügel mit.

»Wenn du meinst«, brummte der junge Bursche nicht gerade begeistert.

Gerhild antwortete nicht, sondern konzentrierte sich auf die ersten Wegmarkierungen und folgte ihnen. Da kein Wind wehte, hingen die Lederbänder schlaff von den Zweigen, an denen sie befestigt worden waren. Zu ihrer Erleichterung konnte Gerhild feststellen, dass die Bänder unterschiedlich alt und verwittert waren. Immer, wenn eine Markierung verrottet war, hatte jemand an deren Stelle eine neue angebracht.

Gerhild achtete darauf, wie die Bänder verknotet waren, und übte in Gedanken, sie zu binden. Anders als sie blickte Ingulf immer wieder nach vorne, als erwarte er, jeden Augenblick Quintus' Armee auftauchen zu sehen.

»Was sagt eigentlich Julius zu deinem Plan?«, fragte er, als ihm das Schweigen zu lange dauerte.

»Julius ist mit allem einverstanden, das uns Verluste erspart«, antwortete Gerhild leise und hing dann wieder ihren Gedanken nach.

Am Abend erreichten sie eine der inselartigen Erhöhungen, von denen es einige in diesen Sümpfen gab. An dieser Stelle war der Boden auf mehr als einhundert Schritte fest genug, um unbesorgt lagern zu können. Gerhild wies Ingulf an, trockenes Holz und Schilf für ein Lagerfeuer zu sammeln, und ging auf die Jagd. Ein Fasan war so unvorsichtig, nicht rasch genug aufzufliegen, und bildete das Abendessen.

Ingulf platzte fast vor Neugier, wagte aber nicht, Gerhild zu fragen, was sie vorhatte. »Wollen wir abwechselnd wachen?«, sagte er stattdessen.

»Nein! Meine Stute wird uns warnen, wenn etwas Größeres und Gefährlicheres als ein Hase auf uns zukommt!«

»Wenn du meinst!« Ingulf fühlte sich nicht richtig ernst

genommen und schlug daher sein Nachtlager etliche Schritte entfernt auf.

Bevor Gerhild sich hinlegte, schlang sie Rana die Arme um den Hals. »Enttäusche mich nicht und warne mich, sollten die Römer kommen«, flüsterte sie dem Tier ins Ohr, so als würde dieses es verstehen. Die Stute schlief in dieser Nacht jedoch besser als ihre Reiterin. Immer wieder schreckte Gerhild hoch und griff zum Bogen. Einmal weckte ein Hase sie und bezahlte seinen Leichtsinn mit einem Pfeil ins Herz.

Gerhild holte das Tier und weidete es im Schein des Mondes aus. Wenigstens wird Ingulf morgen auf dem Heimweg nicht hungern, dachte sie dabei. Einen Hasenschenkel würde sie noch selbst zum Frühstück essen, dann … Sie brach diesen Gedanken ab und legte sich wieder hin. Diesmal schlief sie ein und wachte erst am Morgen wieder auf, als Rana sie anstupste.

Ingulf war bereits dabei, das Lagerfeuer wieder in Gang zu setzen. »Ich habe den Hasen gesehen, den du in der Nacht erlegt hast. Ein guter Schuss, und das bei Mondlicht, muss ich sagen«, begann er.

Da unterbrach Gerhild ihn. »Hast du nach den römischen Soldaten Ausschau gehalten?«

»Es war noch keiner zu sehen«, antwortete Ingulf und drehte den Hasen weiter über dem Feuer.

Trotz seiner Worte eilte Gerhild zum anderen Ende der Moorinsel und spähte nach Westen. Plötzlich glaubte sie das Blitzen von Metall zu sehen und zuckte zusammen. Als sie die Entfernung bis dorthin schätzte, mussten es mindestens drei Meilen sein. Nein, eher fünf, berichtigte sie sich, denn nur dort gab es eine Moorinsel, die groß genug war, einer solchen Schar, wie Quintus sie anführte, einen festen Lagerplatz für die Nacht zu bieten. Ihren Erfahrungen nach würden die römischen Soldaten gerade Essen fassen und kurz darauf ihr Lager abbrechen. Daher hatte sie noch Zeit, ihren Hasenschenkel zu essen.

»Ist das Fleisch fertig?«, fragte sie, als sie zu Ingulf zurückkehrte.

Der junge Mann nickte eifrig. »Ja, Gerhild!«

»Schneide mir einen Schenkel ab. Das andere stecke in deine Satteltasche und reite zurück zum Dorf. Meine Stute nimmst du mit!«

»Aber ich …«, begann Ingulf, doch Gerhild fuhr ihm über den Mund.

»Tu, was ich sage, oder willst du, dass die Römer über unsere Leute herfallen?«

Ingulf zählte wegen seiner Jugend zu den rangniedrigen Kriegern und war es daher gewohnt, anderen zu gehorchen. Auch jetzt tat er, was Gerhild von ihm wollte, auch wenn er nicht begriff, was sie vorhatte.

»Gib auf dich acht!«, bat er noch, bevor er in den Sattel stieg und losritt. Gerhilds Stute führte er am Zügel mit. Rana gefiel es gar nicht, von seiner Herrin getrennt zu werden, und zerrte heftig am Zügel.

»Lass das!«, rief Gerhild der Stute nach, dann drehte sie sich um und eilte leichtfüßig auf dem gekennzeichneten Weg den Feinden entgegen.

Bei der ersten Wegmarkierung, auf die sie traf, blieb sie stehen, zog ihren Dolch, und schnitt sie ab. Ebenso verfuhr sie auf der gesamten nächsten Meile, bis sie eine Stelle erreichte, die für ihr Vorhaben geeignet schien. Sie drang einige Schritte in den Sumpf ein und befestigte eines der mitgenommenen Lederbänder an einem Zweig. Danach ging sie vorsichtig weiter und markierte einen Weg mitten in den schlimmsten Sumpf hinein. Um nicht andauernd mit den Füßen tasten zu müssen, ob die Stelle, auf die sie treten wollte, sie auch trug, schnitt sie einen langen Ast ab und überprüfte ihren Weg damit. Dennoch musste sie aufpassen, um nicht in einem der teilweise von dickem Grün überwucherten Schlammlöcher zu versinken.

Irgendwann wird Loge mich täuschen, so dass ich fehltrete

604

und in der grundlosen Tiefe versinke, sagte sie sich und versuchte, noch aufmerksamer zu sein. Bis das Moor sie verschlang, musste das von ihr markierte Wegstück lang genug sein, um die Römer ins Verderben zu führen. Nur auf diese Weise konnte sie ihr Volk retten.

»Mein Leben für das all jener, die sich mir und Julius angeschlossen haben!«, flüsterte sie und bat Teiwaz und Volla, ihr genug Zeit zu geben, ihr Werk zu vollenden.

Tränen stahlen sich ihr bei diesem Gebet in die Augen, und sie wischte sie energisch weg. Die ihren hielten sie für eine Schildmaid Wuodans und vertrauten ihr ihr Leben an. Daher musste sie alles tun, um dieses Vertrauens würdig zu sein, selbst um den höchsten Preis.

Als Gerhild eine ihr ausreichend erscheinende Strecke falsch ausgezeichnet hatte, kam ihr der Gedanke, dass der Führer, den Quintus von Baldarich erhalten hatte, womöglich den Weg gut genug kannte, um ihre Falle zu bemerken, und die Soldaten weiterhin in Richtung ihres Dorfes leiten könnte.

»Das darf nicht sein!« Voller Angst lief sie den Weg zurück, den sie gekommen war, und dankte im Stillen ihrem Vater, der ihr erklärt hatte, welche Pflanzen auf festerem Boden wuchsen und an welchen Stellen das Moor mit Sicherheit grundlos war. Zwar wurde sie immer wieder zu Umwegen gezwungen, doch auch wenn der Boden unter ihren Schritten federte und schmatzte, so gab er nicht nach. Einen größeren Trupp oder gar ein Heer, wie Quintus es anführte, würde er gewiss nicht lange tragen.

In der Ferne glänzten bereits die Speerspitzen und Helme der römischen Soldaten im Licht der Herbstsonne, als Gerhild jenen Ort erreichte, an dem sie vom richtigen Weg abgebogen war. Ein magerer Busch, dessen Blätter in braunroten Herbstfarben leuchteten, bot ihr Deckung. Sie blickte nach vorne und sah die ersten Reiter kommen. Der Mann an der Spitze war der Semnone, von dem Gerhild gehört hatte. Zu ihrem Leid-

wesen ritt nicht Quintus, sondern der Decurio einer Reitereinheit neben ihm. Ihren persönlichen Feind entdeckte sie erst
weit hinten in der lang gezogenen Kolonne. So ganz schienen
die römischen Soldaten dem Moor nicht zu trauen, denn die
sechs Krieger, die dem Semnonen folgten, hielten Wurfspeere
so in der Hand, dass sie sie jederzeit schleudern konnten.
»Bald werdet ihr Grund haben, euch noch mehr zu fürchten«,
sagte Gerhild leise und legte einen Pfeil auf die Sehne. Sie wartete, bis der Semnone so nahe gekommen war, dass ihr Schuss
nicht fehlgehen konnte. Zum Glück machte der Mann es ihr
leicht, denn er trug nur ein Leinenhemd und einen Mantel.
Dennoch konnte er kein einfacher Krieger sein, sonst hätte
Baldarich ihn nicht zu Quintus geschickt, sagte sie sich, zog
den Bogen aus und schoss den Pfeil ab.

11.

Quintus Severus Silvanus war zufrieden. Zwar hatten sie am Rand des Moores einen Teil ihres Trosses zurücklassen müssen, darunter auch die Pfeilschleudern, denn der Boden war zu schwach, um mehr als Männer und leicht beladene Pferde und Maultiere zu tragen. Den Worten ihres Führers nach hatten sie inzwischen jedoch gut die Hälfte der ausgedehnten Sümpfe ohne Verluste durchquert. An diesem Nachmittag würden sie den Worten ihres Führers zufolge deren östlichen Rand erreichen und die Barbaren von einer unerwarteten Seite aus angreifen können. Bedauerlich fand er nur, dass er kaum über Kavallerie verfügte. Da man ihm weder aus Rätien noch aus Obergermanien Reiter geschickt hatte, konnte er nur auf Balbus und dessen zehn Reiter zurückgreifen sowie auf die Reste der dritten Turma, mit denen Decurio Porcus die Flucht gelungen war.

Die Barbaren werden für Hariwinius' Niederlage büßen, schwor Quintus sich. Er würde sie alle versklaven, und was ihre Anführerin Gerhild betraf, so hing am Sattel seines Sklaven die Kette, in der er sie mit sich führen würde, wo immer er auch hinging. Quintus stellte sich gerade vor, wie er ihr diese Kette anlegen würde, als es an der Spitze des Zuges auf einmal laut wurde. Schreie klangen auf, gefolgt von wilden Flüchen.

»Was ist da los?«, stieß Quintus aus und trieb sein Pferd an, um nach vorne zu kommen. Die Hufe des Tieres wirbelten schwarze Moorerde auf und überschütteten damit die Soldaten, an denen er vorbeipreschte. Einer der Männer wich ihm aus, geriet über den Rand des Weges und sank in ein Sumpfloch.

Zwei seiner Kameraden wollten ihm helfen, mussten aber warten, bis Quintus an ihnen vorbei war.

Als sie den Soldaten endlich bei den Armen packen und ziehen konnten, steckte der Mann bereits bis über die Hüften im Schlamm und sank trotz aller Bemühungen immer weiter ein.

»Rasch einen Strick, damit mehr Männer ziehen können«, rief einer der Männer. Es dauerte jedoch eine Weile, bis jemand ein Seil brachte. Mittlerweile war der Soldat bis zu den Achseln im Sumpf versunken und streckte flehend die Arme aus.

»Schnell, rettet mich«, stöhnte er.

Einer seiner Kameraden wollte gerade das Seil um einen seiner Arme schlingen, da erklang im Moor ein Geräusch, als würde ein Ungeheuer schmatzen, und der Verunglückte war von einem Augenblick auf den anderen verschwunden. Der Soldat griff in den Sumpf, um nach dem Versunkenen zu tasten, bekam dabei das Übergewicht und kippte nach vorne. Gerade noch rechtzeitig packten ihn zwei seiner Kameraden und zerrten ihn zurück.

Bislang hatte es den Männern vor dem Moor zwar gegruselt, aber jetzt stand allen, die den Zwischenfall miterlebt hatten, das nackte Grauen ins Gesicht geschrieben. Ein einziger Schritt konnte hier zwischen Tod und Leben entscheiden, und so beteten die Männer zu ihren Göttern, sei es Jupiter Dolichenus, Mithras oder ihr spezieller Genius, sie zu beschützen.

Quintus hatte den Tod des Soldaten nicht bemerkt. Ohne sich umzuschauen, ritt er bis an die Spitze des Zuges und schwang sich dort aus dem Sattel. »Was ist los?«, fragte er Balbus, dem er die Bewachung ihres Führers übertragen hatte.

»Der Barbar ist tot«, erwiderte dieser und wies auf den am Boden liegenden Semnonen.

»Der Pfeil kam von dort!« Einer der Soldaten deutete auf eine Gestalt, die so rasch davoneilte, wie es in dem gefährlichen Gelände möglich war. Den Bogen hielt sie noch in der Hand, und langes, blondes Haar wehte im Wind.

Quintus war sofort klar, wer da geschossen hatte. »Das ist Gerhild! Sie denkt wohl, wir würden kehrtmachen, wenn sie unseren Führer tötet. Doch da hat sie sich getäuscht. Los, folgt ihr und fang sie ein! Danach zwingen wir sie, uns den Weg durch das Moor zu zeigen.«

Balbus schwang sich in den Sattel und winkte seinen Reitern, ihm zu folgen. Auch Quintus stieg wieder auf sein Pferd und trabte etwas langsamer hinter dem Trupp her. Nach ein paar Schritten wandte er sich zu den Fußsoldaten an der Spitze des Zuges um.

»Kommt weiter! Dieses elende Weib weist uns mit ihrer Flucht den richtigen Weg. Gebt nach hinten, dass Porcius mit seinen Reitern zu mir aufschließen soll.«

Die Männer, die unwillkürlich angehalten hatten, setzten sich wieder in Bewegung und marschierten hinter ihrem Anführer her. Keiner von ihnen kam auf den Gedanken, Gerhild würde sie auf einen Weg locken wollen, von dem es keine Wiederkehr gab.

12.

Obwohl ihre Verfolger zu Pferd rasch aufholten, blickte Gerhild sich immer wieder um, und als der gesamte Heerwurm in ihre Richtung einbog, jubelte sie. Ihre List war gelungen! Nun musste sie die Römer nur noch so weit hinter sich herlocken, dass sie endgültig im Moor feststeckten und darin zugrunde gingen.

Gerhild lief schneller, spürte dann an einer Stelle, wie der Boden unter ihr nachgab, und warf sich nach vorne. Für Balbus und seine Männer sah es so aus, als wäre sie gestolpert und sie glaubten schon, sie gleich erwischt zu haben. Da geriet Balbus' Pferd in das Sumpfloch, das Gerhild beinahe zum Verhängnis geworden wäre, und sank mit den Vorderhufen ein. Balbus wurde durch den Ruck aus dem Sattel geschleudert und stürzte Kopf voran in die braune Brühe. Er kam nicht einmal mehr zum Schreien, so schnell verschlang ihn das Moor.

Den anderen Reitern gelang es gerade noch, das Sumpfloch zu umgehen. Aber der Schreck steckte ihnen so in den Knochen, dass sie die Tiere nur noch im Schritt gehen ließen. Gerhilds Vorsprung vergrößerte sich dadurch wieder.

Quintus fuhr seine Reiter an. »Vorwärts, ihr Hunde! Fangt dieses Weib endlich. Sie kennt den Weg durch dieses elende Land.«

»Die Sumpfdämonen haben Balbus verschluckt!«, rief einer der Männer entgeistert.

»Wegen mir können sie das halbe Heer fressen, wenn wir nur Gerhild erwischen!«, brummte Quintus halblaut und übernahm selbst die Spitze.

Schon nach kurzer Zeit wurde ihm jedoch klar, dass der Boden hier weitaus schwammiger und nachgiebiger war als auf ihrem bisherigen Weg. Daher ließ er sein Pferd langsamer gehen und musterte jede Handbreit Boden vor sich, um nicht Balbus' Schicksal zu teilen.

Sein Sklave schloss zu ihm auf und hielt die Fesseln, die für Gerhild vorgesehen waren, in der Hand. »Zu Fuß kann sie uns nicht entkommen«, rief er seinem Herrn zu, als Gerhild gerade mit einem verzweifelten Sprung über ein Sumpfloch setzte.

»Sie wird auch für das hier bezahlen – und für vieles andere!«, stieß Quintus aus.

Da er nicht nach hinten sah, entging ihm, dass die Fußsoldaten inzwischen jenen Rat missachteten, den Egino ihnen gegeben hatte. Sie sollten in diesen Sümpfen nicht zu dicht marschieren, hatte er sie mehrfach gemahnt. Nun aber ballte sich ihre Formation, und so geschah das Unausweichliche. Der Boden gab auf mehreren Dutzend Schritten nach und etliche Männer sanken ein.

Entsetzte Schreie gellten über das Moor, Soldaten irrten auf der Suche nach einem halbwegs festen Weg zwischen den Sumpflöchern umher, und ganz am Ende der Kolonne beschlossen etliche, auf eigene Faust umzukehren. Ihre Zenturionen und Unteroffiziere wollten sie daran hindern, doch die verzweifelten Männer packten diese kurzerhand und warfen sie in die grundlosen Löcher.

Immer wieder gab der Boden nach und verschlang Männer, während andere sich schlammbedeckt auf festeren Boden zu retten versuchten. Die meisten Soldaten warfen ihre Waffen und ihr Gepäck, ja selbst ihre Helme und Kettenhemden fort, weil sie unter dem Gewicht zu versinken drohten.

Als Gerhild sah, dass die Formation der Römer zerbrach, atmete sie erleichtert auf. Es zählte nicht, wie viele Soldaten überlebten, denn ihrem Volk konnten sie nicht mehr gefährlich werden. Für sie selbst wurde es nun eng, denn Quintus blieb ihr hartnäckig auf den Fersen.

Einige Reiter waren dicht hinter ihm, und ein größerer Trupp Fußsoldaten marschierte auf dem Weg, den ihr Anführer vorgab. Die Hufe der Pferde rissen den weichen Boden immer tiefer auf, so dass die ihnen folgenden Legionäre bis zu den Knöcheln einsanken. Nicht lange, da blieben einige Soldaten stecken und wurden von den hastig folgenden Männern in den Matsch gedrückt.

Weitere Soldaten versanken, und der Rest versuchte verzweifelt, festen Boden zu erreichen. Als Gerhild erneut zurückblickte, sah sie nur noch Quintus, dessen Sklaven und drei Reitersoldaten hinter sich. Einer davon sprang gerade von seinem Pferd, das ebenfalls eingesunken war. Eine Zeitlang zerrte er noch am Zügel, als könne er das Tier damit aus dem Sumpfloch herausziehen, dann blieb das Moor auch an dieser Stelle Sieger.

Ein weiteres Pferd versank, und sein Reiter irrte auf dem schwankenden Boden umher. Wie seine Kameraden hatte auch er begriffen, dass es sinnlos war, Gerhild weiter zu verfolgen. Als Quintus sich umdrehte, war nur noch sein Sklave bei ihm. Wer von seinen Soldaten noch lebte, versuchte verzweifelt, sich zu retten. Die meisten krochen bäuchlings durch den Schlamm, während andere sich auf jenen Stellen aneinanderdrängten, deren Boden fester war als der umliegende Sumpf.

Ihm wurde schmerzhaft klar, dass sein Versuch, eine neue römische Provinz in diesem Teil der Germania Magna zu errichten und sich selbst zu deren Herrn aufzuschwingen, gescheitert war. Er schrie die in ihm aufsteigende Wut aus sich heraus und hatte nur noch den einen Wunsch, die Frau, die ihm das angetan hatte, zu packen und eigenhändig im Moor zu versenken.

Gerhild atmete auf, denn sie hatte ihr Ziel erreicht. Das römische Heer war zerstreut und hatte viele Männer und noch mehr Waffen verloren. Nun musste sie nur noch ihre letzten Verfolger erledigen und danach selbst den Weg zur Totengöttin beschreiten.

Als Quintus und dessen Sklave bis auf etwa dreißig Schritte aufgeholt hatten, drehte sie sich um, legte einen Pfeil auf die Sehne und schoss. Im Reflex riss Quintus seinen Hengst herum und entging dem Geschoss um Haaresbreite. Dafür aber rammte sein Tier das leichtere Pferd des Sklaven. Lucius sah auf einmal ein großes Sumpfloch vor sich und wollte seinen Gaul zurückreißen, doch es war zu spät. Das Pferd versank sofort. Vor Entsetzen schreiend, stieg Lucius auf den Sattel und sprang auf eine Stelle zu, die festen Boden versprach. Er klatschte jedoch mehr als eine Armlänge davor in das braune Wasser und sackte wie ein Stein in die Tiefe.

Gerhild erreichte eine der kleinen Moorinseln, blieb dort stehen und schoss einen weiteren Pfeil ab. Doch dieser prallte am Brustpanzer des Römers ab. Nun trennten sie nur noch wenige Doppelschritte von dem hasserfüllten Mann. Quintus zog bereits sein Schwert. Kurz bevor er Gerhild erreichte, sank sein Pferd bis zum Bauch ein. Quintus begriff, dass das Tier nicht mehr zu retten war. Rasch stieg er auf seinen Rücken, schnellte mit aller Kraft nach vorne und landete auf festem Boden. Noch im Abfedern griff er Gerhild an.

Den ersten Hieb wehrte sie mit ihrem Bogen ab, ließ diesen dann fallen und riss ihr Schwert heraus. Es war Baldarichs nachgemachte Klinge und lag schlecht in der Hand. Nun bedauerte Gerhild, dass sie Julius das Fürstenschwert übergeben hatte. Mit jener Klinge wäre sie mit diesem Römer fertiggeworden. Dann aber lachte sie über sich selbst. Es war nicht wichtig, ob Quintus sie hier umbrachte oder nicht – er war ein Gefangener des Moores und würde hier einen ruhmlosen Tod finden.

»Wie fühlst du dich als gescheiterter Feldherr?«, höhnte sie, während sie mit einiger Mühe seine Schwerthiebe abwehrte.

Quintus war durch seine wilden Angriffe außer Atem geraten und ließ sich nun mehr Zeit. »Ich hätte dir den Hals umdrehen sollen, als du in meiner Gewalt warst, du elende Hexe!«, rief er.

»Es war ein Fehler, es nicht zu tun«, antwortete Gerhild. »Aber du musstest deine Männlichkeit beweisen und mich nehmen wie eine eurer römischen Huren. Dafür wirst du jetzt ebenso bezahlen wie für den Mord an den Frauen, Männern und Kindern meines Stammes und all den anderen, die du und dein feiner Herr verraten und umgebracht habt!«

Diesmal griff sie an, doch Quintus schob ihre Klinge scheinbar mühelos zur Seite. Einige Zeit war es mehr ein Abtasten als ein verbissener Kampf, dann aber schlug Quintus mit aller Kraft zu. Zweimal konnte Gerhild parieren, schließlich jedoch prellte er ihr das Schwert aus der Hand. Die Waffe flog in den Sumpf und ging sofort unter.

Gerhild tänzelte rückwärts ein paar Schritte am Rand des größten Sumpflochs entlang und blieb dann schwer atmend stehen. »Es sieht so aus, als würdest du deinen letzten Sieg erringen. Doch er wird dir nichts mehr nützen.«

»Das sehe ich anders!«, rief Quintus triumphierend und stürmte auf sie zu.

Gerhild wartete, bis er sie fast erreicht hatte, wich mit einem blitzschnellen Schritt zur Seite und stellte ihm ein Bein.

Quintus stolperte, geriet über den Rand der kleinen Insel und rutschte in die stinkende Brühe. Geistesgegenwärtig packte er zwei lange Zweige, die über seinen Kopf hinwegragten, und zog sich mit schier übermenschlicher Kraft auf das rettende Ufer zu.

Einen Augenblick starrte Gerhild in sein vor Todesangst verzerrtes Gesicht. Dann nahm sie ihren Dolch und schnitt den ersten Zweig ab. Sofort sank Quintus ein Stück tiefer und geriet in Panik. Flehend streckte er Gerhild seine Linke entgegen.

»Ich will nicht sterben! Hilf mir, und du erhältst alles von mir, was du dir wünschst.«

»Spricht so der stolze Römer?«, fragte sie. »Es heißt doch, ihr würdet furchtlos in den Tod gehen, weil ihr es nicht ertragen könnt, der Sklave eines anderen zu sein.«

Noch während sie sprach, beugte Gerhild sich nieder und trennte auch den zweiten Zweig durch. Dabei fiel eine Strähne ihres langen Haares nach vorne und Quintus schnappte in seiner Verzweiflung danach.

»Wenn ich schon sterben muss, wirst du zusammen mit mir untergehen«, schrie er, während er immer tiefer sank.

Kurz erwog Gerhild, es geschehen zu lassen. Dann aber fasste sie ihr Haar und schnitt die Strähne ab. »Wenn ich hier sterbe, dann bestimmt nicht gemeinsam mit dir«, rief sie und trat ein paar Schritte zurück.

Kreischend vor Angst sank Quintus immer tiefer und verstummte erst, als Wasser und Schlamm in seinen Mund drangen. Das Letzte, was Gerhild von ihm sah, war seine Faust und ihre Haarsträhne, die im Licht des dunkelroten Sonnenuntergangs wie Blut leuchtete. Einen Augenblick später hatte das Moor ihren Feind verschlungen, als hätte es ihn nie gegeben.

Gerhilds Anspannung wich, und sie sank zitternd zu Boden. Obwohl sie müde und zerschlagen war, empfand sie ein so starkes Gefühl des Triumphs, dass sie am liebsten vor Freude gesungen und getanzt hätte. Quintus, ihr Feind und der Feind ihres Volkes, war tot und sein Heer vernichtet. Damit hatte sie keinen derer, die ihr vertrauten, enttäuscht. Mögen sie mich in guter Erinnerung behalten, dachte sie und beschloss, sich erst am nächsten Morgen, wenn die Sonne aufging und ihr Licht über die Welt schickte, den Göttern zu opfern.

13.

Die Erschöpfung forderte ihren Preis, und so schlief Gerhild die ganze Nacht durch. Sie träumte wild, konnte sich aber beim Aufwachen nicht mehr daran erinnern. Als sie sich aufsetzte, fror sie so, dass ihr die Zähne klapperten, und sie hatte Hunger und Durst. Dichter Nebel lag grau und bleiern über dem Moor, so als hätte die Totengöttin ihr ein Leichentuch geschickt – oder den Römern. Nur ein Schritt, dachte sie, und dann ist es vorbei. Ich werde nicht warten, bis ich verschmachtet bin.

Doch der Nebel ließ sie zögern. Sie wollte lieber auf die Sonne warten, als in einer solch unheimlichen Umgebung den Tod zu suchen. Sie setzte sich hin, zog die Knie an den Leib und schloss die Augen. Es half jedoch nichts, denn ihre Gedanken gaukelten ihr Dutzende römischer Soldaten vor, die draußen im Moor versanken. Sie glaubte, ihre entsetzten Schreie zu hören und Geister der Toten im Dunst auftauchen und nach ihr greifen zu sehen. Es dauerte eine ganze Weile, bis Gerhild bemerkte, dass wenigstens eine Stimme wirklich an ihr Ohr drang und keine Ausgeburt ihrer Phantasie darstellte.

»Gerhild! Wo bist du? So antworte doch!«

»Julius?« Sie sprang überrascht auf, wollte in die Richtung laufen, aus der sie die Stimme zu vernehmen glaubte, und hielt im letzten Augenblick inne. Immerhin befand sie sich auf einer kleinen Insel inmitten eines tückischen Sumpfes, der am Vortag Hunderte römischer Soldaten verschlungen hatte und auch sie nicht verschmähen würde.

»Hier bin ich!«, rief sie, so laut sie konnte, und wiederholte den Ruf ein paarmal.

Gleichzeitig fragte sie sich, was sie sich davon versprach. Sie war beinahe zwei Meilen vom richtigen Weg abgewichen, und die Soldaten hatten in ihrer Panik die gangbaren Stücke zertrampelt. Hier kam niemand mehr durch, und wer es doch versuchte, würde im Moor versinken. Dennoch rief sie weiter und wunderte sich, weil Julius' Stimme näher kam.

»Das ist unmöglich!«, flüsterte sie und bekam plötzlich Angst um ihn. »Bleib zurück! Ich will nicht, dass du ein Opfer des Moores wirst. Du musst unser Volk leiten!«, schrie sie, so laut sie konnte.

Ein Windstoß fegte heran und riss die Nebelschwaden auf, so dass Gerhild ihre Umgebung deutlich erkennen konnte. Dort, wo römische Soldatenstiefel den dünnen Bewuchs aufgerissen hatten, glänzte die Moorerde schwarz. Zudem gab es jetzt so viele mit Wasser gefüllte Sumpflöcher, dass der Sumpf ringsum wie ein großer, von unzähligen kleinen Inseln durchbrochener See wirkte.

»Gerhild, melde dich! Wo bist du? Ich muss dich hören!« Diesmal klang Julius' Stimme ganz nah.

Gerhild drehte sich in die Richtung, aus der die Stimme kam, und starrte verwirrt auf das seltsame Gefährt, das langsam auf sie zukam. Es war ein flaches Boot, unter dessen Rumpf zwei breite, vorne hochgebundene Kufen aus biegsamem Birkenholz angebracht waren, auf denen es wie ein Schlitten über das Moor glitt. Zwei Männer standen darauf und bewegten es mit langen Stangen vorwärts. Es dauerte einige Augenblicke, bis sie Julius und Ingulf erkannte. Die beiden sahen sie jetzt ebenfalls, winkten ihr kurz zu und verstärkten dann ihre Bemühungen, zu ihr zu gelangen.

Kurz darauf glitt der flache Bug des Boots über den Rand ihrer Insel. Julius sprang an Land und riss Gerhild an sich. »Du bist das verrückteste, mutigste und gleichzeitig schönste Mädchen der Welt«, rief er und küsste sie.

Gerhild ließ es zuerst geschehen, dann aber machte sie sich energisch frei. »Was soll das?«

»Ich bin so froh, dass du noch lebst! Als Ingulf mit der Nachricht ankam, du wolltest dich mit Quintus' gesamter Armee anlegen, glaubte ich dich schon verloren. Warum bist du allein losgezogen? Wir hätten die Römer gemeinsam an der Nase herumführen können!«

Der warme Ton in Julius' Stimme tat Gerhild gut. »Ich dachte, du würdest den Kampf mit den römischen Soldaten suchen, und wollte nicht, dass du dein Leben opferst – oder ein anderer unserer Krieger umkommt«, murmelte sie.

»So etwas Verrücktes machst du nie mehr – oder nur mit mir zusammen. Und jetzt komm! Oder willst du für immer hierbleiben?«

»Bei Volla, nein!« Gerhild stieg in das seltsame Boot und wurde von Ingulf mit einem scheuen Grinsen begrüßt.

»Du musst den römischen Soldaten einen entsetzlichen Schrecken eingejagt haben, denn wir haben bereits Dutzende von ihnen gefangen genommen. Sie haben sich ohne die geringste Gegenwehr ergeben.«

»Das stimmt!«, setzte Julius hinzu. »Die armen Kerle waren einfach froh, dem Sumpf entkommen zu sein. Vielen ist dies nicht gelungen.«

»Ich bin froh, dass ich nicht an diesem unheimlichen Ort sterben muss«, antwortete Gerhild. »Auch erleichtert es mich, dass nicht alle Römer hier den Tod gefunden haben. Es wäre zu schrecklich gewesen, sich das vorstellen zu müssen.«

»Es sind etliche entkommen, aber ich habe darauf verzichtet, sie verfolgen zu lassen. Unsere Leute werden jene Römer aus dem Moor holen, die noch leben, aber darin gefangen sind«, erklärte Julius lächelnd. »Es handelt sich zumeist um germanische Söldner, und denen will ich anbieten, sich uns anzuschließen. Da viele Frauen durch Caracallas Massaker ihre Männer verloren haben, können wir die Leute brauchen.«

»Das würde mich freuen!« Gerhild atmete tief durch und blickte dann auf die Stelle, an der Quintus versunken war. »Wir sollten diesen Ort des Todes schnell verlassen. Außerdem habe ich Hunger und noch mehr Durst.«

Sie sagte es so trocken, dass Julius zu lachen begann. »Sauberes Wasser ist im Schlauch unter der Bank. Aber ich habe nicht daran gedacht, etwas zu essen mitzubringen. Sobald wir den sicheren Weg erreicht haben, bekommst du etwas.« Er nahm seine Stange zur Hand, nickte Ingulf kurz zu und schob sein Gefährt in Richtung des rettenden Weges.

14.

Julius' Gefährt schwamm über Wasser wie ein Boot und fuhr über den Moorboden wie ein Schlitten über Schnee. Allerdings war es nicht sonderlich stabil, sondern offensichtlich in großer Eile aus Brettern zusammengebunden worden. Da immer mehr Wasser eindrang, bat Julius sie, es mit den Händen zu schöpfen. »Bis zum Weg kommen wir schon«, meinte er dabei beruhigend.

Kurz darauf erreichten sie eine der festeren Sumpfinseln, mussten aussteigen und das Ding auf die andere Seite ziehen. Von dort aus ging es wieder über Wasser und schwankenden, immer wieder aufreißenden Boden.

Schon bald konnte Gerhild den Moorweg erkennen und sah, dass sich viele Menschen darauf bewegten. An einer Stelle hatten sich römische Soldaten durch den Schlamm bis in die Nähe des Weges vorgearbeitet, wagten sich aber angesichts der germanischen Krieger, die dort standen, nicht weiter, obwohl sie zu versinken drohten.

Gerhild konnte nur die sich bewegenden Menschen erkennen und eine Frau, die sich ein Stück auf die Römer zuschob.

Es handelte sich um Linza, die gerade auf einen Legionär zeigte, der einen Zenturionenhelm trug. Der Mann selbst und die Kameraden in seiner Nähe waren dick mit Schlamm bedeckt.

»Bist du das, Gaius?«, rief sie.

Der Zenturio zuckte zusammen, während ein Mann in seiner Nähe der Frau zuwinkte.

»Linza, wie kommst du zu den Barbaren?«

»Ich bin zu meinem Volk zurückgekehrt, Pribillus, weil ich nicht unter Römern bleiben konnte. Ich hätte sonst meine Kinder in die Sklaverei verkaufen müssen, um nicht zu verhungern.«

»Rede nicht so viel, Linza, wirf uns ein Seil zu. Ich verspreche dir, ich komme zu dir zurück, und dann wird alles gut«, rief Gaius voller Panik.

»Ich glaube nicht, dass ich dich noch einmal zurückhaben will«, antwortete die Frau herb. »Aber du sollst nicht elend krepieren. Hier habe ich ein Seil. Pribillus, du kommst zuerst! Pass auf!« Linza holte mit dem Holzstück aus, welches das eine Ende der Leine beschwerte, und warf es zu den flach auf dem Moor liegenden Soldaten hinüber. Ihren Worten zum Trotz riss Gaius das Seil an sich und band es sich um die Brust.

Verärgert wandte Linza sich an Teudo und Perko, die in ihrer Nähe standen. »Zieht das Schwein heraus!«

Die beiden nickten. Wenig später befand Linzas ehemaliger Ehemann sich auf trockenem Boden. Er wagte die Frau kaum anzusehen, doch die wies mit eisiger Miene nach Westen.

»Geh! Verschwinde! Ich will dich nie wiedersehen!«

»Aber das Moor! Ich werde versinken!«, rief Gaius entsetzt.

»Du musst nur eine Meile lang überleben. Dann findest du die Spur, die ihr auf dem Hermarsch hinterlassen habt. Der kannst du folgen!« Perko gab dem Mann einen Stoß und drohte ihm, als dieser nicht gleich ging, mit dem Speer.

Jammernd und schimpfend stapfte Gaius davon, während Linza die Leine erneut warf und diesmal Pribillus aufs Trockene holte.

»Du hast die Wahl, Gaius zu folgen oder bei mir zu bleiben«, bot ihm Linza an.

Pribillus überlegte kurz und wischte sich dann den Schlamm aus dem Gesicht. »Rom ist auch nicht mehr das, was es einmal war. Außerdem wäre mir nach diesem Feldzug ein unehrenhafter Abschied sicher. Wenn du mich also haben willst, dann soll es so sein«, antwortete er.

»Ihr werdet ihm nichts tun!«, befahl Linza den Männern, die um sie herumstanden.

Teudo schüttelte lachend den Kopf. »Warum sollten wir? Immerhin hast du uns gewarnt und dir damit eine Belohnung verdient. Wenn Gerhild und Julius nichts dagegen haben, kannst du den Römer sogar zum Mann nehmen, so wie ich Odila heirate.«

Dabei zwinkerte er Odila zu, die eben das Seil zu den anderen Soldaten hinüberwarf.

»Wir sollten die Burschen herausholen, bevor sie versinken, und keine Reden halten«, erklärte sie.

So geschah es auch. Kaum war der Letzte aus dem Sumpf gezogen, tauchte das Schlittenboot zwischen den Büschen auf. Odila wurde als Erste darauf aufmerksam und stieß einen Jubelschrei aus.

»Sie haben Gerhild gefunden!«

Nun blickten alle in diese Richtung. Teudo streckte die Arme gen Himmel und lachte so sehr, dass ihm die Tränen kamen.

»Julius hatte recht! Eine Gerhild kann man so leicht nicht umbringen. Jetzt ist unser Sieg über die Römer vollkommen! Willkommen zurück, Gerhild! Und wenn du das nächste Mal so eine verrückte Sache vorhast, dann teile es uns mit, damit wir mitmachen können!«

»Das habe ich ihr auch schon gesagt«, antwortete Julius fröhlich und lenkte sein Gefährt an eine Stelle, an der sie ungefährdet aussteigen konnten. Bevor Gerhild jedoch einen Fuß auf festen Boden setzen konnte, fasste Julius sie bei den Hüften, hob sie hoch und drehte sich einmal mit ihr im Kreis.

»Ich werde Späher zu Quintus' Siedlung schicken, denn ich schätze, dass die Römer den Ort nach dieser Niederlage aufgeben werden«, erklärte Julius. »Dann können wir das Dorf wieder in Besitz nehmen und dort unsere Halle errichten. Das

Land ist fruchtbar, und aus diesem Grund will ich einige Stammesgruppen von der Saale und der Elbe dorthin rufen, damit sie sich mit uns vereinen. Gemeinsam werden wir ein Volk schaffen, das mit dem Römischen Imperium fertigwird.«

Gemeinsam – so, wie er es sagte, bedeutete es mehr, als nur zusammen zu herrschen, dachte Gerhild und musterte ihn. Gut sieht er ja aus, dachte sie, auch wenn er derzeit arg schmutzig war. Im Grunde hatte er ihr bereits gefallen, als er zum ersten Mal in ihr Dorf gekommen war. Später hatte er ihr eigentlich immer geholfen, sei es bei der Übung im Schwertkampf oder als sein Hengst so mutterseelenallein dagestanden hatte, dass sie ihn zur Flucht hatte benutzen können. Mittlerweile kannte sie das Tier gut genug, um zu wissen, dass es ihr ohne eine entsprechende Anweisung seines Herrn niemals gehorcht hätte.

Julius war ein Mann, wie eine Frau ihn sich nur erträumen konnte, und doch fühlte sie einen leichten Stachel im Herzen. Wie es aussah, wollte er sie nur deshalb heiraten, um seine Stellung im Volk zu stärken.

Bevor sie ihn darauf ansprechen konnte, kam Odila auf sie zu und umarmte sie. Lutgardis war die Nächste. Bei ihr war Vigilius, der seinen einstigen Decurio mit einem Blick ansah, als stände ihm ein aussichtsloser Kampf bevor.

»Ich weiß nicht, ob es dir recht ist, Julius, aber ich würde gerne deine Base heiraten. Sie hat zwar fast so viele Stacheln wie Gerhild, aber ich mag sie!«

»Ich mag Vigilius auch«, sagte Lutgardis und funkelte ihren Vetter an. »Wage ja nicht, nein zu sagen! Sonst lernst du mich kennen!«

Einige der Männer lachten, während Teudo Vigilius auf die Schulter klopfte. »So sind die Weiber nun einmal, außen stachelig, aber innen haben sie einen süßen Kern.«

»Sag noch einmal, dass ich Stacheln habe, und ich verpasse dir eine Beule«, drohte Odila und hob die Faust.

Nun lachten alle, und Odila fiel mit ein. Dann sah sie Gerhild und Julius auffordernd an.

»Und wann heiratet ihr?«

Jubel klang auf. Gerhild vernahm, wie die Männer und auch die Frauen, die mitgekommen waren, ihren und Julius' Namen riefen. Er hat recht, dachte sie. Die Leute wollen, dass aus uns ein Paar wird.

»Dann soll es so sein«, sagte sie mit einem leisen Fauchen.

»Was?«, fragte Julius neugierig.

»Wir werden die Ehe eingehen! Unser Volk erwartet es.«

»Ich hoffe, dass du mich nicht nur deshalb nimmst«, erwiderte Julius grinsend.

»Warum sollte ich es sonst tun?«, gab sie bissig zurück.

»Da gibt es einige Gründe. Weißt du, du bist störrisch wie ein Maultier und wirst mir immer sagen wollen, was ich zu tun habe, aber trotzdem liebe ich dich!«

Im ersten Augenblick war Gerhild empört, begriff dann aber, dass wohl selten eine Frau eine schönere Liebeserklärung vernommen hatte, und umarmte ihn.

»Ich liebe dich auch! Allerdings sage ich nicht, was ich von dir halte. Du könntest sonst in Versuchung kommen, mir den Hintern zu verbleuen!«

»Und es mit der ewigen Feindschaft aller Frauen unseres Volkes bezahlen«, gab Julius lachend zurück. »Nein, da küsse ich dich lieber!«

Die Ankündigung setzte er sofort in die Tat um.

15.

Wie überwältigend ihr Sieg war, begriff Gerhild erst, als sie einen Tag später ihr Dorf erreichten und sie die Gefangenen sah, die sich ihren Leuten ergeben hatten. Es waren nur wenige echte Römer darunter, denn die meisten zählten zu den germanischen Söldnern, die in römische Dienste getreten waren. Julius erwartete, dass diese sich ihnen ehrlichen Herzens anschließen würden, und Gerhild hoffte es auch. In ihrer Gemeinschaft gab es viele alleinstehende Frauen, und diese musterten die Gefangenen bereits interessiert.

»Glaubst du, dass die Römer es nicht doch noch einmal versuchen?«, fragte Gerhild Julius, nachdem sie beide den Schlamm abgewaschen und sich umgezogen hatten.

»Sicher! Es wird weitere Kämpfe geben«, antwortete Julius ernst. »Doch die Zeiten haben sich gewandelt. Ich glaube nicht, dass das Imperium die Kraft aufbringt, dieses Land zu erobern und festzuhalten. Nach ihrem Verrat an den Hilfstruppen wissen nun alle, was vom Imperium zu halten ist. Zudem gibt es hier nicht mehr die vielen kleinen Stämme, die die Römer gegeneinander ausspielen können, sondern wir haben alle Mannen aus dem ganzen Umland um uns versammelt. Wir werden Rom die Stirn bieten und, so Teiwaz, Wuodan und Donar uns gewogen sind, das gesamte Land der Sueben zurückgewinnen.«

»Bis zum Rhein?«, fragte Gerhild zweifelnd.

»Warum nicht? Caracallas Feldzug war eine Dummheit! Der Krieg hat Rom nichts gebracht, sondern nur die Stämme auf dieser Seite der Großen Schlange aufgeweckt.«

Julius klang zufrieden. Er hatte nicht nur das Fürstenschwert der Semnonen wieder in der Hand, sondern mit Gerhild eine ebenso schöne wie fähige Ehefrau gewonnen. Mit einem dankbaren Blick fasste er nach ihrer Hand.

»Unser Volk will seinen Sieg feiern, und diesmal wirst du dabei sein! Wage es nicht, dich davonzustehlen, wie du es nach unserem Sieg über Baldarich getan hast! Bei dieser Feier werden wir uns gemeinsam auf den Schild heben lassen – falls Teudo und Vigilius einen finden, der unser Gewicht aushält.«

»Dann sollten wir es tun, bevor du zu betrunken bist, um auf einem Schild stehen zu können«, antwortete Gerhild lachend und umarmte ihn.

»Denke nur nicht, dass ich dir gehorchen werde!«

»Die Hoffnung habe ich längst aufgegeben«, antwortete Julius trocken und brachte sie damit zum Lachen.

Die Steinerne Schlange:
Geschichtlicher Hintergrund

Der rätische und der obergermanische Limes stellten keine Grenzbefestigung dar wie die Chinesische Mauer, sondern eine scharfe Trennlinie zwischen dem Imperium Romanum auf der einen Seite und dem Barbaricum, dem Land der Barbaren, auf der anderen. Gleichzeitig diente er als Warnung an die germanischen Stämme jenseits des Limes, dass hier das Römische Reich begann und jeder, der diese Grenze missachtete, mit Bestrafung zu rechnen hatte.

Der Limes wurde mit Hilfe von Patrouillen und Wachttürmen gesichert. Wenn tatsächlich Germanen ihn durchbrachen, wurden die im Hinterland stationierten Reitereinheiten über Signalketten informiert und konnten den Eindringlingen den Weg verlegen und diese auch über den Limes hinweg verfolgen. Für diesen Zweck gab es eine ganze Reihe von Reiterkastellen, die meist von einer Ala (um die fünfhundert Reiter) besetzt wurden. Im größten Reiterkastell am Limes war die Ala Secunda Flavia Pia Fidelis Milliaria stationiert, die etwa tausend Reiter umfasste und bei Bedarf tief in das germanische Gebiet vordringen konnte.

Auch wenn der Limes durch seine Wachttürme und die dahinterliegenden Kastelle eine militärische Bedeutung als Grenzwall besaß, stellte er keine undurchdringliche Befestigung dar. Der obergermanische Limes bestand aus Graben, Wall und einem daraufgesetzten Palisadenzaun. Beim rätischen Limes, in dessen Hinterland wir uns in diesem Roman befinden, wurde der Wall von einer Steinmauer gekrönt. Beides reichte zwar aus, um Reiter abzuhalten. Krieger zu Fuß konnten sie jedoch im Schutz mondloser Nächte oder bei dichtem Nebel überwinden. Erfolgreiche Durchbrüche konnten aber nur von größeren Streifscharen erreicht werden, und auf die warteten die Ala Secunda Flavia und die anderen römischen Truppen.

Der Verlauf des Limes veränderte sich innerhalb eines guten Jahrhunderts mehrmals, denn die Römer verschoben ihn ins Germanenland hinein, um dem Imperium fruchtbare Landstriche oder Gebiete mit Bodenschätzen einzuverleiben. Daher rührt auch seine eigenartige, mehrfach gezackte Form. Allerdings war nicht der Krieg der herrschende Zustand am Limes. Es gab lange friedliche Zeiten, in denen sich die Stämme jenseits des Limes mit den Römern arrangiert hatten und mit ihnen Handel trieben. Für diesen Handel gab es Durchgänge und Tore im Limes, die gleichzeitig auch als Zollstationen dienten. Beide Seiten profitierten vom Handel. Die Germanen gelangten an Waren, die es bei ihnen nicht gab, die Römer an Vieh, Leder, Häute, Felle, aber auch an Frauenhaar und anderes.

Von Zeit zu Zeit wurde der Frieden durch Überfälle getrübt, die zumeist von jungen Kriegern durchgeführt wurden, die sich einem Anführer anschlossen. Gelegentlich machten auch die Stämme weiter im Osten einen Einfall über den Limes hinweg. Dies war für die Römer, aber auch für die mit ihnen in Frieden lebenden Stämme ein Ärgernis und führte zu Straffeldzügen, die allerdings nicht immer die wahren Schuldigen trafen.

Im Jahr 213 n. Chr. beschloss Kaiser Marcus Aurelius Severus Antoninus, Caracalla genannt, einen weiteren Feldzug ins Barbarenland, um diese ein für alle Mal von weiteren Überfällen abzuhalten. Caracalla hatte wenige Jahre zuvor seinen jüngeren Bruder Geta ermorden lassen, um Alleinherrscher zu werden. Jetzt wollte er den Römern durch einen grandiosen Sieg über die Barbaren imponieren und sich auf eine Stufe mit Kaiser Augustus und Kaiser Marcus Aurelius stellen. Der

Feldzug wurde in erster Linie durch die Truppen des Statthalters von Obergermanien, Gaius Octavius Appius Suetrius Sabinus durchgeführt. Caracalla und dessen aus Italien hierhergezogene Legionen beteiligten sich nur wenige Wochen an dem Vormarsch nach Osten. Obwohl weiträumig geplant, führte der Feldzug nicht über das Taubertal und den Untermain hinaus und betraf zumeist Stämme, die bereits seit Generationen mit Rom in Frieden lebten. Der angedachte Vorstoß bis an die Elbe unterblieb, da Caracalla rasch wieder nach Rom zurückwollte und Sabinus sich damit zufriedengab, das Vorland der eigenen Provinz zu sichern.

Zu Caracallas Heer gehörten damals auch germanische Hilfsscharen aus den mit Rom befreundeten Stämmen. Sei es aus Misstrauen oder aus Ärger über die Verluste auf dem Feldzug ließ Caracalla diesen Kriegern bei einer »Siegesfeier« reichlich Wein ausschenken und so viele wie möglich niedermachen. Der Rest wurde versklavt und nach Rom verschleppt. Durch dieses Massaker zerbrach das jahrzehntelange Gleichgewicht am Limes. Einst mit Rom befreundete Stämme wurden zu dessen Todfeinden. Gleichzeitig strömten Stämme von Osten her nach und übernahmen jene Gebiete, die die dezimierten Stämme aufgegeben hatten. Die alteingesessenen und neu hinzugezogenen Germanen begriffen, dass sie sich als einzelne Stämme nicht gegen Rom behaupten konnten, und schlossen sich zu Stammesverbänden zusammen. Aus denen entstanden allmählich die heute noch bekannten Großstämme der Alemannen, Franken und Thüringer, zu denen sich später noch die Sachsen und Bajuwaren gesellten.

Das Römische Imperium konnte den Limes noch etwa bis in die Mitte des dritten Jahrhunderts halten. Kaiser Maximinus Thrax führte in den dreißiger Jahren jenes Jahrhunderts sogar noch eine Offensive durch, die durch die Funde am Harzhorn belegt ist. Trotzdem gelang es den Römern nicht, die germanischen Stämme zu unterwerfen. Ironischerweise war nicht die

Stärke der Germanen für den Durchbruch durch den Limes entscheidend, sondern Unruhen und Bürgerkriege im Imperium. Wem es gelang, sich zum Kaiser aufzuschwingen, musste damit rechnen, schon nach kurzer Zeit umgebracht zu werden. Einige Male stritten mehrere Prätendenten um die Herrschaft im Imperium, und mehreren gelang es, sich für etliche Jahre in Teilen des Reiches zu halten. Dies war auch beim sogenannten Gallischen Sonderreich (Imperium Galliarum) der Fall, das nach der Niederlage Kaiser Valerians gegen die Sassaniden von Marcus Cassianius Postumus gegründet wurde. Anders als andere rebellische Feldherren verzichtete Postumus darauf, auch in Rom nach der Herrschaft zu greifen, so dass sich dort nach mehreren erfolglosen Kaisern Lucius Domitius Aurelianus durchsetzen und das Gallische Sonderreich wieder dem Imperium Romanum eingliedern konnte.

Doch gerade in dieser Zeit überwanden die Stämme, die ab da Alemannen genannt wurden, den Limes und drangen bis an den Rhein und den Bodensee vor. Es ist anzunehmen, dass dieser Angriff nicht ohne Wissen der in Rom herrschenden Caesaren, wahrscheinlich sogar auf deren Betreiben hin geschah, um Postumus und dessen Nachfolger zu schwächen. Dazu passt auch, dass danach keine Anstalten mehr gemacht wurden, die Alemannen wieder über den Limes zurückzutreiben.

Iny und Elmar Lorentz

Personen

Aisthulf	Dorfanführer
Alfher	Gefolgsmann Wulfherichs
Auda	Seherin
Balbus	Unteroffizier in Hariwinius' Turma
Baldamer	Baldarichs Vater (erwähnt)
Baldarich	Kriegerfürst
Bernulf	alter Krieger
Berthoald	einer von Baldarichs Kriegern
Chariowalda	Kriegerfürst
Colobert	Gefolgsmann Raganhars
Egino	einer von Baldarichs Gefolgsleuten
Ermentrud	Frau aus Gerhilds Stamm
Faramund	Germanenkrieger
Fridu	Junge aus Gerhilds Stamm
Gaius	römischer Soldat, Linzas Mann
Gerhild	junge Germanin
Hailwig	Gerhilds Tante
Hariwinius	Gerhilds ältester Bruder, römischer Reiteroffizier
Hunkbert	Linzas Bruder
Ima	Bernulfs Frau
Ingulf	junger Krieger
Julius (Volcher)	römischer Offizier germanischer Herkunft
Linza	Frau eines römischen Soldaten

Lucius	Quintus' Sklave
Lutgardis	Julius' Base
Marcellus	einer von Julius' Reitern
Navina	Linzas älteste Tochter
Odila	Gerhilds Freundin
Ortwin	einer von Julius' Reitern
Perko	germanischer Krieger
Porcius	Decurio einer Reitereinheit
Pribillus	Legionär
Quintus Severus Silvanus	römischer Präfekt
Raganhar	Gerhilds jüngerer Bruder, Stammesfürst
Rufus	Linzas ältester Sohn
Sigiward	Stellvertreter Raganhars
Teudo	Krieger in Gerhilds Stamm
Vigilius	Julius' Stellvertreter in dessen Turma
Volchardt	Fürst des Saalestammes (erwähnt)
Wulfherich	Raganhars und Gerhilds Vetter

Historische Personen

Gaius Octavius Appius Suetrius Sabinus	Legionskommandeur, Stellvertreter Caracallas im germanischen Feldzug
Marcus Aurelius Severus Antoninus, genannt Caracalla	Imperator und Caesar von Rom

Glossar

Ala	Reitereinheit (ca. 480 Mann)
Ala Secunda Flavia	in Aalen stationierte Reitereinheit
Pia Fidelis Milliaria	von knapp tausend Mann
Auguren	Wahrsager
Barbaricum	Bezeichnung für nicht zum Römischen Imperium zählende Gebiete in Mittel- und Nordeuropa
Chatten	germanische Stammesgruppe
Decurio	Reiteroffizier, Anführer einer Turma
Donar	germanischer Gott
Ger	germanischer Wurfspeer
Germania Magna	Bezeichnung für das nichtrömische Germanien
Hel	germanische Göttin der Unterwelt
Harlungen	germanische Stammesgruppe
Hermunduren	germanische Stammesgruppe
Kohorte	militärische Einheit von 500 Mann
Legat	Kommandant einer Legion, bzw. Provinzgouverneur
Legion	militärische Einheit von ca. 5000 Mann
Loge	germanischer Gott der Niedertracht, auch Loki
Optio	Unteroffizier, Stellvertreter des Zenturio
Pilum	römischer Wurfspeer

Präfekt	Kommandant einer Ala (zehn Turmae)
Semnonen	germanische Stammesgruppe
Sueben	germanische Stammesgruppe
Teiwaz	germanischer Gott, auch Ziu
Tribun	römischer Stabsoffizier
Turma	Reitereinheit (48 Mann)
Volla	germanische Fruchtbarkeitsgöttin
Wuodan	germanischer Gott (Wotan)
Zenturie	militärische Einheit von ca. 100 Mann
Zenturio	Offizier, Anführer einer Zenturie

Städte

Augusta Vindelicorum	Augsburg
Castra Regina	Regensburg
Guntia	Günzburg
Moguntiacum	Mainz
Sumelocenna	Rottenburg a. Neckar

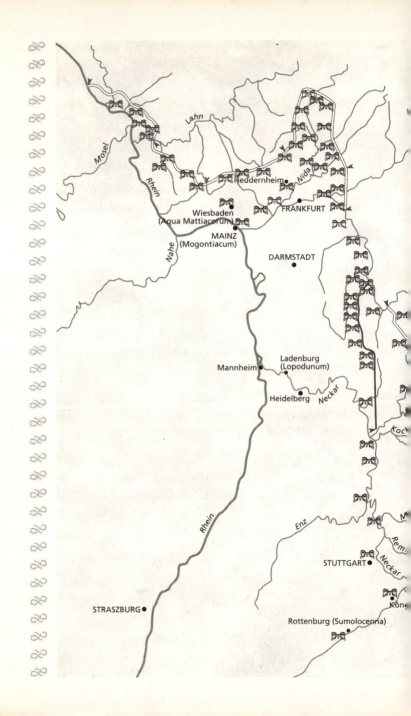

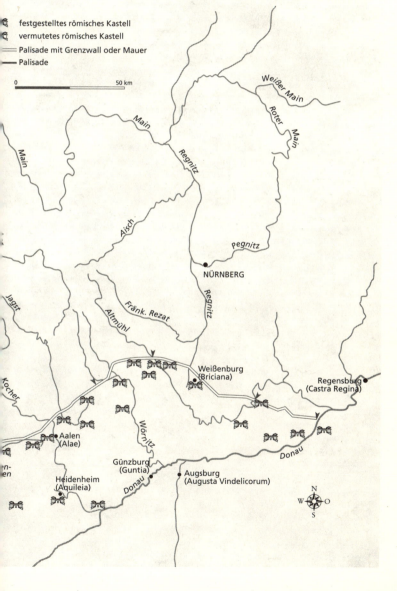

Iny Lorentz
Das Mädchen aus Apulien

Roman

Italien im 13. Jahrhundert: Die junge Pandolfina, Tochter einer Sarazenenprinzessin und eines apulischen Grafen, ist nach dem Tod ihres Vaters auf sich gestellt. Mit Mühe kann sie sich ihres Nachbarn erwehren, der die väterliche Burg gewaltsam in seinen Besitz gebracht hat und das Mädchen zur Heirat zwingen will.
Nur einer kann ihr helfen: Friedrich II., der mächtige Stauferkaiser. Ihr gelingt die Flucht an den Kaiserhof, aber auch dort muss sie sich ihren Platz erkämpfen.
Ein spannendes Abenteuer zwischen Deutschland und Italien, eine mutige Heldin und ein faszinierender Blick auf den Stauferkaiser Friedrich II.

Die große Auswanderersaga des
Bestsellerautoren-Duos Iny Lorentz!

Iny Lorentz

Das goldene Ufer

Der weiße Stern

Das wilde Land

Der rote Himmel

»Bei Iny Lorentz wird jedes Umblättern zum Ereignis.«
Alex Dengler, denglers-buchkritik.de